D1224617

Empresas
y tribulaciones
de Maqroll el Gaviero

Álvaro Mutis

Empresas y tribulaciones de Maqroll el Gaviero

ALFAGUARA

ALFAGUARA

© Álvaro Mutis
  La Nieve del Almirante, 1986
  Ilona llega con la lluvia, 1988
  Un bel morir, 1989
  La última escala del tramp steamer, 1988
  Amirbar, 1990
  Abdul Bashur, soñador de navíos, 1990
  Tríptico de mar y tierra, 1993
© De esta edición:
  2001, Grupo Santillana de Ediciones, S. A.
  2002, Santillana Ediciones Generales, S. L.
  Torrelaguna, 60. 28043 Madrid
  Teléfono 91 744 90 60
  Telefax 91 744 92 24
  www.alfaguara.com

• Aguilar, Altea, Taurus, Alfaguara S. A.
Beazley 3860. 1437 Buenos Aires. Argentina
• Aguilar, Altea, Taurus, Alfaguara S. A. de C. V.
Avda. Universidad, 767, Col. del Valle,
México, D.F. C. P. 03100. México
• Distribuidora y Editora Aguilar, Altea,
Taurus, Alfaguara, S. A.
Calle 80 nº 10-23
Santafé de Bogotá. Colombia

  ISBN: 84-204-4288-7
  Depósito legal: M. 18.786-2002
  Impreso en España - Printed in Spain

© Cubierta:
  Alfredo Iglesias y Beatriz Rodríguez

PRIMERA EDICIÓN: SEPTIEMBRE 2001
SEGUNDA EDICIÓN: MAYO 2002

Índice

La Nieve
del Almirante

A Ernesto Volkening
(Amberes, 1908 - Bogotá, 1983)

En recuerdo y homenaje
a su amistad sin sombras,
a su lección inolvidable.

N'accomplissant que ce qu'il doit,
Chaque pêcheur pêche pour soi:
Et le premier recueille, en les mailles qu'il serre,
Tout le fretin de sa misère;
Et celui-ci ramène à l'étourdie
le fond vaseux des maladies
Et tel ouvre les nasses
Aux desespoirs qui le menacent;
Et celui-là recueille au long des bords,
Les épaves de son remords.

ÉMILE VERHAEREN, *Les pêcheurs*

Cuando creía que ya habían pasado por mis manos la totalidad de escritos, cartas, documentos, relatos y memorias de Maqroll el Gaviero y que quienes sabían de mi interés por las cosas de su vida habían agotado la búsqueda de huellas escritas de su desastrada errancia, aún reservaba el azar una bien curiosa sorpresa, en el momento cuando menos la esperaba.

Uno de los placeres secretos que me depara el pasear por el Barrio Gótico de Barcelona es la visita de sus librerías de viejo, a mi juicio las mejor abastecidas y cuyos dueños conservan aún esas sutiles habilidades, esas intuiciones gratificantes, ese saber cazurro que son virtudes del auténtico librero, especie en vías de una inminente extinción. En días pasados me interné por la calle de Botillers, y en ella me atrajo la vitrina de una antigua librería que suele estar la mayor parte de las veces cerrada y ofrece a la avidez del coleccionista piezas realmente excepcionales. Ese día estaba abierta. Penetré con la unción con la que se entra al santuario de algún rito olvidado. Un hombre joven, con espesa barba negra de judío levantino, tez marfileña y ojos acuosos, negros, detenidos en una leve expresión de asombro, atendía detrás de un montón de libros en desorden y de mapas que catalogaba con una minuciosa letra de otros tiempos. Me sonrió ligeramente y, como buen librero de tradición, me dejó husmear entre los estantes, tratando de mantenerse lo más inadvertido posible. Cuando apartaba algunos libros que me proponía comprar, me encontré de repente con una bella edición, encuadernada en piel púrpura, del libro de P. Raymond que buscaba hacía años y cuyo título es ya toda una promesa: Enquête du Prévôt de Paris sur l'assassinat de Louis Duc D'Orléans; editado por la Bibliothèque de l'École de Chartres en 1865. Muchos años de espera eran así recompensados por un golpe de fortuna sobre el que de tiempo atrás ya no me hacía ilusiones. Tomé el ejemplar sin abrirlo y le pregunté al joven de la barba por el precio. Me lo indicó citando la cifra con ese tono rotundo, definitivo *e inapelable, también propio de su altiva cofradía. Lo pagué sin vacilar, junto con los demás ya escogidos, y salí para gozar a solas mi adquisición con lenta y paladeada voluptuosidad, en un banco de la pequeña placita donde está la estatua de Ramón Berenguer el Grande. Al pasar las páginas noté que en la tapa posterior había un amplio bolsillo destinado a guardar originalmente mapas y cuadros genealógicos que complementaban el sabroso texto del profesor Raymond. En su lugar encontré un cúmulo de hojas, en su mayoría de color rosa, amarillo o celeste, con aspecto de facturas comerciales y formas de contabilidad. Al revisarlas de cerca me di cuenta que estaban cubiertas con una letra menuda, un tanto temblorosa, febril, diría yo, trazada con lápiz color morado, de vez en cuando reteñido con saliva por el autor de los apretados renglones. Estaban escritas por ambas caras, evitando con todo cuidado lo impreso originalmente y que pude comprobar se trataba, en efecto, de formas diversas de papelería comercial. De repente, una frase me saltó a la vista y me hizo olvidar la escrupulosa investigación del historiador francés sobre el alevoso asesinato del hermano de Carlos VI de Francia, ordenado por Juan sin Miedo, Duque de Borgoña. Al final de la última página, se leía, en tinta verde y en letra un tanto más firme: «Escrito por Maqroll el Gaviero durante su viaje de subida por el río Xurandó. Para entregar a Flor Estévez en donde se encuentre. Hotel de Flandre, Antwerpen». Como el libro tenía numerosos subrayados y notas hechos con el mismo lápiz, era fácil colegir que nuestro hombre, para no desprenderse de esas páginas, prefirió guardarlas en el bolsillo destinado a fines un tanto más trascendentes y académicos.*

Mientras las palomas seguían mancillando la noble estampa del conquistador de Mallorca y yerno del Cid, empecé a leer los abigarrados papeles en donde, en forma de diario, el Gaviero narraba sus desventuras, recuerdos, reflexiones, sueños y fantasías, mientras remontaba la corriente de un río, entre los muchos que bajan de la serranía para perderse en la penumbra vegetal de la selva inmensurable. Muchos trozos estaban escritos en letra más firme, de donde era fácil deducir que la vibración del motor de la embarcación que llevaba al Gaviero era la culpable de ese temblor que, en un principio, atribuí a las fiebres que en esos climas son tan frecuentes como rebeldes a todo medicamento o cura.

Este Diario del Gaviero, al igual que tantas cosas que dejó escritas como testimonio de su encontrado destino, es una mezcla indefinible de los más diversos géneros: va desde la narración intrascendente de hechos cotidianos hasta la enumeración de herméticos preceptos de lo que pensaba debía ser su filosofía de la vida. Intentar enmendarle la plana hubiera sido ingenua fatuidad, y bien poco se ganaría en favor de su propósito original de consignar día a día sus experiencias en este viaje, de cuya monotonía e inutilidad tal vez lo distrajera su labor de cronista.

Me ha parecido, por otra parte, de elemental equidad que este Diario lleve como título el nombre del sitio en donde por mayor tiempo disfrutó Maqroll de una relativa calma y de los cuidados de Flor Estévez, la dueña del lugar y la mujer que mejor supo entenderlo y compartir la desorbitada dimensión de sus sueños y la ardua maraña de su existencia.

También se me ocurre que podría interesar a los lectores del Diario del Gaviero el tener a su alcance algunas otras noticias de Maqroll, relacionadas, en una u otra forma, con hechos y personas a los que hace referencia en su Diario. Por esta razón he reunido al final del volumen algunas crónicas sobre nuestro personaje aparecidas en publicaciones anteriores y que aquí me parece que ocupan el lugar que en verdad les corresponde.

Diario
del Gaviero

Marzo 15

Los informes que tenía indicaban que buena parte del
río era navegable hasta llegar al pie de la cordillera. No es así,
desde luego. Vamos en un lanchón de quilla plana movido por
un motor diesel que lucha con asmática terquedad contra la
corriente. En la proa hay un techo de lona sostenido por soportes de hierro de los que penden hamacas, dos a babor y dos
a estribor. El resto del pasaje, cuando hay, se amontona en
mitad de la embarcación, sobre un piso de hojas de palma que
protege a los viajeros del calor que despiden las planchas de
metal. Sus pasos retumban en el vacío de la cala con un eco
fantasmal y grotesco. A cada rato nos detenemos para desvarar
el lanchón encallado en los bancos de arena que se forman de
repente y luego desaparecen, según los caprichos de la corriente. De las cuatro hamacas, dos las ocupamos los pasajeros que
subimos en Puerto España y las otras dos son para el mecánico
y el práctico. El Capitán duerme en la proa bajo un parasol de
playa multicolor que él va girando según la posición del sol.
Siempre está en una semiebriedad, que sostiene sabiamente con
dosis recurrentes aplicadas en tal forma que jamás se escapa de
ese ánimo en que la euforia alterna con el sopor de un sueño
que nunca lo vence por completo. Sus órdenes no tienen relación alguna con la trayectoria del viaje y siempre nos dejan
una irritada perplejidad: «¡Arriba el ánimo! ¡Ojo con la brisa!
¡Recia la lucha, fuera las sombras! ¡El agua es nuestra! ¡Quemen la sonda!», y así todo el día y buena parte de la noche. Ni
el mecánico ni el práctico prestan la menor atención a esa letanía que, sin embargo, en alguna forma los sostiene despiertos
y alertas y les transmite la destreza necesaria para sortear las
incesantes trampas del Xurandó. El mecánico es un indio que
se diría mudo a fuerza de guardar silencio y sólo se entiende

de vez en cuando con el Capitán en una mezcla de idiomas difícil de traducir. Anda descalzo, con el torso desnudo. Lleva pantalones de mezclilla llenos de grasa que usa amarrados por debajo del prominente y terso estómago en el que sobresale una hernia del ombligo que se dilata y contrae a medida que su dueño se esfuerza para mantener el motor en marcha. Su relación con éste es un caso patente de transubstanciación; los dos se confunden y conviven en un mismo esfuerzo: que el lanchón avance. El práctico es uno de esos seres con una inagotable capacidad de mimetismo, cuyas facciones, gestos, voz y demás características personales han sido llevados a un grado tan perfecto de inexistencia que jamás consiguen permanecer en nuestra memoria. Tiene los ojos muy cerca del arco de la nariz y sólo puedo recordarlo evocando al siniestro Monsieur Rigaud-Blandois de *La Pequeña Dorrit*. Sin embargo, ni siquiera tan imborrable referencia sirve por mucho tiempo. El personaje de Dickens se esfuma cuando observo al práctico. Extraño pájaro. Mi compañero de viaje, en la sección protegida por el toldo, es un gigante rubio que habla algunas palabras masticadas con un acento eslavo que las hace casi por completo indescifrables. Es tranquilo y fuma continuamente los pestilentes cigarrillos que le vende el práctico a un precio desorbitado. Va, según me entero, al mismo sitio adonde yo voy: a la factoría que procesa la madera que ha de bajar por este mismo camino y de cuyo transporte se supone que voy a encargarme. La palabra factoría produce la hilaridad de la tripulación, lo cual no me hace gracia y me deja en el desamparo de una vaga duda. Una lámpara Coleman nos alumbra de noche y en ella vienen a estrellarse grandes insectos de colores y formas tan diversos que a veces me da la impresión que alguien organiza su desfile con un propósito didáctico indescifrable. Leo a la luz de las caperuzas de hilo incandescente, hasta que el sueño me derriba como una droga súbita. La irreflexiva ligereza del de Orléans me ocupa por un instante antes de caer en un sopor implacable. El motor cambia de ritmo a cada rato, lo cual nos mantiene en constante estado de incertidumbre. Es de temer que de un momento a otro se detenga para siempre. La corriente se hace cada vez más indómita y caprichosa. Todo esto es absurdo y nunca acabaré de saber por qué razón me embarqué en esta empresa. Siempre ocurre lo mismo al comienzo de los viajes. Después llega la indiferencia bienhechora que todo lo subsana. La espero con ansiedad.

Marzo 18

Sucedió lo que hace rato vengo temiendo: la hélice chocó con un fondo de raíces y se torció el eje que la sostiene. La vibración se hizo alarmante. Hemos tenido que atracar en una orilla de arena de pizarra, que despide un tufo vegetal dulzón y penetrante. Hasta que logré convencer al Capitán de que sólo calentando el eje se conseguiría enderezarlo, lucharon varias horas en las maniobras más torpes e imprevisibles en medio de un calor soporífero. Una nube de mosquitos se instaló sobre nosotros. Por fortuna, todos estamos inmunes a esta plaga, con excepción del gigante rubio que soporta el embate con una mirada colérica y contenida, como si no supiera de dónde procede el suplicio que lo acosa.

Al anochecer se presentó una familia de indígenas, el hombre, la mujer, un niño de unos seis años y una niña de cuatro. Todos desnudos por completo. Se quedaron mirando la hoguera con indiferencia de reptiles. Tanto el hombre como la mujer son de una belleza impecable. Él tiene los hombros anchos y sus brazos y piernas se mueven con una lentitud que destaca aún más la armonía de las proporciones. La mujer, de igual estatura que el hombre, tiene pechos abundantes pero firmes, y los muslos rematan en unas caderas estrechas graciosamente redondeadas. Una leve capa de grasa les cubre todo el cuerpo y desvanece los ángulos de coyunturas y articulaciones. Los dos tienen el cabello cortado a manera de casquetes que pulen y mantienen sólidos con alguna substancia vegetal que los tiñe de ébano y brillan con las últimas luces del sol poniente. Hacen algunas preguntas en su lengua que nadie entiende. Tienen los dientes limados y agudos y la voz sale como el sordo arrullo de un pájaro adormilado. Entrada ya la noche, logramos enderezar la pieza, pero sólo hasta mañana podrá colocarse. Los indios atraparon algunos peces en la orilla y se fueron a comerlos a un extremo de la playa. El murmullo de sus voces infantiles duró hasta el amanecer. He leído hasta conciliar el sueño. En la noche el calor no cesa y, tendido en la hamaca, pienso largamente en las necias indiscreciones del Duque de Orléans y en ciertos rasgos de su carácter que irán a repetirse en otros miembros de la *branche cadette,* siempre de distinto tronco, pero con las mismas tendencias a la felonía, las aventuras galantes, el placer dañino de conspirar, la avidez por el dinero y una deslealtad sin sosiego. Habría que pensar un poco en las razones por las que tales constantes de conducta aparecen en forma implacable, casi hasta nuestros días, en estos príncipes de origen tan diferente. El agua golpea en el fondo metálico y plano con un borboteo monótono y, por alguna razón inasible, consolador.

Marzo 21

La familia subió a la lancha en la madrugada siguiente. Mientras bregábamos bajo el agua para colocar la hélice, ellos permanecieron de pie sobre el piso de palma. Durante todo el día estuvieron allí sin moverse ni pronunciar palabra. Ni el hombre ni la mujer tienen vellos en parte alguna del cuerpo. Ella muestra su sexo que brota como una fruta recién abierta y él el suyo con el largo prepucio que termina en punta. Se diría un cuerno o una espuela, algo ajeno por entero a toda idea sexual y sin el menor significado erótico. A veces sonríen mostrando sus dientes afilados y su sonrisa pierde por ello todo matiz de cordialidad o de simple convivencia.

El práctico me explica que es común en estos parajes que los indios viajen por el río en las embarcaciones de los blancos. No suelen dar explicación alguna ni dicen jamás dónde van a bajar. Un día desaparecen como llegaron. Son de carácter apacible y jamás toman nada que no les pertenece, ni comparten la comida con el resto del pasaje. Comen hierbas, pescado crudo y reptiles también sin cocinar. Algunos suben armados con flechas cuyas puntas están mojadas en curare, el veneno instantáneo cuya preparación es un secreto jamás revelado por ellos.

Esa noche, mientras dormía profundamente, me invadió de pronto un olor a limo en descomposición, a serpiente en celo, una fetidez creciente, dulzona, insoportable. Abrí los ojos. La india estaba mirándome fijamente y sonriendo con malicia que tenía algo de carnívoro, pero al mismo tiempo de una inocencia nauseabunda. Puso su mano en mi sexo y comenzó a acariciarme. Se acostó a mi lado. Al entrar en ella, sentí cómo me hundía en una cera insípida que, sin oponer resistencia, dejaba hacer con una inmóvil placidez vegetal. El olor que me despertó era cada vez más intenso con la proximidad de ese cuerpo blando que en nada recordaba el tacto de las formas femeninas. Una náusea incontenible iba creciendo en mí. Terminé rápidamente, antes de tener que retirarme a vomitar sin haber llegado al final. Ella se alejó en silencio. Entretanto, en la hamaca del eslavo, el indio, entrelazado al cuerpo de éste, lo penetraba mientras emitía un levísimo chillido de ave en peligro. Luego, el gigante lo penetró a su vez, y el indio continuaba su quejido que nada tenía de humano. Fui a la proa y traté de lavarme como pude, en un intento de borrar la hedionda capa de pantano podrido que se adhería al cuerpo. Vomité con alivio. Aún me viene de repente a la nariz el fétido aliento que temo no habrá de abandonarme en mucho tiempo.

Ellos siguieron allí, de pie, en medio de la barca, con la mirada perdida en las copas de los árboles, masticando sin cesar un amasijo hecho de hojas parecidas a las del laurel y carne de pescado o de lagarto que capturan con una habilidad notable. El eslavo se llevó anoche a la india a su hamaca, y esta mañana amaneció otra vez con el indio que dormía abrazado sobre él. El Capitán los separó, no por pudor, sino, como explicó con voz estropajosa, porque el resto de la tripulación podía seguir su ejemplo y ello traería de seguro peligrosas complicaciones. El viaje, añadió, era largo y la selva tiene un poder incontrolable sobre la conducta de quienes no han nacido en ella. Los vuelve irritables y suele producir un estado delirante no exento de riesgo. El eslavo musitó no sé qué explicación que no logré entender y regresó tranquilamente a su hamaca después de tomar una taza de café que le ofreció el práctico, con quien sospecho que se ha conocido en el pasado. Desconfío de la obediente mansedumbre de este gigante, en cuyos ojos se asoma a veces la sombra de una cansina y triste demencia.

Marzo 24

Hemos llegado a un amplio claro de la selva. Después de tantos días, por fin, arriba, asoman el cielo y las nubes que se desplazan con lentitud bienhechora. El calor es más intenso, pero no nos abruma con esa agobiante densidad que, bajo el verde dombo de los grandes árboles, en la penumbra constante, lo convierte en un elemento que nos va minando con implacable porfía. El ruido del motor se diluye en lo alto y el planchón se desliza sin que suframos su desesperado batallar contra la corriente. Algo semejante a la felicidad se instala en mí. En los demás es fácil percibir también una sensación de alivio. Pero allá, al fondo, se va perfilando de nuevo la oscura muralla vegetal que nos ha de tragar dentro de unas horas.

Este apacible intermedio de sol y relativo silencio ha sido propicio al examen de las razones que me impulsaron a emprender este viaje. La historia de la madera la escuché por primera vez en La Nieve del Almirante, la tienda de Flor Estévez en la cordillera. Vivía con ella desde hacía varios meses, curándome una llaga que me dejó en la pierna la picadura de cierta mosca ponzoñosa de los manglares del delta. Flor me cuidaba con un cariño distante pero firme, y en las noches hacíamos el amor con la consiguiente incomodidad de mi pierna baldada, pero con un sentido de rescate y alivio de anteriores desdichas que, cada uno por su lado, cargábamos como un fardo agobiante. Creo que sobre la tienda de Flor y mis días en el páramo dejé constancia en algunos papeles anteriores. Allí llegó el dueño de un camión, que él mismo conducía, cargado con reses compradas en los llanos y nos contó la historia de la madera que se podía comprar en un aserradero situado en el límite de la selva y que, bajando el Xurandó, podía venderse a un precio mucho más alto en los puestos militares que estaban ahora instalando a orillas del gran río. Cuando secó la llaga y con dinero que me dio Flor, bajé a la selva, siempre con la sospecha de que había algo incierto en toda esta empresa. El frío de la cordillera, la niebla constante que corría como una procesión de penitentes por entre la vegetación enana y velluda de esos parajes, me hicieron sentir la necesidad impostergable de hundirme en el ardiente clima de las tierras bajas. El contrato que tenía pendiente para llevar a Amberes un carguero con bandera tunecina, que necesitaba ajustes y modificaciones para convertirlo en transporte de banano, lo devolví sin firmar, dando algunas torpes explicaciones que debieron dejar intrigados a sus dueños, viejos amigos y compañeros de otras andanzas y tropiezos que algún día merecerán ser recordados.

Al subir a esta lancha mencioné el aserradero de marras y nadie ha sabido darme idea cabal de su ubicación. Ni siquiera de su existencia. Siempre me ha sucedido lo mismo: las empresas en las que me lanzo tienen el estigma de lo indeterminado, la maldición de una artera mudanza. Y aquí voy, río arriba, como un necio, sabiendo de antemano en lo que irá a parar todo. En la selva, en donde nada me espera, cuya monotonía y clima de cueva de iguanas me hace mal y me entristece. Lejos del mar, sin hembras y hablando un idioma de tarados. Y, entretanto, mi querido Abdul Bashur, camarada de tantas noches a orillas del Bósforo, de tantos intentos inolvidables por hacer dinero fácil en Valencia y Toulon; esperándome y pensando que tal vez haya muerto. Me intriga sobremanera la forma como se repiten en mi vida estas caídas, estas decisiones erróneas desde su inicio, estos callejones sin salida cuya suma vendría a ser la historia de mi existencia. Una fervorosa vocación de felicidad constantemente traicionada, a diario desviada y desembocando siempre en la necesidad de míseros fracasos, todos por entero ajenos a lo que, en lo más hondo y cierto de mi ser, he sabido siempre que debiera cumplirse si no fuera por esta querencia mía hacia una incesante derrota. ¿Quién lo entiende? Ya vamos a entrar de nuevo en el verde túnel de la jungla ceñuda y acechante, ya me llega su olor a desdicha, a tibio sepulcro desabrido.

Marzo 27

Esta mañana, cuando orillamos para dejar varios tambores de insecticida en una ranchería ocupada por militares, bajaron los indios. Me enteré allí que mi vecino de hamaca se llama Ivar. La pareja lo despidió desde la orilla piando: «Ivar. Ivar», mientras él sonreía con una dulzura de pastor protestante. Al caer la noche, cuando estábamos tendidos en nuestras hamacas y, para evitar los insectos, no habíamos encendido aún la Coleman, le pregunté en alemán de dónde era, y me respondió que de Pärnu, en Estonia. Hablamos hasta muy tarde. Intercambiamos recuerdos y experiencias de lugares que resultaron familiares para ambos. Como tantas veces sucede, el idioma revela de pronto a alguien por entero diferente de lo que nos habíamos imaginado. Me da la impresión de un hombre en extremo duro, cerebral y frío, y con un desprecio absoluto por sus semejantes, el cual enmascara en fórmulas cuya falsedad él mismo es el primero en delatar. De mucho cuidado el hombre. Sus opiniones y comentarios sobre el episodio erótico con la pareja de indios son todo un tratado de gélido cinismo de quien está de regreso, no ya de todo pudor o convención social, sino de la más primaria y simple ternura. Dice que viaja también hasta el aserradero. Cuando lo llamé factoría, se lanzó a una confusa explicación sobre en qué consistían las instalaciones, lo cual sirvió para sumirme aún más en el desaliento y la incertidumbre. Quién sabe qué me espera en ese hueco al pie de la cordillera. Ivar. Luego, durante el sueño, entendí por qué el nombre me era tan familiar. Ivar, el grumete que murió acuchillado a bordo de la *Morning Star* sacrificado por un contramaestre que insistió en que le había robado su reloj cuando bajaron juntos a visitar un burdel en Pointe-à-Pitre. Ivar, que recitaba parrafadas completas de Kleist, y cuya madre le tejió un suéter que él usaba con orgullo en las noches de frío. En el sueño me acogió con su acostumbrada sonrisa cálida e inocente y trató de explicarme que no era el otro, mi vecino de hamaca. Entendí al instante su preocupación y le aseguré que lo sabía muy bien y que no había confusión posible. Escribo en la madrugada aprovechando la relativa frescura de esta hora. La larga encuesta sobre el asesinato del de Orléans comienza a aburrirme. En este clima sólo las más elementales y sórdidas apetencias subsisten y se abren paso entre el baño de imbecilidad que nos va invadiendo sin remedio.

Pero meditando un poco más sobre estas recurrentes caídas, estos esquinazos que voy dándole al destino con la misma repetida torpeza, caigo en la cuenta, de repente, que a mi lado, ha ido desfilando otra vida. Una vida que pasó a mi vera y no lo supe. Allí está, allí sigue, hecha de la suma de todos los momentos en que deseché ese recodo del camino, en que prescindí de esa otra posible salida y así se ha ido formando la ciega corriente de otro destino que hubiera sido el mío y que, en cierta forma, sigue siéndolo allá, en esa otra orilla en la que jamás he estado y que corre paralela a mi jornada cotidiana. Aquélla me es ajena y, sin embargo, arrastra todos los sueños, quimeras, proyectos, decisiones que son tan míos como este desasosiego presente y hubieran podido conformar la materia de una historia que ahora transcurre en el limbo de lo contingente. Una historia igual quizá a esta que me atañe, pero llena de todo lo que aquí no fue, pero allá sigue siendo, formándose, corriendo a mi vera como una sangre fantasmal que me nombra y, sin embargo, nada sabe de mí. O sea, que es igual en cuanto la hubiera yo protagonizado también y la hubiera teñido de mi acostumbrada y torpe zozobra, pero por completo diferente en sus episodios y personajes. Pienso, también, que al llegar la última hora sea aquella otra vida la que desfile con el dolor de algo por entero perdido y desaprovechado y no ésta, la real y cumplida, cuya materia no creo que merezca ese vistazo, esa postrera revista conciliatoria, porque no da para tanto ni quiero que sea la visión que alivie mi último instante. ¿O el primero? Éste es asunto para meditar en otra ocasión. La enorme y oscura mariposa que golpea con sus lanudas alas la pantalla de cristal de la lámpara empieza a paralizar mi atención y a mantenerme en un estado de pánico inmediato, insoportable, desorbitado. Espero, empapado en sudor, que desista de su revolotear alrededor de la luz y huya hacia la noche de donde vino y a la que tan cabalmente pertenece. Ivar, sin percibir siquiera mi transitoria parálisis, apaga la caperuza de la lámpara y se sume en el sueño respirando hondamente. Envidio su indiferencia. ¿Tendrá, en algún escondido rincón de su ser, una rendija donde aceche un pavor desconocido? No lo creo. Por eso es de temer.

Abril 2

De nuevo varados en los bancos de arena que se formaron en un momento mientras orillamos para arreglar una avería. Ayer subieron dos soldados que van al puesto fronterizo para curarse los ataques de malaria. Tirados sobre las hojas de palma, tiritan sacudidos por la fiebre. Sus manos no abandonan el fusil que golpea con monótona regularidad contra el piso metálico.

Establezco, sabiendo de su candorosa inutilidad, algunas reglas de vida. Es uno de mis ejercicios favoritos. Me hace sentir mejor y creo con ello poner en orden algo en mi interior. Viejos rezagos del colegio de los jesuitas, que de nada sirven y a nada conducen, pero que tienen esa condición de ensalmo bienhechor al que me acojo cuando siento que ceden los cimientos. Veamos:

Meditar el tiempo, tratar de saber si el pasado y el futuro son válidos y si en verdad existen, nos lleva a un laberinto que, por familiar, no es menos indescifrable.

Cada día somos otro, pero siempre olvidamos que igual sucede con nuestros semejantes. En esto tal vez consista lo que los hombres llaman soledad. O es así, o se trata de una solemne imbecilidad.

Cuando le mentimos a una mujer volvemos a ser el niño desvalido que no tiene asidero en su desamparo. La mujer, como las plantas, como las tempestades de la selva, como el fragor de las aguas, se nutre de los más oscuros designios celestes. Es mejor saberlo desde temprano. De lo contrario, nos esperan sorpresas desoladoras.

Un golpe de cuchillo en el cuerpo de alguien que duerme. Los escuetos labios de la herida que no sangra. El vértigo, el estertor, la quietud final. Así ciertas certezas que nos asesta la vida, la indescifrable, la certera, la errática e indiferente vida.

Hay que pagar ciertas cosas, otras siempre se quedan debiendo. Eso creemos. En el «hay que» se esconde la trampa. Vamos pagando y vamos debiendo y muchas veces ni siquiera lo sabemos.

Los gavilanes que gritan sobre los precipicios y giran buscando su presa son la única imagen que se me ocurre para evocar a los hombres que juzgan, legalizan y gobiernan. Malditos sean.

Una caravana no simboliza ni representa cosa alguna. Nuestro error consiste en pensar que va hacia alguna parte o viene de otra. La caravana agota su significado en su mismo desplazamiento. Lo saben las bestias que la componen, lo ignoran los caravaneros. Siempre será así.

Poner el dedo en la llaga. Oficio de hombres, tarea bastarda que ninguna bestia sería capaz de cumplir. Necedad de profetas y de charlatanes agoreros. Mala calaña y, sin embargo, tan escuchada y tan solicitada.

Todo lo que digamos sobre la muerte, todo lo que se quiera bordar alrededor del tema, no deja de ser una labor estéril, por entero inútil. ¿No valdría más callar para siempre y esperar? No se lo pidas a los hombres. En el fondo deben necesitar la parca, tal vez pertenezcan exclusivamente a sus dominios.

Un cuerpo de mujer sobre el que corre el agua de las torrenteras, sus breves gritos de sorpresa y de júbilo, el batir de sus miembros entre las espumas que arrastran rojos frutos de café, pulpa de caña, insectos que luchan por salir de la corriente: he ahí la lección de una dicha que, de seguro, jamás vuelve a repetirse.

En el Crac de los Caballeros de Rodas, cuyas ruinas se levantan en un acantilado cerca de Trípoli, hay una tumba anónima que tiene la siguiente inscripción: «No era aquí». No hay día en que no medite en estas palabras. Son tan claras y al mismo tiempo encierran todo el misterio que nos es dado soportar.

¿En verdad olvidamos buena parte de lo que nos ha sucedido? ¿No será más bien que esta porción del pasado sirve de semilla, de anónimo incentivo para que partamos de nuevo hacia un destino que habíamos abandonado neciamente? Torpe consuelo. Sí, olvidamos. Y está bien que así sea.

Ensartar, una tras otra, estas sabias sentencias de almanaque, bisutería inane nacida del ocio y de la obligada espera de un cambio de humor de la corriente, sólo sirve, al final, para dejarme aún más desprovisto de la energía necesaria para enfrentar el trabajo aniquilador de este clima de maldición. Torno a recorrer la lista y las escuetas biografías de quienes asaltaron al de Orléans en su lóbrega esquina de la Rue Vieille-du-Temple y a enterarme de su posterior castigo en manos de Dios o de los hombres; que de todo hubo.

Abril 7

Antier murió uno de los soldados. Acababan de disolverse los bancos de arena y el motor se había puesto en movimiento cuando el golpeteo de uno de los fusiles cesó de repente. El práctico me llamó para que le ayudara a examinar el cuerpo que yacía inmóvil, mirando a la espesura en medio de un charco de sudor que empapaba las hojas de palma. El compañero había tomado el fusil del difunto y observaba a éste sin decir palabra. «Hay que enterrarlo ahora mismo» —comentó el práctico con el tono de quien sabe lo que dice. «No —contestó el soldado, tengo que llevarlo al puesto. Allá están sus cosas y mi teniente tiene que hacer el parte». Nada dijo el práctico, pero era claro que el tiempo le iba a dar la razón. En efecto, hoy atracamos para enterrar el cuerpo que se había hinchado monstruosamente y dejaba una estela de fetidez que atrajo una nube de buitres. Encima de los soportes del toldo de popa se había instalado ya el rey de la bandada, un hermoso buitre de luciente azabache con su gorguera color naranja y su opulenta corona de plumas rosadas. Parpadeaba dejando caer una membrana azul celeste con la regularidad de un obturador fotográfico. Sabíamos que mientras él no diera el primer picotazo al cadáver los demás jamás se acercarían. Cuando cavamos la fosa, en el límite del playón y la selva, nos miraba desde su atalaya con una dignidad no exenta de cierto desprecio. Hay que reconocer que la belleza del majestuoso animal se imponía hasta el punto de que su presencia dio al apresurado funeral un aire heráldico, una altivez militar acordes con el silencio del lugar, interrumpido apenas por el golpe de la corriente contra el fondo plano de la barca.

Viajamos por una región en donde los claros se suceden con exactitud que parece obra de los hombres. El río se remansa y apenas se nota la resistencia del agua a nuestro avance. El soldado sobreviviente ha superado la crisis y toma las blancas pastillas de quina con una resignación castrense. Ahora cuida las dos armas de las que nunca se desprende. Conversa con nosotros bajo el parasol del Capitán y nos relata historias de los puestos de avanzada, la convivencia con los soldados del país fronterizo y las riñas de cantina los días de fiesta, que terminan siempre con varios muertos de uno y otro bando que son enterrados con honores militares como si hubiesen caído en cumplimiento del deber. Tiene la malicia de los hombres del páramo, silba las eses cuando habla y pronuncia con esa peculiar rapidez que hace las frases difíciles de comprender mientras nos acostumbramos al ritmo de un idioma usado más para ocultar que para comunicar. Cuando Ivar comienza a preguntarle sobre ciertos detalles del puesto fronterizo relacionados con el equipo que usan y con el número de conscriptos que alberga, entrecierra los ojos, sonríe ladino y contesta algo que nada tiene que ver con la cuestión. De todos modos no parece sentir mucha simpatía por nosotros y creo que no nos perdona el que hayamos enterrado a su compañero sin su consentimiento. Pero hay, además, otra razón más simple. Como toda persona que ha recibido una formación militar, para él los civiles somos una suerte de torpe estorbo que hay que proteger y tolerar; siempre empeñados en negocios turbios y en empresas de una flagrante necedad. No saben mandar ni saben obedecer, o sea, no saben pasar por el mundo sin sembrar el desorden y la inquietud. Hasta en el más nimio gesto nos lo está diciendo todo el tiempo. En el fondo siento envidia, y aunque siempre estoy tratando de minar su inexpugnable sistema, no puedo menos de reconocer que éste lo preserva del sordo estrago de la selva cuyos efectos comienzan a manifestarse en nosotros con aciaga evidencia.

La comida que prepara el práctico es simple y monótona: arroz convertido en una pasta informe, frijoles con carne seca y plátano frito. Luego, una taza de algo que pretende ser café, en verdad un aguachirle de sabor indefinido, con trozos de azúcar mascabado que dejan en la taza un sedimento inquietante de alas de insectos, residuos vegetales y fragmentos de origen incierto. El alcohol no aparece jamás. Sólo el Capitán lleva siempre consigo una cantimplora con aguardiente, de la que toma con implacable regularidad algunos tragos y jamás ofrece a los demás viajeros. Tampoco dan ganas de probar la tal pócima que, a juzgar por el aliento que despide su dueño, debe ser un destilado de caña de la más ínfima calidad, producido de contrabando en alguna ranchería del interior, y cuyos efectos saltan a la vista.

Después de cenar, cuando el soldado terminó sus historias, todos se dispersaron. Yo permanecí en la proa en espera de un poco de aire fresco. El Capitán, con las piernas colgando sobre la borda, disfrutaba su pipa. El humo se supone que ahuyenta los mosquitos, lo que en este caso no me sorprendería dada la pésima calidad de la picadura cuyo agrio aroma no recuerda para nada el del tabaco. El hombre se sentía comunicativo, cosa en él poco frecuente. Empezó a relatarme su historia, como si la locuacidad del soldado le hubiera soltado la lengua por un proceso de ósmosis muy común en los viajes. Lo que pude sacar en claro de ese monólogo desarticulado, dicho con voz pedregosa y en el que intercalaba largos períodos circulares, carentes de sentido alguno, no dejó de interesarme. Había episodios que me resultaron familiares y que bien podían haber pertenecido a ciertas épocas de mi propio pasado.

Había nacido en Vancouver. Su padre fue minero y luego pescador. Su madre era piel roja y había huido con su padre. Los hermanos de ella los persiguieron durante semanas, hasta que un día consiguió que un tabernero amigo suyo los emborrachara. Cuando salieron, los estaba esperando en las afueras, y allí los mató. La india aprobó la conducta de su hombre y se casaron a los pocos días en una misión católica. La pareja hacía una vida itinerante. Cuando él nació, lo dejaron al cuidado de las monjas de la misión. Un día no regresaron más. Al cumplir quince años, el muchacho huyó de allí y empezó a trabajar como ayudante de cocina en los barcos pesqueros. Más tarde se alistó en un buque tanque que llevaba combustible para Alaska. En el mismo barco viajó luego al Caribe, y durante algunos años hizo la ruta entre Trinidad y las ciudades costeras del continente. Transportaban gasolina de aviación. El capitán del barco se encariñó con el muchacho y le enseñó algunos rudimentos del arte de navegar. Era un alemán al que le faltaba una pierna. Había sido comandante de submarino. No tenía familia y desde la mañana comenzaba a beber una mezcla de champaña y cerveza ligera, acompañada de pequeños bocadillos de pan negro con arenques, queso roquefort, salmón o anchoas. Un día amaneció muerto, tirado en el suelo de su camarote. En la mano apretaba la cruz de hierro que escondía debajo de la almohada y enseñaba con orgullo en la altamar de sus borracheras. Empezó entonces para el joven una larga peregrinación por los puertos de las Antillas, hasta que vino a recalar en Paramaribo. Allí se organizó con la dueña de un burdel, una mulata con mezcla de sangres negra, holandesa e hindú. Era inmensamente gorda, de un carácter jovial, fumaba constantemente unos puros delgados hechos por las pupilas de la casa. Le encantaban los chismes y llevaba el negocio con un talento admirable. Nuestro hombre se aficionó al ron con azúcar fundido y limón. Cuidaba de tres mesas de billar que había a la entrada del establecimiento, más para distraer a las autoridades que para beneficio de los clientes. Pasaron varios años; la pareja se entendía y complementaba en forma tan ejemplar que llegó a ser una institución de la que se hablaba en todas las islas. Llegó un día una muchacha china a trabajar en la casa. Sus padres la vendieron a la dueña y fueron a instalarse en Jamaica con el dinero recibido. Le escribieron dos o tres postales y luego no volvió a saber de ellos. La nueva pupila no tenía aún dieciséis años, era menuda, silenciosa y apenas hablaba unas pocas palabras en papiamento. El marino se fijó en ella y la llevó a su cuarto varias veces, bajo la mirada tolerante y distraída de la matrona. Acabó por apasionarse de la china y huyó con ella, llevándose algunas joyas de la dueña y el poco dinero que había en la caja del billar. Rodaron algún tiempo por el Caribe, hasta cuando fueron a parar a Hamburgo en un carguero sueco en el que trabajó como ayudante de bodega. En Hamburgo gastaron el poco dinero que habían logrado reunir. Ella se contrató en un cabaret de Sankt-Pauli. Hacía un número de complicada calistenia erótica con dos mujeres más. Subían las tres a un pequeño escenario y allí duraban muchas horas en una inagotable pantomima que excitaba a la clientela mientras ellas permanecían ausentes, conservando en el rostro una sonrisa de autómatas y en el cuerpo una elasticidad de contorsionistas que no conocía la fatiga. La china pasó luego a participar en un *sketch* con un tártaro gigantesco, algo acromegálico, y una clarinetista clorótica que se encargaba del comentario musical de la rutina asignada a la pareja. Un día, el Capitán —ya se llamaba así entonces— se vio involucrado en un negocio de tráfico de heroína y tuvo que abandonar Hamburgo y a la china para no caer en manos de la policía.

El Capitán mencionó luego una indescifrable historia en donde figuraban Cádiz y un negocio de banderines del alfabeto náutico que, merced a ciertas, casi imperceptibles alteraciones, permitían comunicarse entre sí a los barcos que traían algún cargamento ilegal. No pude saber si se trataba de armas, de mano de obra levantina o de mineral de uranio sin tratar. Allí también se insertaba una historia de mujeres. Alguna de ellas acabó por hablar, y la Guardia Civil allanó el taller donde fabricaban las banderas de marras. No entendí cómo el hombre logró librarse a tiempo. Recaló en Belem do Pará. Allí trabajó en el comercio de piedras semipreciosas. Fue remontando el río

dedicado a toda suerte de transacciones, sumido ya en el alcoho-
lismo sin regreso. Compró el planchón en un puesto militar
donde remataban equipo obsoleto de la Armada y se internó
por la intrincada red de afluentes que se entrecruzan en la selva formando un laberinto delirante. En medio de la niebla que
entorpece sus facultades, ha conservado, por alguna extraña
razón que se escapa a toda lógica, una destreza infalible para
orientarse y un poder de mando sobre sus subordinados que le
guardan esa mezcla de temor y confianza sin reservas de la que
él se aprovecha sin escrúpulos, pero con ladina paciencia.

Abril 10

El clima empieza a cambiar paulatinamente. Debemos
estar acercándonos ya a las estribaciones de la cordillera. La
corriente es más fuerte y el cauce del río se va estrechando. En
las mañanas, el canto de los pájaros se oye más cercano y familiar
y el aroma de la vegetación es más perceptible. Estamos saliendo de la humedad algodonosa de la selva, que embota los sentidos y distorsiona todo sonido, olor o forma que tratamos de
percibir. En las noches corre una brisa menos ardiente y más
leve. La anterior nos hacía perder el sueño con su vaho morte-
cino y pegajoso. Esta madrugada tuve un sueño que pertenece
a una serie muy especial. Viene siempre que me aproximo a la
tierra caliente, al clima de cafetales, plátanos, ríos torrentosos
y arrulladoras, interminables lluvias nocturnas. Son sueños que
preludian la felicidad y de los que se desprende una particular
energía, una como anticipación de la dicha, efímera, es cierto,
y que de inmediato se transforma en el inevitable clima de
derrota que me es familiar. Pero basta esa ráfaga que apenas permanece y que me lleva a prever días mejores, para sostenerme
en el caótico derrumbe de proyectos y desastradas aventuras que
es mi vida. Sueño que participo en un momento histórico, en
una encrucijada del destino de las naciones y que contribuyo,
en el instante crítico, con una opinión, un consejo que cambia
por completo el curso de los hechos. Es tan decisiva, en el sueño, mi participación y tan deslumbrante y justa la solución que
aporto, que de ella mana esa suerte de confianza en mis poderes que barre las sombras y me encamina hacia un disfrute de

mi propia plenitud, con tal intensidad que, cuando despierto, perdura por varios días su fuerza restauradora.

Soñé que me encontraba con Napoleón el día despues de Waterloo, en Genappes o sus alrededores, en una casa de campo de estilo flamenco. El Emperador, en compañía de algunos ayudantes y civiles atónitos, se pasea en un pequeño aposento con unos pocos muebles desvencijados.

Me saluda distraído y sigue su agitado caminar. «¿Qué pensáis hacer, Sire?», le pregunto en el tono caluroso y firme de quien lo conoce hace mucho tiempo. «Me entregaré a los ingleses. Son soldados de honor. Inglaterra ha sido siempre mi enemigo, ellos me respetan y son los únicos que pueden garantizar mi seguridad y la de mi familia.» «Ése sería un grave error, Majestad —le comento con la misma firmeza—. Los ingleses son gente sin palabra y sin honor, y su guerra en los mares ha estado llena de trampas arteras y de cínica piratería. Su condición de isleños los hace desconfiados y ven en todo el mundo un enemigo». Napoleón se sonríe y me comenta: «¿Olvidáis, acaso, que soy corso?». Me sobrepongo a la confusión que me causa mi inadvertencia y sigo argumentando a favor de escapar hacia América del Sur o a las islas del Caribe. Participan en la controversia los demás circunstantes; el Emperador vacila y, finalmente, se inclina por mi sugerencia. Viajamos hacia un puerto que se parece a Estocolmo, y allí nos embarcamos hacia Sur América en un vapor movido por una gran rueda lateral y que conserva aún su velamen para apoyar el trabajo de las calderas. Napoleón hace algún comentario sobre la novedad de tan extraño navío y yo le comento que en América del Sur hace muchos años que navegan estas embarcaciones, que son muy rápidas y seguras, y los ingleses jamás podrán darnos alcance. «¿Cómo se llama este barco?» —pregunta Napoleón con curiosidad mezclada de recelo. «*Mariscal Sucre,* Sire», le respondo. «¿Quién era ese soldado? Nunca escuché antes su nombre». Le cuento la historia del Mariscal de Ayacucho y su artero asesinato en la montaña de Berruecos. «¿Y allí me lleva usted?», me increpa Napoleón mirándome con franca desconfianza. Ordena a sus oficiales que me detengan, y éstos ya se abalanzan sobre mí cuando el estruendo de las máquinas que cambian de régimen los deja atónitos mientras miran el humo negro y espeso que sale de la chimenea. Me despierto. Por un momento perduran, confundidos, el alivio de estar a salvo y la satisfacción de haber dado un consejo oportuno al Emperador, evitándole los años de humillación y miserias en Santa Helena. Ivar me observa asombrado, y me doy cuenta que estoy riendo en forma que a él debe parecerle inexplicable e inquietante. Hemos llegado a los primeros rápidos, casi imperceptibles. El motor ha tenido que redoblar su esfuerzo. Ése fue el ruido que me despertó. La lancha se mece y da tumbos como si se desperezara. Una bandada de loros cruza el cielo en una algarabía gozosa que se va perdiendo a lo lejos como una promesa de ventura y disponibilidad sin límites.

El soldado anuncia que pronto llegaremos al puesto militar. Creí sorprender una ráfaga de inquietud, de agazapada incertidumbre, en los rostros del práctico y del estoniano. Algo se va concretando respecto a estos dos compinches en alguna fechoría o socios en alguna empresa sospechosa. Aprovechando un momento en que el Capitán estaba pasablemente lúcido y los compadres conversaban en voz baja con el soldado, tendidos los tres en la proa y echándose agua en la cara para refrescarse, le pregunté al hombre si sabía algo al respecto. Me miró largamente y se concretó a comentar: «Terminarán bajo tierra uno de estos días. Ya se sabe de ellos más de lo que les conviene. No es la primera vez que hacen juntos esta travesía. Puedo arreglarles las cuentas ahora, pero prefiero que sean otros los que lo hagan. Son unos infelices. No se preocupe». Como buena parte de mi vida se ha perdido en tratos con infelices de pelaje semejante, no es preocupación lo que siento, sino hastío al ver acercarse un episodio más de la misma, repetida y necia historia. La historia de los que tratan de ganarle el paso a la vida, de los listos, de los que creen saberlo todo y mueren con la sorpresa retratada en la cara: en el último instante les llega siempre la certeza de que lo que les sucedió es, precisamente, que nada comprendieron ni nada tuvieron jamás entre las manos. Viejo cuento; viejo y aburrido.

Abril 12

Al mediodía escuchamos el zumbido de un motor. Pocos minutos después comenzó a volar alrededor de la lancha un hidroavión Junker. Es un modelo que pertenece a los tiempos heroicos de la aviación en estas regiones. No pensé que aún existieran en servicio. Tiene seis plazas y el fuselaje es de lámina ondulada. El motor suele toser a veces y el hidroavión desciende, entonces, a ras del agua por si se presenta una avería. Un cuarto de hora después desapareció a lo lejos para alivio del práctico y su amigo, que habían estado tensos y en guardia durante todo el tiempo que el aparato sobrevoló a nuestro alrededor. Comimos el rancho de siempre y estábamos durmiendo la siesta cuando de repente el Junker acuatizó frente a nosotros y se acercó a la lancha. Un oficial en camisa caqui, sin gorra ni insignias reglamentarias, descendió a los flotadores y desde allí nos hizo señas de orillarnos en un lugar que nos indicó. Su tono era autoritario y no anunciaba nada bueno. Así lo hicimos, seguidos por el Junker con el motor a media marcha. Atracamos y del avión bajaron dos militares que saltaron a la lancha de inmediato. Llevaban pistolas al cinto, ninguno tenía insignias, pero por el porte y la voz era fácil deducir que eran oficiales. El piloto tenía aún puestos unos guantes con las puntas de los dedos desgarradas, y en la camisa mostraba las alas de plata de la aviación militar. Permaneció en los mandos mientras los dos oficiales nos ordenaban traer nuestros papeles y permanecer reunidos bajo el toldo de popa. El soldado se unió de inmediato a sus superiores y uno de ellos tomó el fusil del muerto. El que nos había dado orden de atracar comenzó a interrogarnos con nuestros papeles en la mano y sin mirarlos siquiera. Al Capitán y al mecánico se ve que ya los conocía. Únicamente preguntó al primero dónde iba. Éste respondió que al aserradero, y fue a refugiarse bajo su parasol después de tomar un trago de la cantimplora. El mecánico regresó a su motor. El interrogatorio del práctico y de Ivar fue mucho más detallado y a medida que las respuestas de éstos se hacían más vagas y su temor más evidente, el otro oficial y el soldado se fueron corriendo lentamente hasta quedar a espaldas de los sospechosos, con el claro propósito de impedirles saltar al agua. Al terminar con ellos se acercó a mí, preguntó mi nombre y el objeto del viaje. Le di mi nombre, y el Capitán, sin dejarme continuar, respondió en mi lugar: «Viene conmigo al aserradero. Es de confianza». El oficial no me quitaba los ojos de encima y parecía no haber escuchado las palabras del Capitán. «¿Trae armas?», me preguntó con la voz seca de quien está acostumbrado a mandar. «No», le respondí en voz baja. «No señor, aunque se demore un poco», añadió apretando los labios. «¿Trae dinero?» «Sí... señor, un poco.» «¿Cuánto?» «Dos mil pesos.» Se dio cuenta de que no estaba diciendo la verdad y me volvió la espalda para ordenar. «Suban a estos dos al avión». El práctico y el estoniano hicieron un leve gesto de resistencia, pero cuando sintieron los cañones de los fusiles contra sus espaldas obedecieron mansamente. Ya iban a entrar en la cabina cuando el oficial gritó «¡Amárrenles las manos a la espalda, pendejos!». «No hay con qué, mi mayor», se disculpó el otro oficial. «¡Con los cinturones, carajo!» Mientras el soldado les apuntaba, el oficial dejó el fusil en el piso de la cabina y ató a los detenidos con sus propios cinturones. Las grotescas posturas de la pareja para impedir que se les cayeran los pantalones no produjeron la menor reacción en los presentes. Los subieron al hidroavión, y el piloto se sentó frente a los mandos. El Mayor se nos quedó mirando y, luego, dirigiéndose al Capitán, le habló en un tono neutro y ya menos castrense: «No quiero problemas, Capi. Usted siempre ha sabido manejarse aquí sin buscar líos, siga así y nos entenderemos como siempre. Y usted —me señaló con el dedo como si fuera un recluta— haga su trabajo y lárguese después de aquí. No tenemos nada contra los extranjeros, pero entre menos vengan, mejor. Cuide su dinero. Ese cuento de los dos mil pesos se lo va a contar a su madre; a mí, no. No me importa cuánto tenga, pero es bueno que sepa que aquí matan por diez centavos para comprar aguardiente. Respecto al aserradero. Bueno. Ya verá usted por sí mismo. Lo quiero ver bajando el Xurandó lo más pronto posible, eso es todo». Nos volvió la espalda sin despedirse y subió al lado del piloto cerrando la portezuela con un estrépito de metales desajustados que repercutió en las dos orillas. El Junker se alejó hasta subir lenta y trabajosamente y perderse a lo lejos casi rozando las copas de los árboles.

El Capitán no pareció oír las palabras del Mayor. Seguía sentado en la hamaca sin pronunciar palabra. Alzó luego la cara hacia mí para comentar: «Nos salvamos, amigo; nos salvamos en un hilo. Ya le contaré más tarde. No sabía que él estaba de nuevo al mando de la base. Conoce la vida de todos los que andamos por aquí. Lo habían llamado del Estado Mayor y creí que no volvería. Por eso me arriesgué a traer a esos dos. No sé por qué no cargó también con nosotros. Por menos que eso se ha echado a muchos. A ver si en el puesto consigo un práctico. Yo ya no estoy para estas bregas. Ya sabe dónde están los bastimentos. Yo como muy poco, así que tendrá que hacerse su comida. Por mí no se preocupe. El mecánico también sabe arreglárselas por su cuenta. De todos modos no puede cocinar porque el motor hay que cuidarlo. Él trae su propia comida y allá abajo la prepara a su manera. Vamos, pues». El mecánico regresó a la proa para ocupar el lugar del práctico. Dio marcha atrás y se enfiló corriente arriba por la mitad del río. A medida que va cayendo la tarde me doy cuenta que desaparece la tensión, el ambiente enrarecido y maligno que creaban el práctico e Ivar con su intercambio de miradas, sus palabras en voz baja y su presencia perturbadora y viciada. La ciega lealtad del mecánico al Capitán, su silencio y su entrega a la tarea de mantener en marcha ese motor que hace años tendría que haber cumplido su servicio y convertirse en chatarra le dan al personaje ciertos toques de ascético heroísmo.

Abril 13

Este contacto con un mundo que se había borrado de la memoria por obra del extrañamiento y del sopor en que nos sepulta la selva ha sido más bien reconfortante, a pesar de las señales de peligro que dejó presentes el Mayor con sus palabras y advertencias perentorias. Es más, el peligro mismo me regresa a la rutina cotidiana del pasado y la puesta en marcha de los mecanismos de defensa, de la atención necesaria para enfrentar las dificultades fáciles de prever, son otros tantos estímulos para salir de la apatía, del limbo impersonal y paralizante en el que estaba instalado con alarmante conformidad.

La vegetación se hace más esbelta, menos tupida. El cielo está a la vista durante buena parte del día, y, en la noche, las estrellas, con la cercanía familiar que las distingue en la zona ecuatorial, despiden esa aura protectora, vigilante, que nos llena de sosiego al darnos la certeza, fugaz, si se quiere, pero presente en el reparador trecho nocturno, de que las cosas siguen su curso con la fatal regularidad que sostiene a los hijos del tiempo, a las criaturas sumisas al destino, a nosotros los hombres. La cantidad de facturas y memoriales de aduanas que encontré en la cala de la lancha y que el Capitán me obsequió para escribir este diario, único alivio al hastío del viaje, se están terminando. También el lápiz de tinta está llegando a su fin. El Capitán me explica que en la base militar, adonde llegaremos mañana, podré conseguir nueva provisión de papeles y otro lápiz. No me imagino solicitando ese favor, tan simple y tan candorosamente personal, al autoritario Mayor, cuya voz aún está presente en mis oídos. No sus palabras, sino el acento metálico, desnudo, seco como un disparo, que nos deja inermes, desamparados y listos a obedecer ciegamente y en silencio. Advierto que esto es nuevo para mí y que jamás había estado sujeto a una prueba semejante, ni en mi vida de marino, ni en mis variados oficios y avatares en tierra. Ahora entiendo cómo se lograron las arrolladoras cargas de los coraceros. Pienso si eso que solemos llamar valor no sea sino una entrega incondicional a la energía incontenible, neutra, arrasadora de una orden emitida en ese tono. Habría que meditarlo con más detenimiento.

Abril 14

Esta madrugada llegamos al puesto militar. Amarrado a un pequeño muelle de madera, el Junker se mece al impulso de la corriente. Ese avión de otros tiempos, con su lámina ondulada y su nariz pintada de negro, su motor radial y sus alas medio oxidadas, es una presencia anacrónica, una aparición aberrante que no sabré dónde colocar después en mis recuerdos. El puesto consta de una construcción paralela al curso del río, con tejado de zinc y paredes de tela metálica sostenida en bastidores. En el centro está la pequeña oficina de la comandancia, frente a la cual se alza un mástil con la bandera, en medio de un terraplén donde todo el día están barriendo los soldados que cumplen un castigo. En las dos alas de la construcción están las hamacas de la tropa y se distinguen pequeños cubículos para los oficiales con una hamaca cada uno. Nos salió a recibir un sargento que nos condujo a la comandancia. El Mayor nos acogió como si nunca nos hubiera visto. No fue cortés, ni sus modales castrenses han cambiado, pero ahora mantuvo una distancia y una indiferencia que, a tiempo que nos preserva del temor de despertar su inquina, también nos está indicando que la vigilancia no ha aflojado, sino que se aleja un poco para cubrir otras áreas de la diaria rutina del puesto.

Nos acomodaron en el extremo del ala derecha. El mecánico prefirió regresar a la lancha y dormir en su hamaca al lado del motor. Comimos con los soldados en una larga mesa colocada al aire libre, en la parte trasera del edificio. Un poco de pescado de río y la posibilidad de acompañarlo con cerveza me hicieron sentir ante un banquete imprevisto. Después de la comida, el soldado que viajó con nosotros vino a saludarnos. Encendimos unos cigarros que nos obsequió y los fumamos, más para espantar los mosquitos que por placer de saborear el tabaco que era muy fuerte. Le preguntamos por los presos que habían subido al Junker. Sin responder, miró hacia el cielo y bajó la mirada hacia el piso con una elocuencia que no necesitaba más explicaciones. Se hizo un breve silencio y luego comentó en tono que intentaba ser natural: «Las ejecuciones hacen ruido y hay que llenar muchos trámites. En cambio, así caen en la selva y el suelo es tan pantanoso que, con el impacto, ellos mismos cavan su tumba. Nadie pregunta más y la cosa se olvida pronto. Aquí hay mucho que hacer». El Capitán chupaba su cigarro mirando hacia la selva y palpaba su cantimplora como quien se asegura de tener consigo el conjuro de toda desgracia. No era para él novedad alguna esta manera sumaria de liquidar a los indeseables. En cuanto a mí, debo confesar que, después del primer escalofrío que me recorrió la espalda, muy pronto olvidé el asunto. Ahora que vuelvo a pensar en ello, me doy cuenta de que el sentido que se embota primero, a medida que la vida se nos va viniendo encima, es el de la piedad. La tan llevada y traída solidaridad humana que jamás ha significado para mí nada concreto. Se la menciona en circunstancias de pasajero pánico. Entonces pensamos más bien en el apoyo de los demás y no en el que nosotros podríamos ofrecerles. Nuestro compañero de travesía se despidió y nos quedamos un rato contemplando el cielo estrellado y la luna llena cuya perturbadora proximidad nos llevó a preferir el dormitorio y el reposo en nuestras hamacas. Le había pedido a nuestro amigo si podía conseguirme un poco de papel y un lápiz nuevo. Al rato llegó con ellos. Me explicó, con una sonrisa que no pude descifrar: «Se los envía mi Mayor y le manda decir que ojalá le sirvan para apuntar lo que debe y no lo que quiere». Era evidente que repetía el recado con fidelidad impersonal que lo hacía aún más sibilino. El silencio de la noche y la ausencia del motor, a cuyo ruido ya me había acostumbrado, me mantienen despierto por largo rato. Escribo para conciliar el sueño. No sé cuándo vamos a partir. Entre más pronto creo que será mejor. Éste no es lugar para mí. De todos los sitios que me han acogido en este mundo, y que son tantos y tan variados que ya he perdido la cuenta, éste, sin duda, es el único en donde todo me es hostil, ajeno, cargado de un peligro con el cual no sé cómo negociar. Me prometo jamás volver a pasar por esta experiencia que maldita la falta que me hacía.

Abril 15

Esta mañana, cuando nos preparábamos para partir, regresó el hidroavión que había salido al amanecer con el Mayor y el piloto. El mecánico comenzó a calentar el motor diesel, y el Capitán, con el nuevo práctico que le facilitaron en la base, acomodaba las provisiones en la cala. Un soldado me llamó desde la orilla. El Mayor quería hablar conmigo. El Capitán me miró con recelo y algo de temor. Era evidente que pensaba más en él que en mí en ese momento. Cuando entraba a la comandancia, el Mayor salía de la oficina. Me hizo un gesto con la mano como si quisiera tomarme del brazo para invitarme a pasear con él por el terraplén. Lo seguí. En su rostro moreno y regular, adornado con un bigote negro, cuidado con escrúpulo pero sin coquetería, se paseaba una expresión entre irónica y protectora que nunca acababa de ser cordial pero que, sin embargo, infundía una cierta confianza.

—¿Así que está resuelto a subir hasta los aserraderos? —comentó mientras encendía un cigarrillo.

—¿Aserraderos? Me habían hablado de uno nada más.

—No, son varios —contestó mientras observaba la lancha con mirada distraída.

—Bueno, no creo que eso cambie mucho el asunto. Lo importante es arreglar la compra de la madera y bajarla luego por el río —respondí mientras me subía por el estómago una sensación de ansiedad ya familiar: me indica cuándo empiezo a tropezar con los obstáculos de una realidad que había ido ajustando engañosamente a la medida de mis deseos.

Terminamos de recorrer el terraplén. El Mayor fumaba con una morosa delectación, como si fuera el último cigarrillo de su vida. Al final del trayecto se detuvo, volvió a mirarme de frente y me dijo:

—Ya se las arreglará usted como pueda. No es asunto mío. Una cosa le quiero advertir: usted no es hombre para permanecer aquí mucho tiempo. Viene de otros países, otros climas, otras gentes. La selva no tiene nada misterioso, como suele creerse. Ése es su peligro más grande. Es, ni más ni menos, esto que usted ha visto. Esto que ve. Simple, rotunda, uniforme, maligna. Aquí la inteligencia se embota, el tiempo se confunde, las leyes se olvidan, la alegría se desconoce, la tristeza no cuaja —hizo una pausa y aspiró una bocanada de humo que fue expulsando a tiempo que hablaba—. Ya sé que le contaron lo de los presos. Cada uno tenía una historia para llenar muchas páginas de un expediente que nunca se levantará. El estoniano vendía indios al otro lado. Los que no lograba vender, los envenenaba y luego los tiraba al río. Después vendió armas a los cultivadores de coca y de amapola y nos informaba luego la ubicación de sus plantíos y de sus campamentos. Mataba sin razón y sin rabia. Sólo por hacer el daño. El práctico no se le quedaba atrás, pero era más ducho y sólo hasta hace unos meses logramos concretar su participación en una matanza de indios organizada para vender las tierras que el gobierno les había concedido. Bueno, es inútil que le cuente más sobre estos dos elementos. También el crimen es aburrido y tiene muy pocas variaciones. Lo que quería explicarle es esto: si los envío con una escolta al juzgado más cercano, eso toma diez días de viaje. Arriesgo seis soldados que corren el peligro de caer en un simulacro de soborno que luego les cuesta la vida, o ser asesinados por los cómplices que estos delincuentes tienen en las rancherías. Seis soldados son para mí muy valiosos. Indispensables. En un momento dado pueden significar algo de vida o muerte. Además, los jueces... Bueno, ya usted se imagina. No tengo que decírselo. Esto se lo cuento, no para disculparme, sino para que tenga una idea de cómo son aquí las cosas —otra pausa—. Veo que ya se hizo amigo del Capitán, ¿verdad? —asentí con la cabeza—. Es un buen hombre mientras tiene qué beber. Si le falta el trago se convierte en otra persona. Cuide que no suceda. Pierde la razón y es capaz de las peores barbaridades. Luego no se acuerda de nada. También noto que usted no se lleva bien con la vida del cuartel, ni con la gente de uniforme. No deja de tener razón. Lo comprendo perfectamente. Pero alguien tiene que hacer ciertas tareas, y para eso existimos los militares. He hecho cursos de Estado Mayor en el norte. En Francia permanecí dos años en una misión militar conjunta. En todas partes es lo mismo. Creo saber cuál ha sido su vida y es posible que se haya encontrado alguna vez con mis colegas. Cuando no estamos de servicio somos algo más tolerables. En nuestro trabajo nos formaron para ser... eso que usted ve —estábamos frente al desembarcadero—. Bueno, no lo detengo más. Viaje con cuidado. El práctico que llevan es hombre de confianza. Al regreso lo deja aquí. No confíe en nadie, y de la tropa no espere mucho, estamos en otras cosas. No podemos ocuparnos de extranjeros soñadores. Ya me comprende —me tendió la mano y, al estrechársela, me di cuenta que era la primera vez que lo hacía conmigo. Nos dirigimos al muelle. Cuando subí a la lancha me dio una palmada en el hombro y me habló en voz baja: «Vigile el aguardiente. Que no falte». Con un gesto se despidió del Capitán. Caminó hacia su oficina con un paso elástico y lento, el cuerpo erguido, un tanto envarado. Llegamos a mitad del río y comenzamos a remontar la corriente. El campamento se fue alejando hasta que se confundió con el borde de la selva. De vez en cuando, un reflejo del sol sobre el fuselaje del Junker nos indicaba el lugar como una advertencia cargada de presagios.

Abril 17

El nuevo práctico se llama Ignacio y tiene una cara llena de pálidas arrugas que le dan un aspecto de momia fresca. A través de los pocos dientes que le quedan salpica saliva mientras habla sin parar. Lo hace más consigo mismo que con los demás. Respeta al Capitán, a quien conoce desde hace mucho tiempo. Con el mecánico, por consiguiente, mantiene una amistad en la que él hace el gasto de la conversación y el otro pone su carácter manso y su inagotable talento para relacionar la vida circundante con la impredecible conducta del motor, cuyos súbitos cambios amenazan a cada instante con el colapso definitivo.

Me había engañado al pensar que, de aquí en adelante, el paisaje y el clima se irían pareciendo cada vez más al de la tierra caliente. En la tarde entramos de nuevo a la selva. Penumbra formada por las copas de los árboles y las lianas que se entrecruzan de una orilla a la otra. El motor suena con el eco de los ruidos en las catedrales. Aves, monos e insectos se lanzan en una gritería sin sosiego. No sé cómo lograré dormir. «Los aserraderos, los aserraderos», repito para mí a ritmo con el golpeteo del agua en la proa de la lancha. Estaba escrito que esto tenía que sucederme. A mí y a nadie más. Hay cosas que nunca aprendo. Su presencia acumulada, en el curso de la vida, es lo que los necios llaman destino. Pobre consuelo.

Hoy, durante la siesta, soñé con lugares. Lugares donde he pasado largas horas vacías y que, sin embargo, están cargados de algún significado secreto. De ellos parte una señal que intenta develarme algo. El hecho mismo que haya soñado tales sitios es por sí vaticinador, pero no consigo descifrar el mensaje que me está destinado. Tal vez enumerándolos logre saber lo que quieren decirme:

Una sala de espera en la estación de una pequeña ciudad del Bourbonnais. El tren pasará después de medianoche. La estufa de gas proporciona calefacción insuficiente y despide un olor a pantano que se pega a la ropa y se demora en las paredes manchadas de humedad. Tres carteles anuncian las maravillas de Niza, los encantos de la costa bretona y los deportes de invierno en Chamonix. Están descoloridos y sólo consiguen agregar mayor tristeza al ambiente. La sala está vacía. El pequeño compartimento del estanco de tabaco, donde también suele servirse café con unos *croissants* protegidos de las moscas por una campana de cristal con sospechosas huellas de grasa mezclada con el polvo que flota en el ambiente, se encuentra cerrado con rejas de alambre llenas de agujeros. Estoy sentado en un banco cuya dureza impide encontrar una posición que me permita dormir un rato. Cambio de postura de vez en cuando y miro el puesto de tabaco y las carátulas de unas revistas ajadas que se exhiben en un aparador, también protegido por las rejas de alambre. Alguien se mueve allá adentro. Sé que es imposible porque el expendio está contra un rincón en donde no hay puerta alguna. Sin embargo, a cada momento es más evidente que hay alguien ahí encerrado. Me hace señas y alcanzo a distinguir una sonrisa en ese rostro impreciso, no sé si de mujer o de hombre. Me dirijo hacia allí con las piernas entumidas por el frío y por la incómoda posición en que he estado durante tantas horas. Alguien susurra allá adentro palabras ininteligibles. Acerco la cara a la reja protectora y escucho un murmullo: «Más lejos, tal vez». Introduzco los dedos por entre el alambre, trato de mover la reja y en ese momento alguien entra en la sala de espera. Vuelvo a mirar. Es un guardia con su gorra reglamentaria. Es manco y trae la manga de la guerrera asegurada al pecho con un gancho de nodriza. Me mira receloso, no saluda y va a calentarse en la estufa, con evidente intención de mostrar que está allí para impedir que se infrinjan los reglamentos de la estación. Regreso a mi lugar en un estado de agitación indecible, con el corazón desbocado, la boca seca y la certeza de haber desoído un mensaje irrepetible y decisivo.

En un pantano en donde giran los mosquitos en nubes que se acercan y parten de repente en espiral vertiginosa veo los restos de un gran hidroavión de pasajeros. Es un Latecoére 32. La cabina está casi intacta. Entro y me siento en una silla de mimbre con su mesita plegable al frente. El interior está invadido de vegetación que cubre los costados y cuelga del techo. Flores amarillas, de un color intenso, casi luminoso, que recuerdan las del árbol de guayacán, penden graciosamente. Todo lo que podía servir para algo ha sido desmontado hace muchísimo tiempo. Adentro se respira una serena y tibia atmósfera que invita a quedarse para descansar un rato. Por una de las ventanillas, que desde hace años ha perdido el vidrio, entra un gran pájaro de pecho color cobrizo tornasolado y el pico con una mancha naranja. Se para sobre el respaldo de una silla, tres puestos adelante de mí y me mira con sus pequeños ojos que tienen reflejos también de cobre. Empieza, de pronto, a cantar en un trino ascendente que baja luego en una brusca escala como si mi presencia no le dejara terminar la frase que inició con tanto brío. Vuela por el techo del Laté buscando la salida y, cuando parte, dejando el eco de su canto en el ámbito vegetal del interior, siento que han caído sobre mí los ensalmos dañinos a que está expuesto el que visita recintos que le son vedados. Un leve golpe de timón, allá adentro, en lo más secreto del alma, acaba de darse sin que hubiera podido intervenir, sin que siquiera se me tuviera en cuenta.

Un campo de batalla. La acción terminó el día anterior. Merodeadores con turbante despojan los cadáveres. Hace un calor húmedo que afloja los miembros, como una fiebre sin delirio. Entre los caídos hay algunos cuerpos con casacas rojas. Las insignias han desaparecido ya. Me acerco a un cadáver vestido con amplios pantalones de seda color pistacho y una chaquetilla bordada en oro y plata. No han podido robarla porque el cuerpo está atravesado con una lanza que penetra firmemente en el suelo y sujeta las vestiduras. Es un alto mandatario de rostro joven y cuerpo delgado y esbelto. Por su turbante me doy cuenta de que es un maharatta. Los merodeadores han desaparecido. De lejos se acerca un jinete de casaca roja. Detiene el caballo frente a mí y me pregunta: «¿A quién busca aquí?» «Busco el cuerpo del Mariscal de Turenne» —le respondo. Me mira con extrañeza. Sé que estoy equivocado de batalla, de siglo, de contendientes, pero no puedo rectificarme. El hombre se baja del caballo y me explica, ya con mayor cortesía: «Éste es el campo de batalla de Assaye, en tierras que eran del Peshwah. Si desea hablar con Sir Arthur Wellesley, puedo llevarlo ahora mismo». No sé qué contestar. Me quedo allí parado como un ciego que trata de orientarse entre la gente. El jinete alza los hombros: «No puedo hacer nada por usted», y se aleja por donde vino. Empieza a oscurecer. Me pregunto dónde estará el cadáver de Turenne y a tiempo que lo pienso sé que todo es un error y que no hay nada que hacer. Huele a especias, a *patchouli*, a vendajes de herida que no se han cambiado en varios días, a sol sobre los muertos, a hoja de sable recién engrasada. Despierto con la deprimente certeza de haber equivocado el camino en donde me esperaba, por fin, un orden a la medida de mi ansiedad.

Estoy en un hospital. La cama se halla protegida por una tela que la oculta de los demás lechos de la sala. No estoy enfermo y no sé por qué me han traído aquí. Descorro uno de los lados de la cortina y veo que hay una semejante que protege otra cama. Un brazo de mujer la corre y descubro a Flor Estévez, vestida con una precaria camisa de las que usan los pacientes que han sido operados. Me mira sonriente mientras sus pechos, sus muslos y su sexo semioculto se ofrecen con un candor que no le es propio en la vida real. Como siempre, tiene el pelo desordenado como la melena de un animal mitológico. Me paso a su lecho. Comenzamos a acariciarnos con la febril presteza de quienes saben que cuentan con muy poco tiempo y que en breve llegará alguien. Cuando voy a entrar en ella se abren bruscamente las cortinas. Unos monaguillos las sostienen mientras un sacerdote insiste en darme la comunión. Forcejeo para cerrar la cortina. El cura guarda la hostia en un cáliz y un monaguillo le pasa una cajita de plata con los santos óleos. El sacerdote intenta aplicarme la extremaunción. Vuelvo a mirar a Flor Estévez que me evita avergonzada, como si todo hubiera sido preparado por ella con algún fin que se me escapa. Flor moja sus dedos en los óleos y trata de frotarme el miembro mientras canta una canción cuya tristeza me deja en el desamparo de un desenlace que vivo como un engaño atroz. Todo erotismo se ha esfumado por completo. Quiero gritar con la desesperación de un ahogado. Despierto con el sonido de mi propia voz que se apaga en un aullido grotesco.

Medito, absorto, en la señal que estas visiones encubren. Ha caído la noche y el planchón avanza lentamente. El práctico y el Capitán discuten con una desmayada irritación que se siente familiar e inofensiva. El Capitán está en el punto crítico de su ebriedad y vuelve a sus órdenes insensatas: «¡Huele el viento, viejo terco, huélelo bien o nos perdemos, carajo!», «Ya, Capi, ya, no me atosigue que si no avanzamos es porque no se puede», le contesta el práctico con la paciencia de quien habla con un niño. «Navegas como culebra descabezada, Ignacio, por algo no te ocupaban ya en la base. ¡Firme el timón, maldita sea, que no es cuchara de sopa!» Y así durante buena parte de la noche. Es evidente que, en el fondo, se divierten con esto. Es la manera que tienen de comunicarse. Su relación es tan antigua que ya todo está dicho desde hace mucho tiempo. La siesta se prolongó demasiado y sólo conseguiré dormir en la madrugada. Leo y escribo por turnos. Juan sin Miedo no tiene excusa válida. Al ordenar la muerte del hermano del rey de Francia, condenó su propia raza a la inevitable extinción. Qué lástima. Un Reino de Borgoña tal vez hubiera sido la respuesta adecuada a tantas cosas que luego llovieron sobre Europa en una secuencia de maldición inapelable.

Abril 18

Como siempre sucede, hasta hoy han comenzado a develarse las posibles claves de esas visitaciones que tuve durante la siesta de ayer. Son mis viejos demonios, los fantasmas ya rancios que, con diversos ropajes, con distinto lenguaje, con nueva malicia escénica, suelen presentarse para recordarme las constantes que tejen mi destino: el vivir en un tiempo por completo extraño a mis intereses y a mis gustos, la familiaridad con el irse muriendo como oficio esencial de cada día, la condición que tiene para mí el universo de lo erótico siempre implícito en dicho oficio, un continuo desplazarme hacia el pasado, procurando el momento y el lugar adecuados en donde hubiera cobrado sentido mi vida y una muy peculiar costumbre de consultar constantemente la naturaleza, sus presencias, sus transformaciones, sus trampas, sus ocultas voces a las que, sin embargo, confío plenamente la decisión de mis perplejidades, el veredicto sobre mis actos, tan gratuitos, en apariencia, pero siempre tan obedientes a esos llamados.

El mero hecho de meditar sobre todo esto me ha proporcionado la apacible aceptación del presente que se me ocurría tan confuso y tan poco afín a mis asuntos. Por un comprensible error de perspectiva, sucedía que lo estaba examinando sin tener en cuenta ciertos elementos familiares que los sueños de ayer hicieron evidentes. Allí estaban y no había sabido desentrañarlos. Estoy tan acostumbrado a esa clave augural de mis sueños, que aún sin descifrar todavía su mensaje ya empiezo a sentir su acción bienhechora y sedante. Queda sólo por entender la actitud de Flor Estévez, cuya iniciativa e invitación a pasar a su cama son tan ajenas a como suele manejar tales situaciones. En efecto, pese al aparente salvajismo de su figura, la rotundez de sus piernas, su cabellera en hirsuto desorden, su piel morena un tanto húmeda que se resiste levemente al tacto como si estuviera formada por un terciopelo invisible, sus amplios pechos de sibila que semiofrece a la vista todo el día, a pesar de tales signos, Flor desconoce por completo el juego de la coquetería, la malicia de los acercamientos amorosos. Irrumpe seria, terminante, casi triste, con la silenciosa desesperación de quien obra bajo el poder de una fuerza desatada y así ama y goza en un silencio de vestal. Tal vez la provocativa conducta de Flor en el sueño se deba a mi abstinencia en este viaje; fuera del episodio con la india, más inquietante que gratificador. Puede también obedecer, y esto es lo más probable, a la clásica yuxtaposición en los sueños de rasgos y gestos de diferentes personas. Por eso jamás podremos confirmar con certeza la identidad de los seres con los que soñamos. Jamás es uno solo el que se nos presenta, siempre es una suma, un instantáneo y condensado desfile, y no una presencia única y determinada.

Flor Estévez. Nadie me ha sido tan cercano, nadie me ha sido tan necesario, nadie ha cuidado tanto de mí con ese secreto tacto suyo en medio de la selvática y ceñuda distancia de su ser dado al silencio, a los monosílabos, a escuetos gruñidos que ni niegan ni afirman. Cuando le consulté el asunto de la madera se limitó a comentar: «No sabía que con la madera se hiciera dinero. Se hacen casas, cercas, cajones, repisas, lo que quiera, pero ¿dinero? Eso es un cuento. No se lo crea». Fue al escondite en donde guarda sus ahorros y me entregó todo lo que tenía, sin añadir una palabra, sin mirarme siquiera. Flor Estévez, leal y bronca en sus iras, procaz y repentina en sus caricias. Abstraída, viendo pasar la niebla por entre los altos cámbulos, cantando canciones de las tierras bajas, canciones frutales, gozosas, inocentes y teñidas de una aguda nostalgia que se quedaba para siempre en la memoria con la melodía y las palabras de un candor transparente. Y yo aquí remontando este río con un borracho mitad comanche y mitad gringo, un indio mudo enamorado de su motor diesel y un nonagenario que parece nacido de la tumefacta corteza de alguno de estos árboles gigantescos sin nombre ni oficio. No tiene remedio mi errancia atolondrada, siempre a contrapelo, siempre dañina, siempre ajena a mi verdadera vocación.

Abril 20

Hemos entrado de nuevo a una sabana con pequeñas agrupaciones boscosas y extensos pantanos creados por el desbordamiento del río. Bandadas de garzas cruzan el cielo en formaciones regulares que recuerdan escuadrillas en vuelo de reconocimiento. Giran alrededor de la lancha y van a posarse en la orilla con impecable elegancia. Se desplazan con zancadas lentas y prudentes en busca de alimento. Cuando consiguen atrapar un pescado, éste se debate un instante en el largo pico de la garza que sacude la cabeza y la víctima desaparece como en un acto de magia. El sol cae a plomo sobre la tediosa extensión en donde el agua rebrilla entre juncos y lianas. De vez en cuando, como para recordarnos que ha de volver en breve, surge una pequeña muestra de la selva, un tupido grupo de árboles de donde parte la algarabía de monos, pericos y otras aves y el regular y soñoliento canto de los grillos gigantes. La soledad del lugar nos deja como desamparados, sin que sepamos muy bien a qué se debe esta sensación que no tenemos en medio de la jungla, pese a su vaho letal, siempre presente para recordarnos su devastadora cercanía. Tendido en la hamaca veo desfilar, con abúlica indiferencia, este paisaje en donde el único cambio perceptible es la paulatina mutación de la luz a medida que avanza la tarde. La corriente del río apenas se opone al avance del planchón. El motor adquiere un ritmo acelerado y cascabeleante, bastante sospechoso dadas sus precarias condiciones de vetustez y demente inestabilidad. Todo esto apenas lo registro en la superficie casi impersonal de mi atención. Como siempre me sucede después de la visita de los sueños reveladores, he caído en un estado de marginal indiferencia, al borde de un sordo pánico. Lo percibo como un inevitable atentado contra mi ser, contra las fuerzas que lo sostienen, contra la precaria y vana esperanza, pero esperanza al fin, de que algún día las cosas serán mejores y todo comenzará a resultar bien. Me he familiarizado tanto con estos breves períodos de peligrosa neutralidad, que sé que lo mejor es no someterlos a examen. Con ello sólo conseguiría prolongarlos a semejanza de la sobredosis de un medicamento tomado por inadvertencia, cuyo efecto sólo pasará cuando el cuerpo asimile el agente extraño que lo intoxica.

El Capitán se acerca para informarme que al anochecer nos detendremos en una ranchería para cargar combustible y renovar provisiones. Le pregunto, recordando la recomendación del Mayor, sobre el estado de su cantimplora. Entiende que me han alertado al respecto y responde con ligera molestia: «No se preocupe, amigo, ahí compraré lo suficiente para lo que nos queda de camino». Se aleja aspirando el humo de su pipa con el gesto irritado de quien intenta proteger una zona de su intimidad hollada por los extraños.

Mayo 25

Cuando bajamos en la ranchería estaba muy lejos de sospechar que permanecería allí durante varias semanas, entre la vida y la muerte. Que todo el viaje cambiaría por entero de aspecto, hasta convertirse en una agotadora lucha contra el desaliento total y los ataques de algo muy parecido a la demencia.

La ranchería está formada por seis casas alrededor de un potrero que quiere ser plaza. Dos gigantescos árboles, de una frondosidad desmedida, dan sombra a los escuálidos habitantes que allí se reúnen en las tardes, para sentarse en primitivos bancos hechos con troncos apenas desbastados, fumar su tabaco y comentar los vagos y siempre inquietantes rumores que llegan de la capital. El único edificio con techo de zinc y paredes de ladrillo es una escuela que sirve también de iglesia cuando llegan las misiones. Consta del salón de clases, un pequeño cuarto para la maestra y los servicios sanitarios que hace mucho tiempo dejaron de usarse y están llenos de verdín y desperdicios indeterminados. La maestra fue raptada por los indios hace más de un año, y no se volvió a saber de ella hasta que alguien llegó con la noticia de que vivía con un jefe de tribu y había manifestado su propósito de no regresar jamás. La base militar mantiene una dotación exigua de soldados que duermen en hamacas suspendidas en el que fuera salón de clases. Pasan todo el tiempo limpiando sus armas y repitiendo, en monótona letanía, las pequeñas miserias de que se nutre la vida del cuartel.

El Capitán hizo provisión para su cantimplora y comenzamos a acarrear los bidones de diesel para llenar el depósito de la lancha. El trabajo resultaba agotador por el clima húmedo, la temperatura insoportable y la falta de brazos. Nadie quiso ayudarnos en la tarea. El Capitán estaba en una de sus peores rachas, el anciano práctico apenas puede moverse, y tuvimos que hacerlo entre el maquinista y yo, ante la mirada indiferente de los habitantes minados por el paludismo y con los ojos vidriosos y ausentes de quien hace mucho tiempo perdió la más leve esperanza de escapar de allí. En la tarde del primer día sentí náuseas y un intenso dolor de cabeza que atribuí al hecho de haber inhalado tanto tiempo los vapores del combustible que teníamos que transvasar con desesperante lentitud. Al día siguiente continuamos la tarea. El sueño y el descanso, al parecer, habían aliviado algo mis molestias. Al mediodía comencé a sentir un dolor insoportable en todas las coyunturas y unas punzadas en la base del cráneo que me dejaban inmovilizado por breves instantes. Fui a ver al Capitán para preguntarle qué podría ser lo que tenía, se me quedó mirando, y por la expresión de su rostro vi que se trataba de algo serio. Me tomó del brazo y me llevó a una de las hamacas de la escuela. Allí me tendió y me obligó a beber un gran vaso de agua con unas gotas de un líquido amargo de consistencia viscosa y color ambarino. Explicó a los soldados algo en voz baja. Evidentemente tenía que ver con mi estado. Me miraban como a alguien que va a pasar una prueba aterradora con la cual estaban familiarizados. Al poco tiempo regresó el Capitán con mi hamaca del lanchón. La colocó en el extremo opuesto a donde se agrupaban las de los soldados y me llevó allí, casi cargado, sosteniéndome por debajo de las axilas. Me di cuenta que había perdido el tacto en los pies y no sabía si los arrastraba o si trataba de caminar. Empezó a caer la noche. Con el ligero descenso del calor y la llegada de la brisa casi imperceptible que venía del río, comencé a temblar violentamente en un escalofrío que no parecía tener fin. Un soldado me hizo beber algo caliente cuyo sabor no pude distinguir y caí luego en un sopor profundo cercano a la inconsciencia.

Perdí por completo la idea del curso del tiempo. El día y la noche se me mezclaban a veces vertiginosamente. En ocasiones, uno u otra se quedaban detenidos en una eternidad que no intentaba comprender. Los rostros que se acercaban a mirarme me resultaban ajenos, bañados en una luz opalina que les daba el aspecto de criaturas de un mundo ignoto. Tuve pesadillas atroces, relacionadas siempre con las esquinas del techo y el ensamble de las láminas de zinc. Intentaba encajar una esquina en otra, modificando la estructura de los soportes o emparejar los remaches que unían las láminas en forma que no tuvieran la menor variación o irregularidad. En esas tareas ponía toda la fuerza de una voluntad hecha de fiebre y de maniática obsesión, repetidas en serie interminable. Era como si la mente se hubiera detenido de improviso en un proceso elemental de familiarización con el espacio circundante. Proceso que, en la vida diaria, ni siquiera registra la conciencia, pero que ahora se convertía en el único fin, en la razón última, necesaria, inapelable, de mi existencia. Es decir, que yo no era sino eso y sólo para eso seguía vivo. A medida que tales obsesiones se prolongaban y hacían más regulares y, a la vez, más elementales, iba cayendo en un irreversible estado de locura, en una inerte demencia mineral en donde el ser o, más bien, lo que había sido, se disolvía con una rapidez incontrolable. Cuando ahora trato de relatar lo que entonces padecía, me doy cuenta de que las palabras no alcanzan a cubrir totalmente el sentido que quiero darles. ¿Cómo explicar, por ejemplo, el pánico helado con el que observaba esta monstruosa simplificación de mis facultades y la inconmensurable extensión del tiempo vivido en tal suplicio? Es imposible describirlo. Simplemente porque, en cierta forma, es extraño y por entero opuesto a lo que solemos creer que es nuestra conciencia o la de nuestros semejantes. Nos convertimos, no en otro ser, sino en otra cosa, en un compacto mineral hecho de aristas interiores que se multiplican en forma infinita y cuyo registro y recuento constituyen la razón misma de nuestro durar en el tiempo.

Las primeras palabras inteligibles que escuché fueron: «Ya pasó lo peor. Se salvó de milagro». Alguien con camisa caqui sin insignias de ninguna clase, rostro regular y moreno con un bigote oscuro y recto, las pronunció desde una lejanía inexplicable, dado que estaba a pocos centímetros de mi cara observándome fijamente. Después supe que el Mayor había venido en el Junker. Del botiquín, que siempre llevaba consigo, sacó un medicamento que me inyectaron cada doce horas y, al parecer, fue el que me salvó la vida. También me contaron que en mis delirios mencioné varias veces el nombre de Flor Estévez y que otras insistía en la necesidad de subir un río para tomar el fuerte de San Juan, que tenía sitiado el capitán Horacio Nelson, a pocos kilómetros del lago de Nicaragua. Parece también que hablé en otros idiomas que nadie pudo identificar, aunque el Capitán me comentó después que cuando me había escuchado gritar: «*¡Godverdomme!*» se convenció de que estaba a salvo.

Aún estoy débil, y los miembros me responden con una torpeza irritante. Como sin apetito, y nada logra aplacarme la sed. No es una sed de agua, sino de alguna bebida que tuviera un intenso amargor vegetal y un aura blanca como la de la menta. No existe, lo sé, pero existe esa apetencia específica y claramente identificable y me propongo algún día encontrar esa infusión con la que sueño día y noche. Escribo con enorme dificultad, pero, al mismo tiempo, al registrar estos recuerdos de mi mal, me voy liberando de esa visitación de la demencia que trajo consigo y que fue lo que mayor daño me hizo. El alivio es progresivo y rápido y llego a pensar en ratos que todo eso le sucedió a alguien que no soy yo, alguien que no fue sino eso y desapareció con eso. No, no es fácil explicarlo, lo sé, y temo que si lo intento con demasiada porfía corro el riesgo de caer en uno de aquellos ejercicios obsesivos por los que siento ahora un terror sin límites.

Esta tarde se me acercó el maquinista y comenzó a hablarme en una atropellada mezcla de portugués, español y algún dialecto de la selva que no logré identificar. Por primera vez, y por su propia iniciativa, entablaba diálogo con alguien de la lancha que no fuera el Capitán, con el que se entiende en escuetos monosílabos. Su rostro de rasgos tan indios que todo gesto hay que someterlo a un examen cuidadoso para no cometer un grave error, mostraba un desasosiego más allá de la mera curiosidad. Comenzó preguntándome si sabía cuál era la enfermedad que había padecido. Le respondí que lo ignoraba. Entonces me explicó, con asombro, por ese desconocimiento que consideraba imperdonable y peligroso en sumo grado: «Usted tuvo la fiebre del pozo. Ataca a los blancos que se acuestan con nuestras hembras. Es mortal». Le contesté que tenía la impresión de haberme salvado, y él, con escepticismo un tanto críptico, me contestó: «No esté tan seguro. A veces vuelve». Algo había en sus palabras que me hizo pensar en que los celos tribales, la oscura batalla contra el extranjero, lo movían a dejarme en una penosa duda a la medida de mi transgresión a las leyes no escritas de la selva. Un poco para picar su malicia, le pregunté cómo hacían los blancos que mantenían relaciones habituales con las indias para no contraer la terrible fiebre. «Siempre acaban afuera, señor. No es ningún secreto», me reprochó con altanería recién estrenada, como si hablara con alguien con quien no valía la pena entrar en muchos detalles. «Hay que bañarse después con agua con miel y ponerse una hoja de borrachero entre las piernas, aunque arda mucho y deje ampolla», terminó de ilustrarme mientras volvía la espalda y tornaba a su motor con el aire de quien se ha distraído de un trabajo muy importante por algo que acabó siendo una necedad sin interés. A medianoche estaba leyendo cuando el Capitán vino a preguntarme cómo seguía. Le comenté lo que me había dicho el maquinista y, sonriendo, me tranquilizó: «Si va a ponerle atención a todo lo que ellos dicen, acabará loco, mi amigo. Es mejor olvidarlo. Ya se salvó. Qué más quiere». Una vaharada de aguardiente barato se quedó detenida al pie de la hamaca, mientras él se dirigía a la proa dando sus acostumbradas órdenes delirantes: «¡A media marcha y sin sueño! ¡No me quemen los magnetos con su maldita grasa de danta, pendejos!». Su voz se perdía en la noche sin límites hasta llegar a las estrellas cuya cercanía resultaba de un delicioso poder lenitivo.

Mayo 27

El Capitán ha dejado de beber. Lo noté apenas esta mañana cuando nos acompañó a tomar la taza de café y las tajadas de plátano frito, que son nuestro diario desayuno. Al terminar su café suele tomar siempre un largo trago de aguardiente. Hoy no lo hizo ni tampoco trajo consigo la cantimplora. Noté una mirada de extrañeza en el rostro del mecánico, de costumbre impávido y distante. Como sé que la provisión que adquirió en la ranchería es bastante generosa, no creo que la razón de este cambio sea la falta de licor. He estado observándolo durante todo el día, y no advierto en él ninguna mudanza distinta de que ha suspendido también las sorprendentes órdenes que se me habían vuelto una suerte de invocación necesaria, relacionada con la buena marcha del planchón y del viaje en general. Durante el día no ha acudido una sola vez a la cantimplora. En la noche vino a acostarse en una de las hamacas disponibles y, tras algunos preámbulos sobre el tiempo y la posible cerca-

nía de nuevos rápidos, éstos sí torrentosos, se lanzó a un largo
monólogo sobre determinados episodios de su vida: «Usted no
imagina —empezó diciéndome— lo que fue para mí haber dejado a la china en ese cabaret de Hamburgo. No he sido nunca
hombre de mujeres. Tal vez la imagen que me quedó de mi madre es tan diferente de como son las hembras blancas, que mi
trato con ellas lo ha condicionado siempre esa primera relación con alguien del otro sexo. Mi madre era violenta, callada
y apegada con ciega convicción a las ancestrales creencias de
su tribu y a sus ritos cotidianos. Los blancos siempre fueron para ella una encarnación necesaria e inevitable del mal. Creo que
quiso mucho a mi padre, pero jamás debió demostrárselo. Mis
padres llegaban a la misión de vez en cuando. Permanecían allí
por algunas semanas y partían de nuevo. Durante tales visitas,
mi madre solía tratarme con una crueldad gratuita, un tanto
animal. Era de la tribu Kwakiutl. Jamás aprendí una palabra de
su lengua. Debí quedar marcado para siempre, porque, hasta que
encontré a la china, las mujeres siempre acabaron por abandonarme. Algo hay en mí que sienten como un rechazo. Con la
dueña del burdel en la Guayana hubiera podido vivir el resto
de la vida. Fue una relación nacida más del interés que de los
sentimientos. Su humor era tan parejo y bonachón que jamás
daba motivo para reñir con ella. En la cama se comportaba con
una sensualidad lenta y distraída. Al terminar reía siempre
con risa infantil, casi inocente. Cuando conocí a la china todo
cambió. Ella penetró en un recinto de mi intimidad que se había conservado hermético y yo mismo desconocía. En sus gestos, en el olor de su piel, en la forma de mirarme, instantánea,
intensa, en un breve intervalo que me dejaba bañado en una
ternura arrasadora, en su dependencia hecha de aceptación irreflexiva y absoluta, tenía la virtud de rescatarme al instante de
mis perplejidades y obsesiones, de mis desalientos y caídas o
de mis simples ocupaciones cotidianas, para dejarme en una
suerte de círculo radiante, hecho de palpitante energía, de vigorosa certeza, como la acción de una droga ignorada que tuviera el poder de conceder la felicidad sin sombras. No puedo pensar en todo esto sin preguntarme siempre cómo fue posible que
la abandonase por razones articuladas con tanta torpeza, nacidas de hechos, en sí intrascendentes, antes enfrentados con la
mayor habilidad y sorteados con un mínimo esfuerzo, siempre

sin caer en la trampa. A veces pienso, con desolado furor, si no será que la encontré cuando ya era tarde, cuando ya no estaba preparado para manejar esa fuente de saludable dicha, cuando ya había muerto en mí la respuesta adecuada para prolongar semejante estado de bienestar. Ya me entiende hacia dónde voy. Hay cosas que nos llegan demasiado pronto y otras demasiado tarde, pero esto sólo lo sabemos cuando no hay remedio, cuando ya hemos apostado contra nosotros mismos. Creo que lo conozco bastante y puedo suponer que a usted le ha sucedido lo mismo y sabe de qué estoy hablando. A partir del momento en que dejé Hamburgo ya todo me da igual. En el fondo algo murió en mí para siempre. El alcohol y una desmayada familiaridad con el peligro han sido lo único que me da fuerzas para comenzar cada mañana. Lo que no sabía es que esos recursos también se van gastando. El alcohol sólo sirve para mantener una efímera razón de vivir; el peligro se desvanece siempre que nos acercamos a él. Existe, mientras lo tenemos dentro de nosotros. Cuando nos abandona, cuando tocamos fondo y sabemos en verdad que no hay nada que perder y que nunca lo ha habido, el peligro se convierte en un problema de los demás. Ellos verán cómo manejarlo y qué hacer con él. ¿Sabe por qué regresó el Mayor? Por eso. No he hablado con él sobre el particular, pero nos conocemos lo suficiente. Mientras usted deliraba en el salón de la escuela, volvimos a entendernos. Cuando le pregunté por qué había regresado, se limitó a responderme: "Es igual allá que aquí, Capi, sólo que aquí es más rápido. Usted sabe". Está en lo cierto. La selva sólo sirve para acelerar la salida. En sí no tiene nada de inesperado, nada de exótico, nada de sorprendente. Ésas son necedades de quienes viven como si fuera para siempre. Aquí no hay nada, no habrá nunca nada. Un día desaparecerá sin dejar huella. Se llenará de caminos, factorías, gentes dedicadas a servir de asnos a esa aparatosa nadería que llaman progreso. En fin, no importa, nunca he jugado con esos dados. Ni siquiera sé por qué se lo menciono. Lo que le quería decir es que no se preocupe. Yo no dejé el aguardiente, él me dejó a mí. Seguiremos subiendo el río. Como antes. Hasta que se pueda. Después, ya veremos». Puso su mano en mi hombro y se quedó mirando la corriente. La retiró al instante. No dormía pero permaneció quieto, tranquilo, con la serenidad de los vencidos. Alterno la escritura con la lectura en espera de que llegue el sueño. Viene siempre con la ligera brisa de la madrugada. Tengo la certeza de que las palabras del Capitán ocultan un mensaje, una secreta señal, que, a tiempo que me proporciona un curioso sosiego, me dice que hace mucho que los dados están rodando. Lo mejor es dejar que todo suceda como debe ser. Así está bien. No se trata de resignación. Lejos de eso. Es otra cosa. Tiene que ver con la distancia que nos separa de todo y de todos. Un día sabremos.

Mayo 30

Todo curiosamente se va ajustando, serenando. Las incógnitas sombrías que se alzaron al comienzo del viaje se han ido despejando hasta llegar al escueto panorama presente. Los indios bajaron del lanchón y fueron olvidados. Ivar y su compinche cavaron su propia sepultura en el suelo anegado de la selva. El Mayor se ha hecho cargo de nosotros en forma no explícita, ni siquiera sugerida, pero evidente cada día. El Capitán dejó el aguardiente y ha entrado en un período de apacible ensoñación, de mansa nostalgia, de inofensivo extrañamiento. Ignacio se me figura cada día más anciano, más confundido con los manes protectores de la selva. El mecánico ha llegado a conseguir del motor proezas de cabalista. La convalecencia me proporciona, con esa sensación de haberme salvado en un hilo, la seguridad apacible, la invulnerable salud de los elegidos. No se me oculta cuán precarias pueden ser esas garantías, pero mientras estoy de lleno entregado a sus poderes, las cosas desfilan ante mí ocupando el espacio que les corresponde y sin echárseme encima para atentar contra mi identidad. Es por esto que, hasta la relación con la india, y en caso de que fuera cierta su secuela letal de la que conseguí librarme, las veo hoy como pruebas por las que me hacía falta pasar para vencer los poderes de este devorante e insaciable universo vegetal, que se me revela hoy como uno más de los ámbitos que tiene que recorrer el hombre para cumplir su tránsito por la tierra y estar a salvo del suplicio de morir con la certidumbre de haber habitado un limbo, a espaldas del soberbio espectáculo de los vivos.

Con la luz de la tarde y hasta cuando tuve que encender la Coleman avancé en el libro de Raymond sobre el asesinato del Duque de Orléans. Habría mucho que decir sobre este asunto. No es la ocasión ni el ánimo se inclina a esta clase de especulaciones. De todos modos, es curioso anotar la falta de objetividad del informe que rinde el preboste de París a raíz de cometerse el crimen y la concomitante falta de malicia del autor que lo recoge y comenta. Los móviles de un crimen político son siempre de una complejidad tan grande y se mezclan en ellos motivos escondidos y enmascarados tan complejos, que no basta la relación minuciosa de los hechos ni la transcripción de lo que sobre el asunto opinaron las personas involucradas para sacar conclusiones que pretendan ser terminantes. El alma retorcida del Duque de Borgoña oculta abismos y laberintos harto más tortuosos que lo que el buen preboste alcanza a percibir y Raymond intenta dilucidar. Pero lo que más me llama la atención en este caso, así como en todos los que han costado la vida a hombres que ocupan un lugar excepcional en las crónicas, es la completa inutilidad del crimen, la notoria ausencia de consecuencias en el curso de ese magma informe y ciego que avanza sin propósito ni cauce determinados y que se llama la historia. Sólo la incurable vanidad de los hombres y el lugar que con tan descomunal narcisismo se arrogan en la indómita corriente que los arrastra, puede hacerlos pensar que un magnicidio haya logrado jamás cambiar un destino desde siempre trazado en el universo inmensurable. Pero creo que, a mi vez, he acabado saliéndome del auténtico alcance de la muerte del de Orléans. Basta conformarse con rastrear las razones de envidia y sórdido despecho que movieron al asesino. Por eso, tal vez, mientras más avanzo en la lectura del libro, menos me interesa el asunto y más lo asimilo al cotidiano espectáculo que ofrecen los hombres dondequiera que vayamos a buscarlos. En cualquiera de las miserables rancherías que hemos ido dejando atrás, conviven un Juan sin Miedo y un Luis de Orléans y a éste le espera otro oscuro rincón semejante al de la Rue Vieille-du-Temple, en donde tiene cita con la muerte. Hay una monotonía del crimen que no es aconsejable frecuentar ni en los libros ni en la vida. Ni siquiera en el mal consiguen los hombres sorprender o intrigar a sus semejantes. De allí la acción bienhechora de los bosques, del desierto o de las extensiones marinas. Ya lo sabía desde siempre. Nada nuevo. Cierro el libro, y un enjambre de luciérnagas danza a la altura del agua, acompaña por un rato nuestra embarcación y, por fin, se pierde a lo lejos entre los pantanos en donde la luna rebrilla a trechos antes de ocultarse entre las nubes. Un chubasco que se acerca, enviando como avanzada una brisa fresca, me lleva hacia el sueño mansamente.

Junio 2

Esta mañana nos encontramos con un planchón muy semejante al nuestro. Estaba varado en mitad de la corriente a causa de unos bancos de arena en donde se acumulaban troncos y ramas arrastradas por el río. Venía bajando y encalló en la noche. El práctico se había quedado dormido. Lo acompaña un mecánico que mira con resignación e indiferencia los esfuerzos de su compañero por desvarar el planchón con la ayuda de una pértiga. Mientras el Capitán intenta ayudarlos empujando con nuestra lancha un costado de la embarcación, yo converso con el mecánico que seguía mirando escéptico nuestros esfuerzos por desvararlos. Le pregunto por los aserraderos. Me informa que, en efecto, existen; que estamos a una semana de viaje si no tenemos problemas con los rápidos que hay más arriba. Se muestra intrigado por mi interés en esas instalaciones. Le digo que pienso comprar allí madera para venderla en los puertos del río grande. Me mira con una mezcla de extrañeza y fastidio. Empezaba a explicarme algo sobre los árboles cuando el ruido de nuestro motor, que aceleró en ese momento para liberar al fin el lanchón varado, me impidió entender lo que decía. A gritos le pedí que me volviera a explicar, pero alzó los hombros con indolencia y bajó a encender su motor mientras la corriente los empujaba rápidamente. Se perdieron a lo lejos en una curva del trayecto.

Seguimos nuestro camino. Intenté averiguar algo con el Capitán sobre lo que me había comenzado a decir el mecánico. «No haga caso —comentó—. Se habla mucha tontería sobre eso. Usted vaya, vea, y entérese por sí mismo. Yo sé poco del asunto. Los aserraderos están allí; los he visto varias veces y he traído a gente que trabajaba en ellos. Lo que sucede es que sólo hablan en su idioma y no me ha interesado averiguar qué es lo que se hace allá, ni cuál es el negocio. Son finlandeses, creo, pero si les habla en alemán algo entienden. Le repito, no haga caso de rumores ni de chismes. La gente aquí es muy dada a inventar historias. De eso viven, de contarlas en las rancherías y en los puestos del ejército. Allí las adornan, las aumentan, las transforman, y con eso engañan el tedio. No se preocupe. Ya llegó hasta aquí. Verifique por su cuenta, y a ver qué pasa». Me he quedado pensando en lo que dice el Capitán y caigo en la cuenta de que he perdido casi por completo el interés en este asunto de la madera. Me daría igual que nos devolviésemos ahora mismo. No lo hago por pura inercia. Es como si en verdad se tratara sólo de hacer este viaje, recorrer estos parajes, compartir con quienes he conocido aquí la experiencia de la selva y regresar con una provisión de imágenes, voces, vidas, olores y delirios que irán a sumarse a las sombras que me acompañan, sin otro propósito que despejar la insípida madeja del tiempo.

Junio 4

La corriente del río comienza a cambiar bruscamente de aspecto. Se adivina un lecho abrupto y rocoso. Los bancos de arena han desaparecido. El caudal se estrecha y empiezan a surgir ligeras colinas, estribaciones que se levantan en la orilla, dejando al descubierto una tierra rojiza que semeja, en ciertos trechos, la sangre seca y, en otros, alcanza un rubor rosáceo. Los árboles dejan al descubierto sus raíces en los barrancos, como huesos recién pulidos, y en sus copas hay una floración en donde el lila claro y el naranja intenso se alternan con un ritmo que pudiera parecer intencional. El calor aumenta, pero ya no tiene esa humedad agobiante, esa densidad que nos despoja de toda voluntad de movimiento. Ahora nos envuelve un calor seco, ardiente, fijo en su intacta transmisión de la luz que cae sobre cada cosa dándole una presencia absoluta, inevitable. Todo calla y parece esperar una revelación arrasadora. El tableteo del motor es una mancha en la absorta quietud del paisaje. El Capitán se acerca para advertirme: «Dentro de poco entraremos en los rápidos. Los llaman el Paso del Ángel. No sé de dónde viene ese nombre. Tal vez se deba a esta calma que, al bajar el río, espera a los viajeros como un alivio y una certeza de que ha pasado el peligro. Al remontar la corriente crea, en cambio, un engaño que puede ser fatal para los novatos. Aquí siempre digo en voz alta la oración para los caminantes en peligro de muerte. La escribí yo mismo. Es ésta. Léala. Si no cree en ella, por lo menos le servirá para distraer el miedo». Me entrega una hoja protegida por un forro de plástico, escrita por ambos lados. Las manchas de grasa, de barro, de mugre acumulada por el tiempo y el roce de innumerables manos, apenas permite leer el texto escrito en una caligrafía femenina de rasgos altaneros, agudos y de una claridad desafiante. En espera de la llegada a los rápidos transcribo la oración del Capitán, que dice así:

«*Alta vocación de mis patronos y antecesores, de mis guías y protectores de cada hora,*

hazte presente en este momento de peligro, extiende tus aceros, mantén con firmeza la ley de tus propósitos,

revoca el desorden de las aves y criaturas augurales y limpia el vestíbulo de los inocentes

en donde el vómito de los rechazados se cuaja como una señal de infortunio, en donde las ropas de los suplicantes son mácula que desvía nuestra brújula, hace inciertos nuestros cálculos y engañosos nuestros pronósticos.

Invoco tu presencia en esta hora y deploro de todo corazón la cadena de mis prevaricaciones:

mi pacto con los leopardos cebados en las pesebreras,

mi debilidad y tolerancia con las serpientes que cambian de piel al solo grito de los cazadores extraviados,

mi solidaria comunión con cuerpos que han pasado de mano en mano como vara que ayuda a salvar los vados y en cuya piel se cristaliza la saliva de los humildes,

mi habilidad para urdir la mentira de poderes y destrezas que apartan a mis hermanos de la recta aplicación de sus intenciones,

mi inadvertencia en proclamar tus poderes en las oficinas de la aduana y en las salas de guardia,

en los pabellones del dolor y en las barcas en donde florece la fiesta, en las torres que vigilan la frontera y en los pasillos de los poderosos.

Borra de un solo trazo tanta desdicha y tanta infamia, presérvame

con la certeza de mi obediencia a tus amargas leyes,
a tu injuriosa altanería, a tus distantes ocupaciones, a tus
argumentos desolados.

   Me entrego por entero al dominio de tu inobjetable
misericordia y con toda humildad me prosterno

      para recordarte que soy un caminante en peligro de
muerte, que mi sombra nada vale,

      que el que perece lejos de los suyos es como basura tri-
turada en los rincones del mercado,

      que soy tu siervo y nada puedo y que en estas palabras
se encierra el metal sin liga ni impurezas de aquel que ha
pagado el tributo que se te

      debe ahora y siempre por la pálida eternidad. Amén».

Mis dudas sobre la eficacia de tan bárbara letanía eran
más que fundadas, pero no me atreví a transmitirlas al Capitán que me había entregado el texto con tan evidente unción y
tanta seguridad en sus virtudes preventivas y protectoras. Fui
hasta la proa en donde observaba los remolinos que empezaban a sacudir la embarcación y le entregué el papel que guardó
en un bolsillo trasero de su pantalón en donde también conserva todos los instrumentos para la limpieza de su pipa.

Junio 7

Pasamos los rápidos sin mayor percance, pero fue una
prueba en muchos aspectos reveladora de la imagen que hasta
ayer tenía del peligro y de la presencia real de la muerte. Cuando
digo real me refiero a que no se trata de ese fantasma que solemos invocar con la imaginación y darle cuerpo con elementos
tomados del recuerdo de quienes hemos visto morir en las más
variadas circunstancias. No. Se trata de percibir con la plenitud
de nuestra conciencia y de nuestros sentidos, la proximidad inmediata e irrebatible del propio perecer, de la suspensión irrevocable de la existencia. Allí, al alcance de la mano, irrecusable.
Buena prueba, larga lección. Tardía, como todas las lecciones
que nos atañen directa y profundamente.

El día en que el Capitán me dio su famosa oración, el
mecánico decidió que debíamos detenernos para revisar el mo-

tor. Al remontar la corriente de los rápidos, una falla significa la muerte segura. Atracamos, y el hombre se aplicó en desarmar, limpiar y probar cada una de las partes de la máquina. Fascinante la paciente sabiduría con que este indio, salido de las más recónditas regiones de la jungla, consigue identificarse con un mecanismo inventado y perfeccionado en países cuya avanzada civilización descansa casi exclusivamente en la técnica. Las manos de nuestro mecánico se mueven con tal destreza que parecen dirigidas por algún espíritu tutelar de la mecánica, extraño por completo a este aborigen de informe rostro mongólico y piel lampiña de serpiente. Hasta que hubo probado escrupulosamente cada etapa del funcionamiento del motor, no quedó tranquilo. Con una parca señal de la cabeza hizo saber al Capitán que estaba listo para remontar el Paso del Ángel. La noche se nos vino encima y resolvimos quedarnos hasta la madrugada siguiente. No era cosa de comenzar el ascenso en la oscuridad. Al otro día, partimos con las primeras luces del alba. Contra lo que yo suponía, los rápidos no están formados por rocas que sobresalen de la corriente, obstaculizando su curso y haciéndolo más violento. Todo sucede en las profundidades, en el fondo, cuyo suelo se puebla de cavidades, ondulaciones, cuevas, remolinos y fallas, a tiempo que se acentúa la pendiente por la que desciende el agua en un fragoroso torbellino de fuerza arrolladora que cambia de dirección e intensidad a cada momento.

«No se meta en la hamaca. Manténgase en pie y agárrese bien de los barrotes del toldo. No mire a la corriente y trate de pensar en otra cosa.» Tales fueron las instrucciones del Capitán, que se mantuvo todo el tiempo en la proa, agarrado a una precaria pasarela, al lado del práctico que manejaba el timón con bruscas sacudidas destinadas a evitar los golpes de agua y espuma que se alzaban de repente como anunciando la espalda de un animal inconcebible. El motor quedaba al aire a cada momento y la hélice giraba en el vacío, en un vértigo desbocado e incontrolable. A medida que nos internábamos en la cañada que la corriente había cavado durante milenios, la luz se fue haciendo más gris y nos envolvió un velo de espuma y niebla nacido del turbulento girar de las aguas y de su choque contra la pulida superficie rocosa de las paredes que las encauzan. Durante largas horas podía pensarse que estaba anocheciendo. El lanchón cabeceaba y se sacudía como si estuviera hecho con madera de balso. Su estructura metálica resonaba con un acento sordo de trueno distante. Los remaches que unían las láminas vibraban y saltaban, comunicando a toda la armazón esa inestabilidad que precede al desastre. Las horas pasaban y no teníamos la certeza de estar avanzando. Era como si nos hubiéramos instalado para siempre en el estruendo implacable de las aguas, esperando ser arrastrados de un momento a otro por el remolino. Un cansancio indecible empezó a paralizar mis brazos, y sentía las piernas como si estuvieran hechas de una blanda materia insensible. Cuando creí que ya no podría más, alcancé a escuchar al Capitán que gritaba algo en dirección mía. Con la cabeza señaló el cielo y en su semblante apareció una sonrisa deforme y enigmática. Seguí su mirada y vi que la luz se iba aclarando por momentos. Algunos rayos de sol atravesaron la nube de espuma y niebla que se iluminó con los colores del arco iris. Los rugidos del torrente y el retumbar del casco se fueron haciendo menos notorios. La lancha avanzaba meciéndose rítmicamente, pero ya controlada por el esfuerzo regular y firme de la hélice. Cuando se redujeron aún más los cabeceos de la embarcación, el Capitán se sentó en cuclillas sobre el piso y me hizo señas de que me recostara en la hamaca. Su célebre parasol de colores había desaparecido. Cuando traté de moverme sentí que todo el cuerpo me dolía como si hubiera recibido una paliza. Dando tumbos llegué hasta la hamaca y me acosté con una sensación de alivio que se repartía por todo el cuerpo como un bálsamo que agradecían cada coyuntura, cada músculo, cada centímetro de la piel aterida y azotada por las aguas. Una ligera ebriedad y un apacible avanzar del sueño me fueron ganando mientras celebraba la dicha de estar vivo. El río se extendía de nuevo por entre juncales de donde partían bandadas de garzas que iban a posarse en las copas de los árboles cargados de flores. De nuevo el calor seco, inmutable, inmóvil, vino a recordarme que habían existido otras tardes semejantes a esta que terminaba en medio de una calma bienhechora y sin fronteras.

Caí en un profundo sueño hasta que el práctico se me acercó con una taza de café caliente y unas tajadas de plátano frito en un desportillado plato de peltre: «Hay que comer algo, mi don, si no repara las fuerzas, después se la gana el hambre y sueña con los muertos». Su voz tenía un acento paternal que me dejó bañado en una nostalgia pueril y gratuita. Le di las gracias y bebí el café de un solo trago. Mientras comía las tajadas de plátano sentí que regresaban, una a una, mis viejas lealtades a la vida, al mundo depositario de asombros siempre renovados y a tres o cuatro seres cuya voz me alcanzaba por encima del tiempo y de mi incurable trashumancia.

Junio 8

El paisaje empieza a cambiar. Al comienzo, los indicios se van presentando en forma esporádica y no siempre muy evidente. La temperatura, si bien sigue siendo la misma, es recorrida a ratos por leves ráfagas de una brisa fresca, ajena por completo a este calor de horno detenido como un terco animal que se niega a seguir su camino. Esas rachas de otro clima me recuerdan ciertas vetas que aparecen en el mármol y que son extrañas a la coloración, a la tonalidad y a la textura de la materia principal. Los pantanos, por su lado, van desapareciendo, reemplazados por una vegetación enana y tupida que despide una mezcla de aromas semejante al olor del polen cuando se guarda en un recipiente. Es algo que recuerda a la miel pero conserva, todavía, un acento vegetal muy pronunciado. El lecho del río se angosta y se hace más profundo. Las orillas van ganando una consistencia lodosa que, al tacto, anuncia ya la aparición de la arcilla. El agua tiene una transparencia fresca y un tenue color ferruginoso. Estos cambios influyen en el ánimo de todos. Hay un alivio de tensión, un deseo de conversar y un brillo en las miradas como si advirtiéramos la inminencia de algo largamente esperado. Con las últimas luces de la tarde, aparece, allá en el horizonte, una línea color azul plomo que llega a confundirse fácilmente con nubes de tormenta que se acumulan en una lejanía imposible de precisar. El Capitán se acerca para señalarme el sitio adonde miro con tanto interés. Mientras hace un movimiento ondulatorio con su mano, como si dibujara el perfil de una cordillera, sin decir palabra asiente con la cabeza y sonríe con un dejo de tristeza que vuelve a inquietarme. «¿Los aserraderos?», pregunto como si evitara la respuesta. Vuelve a mover la cabeza en señal afirmativa, mientras alza las cejas y extiende los labios en un gesto que quiere decir algo como: «No puedo hacer nada, pero cuente con toda mi simpatía».

Me siento al borde de la proa, las piernas colgando sobre el agua que me salpica con una sensación de frescura que, en otra oportunidad, hubiera gozado más plenamente. Medito en las factorías y en lo que esconden como una mala sorpresa que presiento y sobre la cual nadie ha querido dar mayores detalles. Pienso en Flor Estévez, en su dinero a punto de arriesgarse en una aventura cargada de presagios; en mi habitual torpeza para salir adelante en estas empresas y, de pronto, caigo en la cuenta que desde hace ya mucho tiempo he perdido todo interés en esto. Pensar en ello me causa un fastidio mezclado con la paralizante culpabilidad de quien se sabe ya al margen del asunto y sólo está buscando la manera de liberarse de un compromiso que emponzoña cada minuto de su vida. Es un estado de ánimo que me es tan familiar. Conozco muy bien las salidas por las que suelo huir de la ansiedad y la molestia de estar en falta, que me impiden disfrutar lo que la vida va ofreciendo cada día como precaria recompensa a mi terquedad en seguir a su lado.

Junio 10

Extraño diálogo con el Capitán. Lo enigmático fluye por debajo de las palabras. Por eso su transcripción resulta insuficiente. El tono de su voz, sus gestos, su manera de perderse en largos silencios, contribuyen mucho para hacer de nuestra conversación uno de esos ejercicios en donde no son las palabras las encargadas de comunicar lo que queremos, más bien sirven, por el contrario, de obstáculo y como factor de distracción. Ocultan el auténtico motivo del diálogo. Desde la hamaca que está frente a la mía me sobresalta su voz. Creí que dormía.

—Bueno, ya se va a acabar esto, Gaviero. Esta aventura no da para mucho más.

—Sí, parece que nos vamos acercando a los aserraderos. Hoy ya se ve la cordillera con toda claridad —le respondo, sabiendo que su observación trata de ir más lejos.

—No pienso que le importen mucho los aserraderos a estas alturas. Creo que lo decisivo que nos reservaba este viaje ya sucedió. ¿No lo cree usted así?

—Sí, en efecto. Algo hay de eso —contesto para darle ocasión a terminar su idea.

—Mire, si lo piensa bien, se dará cuenta que desde el encuentro con los indios hasta el Paso del Ángel, todo ha venido encadenado, todo engrana perfectamente. Esas cosas siempre suceden en secuencia y con un propósito definido. Lo importante es saber descifrarlo.

—Por lo que se refiere a mí, no le falta razón, Capi. Pero, y usted. ¿Qué me dice de usted?

—A mí me han sucedido muchas cosas por estos ríos y por el río grande. Las mismas, o muy parecidas a las que esta vez nos han pasado. Pero lo que me intriga es el orden en que en esta ocasión se presentaron.

—No le entiendo, Capi. El orden ha sido uno para mí y otro para usted, naturalmente. Usted no se acostó con la india, ni se enfermó en el puesto militar, ni creyó morir en el Paso del Ángel.

—Cuando uno se encuentra con alguien que ha vivido lo que usted ha vivido y que ha pasado por las pruebas que han hecho el que usted es ahora, el ser su testigo y compañero es algo tanto o más importante que si esas cosas le hubieran sucedido a uno. Los días en el puesto militar, al lado de su hamaca, viendo cómo se le escapaba la vida, fueron una prueba más decisiva para mí que para usted.

—¿Por eso dejó la cantimplora? —le pregunto un tanto brutalmente para tratar de concretarlo.

—Sí, por eso y por lo que eso me hizo reflexionar. Es como si hubiera descubierto, de repente, que estaba jugando el juego que no me tocaba. Es muy malo cuando se vive parte de la vida haciendo el papel que no era para uno, y peor aún es descubrirlo cuando ya no se tienen las fuerzas para remediar el pasado ni rescatar lo perdido. ¿Me entiende?

—Sí, creo que le entiendo. A mí me ha sucedido muchas veces, pero por poco tiempo, y he logrado recobrarme y caer de pie —intento, simultáneamente, desviarlo del camino que toma nuestra charla y darle a entender que he recibido el mensaje.

—Usted es inmortal, Gaviero. No importa que un día se muera como todos. Eso no cambia nada. Usted es inmortal mientras está viviendo. Yo creo que he muerto hace tiempo.

Mi vida está hecha como si hubieran cosido caprichosamente los retazos que quedan después de cortar un traje. Cuando me di cuenta de eso dejé el aguardiente. Es imposible engañarse más tiempo. Al verlo resucitar en el salón de la escuela y vencer la plaga, vi muy claro en mí. Vi en dónde había estado mi error y cuándo había comenzado.

—¿Al dejar Hamburgo, tal vez? —le pregunto tanteando el terreno.

—Es igual. ¿Sabe? Es igual. Pudo ser también al huir con la china. Al abandonar las Antillas. No sé. Tampoco importa mucho. Es igual —se nota en su voz un desasosiego, una irritación dirigida más hacia él que hacia mí. Es como si, cuando comenzó la charla, no hubiera esperado ir tan lejos.

—Sí —agrego—, tiene usted razón. Es igual. Cuando se llega a esas conclusiones, el principio no importa ni aclara mayor cosa.

Un largo silencio me hizo pensar que había vuelto a dormirse. Tornó a sobresaltarme:

—¿Sabe quién conoce de esto tanto como nosotros? —me pregunta en tono que hubiera podido ser jocoso.

—No. ¿Quién?

—El Mayor, hombre, el Mayor. Por eso volvió al puesto. Nunca lo había visto tan intrigado por un enfermo como se mostró con usted. Y mire que es mucho el soldado que ha visto agonizar. No es hombre que se conmueva así no más. Ya lo vio. No tengo que contárselo. Pues sepa que estuvo conmigo a su lado, muchas horas, vigilando sus delirios y siguiendo la lucha que libraba en esa hamaca, como una fiera recién capturada.

—Sí, algo sospeché de eso por la forma como me trató cuando me despedí de él y por las cosas que me dijo. No entendía por qué me salvé, y eso le intrigaba.

—Se equivoca. Entendió tan bien como yo. Supo descubrir en usted esa calidad de inmortal, y eso lo desconcertó tanto que cambió por completo su carácter. Fue la primera vez que le descubrí una grieta. Yo creí que era invulnerable.

—Me gustaría volverlo a ver —comenté pensando en voz alta.

—Lo volverá a ver. No se preocupe. También él quedó intrigado. Cuando se vean, usted se acordará de esto que le he dicho —hablaba ahora en tono sordo, aterciopelado, distante.

Entendí que había terminado nuestra charla. Permanecí mucho tiempo despierto, dándole vueltas al subterráneo sentido que fluía de las palabras del Capitán, que me iban calando muy hondo, trabajando zonas olvidadas de mi conciencia y sembrando señales de alarma por todas partes. Era como si alguien me estuviera poniendo ventosas en el alma.

Junio 12

La cordillera se alza en el horizonte, frente a nosotros, con una precisión abrumadora. Caigo en la cuenta de que había olvidado lo que se sentía frente a ella, lo que ella representa para mí como ámbito protector, como fuente inagotable de pruebas tonificantes, de retos que aguzan los sentidos y vigorizan mi necesidad de provocar el azar, en el intento de establecer sus límites. Ante el espectáculo de esa cadena de montañas opacadas por el tono azulino del aire, siento subir del fondo de mí mismo una muda confesión que me llena de gozo y que sólo yo sé hasta dónde explica y da sentido a cada hora de mi vida: «Soy de allí. Cuando salgo de allí, empiezo a morir». Tal vez a eso se refiera el Capitán cuando habla de mi inmortalidad. Sí, eso es, ahora lo comprendo plenamente. Flor Estévez y su indomable melena retinta, sus palabras brutales y bienhechoras, su cuerpo en desorden y sus canciones para arrullar rufianes y criaturas cuya desvalida inocencia sólo ella comprende con ese saber de mujer estéril que sacude a la vida por los hombros hasta que la obliga a rendir lo que le pide.

La cordillera. Todo lo que ha tenido que suceder hasta llegar a esta experiencia de la selva, para que ahora, con las señales aún frescas en mi cuerpo de las pruebas a que me ha sometido el paso por su blando infierno en descomposición, descubra que mi verdadera morada está allá, arriba, entre los hondos barrancos donde se mecen los helechos gigantes, en los abandonados socavones de las minas, en la húmeda floresta de los cafetales vestidos con la nieve atónita de sus flores o con la roja fiesta de sus frutos; en las matas de plátano, en su tronco de una indecible suavidad y en sus reverentes hojas de un verde tierno, acogedor y terso; en sus ríos que bajan golpeando contra las grandes piedras que el sol calienta para delicia de los reptiles que hacen en ellas sus ejercicios eróticos y sus calladas asambleas, en las vertiginosas bandadas de pericos que cruzan el aire con una algarabía de ejército que parte a poblar las altas copas de los cámbulos. De allá soy, y ahora lo sé con la plenitud de quien, al fin, encuentra el sitio de sus asuntos en la Tierra. De allá partiré de nuevo, no sé cuántas veces, pero no será para tornar a los parajes de donde ahora vengo. Y cuando esté lejos de la cordillera, me dolerá su ausencia con un dolor nuevo hecho de la ansiedad febril de regresar a ella y perderme en sus caminos que huelen a monte, a pasto yaraguá, a tierra recién llovida y a trapiche en plena molienda.

Ha llegado la noche y me tiendo en la hamaca. Como una promesa y una confirmación viene la brisa fresca que arrastra a trechos un aroma de frutas cuya existencia se había borrado de la memoria. Entro en el sueño como si fuera a vivir una vez más mi juventud, ahora por el breve plazo de una noche, pero habiéndola rescatado intacta, sin que hayan prevalecido contra ella mi propia torpeza ni mis tratos con la nada.

Junio 13

Hoy terminé el libro sobre el homicidio de Luis de Orléans ordenado por Juan sin Miedo Duque de Borgoña. Guardo el libro entre mis escasas pertenencias, porque habré de volver sobre algunos detalles del asunto. Hubo, es evidente, una larga provocación de parte de la víctima, secundada por Isabeau de Baviera, su cuñada y, de seguro, su amante. El pudor del preboste de París y los remilgos del autor no permiten dilucidar este asunto que me parece de una importancia capital. La lucha entre Armagnacs y Borgoñones podría estudiarse desde ángulos harto sorprendentes, sobre todo en su origen y en los móviles verdaderos que la originaron. Pero esto es asunto para rastrear en otra oportunidad. Deben existir en los archivos de Amberes y de Lieja documentos reveladores que algún día habré de hojear. Me propongo hacerlo si todavía puedo prestar algún servicio a mi querido Abdul Bashur y a sus socios. Abdul, qué personaje. Conviven en él el amigo caluroso e incondicional, dispuesto a perderlo todo por sacarnos de un aprieto, y el negociante de astucia implacable, empeñado en venganzas laberínticas a las que puede dedicar lo mejor de su tiempo y de su fortuna. Lo conocí en un café de Port Said. Estaba en una mesa vecina, tratando de vender una colección de ópalos a un judío de Tetuán que, o no entendía la jerigonza que le hablaba Abdul, o no quería entenderla para que éste agotara sus argumentos y adquirir la mercancía por un precio menor. Abdul volvió a mirarme y, con esa intuición del levantino para saber en qué idioma puede hablar con un desconocido, me pidió en flamenco que le ayudara en el negocio y me ofreció una participación interesante. Pasé a su mesa y me entendí en español con el israelita. Abdul me daba los argumentos en flamenco y yo los desplegaba en castellano. Se cerró el trato tal como Abdul quería. Allí nos quedamos, mientras el judío se alejaba manoseando sus piedras y musitando oblicuas maldiciones contra toda la estirpe de mis antepasados. Abdul y yo nos hicimos muy pronto buenos amigos. Me contó que tenía con sus primos un negocio de astilleros, pero que pasaban por una mala racha. Estaba reuniendo dinero para volver a Amberes y restablecer en mejor forma la sociedad. Anduvimos dando tumbos por varios lugares del Mediterráneo, hasta cuando, en Marsella, conseguimos colocar un cargamento en extremo comprometedor con el que nadie quería arriesgarse. La ganancia lograda en esta operación le permitió a Abdul rehacer su compañía y a mí sepultar la parte que me correspondió en la descabellada operación de las minas del Cocora, en donde lo perdí todo y casi dejo la vida. En otra oportunidad relaté algo de esto.

Abdul Bashur me escribió más tarde ofreciéndome el negocio del carguero con bandera tunecina y resolví mejor probar fortuna en este asunto de los aserraderos que, por lo que me entero, promete bien poco o tal vez nada. Ahora que regresan a mi mente todos estos episodios y proyectos del pasado, siento que me invade un cansancio indecible, un torpor y una abulia como si hubieran transcurrido diez años de mi vida en estos parajes de condenación y ruina.

Junio 16

Antier en la madrugada me despertó una sombra que ocultaba el primer rayo de sol que suele darme en los ojos y al que ya estoy acostumbrado porque me obliga a dar vuelta en la hamaca sin despertar del todo y seguir durmiendo una hora más ese sueño, particularmente reparador, que repone el sobresaltado dormir de la noche. Algo que colgaba en los barrotes del toldo me estaba tapando la luz. Desperté de golpe: el cuerpo del Capitán se balanceaba suavemente, colgado del soporte horizontal. Pendía de espaldas, con la cabeza recostada en el grueso cable que usó para ahorcarse. Llamé a Miguel el mecánico, quien vino en seguida y me ayudó a descolgar el cuerpo. El rostro amoratado tenía una expresión desorbitada y grotesca que lo hacía irreconocible. Sólo entonces me di cuenta que uno de los rasgos constantes del difunto, así estuviera en la peor ebriedad, era una cierta ordenada dignidad de sus facciones que hacía pensar en algún actor dedicado antaño a grandes papeles trágicos del teatro griego o isabelino. Buscamos en sus ropas por si había dejado alguna nota y no encontramos nada. El semblante del mecánico estaba ahora más cerrado e inexpresivo que nunca. El práctico se acercó a observarnos y movía la cabeza con esa resignada comprensión propia de los ancianos. Detuvimos el lanchón en una orilla donde hallamos el terreno adecuado para sepultar el cuerpo. Lo envolvimos en la hamaca que solía usar con más frecuencia. Cavamos la tierra que tenía una consistencia arcillosa y un color rojizo que se iba haciendo más intenso a medida que la fosa se hacía más honda. Esta tarea nos tomó varias horas. Terminamos bañados en sudor y con los miembros doloridos. Descendimos el cuerpo y volvimos la tierra a su lugar. El práctico, entretanto, había fabricado una cruz con dos ramas de guayacán que fue a cortar tan pronto tocamos tierra y que labró con cariñosa paciencia mientras nosotros trabajábamos con las palas. Con su navaja había grabado en el palo transversal, en letras de un esmerado diseño, sólo esto: «El Kapi». Permanecimos un rato en silencio alrededor de la tumba. Pensé en decir algo, pero me di cuenta que rompería el recogimiento en que estábamos. Cada uno evocaba a su manera y con su particular dotación de recuerdos al compañero que por fin halló reposo después de haber vivido, como él mismo me dijo tantas veces, la vida que no le correspondía. Mientras nos dirigíamos al lanchón para seguir el viaje, supe que dejaba allí a un amigo ejemplar en su solidaria discreción y en su cariño firme y sin aristas.

Cuando arrancó el planchón fui a conversar con el mecánico para preguntarle cómo seguir el viaje. «No se preocupe —me dijo en su bárbara pero inteligible mezcla de lenguas—, vamos a los aserraderos. Yo soy el dueño de la lancha desde hace dos años. Cuando el Capi la compró, en la base del río grande, yo puse este motor que cuidaba desde hacía tiempo en espera de una oportunidad como ésa. Más tarde le compré la lancha, pero nunca quise que dejara su cargo. Adónde iba a ir y quién lo iba a recibir con esa manera de tomar que tenía. Esas órdenes que gritaba creo que le daban la impresión de seguir siendo el dueño y capitán de la lancha. Era un hombre bueno, sufría mucho, y quién iba a entenderlo mejor que yo. Él me llamó Miguel. Mi verdadero nombre es Xendú, pero no le gustaba. A usted lo respetaba mucho, y a veces se lamentaba por no haberlo conocido en otra época. Decía que hubieran hecho grandes cosas juntos». Miguel regresó a su motor y yo me quedé recostado en uno de los postes, mirando la corriente. Volví a pensar que nada sabemos de la muerte y que todo lo que sobre ella decimos, inventamos y propalamos son miserables fantasías que nada tienen que ver con el hecho rotundo, necesario, ineluctable, cuyo secreto, si es que lo tiene, nos lo llevamos al morir. Era evidente que el Capitán había tomado la determinación de matarse desde hace muchos días. Cuando dejó de beber era señal de que algo se había detenido dentro de él, algo que aún lo mantenía vivo y que se había roto para siempre. La charla que tuvimos la otra noche me regresa ahora con una claridad irrebatible. Estaba informándome sobre lo que tenía resuelto. No era hombre para decir, así, de repente: «Me voy a matar». Tenía el pudor de los vencidos. Yo no quise descifrar el mensaje o, mejor, preferí dejarlo oculto en ese recodo del alma en donde guardamos las noticias irrevocables, las que ya no cuentan con nosotros para cumplirse fatalmente. Pienso que debió agradecer mi actitud. Lo que me dijo era para ser recordado después de su muerte y perpetuarse con su memoria que, él lo sabía, me acompañaría siempre. Cuánta discreción en la manera de quitarse la vida. Esperó a que yo durmiera profundamente. Debió ser poco antes del alba. Era forzoso para él usar uno de los barrotes del toldo. Cualquier otra forma de acabar habría sido notada por todos. Ese pudor completa armoniosamente su carácter y me hace sentirlo aún más cercano, más conforme con cierta idea que tengo de los hombres que saben andar por el mundo entre el avieso y aturdido tropel de sus semejantes. Más pienso en él, más advierto que llegué a conocer prácticamente todo sobre su vida, su manera de ser, sus caídas y sus encontradas ilusiones. Me parece haber conocido a sus padres: la madre, piel roja cerril y leal a su hombre; el padre, perdido en el sueño del oro y en la inalcanzable felicidad. Veo a la gorda patrona del burdel de Paramaribo y escucho su risa gozadora y sus pasos de plantígrado sensual. Y la china. Para mí, la más familiar de sus criaturas. Mucho habría que decir sobre ella y sobre su abandono en la gran cloaca de Sankt-Pauli. Fue una manera de iniciar su muerte, de comenzar a construirla dentro de sí con paso irremediable, con una mutilación sin cura posible. No consigo dormir. Toda la noche doy vueltas en la hamaca recordando, meditando, reconstruyendo un inmediato pasado en el que recibí dos o tres enseñanzas que han de señalar para siempre mis días por venir. Tal vez aquí comience mi muerte. No me atrevo a pensar mucho en esto. Prefiero que todo trate de ordenarse solo de nuevo. Por ahora, lo importante es regresar al páramo y acogerme a la protección arisca y salutífera de Flor Estévez. Ella hubiera entendido tan bien al Capi. O quién sabe, tiene un olfato muy aguzado para descubrir a los perdedores y no suelen éstos ser su género. Qué complicado es todo. Cuántos tumbos en un laberinto cuya salida hacemos lo posible por ignorar y cuántas sorpresas y, luego, cuánta monotonía al comprobar que no han sido tales, que todo lo que nos sucede tiene el mismo semblante, idéntico origen. El sueño no vendrá ya. Iré a tomar un café con Miguel. Ya sé adónde conducen estas elucubraciones sobre lo irremediable. Hay una aridez a la que es mejor no acercarse. Está en nosotros y es mejor ignorar la extensión que ocupa en nuestra alma.

Junio 18

Recurro ahora a unas cuartillas de papel de carta con membrete oficial que el Capitán guardaba en un cajón junto a otros papeles relacionados con la lancha y con trámites aduanales. Me doy cuenta que me cuesta trabajo continuar este diario. En alguna forma, difícil de establecer, buena parte de lo que he venido escribiendo estaba relacionado con su presencia. No que pensara en ningún momento que él iría a leerlo alguna vez. Nada más lejano a ese propósito. Es como si su compañía, su figura, su pasado, su manera de subsistir al margen de la vida, me sirvieran de referencia, de pauta, de inspiración, para decirlo de una vez a pesar de tanta necedad que esa palabra ha tenido que arrastrar en manos de los sandios. Lo que ahora registro en estas páginas, al estar relacionado exclusivamente conmigo y con las cosas que veo o los hechos que suceden a mi lado, adolece de un vacío, de una falta de peso, que me hace sentir como un viajero de tantos en busca de experiencias nuevas y de emociones inesperadas, o sea, lo que mueve mi rechazo más radical, casi fisiológico. Pero, por otra parte, es evidente, también, que me basta recordar algunas de sus frases, de sus gestos, de sus órdenes desorbitadas, para hallar de nuevo el impulso que me permite seguir emborronando papel. Anoche tuve, por cierto, un sueño revelador, tan rico en detalles, en volumen, en coherencia, que seguramente saldrá de él la subterránea energía para continuar con este diario.

Estaba con Abdul Bashur en un muelle de Amberes —que él pronuncia siempre en flamenco: Antwerpen— y nos dirigíamos a visitar el carguero cuya custodia iba a confiarme. Llegamos frente al buque que lucía como nuevo, recién pintado, con todas sus pasarelas y tuberías refulgentes y netas. Subimos por la escalerilla. En cubierta, una mujer restregaba el piso de madera con una energía y una dedicación inquietantes. Sus formas rotundas se ponían en relieve cada vez que se agachaba para raspar una mancha rebelde al cepillo. La reconocí al instante: era Flor Estévez. Se incorporó sonriendo y nos saludó con su brusca cordialidad de siempre. Algo dijo a Abdul que me indicó que ya se conocían. Se volvió luego para decirme: «Ya casi terminamos. Cuando salga del puerto este barco, será la envidia de todos. En la cabina hay café y alguien los está esperando». Llevaba la blusa desabrochada. Sus pechos asomaban casi por completo, morenos y abundantes. Con cierto pesar la dejé en cubierta y seguí a Bashur a la cabina. Cuando entramos, estaba allí el Capitán, al pie del escritorio, en donde se amontonaban en desorden papeles y mapas. Tenía la pipa en la mano y nos saludó con un apretón vigoroso y corto con algo de gimnástico. «Bueno —comentó mientras se rascaba la barbilla con la mano que tenía la pipa—, aquí estoy de nuevo. Lo que pasó en el planchón fue apenas un ensayo. No resultó. Aquí hemos trabajado muy duro, y ya sea que se venda o que resolvamos operarlo nosotros, la compra del barco ha sido un negocio brillante. La señora piensa que sería mejor que nos quedásemos con él. Yo le dije que ya se vería qué opinaban ustedes. Por cierto, Gaviero, que lo está esperando con una ansiedad muy grande. Trajo las cosas que dejó en el páramo y no estaba segura si faltaba algo». Le expliqué que ya la habíamos visto. «Vamos entonces —prosiguió—, quiero que le den una mirada a todo». Salimos. Empezó a oscurecer muy rápidamente. El Capitán iba adelante para indicarnos el camino. Cada vez que se volvía yo notaba que su rostro iba cambiando, que una tristeza y una mueca desamparada se fijaban con creciente evidencia en sus facciones. Cuando llegamos al cuarto de máquinas, advertí que cojeaba ligeramente. Tuve entonces la certeza de que ya no era él, que era otro a quien seguíamos y, en efecto, cuando se detuvo a mostrarnos la caldera, nos hallamos frente a un anciano, vencido y torpe, que musitaba con palabras estropajosas algunas explicaciones deshilvanadas que nada tenían que ver con lo que señalaba su mano temblorosa y mugrienta. Abdul no estaba ya conmigo. Un viento helado entró por las escotillas meciendo el barco cuya solidez e imponencia habían desaparecido. El anciano se alejó hacia una escalera que descendía a las profundidades de la cala. Yo me quedé ante un destartalado amasijo de fierros, bielas y válvulas que debían estar fuera de uso hacía muchísimo tiempo. Pensé en Flor Estévez. Dónde estaría. No podía imaginarla vinculada a la sórdida ruina que me rodeaba. Corrí hacia cubierta con afán de encontrarla, tropecé en un escalón que cedió a mi paso y caí en el vacío.

Desperté bañado en sudor, y en la boca una amarga sensación de haber masticado un fruto descompuesto. La corriente del río es más irregular y fuerte. Una brisa de montaña llega como un anuncio de que entramos en una región por completo diferente a las que hemos recorrido hasta ahora. El práctico, con la mirada puesta en la cordillera, cocina una mezcla de frijoles y yuca que despide un aroma insípido. Me recordó al instante la selva y su clima de quebranto y lodo.

Junio 19

Hoy tuve con el práctico una conversación que me sirvió para aclarar, así sea parcialmente, el enigma de los aserraderos. En la mañana me trajo el café con los imprescindibles plátanos fritos. Se quedó ahí, esperando a que terminara mi desayuno, con evidentes deseos de decirme algo.

—Bueno, ya vamos llegando, ¿verdad? —le comenté para darle pie a que dijera lo que traía atorado y no se atrevía a decir a causa de esa distancia en que se refugian los ancianos para evitar ser lastimados o desoídos.

—Sí, señor, pocos días faltan. Usted no ha estado nunca por allá, ¿no? —había una punta de curiosidad en la pregunta.

—Jamás. Pero, dígame, ¿qué hay realmente en esas factorías?

—Las máquinas las montaron unos señores que vinieron de Finlandia. Los aserraderos son tres, instalados a varios kilómetros de distancia uno de otro. Los cuida la tropa, pero los ingenieros se fueron. De eso hace varios años.

—¿Y qué madera pensaban trabajar? Por aquí no veo árboles suficientes para alimentar tres instalaciones como las que me cuenta.

—Creo que al pie de la cordillera sí hay madera buena. Eso oí decir alguna vez. Pero parece que no se puede traer hasta los aserraderos.

—¿Por qué?

—No sé, señor. De veras no se lo podría decir —algo ocultaba. Vi cruzar por su rostro una sombra de miedo. Las palabras no le salían ya tan espontáneas y fáciles. Los deseos de conversar se le habían pasado y consideraba haber dicho ya lo suficiente.

—¿Pero quién sabe sobre esto? Tal vez la tropa pueda informarme cuando lleguemos. ¿No cree? —no tenía muchas esperanzas de sacarle mucho más.

—No, señor, la tropa no. No les gusta que les pregunten sobre eso, y no creo que sepan mucho más que nosotros —inició un gesto de retirada recogiendo la taza y el plato vacíos.

—¿Y si hablo con el Mayor? —había tocado un punto delicado. El viejo se quedó quieto y no se atrevía a volver la vista hacia mí—. Hablaré con él si es el caso. Estoy seguro de que me contará lo que quiero saber. ¿No cree?

Se fue hacia popa, lentamente, mientras murmuraba con la vista puesta en la lejanía:

—Tal vez a usted le diga algo. A los que vivimos aquí nunca nos dice nada ni le gusta que nos metamos en ese asunto. Háblele si quiere. Allá usted. Creo que le tiene buena ley —mientras musitaba estas palabras alzó los hombros con la resignación frente a lo irremediable y a la necedad de los demás, propia de los ancianos y, en él, aún más acusada. Recordé su conducta cuando descolgamos el cadáver del Capitán, y, luego, en el sepelio. No quería participar en los dañinos juegos de los hombres. Había vivido tanto que la suma de insensatez le debía ser no ya intolerable, sino por completo ajena.

En lo que el práctico me relató no había mayor novedad. Atando cabos, desde hace tiempo tengo la convicción de que el negocio que me describieron el camionero en el páramo y, luego, las personas con las que me entrevisté al llegar a la selva, es un espejismo edificado con restos de rumores: vagas maravillas de riquezas al alcance de la mano y golpes de suerte de los que, en verdad, jamás le suceden a la gente. Y la persona ideal para caer en semejante trampa soy yo, sin duda, porque toda la vida he emprendido esa clase de aventuras, al final de las cuales encuentro el mismo desengaño. Si bien termino siempre por consolarme pensando que en la aventura misma estaba el premio y que no hay que buscar otra cosa diferente que la satisfacción de probar los caminos del mundo que, al final, van pareciéndose sospechosamente unos a otros. Así y todo, vale la pena recorrerlos para ahuyentar el tedio y nuestra propia muerte, esa que nos pertenece de veras y espera que sepamos reconocerla y adoptarla.

Junio 21

Desaliento creciente y falta de interés, no sólo en relación con la historia de las factorías, sino con el viaje mismo y todos sus incidentes, contratiempos y revelaciones. El paisaje parece estar en armonía con mi estado de ánimo: una vegetación casi enana, de un verde intenso y ese olor a polen concentrado que parece pegarse a la piel; la luz tamizada a través de una tenue niebla que nos hace confundir las distancias y el volumen de los objetos. Durante toda la noche cae una llovizna persistente que inunda el toldo y escurre sobre el cuerpo en tibias gotas de algo que más parece savia que agua de lluvia. Miguel, el mecánico, protesta a cada rato por las dificultades que tiene con el motor. Nunca le había escuchado queja alguna, ni siquiera cuando tuvimos que afrontar los rápidos. Es evidente que extraña la selva y que esta tierra le produce una reacción que afecta su humor y debilita sus vínculos con la máquina. Es como si quedara de repente desamparado y el motor se le enfrentara como alguien que le es ajeno y adverso. El práctico continúa con la vista fija en la cordillera. De vez en cuando mueve la cabeza como si tratase de ahuyentar alguna idea que le perturba.

No es el ánimo más propicio para continuar estas notas. Me conozco bastante y sé que por esta pendiente puedo terminar sin asidero alguno. En la soledad de estos parajes y sin más compañía que estos dos residuos del trabajo devastador de la selva, se corre el riesgo de no recuperar así sean las más fútiles razones para seguir entre los vivos. Con la luz de la tarde vino la llovizna. La niebla se fue y el ámbito adquirió por momentos una transparencia como si el mundo estuviera recién inaugurado. El práctico me hizo señas desde la proa para mostrarme, allá, al frente, al pie del escarpado macizo de montañas, un reflejo metálico que, con los últimos rayos de sol, lucía un tono dorado que recuerda las cúpulas de las pequeñas iglesias ortodoxas de la costa dálmata. «Allá están. Ésos son. Mañana en la noche llegamos, si todo va bien», me explicó con su voz cansina y ausente de matices, como emitida por un muñeco de ventrílocuo. Me sorprendí pidiendo para mis adentros que el viaje se prolongase aún por un tiempo indefinido, para, así, alejar el momento de sufrir la enfadosa realidad de esas desorbitadas estructuras cuyo brillo se va apagando a tiempo que la noche se abre paso acompañada por la algarabía de los grillos y de las bandadas de loros en busca de un refugio nocturno en las estribaciones de la sierra. Me he puesto a escribir una carta para Flor Estévez, sin otro propósito que sentirla cercana, y atenta a la descabellada historia de este viaje. Confío en entregársela un día. Por ahora, el alivio que me proporciona redactar esos renglones es, de seguro, una manera de escapar a este deslizarme hacia la nada que me va ganando y que, por desgracia, me resulta más familiar de lo que yo mismo imagino cuando lo evoco como algo que ya pasó sin dejar rastro aparente.

«Flor señora: Si los caminos de Dios son insondables, no lo son menos los que yo me encargo de transitar en esta tierra. Aquí estoy, a pocas horas de llegar a las famosas factorías de las que nos habló el chofer que pasaba con ganado del Llano, y no sé sobre ellas mucho más de lo que nos contó esa noche de confidencias y ron, allá, en La Nieve del Almirante, que, dicho sea de paso, es donde quisiera estar, y no aquí. En efecto, tengo muchas razones para creer que la cosa parará en nada, según las noticias bastante vagas que he venido recibiendo mientras subo el Xurandó; que es un río con más caprichos, resabios y humores encontrados que los que usted saca a relucir cuando el páramo se cierra y llueve todo el día y toda la noche y hasta las cobijas parecen empapadas. La otra noche soñé con usted, y no es cosa que le cuente de qué se trataba, porque tendría que ponerla en antecedentes sobre algunos personajes del sueño que le son desconocidos, y eso daría para muchas páginas. Aquí estoy escribiendo, cuando puedo y en hojas de la más varia calidad y origen, un diario en donde registro todo, desde mis sueños hasta los percances del camino, desde el carácter y figura de quienes viajan conmigo hasta el paisaje que desfila ante nosotros mientras subimos. Pero, volviendo al sueño, es bueno que le adelante que en él o, mejor, a través de él he llegado a darme cuenta de la importancia cada día más grande que usted tiene en mi vida y la forma como su cuerpo y su genio, no siempre manso, presiden los accidentes de aquélla y la ruina en que ésta suele refugiarse cuando estoy harto de andanzas y sorpresas. Claro que, a estas horas, esto no debe ser ninguna novedad para usted. Conozco sus talentos de adivina y de hermética pitonisa. Por eso, ni siquiera me demoro en relatarle en detalle cómo me hace falta, en esta hamaca, sentir el desorden de su cuerpo y oírla bramar en el amor como si se la estuviera tragando un remolino. Ésas no son cosas que deban escribirse, no solamente porque nada se adelanta con eso, sino porque, ya en el recuerdo, adolecen de no sé qué rigidez y sufren cambios tan notables que no vale la pena registrarlas en palabras. Ignoro cómo se presentarán aquí las cosas. Lo cierto es que tengo la cordillera enfrente y me llegan sus aromas y murmullos. No hago sino pensar en esos lugares, en donde, ahora, he conseguido verlo claro, definitivamente está mi lugar en la tierra. Su dinero sigue aquí guardado y me sospecho que regresará intacto, que es lo que, en verdad, deseo. He pensado en contarle un poco cómo es la selva y quién vive por estos lugares, pero creo que mejor podrá enterarse de ello en mi diario, si logro llegar con él intacto y con su autor en iguales condiciones. Dos veces he visto la muerte, cada una con rostro distinto y diciéndome sus ensalmos, tan a mi lado que no creí regresar. Lo raro es que esta experiencia en nada me ha cambiado, y sólo sirvió para caer en la cuenta de que, desde siempre, esa señora ha estado vigilándome y contando mis pasos. El Capitán, sobre el cual espero que hablemos largamente en breve, me dijo que, sin importar que un día muera, como es predecible, mientras esté vivo soy inmortal. Bueno, la cosa no es bien así. Él la dijo mejor, desde luego, pero en el fondo ésa es la idea. Lo que me llama más la atención es que yo había pensado ya en eso, pero aplicado a usted. Porque creo que, desde La Nieve del Almirante, usted ha ido tejiendo, construyendo, levantando todo el paisaje que la rodea. Muchas veces he tenido la certeza de que usted llama a la niebla, usted la espanta, usted teje los líquenes gigantes que cuelgan de los cámbulos y usted rige el curso de las cascadas que parecen brotar del fondo de las rocas y caen entre helechos y musgos de los más sorprendentes colores: desde el cobrizo intenso hasta ese verde tierno que parece proyectar su propia luz. Como ha sido tan poco lo que hemos hablado, a pesar del tiempo que llevamos juntos, estas cosas tal vez le parezcan una novedad, cuando, en realidad, fueron las que me decidieron a permanecer en su tienda con el pretexto de curarme la pierna. Por cierto que una parte de ésta ha quedado insensible, aunque puedo usarla normalmente para caminar. No tengo mucho talento para escribir a alguien que, como usted, llevo tan adentro y dispone con tanto poder hasta de los más escondidos rincones y repliegues de este Gaviero que, de haberla encontrado mucho antes en la vida, no habría rodado tanto, ni visto tanta tierra con tan poco provecho como escasa enseñanza. Más se aprende al lado de una mujer de sus cualidades, que trasegando caminos y liándose con las gentes cuyo trato sólo deja la triste secuela de su desorden y las pequeñas miserias de su ambición, medida de

su risible codicia. Pues el motivo de estas líneas ha sido, únicamente, hablarle un rato para descansar mi ansiedad y alimentar mi esperanza, hasta aquí llego y le digo hasta pronto, cuando
de nuevo nos reunamos en La Nieve del Almirante y tomemos
café en el corredor de enfrente, viendo venir la niebla y oyendo los camiones que suben forzando sus motores y cuyo dueño
podremos identificar por la forma como cambia las marchas.
No es esto todo lo que quería decirle. Ni siquiera he comenzado.
Lo cual, desde luego, no importa. Con usted no es necesario
decir las cosas porque ya las sabe desde antes, desde siempre.
Muchos besos y toda la nostalgia de quien la extraña mucho».

Junio 23

Hoy al atardecer llegamos al primer aserradero. Lo que
veíamos a distancia en línea recta frente a nosotros no estaba
tan cerca. El Xurandó hace en este trayecto una serie de amplias
curvas que sucesivamente alejan y acercan la brillante estructura de aluminio y cristal hasta convertirla en un espejismo.
Impresión que se acentúa por lo inesperado de tal arquitectura
en clima y lugar semejantes. Atracamos en un pequeño muelle
flotante, asegurado con cables de color amarillo y planchas de
madera clara, mantenidas en impecable limpieza. Me hizo pensar en algún sitio del Báltico. Descendimos y nos acercamos al
edificio que está rodeado por un muro de alambre de más de
dos metros de altura, con postes metálicos pintados de azul marino y colocados a diez metros uno de otro. Esperamos un buen
rato en la garita de entrada y, finalmente, apareció un soldado
que venía del edificio principal arreglándose la ropa, como si
hubiera estado durmiendo. Nos informó que el resto de la gente había ido de cacería y regresaría hasta mañana en la madrugada. Cuando le pregunté, movido por una curiosidad inesperada, qué cazaban por allí, el soldado se me quedó mirando
con esa expresión atónita, tan característica de la gente de tropa
cuando no sabe cómo ocultar algo a los civiles y, finalmente,
resuelve mentir, cosa que, de seguro, jamás haría con sus superiores: «No sé. Nunca he ido. Zarigüeyas, creo, o algo así»,
contestó, a tiempo que nos volvía la espalda y se alejaba hacia
el edificio. Regresamos a la lancha para cenar algo, dormir, y al

día siguiente intentar de nuevo. Una vez más, con las últimas luces de la tarde, la enorme estructura metálica se erguía envuelta en un halo dorado que le daba un aspecto irreal, como si estuviese suspendida en el aire. Consta de un gigantesco hangar, semejante a los que se usaban para guardar los zepelines, flanqueado por una pequeña edificación que evidentemente sirve de bodega, y un grupo de tres barracas en hilera, de cuatro piezas cada una, que deben servir para alojar a quienes cuidan el sitio.

El hangar está construido en estructura de aluminio, con amplios ventanales en los costados y al frente, y una bóveda en donde se suceden extensas marquesinas, también de cristal, esmerilado en este caso, para opacar la entrada del sol al recinto. Recuerdo haber visto construcciones similares, no sólo al borde del lago de Constanza y a orillas del mar del Norte o del Báltico, sino también en algunos puertos de Louisiana y de la Columbia Británica, en donde se embarca madera ya cortada en tablones, lista para viajar a los más apartados lugares del mundo. La estrafalaria presencia de semejante edificio a orillas del Xurandó, al pie de la selva, se acentúa aún más por la manera impecable como está mantenido. Brilla cada centímetro de metal y de vidrio, como si hubieran terminado de construirlo hace apenas unas horas. De repente, un fuerte chasquido anunció el arranque de una turbina. Todo el conjunto se iluminó con una luz parecida a la de los tubos de neón, pero mucho más tenue y difusa. No alcanzaba a proyectarse en la atmósfera circundante y, por tal razón, no la habíamos visto de lejos. La impresión de irrealidad, de intolerable pesadilla de tal presencia en medio de la noche ecuatorial, apenas me permitió dormir y visitó mis sueños intermitentes, dejándome cada vez bañado en sudor y con el corazón desbocado. Intuí que jamás tendría la menor oportunidad de tratar con quienes habitaban este edificio inconcebible. Un vago malestar se ha ido apoderando de mí y ahora me distraigo escribiendo este diario para no mirar hacia la gótica maravilla de aluminio y cristal que flota iluminada con esa luz de morgue, arrullada por el manso zumbido de su planta eléctrica. Ahora entiendo las reservas y evasivos intentos del Capitán, el Mayor y los demás con quienes hablé de esto, ante mi insistencia de saber lo que en verdad son estos aserraderos. Era en vano hacerlo. La verdad resulta imposible de transmitir. «Usted ya verá», eso fue lo que, al final de cuentas, acabaron diciéndome todos, rehuyendo dar más detalles. Tenían razón. Aquí, pues, de nuevo, el Gaviero viene a recalar en uno más de sus insólitos e infructuosos asombros. No hay remedio. Así será siempre.

Junio 24

Esta mañana fui de nuevo a la garita. Un centinela oyó mi solicitud de hablar con alguien y, sin contestarme, cerró la ventanilla. Vi que hablaba por teléfono. Volvió a abrirla y me dijo: «No se puede recibir a extraños en estas instalaciones. Buenos días». Iba a cerrar de nuevo y me apresuré a preguntarle: «¿El ingeniero? No quiero hablar con nadie de la guardia, sino con él. Es un asunto relacionado con la venta de madera. Así sea por teléfono me gustaría explicarle al ingeniero el motivo de mi viaje hasta aquí». Me observó un instante con una mirada neutra, inexpresiva, como si hubiera escuchado mis palabras desde un altoparlante lejano. Con voz también sin matices, casi sin energía, me explicó: «Aquí hace mucho que no hay ningún ingeniero. Sólo hay tropa y dos suboficiales. Tenemos instrucciones de no hablar con nadie. Es inútil que insista». El timbre del teléfono sonaba con frenética insistencia. El hombre cerró la ventanilla y fue a contestar. Escuchó con aire concentrado y, al final, asintió con la cabeza como si recibiera una orden. Por una pequeña rendija que abrió para hacerse oír, me dijo: «Tienen que retirar el planchón antes del mediodía de mañana y absténgase de insistir en ver a nadie. No vuelva a la garita, porque no puedo hablar más con usted». Corrió el vidrio con un golpe seco y se puso a revisar unos papeles que tenía sobre el escritorio. Lo sentí inmerso en otro mundo; como si hubiera descendido a una gran profundidad en las aguas de un océano para mí desconocido y hostil.

Regresé a la lancha y estuve conversando con el práctico. «Ya me lo temía —me comentó—. Nunca he intentado hablar con ellos ni acercarme a la entrada. Esa tropa no pertenece a ninguna base cercana. La relevan cada cierto tiempo. Vienen del borde de la cordillera y hacia allá parten, cortando por mitad del monte. Ahora me dirá qué hacemos. Mañana al mediodía hay que salir de aquí. No creo que valga la pena insistir». Sugerí visitar las otras factorías que están más arriba: «No tiene caso intentarlo. Es lo mismo. Además, estamos algo cortos del diesel. Vamos a tener que bajar a media máquina, ayudados por la corriente. Si no encontramos en alguna ranchería, ojalá nos alcance para llegar a la base». Me acosté en la hamaca sin hablar más. Me invadieron una vaga frustración, un sordo fastidio conmigo mismo y con la cadena de postergaciones, descuidos e inadvertencias que me han traído hasta aquí y que hubiera sido tan sencillo evitar si otro fuera mi carácter. Bajaremos de nuevo. Un desánimo invencible me dejó allí tendido, tratando de digerir esa rabia que se iba extendiendo a todo y a todos, la conciencia de cuya inutilidad sólo me servía para incrementarla. En la noche, ya más resignado y tranquilo, encendí la lámpara para escribir un poco. La luz de quirófano que baña el edificio, su esqueleto de aluminio y cristal y el zumbido de la planta comienzan a resultarme tan intolerables que he resuelto partir mañana y alejarme de tan abrumadora presencia.

Junio 25

Salimos esta mañana con el alba. Al desamarrar el lanchón y dejarnos llevar por la corriente hacia el centro del río, se oyó una sirena que lanzaba desde el edificio un aullido apagado. A lo lejos respondió otra y, luego, otra más distante. Las factorías se comunicaban la partida de los intrusos. Había una altanera advertencia, una taciturna pesadumbre en esas señales que nos dejaron silenciosos y marchitos durante buena parte del día. Avanzábamos con una velocidad que, al principio, me resultó novedosa y grata. Pensé, de repente, en el Paso del Ángel. Un escalofrío me recorrió la espalda. Bajar era, quizá, más fácil. Pero sentí que no tendría el ánimo de soportar una vez más el fragor de las aguas, su estruendo, sus remolinos, la fuerza arrolladora de su desbocada energía. Pasado el mediodía llegamos a un extenso remanso que convertía el Xurandó en un lago cuyas orillas se perdían por dondequiera que miráramos. Comenzaba a quedarme dormido, en una siesta que esperaba reparadora, propicia para olvidar la reciente experiencia con el mundo enemigo de los aserraderos. Un lejano zumbido se fue acercando a nosotros. Luché entre el sueño y la curiosidad, y cuando el primero ganaba terreno rápidamente, escuché una voz que me llamaba: «¡Gaviero!, ¡Maqroll!, ¡Gaviero!». Desperté. El Junker de la base se deslizaba a nuestro lado. El Mayor, de pie en los flotadores, extendía la mano para recibir un cabo que le lanzaba el práctico. Lo tomó al segundo intento y fue acercando el hidroavión a la proa de la lancha. «¡Vamos a la orilla!», ordenó, mientras con la mano libre hacía un gesto de bienvenida. Lo noté más delgado, y el bigote no era ya tan recto e impecable. Atracamos el lanchón y aseguramos el Junker a la proa del mismo. El Mayor saltó a cubierta con elasticidad un tanto felina. Nos estrechamos las manos y fuimos a sentarnos en las hamacas. No esperó a preguntarme sobre el viaje. Entró de lleno en materia: «Una patrulla encontró la tumba del Capi. Estuve allá la semana pasada. Algún animal había intentado desenterrarlo. Ordené cavar más hondo y llenamos la mitad de la fosa con guijarros. Los muertos no se pueden enterrar así en la selva. Los animales los desentierran a los pocos días. ¿Ya viene, entonces, de bajada? Me imagino cómo le fue. Era inútil prevenirlo. Nadie cree cuando uno lo explica. Es mejor que cada quien haga la experiencia. ¿Y ahora, qué va a hacer?». «No sé —le respondí—, no tengo muchos planes. Pienso subir a la cordillera lo más pronto posible, ignoro si hay camino por este lado. Pero no quisiera irme con la curiosidad de averiguar qué pasa con esa gente de las factorías. Me dicen que las máquinas están intactas. Jamás volveré por allá. ¿Por qué no me cuenta?». Miró sus manos mientras sacudía las hojas y el barro que había dejado en ellas el cable. «Bueno, Gaviero —comenzó a decirme mientras sonreía vagamente—, le voy a contar. En primer lugar, no hay ningún misterio. Esas instalaciones van a revertir al Gobierno dentro de tres años. Alguien, muy arriba, está interesado en ellas. Debe ser un personaje muy influyente porque consiguió que sean custodiadas y mantenidas por la Infantería de Marina. Están, en efecto, intactas. Nunca se pudieron poner en marcha porque donde se encuentra la madera —y señaló hacia las estribaciones de la sierra— hay gente levantada en armas. ¿Quién la sostiene? No es preciso romperse la cabeza para adivinarlo. Cuando llegue la fecha de la reversión y se entreguen los aserraderos al Gobierno, es muy posible que la guerrilla desaparezca como por ensalmo. ¿Me entendió? Es muy sencillo. Siempre hay alguien más listo que uno, ¿verdad?». Otra vez ese tono entre burlón y protector, desenvuelto y de regreso de todo. Antes de pensar yo en preguntárselo, me dice: «¿Por qué no se lo advertí? Ya estamos muy grandecitos, ¿verdad? Le di a entender hasta donde me era permitido. Ahora que se va y, seguramente, no regrese nunca, se lo puedo contar todo. Qué bueno que salieran a tiempo. Esa gente no se anda con paños de agua tibia. Sólo dicen las cosas una vez. Luego abren fuego». Le expresé mi reconocimiento por haberme advertido, en la medida en que se lo permitía la prudencia, y me excusé de mi terquedad en continuar adelante. «No se preocupe —me dijo—, siempre sucede lo mismo. El negocio es muy tentador y no tiene nada de descabellado. Sólo que, es lo que le digo: siempre hay alguien más listo. Siempre. Menos mal que lo toma usted con cierta filosofía. Es la única manera. Bueno, ahora le voy a proponer lo siguiente: si desea ir al páramo, tal vez yo pueda ayudarlo. Mañana, si quiere, volamos a la Laguna del Sordo. Está en plena cordillera. En la orilla hay un pueblo, y de allí suben camiones hasta el páramo. Arregle con Miguel y mañana vengo de madrugada. En una hora de vuelo estaré allá. ¿Qué le parece?». «Que no sé cómo pagarle el favor —le respondí conmovido por su interés—. En verdad no me siento con fuerzas para volver a la selva, ni para pasar de nuevo por los rápidos. Le pagaré a Miguel y mañana lo espero. Muchas gracias de nuevo y ojalá esto no le ocasione contratiempos». «Ya se lo dije desde el primer día en que hablamos: usted no es para esa tierra. No, no me causa ninguna molestia. El que manda, manda. Lo importante es saber hasta dónde y eso lo aprendí desde que era alférez. Es lo único que hay que saber cuando se llevan galones. Bueno, hasta mañana. Me voy porque apenas hay tiempo para regresar a la base.» Me estrechó la mano, llamó con un silbido al práctico y saltó al avión. Algo dijo al piloto y se me quedó viendo con una sonrisa en donde había más picardía que cordialidad.

Ésta será mi última noche aquí. Debo confesar que siento un alivio indecible. Es como si hubiera tomado un licor que, al instante, repusiera todas las fuerzas y me restituyera al mundo, al orden de cosas que me pertenecen. He hablado con Miguel. No puso ninguna objeción a que arreglásemos cuentas ahora mismo. Le pagué su dinero y di una buena propina al práctico. Trato de dormir. Una agitación, un aleteo que me recorre por dentro, me impide conciliar el sueño. Es como si me quitara una losa de encima, como si me relevaran de una tarea desmedida, lacerante, agobiadora.

Junio 29

A eso de las siete de la mañana el Mayor llegó en el Junker. Recogí mis cosas y me despedí de Miguel y del práctico. Éste sonreía, con esa manera que tienen los viejos de hacerlo ante la necia insistencia de quienes repiten los errores que ellos mismos cometieron y habían olvidado. Miguel me dio la mano sin apretarla. Era como tener en la mía un pescado tibio y húmedo. En sus ojos advertí un lejano, tenue brillo por donde afloraba toda la cordialidad de que era capaz. En ese instante me di cuenta de que me despedía de la selva. El mecánico, no sólo la representa cabalmente, sino que está hecho de su misma substancia. Es una prolongación amorfa de ese universo funesto y sin rostro. Subí al Junker, me senté detrás del piloto y del Mayor y ajusté mi cinturón. Recorrimos el agua durante un momento y nos remontamos en medio de la vibración arrulladora del fuselaje. Caí en un torpor hipnótico hasta que el Mayor me tocó la rodilla y me mostró la laguna allá bajo. Acuatizamos suavemente. Nos dirigimos a un desembarcadero en donde nos esperaban un sargento y tres soldados. El Mayor bajó conmigo. Me despedí del piloto y en ese momento caí en la cuenta que no era el que yo conocía. A éste le faltaba un ojo y tenía en la frente una cicatriz nacarada. El Mayor me encargó con el sargento y le indicó que me buscara posada en el pueblo mientras conseguía un camión para subir al páramo. Me tendió la mano y, sin dejar que le expresara mi gratitud, me interrumpió con una seriedad un tanto forzada: «Por favor, en adelante, medite sus negocios y no vuelva a arriesgarse como lo hizo. No vale la pena. Sé lo que le digo. Usted ya lo sabe, además. Buena suerte. Adiós». Subió a la cabina del Junker, cerró de un golpe la puerta, haciendo resonar el fuselaje con un ruido que me resultó familiar y el hidroavión se alejó dejando una estela de espuma que fue disolviéndose a medida que el aparato se perdía entre las nubes bajas de la cordillera.

Algo ha terminado. Algo comienza. Conocí la selva. Nada tuve que ver con ella, nada llevo. Sólo estas páginas darán, tal vez, un desteñido testimonio de un episodio que dice muy poco de mi malicia y espero olvidar lo más pronto posible. Antes de una semana estaré en La Nieve del Almirante contándole a Flor Estévez cosas que, de seguro, ya poco tendrán que ver con lo que en verdad sucedió. Siento en el paladar el aroma del café y su amargo sabor estimulante.

Ayer llegaron al pueblo unos infantes de marina. Pertenecen al destacamento relevado en los aserraderos. Cuentan que el lanchón naufragó en el Paso del Ángel y que los cuerpos de Miguel y del práctico no aparecieron. Parece que se los llevó la corriente muy abajo. Debió dejarlos tirados en alguna orilla de la selva. El planchón, desmantelado y lleno de abolladuras, se varó en un banco de arena. Nadie se presentó para rescatarlo.

Dentro del cuaderno formado con las hojas del diario de Maqroll el Gaviero había una página suelta, escrita en tinta verde, con el membrete de un hotel y sin fecha. Al leerla me di cuenta que tenía relación con el diario y por esa razón me parece oportuno transcribirla aquí. Su lectura puede interesar a quienes hayan seguido el relato que el diario contiene.

Hôtel de Flandre
Quai des Tisserands N.º 9   Tel. 3223
Anvers

... como estaba convenido. Durante tres días subimos por una carretera empinada y llena de curvas de un trazo peligrosamente aproximado. Al llegar a cierto punto, dejé el camión y alquilé una mula en la fonda de la Cuchilla. Dos días anduve perdido en el páramo, buscando la carretera que pasa por La Nieve del Almirante. Ya había abandonado toda esperanza, cuando di con ella. Dejé la mula con el muchacho que me la había alquilado y me senté en un barranco a esperar algún camión para subir hasta la parte más alta del trayecto. En efecto, dos horas más tarde pasó un Saurer de ocho toneladas que trepaba con asmático esfuerzo la pendiente. El conductor accedió a llevarme: «Voy hasta el alto», le expliqué mientras me observaba como tratando de reconocerme. Viajamos toda la noche. Al madrugar, en medio de una niebla tan espesa que casi imposibilitaba la marcha, el hombre me despertó: «Por aquí debe ser. ¿Qué es lo que busca por estos peladeros?». «Una tienda que se llama La Nieve del Almirante», respondí con un temor que empezaba a subirme por el plexo solar. «Bueno —dijo el chofer—, voy a parar un rato. Usted busque por ahí a ver qué encuentra. Con esta niebla...». Encendió un cigarrillo. Me interné en el lechoso ámbito que casi no permitía ver cosa alguna. Me fui orientando por la cuneta y al poco tiempo reconocí la casa. El letrero, del que se habían desprendido varias letras, se mecía con el viento, colgando de un extremo sujeto por un clavo herrumbroso. Todo estaba atrancado por dentro: puertas, ventanas y postigos. Faltaban ya muchos vidrios y la construcción amenazaba derrumbarse de un momento a otro. Fui a la puerta trasera. El balcón, que antes se sostenía sobre un precipicio con la ayuda de gruesas vigas de madera, se había desbaratado en parte y los barrotes se balanceaban sobre el abismo, llenos de musgo y de excrementos de loros que se detenían allí antes de seguir su viaje a las tierras bajas. Comenzó a lloviznar y la niebla se despejó en un instante.

Regresé al camión. «No queda nada, señor. Ya sabía, pero ignoraba el nombre», comentó el conductor con cierta compasión que alcanzó a herirme malamente. «Siga conmigo, si quiere. Voy hasta el cafetal de La Osa. Allá creo que lo conocen.» Asentí en silencio y subí a su lado. El camión comenzó el descenso. Un olor a asbesto quemado denunciaba el trabajo incesante de los frenos. Pensaba en Flor Estévez. Iba a ser muy difícil acostumbrarme a su ausencia. Algo comenzó a dolerme allá adentro. Era el trabajo de una pena que tardará mucho tiempo en sanar.

Otras noticias sobre Maqroll el Gaviero

Cocora

Aquí me quedé, al cuidado de esta mina, y ya he perdido la cuenta de los años que llevo en este lugar. Deben ser muchos, porque el sendero que llevaba hasta los socavones y que corría a la orilla del río ha desaparecido ya entre rastrojos y matas de plátano. Varios árboles de guayaba crecen en medio de la senda y han producido ya muchas cosechas. Todo esto debieron olvidarlo sus dueños y explotadores y no es de extrañarse que así haya sido, porque nunca se encontró mineral alguno, por hondo que se cavara y por muchas ramificaciones que se hicieran desde los corredores principales. Y yo que soy hombre de mar, para quien los puertos apenas fueron transitorio pretexto de amores efímeros y riñas de burdel, yo que siento todavía en mis huesos el mecerse de la gavia a cuyo extremo más alto subía para mirar el horizonte y anunciar las tormentas, las costas a la vista, las manadas de ballenas y los cardúmenes vertiginosos que se acercaban como un pueblo ebrio; yo aquí me he quedado visitando la fresca oscuridad de estos laberintos por donde transita un aire a menudo tibio y húmedo que trae voces, lamentos, interminables y tercos trabajos de insectos, aleteos de oscuras mariposas o el chillido de algún pájaro extraviado en el fondo de los socavones.

Duermo en el llamado Socavón del Alférez, que es el menos húmedo y da de lleno a un precipicio cortado a pico sobre las turbulentas aguas del río. En las noches de lluvia, el olfato me anuncia la creciente: un aroma lodoso, picante, de vegetales lastimados y de animales que bajan destrozándose contra las piedras; un olor de sangre desvaída, como el que despiden ciertas mujeres trabajadas por el arduo clima de los trópicos; un olor de mundo que se deslíe precede a la ebriedad desordenada de las aguas que crecen con ira descomunal y arrasadora.

Quisiera dejar testimonio de algunas de las cosas que he visto en mis largos días de ocio, durante los cuales mi familiaridad con estas profundidades me ha convertido en alguien harto diferente de lo que fuera en mis años de errancia marinera y fluvial. Tal vez el ácido aliento de las galerías haya mudado o aguzado mis facultades para percibir la vida secreta, impalpable, pero riquísima, que habita estas cavidades de infortunio. Comencemos por la galería principal. Se penetra en ella por una avenida de cámbulos cuyas flores anaranjadas y pertinaces crean una alfombra que se extiende a veces hasta las profundidades del recinto. La luz va desapareciendo a medida que uno se interna, pero se demora con intensidad inexplicable en las flores que el aire ha barrido hasta muy adentro. Allí viví mucho tiempo, y sólo por razones que en seguida explicaré tuve que abandonar el sitio. Hacia el comienzo de las lluvias escuchaba voces, murmullos indescifrables como de mujeres rezando en un velorio, pero algunas risas y ciertos forcejeos, que nada tenían de fúnebres, me hicieron pensar más bien en un acto infame que se prolongaba sin término en la oquedad del recinto. Me propuse descifrar las voces y, de tanto escucharlas con atención febril, días y noches, logré, al fin, entender la palabra Viana. Por entonces, caí enfermo, al parecer de malaria, y permanecía tendido en el jergón que había improvisado como lecho. Deliraba durante largos períodos y, gracias a esa lúcida facultad que desarrolla la fiebre por debajo del desorden exterior de sus síntomas, logré entablar un diálogo con las hembras. Su actitud meliflua, su evidente falsía, me dejaban presa de un temor sordo y humillante. Una noche, no sé obedeciendo a qué impulsos secretos avivados por el delirio, me incorporé gritando en altas voces que reverberaron largo tiempo contra las paredes de la mina: «¡A callar, hijas de puta! ¡Yo fui amigo del Príncipe de Viana, respeten la más alta miseria, la corona de los insalvables!». Un silencio, cuya densidad se fue prolongando, acallados los ecos de mis gritos, me dejó a orillas de la fiebre. Esperé la noche entera, allí tendido y bañado en los sudores de la salud recuperada. El silencio permanecía presente ahogando hasta los más leves ruidos de las humildes criaturas en sus trabajos de hojas y salivas que tejen lo impalpable. Una claridad lechosa me anunció la llegada del día y salí como pude de aquella galería que nunca más volví a visitar.

Otro socavón es el que los mineros llamaban del Venado. No es muy profundo, pero reina allí una oscuridad absoluta, debida a no sé qué artificio en el trazado de los ingenieros.

Sólo merced al tacto conseguí familiarizarme con el lugar que estaba lleno de herramientas y cajones meticulosamente clavados. De ellos salía un olor imposible de ser descrito. Era como el aroma de una gelatina hecha con las más secretas substancias destiladas de un metal improbable. Pero lo que me detuvo en esa galería durante días interminables, en los que estuve a punto de perder la razón, es algo que allí se levanta, al fondo mismo del socavón recostado en la pared en donde aquél termina. Algo que podría llamar una máquina si no fuera por la imposibilidad de mover ninguna de las piezas de que parecía componerse. Partes metálicas de las más diversas formas y tamaños, cilindros, esferas, ajustados en una rigidez inapelable, formaban la indecible estructura. Nunca pude hallar los límites, ni medir las proporciones de esta construcción desventurada, fija en la roca por todos sus costados y que levantaba su pulida y acerada urdimbre, como si se propusiera ser en este mundo una representación absoluta de la nada. Cuando mis manos se cansaron, tras semanas y semanas de recorrer las complejas conexiones, los rígidos piñones, las heladas esferas, huí un día, despavorido al sorprenderme implorándole a la indefinible presencia que me develara su secreto, su razón última y cierta. Tampoco he vuelto a esa parte de la mina, pero durante ciertas noches de calor y humedad me visita en sueños la muda presencia de esos metales y el terror me deja incorporado en el lecho, con el corazón desbocado y las manos temblorosas. Ningún terremoto, ningún derrumbe, por gigantesco que sea, podrá desaparecer esta ineluctable mecánica adscrita a lo eterno.

La tercera galería es la que ya mencioné al comienzo, la llamada Socavón del Alférez. En ella vivo ahora. Hay una apacible penumbra que se extiende hasta lo más profundo del túnel y el chocar de las aguas del río, allá abajo, contra las paredes de roca y las grandes piedras del cauce, da al ámbito una cierta alegría que rompe, así sea precariamente, el hastío interminable de mis funciones de velador de esta mina abandonada. Es cierto que, muy de vez en cuando, los buscadores de oro llegan hasta esta altura del río para lavar las arenas de la orilla en las bateas de madera. El humo acre de tabaco ordinario me anuncia el arribo de los gambusinos. Desciendo para verlos trabajar y cruzamos escasas palabras. Vienen de regiones distantes y apenas entiendo su idioma. Me asombra su paciencia sin medida en este trabajo tan minucioso y de tan pobres resultados. También vienen, una vez al año, las mujeres de los sembradores de caña de la orilla opuesta. Lavan la ropa en la corriente y golpean las prendas contra las piedras. Así me entero de su presencia. Con una que otra que ha subido conmigo hasta la mina he tenido relaciones. Han sido encuentros apresurados y anónimos en donde el placer ha estado menos presente que la necesidad de sentir otro cuerpo contra mi piel y engañar, así sea con ese fugaz contacto, la soledad que me desgasta.

Un día saldré de aquí, bajaré por la orilla del río, hasta encontrar la carretera que lleva hacia los páramos, y espero entonces que el olvido me ayude a borrar el miserable tiempo aquí vivido.

La Nieve del Almirante

Al llegar a la parte más alta de la cordillera, los camiones se detenían en un corralón destartalado que sirvió de oficina a los ingenieros cuando se construyó la carretera. Los conductores de los grandes camiones se detenían allí a tomar una taza de café o un trago de aguardiente para contrarrestar el frío del páramo. A menudo éste les engarrotaba las manos en el volante y rodaban a los abismos en cuyo fondo un río de aguas torrentosas barría, en un instante, los escombros del vehículo y los cadáveres de sus ocupantes. Corriente abajo, ya en las tierras de calor, aparecían los retorcidos vestigios del accidente. Las paredes del refugio eran de madera y, en el interior, se hallaban oscurecidas por el humo del fogón, en donde día y noche se calentaban el café y alguna precaria comida para quienes llegaban con hambre, que no eran frecuentes, porque la altura del lugar solía producir una náusea que alejaba la idea misma de comer cosa alguna. En los muros habían clavado vistosas láminas metálicas con propaganda de cervezas o analgésicos, con provocativas mujeres en traje de baño que brindaban la frescura de su cuerpo en medio de un paisaje de playas azules y palmeras, ajeno por completo al páramo helado y ceñudo.

La niebla cruzaba la carretera, humedecía el asfalto que brillaba como un metal imprevisto, e iba a perderse entre los grandes árboles de tronco liso y gris, de ramas vigorosas y escaso follaje, invadido por una lama, también gris, en donde surgían flores de color intenso y de cuyos gruesos pétalos manaba una miel lenta y transparente.

Una tabla de madera, sobre la entrada, tenía el nombre del lugar en letras rojas, ya desteñidas: La Nieve del Almirante. Al tendero se le conocía como el Gaviero y se ignoraban por completo su origen y su pasado. La barba hirsuta y entrecana le cubría buena parte del rostro. Caminaba apoyado en una muleta improvisada con tallos de recio bambú. En la pierna derecha le supuraba continuamente una llaga fétida e irisada, de la que nunca hacía caso. Iba y venía atendiendo a los clientes, al ritmo regular y recio de la muleta que golpeaba en los tablones del piso con un sordo retumbar que se perdía en la desolación de las parameras. Era de pocas palabras, el hombre. Sonreía a menudo, pero no a causa de lo que oyera a su alrededor, sino para sí mismo y más bien a destiempo con los comentarios de los viajeros. Una mujer le ayudaba en sus tareas. Tenía un aire salvaje, concentrado y ausente. Por entre las cobijas y ponchos que la protegían del frío, se adivinaba un cuerpo aún recio y nada ajeno al ejercicio del placer. Un placer cargado de esencias, aromas y remembranzas de las tierras en donde los grandes ríos descienden hacia el mar bajo un dombo vegetal, inmóvil en el calor de las tierras bajas. Cantaba, a veces, la hembra; cantaba con una voz delgada como el perezoso llamado de las aves en las ardientes extensiones de la llanura. El Gaviero se quedaba mirándola mientras duraba el murmullo agudo, sinuoso y animal. Cuando los conductores volvían a su camión e iniciaban el descenso de la cordillera, les acompañaba ese canto nutrido de vacía distancia, de fatal desamparo, que los dejaba a la vera de una nostalgia inapelable.

Pero otra cosa había en el tendajón del Gaviero que lo hacía memorable para quienes allí solían detenerse y estaban familiarizados con el lugar: un estrecho pasillo llevaba al corredor trasero de la casa, al que sostenían unas vigas de madera sobre un precipicio semicubierto por las hojas de los helechos. Allí iban a orinar los viajeros, con minuciosa paciencia, sin lograr oír nunca la caída del líquido, que se perdía en el vértigo neblinoso y vegetal del barranco. En los costrosos muros del pasillo se hallaban escritas frases, observaciones y sentencias. Muchas de ellas eran recordadas y citadas en la región, sin que nadie descifrara, a ciencia cierta, su propósito ni su significado. Las había escrito el Gaviero, y muchas de ellas estaban borradas por el paso de los clientes hacia el inesperado mingitorio.

Algunas de las que persistieron con mayor terquedad en la memoria de la gente son las que aquí se transcriben:

Soy el desordenado hacedor de las más escondidas rutas, de los más secretos atracaderos. De su inutilidad y de su ignota ubicación se nutren mis días.

Guarda ese pulido guijarro. A la hora de tu muerte podrás acariciarlo en la palma de tu mano y ahuyentar así la presencia de tus lamentables errores, cuya suma borra de todo posible sentido tu vana existencia.

Todo fruto es un ojo ciego ajeno a sus más suaves substancias. Hay regiones en donde el hombre cava en su felicidad las breves bóvedas de un descontento sin razón y sin sosiego.

Sigue a los navíos. Sigue las rutas que surcan las gastadas y tristes embarcaciones. No te detengas. Evita hasta el más humilde fondeadero. Remonta los ríos. Desciende por los ríos. Confúndete en las lluvias que inundan las sabanas. Niega toda orilla.

Nota cuánto descuido reina en estos lugares. Así los días de mi vida. No fue más. Ya no podrá serlo.

Las mujeres no mienten jamás. De los más secretos repliegues de su cuerpo mana siempre la verdad. Sucede que nos ha sido dado descifrarla con una parquedad implacable. Hay muchos que nunca lo consiguen y mueren en la ceguera sin salida de sus sentidos.

Dos metales existen que alargan la vida y conceden, a veces, la felicidad. No son el oro, ni la plata, ni cosa que se les parezca. Sólo sé que existen.

Hubiera yo seguido con las caravanas. Hubiera muerto enterrado por los camelleros, cubierto con la bosta de sus rebaños, bajo el alto cielo de las mesetas. Mejor, mucho mejor hubiera sido. El resto, en verdad, ha carecido de interés.

Muchas otras sentencias, como dijimos, habían desaparecido con el roce de manos y cuerpos que transitaban por la penumbra del pasillo. Estas que se mencionan parecen ser las que mayor favor merecieron entre la gente de los páramos. De seguro aluden a tiempos anteriores vividos por el Gaviero y vinieron a parar a estos lugares por obra del azar de una memoria que vacila antes de apagarse para siempre.

El Cañón de Aracuriare

Para entender las consecuencias que en la vida del Gaviero tuvieron sus días de permanencia en el Cañón de Aracuriare, es necesario demorarse en ciertos aspectos del lugar, poco frecuentado por hallarse muy distante de todo camino o vereda transitados por gentes de las tierras bajas y por gozar de un sombrío prestigio, no del todo gratuito, pero tampoco acorde con la verdadera imagen del sitio.

El río desciende de la cordillera en un torrente de aguas heladas que se estrella contra grandes rocas y lajas traicioneras dejando un vértigo de espumas y remolinos y un clamor desacompasado y furioso de la corriente desbocada. Existe la creencia de que el río arrastra arenas ricas en oro, y a menudo se alzan en su margen precarios campamentos de gambusinos que lavan la tierra de la orilla, sin que hasta hoy se sepa de ningún hallazgo que valga la pena. El desánimo se apodera muy pronto de estos extranjeros, y las fiebres y plagas del paraje dan cuenta en breve de sus vidas. El calor húmedo y permanente y la escasez de alimentos agotan a quienes no están acostumbrados a la abrasadora condición del clima. Tales empresas suelen terminar en un rosario de humildes túmulos donde descansan los huesos de quienes en vida jamás conocieron la pausa y el reposo. El río va amainando su carrera al entrar en un estrecho valle y sus aguas adquieren una apacible tersura que esconde la densa energía de la corriente, libre ya de todo obstáculo. Al terminar el valle se alza una imponente mole de granito partida en medio por una hendidura sombría. Allí entra el río en un silencioso correr de las aguas que penetran con solemnidad procesional en la penumbra del cañón. En su interior, formado por paredes que se levantan hacia el cielo y en cuya superficie una rala vegetación de lianas y helechos intenta buscar la luz, hay un ambiente de catedral abandonada, una penumbra sobresaltada de vez en cuando por gavilanes que anidan en las escasas grietas de la roca o bandadas de loros cuyos gritos pueblan el lugar con instantánea algarabía que destroza los nervios y reaviva las más antiguas nostalgias.

Dentro del cañón el río ha ido dejando algunas playas de un color de pizarra que rebrilla en los breves intermedios en que el sol llega hasta el fondo del abismo. Por lo regular la superficie del río es tan serena que apenas se percibe el tránsito de sus aguas. Sólo se escucha de vez en cuando un borboteo que termina en un vago suspiro, en un hondo quejarse que sube del fondo de la corriente y denuncia la descomunal y traicionera energía oculta en el apacible curso del río.

El Gaviero viajó allí para entregar unos instrumentos y balanzas y una alcuza de mercurio encargados por un par de gambusinos con los que había tenido trato en un puerto petrolero de la costa. Al llegar se enteró que sus clientes habían fallecido hacía varias semanas. Un alma piadosa los enterró a la entrada del cañón. Una tabla carcomida tenía escritos sus nombres en improbable ortografía que el Gaviero apenas pudo descifrar. Penetró en el cañón y se fue internando por entre playones, en cuya lisa superficie aparecían de vez en cuando el esqueleto de un ave o los restos de una almadía arrastrada por la corriente desde algún lejano caserío valle arriba.

El silencio conventual y tibio del paraje, su aislamiento de todo desorden y bullicio de los hombres y una llamada intensa, insistente, imposible de precisar en palabras y ni siquiera en pensamientos, fueron suficientes para que el Gaviero sintiera el deseo de quedarse allí por un tiempo, sin otra razón o motivo que alejarse del trajín de los puertos y de la encontrada estrella de su errancia insaciable.

Con algunas maderas recogidas en la orilla y hojas de palma que rescató de la corriente, construyó una choza en una laja de pizarra que se alzaba al fondo del playón que escogió para quedarse. Las frutas que continuamente bajaban por el río y la carne de las aves que conseguía cazar sin dificultad le sirvieron de alimento.

Pasados los días, el Gaviero inició, sin propósito deliberado, un examen de su vida, un catálogo de sus miserias y errores, de sus precarias dichas y de sus ofuscadas pasiones. Se propuso ahondar en esta tarea y lo logró en forma tan completa y desoladora que llegó a despojarse por entero de ese ser que lo había acompañado toda su vida y al que le ocurrieron todas estas lacerias y trabajos. Avanzó en el empeño de encontrar sus propias fronteras, sus verdaderos límites, y cuando vio alejarse y perderse al protagonista de lo que tenía hasta entonces como su propia vida, quedó sólo aquel que realizaba el escrutinio simplificador. Al proseguir en su intento de conocer mejor al nuevo personaje que nacía de su más escondida esencia, una mezcla de asombro y gozo le invadió de repente: un tercer espectador le esperaba impasible y se iba delineando y cobraba forma en el centro mismo de su ser. Tuvo la certeza de que ése, que nunca había tomado parte en ninguno de los episodios de su vida, era el que de cierto conocía toda la verdad, todos los senderos, todos los motivos que tejían su destino ahora presente con una desnuda evidencia que, por lo demás, en ese mismo instante supo por entero inútil y digna de ser desechada de inmediato. Pero al enfrentarse a ese absoluto testigo de sí mismo, le vino también la serena y lenificante aceptación que hacía tantos años buscaba por los estériles signos de la aventura.

Hasta llegar a ese encuentro, el Gaviero había pasado en el cañón por arduos períodos de búsqueda, de tanteos y de falsas sorpresas. El ámbito del sitio, con su resonancia de basílica y el manto ocre de las aguas desplazándose en lentitud hipnótica, se confundieron en su memoria con el avance interior que lo llevó a ese tercer impasible vigía de su existencia del que no partió sentencia alguna, ni alabanza ni rechazo, y que se limitó a observarlo con una fijeza de otro mundo que, a su vez, devolvía, a manera de un espejo, el desfile atónito de los instantes de su vida. El sosiego que invadió a Maqroll, teñido de cierta dosis de gozo febril, vino a ser como una anticipación de esa parcela de dicha que todos esperamos alcanzar antes de la muerte y que se va alejando a medida que aumentan los años y crece la desesperanza que arrastran consigo.

El Gaviero sintió que, de prolongarse esta plenitud que acababa de rescatar, el morir carecería por entero de importancia, sería un episodio más en el libreto y podría aceptarse con la sencillez de quien dobla una esquina o se da vuelta en el lecho mientras duerme. Las paredes de granito, el perezoso avanzar de las aguas, su tersa superficie y la sonora oquedad del paraje, fueron para él como una imagen premonitoria del reino de los olvidados, del dominio donde campea la muerte entre la desvelada procesión de sus criaturas.

Como sabía que las cosas en adelante serían de muy diferente manera a como le sucedieron en el pasado, el Gaviero tardó en salir del lugar para mezclarse en la algarabía de los hombres. Temía perturbar su recién ganada serenidad. Por fin, un día, unió con lianas algunos troncos de balso y, ganando el centro de la corriente, se alejó río abajo por la estrecha garganta. Una semana después salía a la blanca luz que reina en el delta. El río se mezcla allí con un mar sereno y tibio del que se desprende una tenue neblina que aumenta la lejanía y expande el horizonte en una extensión sin término.

Con nadie habló de su permanencia en el Cañón de Aracuriare. Lo que aquí se consigna fue tomado de algunas notas halladas en el armario del cuarto de un hotel de miseria, en donde pasó los últimos días antes de viajar a los esteros.

La visita del Gaviero

Su aspecto había cambiado por completo. No que se viera más viejo, más trabajado por el paso de los años y el furor de los climas que frecuentaba. No había sido tan largo el tiempo de su ausencia. Era otra cosa. Algo que se traicionaba en su mirada, entre oblicua y cansada. Algo en sus hombros que habían perdido toda movilidad de expresión y se mantenían rígidos como si ya no tuvieran que sobrellevar el peso de la vida, el estímulo de sus dichas y miserias. La voz se había apagado notablemente y tenía un tono aterciopelado y neutro. Era la voz del que habla porque le sería insoportable el silencio de los otros.

Llevó una mecedora al corredor que miraba a los cafetales de la orilla del río y se sentó en ella con una actitud de espera, como si la brisa nocturna que no tardaría en venir fuera a traer un alivio a su profunda pero indeterminada desventura. La corriente de las aguas al chocar contra las grandes piedras acompañó a lo lejos sus palabras, agregando una opaca alegría al repasar monótono de sus asuntos, siempre los mismos, pero ahora inmersos en la indiferente e insípida cantilena que traicionaba su presente condición de vencido sin remedio, de rehén de la nada. «Vendí ropa de mujer en el vado del Guásimo. Por allí cruzaban los días de fiesta las hembras de páramo, y como tenían que pasar el río a pie y se mojaban las ropas a pesar de que trataran de arremangárselas hasta la cintura, algo acababan comprándome para no entrar al pueblo en esas condiciones.»

«En otros años, ese desfile de muslos morenos y recios, de nalgas rotundas y firmes y de vientres como pecho de paloma, me hubiera llevado muy pronto a un delirio insoportable. Abandoné el lugar cuando un hermano celoso se me vino encima con el machete en alto, creyendo que me insinuaba con una sonriente muchacha de ojos verdes, a la que le estaba midiendo una saya de percal floreado. Ella lo detuvo a tiempo.

Un repentino fastidio me llevó a liquidar la mercancía en pocas horas y me alejé de allí para siempre.»

«Fue entonces cuando viví unos meses en el vagón de tren que abandonaron en la vía que, al fin, no se construyó. Alguna vez le hablé de eso. Además, no tiene importancia.»

«Bajé, luego, a los puertos y me enrolé en un carguero que hacía cabotaje en parajes de niebla y frío sin clemencia. Para pasar el tiempo y distraer el tedio, descendía al cuarto de máquinas y narraba a los fogoneros la historia de los últimos cuatro grandes Duques de Borgoña. Tenía que hacerlo a gritos por causa del rugido de las calderas y el estruendo de las bielas. Me pedían siempre que les repitiera la muerte de Juan sin Miedo a manos de la gente del Rey en el puente de Montereau y las fiestas de la boda de Carlos el Temerario con Margarita de York. Acabé por no hacer cosa distinta durante las interminables travesías por entre brumas y grandes bloques de hielo. El capitán se olvidó de mi existencia hasta que, un día, el contramaestre le fue con el cuento de que no dejaba trabajar a los fogoneros y les llenaba la cabeza con historias de magnicidios y atentados inauditos. Me había sorprendido contando el fin del último Duque en Nancy, y vaya uno a saber lo que el pobre llegó a imaginarse. Me dejaron en un puerto del Escalda, sin otros bienes que mis remendados harapos y un inventario de los túmulos anónimos que hay en los cementerios del Alto Roquedal de San Lázaro.»

«Organicé por entonces una jornada de predicaciones y aleluyas a la salida de las refinerías del río Mayor. Anunciaba el advenimiento de un nuevo reino de Dios en el cual se haría un estricto y minucioso intercambio de pecados y penitencias en forma tal que, a cada hora del día o de la noche, nos podría aguardar una sorpresa inconcebible o una dicha tan breve como intensa. Vendí pequeñas hojas en donde estaban impresas las letanías del buen morir en las que se resumía lo esencial de la doctrina en cuestión. Ya las he olvidado casi todas, aunque en sueños recuerdo, a veces, tres invocaciones:

> *riel de la vida suelta tu escama*
> *ojo de agua recoge las sombras*
> *ángel del cieno corta tus alas.»*

«A menudo me vienen dudas sobre si de verdad estas sentencias formaron parte de la tal letanía o si más bien nacen de alguno de mis fúnebres sueños recurrentes. Ya no es hora de averiguarlo ni es cosa que me interese.»

Suspendió el Gaviero, en forma abrupta, el relato de sus cada vez más precarias andanzas y se lanzó a un largo monólogo, descosido y sin aparente propósito, pero que recuerdo con penosa fidelidad y un vago fastidio de origen indeterminado:

«Porque, al fin de cuentas, todos estos oficios, encuentros y regiones han dejado de ser la verdadera substancia de mi vida. A tal punto que no sé cuáles nacieron de mi imaginación y cuáles pertenecen a una experiencia verdadera. Merced a ellos, por su intermedio, trato, en vano, de escapar de algunas obsesiones, éstas sí reales, permanentes y ciertas, que tejen la trama última, el destino evidente de mi andar por el mundo. No es fácil aislarlas y darles nombre, pero serían, más o menos, éstas:

"Transar por una felicidad semejante a la de ciertos días de la infancia a cambio de una consentida brevedad de la vida".

"Prolongar la soledad sin temor al encuentro con lo que en verdad somos, con el que dialoga con nosotros y siempre se esconde para no hundirnos en un terror sin salida."

"Saber que nadie escucha a nadie. Nadie sabe nada de nadie. Que la palabra, ya, en sí, es un engaño, una trampa que encubre, disfraza y sepulta el precario edificio de nuestros sueños y verdades, todos señalados por el signo de lo incomunicable."

"Aprender, sobre todo, a desconfiar de la memoria. Lo que creemos recordar es por completo ajeno y diferente a lo que en verdad sucedió. Cuántos momentos de un irritante y penoso hastío nos los devuelve la memoria, años después, como episodios de una espléndida felicidad. La nostalgia es la mentira gracias a la cual nos acercamos más pronto a la muerte. Vivir sin recordar sería, tal vez, el secreto de los dioses."»

«Cuando relato mis trashumancias, mis caídas, mis delirios lelos y mis secretas orgías, lo hago únicamente para detener, ya casi en el aire, dos o tres gritos bestiales, desgarrados gruñidos de caverna con los que podría más eficazmente decir lo que en verdad siento y lo que soy. Pero, en fin, me estoy perdiendo en divagaciones y no es para esto a lo que vine.»

Sus ojos adquirieron una fijeza de plomo como si se detuvieran en un espeso muro de proporciones colosales. Su labio inferior temblaba ligeramente. Cruzó los brazos sobre el pecho y comenzó a mecerse lentamente, como si quisiera hacerlo a ritmo con el rumor del río. Un olor a barro fresco, a vegetales macerados, a savia en descomposición, nos indicó que llegaba la creciente. El Gaviero guardó silencio por un buen rato, hasta cuando llegó la noche con esa vertiginosa tiniebla con la que irrumpe en los trópicos. Luciérnagas impávidas danzaban en el tibio silencio de los cafetales. Comenzó a hablar de nuevo y se perdió en otra divagación cuyo sentido se me iba escapando a medida que se internaba en las más oscuras zonas de su intimidad. De pronto comenzó de nuevo a traer asuntos de su pasado y volví a tomar el hilo de su monólogo:

«He tenido pocas sorpresas en la vida —decía—, y ninguna de ellas merece ser contada, pero, para mí, cada una tiene la fúnebre energía de una campana de catástrofe. Una mañana me encontré, mientras me vestía en el sopor ardiente de un puerto del río, en un cubículo destartalado de un burdel de mala muerte, con una fotografía de mi padre colgada en la pared de madera. Aparecía en una mecedora de mimbre, en el vestíbulo de un blanco hotel del Caribe. Mi madre la tenía siempre en su mesa de noche y la conservó en el mismo lugar durante su larga viudez. "¿Quién es?", pregunté a la mujer con la que había pasado la noche y a quien sólo hasta ahora podía ver en todo el desastrado desorden de sus carnes y la bestialidad de sus facciones. "Es mi padre", contestó con penosa sonrisa que descubría su boca desdentada, mientras se tapaba la obesa desnudez con una sábana mojada de sudor y miseria. "No lo conocí jamás, pero mi madre, que también trabajó aquí, lo recordaba mucho y hasta guardó algunas cartas suyas como si fueran a mantenerla siempre joven." Terminé de vestirme y me perdí en la ancha calle de tierra, taladrada por el sol y la algarabía de radios, cubiertos y platos de los cafés y cantinas que comenzaban a llenarse con su habitual clientela de choferes, ganaderos y soldados de la base aérea. Pensé con desmayada tristeza que ésa había sido, precisamente, la esquina de la vida que no hubiera querido doblar nunca. Mala suerte».

«En otra ocasión fui a parar a un hospital de la Amazonía, para cuidarme un ataque de malaria que me estaba dejando sin fuerzas y me mantenía en un constante delirio. El calor, en la noche, era insoportable, pero, al mismo tiempo, me sacaba de esos remolinos de vértigo en los que una frase idiota o el tono de una voz ya imposible de identificar eran el centro alrededor del cual giraba la fiebre hasta hacerme doler todos los huesos. A mi lado, un comerciante picado por la araña pudridora se abanicaba la negra pústula que invadía todo su costado izquierdo. "Ya se me va a secar", comentaba con voz alegre, "ya se me va a secar y saldré muy pronto para cerrar la operación. Voy a ser tan rico que nunca más me acordaré de esta cama de hospital ni de esta selva de mierda, buena sólo para micos y caimanes". El negocio de marras consistía en un complicado canje de repuestos para los hidroplanos que comunicaban la zona por licencias preferenciales de importación perteneciente al ejército, libres de aduana y de impuestos. Al menos eso es lo que torpemente recuerdo, porque el hombre se perdía, la noche entera, en los más nimios detalles del asunto, y éstos, uno a uno, se iban integrando a la vorágine de las crisis de malaria. Al alba, finalmente, conseguía dormir, pero siempre en medio de un cerco de dolor y pánico que me acompañaba hasta avanzada la noche. "Mire, aquí están los papeles. Se van a joder todos. Ya lo verá. Mañana salgo sin falta." Esto me dijo una noche y lo repitió con insistencia feroz mientras blandía un puñado de papeles de color azul y rosa, llenos de sellos y con leyendas en tres idiomas. Lo último que le escuché, antes de caer en un largo trance de fiebre, fue: "¡Ay, qué descanso, qué dicha. Se acabó esta mierda!". Me despertó el estruendo de un disparo que sonó para mí como si fuera el fin del mundo. Volví a mirar a mi vecino: su cabeza deshecha por el balazo temblaba aún con la fofa consistencia de un fruto en descomposición. Me trasladaron a otra sala, y allí estuve entre la vida y la muerte hasta la estación de las lluvias cuya brisa fresca me trajo de nuevo a la vida.»

«No sé por qué estoy contando estas cosas. En realidad vine para dejar con usted estos papeles. Ya verá qué hace con ellos si no volvemos a vernos. Son algunas cartas de mi juventud, unas boletas de empeño y los borradores de mi libro que ya no terminaré jamás. Es una investigación sobre los motivos ciertos que tuvo César Borgia, Duque de Valentinois, para acudir a la corte de su cuñado el Rey de Navarra y apoyarlo en la lucha contra el Rey de Aragón, y de cómo murió en la emboscada que unos soldados le hicieron, al amanecer, en las afueras de Viana. En el fondo de esta historia hay meandros y zonas oscuras que creí, hace muchos años, que valía la pena esclarecer. También le dejo una cruz de hierro que encontré en un osario de almogávares que había en el jardín de una mezquita abandonada en los suburbios de Anatolia. Me ha traído siempre mucha suerte, pero creo que ya llegó el tiempo de andar sin ella. También quedan con usted las cuentas y comprobantes, pruebas de mi inocencia en el asunto de la fábrica de explosivos que teníamos en las minas del Sereno. Con su producto nos íbamos a retirar a Madeira la médium húngara que entonces era mi compañera y un socio paraguayo. Ellos huyeron con todo, y sobre mí cayó la responsabilidad de entregar cuentas. El asunto está ya prescrito hace muchos años, pero cierto prurito de orden me ha obligado a guardar estos recibos que ya tampoco quiero cargar conmigo.»

«Bueno, ahora me despido. Bajo para llevar un planchón vacío hasta la Ciénaga del Mártir y, si río abajo consigo algunos pasajeros, reuniré algún dinero para embarcarme de nuevo.» Se puso de pie y me extendió la mano con ese gesto, entre ceremonial y militar, que era tan suyo. Antes de que pudiera insistirle en que se quedara a pasar la noche y a la mañana siguiente emprendiera el descenso hasta el río, se perdió por entre los cafetales silbando entre dientes una vieja canción, bastante cursi, que había encantado nuestra juventud. Me quedé repasando sus papeles, y en ellos encontré no pocas huellas de la vida pasada del Gaviero, sobre las cuales jamás había hecho mención. En ésas estaba cuando oí, allá abajo, el retumbar de sus pisadas sobre el puente que cruza el río y el eco de las mismas en el techo de zinc que lo protege. Sentí su ausencia y empecé a recordar su voz y sus gestos cuyo cambio tan evidente había percibido y que ahora me volvían como un aviso aciago de que jamás lo vería de nuevo.

ILONA LLEGA CON LA LLUVIA

Para mi hermano Leopoldo

Qedeshím qedeshóth (*), personaja, teóloga
loca, bronce, aullido
de bronce, ni Agustín
de Hipona que también fue liviano y
pecador en África hubiera
hurtado por una noche el cuerpo a la
diáfana fenicia. Yo
pecador me confieso a Dios.

GONZALO ROJAS, «Qedeshím qedeshóth»

*Son amour désintéressé du monde m'enrichit et
m'insufflá une force invincible pour les jours
difficiles.*

GORKI, Enfance

(*) En fenicio: cortesana del templo.

Al lector

Prefería Maqroll el Gaviero, para relatar a sus amigos, aquellos episodios de su vida adornados con cierto dramatismo, con cierta tensión que podía llegar, a veces, hasta una evidente vena lírica, cuando no desembocar en un misterio con su correspondiente interrogación metafísica y, por ende, de imposible respuesta. Sin embargo, quienes lo conocimos de cerca y por muchos años, sabemos que existían determinados períodos de tan accidentada existencia que, sin carecer por completo de las mencionadas características, caras al relator, se inclinaban más bien hacia un aspecto marginal del personaje, llegando, no pocas veces, a rozar con los lindes que establece el código penal para el buen gobierno de la sociedad, cuando no los rebasaba sin mayores tapujos ni miramientos. La moral, en el caso del Gaviero, era una materia singularmente maleable que él solía ajustar a las circunstancias del presente. No paraba mientes en lo que pudiera depararle el futuro por transgresiones que olvidaba con facilidad; ni las que hubiese cometido en el pasado gravitaban para nada en su conciencia. Pasado y futuro no eran, dicho sea de paso, nociones que pesaran mucho en el ánimo de nuestro hombre. Siempre daba la impresión de que su exclusivo y absorbente propósito era enriquecer el presente con todo lo que se le iba presentando en el camino. Era evidente, y en ello han estado de acuerdo otros que lo conocieron tan bien o mejor que yo, que los decretos, principios, reglamentos y preceptos que, sumados, suelen conocerse como la ley, no tenían para Maqroll mayor sentido ni ocupaban instante alguno de su vida. Eran algo que se aplicaba fuera del ámbito por él fijado a sus asuntos y no tenían por qué distraerlo de sus personales y un tanto caprichosos designios.

En la altamar de sus horas de vino y remembranzas, le escuché a mi amigo relatar ciertas ocurrencias de su vida que no eran las que con mayor frecuencia solía repasar cuando le atacaba la nostalgia, la sed, diría yo más bien, de lo desconocido. Algunas de ellas vienen aquí relatadas usando la voz misma del protagonista. Me parecieron de algún interés para conocer esa otra cara del personaje y tuve buen cuidado de volver con él, a menudo, sobre ellas hasta fijarlas en mi memoria con la inflexión misma de la voz y las divagaciones a que era tan adicto el Gaviero.

De más está decir que no creo que Maqroll guardara para sí estos episodios porque los considerara de suyo inconfesables o penosos por su franca condición marginal. Creo que trataba más bien de no involucrar a otros participantes en peripecias que éstos quisieran ocultar u olvidar por razones de pudor y miedo que, si en el caso del Gaviero no eran válidas, sí, tal vez, en el de ellos. En fin, me doy cuenta de que me he extendido demasiado en esta explicación innecesaria, si no fuera porque la letra impresa tiene un carácter tan definitivamente testimonial y comprometedor que no es fácil librarla, así, sin mayores preocupaciones, a la atención de los posibles lectores de estas páginas. Era todo lo que quería decir y ahora dejemos hablar a nuestro amigo.

Cristóbal

Cuando vi que la lancha gris del resguardo se acercaba, con la bandera de Panamá tremolando ufana en la popa, supe de inmediato que habíamos llegado al final de nuestra accidentada travesía. Para decir verdad, cada vez que, durante las últimas semanas, atracábamos en un puerto, esperábamos siempre una visita como ésta. Sólo la laxitud con la que en el Caribe se suelen tramitar los asuntos burocráticos nos había mantenido a salvo de tal eventualidad. La embarcación avanzaba por entre una charca gris en la que flotaban restos anónimos de basura y aves muertas que comenzaban a descomponerse. La superficie oleaginosa dejaba paso a la quilla creando una lenta ola que iba a morir perezosamente, un poco más adelante. Estábamos lejos del siempre mudable desorden del mar. Tres funcionarios vestidos de caqui, con amplias manchas de sudor en las axilas y en la espalda, subieron con pomposa lentitud por la escalerilla. El que parecía ser el jefe, un negro de los que allí llaman jamaiquinos por descender de aquellos que los yanquis importaron de esa isla para ocuparlos en la construcción del Canal, nos preguntó en un español informe, sembrado de anglicismos, dónde estaba el capitán del barco. Los conduje hasta el segundo puente y toqué en la puerta del camarote varias veces. Por fin, una voz opaca y cansada contestó: «Que pasen». Los hice entrar y, cerrando la puerta tras ellos, volví al pie de la escalerilla en donde había estado conversando con el contramaestre. El motor de la lancha ronroneaba con inesperadas alteraciones en el ritmo, mientras un calor implacable, que bajaba de un cielo sin nubes, fomentaba el aroma de vegetales en descomposición y del barro de los manglares que se secaban al sol esperando la subida próxima de la marea.

—Aquí termina esto. Ahora, cada cual por su lado y a ver qué pasa —comentó el contramaestre mirando hacia los muelles de Cristóbal como si de allí pudiera venir la respuesta a su inquietud. Cornelius era un holandés regordete, de corta estatura, siempre aspirando una pipa cargada con tabaco de la peor clase. Hablaba un español impecable, enriquecido con las más variadas y pintorescas maldiciones. Parecía que se hubiera propuesto coleccionarlas a lo largo de sus años de navegación por las islas, ya que constituían un auténtico muestrario de la escatología caribeña. Al comenzar nuestro viaje, pareció mostrarme cierta desconfianza nacida de esas susceptibilidades que atacan a los hombres de mar cuando alcanzan algún lugar de mando. Desconfían siempre de todo extraño que parezca invadir lo que ellos consideran como sus dominios. Muy pronto conseguí disolver esta primera actitud del holandés y acabamos estableciendo una relación, distante pero cordial y firme, mantenida gracias a la reconstrucción de anécdotas y experiencias comunes que, o bien remataban en un estruendo de carcajadas, o iban a morir contra un telón de nostalgia soñadora y derrotada.

—Wito no tiene cómo escapar al embargo. Es como si lo hubiera buscado desde hace mucho tiempo. Si pierde el barco y, con él, su modo de vida, todo se le terminará arreglando. Será como parar una rutina en la que hace ya mucho tiempo que dejó de creer. Hace tanto que todo esto lo aburre sin remedio. Al menos eso es lo que deduzco de su actitud durante este viaje. Qué piensa usted, Cornelius, que lo conoce mejor. ¿Hace cuánto andan juntos? —yo trataba de mantener el diálogo sin mucha convicción, mientras allá arriba se cumplía la oscura ceremonia judicial que nos amenazaba desde hacía tantas semanas.

—Once años llevamos juntos —contestó el contramaestre—. Lo que le cagó el destino al pobre Wito fue la huida de su hija única con un pastor protestante de Barbados, casado y con seis hijos. Dejó fieles, iglesia y familia y se llevó la muchacha a Alaska. La pobre, además de fea, es medio sorda. Wito comenzó, entonces, sus negocios descabellados. Se fue enredando en hipotecas que le tienen tomando el barco y creo que una casa en Willemstad. Ya sabe cómo es eso. Abrir un hueco para tapar otro. No es aventurado pensar que estos mierdas llegan justamente para arreglarle el asunto —se alzó de hombros y dando ansiosas chupadas a la pipa miraba hacia el camarote en donde continuaba un diálogo cuyos resultados eran más que predecibles. Al poco rato salieron los uniformados. Guardaron unos papeles en sus portafolios y, saludando con un descuidado golpe de mano en la visera de la gorra, bajaron la escalerilla y subieron a la lancha. Ésta partió rumbo a Cristóbal cortando suavemente el agua de la bahía.

El capitán apareció en la puerta del camarote y me llamó: «Maqroll, ¿quiere subir un momento, por favor?». Esta vez su voz era firme y tranquila. Entramos y me invitó a tomar asiento frente a la mesa que le servía de escritorio. Era la misma que usábamos para comer. Parecía haberse quitado un peso de encima. De estatura regular, delgado, con facciones afiladas y zorrunas, tenía los ojos casi ocultos por las cejas pobladas, hirsutas y entrecanas. Lo primero que llamaba la atención al verlo era la ausencia del menor rasgo marino. Ningún gesto suyo lo identificaba con los hombres de mar. Era más fácil imaginarlo como bedel en un internado o como profesor de ciencias naturales. Hablaba en forma lenta, precisa, casi pomposa; destacando cada palabra y terminando las frases con una ligera pausa, como si esperara que alguien tomara nota de lo que estaba diciendo. Sin embargo, detrás de esos aires docentes, era fácil distinguir un vago desorden de sentimientos, un afán de esconder algo como una herida secreta y penosa. Esto movía a quienes lo tratábamos desde hacía años, a sentir por él una tibia indulgencia que, por lo demás, nunca desembocaba en una relación honda y duradera. Llevaba impreso en algún lugar de su ser ese signo que distingue a los vencidos y que acaba aislándolos irremediablemente de sus semejantes.

—Pues bien, Maqroll —comenzó a decirme más lento que nunca—, se trata, como usted ya debió suponerlo, del barco. Lo ha embargado un grupo de bancos que tienen sucursales en Panamá —parecía disculparse de antemano. Me hizo sentir esa penosa impresión del que va a escuchar una confidencia que hubiera preferido evitar. Un pequeño ventilador, sujeto a la pared frente a nosotros, zumbaba, girando lentamente, sin conseguir refrescar una atmósfera pesada en la que flotaba el olor a sudor impregnado en la ropa y a colillas trasnochadas—. Ha sucedido al fin —continuó diciéndome— lo que me venía temiendo hace varios meses. He perdido el barco y una casita que tenía en Willemstad. El barco será llevado hasta Panamá por una tripulación contratada por los embargadores. Usted y el contramaestre pueden, si así lo desean, cruzar con ellos el Canal y bajar en Panamá. Allá los liquidarán de acuerdo con los términos del contrato de trabajo que firmaron conmigo. Ahora, si prefiere quedarse aquí, ellos lo liquidan de igual forma. Basta con que se los haga saber. Como prefiera.

—Y usted, capitán, qué piensa hacer —le pregunté preocupado por la serena frialdad con la que tomaba las cosas.

—No se preocupe por mí, Maqroll. Es usted muy amable. Ya tengo todo dispuesto para... —y aquí titubeó con un cierto pudor fugaz pero notorio— para seguir adelante. Una de las cosas más gratas de mi vida es haber contado con su amistad. Debo a usted muchas lecciones que a lo mejor ni sospecha. Con ellas me he sostenido con mayor o menor fortuna, pero siempre preservando eso que usted suele llamar «los dones con que nos sorprende la vida». Habría mucho que hablar al respecto, pero creo que ya no es tiempo de confidencias. Además, sospecho que está usted más enterado que yo —se incorporó con cierta brusquedad y me tendió la mano dándome un fuerte apretón en el que trató de poner todo el calor que evitaba en sus palabras. Cuando yo salía, me pidió le dijera a Cornelius que subiera a hablar con él.

Con el contramaestre, Wito se tomó aún menos tiempo que conmigo. Al regresar el holandés, yo estaba absorto mirando hacia el puerto, mientras un sordo agobio crecía dentro de mí a medida que se prolongaba el silencio de esa agua muerta y lodosa. Un silencio que parecía nacer del calor de la tarde iba en aumento a medida que ésta se extendía por el cielo con una tenue neblina nacarada y traicionera. Cornelius se recostó sobre la barandilla de bronce reluciente, dándole la espalda al mar. No hizo comentario alguno sobre su entrevista con el capitán. Sabía que era inútil. Bien poco podía diferir de lo que Wito habló conmigo. Aspiraba su pipa con la premiosa respiración de quien quiere apartar de la mente una idea obsesiva y lacerante.

El disparo sonó como un seco chasquido de madera. La pareja de gaviotas que dormitaba en la antena levantó el vuelo. Un escándalo de alas y graznidos se fue a perder con ellas en el cielo que oscurecía por momentos. Subimos corriendo. Al entrar al camarote nos recibió un intenso olor a pólvora que picaba en la garganta. El capitán, sentado en su silla, se iba escurriendo hacia el suelo. Tenía la mirada vidriosa y perdida de los agonizantes. Un hilillo de sangre bajaba por la sien hasta mezclarse con otros dos que manaban de la nariz. La boca sonreía en un rictus por completo extraño a los gestos usuales de Wito. Sentimos una molestia singular, como si estuviéramos violando la intimidad de un ser que sabíamos ajeno y desconocido. El cuerpo acabó de caer con un ruido sordo mientras el zumbido del ventilador se abría paso por entre el silencio que organiza la muerte cuando quiere indicar su presencia entre los vivos.

Avisamos por radio a las autoridades portuarias que no tardaron en llegar. Venían en la misma lancha que nos había visitado antes. Esta vez eran tres policías vestidos de blanco y un médico que trataba de acomodarse torpemente la bata, también blanca, intentando ganar con ella un aire medianamente profesional que para nada iba con su aspecto de mulato cumbiambero, crespo y gozador. Las diligencias duraron poco. Los policías bajaron el cadáver metido en una funda de plástico gris. Lo dejaron caer en el fondo de la lancha como si se tratara de un bulto de correos. Cuando se alejaron, la noche había caído por completo. Las luces del puerto se encendieron con sus avisos chillones de neón. La música de cabarets y cantinas comenzaba la ronca y triste fiesta del trópico antillano.

Nos habíamos encontrado en New Orleans, después de muchos años de no saber uno del otro. Yo entré a un almacén en Decatur Street que ostentaba el presuntuoso y engañador letrero de Gourmet Boutique. Se exhibía allí una colección de objetos inútiles e idiotas que pretenden servir en el bar y la cocina; además de una variedad de alimentos y especias de los más diversos orígenes y marcas, siempre sospechosamente parecidas, en su envoltura, a las que brindan como exclusivas algunas tiendas de Londres, París o New York. Quería comprar un poco de jengibre azucarado. Una de mis pasiones secretas que mantengo aún en las peores épocas de penuria. El precio indicado en el frasco era tan alto que fui a la caja para cerciorarme de que era correcto. Allí estaba Wito pagando dos cajas de té Darjeeling, su bebida favorita. Antes de decirnos nada, nos miramos sonriendo con la vieja complicidad de quienes conocen sus mutuas debilidades y se sorprenden en flagrante delito de satisfacerlas. Wito se empeñó en pagar mi jengibre, tras una untuosa explicación del dueño de la tienda sobre el precio inmoderado que aparecía en el frasco. Tenía ese acento de Brooklyn que nos advierte, con anticipación, que llevamos todas las de perder. Salimos juntos. Mi amigo, después de manifestar las mayores dudas sobre la autenticidad tanto del té como del jengibre de marras, me invitó a comer con él. Tenía un cocinero de Jamaica que preparaba una pierna de cerdo en ciruelas digna de todos los honores. El barco estaba atracado en los muelles de Bienville, justo enfrente a la tienda donde nos habíamos encontrado. Era un carguero pintado de un color amarillo rabioso, como sólo he visto en la gorguera de los tucanes del Carare. El puente de mando y el de los camarotes y oficinas eran de un blanco que necesitaba, hacía tiempo, una nueva mano de pintura. El nombre del buque no guardaba proporción con su modesto tonelaje y su aún más modesta apariencia. Se llamaba el *Hansa Stern*. Así lo había bautizado Susana, la esposa de mi amigo. Ella había vivido, durante su juventud, algún tiempo en Hamburgo y guardaba por las grandes ciudades del Báltico una admiración que las magnificaba notablemente. Wito no quiso cambiar el nombre por respeto a su memoria. Toda explicación salía sobrando, pero ése era uno de sus típicos rasgos de carácter: un afán profesoral y muy germano de explicarlo todo con innecesaria precisión, como si el resto de los humanos necesitaran de un apoyo adicional para entender el mundo.

Winfried Geltern. Su historia bien merecía todo un libro. Estaba tan llena de episodios, sobre algunos de los cuales solía pasar como sobre ascuas, que uno se perdía en su laberíntica complejidad. En los puertos y rincones del Caribe se le conoció siempre como Wito. Vaya a saberse dónde había nacido la absurda reducción de un nombre de tan altiva prosapia vikinga. En esos parajes todo acaba reduciéndose a proporciones que fluctúan entre el carnaval desvaído y la triste ironía nacida del clima de las islas y la mezquina y arrasadora sordidez de la costa. El perfil zorruno del rostro y el continente de profesor despistado de nuestro personaje, impidieron, con cierta justicia escénica, que se agregara a su apodo el título de capitán de navío. Le decían Wito, así, sin más. Él nunca se dio por enterado de lo ridículo del improbable diminutivo. Había nacido en Dantzig, pero su familia era de origen westfaliano. Hablaba todos los idiomas de la Tierra con una fluidez desarmante. Jamás narraba anécdotas ni detalles relacionados con su vida en el mar. Era como si éste fuera ajeno a sus hábitos, a sus

ideas y preferencias. Caminaba en forma erguida, un tanto envarada, que le servía a la maravilla para subrayar su conversación escandida con prolija exactitud de relojero. A menudo tenía
Wito momentos de humor sardónico y sus paradojas estalla-
ban siempre de improviso y se apagaban en igual forma. Un
día le escuché decir con inapelable seriedad: «Esto del clima es
un asunto puramente personal. No hay climas fríos o calientes,
buenos o malos, saludables o dañinos. Son las personas las que
se encargan de crear una fantasía en su imaginación y la llaman
clima. No hay sino un clima en toda la Tierra, pero la gente des-
cifra, según reglas estrictamente personales e intransferibles, el
mensaje que le pasa la naturaleza. Yo he visto sudar lapones en
Finlandia y tiritar de frío a un negro en Guadeloupe». Al terminar estas sentencias afirmaba sus palabras con una inclinación repetida y castrense del tronco, como quien termina de
dictaminar sobre el destino del universo. Nunca sabía uno si
recibir estas paradojas con una sonrisa o con seriedad convencional de discípulo que ha sido iluminado por la verdad.

Comimos en su camarote y tuve que reconocer que las
artes del cocinero de Kingston estaban a la altura de la fama
que predicaba su patrón. Éste encendió un cigarrillo de tabaco
negro, que despedía un olor ácido de arbusto carbonizado, y,
frente a dos tazas de café bien cargado, comenzamos a intercambiar noticias sobre lo que había sido de nosotros durante
el largo período en el cual no nos habíamos visto. Al terminar,
le expliqué que pasaba por una de esas épocas en que todo sale
mal. Estaba varado en New Orleans y se me agotaban los pocos dólares que me quedaron tras liquidar un mirífico negocio
de implementos para pesca en alta mar que vendía a la gente de
Grand Isle, en los Cayuns. Ya había enviado varios S.O.S. a mis
amigos en los cinco continentes sin obtener ninguna respuesta. Era como si hubieran muerto todos. «Sí —me interrumpió
Wito—. Después se los encuentra uno en cualquier bar y pre-
guntan con una cara de sorpresa recién estrenada: "¿Pero dónde andabas? Creíamos que te habías muerto"». Bueno, lo cierto
era que me quedaban en el bolsillo apenas los billetes suficientes para pagar la siniestra pensión en un barrio de turcos y ma-
rroquíes adonde había recalado con una *belly-dancer*, sobrina
de la dueña del tugurio. La bailarina se largó al poco tiempo a
San Francisco y yo me quedé allí aguantando, con relativa pa-

ciencia, el fastidioso rosario de reclamos de la agria tía que me echaba la culpa de la huida de su, según ella, cándida sobrina. Una joya la niñita, una joya que prometía más de lo que la buena señora sospechaba. Tenía ya más de diez relojes de marcas costosísimas que le distraía a los clientes, mientras se le acercaban durante el baile para meterle en la cintura o en el sostén un mugroso billete de cinco dólares, cuando no alguno de una devaluada moneda suramericana. Wito me miraba a través del tupido matorral de las cejas, mientras una sonrisa satisfecha le bailaba alrededor de sus facciones de zorro inofensivo.

—Venga conmigo —dijo al final de mi historia—, necesito un contador y, aunque ya sé que los números no son su fuerte, es tan sencillo lo que hay que hacer que hasta usted sirve. El que traía se enfermó de malaria y quedó hospitalizado en la Guayana. Los reglamentos de la marina mercante me exigen tener uno a bordo. Usted me arregla el problema. Pero debo contarle que mis cosas no van mucho mejor que las suyas, Gaviero. Comencé a endeudarme hace ya un año. Iba pagando como podía pero, de pronto, todo empezó a complicarse. No hay carga y cada vez aparecen más compañías aéreas medio piratas, que con tres viejos DC4 transportan carga a unos precios que no sé cómo les alcanza para la gasolina.

—Depende de la carga, Wito, depende de la carga —le aclaré alarmado por su ingenuidad.

—Sí —prosiguió—, tiene razón, qué tonto soy. Bueno, la verdad es que el *Hansa Stern* ya pertenece en dos terceras partes a los bancos. Pero ahora tengo una buena perspectiva con un cargamento de copra de la isla de San Andrés para llevar, al parecer, hasta Recife y mañana me resuelven algo para traer a Houston unas maderas de Campeche. Si las dos cosas me salen, libero el barco y nos largamos a Chipre a mover peregrinos.

Allí nos habíamos conocido hacía ya una buena cantidad de años, en circunstancias que ya vendrá la hora de contar. Acepté, naturalmente, la oferta de Wito, aunque me surgían las mayores dudas sobre la solidez y realidad de las dos operaciones que nos iban a sacar del atolladero. Algo flotaba en los ojos de mi amigo que me estaba indicando que las cosas andaban tal vez mucho peor de lo que él mismo aceptaba. Pero quedarme en New Orleans era en verdad como llegar al fondo del pozo. Sentía hacia la ciudad, tal como ahora era, una profunda antipatía. El puerto «créole» y bullanguero, con música excelente y mujeres de los cuatro puntos cardinales, dispuestas a todo, se había convertido en una pretensiosa capital maquillada con su color local tan cursi como falso, lista para acoger a un turismo tejano y del *middle west,* muestra repugnante de la peor clase media americana. Sólo quedaba el río, majestuoso y siempre en actividad, que parecía dar dignamente la espalda al lamentable espectáculo de una ciudad que antes fue su favorita. Recogí mis cosas y dejé a la dueña del inquilinato maldiciéndome en tres dialectos de Anatolia, mientras el taxi se alejaba conducido por un negro gigantesco que se reía sin entender una palabra del chaparrón siniestro que llovía a mis espaldas. Instalé mis pertenencias, tan escasas que cabían en una no muy impecable bolsa de marino, en el camarote que me correspondía. Al cerrar la puerta con llave para dirigirme a cenar con Wito, me topé con Cornelius. Ya dije cuál fue su primera reacción. Mi larga experiencia con los frisios me dio el aplomo suficiente para soportar los primeros días de su reservada y quisquillosa compañía.

Como lo había sospechado desde un comienzo, los negocios no fueron como Wito me los había pintado. Lo de las maderas de Campeche se redujo a una escueta operación consistente en llevar traviesas para ferrocarril desde el puerto mexicano hasta Belice. Una miseria. Lo de la copra se redujo a dos viajes, desde San Andrés hasta Cartagena, con el horrible producto que impregnaba el aire con su intenso olor aceitoso, pariente del que despiden las chinches. Ni para pagar el diesel consumido en el trayecto. Luego siguieron algunos otros encargos de igual importancia que, evidentemente, no alcanzaban a cubrir la operación del *Hansa Stern* al cual el nombre le quedaba cada vez más inapropiado y grotesco. Wito nos debía casi tres meses de salario. «Con ustedes —se disculpaba en la sobremesa, escondiendo sus ojos grises tras el bosque de pelos que los protegían— me puedo tomar esta penosa libertad porque son mis amigos y comprenden mejor que nadie cómo son estas cosas. Pero a los proveedores, a las autoridades portuarias y al resto de la tripulación no puedo pagarles con palabras y protestas de amistad. Algo se presentará, ya lo sé, pero ojalá sea pronto. No sé qué hacer». Se pasaba la mano por el pelo entrecano, cortado al cepillo, con el gesto de quien trata de resolver un teorema de geometría por un abstruso camino que no es el conocido y normal. A sus premiosas disculpas contestábamos siempre, Cornelius y yo, tratando de alentarlo y comunicarle ánimos. Por nosotros, desde luego, no tendría que preocuparse, estábamos en el mismo barco —el chiste no le hacía sonreír, desde luego, porque lo habíamos repetido hasta la saciedad— y de pronto, un día, nos iba a llegar el contrato que nos sacaría a flote —aquí ya el improbable humor ni siquiera era registrado por Wito.

La capacidad para magnificar los negocios que se iban ofreciendo se agotaba en Wito a ojos vista. No es que cayera en la depresión o el desánimo. Eso hubiera sido en él inconcebible. Simplemente, era obvio que el mecanismo que lo sostuvo durante tantos años se había trabado allá adentro, dejando a nuestro hombre en una suerte de marcha neutra. La rigidez de sus gestos y posturas se iba haciendo más notoria y sus silencios de Báltico más largos. No solía ya demorarse en la sobremesa recordando los viejos tiempos: nuestro encuentro en Chipre, su primera travesía al lado de Cornelius, que había sido compañero de colegio de su esposa en Rotterdam, nuestras andanzas en el Adriático con Abdul Bashur, amigo y cómplice en operaciones que tocaban terrenos vedados por el código penal. Su mutismo era notorio. Ahora callaba frente a la taza de café negro y, cada vez con mayor frecuencia, llenaba sucesivas y minúsculas copas de licor de frambuesa que bebía de golpe y con aire ausente pero cortés.

La esposa de Wito pertenecía a una familia hebrea de Amsterdam. Se casaron cuando era primer oficial en un barco de pasajeros de la Nord Deutsche Lloyd Bremen, el *Murla*. Estuvo siempre enamorada de él como una quinceañera desbocada. Cuando obtuvo el grado de capitán, compró el *Hansa Stern* con el dinero de una herencia que le dejaron en Aruba unos tíos sin hijos. El barco llevaba entonces otro nombre, un poco más de acuerdo con su modesto tonelaje. Susana lo bautizó de nuevo, movida por sus recuerdos hamburgueses. Durante muchos de los viajes que emprendieron al comienzo, ella acompañaba a Wito. En sus incursiones por las Antillas fue en donde la bautizaron como Wita, lo que era más que previsible conociendo a la gente de las islas. Como en verdad se llamaba

Susana, el apodo de Wita no le iba para nada. Pero la cosa no tenía remedio y ella la tomaba con total indiferencia a veces teñida de cierto humor judío. Hacía contraste muy notable con su esposo por su estatura de soprano wagneriana y una cara sonriente, ancha, con una tez rosada de niña que añadía mucha gracia a sus ojos pardos de una movilidad inteligente e incansable. Tuvo conmigo ternuras de hermana menor. Solía reprocharme siempre con burlona impaciencia:

—¡Ay, Gaviero! No sé qué le encuentras a ese perpetuo vagabundear tuyo, dando tumbos de un lado para otro. ¿Por qué no te casas y te instalas en alguna parte?

—Sí, un día lo haré. Ayúdame a buscar esposa —le contestaba para sacármela de encima.

—No, pobre mujer. Tienes más manías que un viejo rabino y cada día estás más loco —comentaba mientras venía a sentarse en mis rodillas y a pellizcarme las orejas, haciendo muecas de fingido reproche.

Conocí a Wito en Chipre, cuando Bashur y yo buscábamos un carguero para transportar una mercancía poco convencional, como habíamos resuelto llamarla con Abdul, entre regocijados y cautelosos. Se trataba de armamento y explosivos con destino a un pequeño puesto marítimo cerca de Haifa. Como la operación ofrecía más de un riesgo, ya cerrado el trato con Wito le pedimos que dejara a su mujer en tierra. «Si van a volar en pedazos yo prefiero que sea conmigo», comentó ella muy decidida. No hubo forma de convencerla de lo contrario y el viaje, lleno de sobresaltos, estuvo salpicado de sabrosas escenas en donde Wita, simulaba más que sentía de verdad, súbitos pánicos o exaltadas explosiones de júbilo cuando sorteábamos un obstáculo peligroso; ya fuera una lancha torpedera con el Union Jack en la popa o aviones egipcios que pasaban en vuelo rasante haciendo señales de las que era mejor no hacer caso.

Cuando liquidaba el infernal negocio de la mina de Cocora me enteré de la muerte de Wita. Había fallecido en Willemstad a causa de una tifoidea mal cuidada. Cuando se creyó fuera de peligro, comió una canasta de cerezas que le habían enviado sus padres desde Holanda. Sentí su ausencia como pocas veces he sufrido la muerte de alguien. Tenía esa tan rara condición de transmitir la felicidad, de hacerla brotar a cada instante, así, gratuitamente, sin razón alguna, porque sí, porque venía con ella, con sus gestos, con su risa, con su amor por la gente, por los animales, por los atardeceres en el trópico y las para ella siempre infantiles e inexplicables ocupaciones y preocupaciones de los hombres. Cuando perdemos a alguien así, sabemos que una ración más de la escasa dicha que nos es concedida se ha ido para siempre.

Wito me contó, en breves palabras y sin muchos detalles, la huida de su hija con un pastor protestante. La muchacha apenas cumplía quince años. No heredó la rozagante frescura de su madre pero sí su estatura, junto con la tiesura de movimientos del padre y algo de sus facciones de coyote trasnochado. Padecía un defecto de audición y tenía un genio de los mil demonios. Lo que más le dolió a Wito fue la tartufería del pastor, la beatitud meliflua con la que se insinuó en su casa aprovechando la ausencia de la madre y la debilidad de la joven. A ésta la perdonaba con sospechosa facilidad de quien se ha librado de una carga inmanejable. Al recordarla, parecía reprocharle tácitamente la ausencia de todas las gozosas virtudes de la madre. Wito seguía amando a su mujer con un fervor incompatible con su edad y con el tiempo transcurrido desde cuando ella dejó de existir. Cada vez que la mencionaba, uno tenía la impresión de que estaba a su lado. Pero en los últimos tiempos, también ese tema familiar fue paulatinamente desapareciendo de las charlas de sobremesa. Una cadena de necias fatalidades, de crecientes descuidos, de abulia cuidadosamente maquillada con el estricto cumplimiento de una rutina más inútil cada día, había venido a estropearlo todo.

Mis responsabilidades se iban reduciendo a bien poca cosa: registro del consumo y pago del combustible, la nómina que comprendía a seis marineros, el cocinero y cinco maquinistas; la provisión y control de los víveres y alguna otra compra incidental y sin importancia. Esto me tomaba menos de una hora al día. El resto del tiempo se iba en especular, con la ayuda de Cornelius, sobre las posibles soluciones a una situación que se estaba tornando insostenible. El holandés divagaba con esa lentitud síntoma del ocio en el que suelen flotar los obesos cuando se agotan sus responsabilidades que, en su caso, se concretaban a bajar de vez en cuando al cuarto de máquinas para supervisar el trabajo y reemplazar, cada vez con mayor frecuencia, a Wito en el puente de mando. Nuestro amigo transcurría más y más horas al día encerrado en su camarote, con la mirada perdida en la opacidad de sus cavilaciones. Íbamos entrando todos en un estado muy cercano a una controlada y estéril desesperanza. Llegué, en un momento, a pensar que el imposible color amarillo con el que estaba pintado el *Hansa Stern* influía en la ausencia de contratos de carga que nos esperaba en cada puerto. Porque, ¿a quién se le había podido ocurrir embadurnar la nave con ese tinte color cola de papagayo, que le quitaba la poca dignidad que podía tener el destartalado carguero construido en Belfast hacía más de ochenta años y que había servido en más de una guerra bajo las más heteróclitas banderas? Sólo a Susana Geltern, nacida Silverbach, quien tenía sobre las cosas del mar la misma desaprensiva actitud de su marido. Pero cargar al color con la culpa de todo no dejaba de ser una manera más de evadir el problema. Lo evidente era que se nos había venido encima una mala racha. Una de esas sombrías fatalidades de cada uno de nosotros en particular, que entraba en conjunción con la fuerza de una tormenta inmanejable.

Siempre he pensado que a estos períodos de catastrófica secuencia de infortunios no hay que darles un sentido trascendente de fatalidad metafísica. Nunca he creído en eso que las gentes llaman mala suerte, vista como una condición establecida por los hados sin que podamos tener injerencia en su mudanza u orientación. Pienso que se trata de un cierto orden, exterior, ajeno a nosotros, que imprime un ritmo adverso a nuestras decisiones y a nuestros actos, pero que en nada debe afectar nuestra relación con el mundo y sus criaturas. Cuando una de esas rachas se ensaña sobre mí, sigo disfrutando la compañía de mis compañeros de bar, la complicidad de amigas de ocasión, el diálogo con las sabias y reposadas *madames* de las casas de citas y compartiendo con algunos entendidos y muy estimados amigos, dispersos por algunos rincones del planeta, la especulación sobre el destino de las grandes dinastías de Occidente, signado a menudo por esas uniones fatales hechas con evidentes fines políticos y que cambian luego toda la historia durante varios siglos. En Puerto Rico, por ejemplo, sigo meditando con un muy querido y más que eminente historiador, sobre las consecuencias del matrimonio de María de Borgoña con Maximiliano de Austria. El perderse por tales laberintos, que pueden parecer a los neófitos una ocupación estéril, me parece mucho más práctico y con los pies en la tierra, que embestir a topes, como un borrego, contra circunstancias extrañas a nosotros que se conjuran para complicarnos el lado puramente utilitario de nuestra vida que es, sin duda, el más irreal e inasible dada su elemental e irremediable idiotez. Para esas especulaciones dinásticas nada más propicio, al menos en mi caso, que el bochorno ardiente del trópico que suele aguzar mis sentidos y mi inteligencia hasta límites de lo visionario y delirante. Es, entonces, cuando el calor y la humedad se conjuran para establecer una noche con ambiente de caldera y llega el sueño, como una guillotina aterciopelada y piadosa, que nos deja a la orilla de olvidadas regiones de la infancia o de oscuros rincones de la historia, poblados por figuras que vivimos como fraternas presencias inefables. Cuántas veces, en esas semanas anteriores a la llegada a Cristóbal, volvió a visitarme el sueño recurrente en el que participo como consejero militar y político de un paleólogo, alto, moreno y de una delgadez de asceta, que reina en Nicea. Todo se cumple con una deliciosa y eficaz parsimonia. La feliz conclusión de empresas guerreras y la firma de arduos tratados suceden dentro de un orden que podría calificarse de intemporal y platónico, hermano del que se instala a un tiempo en el centro de mi ser y en la dorada plenitud del pequeño imperio a orillas del mar de Mármara. De allí que, cuando mis asuntos de la diaria rutina toman un sesgo adverso, como era el caso entonces en el *Hansa Stern,* en mi interior persisten, intactas, mi disposición y simpatía por los seres que pueblan la historia y por el mundo que se ofrece al alcance de mis sentidos. Es más, a medida que los escollos prácticos se multiplican, más generosamente se ensancha el territorio y el disfrute de esos dones que tejen la trama esencial de mi vida.

Tan mal llegaron a estar las cosas que Cornelius, en un aparte confidencial que tuvo conmigo en el segundo cuarto de guardia de la noche, cuando navegábamos rumbo a Martinica para recoger unas familias hindúes que iban a trabajar a Guayana, me confesó alarmado: «Wito está pagando el combustible con cheques sin fondos. Usted sabe que con la Esso no hay bromas. Cuando lleguemos a Aruba para cargar diesel, nos van a caer encima. Estamos al final de la soga, Gaviero, yo se lo digo, al final de la soga». No se cumplieron las predicciones del contramaestre. Es decir, se cumplieron sólo en parte. En efecto, en Aruba le esperaban a Wito dos cheques que no habían podido cobrar por falta de fondos. Logró cubrirlos con dinero que, como arte de magia, consiguió en un plazo de tres horas después de la penosa escena en la planta de abastecimiento de la Esso. Ya en alta mar, nos confesó que había empeñado las joyas de Susana, que guardaba como reliquias entrañables y propicias, y un reloj de bolsillo, regalo de su padre cuando pasó los exámenes de práctico en Dantzig. Ahora no cabía ya ninguna duda. Éste era el final de la soga que con tanta razón anunciaba Cornelius.

La idea de poner rumbo hacia Panamá le surgió a Wito de repente. Nunca supimos la razón. Una mañana, cuando estábamos Cornelius y yo en el puente de mando, irrumpió en pijama, a medio despertar, y ordenó con voz opaca y trasnochada: «Cambie el rumbo, Cornelius, vamos a Cristóbal». Y regresó a su camarote donde lo esperaban el té y las tostadas con mermelada de *blueberry* que todas las mañanas le traía el cocinero. Nos quedamos un rato en silencio. El contramaestre cambió el rumbo y cargó su pipa con minucioso desgano. Luego, se limitó a comentar: «Claro, ya lo entiendo, vamos a Cristóbal porque a Panamá ni hay que pensarlo. No debe tener dinero para pagar los derechos del Canal. A Panamá iremos en tren y por nuestra cuenta». Una risa desmayada trató de abrirse paso por su garganta pedregosa de empecinado fumador de tabacos anónimos y execrables. Desde ese momento supimos a qué atenernos. La decisión de atracar en Cristóbal significaba, sencillamente, el final del viaje. Al unísono nos invadió una sensación de alivio que luego derivó en pena por haber gastado largos meses de frustrados intentos para salvar el *Hansa Stern* y su dueño: el asmático jadear de las máquinas y el golpeteo apagado de las bielas parecían subrayar nuestro desaliento.

Wito siguió cumpliendo con su diaria rutina, más encerrado cada día en una especie de ausencia hecha de conformidad y desapego. En la mesa extremaba la cortesía, como disculpándose de la responsabilidad que pudiera caberle en la situación catastrófica que compartíamos sin la menor sombra de reproche. En vano tratamos de convencerlo que lo acompañábamos por nuestra propia voluntad y a sabiendas de que los negocios andaban mal. Nuestra familiaridad con crisis semejantes nos había hecho, desde hacía muchos años, del todo inmunes a sus consecuencias. Era inútil. Él se ensimismaba y no parecía prestar atención a nuestras aclaraciones.

Llegamos a Cristóbal al atardecer, bajo un cielo espléndido en donde las estrellas parecían acercarse a la Tierra movidas por una curiosidad juguetona. Las luces del puerto teñían el cielo con un halo rosáceo. Hasta nosotros llegaba el sincopado estruendo de las orquestas que animaban, con un ritmo afroantillano más bien espurio, la vida de los cabaretuchos y bares de mala muerte que pululaban en las calles. Yo estaba acostumbrado a ese bullicio monótono y tristón, que lo tenía ya confundido con el ánimo de final de viaje que solía traerme siempre una ligera ansiedad, un vago pánico a lo desconocido que pudiera depararme el bajar a tierra.

Panamá

Después de la muerte de Wito, preferí bajar en Cristóbal y seguir a Panamá en tren. Cornelius quedó en el barco. El capitán que recibió el *Hansa Stern* por orden de los bancos, le hizo una propuesta que el holandés encontró más interesante que empezar a conseguir trabajo en un medio que no conocía muy bien. Habíamos buscado en los papeles de Wito una posible pista del paradero de la hija. Queríamos informarle del fallecimiento de su padre. Lo único que conseguimos fue la dirección de la iglesia a la que perteneció el pastor y allí enviamos un telegrama con la noticia. Lo más probable, sin embargo, era que el cadáver fuera a parar de la morgue al anfiteatro de la Facultad de Medicina de Panamá, para servir en las clases de anatomía. Había en ello una cierta aunque macabra lógica, si recordamos las maneras y gestos de prefecto de estudios que identificaron toda su vida al pobre Wito de Dantzig, con su pausada manera de hablar como quien da una clase ya sabida de memoria desde siempre.

El viaje en tren duró varias horas. Me acomodé como pude en un coche de tercera en el que se amontonaban familias y trabajadores del puerto. Una algarabía incontenible me fue arrullando lentamente. Anécdotas de barrio, chismes de vecindad, hechos de sangre, sucesos procaces y brutales, gritos y llantos infantiles, la eterna y desvaída materia de esas vidas sin nombre y sin rostro que resume siempre para mí eso que las gentes de mar llaman «estar en tierra firme» y que acaba provocándome un fastidio abrumador. El paisaje tropical de la Zona, con su vegetación de hojas relucientes de un oscuro verde metálico, el calor que entraba por las ventanillas abiertas para buscar un improbable aire refrescante y el vocerío del pasaje, me trasladaron a alguna colonia europea del Asia. Hubo un momento en que hubiera jurado que viajaba a través de la península de Malaca, entre Singapore y Kuala Lumpur. Allí disfruté tiem-

pos de una relativa prosperidad, gracias al comercio de la teca
y a otras actividades aledañas no tan fácilmente definibles. El
rodar del tren, con su ritmo tan característico, y el ligero bam-
boleo del vagón, me dejaron en un duermevela donde sólo una
delgada porción de la conciencia seguía vigilante y despierta.
La emisión pastosa y sin forma del lenguaje que escuchaba, la
ausencia de sonidos como los de la ese y la erre y los tonos
agudos en que se mantenía el diálogo de las mujeres y los niños, me llegaba como un griterío de aves que se perdían en los
platanales. «Ya va llegando la hora —pensaba— en que suelo
preguntarme: ¿Qué hago aquí? ¿Quién diablos me ha traído
aquí? Son las preguntas adonde va a parar esta mezcla de hastío sin fondo y de vago miedo cuando sé que me espera una
larga permanencia en tierra. Malo está esto y no veo que tenga
visos de arreglarse. Panamá. No he permanecido más de una semana aquí, pero he estado en tan repetidas ocasiones, que ha
terminado por convertirse en un sitio familiar en medio de los
incontables desplazamientos de mi vida sin asidero ni destino.
La ciudad no es particularmente acogedora ni interesante, pero proporciona esa tonificante impresión de absoluta irrespon-
sabilidad, donde todo puede suceder en medio de una auténtica
y anónima libertad para disponer de nuestra vida, por lo que
resulta sedante y llena de gratas, aunque siempre incumplidas,
promesas de una sorpresa en donde nos espera, agazapada, la
felicidad». Pero en esa ocasión las cosas se presentaban distintas. Iba a tener para muchos meses en ese istmo de aguaceros
interminables y pausadas olas de temperatura de baño turco. No
conocía a nadie. Siempre había estado de paso. Ninguno de
mis conocidos había dejado huella alguna. Señal bien elocuente
de esto era el que aquí había venido a recalar con Wito y Cornelius, ninguno de los dos auténtico compañero de mis dichas
y descalabros. Apenas amigos de ocasión, pero extraños a ese
tránsito por las regiones oscuras de la aventura de vivir, esa danza descabellada de los raros instantes de dicha compartida con
aquellos que en verdad podemos llamar nuestros amigos. Sabía,
de antemano, que no iba a encontrar a ninguno de ellos en Panamá. El dinero recibido al dejar el *Hansa Stern*, me alcanzaría
para ir tirando por unos meses. Pero, como ya me conocía de
sobra, a las pocas semanas iba a andar con los bolsillos y el estómago vacíos. No me preocupaba esa perspectiva. Un vodka

a tiempo y una amiga ocasional, que no volvería a encontrar jamás, eran bastantes para salvar ese momento en que pensamos que hemos tocado el fondo del pozo. Y ambas cosas no necesariamente se consiguen sólo con dinero. Ya sabía cómo sortear esos recodos en que la trampa parece cerrarse ineludible. Y así un día y otro hasta que una mañana logre zarpar o invente otra locura como la mina de Cocora o el trabajo en el Hospital de los Soberbios. Da lo mismo, todo da igual. Lo que no da igual es otra cosa: es eso que llevamos adentro, esa hélice desbocada que no para. Allí está el secreto, eso es lo que no debe fallar nunca. Me quedé dormido en un sueño profundo. Cuando desperté el tren entraba a la estación. De pronto sentí que lo que necesitaba con urgencia inaplazable era, precisamente, un vodka bien helado. En el primer bar que encontrara convocaría a mis dioses tutelares, a los ciegos consejeros que sólo se presentan cuando alcanzamos ese estado de gracia que el vodka sabe dar con tan sabia e inexorable fidelidad. Allí estaba la respuesta salvadora, la verdad revelada, la otra orilla donde se pulen los símbolos y suceden las lentas celebraciones que disuelven toda perplejidad y ahogan toda duda.

Bajé, en medio de un concierto de bocinas desatadas y el aullido de una sirena que se alejaba con el último fulgor de la tarde. Me eché al hombro el saco y me dirigí al centro de la ciudad. Los grillos iniciaban su orquestada gritería y las luces de neón se encendían con la vulgar estridencia de colores que uniforman todas las noches de todas las ciudades de la Tierra. Pensé que antes de cumplir con la ceremonia del vodka, indispensable para poner en orden ciertas ideas y aplacar otros tantos demonios que empiezan a rondarme siempre que dejo el mar, debía buscar un hotel modesto para alojarme. Por una de las callejuelas que llevan de la Avenida Balboa hacia la Avenida Central encontré algo que se parecía mucho a lo que buscaba. Tenía el improbable nombre de Pensión de lujo Astor. En la recepción dormitaba un viejo de barba asiria y entrecana, con facciones de cochero judío de la Viena de Franz Joseph. No cuadraban su corpulencia y aspecto imponente con su permanecer detrás de un mostrador para el que tanta energía en franca exposición se antojaba un desperdicio. Cuando se incorporó para entregarme las llaves del cuarto, me di cuenta que usaba una pierna ortopédica. Los inquietantes chirridos de resortes oxidados dejaban una impresión de tristeza y desamparo imposible de armonizar con el coloso hebreo que se le enfrentaba a uno sin una sonrisa y con la adusta expresión de quien no habla bien el idioma del lugar en donde vive. La habitación, en el cuarto piso, daba hacia la bahía. Unas gaviotas despistadas giraban sobre el agua lodosa y casi inmóvil, idéntica a la que había visto en Cristóbal. Ese mar mancillado infundía en el ánimo un sabor de fracaso y mezquindad que no era precisamente lo que hacía falta para levantarme la moral. Los automóviles pasaban por la calzada con la desbocada premura que siempre me sorprende cuando he navegado durante mucho tiempo. El familiarizarse con las cosas de la tierra requiere un plazo con el que nunca contamos al desembarcar. Un camastro de resortes vencidos, cubierto con una colcha de un lila desteñido y salpicada de manchas que más valía no examinar con detenimiento, una mesa que cojeaba peligrosamente y un cromo con un perro San Bernardo cuidando a un niño dormido en la nieve, creaban ese ambiente impersonal e insípido característico de todos los hoteles que me han tocado en la vida. Al fondo del corredor estaban el baño y dos sanitarios. Un caballero tocado de sombrero de copa y una dama de los años treinta indicaban con innecesaria elocuencia, en cada puerta, a quién estaba destinado cada cubículo. Me di cuenta de que no resistiría mucho más la sordidez que se me acumulaba hacía tanto tiempo. Salí a la calle en busca de un bar. Inquirir con el cochero vienés dónde estaba el más cercano, se me antojó una compleja operación lingüística con alguien con quien, por lo demás, no era aconsejable establecer otros nexos que los estrictamente relacionados con sus funciones de portero. Después de recorrer algunas calles donde reinaba una relativa calma de barrio residencial bastante venido a menos, desemboqué en una donde había varios bares, uno tras otro, con su correspondiente letrero de neón y su música sonando a todo volumen. Entré en el que me pareció menos ruidoso y pedí un vodka doble con hielo.

Me convertí en cliente asiduo del bar. Resultó ser no solamente el más tranquilo sino también el que tenía la clientela más fiel y constante. El dueño se llamaba Alejandro, pero todos le decían Álex. Era un panameño delgado, de ojos saltones, que pertenecía a esa clase de cantineros que no hacen preguntas pero que tienen una memoria infalible respecto a las preferencias y caprichos alcohólicos de sus parroquianos. El barman ideal. Resolví enviar a mis amigos esa dirección para que allí me fuera guardada la correspondencia. No intenté siquiera lanzarme a buscar trabajo. La experiencia me había enseñado que, mientras no se familiarice uno con ese secreto ritmo propio de cada ciudad, es inútil empeñarse en buscar un oficio que valga la pena. Esa ansiedad con la que, en otra época, me lanzaba a la calle a la caza de un trabajo, sólo servía para engañar la conciencia. Terminaba de recogedor de basura, de portero de burdel o descargando barcos en los muelles. Por esa razón, esta vez decidí tomarlo con calma y sondear con paciencia lo que Panamá podía ofrecer para salir del mal paso de una vez, en lugar de un sórdido ir viviendo. Cuando el panorama se nublaba y empezaban a bullir allá adentro las dudas y el desánimo, el vodka seguía siendo eficaz para aplacar tales síntomas y seguir en acecho.

Un sábado, en que la dosis acostumbrada no fue bastante para cumplir con su tarea de rescate, terminé una botella lentamente y me fui a la cama envuelto en las brumas de la altamar del alcohol. El domingo en la mañana vi, con sorpresa, que, a mi lado, dormía una negra enorme y desnuda, con una cabellera de guerrero zulú. La sacudí hasta despertarla y se me quedó mirando entre asombrada y furiosa. De su boca desdentada salían airadas palabras en un dialecto antillano, mezcla de papiamento e inglés de Granada. La obligué a vestirse y con unos pocos dólares me la quité de encima. Hasta donde yo recordaba, había salido solo del bar, con pasos más que inseguros, y llegado hasta el hotel sin ninguna compañía. No pensé más en el asunto. Algunos días después también me pasé un tanto de copas, sin llegar a lo de la vez anterior. También, a la mañana siguiente, me despertó la mirada medio idiota y aterrada de una mujeruca de cabellos teñidos de un rubio casi blanco y cuerpo esquelético lleno de pequeñas manchas rosadas bastante inquietantes. Salí de ella, esta vez sin remuneración alguna. Estaba seguro de no haberla visto nunca antes. Hubo un tercer episodio de este tipo con una india que debía venir de Taboga o de alguna isla cercana. Apenas hablaba español y trató de atacarme con una navaja. La saqué a empellones hasta el corredor y regresé al cuarto. Llamé a la portería para que me trajeran sábanas limpias. Contestó el portero, simulando no entender muy bien mis palabras. En ese instante me di cuenta de lo que había pasado y de cuál era el origen de las visitas de marras. Me vestí y bajé a la recepción. Pedí mi cuenta y, al examinarla, vi que me habían cargado el precio de una persona más en los días correspondientes a las apariciones femeninas. Sin quitar mis ojos de los suyos, le exigí al cojo, con palabras lentas y tranquilas y en un alemán bien comprensible, que borrara de la cuenta las sumas que había puesto de más y lo hiciera en ese instante en mi presencia. Así lo hizo, sin decir palabra, con parsimonia que escondía un cinismo de siglos. Luego le previne que si volvía a subir una mujer a mi cuarto haría un escándalo con la policía y las autoridades sanitarias para que le clausuraran su famosa pensión de lujo. «No volverá a suceder» —comentó mientras regresaba los papeles al archivero de madera empotrado debajo de las casillas con las llaves—. «Descuide. Debió ser un error» —musitó mientras una sonrisa de sus gruesos labios mojados en saliva trataba de insinuarse por entre la ira de sus facciones de auriga hambriento.

Comenté la historia con Álex, quien me aconsejó no tener muchos tratos con el cojo: «Es dueño del hotel y, además, controla las putas de la manzana. Pero sus negocios más importantes no son ésos. Anda en otras empresas y la guardia le tiene puesto el ojo hace mucho tiempo. Lo que pasa es que mueve influencias más arriba y reparte dinero, mucho dinero». Le pregunté si sería aconsejable cambiar de hotel y me dijo que no lo hiciera; en los otros las cosas no cambiarían mucho, éste estaba bien ubicado y ya me conocían en la vecindad, lo que era bueno para los fines de hallar trabajo. Tenía razón. El portero-propietario siguió tratándome con la misma impersonal distancia que usaba para con todo el mundo.

Cuando había perdido las esperanzas, recibí una carta de Abdul Bashur. Traía timbres de Italia, estaba fechada en Rávena y sus noticias no eran propiamente alentadoras. Estaba gestionando el pago del seguro de un buque del que era propietario con sus hermanos y su cuñado, el esposo de su hermana mayor, Yamina. La aseguradora ponía toda suerte de dificultades tratando de evitar el pago de la póliza. El buque había sido hundido por aviones libios, aunque llevaba bandera de Liberia. Los aseguradores intentaban demostrar que ese riesgo no estaba cubierto por la póliza y a los Bashur se les agotaban los recursos en el pago de abogados, peritos y gestiones consulares.

El hijo mayor de Yamina tenía leucemia y el tratamiento se estaba pagando con sacrificios cada vez más grandes. Sin embargo, ponía a mi disposición algunas libras esterlinas que tenía en un banco de Panamá, saldo de un negocio hecho hacía algunos años con las fuerzas armadas de un país vecino al istmo. Yo recordaba muy bien esa operación en la que intervine con Abdul y sonreía al notar la discreción con la que trataba el asunto. Pobre Abdul. Amigo entrañable como pocos, su generosidad, de la que había recibido ya muchas y muy diversas pruebas, no solamente en el campo de los negocios sino también en otros más delicados, tenía siempre la condición de conmoverme hasta las lágrimas.

Ya iba conociendo mejor la ciudad y me daba cuenta de que, como siempre sucede, la primera impresión sólo había venido a confirmarse: era un sitio de paso, un lugar de tránsito, condición que le otorgaba, a quienes la visitaban, ese encanto que tienen las ciudades y lugares que no dejan huella, que no imponen el espíritu secreto que las define, ni exigen del que pasa un esfuerzo para ajustarse a peculiares reglas que rigen la inconfundible rutina que las anima. Para mis fines, esto era particularmente grave. No son ese tipo de ciudades las que más oportunidades ofrecen en circunstancias como era la mía entonces. Allí todo el mundo está en tránsito. Pueden pasar semanas y meses sin que se consiga anclar en un trabajo determinado o poner en marcha alguna empresa, por humilde y limitada que ésta sea. Es más, entre más modestos nuestros propósitos, más difíciles son de cumplirse en esa suerte de incesante corredor donde nadie vuelve la atención hacia los demás. Rondando por vestíbulos y bares de los grandes hoteles del sector bancario y, en la noche, por algunos de los clubes nocturnos en donde gente de todas las condiciones, oficios y razas busca distraer el hastío que los invade en esas paradas obligatorias que imponen los viajes de negocios; en el aire cargado y más bien sórdido de los casinos que, en los mismos hoteles y en otros lugares, ofrecen un mediocre sucedáneo al ansia transitoria de aventura y emoción que despierta Panamá; por tales sitios y por algunos otros menos confesables, busqué en vano esa oportunidad de emprender algo que me permitiera salir del pantano en el que me hundía lenta pero irremediablemente. Al poco tiempo, la precariedad de mi vestuario y otros signos avanzados de la penuria, me fueron obligando a alejarme de esos lugares. Tuve que contentarme con rondar cerca de la entrada, sin pasar adelante. Igual cosa hacía cerca de las grandes tiendas, en donde entraban los viajeros, atraídos por una mercancía que resulta, luego, en buena parte, hecha de saldos de marcas prestigiosas o de atrevidas falsificaciones de las mismas.

Llegó la temporada de las lluvias, que se establecen sobre el istmo con la desorbitada energía de una tromba y dejan las calles convertidas en ríos caudalosos e intransitables. Cuando caí en cuenta de que era inútil seguir buscando allí así fuera una modesta esquina de ese tapete de la fortuna, que imagino siempre flotando muy cerca de nosotros, provocándonos e invitándonos a subir para escapar hacia lo que, allá en el fondo, el niño que escondemos designa con voz secreta como «la gran aventura»; cuando me di cuenta de que no había ya nada que hacer y que las lluvias, al parecer, hacían mis recorridos imposibles, me encerré en el cuarto de la pensión, limitándome a cada vez más espaciadas visitas al bar de costumbre. Una cortina de lluvia caía sobre las sucias aguas del Pacífico y la ciudad daba, desde la ventana, la impresión de desleírse ante mis ojos indiferentes, hasta acabar en una mezcla de barro, basura y hojarasca girando en ávidos remolinos en la boca de las alcantarillas.

El día en que gasté el último dólar que me quedaba del dinero proporcionado por Abdul, el portero, con esa milenaria intuición de su gente para calibrar tales situaciones, me llamó al cuarto para decirme que, cuando bajara, quería hablar conmigo. En la tarde, antes de pasar por el bar, en donde por cierto ya tenía una cuenta pendiente que empezaba a preocuparme, fui al mostrador para enfrentar al auriga danubiano. De su enorme cabeza barbuda, que destacaba del mostrador como si estuviera en la mesa de un ilusionista, empezaron a salir palabras en un español lento y premioso pero muy preciso. Era evidente que yo estaba en las últimas y que en Panamá no hallaría ya ninguna salida a mi situación. Él conocía muy bien la ciudad. Si yo aceptaba podía ofrecerme algo que solucionaría, así fuera transitoriamente, mis problemas, permitiéndome, de paso, pagar el mes de alojamiento pendiente y lo que tenía firmado con Álex. El hombre sabía más de lo que yo hubiera deseado. Cuando regresara del bar, continuó, quería subir a mi habitación para que charláramos un poco. Convine con él en que así lo haríamos y fui a refugiarme en un par de vodkas que harían más fácil el diálogo con el cojo cancerbero. Muchas veces, en otras crisis semejantes, había recibido avances parecidos, hechos siempre por personas que tenían un inconfundible aire de familia con el portero. Casi hubiera podido anticipar cuál iba a ser, a grandes rasgos, la propuesta del hombre. Regresé a mi cuarto pasada la medianoche y, poco después, oí sus pasos claudicantes. Se sentó frente a mí en una silla desvencijada. Mientras se acariciaba la barba con gesto que quería ser patriarcal y sólo lograba hacerlo más sospechoso, me expuso su oferta. Lo de siempre. Se trataba de cruzar los límites legales para ganar algunos dólares que me permitirían sobrevivir mediocremente, no sin correr algunos, muy lejanos, riesgos con las autoridades. Él tenía en su poder objetos de valor —relojes, joyas, cámaras de fotografía, perfumes caros, algunos licores y vinos de grandes marcas y cosechas famosas— que le dejaban en prenda, a cambio de dinero, algunos amigos suyos. No necesitaba explicarme, como es obvio, que se trataba en verdad de cosas robadas en las bodegas de la aduana de Colón o en los depósitos de los grandes almacenes de Panamá. Al usar el circunloquio de las prendas, un brillo indefinible cruzó por sus ojos mientras la permanente sonrisa de los gruesos labios se congelaba en una mueca imprecisa. Los años en que deambulé por el Mediterráneo me familiarizaron largamente con esos signos de mezquino engaño de la fortuna. Dejé tranquilamente que hablara y, cuando terminó, le contesté que a la mañana siguiente tendría mi respuesta. «No lo piense mucho» —me dijo al salir—. «Hay otros candidatos que, además, tienen más experiencia». También hubiera podido predecir hasta la forma misma como me lo dijo, con ese ligero tono de amenaza que usan con quienes tienen ya el agua al cuello.

No tuve que pensarlo mucho. Al día siguiente bajé a decirle que aceptaba. «Ya lo sabía», repuso, mientras me invitaba a entrar en un oscuro cuchitril, ubicado detrás del armario con las casillas de las llaves. Ahí dormía. Debajo del lecho sin arreglar, que despedía un olor de orina concentrada y comida rancia, sacó un estuche de madera forrado por dentro con terciopelo carmesí. Allí guardaba relojes, pulseras de oro y perfumes envasados en frascos de cristal de formas rebuscadas y extravagantes. Me indicó los precios a que debía venderlos. Si conseguía más, la mitad de la diferencia era para mí, de lo contrario sólo tendría derecho al quince por ciento del valor de lo vendido. Los lugares que me aconsejó como los más propicios para colocar la mercancía eran los mismos que yo rondaba hacía ya varias semanas. A lo impredecible del negocio se sumaba, entonces, la persistencia de los torrenciales aguaceros. «Espere al abrigo del corredor donde se detienen los automóviles para dejar a los pasajeros o para recogerlos.» Sí, ya lo sabía. Inútil decírmelo. No era la primera vez que intentaba abordar a la gente en circunstancias semejantes. La dificultad consistía en que ésos eran precisamente los lugares en donde también se guarecían los guardias. Metí los artículos en mis bolsillos y salí a la calle para empezar la incierta empresa.

Al principio resultó un tanto más productiva de lo que esperaba. Los precios eran mucho menores que los de las tiendas. Los clientes aprovechaban la ocasión, con la impunidad que les ofrecía al estar de paso y no correr mayor riesgo al hacer su compra. Pero, como era previsible, los guardias comenzaron a percatarse de mi repetida presencia a la salida de hoteles y cabarets y no tardaron en abordarme. Salí del paso con algunas improbables disculpas que luego tuve que reforzar con pequeños obsequios. Convencí al cojo de compartir a la mitad el valor de los mismos y accedió, gracias al relativo éxito de mis habilidades como vendedor ambulante de artículos robados. Puse al día mi cuenta en la pensión antes de que se cumpliera el segundo mes de atraso. Cuando fui al bar para pagar lo que debía, Álex me previno en voz baja: «No se vaya sin hablar conmigo. Es importante». Un malestar, conocido de tiempo atrás, anunciador del peligro que se avecina, me quitó las ganas de tomar el vodka servido frente a mí. Por fin lo liquidé de un trago y esperé la oportunidad en que el barman pudiera conversar sin testigos. Un desaliento creciente, una vaga desesperación sin salida, me dejaban los miembros como si estuvieran hechos de una substancia blanda y moldeable. En la boca del estómago comencé a sentir el peso de una materia densa, paralizante, que se agitaba a trechos como si estuviera formada por un nudo de reptiles semidormidos. Por fin, Álex fue a un extremo de la barra, mientras secaba un vaso, y me hizo señas de que lo siguiera. Allí, mirando con precaución a todos lados mientras hablaba, me dijo: «Ya vinieron a preguntar por usted. Gente de la policía. Ya sabe, son inconfundibles, así traten de pasar desapercibidos con sus aires de civiles. Saben dónde se aloja y algo se huelen en relación con el judío del hotel. No sé en qué ande usted, pero vaya con precaución. Aquí no tiene muchos miramientos, cuidan mucho la imagen de la ciudad para tranquilidad de los turistas y gente de negocios que pasan por Panamá. Cambie de hotel hoy mismo. Rompa todo nexo con el cojo. Alójese en este hotel. Es gente amiga que conozco muy bien», y me alargó una tarjeta. Era el Hotel Miramar y estaba en la parte vieja de la ciudad.

Convencer al judío no fue fácil. Trató de restarle importancia a mis temores y repetía con tono que quería ser bonachón: «Yo sé arreglar esas cosas, amigo, no se preocupe, no se preocupe». Precisamente la melosa parsimonia del portero fue lo que me decidió a partir de inmediato. Le devolví la mercancía. Liquidé cuentas con él y salí de allí un cuarto de hora después con cuarenta dólares en el bolsillo y ese peso muerto en la boca del estómago, aciago anuncio de desastres por desgracia bien conocidos.

El Hotel Miramar era un poco más reducido que la Pensión de lujo Astor. Sus habitaciones un poco más limpias y la dueña resultó ser también alguien mucho más tratable y digno de confianza que el siniestro cojo con barbas de cochero. Era ecuatoriana, casada con panameño. Álex la había prevenido en mi favor y se mostró de una familiaridad cordial que sirvió para aplacar un tanto mis justificados temores de tener que entendérmelas con la policía. Un bullicio infernal entraba por la ventana del único cuarto que había disponible. Daba a una calle llena de pequeños bazares cuyos propietarios, todos hindúes, salían a la calle para atraer a los clientes a su negocio con una insistencia inagotable. De cada tienda salía la música de radios y tocadiscos, cada uno a mayor volumen que el otro, para demostrar la excelencia de sus cualidades ante el ensordecido parroquiano que acababa comprando lo primero que le vendían para librarse del hindú que no paraba de hablar barajando los precios con pasmosa habilidad, mientras la música acababa de atontarlo. En la noche reinaba, por fortuna, una calma apenas rota de vez en cuando por el grito estentóreo de un borracho o las risas de las prostitutas que esperaban en la esquina un improbable cliente. Fue entonces, a punto de llegar al fondo del abismo, cuando ocurrió el milagro salvador. Llegó cumpliendo un ritual que sucede en mi vida con tan puntual fidelidad que no tengo más remedio que atribuirlo a la indescifrable voluntad de los dioses tutelares que me conducen, con hilos invisibles pero evidentes, por entre la oscuridad de sus designios.

Ilona

Una tarde, en que me dedicaba a un ejercicio de memoria que por entonces supuse que pudiera ser remedio pasajero contra el pánico y el desaliento, la lluvia pareció alejarse dejando paso a un sol deslumbrante que bañaba el aire recién lavado. El ejercicio en cuestión consistía en rememorar otras épocas de penuria y fracaso que pudieron ser más terribles aún y más definitivas que ésta en Panamá. Evoqué, por ejemplo, entre otros muchos episodios, aquel en que estuve trabajando en el Hospital de las Salinas. Mi labor consistía en empujar, junto con otros compañeros, un tren de cuatro o cinco vagonetas que servían para transportar balastro al final de los espolones que remansaban las aguas del mar. Pero en lugar de piedras y cascajo, llevábamos tres o cuatro enfermos en cada vehículo. Iban a recibir la brisa marina que les aireaba las llagas y purulencias que los tenían postrados desde hacía muchos meses. Por una extraña condición del lugar, era el agua la que producía tales plagas y sólo el aire las aliviaba un poco. Ante la feliz perspectiva del alivio, los enfermos murmuraban en voz baja canciones con las que se arrullaban unos a otros. Casi todos habían perdido la vista a causa de la deslumbrante blancura de las extensiones salinas y, tal vez por esto, aguzaban el sentido del tacto hasta disfrutar, con intensidad para nosotros desconocida, la acción salutífera de la brisa. Mientras ellos entonaban sus cantos, nosotros empujábamos el trencito que rodaba trabajosamente por la vía oxidada y carcomida por el salitre. El viento hacía tremolar las sábanas en las que se envolvían precariamente los enfermos. Ya en otro lugar, hace muchos años, algo de esto narré en forma fragmentaria, es cierto, pero tal vez más cercana al episodio que trataba de evocar. Por uno de esos balsámicos caprichos de la memoria no tenía yo un recuerdo pesaroso de esa época en las salineras. Por el contrario, sólo permanecían en la memoria la alegría de la brisa en los cuerpos lastimados y exánimes, el cantar que salía de sus gargantas como un murmullo bienhechor y la fulgurante presencia de un cielo sin nubes. Sin embargo, con algún esfuerzo logré recordar que sólo hacíamos una comida diaria y que la paga era tan precaria que no nos alcanzaba para ir al puerto y olvidar allí nuestra miseria. Luego evoqué mis tiempos de fogonero en un pobre barco, a punto de irse a pique, que transportaba pieles desde Alaska hasta una factoría cerca de San Francisco. Nos habían enrolado con fraude. Firmamos un contrato por un año, atraídos por un adelanto que nos permitió beber durante tres días consecutivos, refugiados en la semitiniebla de una taberna de Seward. Afuera, la noche del polo se extendía en medio de un frío que helaba hasta los huesos. Al segundo viaje fuimos a pedir lo que nos prometieron como salario. El contramaestre nos mostró el recibo que habíamos firmado al engancharnos, en cuyo texto, mañosamente arreglado, aceptábamos como único sueldo en todo el año lo que nos habíamos bebido en Seward. Éramos tres fogoneros: un irlandés tuerto, conservado en alcohol, que deliraba todo el tiempo, un indio yanqui, silencioso y torvo, que se las arregló para partirse un brazo el segundo día de trabajo y, con ese pretexto, no volver a tocar una pala, y yo. La carga despedía una fetidez dulzona que se nos pegaba en las ropas y en la piel. Allí pensé que habían terminado en verdad mis días de vino y rosas, si es que alguna vez los tuve. Por fortuna, a los cinco meses de navegación, el maldito barco se desmoronó contra un bloque de hielo que flotaba frente a la costa canadiense. Nos rescató un guardacostas y desembarcamos en Vancouver. El Fondo de Socorro Marino nos dio algún dinero para ir viviendo unas semanas. Fue, entonces, cuando un canadiense lunático me convenció de intentar lo de la mina de Cocora.

Muchos otros recodos de la vida, en los que recordaba haber pasado crisis peores que la que por entonces me agobiaba, fueron evocados esa tarde, sin resultado alguno, como es obvio. Resolví salir a la calle para andar un poco y aprovechar el buen tiempo. Dejé las callejas con los bazares hindúes y me iba acercando a la zona de los grandes hoteles cuando, sin señal alguna que lo precediera, empezó a caer un aguacero que bien pronto se convirtió en verdadera tromba que amenazaba arrastrar con todo. Me guarecí en la primera entrada que encontré. Se trataba de un pequeño hotel con ciertas pretensiones de lujo, en cuyo vestíbulo, fuera de las sillas de costumbre y las mesas con periódicos y revistas más o menos atrasados, había algunas máquinas tragamonedas alineadas en el costado que daba a la piscina y al patio principal. Traté de no hacerme muy notorio, aunque el lugar parecía desierto. No solamente estaba empapado sino que mis ropas hacía mucho habían perdido la última oportunidad de ser presentables.

La vi de espaldas, manipulando una de las máquinas que producía toda suerte de sonidos y campanilleos anunciadores de un acierto en las figuras. Dudé un instante. Era casi imposible que estuviera en Panamá, si me atenía a las últimas noticias que de ella tenía. Me acerqué y volvió el rostro con esa expresión tan suya de regocijada sorpresa que a cada instante le afloraba con cualquier pretexto. Sí, era ella. No cabía la menor duda:

—¡Ilona! ¿Qué haces aquí? —acerté a decirle torpemente.

—¡Gaviero loco! ¿Qué diablos haces tú en Panamá?

Nos abrazamos y luego, sin decir palabra, fuimos a sentarnos en un pequeño bar que había en el patio, protegido por una marquesina invadida por enredaderas. Pidió dos vodkatonics. Se quedó mirándome un rato que pareció interminable. Luego, me dijo con un tono en el que se insinuaba cierta alarma casi piadosa:

—Ya veo. No andan bien las cosas, ¿verdad? No, no me cuentes ahora nada. Tenemos todo el tiempo del mundo para ponernos al día. Lo que me preocupa es encontrarte precisamente en el lugar en donde jamás debieras haber anclado. De aquí no sale nadie y menos si llega hasta donde veo que tú has llegado. Aquí hay que estar de paso, nada más. Sólo de paso. Pero, dime, allá adentro, ya sabes a lo que me refiero, allá, en el fondo, donde guardas lo tuyo, ¿cómo está todo? —me miraba con atención de pitonisa fraterna, de hembra que conoce muy bien al hombre al que interroga.

—Eso, ahí —le contesté con voz que a mí mismo me sorprendió por regocijada y serena—, sigue muy bien. Todo en orden. Lo malo es lo otro. Lo de afuera. Tienes razón, aquí era justamente donde no había que vararse, pero así sucedió, no tuvo remedio. Tengo dos dólares en el bolsillo y son los últimos. Pero ahora que te veo, que te siento aquí, frente a mí, te confieso que todo eso se convierte en un pasado que se esfuma en este instante gracias al vodka, al olor de tu pelo y al acento triestinopolonés de tu español. Vuelvo otra vez a sumergirme en algo muy parecido a la felicidad.

—Muy mal deben andar las cosas para que te pongas sentimental y galante. Además, no te va —comentó riéndose con ese sarcasmo que solía usar siempre para esconder sus sentimientos. Entrábamos de lleno al tono normal de nuestras relaciones, hecho de un humor que, a menudo, podía llegar a lo macabro y de la regocijada constatación de los lazos que nos unían y de los saltos de carácter que, sin separarnos, acababan siempre lanzándonos hacia caminos opuestos.

Con las monedas que había ganado pagó la nota de las bebidas, dejó una propina de rajá y se puso de pie. «Ven —me dijo—, sube a secarte la ropa y a darte un baño. Pareces amante de gitana pobre». La seguí hasta el ascensor y subimos a su cuarto. Me obligó a entrar en la tina llena de agua caliente y metió mi ropa en una bolsa de lavandería del hotel. Me afeité con el rastrillo con el que se rasuraba las piernas. Por las ventanas abiertas tornaba el calor espléndido después de la lluvia, que otra vez se alejaba manchando el mar con una ceniza sombría. Se acostó a mi lado en la gran cama doble y comenzó a acariciarme, mientras murmuraba a mi oído, con voz profunda imitando la del benedictino que nos guió una vez por la Abadía de Solesmes: «Gaviero loco, Maqroll jodido, Gaviero loco, Maqroll ingrato», y así hasta que, entrelazados y jadeantes, hicimos el amor entre risas; como los niños que han pasado por un grave peligro del que acaban de salvarse milagrosamente. Con el sudor, su piel adquiría un sabor almendrado y vertiginoso. La noche llegó de repente y los grillos iniciaron sus señales nocturnas, su cántico pautado de silencios irregulares que recordaban el ritmo de alguna respiración secreta y generosa del mundo vegetal. Por las ventanas abiertas entraba un olor a tierra mojada, a hojarasca que empieza a descomponerse. La música de un restaurante chino, contiguo al hotel, nos recordó un episodio compartido en Macao del que salimos vivos de milagro. Ninguno de los dos lo mencionó. No hacía ninguna falta.

Ilona. Todo un personaje, la mujer. Cuántas cosas he vivido a su lado y cuántas podían aún sucederme en su compañía. Había nacido en Trieste de padre polaco y madre triestina, hija de macedonios.

—Pronuncia bien. Así, mira: Thesaloniki, apoyando la lengua bajo los dientes delanteros. Ilona Grabowska, *Grande famille* —solía comentar con sorna. El apellido pasaba por distintos avatares, según las circunstancias. En cierta ocasión la encontré en Alicante, circulando como Ilona Rubinstein. Cuando le comenté que estaba exagerando un poco, arguyó razones que tenían que ver con un complejo negocio de tapetes que habíamos emprendido para decorar un banco de Ginebra y, en verdad, el apellido ayudaba al asunto por las vías más inesperadas. Era alta y rubia. Tenía ademanes un tanto bruscos. El pelo corto, color miel, se lo acomodaba constantemente con un gesto de la mano que la hacía reconocible a primera vista aunque estuviera a mucha distancia. Cuando la vi en el vestíbulo, ella tenía las manos ocupadas en el tragamonedas y de allí mi desconcierto momentáneo. A los cuarenta y cinco cumplidos sus piernas esbeltas y firmes avanzaban imprimiendo al cuerpo ese elástico balanceo propio de los adolescentes. El rostro redondo, los labios sobresalientes y bien delineados, denunciaban la sangre macedónica. Los dientes delanteros grandes y ligeramente prominentes le daban una perpetua expresión burlona e infantil. La voz, algo ronca, pasaba de los acentos graves a una gama cantarina cuando deseaba afirmar algo con énfasis o relatar algún hecho que la emocionaba especialmente. Nunca se le conoció un hombre por mucho tiempo. Pero conservaba con sus amigos, algunos de los cuales habían sido amantes ocasionales, una lealtad a toda prueba y una preocupación por lo que pudiera sucederles que llegaba, a menudo, hasta el sacrificio. No tenía la menor idea del valor del dinero y lo usaba indiscriminadamente sin parar mientes en quién era el dueño. Tampoco tenía apego alguno por las cosas, de las que podía prescindir con una facilidad instantánea. La vi una vez quitarse una bella pulsera que compró en Estambul, para dársela a un chofer que nos había llevado hasta Mendoza a través de los Andes, por una carretera prácticamente intransitable. Había algo que la sacaba de sus casillas, era la tontería, la necia estulticia mezclada con la pomposa suficiencia, tan comunes entre gentes apegadas a las opacas rutinas de la pequeña burguesía y que suelen también pulular en la burocracia, idéntica en los cinco continentes. A un infeliz gerente de banco en Valparaíso, que intentó dictarle cátedra sobre la imposibilidad de hacer un giro al exterior, le soltó, de repente, en voz tan alta que oyeron hasta los que pasaban por la calle: «Váyase a la mierda con todo y sus anteojitos de moldura dorada y sus "transacciones bancarias reguladas", ¡huevón!», y le volvió la espalda después de hacerle una seña con el brazo que dejó al hombre aún más perplejo.

La conocí en una *crêperie* de Ostende, donde me había refugiado huyendo de la lluvia. Una de esas lloviznas heladas, menudas, persistentes, típicas de Flandes, que nos dejan empapados en segundos sin que nos demos cuenta. Entró poco después de mí. Yo me hallaba sentado en una frágil mesita, recostado en la vidriera que daba al muelle, saboreando una crepa con ricotta. Ella, sin verme, sacudió la cabeza para secarse el pelo y el agua me cayó encima. «¡Ay, perdone! Me da la impresión que le arruiné la crepa. Pidamos dos y lo acompaño mientras cesa de llover.» Era imposible negarse a una invitación hecha con tan cordial desenfado. Nos hicimos amigos. Vivimos juntos varios meses, andando por los puertos de la Mancha y de Bretaña enfrascados en un complejo negocio de contrabando de oro. Idea de un austriaco que fue su amante y había caído en manos de la policía en Zurich. «Quiso involucrarme en otras estupideces suyas, cometidas en New York. Se portó como una rata, pero la idea del oro puede funcionar por un tiempo.» Con esas palabras había liquidado el asunto del austriaco. Nunca lo volvió a mencionar. Tenía esa capacidad de olvido absoluto para quienes habían violado las leyes no escritas que imponía a la amistad y que se extendían, en buena parte, a toda relación de negocios o de cualquier orden que se le presentara en la vida. Terminamos instalándonos en Chipre y allí se nos unió Abdul Bashur. Traía la idea de los banderines de señales para la marina mercante que, con leves modificaciones en sus formas y colores, servían a los contrabandistas para comunicarse entre sí y darse el alerta sobre las actividades de los guardacostas. Lo ensayamos con el *Hansa Stern* de Wito y con dos cargueros libaneses y el asunto marchó a la perfección. Ilona acabó estableciendo con Bashur una relación amorosa en la que tomaba un tono protector y mi buen Abdul jugaba a que eso le parecía lo más natural del mundo. Él, que dominaba hasta las más intrincadas y laboriosas artes de la astucia que suelen practicar los levantinos desde niños. Como sólo Ilona sabía hacerlo, todo sucedió sin la menor dificultad entre nosotros y sin que la antigua y mutua consideración que a Bashur y a mí nos unía, sufriera menoscabo alguno. Me instalé un tiempo en Marsella para promover lo de las señales y ellos se fueron a Trieste a liquidar una herencia de nuestra amiga. Herencia que luego se evaporó entre impuestos y multas pendientes que pesaban sobre la propiedad en litigio. «Yo que creía —comentaba Ilona— que iba a heredar al menos el castillo de Miramar. Sólo me tocaron las deudas de la cabaña del guardabosque», y soltaba su risa estrepitosa y jocunda.

No volvimos a vernos por varios años hasta que, un día, me la encuentro al subir al ferry que lleva a la Isla de Man. Caía esa permanente lluvia escocesa que tanto ayuda a resaltar los verdes de la vegetación y ataca los bronquios con implacable puntería. Nos refugiamos en una modesta pensión de Ramsey, yo con cuarenta de fiebre y una laringitis que me mantenía mudo y ella aprendiendo a tejer unos improbables suéteres cuyas mangas jamás lograban coincidir. De allí nos rescató Wito, enviado por Abdul. Viajamos a Rabat para curarme los bronquios e iniciar lo de las alfombras para el Banco de Ginebra. Ilona viajó luego a Suiza y meses después nos dimos cita en Alicante. Fue allá donde la hallé transformada en Ilona Rubinstein.

Tenía la condición de aparecer y desaparecer de nuestras vidas. Al partir, lo hacía sin que pesara sobre nosotros ninguna culpa ni hubiera, de nuestra parte, motivo para llamarnos a engaño. Al llegar, traía una especie de renovada provisión de entusiasmo y esa capacidad tan suya de disipar, en un instante, todas las nubes que se hubieran acumulado sobre nosotros. Con ella se partía siempre de cero. La inagotable provisión de recursos que tenía a la mano para salir del mal paso nos daba la impresión de que a su lado inaugurábamos cada vez la vida con todos los obstáculos resueltos providencialmente.

Le conté el episodio del *Hansa Stern* y la muerte de Wito. «Ya lo sabía —se limitó a decir—. Lo sabía desde cuando lo vi por primera vez. A la vida no le gusta que la traten así, como si estuviera sentada en el banco de la escuela». Terminé relatándole mis intentos en Panamá para hallar la salida del túnel en que me encontraba. La historia del cochero vienés le produjo una hilaridad incontenible. «Los conozco muy bien —comentó—. Me parece verlo. Lo miran a uno como si no fuera a pagar. En Trieste quedaban algunos. Los veía cuando iba a la escuela de mano de mi padre. Siempre se quitaban el sombrero al saludarlo y le decían con mucho respeto y esa voz gruesa de bajo ruso: "Buenos días, señor conde". Ya sabes que mi padre no era conde, desde luego, pero en Trieste todos lo llamaban así por su porte y sus ademanes de oficial de lanceros». Cuando le conté de Abdul y las libras que me facilitó, justo cuando él mismo pasaba por malos tiempos, se limitó a mover la cabeza y a sonreír cariñosamente, como indicando que conocía de memoria esa fase entrañable de nuestro común amigo. Al terminar mi historia, que ella había insistido en escuchar antes de relatar la suya, Ilona se puso de pie, fue a darse una ducha y regresó envuelta en una toalla. Sentada a los pies de la cama, frente a mí, comenzó, con una expresión entre seria y ausente: «Lo mío es más sencillo, Gaviero, y menos interesante. Después de lo que tú llamaste la "operación alfombra" y te fuiste al Perú con la necedad esa de las canteras de Chiclayo, viajé a Oslo donde vive una prima que tiene un negocio de artículos de belleza fabricados a base de algas marinas. Una historia de esas que los franceses llaman *á dormir debout*. Allí pasé dos años como socia suya. Un fracaso, como era de esperarse. A quién se le ocurre un negocio de esa especie en un país en donde más de la mitad del año es de noche y las mujeres tienen piel de niña y estatura de artillero. En Oslo volví a encontrar a Eric Bandsfeld, aquel luxemburgués que quería casarse conmigo en Chipre y a quien tú pasaste toda una noche explicándole que yo no sería nunca esposa de nadie y que llevaba ya quemada media vida en cosas muy diferentes a las tareas del hogar. Parece que lograste convencerlo, a pesar de su sajona tozudez incorregible. En esta ocasión llegó con intenciones un poco menos ambiciosas y lo acompañé en dos viajes a Hong-Kong. Seguía con el asunto de las perlas, que le había dado tan buenas ganancias cuando lo conocimos. Las cosas cambiaron y tuvo que mudar de actividad. Instaló en Bruselas un restaurante vegetariano. Al comienzo, aquello fue como las cremas de algas en Oslo, pero luego, las belgas entraron por el aro de las dietas para adelgazar. Bien lo necesitan, ya las conoces. Eric se instaló allí definitivamente con una mina de oro en las manos. Me fui al África del Sur y puse un cabaret con *strip-tease* que trataba de copiar el Crazy Horse. Todo marchó bien hasta cuando comenzaron los problemas raciales. Las autoridades me exigieron que despidiera a dos preciosas haitianas que imitaban un acto de amor mientras una hablaba por teléfono. Era el número fuerte del negocio. Preferí liquidar y regresé a Trieste. Bueno, no te voy a contar todo en detalle. Dos o tres aventuras de rutina, de esas que uno comienza a sabiendas de que no van a funcionar y, sin embargo, se lanza de cabeza para hacer algo, por pura inercia y porque tal vez aquello sirva de puente para entrar en otra cosa; en lo nuestro, ya sabes. Un año después fui a las islas Canarias con un fulano que se decía niño rico, heredero de una fortuna en Tenerife. Ni niño, ni rico, ni herencia. Un imbécil con muy buena planta. Tenía más conversación un poste de telégrafo. Pero en Canarias encontré una viuda húngara quien me propuso que instaláramos en Panamá una *boutique* de modas con modelos auténticos de los grandes modistos y ropa interior también de marcas muy exclusivas. Nada de piezas de segunda ni falsificaciones. Me explicó que Panamá ya estaba listo para esa clase de negocio. De los países vecinos acudían cada vez más clientas ricas, con gusto exigente y refinado. No ya la clase media que hasta ahora pasaba por aquí. Nos pusimos de acuerdo, tan de acuerdo que terminamos en la cama. En ese campo debo reconocer que era maestra. Pero cayó en la tontería de enamorarse en serio, con escenas de celos, llantos y dramas en *magyar* que ahuyentaban la clientela y me dejaban agotada y sin ánimos para nada. Ya sabes aquí cómo actúa el clima sobre los nervios, acolchándolos, forrándolos en una especie de espuma elástica que hace que las señales del mundo exterior lleguen tarde y apagadas. Me costó mucho convencerla de que yo no era la persona que ella había forjado en su calenturienta imaginación y que tampoco tenía vocación para instalarme en una pesadilla. Yo no había tenido otra intención que pasar algunos ratos divertidos y nada más. Puso el grito en el cielo. Liquidamos el negocio. Hace dos semanas regresó a Londres. Iba resuelta a reanudar un viejo amor con una pianista chilena a la que una vez le disparó. No le dio, por suerte, pero tuvo serios conflictos con la policía inglesa. Y, bueno, aquí me tienes. En este Hotel Sans Souci, con una cuenta en el Indian Trade National Bank que me permite vivir, sin mayores lujos, desde luego, pero tampoco acosada por la miseria. Ahora, te propongo una cosa: vamos al Miramar mañana, pagamos tu cuenta y traes aquí tus cosas. Si es que tienes algo porque, viendo lo que tenías puesto, me imagino que no queda mayor cosa. Hacemos una sociedad, como siempre. Repartimos lo que ganemos como producto de nuestros reconocidos talentos y ya veremos. ¿De acuerdo?». Ni siquiera necesité responderle que sí. Era el mismo trato que nos había unido en otras ocasiones ya fuera con mi dinero o con el suyo. Bien sabía que iba a funcionar sin tropiezos. Como siempre.

Al día siguiente fuimos, en efecto, al Hotel Miramar, pagamos la cuenta y recogí un par de camisas, unos zapatos tenis intransitables y unos pantalones de mezclilla, informes y manchados de aceite, que guardaba, más por agüero y cariño que con intención de usarlos. Era de mis días de New Orleans y del *Hansa Stern* y no quería salir de ellos. Hay prendas que adquieren el valor de amuletos. Suponemos que nos protegen contra el desastre y por eso jamás me desprendo de ellas y de sus hipotéticos poderes propicios nunca probados.

La vida con Ilona se cumplía indefectiblemente, en dos niveles o, mejor, en dos sentidos simultáneos y paralelos. Por un lado, había un estar siempre con los pies en la tierra, en una vigilancia inteligente pero nunca obsesiva de lo que nos va proponiendo cada día como solución al rutinario interrogante de ir viviendo. Por otra, una imaginación, una desbocada fantasía que instauraba, en forma sucesiva, espontánea y por sorpresa, escenarios, horizontes siempre orientados hacia una radical sedición contra toda norma escrita y establecida. Se trataba de una subversión permanente, orgánica y rigurosa, que nunca permitía transitar caminos trillados, sendas gratas a la mayoría de las gentes, moldes tradicionales en los que se refugian los que Ilona llamaba, sin énfasis ni soberbia, pero también sin concesiones, «los otros». ¡Ay de aquel que, a su lado, mostrara la más leve señal de ajustarse a esos modelos! En ese instante cortaba todo nexo, toda relación, todo compromiso con quien hubiera caído en tan imperdonable debilidad y jamás volvía a ser mencionado. Iba a sumarse a «los otros», es decir, no existía. Para quienes habíamos vivido con ella algún tiempo, una mirada suya bastaba para indicarnos que estábamos acercándonos a la zona de peligro. Abdul contaba, al respecto, una anécdota que ilustra muy bien este principio de nuestra amiga: en cierta ocasión en que viajaban juntos, Abdul quiso enviar a un socio suyo, en un negocio en donde todas las ventajas habían sido para éste, una tarjeta postal para agradecerle la hospitalidad en una quinta de veraneo que les había facilitado en la isla de Khyros para pasar el verano. Cuando le alargó la postal a Ilona para que ella también pusiera su firma, ésta lo miró a los ojos un instante y regresó al baño en donde se estaba peinando. No dijo una palabra, Abdul rompió la postal y tiró los pedazos en el escusado. El asunto no se comentó sino varios meses después, cuando los encontré en Marsella. Comíamos en el puerto una langosta preparada con aceite de oliva y ajos, acompañada de un humilde Muscadet que tenía, sin embargo, una alegría reconfortante, marina y escueta. Abdul relató el incidente en tono regocijado y burlón. Ilona reía también, pero cuando Bashur terminó, se nos quedó mirando con expresión de Minerva enojada y se limitó a comentar:

—Estuvo en peligro muy grave este libanés con su cortesía mal *placée*. Se jugó la cabeza.

—Lo supe al instante —dijo Bashur ya un poco menos regocijado, tomando un buen trago de vino para disimular el fugaz pánico que sembraron las palabras de Ilona.

Los días iban pasando tranquilamente. Las lluvias se fueron espaciando y entramos de lleno al verano soberbio del istmo que tiene para mí secretas y muy eficaces virtudes de exaltación. Mencioné un día el asunto de nuestras economías e Ilona comentó: «Mira, vamos a olvidar por ahora el asunto. Si nos preocupamos por esto, ya sabes de sobra que no va a aparecer la solución. No hay prisa, además. Sí, ya sé, éste no es lugar para quedarse toda la vida. No existe, por lo demás, semejante sitio. Al menos para nosotros. Lo malo de las crisis como la que acabas de sufrir, es que minan esa confianza en el azar, esa fe en lo inesperado, que son condiciones esenciales para encontrar la salida. Deja que pasen las cosas, ellas traen escondida la clave. Si se busca, se pierde la facultad de descubrirla». Tenía razón. Me di cuenta, entonces, de lo profundo de mi caída y de hasta dónde ésta había entorpecido y paralizado los resortes del mecanismo que otorga una ciega confianza en nuestro sino. Esa certeza propicia que tantas veces me había rescatado de tremedales aún peores que este del que escapaba gracias a Ilona y a la lluvia que la había traído.

Hacíamos el amor por las tardes, con la lenta y minuciosa paciencia de quien levanta castillos de naipes. Después del torrencial y liberador derrumbe de las cartas, nos lanzábamos a evocaciones de comunes amigos, de lugares compartidos y disfrutados en otras épocas, de platos inolvidables saboreados en rincones sólo por nosotros conocidos y de tempestuosas borracheras que habían terminado, indefectiblemente, en las estaciones de policía o en las capitanías de los puertos. En ambos lugares, todo se arreglaba gracias a una eficaz y alternada sucesión de sofismas en los que éramos maestros. Una noche nos atacó una crisis de risa incontenible al recordar esa madrugada en Amberes en la que fuimos a parar a la delegación de policía. Allí, un apacible gendarme belga, de grandes bigotes cobrizos y entrecanos, miraba a Ilona con ojos atónitos y trasnochados, mientras ésta le explicaba, muy seria, que yo era hermano suyo y que acababa de rescatarme de un sanatorio psiquiátrico en el que me habían recluido los patrones del barco en donde era maquinista segundo. Trataban de quedarse con la indemnización a que tenía derecho terminado mi contrato. El pobre flamenco se rascaba la cabeza con un lápiz, mientras nos observaba con una incredulidad que podía resolverse, de un momento a otro, en una multa considerable o en varios días tras las rejas. Al fin nos pidió que nos largáramos y no volviéramos a aparecer por allí. Cosa que obedecimos, desde luego, al menos en parte. No volver a Amberes era impensable porque entonces usábamos ese puerto como base de nuestras incursiones por la costa bretona y el Cantábrico. Y así, una tarde tras otra, íbamos recorriendo nuestros días en común o con amigos como Abdul a los que nos unía la solidaridad imbatible de quienes no quieren el mundo como se lo dan sino como ellos se proponen acomodarlo.

Si bien el pacto de no hablar ni ocuparnos de nuestras finanzas era respetado rigurosamente, los dos sabíamos que la cuenta del Indian Trade National Bank se iba mermando sin remedio. No era para alarmarse, pero llegaría el momento en que el saldo restante representara, precisamente, el último recurso para salir de Panamá. Antes de que tal cosa sucediera, había que encontrar esa solución mágica que siempre nos había salvado y en la que teníamos, Ilona sobre todo, una fe muy semejante a la que sostiene al equilibrista en mitad de su trayecto. Fugaces alusiones, breves silencios, comentarios que rozaban la tangente de lo inmencionable, indicaban que a los dos nos preocupaba el asunto, a tiempo que conseguíamos que no interfiriera el ritmo de vacaciones sin término que le habíamos impuesto a nuestros días. En la mañana, horas de sol en la piscina del hotel, al mediodía, almuerzo en La Casa del Marisco o en el Matsuei, cuyo surtido de *sushi* era algo más que estimable; tarde de siesta y erotismo diluido en nostalgias regocijantes y, en la noche, recorrido por casinos de los grandes hoteles, más para ver a la ávida clientela de orientales y suramericanos perder su dinero como si estuvieran en Montecarlo pero con maneras de metecos irredentos. La noche terminaba en algún cabaretucho de segunda clase en donde, con un esfuerzo de imaginación bastante estítico, se desnudaban mujeres cuya nacionalidad jugábamos a adivinar, casi siempre sin éxito: la «despampanante chilena» que anunciaba el presentador, resultaba una muy trajinada pupila de un burdel de Maracaibo, la «sensual argentina», irremediablemente confesaba ser de Ambato o de Cuenca y, a veces, de Guayaquil, pero siempre ecuatoriana. El colmo de nuestro despiste fue la noche en que apostamos que la «picante uruguaya» era colombiana y resultó ser, en efecto, de Tacuarembó. La variedad de lugares no era mucha, es cierto, y, menos aún, la de mujeres en el escenario. Nuestras incursiones en ese mundo se fueron espaciando y preferíamos quedarnos en algún tranquilo bar del Hilton o del Roosevelt, tomando, sin prisa y sin pausa, cocteles que sometíamos a una ligera modificación de su fórmula original. El heterodoxo resultado era sometido a una meticulosa escala de valores. Allí nació el vodka martini bautizado como Panamá Trail y al que, en vez de Noilly Prat, le agregábamos *kirsch*. Producía una lenta euforia que nos llevó a consagrarlo como uno de los más logrados hallazgos en nuestra larga carrera de alcohólicos confesos, fieles a una ya más que probada doctrina de gustos y reglas laboriosamente conquistados.

Los primeros y apenas perceptibles signos de la necesidad de cambio en la rutina que estaba haciéndose ya más larga de lo tolerable, comenzaron a surgir en forma soterrada pero cada vez más evidente. En vez de bajar a la piscina, nos quedábamos en la cama prolongando un sueño improbable, con caricias eficaces pero hasta cierto punto invocadas como pretexto para permanecer en el cuarto. Los bares no tenían la barroca densidad de posibilidades que espera quien ha frecuentado los puertos del Mediterráneo. Hay un momento en que la falta de un buen *blanc cassis* o de un auténtico *negroni* puede llegar a perturbar el ánimo. Igual sucede cuando se nos antoja ese oportuno *arak* con hielo, que tratábamos de substituir con sucedáneos que sólo sirven para irritar aún más la frustrada apetencia. Antes de que la situación alcanzara un grado crítico que nos hubiera puesto ante la necesidad de una solución radical, Ilona tuvo una de sus iluminaciones.

Villa Rosa y su gente

Estábamos una tarde en la terraza que prolonga el vestíbulo del Panamá Hilton, tomando cervezas Tuborg que un mesero, con el que estábamos en los mejores términos, nos consiguió merced a un sortilegio muy infrecuente en ese lugar. El calor reverberaba en el pavimento hasta deformar la imagen de los taxis que esperaban algún posible cliente con ánimo para salir de compras bajo semejante sol de justicia. Dos minibuses se detuvieron en la entrada y de ellos bajó la tripulación completa del DC10 de Iberia que hace escala en Panamá. Nos quedamos mirando esos tipos tan inconfundiblemente españoles a los que el uniforme no acaba de sentar. «Ningún uniforme puede irle bien a un español —comentó Ilona, siguiendo alguna observación que hice al respecto—. Tienen demasiado carácter, son demasiado romanos de la época de Trajano, para conseguir enfundarlos en esas ropas que llevan tan bien, en cambio, los sajones, que acaban pareciéndose todos entre sí con esa monotonía que los hace anónimos. Esta jefa de aeromozas, por ejemplo, te apuesto a que se llama Maite, vive en Madrid, que no le gusta, tiene un hermano en la marina mercante y otro pelotari». Le comenté que tal vez exageraba un poco. De todos modos, no había manera de confirmar sus conjeturas. No iba a ser yo quien fuera a preguntar a la espigada y elegante trigueña de tez tostada y anchos hombros cosas tan personales. Ilona sonrió vagamente sin ponerme mucha atención. De pronto había adquirido ese aire de concentrada ausencia, anuncio indefectible de que empezaba a tramar alguna de sus famosas conspiraciones. Terminamos la cerveza y nos fuimos al Matsuei para intentar un buen Buta Dofu que nos alejara del ya demasiado familiar *sushi*. Hablamos poco durante la comida y menos al regresar al hotel. Nos tendimos en la cama, desnudos, con las ventanas abiertas en busca de una improbable brisa. Por el silencio de Ilona me di cuenta que no era tiempo de ejercicios amatorios. Me interné en un sueño profundo, inducido por la cerveza del Hilton y el sake del restaurante japonés. Cuando me desperté, caía la tarde y los grillos empezaban a ensayar sus indescifrables señales vespertinas. Ilona estaba en la ducha. Intentaba cantar una canción polaca reemplazando las palabras olvidadas con un tarareo aproximado. Salió envuelta en una toalla con jeroglíficos egipcios que había comprado en el Bazar Ben-Rabí y que resultó hecha en San Salvador. «De todas maneras la calidad es excelente», comentó con la convicción de quien no se resigna a haber sido engañado. Se sentó a los pies de la cama, como siempre que quería plantear algo serio y, mientras se pasaba un cepillo por el pelo, comenzó a exponer el plan forjado durante la comida y madurado, seguramente, mientras yo dormía:

—Maqroll —me dijo—, tengo ya la idea de cómo vamos a salir de aquí con dinero suficiente y sin mucho trabajo. Es decir, sin mucho trabajo del que no nos gusta ni vale la pena intentar hacer. Ponme atención y no me interrumpas. Cuando termine, me dices qué te parece. Escucha: se trata de poner una casa de citas a la que asistirán exclusivamente aeromozas de las compañías de aviación que pasan por Panamá y de otras muy conocidas. No, no pongas esa cara. Ya sé en lo que estás pensando. Desde luego que no serían verdaderas azafatas. Todavía no estoy tan mal de la cabeza. Reclutaremos muchachas dispuestas a entrar en el negocio y cuya apariencia pueda hacerlas pasar por auténticas *stewardess*. Mandaremos hacer uniformes. Se las someterá a cierta preparación previa: vocabulario del oficio, rutas de su compañía, personas que componen la tripulación, anécdotas de la rutina del servicio y de la vida en tierra, etcétera. Para conseguir las primeras candidatas, dispongo de una lista de clientas de la *boutique* que teníamos con Erzsébet Pásztory. Había algunas que estaban ya en la vida galante, como decía mi padre, y otras con una marcada vocación para ello. Para atraer a los clientes contamos con dos grupos de colaboradores, listos a participar mediante una suma de dinero que periódicamente les daremos: los barman de los hoteles a quienes hemos sometido a la heterodoxia alcohólica y los capitanes de botones de los mismos hoteles, muchos de los cuales ya prestan ese servicio de información a los huéspedes. Sí, ya sé, todo se haría con una discreción rigurosa. De todos modos, tarde o temprano aparecerá la policía. También en la *boutique* adquirí cierta experiencia al respecto. Algunas de las muchachas tendrán que sacrificarse en aras del negocio. Algún dinero, estratégicamente colocado, hará el resto. La casa hay que buscarla cerca de los hoteles, en una zona que, siendo residencial, cuente ya con almacenes, restaurantes y uno que otro club nocturno. Cerca de este hotel he visto varias calles que cumplen con ese requisito. Buscaremos con cuidado. Sí, los propietarios, cuando se enteren de qué se trata, van a quejarse. Yo preferiría encontrar un dueño con el cual se pueda hablar francamente. El movimiento de la casa será sumamente discreto. Dos o, a lo máximo, tres chicas a la vez. Desde luego no habrá baile y la música en cada cuarto tendrá volumen controlado por nosotros. Las muchachas se vestirán dentro de la casa, antes de llegar los clientes. Éstos asistirán siempre con cita previa hecha por teléfono. Ellas no descenderán del taxi o del automóvil frente a la casa, sino en la esquina más cercana. Siempre una a la vez, nunca en parejas, ni acompañadas por amigos, maridos o lo que sea. Habrá que prever, a la larga, alguna queja de las compañías aéreas. No pueden ir muy lejos y te voy a decir por qué: los uniformes no serán exactamente iguales a los que usan las *stewardess* auténticas. Se harán algunas modificaciones. Si el cliente pregunta, se le explica que es un nuevo uniforme que se está ensayando en ciertas rutas. El pago. La muchacha recibe lo que el cliente quiera darle, como es obvio. Pero el cliente, al llegar a la cita y antes de pasar a la habitación, tendrá que dar a la casa cien dólares. La chica nos pagará a su vez una mensualidad fija, no importa el número de clientes que haya tenido. Si un cliente se encapricha con una de las pupilas, trataremos, en lo posible, de inventar dificultades para una nueva cita con ella: le asignaron otra ruta, está de vacaciones, asiste a un curso de entrenamiento en Miami o en Tampa, cualquier disculpa que suene muy profesional y lógica. Se trata de espaciar los encuentros, no de impedirlos rigurosamente. Si el cliente quiere estar con dos mujeres, se le dirá que eso es imposible porque ellas cuidan mucho el secreto de sus escapadas y no querrán ser vistas por compañeras, así sean de otra compañía. Esto, en principio. Un cliente conocido y ya de confianza podrá gozar de ventajas excepcionales. Ahora, te escucho.

Estaba atónito al ver cómo Ilona planeó todos los aspectos de la operación. Había olvidado sus talentos en ese campo.

Así se lo comenté y sólo se me ocurrió agregar algo que, en verdad, me preocupaba mucho más que la mecánica misma del negocio, que veía enteramente viable y de indiscutible solidez.

—Me aterra —le dije— pensar que vamos a permanecer en Panamá por tiempo indefinido, en caso de que esto prospere. No voy a quedar aquí anclado toda la vida. Si Abdul levanta cabeza en sus negocios hay con él muchos planes por delante. Además, ya estoy un poco saturado del ambiente. Aquí no pasa nada. Es decir, pasa todo, pero no lo que me interesa.

—En eso estamos plenamente de acuerdo, Gaviero —contestó Ilona poniendo el cepillo sobre la cama—. Tampoco yo me voy a quedar aquí el resto de la vida. Me conoces lo suficiente para saber que si esto ya te tiene harto, a mí me tiene hasta aquí —se pasó la mano por la frente con brusquedad enfática—; pero se trata precisamente de reunir el dinero suficiente para salir de Panamá habiendo aprovechado, al menos, el tiempo invertido aquí. Justamente para poder iniciar con Abdul algo que valga la pena, necesitas contar con buen dinero. Ya sabes cuáles son sus planes. En el fondo él siempre ha soñado con ser un pequeño Niarkos —no pude menos de reír con esa observación tan acertada sobre las ambiciones de nuestro buen amigo. Acertada e irónica, porque Abdul nunca saldría, al igual que nosotros, de saltar de un expediente a otro, sin jamás cumplir sus sueños. Sueños que nosotros hacía mucho tiempo prescindimos de forjar. Era evidente que la vida reserva siempre sorpresas mucho más complejas e imprevisibles y que el secreto consiste en dejarlas llegar sin interponerles castillos en el aire. Pero Abdul, como buen oriental, seguía fiel a proyectos de grandeza que desplegaba ante nosotros con elocuencia y convicción delirantes. Pero esto era otro asunto. El proyecto de Ilona era imbatible. Por el momento no se me ocurría ninguna objeción de fondo. Decidimos lanzarnos a la aventura con plena confianza en que serviría eficazmente a nuestros propósitos.

No fue difícil hallar la casa ideal. La dueña resultó ser una viuda ya entrada en años. Al poco rato de conversar con ella, nos dimos cuenta de que tenía un pasado bastante nutrido de episodios erótico-sentimentales, en los que las convenciones no habían sido obstáculo mayor. Esto nos movió a confesarle tranquilamente el uso que pensábamos hacer de la casa. Se limitó a preguntarnos si también íbamos a vivir en ella. Le contestamos que desde luego pensábamos habitarla para darle el aspecto de cualquier residencia familiar respetable y tranquila. Nos pidió tres meses de renta adelantados, en vista de que no contábamos con un fiador que firmara el contrato. Estuvimos de acuerdo en todo y, al poco tiempo, habíamos conseguido decorar y amueblar la casa en un estilo en donde lo obvio se mezclaba con ciertas fantasías meridionales de Ilona que la hacían bastante habitable. En la planta baja había una sala muy amplia provista de chimenea. Ésta, en pleno trópico, nos produjo el mayor regocijo: «Sólo en América, Maqroll, sólo en América es posible semejante aberración encantadora», comentaba Ilona mirando el marco de piedra que adornaba, con esperpéntico barroquismo, esa pretensión de elegancia europea de los constructores. De la sala se pasaba a un comedor que arreglamos como otra pequeña sala en donde los clientes se encontrarían con su pareja. Una puerta plegadiza separaba esta salita más íntima de la principal. Dos habitaciones de la planta baja y un cuarto de la servidumbre se dispusieron como alcobas con baño independiente. En la planta alta viviríamos Ilona y yo, en cuartos separados por un baño común. También compartíamos una terraza que daba a un jardín abandonado de la casa lindante por la parte trasera. En otra habitación, también arriba, se arregló una cocina muy elemental y un bar bien provisto. El problema de la servidumbre lo solucionó Ilona muy fácilmente. La dueña de la casa nos visitaba de vez en cuando para observar las modificaciones que le proponíamos y que ella aprobaba con cierta sonrisa entre regocijada y añorante. Cuando Ilona le mencionó lo del servicio, doña Rosa —así se llamaba la viuda—, le dijo que dispusiera de una de las dos negras que tenía en su casa. Vendría todos los días para hacer la limpieza de los cuartos y alguna tarea adicional que se ofreciera en nuestro piso. La solución era ideal. Nos faltaba únicamente un mozo para atender a los clientes. Un muchacho del Hotel Sans Souci, que conocíamos muy bien y nos simpatizaba mucho, aceptó irse con nosotros.

Ilona tenía lo que yo llamaba «raptos bautismales». Consistían en poner a las personas y a los lugares nombres de su invención que quedaban ya consagrados como definitivos. La casa recibió el de Villa Rosa. Al enterarme, debí poner cara de sorpresa, porque Ilona me comentó:

—Ya sé que no puede ser más cursi, pero hay que rendirle un homenaje a la dueña de la casa y a sus muchas horas de vuelo. ¿No crees?

No quedé muy convencido, pero me di cuenta que sería inútil insistir. El muchacho que contratamos, que tenía el nombre muy común de Luis, pasó a llamarse Longinos. Era pequeño, regordete, moreno, de rasgos muy regulares y un poco afeminados. A primera vista, el apodo de Longinos no le iba para nada, pero, con el tiempo, nos acostumbramos, y él también, a su nuevo nombre. Esto sucedía siempre con los «bautismos» de Ilona; tomaba cierto plazo descubrir su acierto indiscutible y revelador.

Cuando todo estuvo listo, nos trasladamos a Villa Rosa. Ilona entró en contacto con las presuntas azafatas. Hablaba de una «planta básica de disponibilidad inmediata». Me recordó a los políticos y, sobre todo, a los economistas: al ponerle nombre a una determinada actividad, ésta cobra una evidencia irreductible, una vida inmediata y fuera de duda. Quedaba el asunto de los uniformes. Yo di la solución y siempre insistí en que se me reconociera este aporte fundamental. Longinos tenía muchos y muy buenos amigos entre los botones de los hoteles en donde pernoctaban las tripulaciones. Con ellos se confabuló para distraer, por unas horas, los uniformes que las azafatas entregaban para planchar o lavar. Una costurera, que había trabajado en la *boutique* haciendo arreglos en la ropa que se vendía, copió los trajes e introdujo pequeños cambios, de acuerdo con indicaciones de Ilona. A los pocos días el surtido de uniformes estaba listo. Nos dedicamos, entonces, a visitar de nuevo los bares de los principales hoteles. Allí comenzaba una etapa delicada del negocio. Es sabido que la policía está en permanente contacto con los barman, meseros y capitanes de botones que representan una fuente de información invaluable. Se trataba, pues, de interesarlos desde un principio con dinero suficiente como para que no pasaran el dato a las autoridades. Fuimos con mucha cautela. A los pocos días comenzamos a recibir las primeras llamadas. El personal femenino estaba ya medianamente entrenado y el negocio comenzó, con la lentitud que habíamos previsto, pero sin tropiezos mayores y sobre bases muy firmes.

Doña Rosa aparecía periódicamente. Disfrutaba mucho con las anécdotas que le contábamos sobre el que ella llamaba nuestro tráfico de azafatas. Debo confesar que muchas de las cosas que allí sucedieron se han borrado de mi memoria, debido, tal vez, al catastrófico fin, de cuyas consecuencias jamás me repondré cabalmente. Tengo un recuerdo un tanto confuso de todo ese período y sólo me vienen a la memoria algunos rostros, el acento de ciertas voces y uno que otro episodio notable. Las primeras pupilas de la casa fueron cinco. Cada una se ajustaba perfectamente al tipo requerido por la línea aérea que suponía representar. Una rubia nacida en Maracaibo, de padre tejano y madre portuguesa, que hablaba un inglés bastante aceptable, hacía a la perfección el papel de *stewardess* de la Panagra. Una morena de piel color tabaco, facciones de corte clásico y pelo negro liso estirado con un moño que le daba un aire lejanamente andaluz, también cuadraba muy bien con el uniforme que suponía ser de la KLM. Le inventamos unos padres en Aruba y un vago pasado universitario en Barranquilla. En verdad era de Puerto Limón y farfullaba un inglés aceptable. Para las compañías colombianas y venezolanas, el asunto fue mucho más fácil. Con dos panameñas y una salvadoreña, nos arreglamos bastante bien. Todas ellas habían conocido a Ilona en la *boutique*. Ya entonces, le habían insinuado la necesidad que tenían de redondear sus entradas. Salían de vez en cuando con algún hombre de negocios que encontraban en el bar del Hilton o del Continental, pero esto no les bastaba para pagar el vestuario y otros gastos destinados al mantenimiento del barniz de respetabilidad, indispensable para atraer clientes generosos. La fórmula de Villa Rosa venía a resolverles el problema.

Recuerdo cuál fue el primer escollo con el que tropezamos y que fue salvado gracias a una coordinación providencial entre Ilona y Longinos. Una noche, hacia las once, llegó un cliente que había llamado por teléfono en dos ocasiones y al que, por una razón u otra, no fue posible concertarle el encuentro que quería con la azafata de la KLM. Esa noche la cita estaba fijada. Llegó con alguna anticipación. Longinos subió a preguntar por Ilona. Traía los ojos desorbitados por el espanto. No era para menos: el cliente en cuestión trabajaba, al parecer, en la KLM. Longinos lo conocía de tiempo atrás. Lo había visto acompañar las tripulaciones al hotel. Ilona bajó a enfrentar el problema. El asunto no era fácil. En efecto, nuestro huésped había trabajado en el departamento de carga de la KLM. Ya no estaba allí. Tenía su propio negocio en Colón como agente aduanal. Ilona, ganando los minutos que quedaban antes de que llegara la supuesta arubeña, logró enterarse que se trataba de un enamorado que ardía de celos por un viejo y callado amor de sus tiempos en la compañía holandesa de aviación. Buscaba desesperadamente a una azafata que se había negado siempre a sus proposiciones. Estaba seguro que era la que venía a Villa Rosa, porque una mujer que leía el tarot se lo había predicho en vagas alusiones que el desesperado amante interpretaba a su manera. Por una clave convenida de antemano con Longinos, Ilona supo que la muchacha esperaba ya en la salita contigua. Le ofreció un whisky al cliente, como cortesía de la casa, y salió para hablar con la mujer. En pocos minutos la hizo cambiar de uniforme y regresar al saloncito. Volvió con el cliente y le explicó que la amiguita de la KLM había fallado. Asistía a un curso de entrenamiento en Amsterdam. Pero lo esperaba una preciosa muchacha de Avensa que venía por primera vez. El hombre se despidió con lágrimas en los ojos, presa de una confusión indescriptible. Balbuceó algunas palabras y pagó la suma correspondiente a la cita que había hecho.

Este incidente nos abrió los ojos sobre posibles complicaciones que podían sobrevenir con gente de las compañías cuyo nombre usábamos.

—Tenemos que usar uniformes de empresas que no estén representadas aquí. Diremos que se trata de tripulaciones en tránsito que van a recoger un avión que se dañó en otro lugar del Caribe —Ilona hallaba siempre esas soluciones instantáneas, en las que ponía una fe irrestricta. Le comenté que esto debilitaba un poco el interés del cliente y podía despertar sospechas sobre la autenticidad de lo que ella llamaba «nuestra oferta básica». Arguyó con leve acento compasivo—: ¡Ay, Gaviero inocente! No sabes las cosas que están dispuestos a creer los hombres cuando se trata de llevarse una fulana a la cama. Si yo te contara...

Otra noche nos llamó el barman del Hotel Regina para informarnos que nos llamaría un cliente muy especial: se trataba de un turco de Anatolia, ciego, inmensamente rico, que manejaba grandes capitales de socios suyos que confiaban en su olfato infalible para hacer inversiones en papeles bancarios, con ganancias considerables. Pasaba la vida en avión, siguien-

do el rumbo de sus corazonadas. Quería estar con dos mujeres al tiempo. El hombre llamó al poco rato y le contesté en
un turco más bien inexistente. Él siguió en un francés impecable. Me confirmó su deseo y le contesté que al día siguiente le
llamaría para informarle la hora en que podía venir. Lo comenté con Ilona.

—Hay dos problemas —comentó— que no te han pa-
sado por la mente y que son críticos. Primero, si es ciego, vendrá con alguien que le sirve de lazarillo; esto puede arreglarse
porque lo hacemos esperar en la sala y las muchachas se encargan del *effendi* anatolio. El otro es que, si ha viajado tanto y
tiene debilidad por las *stewardess,* debe conocer los uniformes
al tacto. Allí es posible que encuentre su mayor placer y más si
es viejo como parece ser el caso. Los ciegos son terriblemente
desconfiados. Cualquier variación en el uniforme le va a despertar sospechas. El cuento de que es un modelo nuevo que se
está probando en algunas rutas es posible que no se lo trague
fácilmente. Pero ahora es inútil preocuparse. Estaré presente
cuando pase a la salita de espera y conozca a las muchachas. Ya
veremos. Estos turcos son endiabladamente difíciles pero en
Trieste los manejamos a nuestro antojo; de lo contrario nos
hubieran comido hace siglos.

El hombre llegó puntual, a las seis de la tarde, como habíamos convenido. Lo acompañaba una mujer que a leguas se
veía hermana suya: los mismos cabellos crespos y rojizos, los
mismos ojos saltones, en ella color verde botella, en él cubiertos por una nata irisada y blancuzca. El hombre debía tener ya
sus ochenta años bien cumplidos, pero ostentaba esa fortaleza
levantina que permite estacionarse en una edad que aparenta-
ría los sesenta y cinco. Así llegan, a menudo, a cumplir cien
años. Mueren de un paro cardíaco en la cama de alguna amante o detrás del mostrador de su negocio. La hermana era un
poco menor y no sonreía jamás. Pidió un té, mientras su hermano pasaba al saloncito acompañado de Ilona. Las dos muchachas que le teníamos reservadas al *effendi* se pusieron de
pie. El hombre se acercó a ellas y, tal como Ilona lo había previsto, las recorrió minuciosamente con las manos, tocando cada uno de los botones e insignias del uniforme, deteniéndose
en el busto y en las caderas. Al terminar su examen, se volvió
hacia Ilona con una sonrisa lenta y maliciosa:

—Está simpático el truco. Muy simpático. Son *stewardess* como yo soy Ataturk. Pero son bonitas y jóvenes, de carnes firmes como nunca se ven en estos lugares. Y usted, señora, es de Trieste, ¿verdad? ¿O de Corfú? No, de Trieste —comentó mientras le acariciaba a Ilona las manos con una delicadeza que no había usado con las pupilas.

—Sí, soy de Trieste —le contestó ella—, ¿cómo lo notó?

—Por el acento, *madame,* por el acento y la piel, sólo las mujeres de Trieste conservan una piel tan elástica y suave. También en Corfú, pero allí hablan con un acento horrible. Bueno, pasemos a la alcoba.

Las muchachas se lo llevaron, una de cada lado, mientras les palpaba las nalgas y el vientre repitiendo en voz baja, en un acento pedregoso no exento de cierta gracia: «Muy buen truco, muy bueno. *Ah, ce triestins, très malins, très malins!*

La hermana tomaba, mientras tanto, una taza de té tras otra que Ilona le servía en un gran vaso, cosa que a la mujer le agradó mucho. Sólo hablaba un dialecto de Anatolia que no logramos descifrar. Pasada la medianoche apareció el hombre escoltado por las dos mujeres que venían riéndose de alguna broma del turco. Éste fue a tomar el brazo de su hermana y se despidió de Ilona besándole la mano con reverencia muy fin de siglo. Las muchachas se quedaron un rato para tomar café y sandwiches que les trajo Longinos. Eran dos costarricenses recién reclutadas por Ilona. Tenían mucho sentido del humor, se veían desenvueltas y autosuficientes como muchas de sus compatriotas. Nos relataron con detalle las hazañas eróticas de su cliente. La actuación del vigoroso anciano había sido excepcional. Su pausada sabiduría de harén movió la admiración de las pupilas. El cuento de las azafatas no lo había creído. Desde cuando habló por teléfono tenía ya sospechas al respecto. Pero lo tomó a broma e hizo a sus compañeras de cama una minuciosa explicación sobre las características de cada uniforme de las principales líneas aéreas; lo que vino a probar, una vez más, la justeza de las previsiones de Ilona.

Este episodio nos llevó a prescindir, paulatinamente, de usar nombres de empresas aéreas demasiado conocidas. Era un riesgo innecesario y engorroso. La experiencia nos indicaba que no era siquiera preciso mencionar ninguna compañía en particular. La mayoría de las veces los clientes se contentaban con sospechar que las muchachas eran azafatas. La línea para la que trabajaban era, en verdad, un detalle secundario. Con excepción de la rubia de Maracaibo, la morena del moño agitanado y alguna otra que se ajustaban a ciertas nacionalidades y empresas, el resto del personal acabó por usar una fórmula cuya paternidad también me siento orgulloso de reclamar: bastaba con decirle al cliente que la muchacha aún no estaba contratada en firme por ninguna compañía y que viajaba, para entrenamiento, por cuenta de una escuela de *stewardess* con base en Jacksonville. Ilona, como siempre, había tenido razón; nuestra clientela no estaba tan ávida de verificar la autenticidad de la oferta que se le hacía, siempre y cuando la mujer tuviera ciertos aires de cosmopolitismo, así fueran superficiales y contara con los atractivos que la imaginación del cliente anticipaba con base en la venta hecha por el barman o el capitán de botones del hotel. Como era también de esperar, al poco tiempo la voz fue corriendo entre los agentes viajeros, gerentes regionales en viaje permanente, contadores de firmas americanas y maridos adinerados que viajaban con un pretexto más o menos válido. Entre todos circulaba el teléfono de Villa Rosa, lo que fue haciendo menos necesaria la gestión del personal hotelero. La seguimos conservando por fidelidad y simpatía con quienes nos habían ayudado al comienzo.

Como un acto de simple justicia y gratitud, se hace imperativo hablar un poco más de quien fue adquiriendo en Villa Rosa un papel preponderante que lo hizo, no solamente irreemplazable, sino también un compañero cuya inteligente solidaridad obligaba cada día más nuestra gratitud y aumentaba nuestro asombro. Hablo de Luis Antero, Longinos para nosotros. Era natural de Chiriquí. Tenía ese hablar de la gente serrana, entre cantado y seseante, que aumentaba el aspecto infantil, evidente en toda su persona. Era hijo único. Su padre había muerto cuando Longinos contaba cuatro años de edad. Trabajaba en la Empresa de Energía Eléctrica y murió electrocutado al revisar el transformador que había en un poste a la entrada de la ciudad. Todo el día estuvo allí el cadáver humeante, mecido por el viento como un muñeco desgonzado. Era el primer recuerdo de Longinos. Su niñez la pasó pegado a las faldas de la madre. Ella se había ido a vivir con dos hermanas solteras que cuidaban del niño con mimos que lo marcaron para siempre.

Lampiño y gordezuelo, sus ademanes tenían un inocultable toque femenino. No era homosexual, pero lo parecía, por haber adoptado, inconscientemente, muchos de los gestos y maneras de hablar de las mujeres con las que se había criado. Tenía un conocimiento infalible de los más secretos y complejos repliegues de la conducta femenina, lo que le valió muchas y muy envidiadas conquistas durante su estada en el ambiente hotelero. A este éxito contribuyó, además, una discreción a toda prueba, que no transgredía aun en las situaciones más comprometidas. Si le mencionaban el nombre de alguna de las conquistas que se le atribuían, ponía una tan convincente cara de inocencia y de extrañeza ante algo que le parecía tan improbable, que lograba engañar a quien no lo conociera como nosotros, sabedores de sus artes tan sutiles como ocultas. Longinos, al poco tiempo de estar en Villa Rosa, empezó a mostrar un apego y una admiración por Ilona tales que, antes de ella abrir la boca, él ya sabía qué deseaba y cumplía con la voluntad de mi amiga con eficacia intachable. Pasados algunos meses, lo hicimos partícipe de nuestras ganancias, que iban en notorio aumento. Poco a poco Longinos se fue haciendo cargo del reclutamiento de nuevas pupilas y del control de las que habían quedado ya como permanentes. Las trataba con una mezcla de rigor y amistosa complicidad que sirvió para que nos fuéramos desentendiendo del negocio. Ilona se ocupó a conciencia, en un principio, pero carecía de la paciencia y del tacto necesarios para manejar un personal femenino con el cual, en verdad, había tenido poco trato. «En el fondo —decía— son como pajaritos y no acabarán de crecer nunca. No importa de dónde vengan. Les nace del trópico, del machismo latino y de la falta de educación común a todas. Siempre me cuesta trabajo saber a qué clase social pertenecen, porque tienen todas un denominador común: una malacrianza sin remedio y un carácter maleable y caprichoso que las hace imprevisibles. No es que mientan, es que no saben cómo llegar a la verdad. Siempre se quedan en el camino. *Elles me tapent sur les nerfs.* Longinos en cambio, las maneja a la maravilla y consigue de ellas cosas que, para mí, son inalcanzables».

A medida que Ilona descansaba más en Longinos, teníamos más tiempo para estar juntos. Volvimos a la costumbre de hacer el amor en las tardes e internarnos en la noche haciendo planes e imaginando empresas miríficas; muriéndonos de la risa de nosotros mismos y de la irrealidad de nuestros proyectos. Ilona había adelgazado y sus pechos, amplios pero firmes, se habían hecho más notorios. Como no usaba sostén, adquirió un aire de recobrada juventud que le sentaba espléndidamente. Se había instalado en una serenidad dorada que la llevó a una economía de palabras que hacía aún más terminantes sus sentencias y, si era posible, más acertadas sus definiciones. A Longinos le llamaba también el Visir de Mitilene y, siguiendo por ese camino, la rubia venezolana se convirtió en Bilitis, la morena de Puerto Limón era Doña Refugio, lo que no parecía hacerle mucha gracia, aunque nunca lo confesó. Se limitaba a fruncir el ceño, con sus cejas densas, negras y bellamente delineadas. Villa Rosa pasó a ser también La Maison du Maltais, en recuerdo de una vieja película francesa con Marcel Dalio y Vivianne Romance que coincidía en haber marcado nuestra adolescencia. Yo la recordaba como una de mis primeras experiencias perturbadoras.

Gracias a Longinos, pudimos sortear, sin inconvenientes, el patético y delicado episodio del señor Peñalosa. Esta historia bien vale la pena de ser contada en detalle. Hay en ella esa mezcla de ternura, tristeza y necedad que distingue a ciertos relatos clásicos, en los que solemos reconocernos en la plenitud de nuestra insensata condición de irredentos soñadores, luchando a brazo partido con lo que llamamos la realidad y que nunca acabamos de saber muy bien en qué consiste.

Una mañana, desayunábamos en la pequeña terraza que daba detrás de nuestras habitaciones y que estaba cercada por grandes árboles de caucho y laureles de la India del jardín contiguo, semiabandonado. Nunca habíamos visto a nadie en la tupida espesura que bautizamos como «la selva del istmo». Esta ausencia de testigos inoportunos nos permitía dejar abiertas las ventanas, ya fuera del cuarto de Ilona o del mío, mientras hacíamos el amor. Tras golpear dos veces discretamente, Longinos dijo que necesitaba hablarnos. A esa hora, debía ser para algo excepcional. Siempre dormía hasta muy tarde ya que nunca se acostaba antes de las cuatro o cinco de la madrugada. Lo hicimos pasar y nos informó de lo que se trataba:

—Acaba de hablar un señor que dice ser huésped del Hotel Continental. Quiere una cita para mañana.

—Bueno —le respondí—, arréglala tú, ¿cuál es el problema?

—El problema es, mi don, que el hombre se oía muy confuso y como poco decidido. Hizo varias preguntas que me indican que, o es policía o nunca ha intentado un paso como éste.

—Por Dios, Longinos —interrumpió Ilona—, si fuera de la policía, no habría vacilado un instante y se hubiera oído completamente natural. ¿Acaso no los conoces?

—Tiene razón, doña, pero no sé qué pensar. Sonaba como un cura, o algo así. Le dije que hablara de nuevo dentro de una hora. ¿Qué le digo?

—Si fuera un cura —respondió Ilona— tampoco hubiera vacilado, ni habría dejado notar ninguna turbación. Concértale una cita con la caleñita de Lourdes. Creo adivinar de qué se trata —Longinos salió mucho más tranquilo. Ilona comentó—: Es un tímido, Gaviero, un tímido. Los conozco como si los hubiera parido. Son una monserga, enredan todo y andan por el mundo tropezando como burros ciegos.

Pensé que tenía razón y que no había por qué alarmarse.

Ilona había bautizado como la «caleñita de Lourdes» a una rubia esmirriada con cara inocente y ojos azules desvaídos, muy modosita, que bajaba siempre la vista cuando se le hablaba. Al pronunciar las eses las hacía silbar como es costumbre en las monjas. Nos dijo que era de Cali, en Colombia. Creo que lo decía para aprovechar el prestigio de que goza esa ciudad de tener las mujeres más bellas del litoral Pacífico y zonas aledañas. Habíamos llegado a la conclusión que debía ser de la meseta andina, pero no lo confesaba, pensando, con razón, que no agregaría mucho a su monástica figura. Por el comentario de algunos clientes, supimos que la mujer era en la cama de una sabiduría babilónica. Siempre tornaban a pedir cita con ella. Ilona la había bautizado en forma un tanto profana pero, como siempre, bastante acertada. El hombre llegó puntual al día siguiente. Eran las cuatro de la tarde, hora más bien infrecuente para citas en Villa Rosa. Longinos subió a pedirme que bajara:

—Creo que la doña tiene razón. Pero no está por demás que le eche un vistazo. Gente así no viene nunca.

En efecto, nuestro huésped resultó ser representante de un mundo en donde Villa Rosa pertenece a la categoría de lo impensable. Pequeño, delgado, de facciones regulares, con un bigotito recto, evidentemente teñido, que no iba con el pelo entrecano, que en un tiempo debió ser rubio. El señor Peñalosa, como se presentó de inmediato con un candor desarmante, usaba lentes de aro dorado y tenía esos ademanes un tanto automáticos, pero a la vez pausados, característicos de quienes viven entre números y libros de contabilidad. Traía un maletín de color marrón, con iniciales en oro. Sin duda obsequio de su compañía con motivo de algún aniversario reciente. «Sus primeros veinticinco años con nosotros, mi querido Peñalosa», la frase de cajón de un gerente que, durante ese mismo lapso, debió mantener al pobre en un perpetuo infierno de incertidumbre y humillaciones. Invité a Peñalosa para que tomara asiento. Comenzamos uno de esos diálogos superficiales sobre el clima de Panamá y lo caro que estaba todo, que al menos sirven para distender los nervios. Nuestro hombre estaba en verdad aterrorizado. No sabía dónde colocar su maletín, ni las manos, ni los pies. Por fin, ya más sereno, resolvió franquearse conmigo:

—Mire usted, señor, es la primera vez en mi vida que se me ocurre una, cómo decirle, una travesura de éstas. Soy auditor jefe en una empresa contable que presta servicios a las empresas aéreas. Anoche llegué a Panamá y el botones que subió con mi equipaje me contó de este lugar, adonde parece que vienen azafatas para pasar un rato con personas respetables y discretas. Me dio el teléfono y resolví llamar. Permítame que le confiese que he tenido siempre una debilidad enorme por las jóvenes que desempeñan ese trabajo. Viajo mucho en avión por el interior de mi país, pero es la primera vez que salgo fuera de él. Vine para realizar una auditoría en una agencia que abrió la línea en Panamá hace ya un año. Soy casado y tengo dos hijas, una de diez y otra de doce años —sacó de su cartera una fotografía en colores de sus dos hijas, en sendas bicicletas, frente a su casa. Al fondo aparecía una señora de facciones un tanto borrosas que sonreía con la buena voluntad de los resignados.

—Muy simpáticas las niñas. Gracias —le dije devolviéndole la fotografía. Estuve a punto de agregar que no era el sitio para exhibir a la familia. Pero caí en la cuenta de que cualquier observación en ese sentido lo hubiera dejado hecho polvo. Un silencio que se alargaba más de lo normal fue interrumpido por ciertos ruidos en la salita contigua. La caleña estaba entrando para esperar a Peñalosa. Contra todos los principios de nuestro negocio, sentí que debía explicar al huésped, quien de nuevo era presa de un pánico incontrolable, de seguro a causa de la evidente cercanía del que fuera su sueño de muchos años de reprimidas y ardientes fantasías eróticas, quién era la joven que lo esperaba:

—Es una muchacha seria y muy discreta que viene muy poco por aquí. Trabaja en Panagra como instructora de *stewardess* y está de paso por Panamá. Mañana debe partir a Miami para reanudar su trabajo. Puede tener plena confianza en su discreción, señor Peñalosa. Esté tranquilo a ese respecto. Siéntase en su casa. Voy a enviarles un par de whiskies.

—Muchas gracias, señor —contestó un poco más tranquilo otra vez—, pero es que yo nunca tomo. No sé si deba. Es usted muy amable.

—Sí creo que deba —repuse, con tono que quería ser autoritario—. No hay como un escocés a tiempo para romper el hielo.

El pobre Peñalosa se sintió en la obligación de reír, creyendo que yo había hecho un juego de palabras. No había sido mi intención, como es obvio. El auditor entró a la salita. Longinos le presentó a la muchacha y yo subí para informarle a Ilona sobre mi entrevista.

Algo me comentó ella respecto a la imprevisible reacción de los tímidos en circunstancias parecidas, pero no le hice mucho caso. Pasada la medianoche, se presentó de nuevo Longinos:

—El señor Peñalosa dice que quisiera pasar la noche con la caleña. Usted qué opina, don.

—Consulta con la señora —le dije—. No creo que haya inconveniente, pero es mejor saber ella qué opina.

Ilona entraba en mi cuarto en ese momento:

—Hay que cobrarle doble por la noche y explicarle que debe desocupar la pieza mañana temprano. No quiero tenerlo aquí todo el día.

—Ya pagó, doña. Le expliqué que lo que había dado primero era por unas horas nada más, y pagó de inmediato. Pero hay algo que me preocupa.

—Ahora todo el mundo resulta que se preocupa por cuenta de este pobre imbécil —comentó Ilona con evidente irritación—. Que haga lo que quiera. Déjenlo en paz y ya está. Olviden ese zopenco o vamos a acabar aquí todos como él.

—Doña —insistió Longinos sin inmutarse—, el problema no es el tipo. Es el maletín que trae. Está lleno de billetes y de ahí saca para pagar los tragos. Por cierto ya van en la segunda botella de Dewar's. A la caleña ya le ha regalado más de doscientos dólares.

—Por ahí hubieras comenzado, muchacho —dijo Ilona con la voz serena y opaca que le salía cuando se anunciaba algún peligro—. Gaviero, hay que bajar a ver a ese tipo. Explícale que no queremos problemas. Que nos entregue el maletín con el dinero y lo guardamos en la caja fuerte aquí arriba. Le damos un recibo. Cuando se vaya, arreglamos cuentas con él y todos en paz. Pero no conviene que esté barajando toda esa plata allá abajo. Ahora vienen otros clientes y hay que evitar complicaciones. Te lo dije, estos tímidos, respetables, buenos padres y maridos ejemplares, son un peligro endiablado.

El señor Peñalosa convino en todo y nos entregó el maletín a cambio de un recibo que él mismo escribió con impecable letra de tenedor de libros, a pesar de que estaba ya bastante achispado. A la mañana siguiente, nos despertó Longinos con la noticia de que nuestro huésped quería seguir en el cuarto y que, además de la caleña, pedía que le hiciéramos el favor de llamar a una muchacha que vivía con ésta.

—Me dice aquí Matildita —ahora resulta que la caleña se llama así— que su compañera es un encanto y de toda confianza —agregó Longinos imitando la voz de Peñalosa.

—Ya sé quién es esa pájara —comentó Ilona desde el baño, cuyas puertas dejábamos siempre abiertas—. Llámala, pero dile que si se emborracha como la otra vez la sacamos inmediatamente. Fue la que hizo el escándalo aquel con el paulista que trajo dos botellas de cachaça y casi acaba con todo.

Pasaron tres días. Peñalosa seguía en el cuarto y su cuenta iba creciendo. Pidió champaña para celebrar la llegada de dos salvadoreñas que se habían agregado a la caleña y a su amiga. Todo ocurría dentro de la mayor tranquilidad. El hombre no perdía su compostura. Trataba a sus compañeras de cuarto de «señoritas cabineras». El rostro le brillaba con una expresión de beata complacencia, de dicha inesperada e inagotable que acabó por conmovernos. El final, bien previsible, no se hizo esperar. Una tarde llegaron a Villa Rosa tres individuos con el inconfundible tipo de ejecutivos con gran futuro en su empresa. Los pasé a la sala y me dispuse a escucharlos. Venían por Peñalosa. Pertenecían a la línea aérea cuya auditoría le habían encomendado. El dinero que llevaba en el maletín era para depositar en un banco de Panamá que no tenía sucursales en otros países. Estaba destinado a varios pagos urgentes. Tres días antes habían llamado al hotel y no consiguieron hablar con él. Al día siguiente se enteraron que no había vuelto a su cuarto. Después de algunas pesquisas discretas, esa mañana, un botones les informó sobre el teléfono que había facilitado a Peñalosa. Gracias al número les fue fácil dar con la dirección. Uno de ellos había, en efecto, concertado con Longinos una cita que luego canceló. Peñalosa, me dijeron, era un empleado de absoluta confianza. Tenía treinta años con ellos. No había trabajado antes en otra parte. Comenzó como contador primero. Su conducta era irreprochable y jamás se le había conocido el menor desliz. Él mismo se preciaba de jamás haberle sido infiel a su esposa y de haber llegado virgen al matrimonio. Les expliqué, a mi vez, cuál había sido nuestra actitud con él y les tranquilicé respecto al maletín. Les mostré copia del recibo que habíamos dado a Peñalosa y les dije que el dinero estaba a su disposición. Arreglaron la cuenta pendiente, que llegaba a más de dos mil dólares. Me indicaron que deseaban conversar con Peñalosa y llevarlo con ellos.

—Si ustedes me permiten —les expliqué— yo les sugiero que me dejen hablar primero con él y explicarle la situación. El hombre lleva tres días bebiendo y puede perder fácilmente el control, aunque hasta ahora se ha portado en forma muy correcta.

Estuvieron de acuerdo y quedaron en la sala esperando mis noticias.

Cuando entré al cuarto, después de tocar y anunciarme, la escena era entre conmovedora y grotesca. Peñalosa en calzoncillos, rodeado de sus amigas, algunas desnudas y otras en ropa interior, se dejaba acariciar con una complacencia de pachá. Ordené a las mujeres que se vistieran y pasaran a la habitación contigua. Tenía que hablar a solas con el señor. Obedecieron de inmediato, Peñalosa se quedó mirándome con una cara en donde el desconsuelo iba dando paso a un pánico arrasador.

—Qué pasa, señor, qué pasa. Las señoritas no han hecho nada, se lo aseguro.

Le expliqué que no se trataba de eso. Tres señores de la compañía lo esperaban afuera. Querían que los acompañara. Al borde de las lágrimas, el hombre balbuceó vagas disculpas y explicaciones. Deseaba seguir allí indefinidamente. Su vida había sido una mentira interminable, una mezquina cobardía:

—A mi nadie me contó que esto existía, señor. Nunca lo supe. ¿Se da usted cuenta? —y empezó a llorar sin poder controlarse. Las lágrimas le escurrían por entre una barba entrecana que, en tres días, lo había envejecido diez años—. No quiero irme, señor. No deje que me lleven. Yo me quiero quedar aquí. Ustedes han sido tan amables.

Lo fui vistiendo mientras trataba de convencerlo de que era imposible acceder a sus deseos.

—Ya volverá otro día —le dije tratando de consolarlo.

—No señor, yo no regresaré jamás. No sé si conserve mi puesto. Pero está bien. Esto se acabó, ya lo sé. Muchas gracias por todo.

Salió arrastrando los pies. No quise acompañarlo hasta la sala. Longinos lo hizo con esa cortesía impersonal aprendida en su paso por los hoteles y que sabía usar en ciertas circunstancias.

El episodio del señor Peñalosa vino a colmar mi tolerancia de una vida que me causaba ya creciente fastidio. También Ilona había llegado a un punto crítico de su paciencia en el manejo del negocio. El tráfico continuo de mujeres cuya vida, bastante elemental, refluía y chocaba con la nuestra, adhiriéndole una especie de corteza insípida hecha de minúsculas historias, de calculadas mezquindades, de celos profesionales y del narcisismo que cada una de ellas alimentaba con las supuestas preferencias de los clientes, se convirtió en una rutina asfixiante. Ilona, con todo, por una natural y solidaria simpatía de mujer, por una tolerancia que yo no tenía ni he tenido jamás hacia esa atmósfera de serrallo y de pajarera, tenía un margen más generoso para soportar lo que, en mi caso, se estaba tornando inaguantable. Ella lo sabía y, con cariñosa comprensión, trataba de hacerme más llevadera esa existencia que, de todos modos, era evidente que tocaba a su fin.

Durante un desayuno servido en la terraza, que se prolongó hasta pasado el mediodía, resolvimos examinar de frente la situación y poner un término a la misma. Convinimos en esperar a las primeras lluvias para despedirnos de Villa Rosa. Hecho por Ilona el balance de nuestras ganancias —ella se había encargado siempre de esta tarea, superior a mis talentos e inclinaciones—, convinimos en dividir el total en tres partes iguales, incluyendo a Bashur en la empresa. Acordamos enviar a nuestro amigo su parte inmediatamente, con el fin de que pudiera salir de sus problemas. Nosotros pondríamos nuestras dos partes en una cuenta de ahorro bancario a pocos meses de plazo, en forma mancomunada. Lo que se reuniera desde ese momento hasta el de nuestra partida, pagaría nuestro viaje y nos permitiría dejar a Longinos en situación de emprender algún pequeño negocio que le proporcionara independencia. Las primeras lluvias llegarían en poco más de dos meses. El tomar estas determinaciones y fijar un plazo a nuestra permanencia en Panamá y a la vida en Villa Rosa, nos produjo un alivio creciente y reparador.

—Sería curioso averiguar —comentó Ilona— por qué nos afecta algo que en ningún momento hemos vivido como si atentara contra nuestros muy particulares principios éticos. El fastidio viene de otra parte, de otra zona de nuestro ser.

—Yo creo —comenté— que se trata más bien de estética que de ética. Que estas mujeres se prostituyan con nuestra anuencia y apoyo es cosa que nos tiene por completo sin cuidado. Lo que nos es difícil tolerar es la calidad de vida que se desprende de esa actividad, muy lucrativa, sin duda, pero de una monotonía irremediable. En nuestro mundo católico-occidental se suelen oponer como dos polos antitéticos la prostitución y el matrimonio. En la práctica, visto uno de ellos tan cerca como es nuestro caso ahora, la antítesis se disuelve y transforma en una especie de paralelismo aberrante. Pero no creo que haya que ponerle tanta filosofía al asunto. Al comprobar que la prostitución es tan convencional como el matrimonio, sólo logramos confirmar que el camino de una constante itinerancia escogido por nosotros y la voluntad de no rechazar jamás lo que la vida, o el destino, o el azar, como quieras llamarlo, nos ofrecen al paso, resulta, al menos, eficaz para impedirnos caer en el fastidio de una aceptación resignada.

Ilona aplaudió regocijada:

—¡Bravo, Gaviero! Cuando te decides a pensar consigues poner cada cosa en su sitio. Lo malo es que al poco tiempo otra vez anda todo patas arriba. Pero eso no importa si se sabe cómo enderezarlo. Con la lluvia nos iremos de aquí. Tú ya te encargarás de encerrarte en alguna mina en medio de la cordillera o en el cañón del primer río que se te atraviese y allí te dedicarás a mirarte el ombligo y dividirte en tres como un bonzo.

—Vete al diablo —le dije— y dame más té. Cuando se te ocurra instalar una *boutique* en Terranova iré a rescatarte. Tampoco eres manca tú para inventar trabajos de orate.

Vino a sentarse en mis piernas y, revolviéndome el cabello, me dijo al oído, imitando el acento provenzal:

—*Ne t'en fais pas, Maqroll, on sortira d'ici passablement riches et ça compte quand même.*

Pocos días después de este diálogo en la terraza, entró en Villa Rosa el aciago mensajero que envían los dioses para recordarnos que no está en nuestras manos el modificar ni la más leve parcela de nuestro destino. Llegó en forma de mujer con el nombre eslavo y evidentemente ficticio de Larissa. Los dados estaban rodando desde mucho antes de nuestras resoluciones en la terraza. Muy pronto lo supimos.

Larissa

Larissa llegó una mañana, cerca del mediodía. La enviaban Álex y la rubia de Maracaibo. Ya ésta le había adelantado algo a Ilona sobre una mujer nacida en el Chaco, de origen incierto, pero que había recorrido mucho mundo, hablaba varios idiomas, llevaba una existencia muy reservada y tenía un aspecto imponente. Longinos la llevó a la terraza en donde tomábamos el sol en traje de baño. Lo primero que me llamó la atención en ella fueron ciertos rasgos semejantes a los de Ilona. La misma nariz recta, los mismos labios salientes y bien delineados, la misma estatura e idénticas piernas largas y bien moldeadas, que daban la impresión de una fuerza elástica, de una imbatible juventud. Sin embargo, al mirarla mejor me di cuenta de que la semejanza era puramente superficial y se desvanecía ante un examen más detenido. El cabello, de un negro intenso, lo usaba alborotado y rebelde y le llegaba casi hasta los hombros. Era como si vinieran de la misma región pero nada tuvieran en común fuera de su efímera semejanza. Tenía la voz ronca y la palabra fácil. Más que inteligente, daba la impresión de tener esa facultad, muy rara, de orientarse en lo esencial, en lo duradero y cierto y prescindir de todo lo demás. De lo erróneo de tal impresión nos dimos cuenta muy pronto. Miraba a los ojos de su interlocutor, pero no era a él a quien miraba. Es decir, más que mirar parecía estar buscando, con secreta y paciente astucia, ese otro ser que nos acompaña siempre y que únicamente sale a la superficie cuando estamos solos, para entregar ciertos mensajes, disolver ciertas frágiles certezas y dejarnos en el desamparo de inconfesables perplejidades. Eso buscaba Larissa y allí buceaba pacientemente intentando rescatar lo que creíamos y esperábamos fuera irrescatable.

En tanto que nos daba algunas explicaciones de rutina sobre su interés de trabajar en Villa Rosa, su experiencia en ese campo en Singapore, en Estocolmo y en Buenos Aires, su facilidad para los idiomas y otras precisiones intrascendentes, advertí que Larissa acaparaba la atención de Ilona, cosa nada usual. La invitamos a tomar algo y pidió un café muy fuerte. Se sentó en una silla de lona, a la sombra del inmenso cámbulo que crecía en el jardín contiguo y cuya copa daba a una parte de nuestra terraza. Sus flores iban cayendo alrededor de la mujer. Al rato, la rodeaba un aura de intenso color naranja. Tuve la impresión de que este efecto era provocado como parte de una secreta ceremonia cuyo significado se me escapaba. Su voz ronca partía de la sombra con un acento de sensualidad que me hizo pensar en una pitonisa interrogando el incierto futuro de transeúntes indefensos. Me tomó de sorpresa al dirigirse a mí:

—Voy con frecuencia a un bar que usted visitaba mucho durante el invierno pasado. Nunca coincidimos. Es decir, sí coincidimos una vez pero no me vio. Álex me habló de usted. Me dijo que paraba en la Pensión Astor. Yo vivo muy cerca de allí y conozco al dueño. No sé cómo logró librarse de él. Cuando se cae en la telaraña que teje para tenerlo a uno a merced de sus tráficos siniestros, es muy difícil escaparse.

—¿Usted lo ha conseguido? —le pregunté, tratando a mi vez de sorprenderla.

—Nunca he necesitado de él y no me pondría a su alcance.

La lección era un tanto dura de tragar. Ilona me miró con alarma fugaz pero evidente. Pensé que era mejor llegar hasta el fondo. Ya iba sabiendo con quién tenía que habérmelas:

—En cierto momento me vi obligado a trabajar para él. Pero gracias a nuestro común amigo Álex, conseguí escapar a tiempo y me fui a vivir a otra parte.

—Sí —dijo, mientras seguían cayendo a su lado las flores de cámbulo—, al Hotel Miramar. Buena persona la ecuatoriana. Estuve allí un par de semanas, mientras hacían unos arreglos en el lugar en donde vivo.

Era evidente que debía callarme. Sin que se hubiera planteado una rivalidad con la mujer, ni siquiera un roce notorio, por una de esas subterráneas pero inconfundibles disparidades de carácter, el enfrentamiento con esta hembra del Chaco, tan informada como cautelosa, era desaconsejable e inútil. Si iba a trabajar con nosotros, era mejor mantener un terreno neutral para circular sin problemas. Ilona, que evidentemente seguía con interés nuestro diálogo, lo derivó con toda naturalidad hacia ciertos detalles relacionados con el uniforme que usaría Larissa y con la historia a inventar sobre su trabajo de azafata.

—No quisiera usar ningún uniforme —comentó la chaqueña con tan decidida energía que nos quedamos en espera de una explicación—. Pueden decir que soy inspectora de servicio. Que viajo regularmente para verificar que se cumpla el reglamento de atención a los pasajeros. Insinuaré que trabajo para el Civil Aeronautic Board y que debo viajar de incógnito por obvias razones.

Lo del CAB me pareció un tanto insensato. Le aclaré que quien más riesgo podía correr con eso era ella. Estuvo de acuerdo con facilidad que me desconcertó un poco. Había en la mujer algo que se me escapaba a cada instante. No porque se propusiera ocultarlo sino, más bien, porque pertenecía a un mundo que yo no conocía, y que, sin ser hostil, representaba fuerzas, corrientes, regiones que eran para mí tierra incógnita.

Cuando Larissa se puso de pie para despedirse, Ilona también lo hizo y la acompañó hasta la escalera. Cruzaron la alcoba conversando en voz baja, mientras Ilona le pasaba el brazo por encima del hombro, en un gesto que nunca le había visto con ninguna de las muchachas. Quería parecer protector pero era más bien como si buscara apoyo en alguien más fuerte que ella.

Al comienzo, la presencia de Larissa no fue muy notoria ni trajo cambios mayores en la rutina de Villa Rosa. Venía a menudo por las mañanas y nos acompañaba a tomar el sol en la terraza. Ella, siempre en la sombra, sentada en la silla que escogió el primer día, rodeada de las flores de cámbulo que caían constantemente a su alrededor; nosotros, leyendo o continuando un diálogo en el que, por lo regular, pasábamos revista a ciudades y lugares conocidos. Los juicios de Larissa eran siempre un tanto vagos, como envueltos en una niebla que no acababa de dar a los recuerdos un perfil exacto, un volumen definido. Ésta era, en cambio, una de las cualidades más notorias en los relatos y remembranzas de Ilona. Con un trazo evocaba una ciudad, un paisaje, una isla, un país. En el caso de Larissa su vaguedad de noticias se extendía a la existencia que llevaba en Panamá. No conseguíamos saber en dónde vivía. Lo único cierto era que no tenía teléfono. Siempre llamaba desde el bar que los dos habíamos frecuentado. Allí, también, le dejábamos los re-

cados de las citas que se concertaban para ella. Otra singulari-
dad suya era la selección de sus clientes con meticuloso ajuste a
ciertas condiciones de edad, educación y origen. Después de
sus primeras visitas, nos lo explicó con su voz de barítono en
celo y su aire ausente:

—Por favor, les voy a pedir que no me arreglen citas con
hombres jóvenes. Prefiero estar con hombres maduros que hayan recibido, al menos, una formación en otras tierras y no tengan esas maneras exuberantes y atropelladas de la gente de estos
países. Tampoco, por ningún motivo, quisiera ver a norteame-
ricanos ni a orientales. Ya sé que no es muy fácil enterarse de
esos detalles a través de una llamada por teléfono, pero si ustedes me ayudan un poco y Longinos colabora, del resto me encargo con el tiempo. Ya iré formando mi clientela exclusiva.
Hay cierto tipo de hombres con los que me entiendo muy bien
y éstos siempre vuelven —Ilona iba a comentar algo, pero Larissa no la dejó hablar—: Sí, ya sé —dijo con una sonrisa que
quería ser amable y sólo consiguió parecer condescendiente—,
tal vez estoy pidiendo mucho y no debe estar entre las reglas
de la casa esta clase de imposiciones. Lo entiendo. Pero, ya verán que, en muy poco tiempo, no será problema para ustedes
y, en cambio, para mí será la única manera de trabajar en esto
con buenos resultados para todos.

Ilona guardó silencio. Yo seguí mirando las nubes que
pasaban por el cielo empujadas por una brisa anunciadora de
las lluvias.

Por Longinos nos enteramos en dónde vivía nuestra
nueva adquisición. Un día llamaron por teléfono del bar para
decirme que había cartas para mí. Algunos amigos seguían
enviándome allí su correspondencia. Longinos fue a recogerla
y, al regresar, después de largo rato, subió a dármela. Traía un
gesto en donde alternaban el humor y la extrañeza.

—Cuando llegué a recoger la carta —dijo— Álex me pidió que llevara a la señora Larissa un paquete que habían dejado
allí para ella. Parecía ropa de mujer. Me explicó que era para
entregarlo donde ella vivía y no aquí. Le indiqué que no conocía la dirección y me miró incrédulo. Dudó un momento y, al
fin, me dijo que bajara hasta la Avenida Balboa y que a unas
pocas cuadras hacia el norte iba a encontrar, al borde del mar,
en una pequeña playa de piedras y vigas de cemento tiradas en

el suelo como para detener la marea, un barco pesquero que estaba allí a medio desmantelar recostado contra el muro de la calzada. Me explicó que desde la acera llamara a la señora. Ella saldría a recoger el paquete. Así lo hice. Cuando la llamé asomó la cabeza por el ojo de buey del único camarote que se veía más o menos habitable y me preguntó qué traía y quién me había dicho dónde vivía. Le expliqué cómo me había enterado y salió a recibir el paquete. Estaba en ropa interior y con un mal genio de todos los diablos. «No andes por ahí contando en dónde vivo. Eso a nadie le importa. No vuelvas por aquí nunca más. A tus patrones diles lo que quieras. Ya hablaré con ellos. ¡Lárgate, muchachito de porra!» Hablaba en voz baja, como para que no nos oyeran. Nadie pasaba en ese momento por allí. Pero qué hembra tan furiosa. A ver con qué cuento les viene a ustedes.

—No te preocupes —lo tranquilizó Ilona—, no es culpa tuya. Si ella no advirtió en el bar que no dijeran dónde vive, es cosa suya. No vuelvas más y se acabó.

Longinos nos dejó solos. Estuvimos un buen rato en silencio. Recordé perfectamente el barco en ruinas, escorado sobre la playita de cascajo y trozos de concreto. Desde mi ventana de la Pensión Astor lo veía todos los días. Me vino a la memoria algo que había olvidado y que, entonces, me llamó la atención: por las noches, de vez en cuando, se veía una luz mortecina en uno de los camarotes contiguos al puente de mando que se caía a pedazos. Recordé también el nombre de la embarcación. En un letrero de bronce ennegrecido que se mantenía atornillado a una baranda de estribor, se podía leer aún la palabra *Lepanto*. Me intrigó la discrepancia entre un nombre tan sonoro y cargado de leyenda y los despojos de un humilde navío de cabotaje que yacía oxidado y casi informe, en esa estrecha playa convertida en basurero desde tiempos inmemoriales. Longinos lo había confundido con los barcos pesqueros que suelen anclar más al fondo de la bahía. Por ciertas características de diseño, por la forma de los ojos de buey y de dos conductos de ventilación, que aún se sostenían por un milagro de equilibrio, era fácil establecer el origen del barco. Debió salir de los astilleros de Toulon, de Génova o de Cádiz. Cómo había venido a parar aquí, derrumbado contra un malecón de Panamá, fue algo que, si me lo pregunté entonces, no volvió luego a preocuparme. Ahora, la imagen de los tristes despojos del

Lepanto surgía del inmediato pasado, rescatada del olvido bienhechor. Torturante evidencia que pedía ser descifrada con el pavor de los misterios délficos.

Pocos días después de la visita que le hizo Longinos, Larissa pidió hablar con nosotros. Había despachado a uno de sus clientes habituales. Subió a nuestras habitaciones con aspecto cansado y una contenida irritación que no hallaba dónde desfogar para justificarla. Ilona la fue tranquilizando poco a poco, hasta dejarla en un manso agotamiento propicio al diálogo. Era notable la influencia que mi amiga ejercía sobre la inescrutable mujer del Chaco. Con algunas palabras dichas al azar, le transmitía un sosiego, un equilibrio apacible que podía durar días enteros. Ya serena y dispuesta a contarnos el enigma de su habitación, Larissa comenzó a hablar. Su historia tenía ciertos rincones, laberintos y atajos que lindaban con un mundo visionario que se prestaba a conjeturas teñidas de un esoterismo del que he solido preservarme siempre por un ciego instinto de evitar el caos, que es uno de los rostros de la muerte para mí menos tolerables y más letales.

—Subí al *Lepanto* en Palermo —comenzó Larissa—. Había vivido allí varios años como señorita de compañía de una dama de la nobleza siciliana, la Princesa de la Vega y Hoyos, último vástago de una familia de grandes de España que se quedaron en Sicilia cuando la isla dejó de pertenecer a la corona española. La anciana cuidaba una mediocre fortuna con la parsimonia de quien sabe que, de un momento a otro, puede caer en la miseria. Era dueña de una cultura deslumbrante. Leía en varios idiomas toda clase de libros pero, de preferencia, clásicos y grandes textos de historia. Estaba un poco loca. Cuando me contrató, había empezado a interesarse por el espiritismo y toda clase de experimentos esotéricos. Mantenía conmigo una amabilidad distante, debida, quizás, a suspicacia por mi origen latinoamericano y a su poca costumbre en el trato diario con otras personas. Vivía sola en una inmensa quinta, en las afueras de la ciudad. Una vez a la semana iba un jardinero a cuidar del parque que rodeaba la residencia cuyo aspecto de desolación y ruina despertaba una tristeza muy grande. La vieja cocinera, sorda como una tapia, se encargaba de preparar dos comidas diarias en donde la imaginación estaba tan ausente como el sentido culinario más elemental. La princesa se había roto una pierna al bajar la escalera principal y por esa razón puso un anuncio en el periódico solicitando una dama de compañía. Fui a verla y me contrató. Cuando ya pudo caminar, me pidió que siguiera a su lado: «Me he acostumbrado a usted. Si se va me hará falta su compañía», me dijo con esa mezcla muy suya de distraída insolencia aristocrática y brusquedad de solitario que no sabe cómo tratar a los demás. Resolví quedarme aunque me pagaba con tal irregularidad que nunca supe, al fin, cuál era exactamente mi sueldo ni cuándo se cumplía el plazo en que debía dármelo. Me aficioné a la lectura a fuerza de hacerla en voz alta para la princesa. Tenía que ser de noche, en su cuarto. Muchas veces me sorprendió la madrugada todavía leyéndole. Dormíamos toda la mañana. Después de la comida dábamos una vuelta por el parque. Me contaba viejas leyendas de su familia. Complicadas hazañas amatorias de los varones de la casa, cuya fama en Sicilia, en ese aspecto, aún se mantenía con agregados populares de una crudeza un tanto rústica. La Princesa de la Vega y Hoyos amaneció un día muerta. Había sufrido un paro cardíaco fulminante. Al levantar el acta de defunción se encontró que había cumplido noventa y cuatro años. Nunca imaginé que fuera tan vieja. Le había calculado poco más de setenta. El notario que se encargó de liquidar los asuntos de la dama me entregó una suma de dinero que la princesa me había dejado en su testamento. Era, de todos modos, muy inferior a lo que calculé que me debía como salario, si bien es cierto que yo me había enredado a tal punto con fechas y pagos parciales, que tampoco mis cuentas eran muy de fiar. El notario me dijo que mientras decidía qué hacer podría quedarme en la casa. No quise aceptar. Ya sin la compañía de la princesa, el destartalado desamparo de la quinta me agobiaba terriblemente. Bajé al puerto en busca de algún barco que partiera no importaba adónde. Allí estaba el *Lepanto*. Hablé con el capitán, un gaditano ladino y mal hablado con el que, después de una laboriosa discusión, me puse de acuerdo en el precio del pasaje. Me acomodó en un rincón de la bodega donde habían instalado una litera provisional. Se disculpó diciéndome que el único camarote disponible lo estaba arreglando para servir de oficina a no sé qué funcionario de una agencia naviera copropietaria de la nave. El *Lepanto* debía haber tenido días mejores. Cuando subí a él ya amenazaba irse a pique al menor temporal que lo sorprendiera en alta mar. Parece que esa fragilidad era engañosa, pues lo vi afrontar las tormentas del golfo de León sin que sufriera ningún percance. El gaditano me dijo que iba primero a Génova y de allí a Mallorca donde yo desembarcaría. Estuve de acuerdo y fui a traer las pocas pertenencias que tenía ya empacadas en la quinta. Cuando me instalé en el camastro de la bodega del *Lepanto,* ni por un instante me pasó por la mente que habría de vivir allí hasta hoy. Las cosas que me han sucedido en ese lugar son de tal condición y vienen de tan recónditos y oscuros rincones de lo innombrable que ya las iré contando poco a poco. Es muy tarde y hay para varias sesiones. Por ahora es suficiente con que sepan que, en efecto, vivo en lo que son los restos del *Lepanto.* Cuando me necesiten les pido que me dejen recado en el bar. Paso por allí todos los días. Deseo que nadie vaya a buscarme al barco ni intente ponerse en contacto conmigo allí. No quiero llamar la atención y trato de pasar lo más desapercibida posible. Muy pocos son los que saben que ese despojo del mar está habitado. La luz que se percibe de vez en cuando suele atribuirse a alguna pareja refugiada allí para hacer el amor. Si supieran lo que en verdad ocurre, el asombro les cambiaría la vida.

Al salir Larissa, nos quedamos en silencio, asimilando, escrutando, no sólo la parte de su historia que nos acababa de contar, sino lo que adivinábamos detrás de sus últimas palabras. Éstas nos dejaron una impresión de vago malestar que, con la noche y entre la sombra vegetal del abandonado parque vecino, fue creciendo en forma que llegó a ser casi insoportable.

—Vamos a tomar un trago a alguna parte —propuso Ilona—. Aquí no se puede estar.

Recorrimos varios de los sitios que habíamos frecuentado en nuestra época del Hotel Sans Souci. Los sirvientes y los encargados del bar nos recibieron con cordialidad un tanto sorprendida. Regresamos a la casa ebrios de alcohol y de sueño, sin haber conseguido alejar la sombría inquietud que nos dejaron las palabras de Larissa. Durante los días que siguieron continuamos con los trámites para la liquidación del negocio. Bashur nos confirmó el recibo del dinero que le habíamos enviado. En sus palabras, el alivio se mezclaba con la gratitud. Esa gratitud que, en los hombres de su raza, tiene la intensidad y la hondura de un acto religioso. Había salido a flote de todas sus dificultades y estaba acondicionando un buque tanque para transporte de materias químicas y colorantes. No era improbable, anunciaba con notorio júbilo, que nos encontráramos en Panamá. Enviaría noticias al respecto cuando estuviera listo el barco en los astilleros de Amberes. Ya tenía escogido el nombre: *Fairy of Trieste*.

—Estos levantinos no tienen remedio —comentó Ilona, ocultando la ternura que le causaba el gesto de Abdul—. Cuando salen de las mil y una noches se dedican a poner bombas y a luchar en las montañas. No te imagino, Maqroll, bautizando así un barco tuyo.

Le contesté que, primero, lo de poseer un barco era algo altamente improbable y, luego, que el papel de darle nombre a las cosas y a las gentes era tarea que corría por cuenta suya y no mía. Nos quedaba el problema de Longinos. Se había apegado tanto a nosotros, en especial a Ilona, que sabíamos lo dolorosa que sería para él la confirmación de nuestra partida.

—Yo me encargo de hablarle —prometió Ilona—. De lo contrario tú acabarás llevándotelo y de eso no se trata.

Como siempre, tenía razón.

Una noche, pocas semanas después de la conversación con Larissa, ésta llegó a cumplir una cita con uno de sus clientes. Era el gerente de un consorcio de bancos escandinavos con sucursal en Panamá. Un vikingo gigantesco y manso que saludaba muy ceremoniosamente y parecía a punto de quedarse dormido en todas partes. Al salir, me mandó llamar con Longinos. Deseaba conversar un instante conmigo algo personal. Bajé a la sala. Sin tomar asiento, con el sombrero de paja en la mano, el noruego se limitó a comentarme:

—Creo que nuestra amiga no se encuentra bien. No es asunto de médico. Es otra cosa. Por qué no hablan un poco con ella. Estoy seguro de que podrían ayudarla.

Eso era todo. Se despidió como hipnotizado. La noche del trópico se lo tragó de inmediato entre la algarabía de los grillos y el canto sincopado e intrascendente de los grandes sapos escondidos en la hierba.

Esa misma noche Larissa nos relató la continuación de su historia. Igual que cuando la vi por primera vez, tornó a perturbarme, ahora con la evidencia de su testimonio, esa zona torturada y en tinieblas que sentía acechando detrás de su presencia, de sus palabras, de sus más mínimos gestos. Pero, en esta ocasión, vino a sumarse un nuevo elemento que me inquietó mucho y no supe cómo manejar: me di cuenta de que Ilona estaba, en mayor proporción de lo que yo creía, envuelta en la torva red tendida por Larissa. Que respiraba, con alarmante naturalidad, la atmósfera que, como un halo letal, despedía la presencia de esta mujer llegada a Villa Rosa como un heraldo del Hades. Es por esto que me parece necesario transcribir en detalle su turbadora historia. Cuando comuniqué a Ilona el temor del escandinavo que acababa de estar con Larissa, aquélla la mandó llamar. Estábamos en la terraza, disfrutando una noche de leve brisa que, a tiempo que refrescaba el ambiente, había despejado el cielo hasta acercar el firmamento, dándonos la impresión de que esa vasta cúpula titilante, animada por una actividad sin sosiego, estaba al alcance de nuestras manos. Larissa llegó directamente a derrumbarse en una silla de playa, la primera que encontró a su paso, y permaneció un buen rato en silencio. Su rostro mostraba un agotamiento extremo. Su cuerpo adquirió una quietud desmayada como si se le estuviera escapando el último soplo de vida. Cuando comenzó a hablar nos intrigó la ronca firmeza de su voz que denotaba una secreta e intensa energía, una energía nacida en un lugar más recóndito, intocado e inconcebible, que esa presencia física a punto de extinguirse.

«Debo contarles —comenzó diciendo— los hechos desde el principio. El *Lepanto* tuvo que permanecer en Palermo dos días después de la fecha indicada por el gaditano para la partida. Esperaba no sé qué papeles de Palma de Mallorca, sin los cuales no podía zarpar. Como yo no quería volver a la quinta y ya tenía mis cosas en el barco, preferí quedarme allí. La primera noche dormí profundamente, a pesar del olor a sentina que reinaba en el lugar. Durante el día fui al puerto para comprar algunas cosas indispensables para mi aseo personal. Tenía que compartir el baño con el patrón y éste había prescindido hacía mucho tiempo del uso del mismo. No había toallas ni jabón en el sucinto lugar que pretendía cumplir con las funciones de baño. También adquirí algunas provisiones para reforzar la comida de a bordo que no se anunciaba muy apetecible. Regresé al anochecer. El capitán intentó entablar un diálogo con finalidades bien evidentes. Me pareció que era el momento de indicarle, de una vez por todas, que olvidase por completo todo intento en ese sentido, y que era absolutamente inútil que insistiera en el futuro. Lo entendió sin oponer mayores argumentos y hablamos de otra cosa. Le pedí me facilitase una lámpara para alumbrarme durante la noche. Me explicó que al fondo de la bodega había un interruptor para encender una bombilla eléctrica, la cual, seguramente, yo no había advertido porque la ocultaba una viga de acero encima de la litera. Cuando bajé para acostarme, me di cuenta de que tenía que recorrer casi toda la extensión del lugar para encender o apagar la luz. Volví a subir y, sin esperar mi reclamo, el patrón me dio una linterna de pilas. Lo hizo en forma impersonal y poco amable que indicaba la poca gracia que le había producido mi rechazo a sus proposiciones. Pero era mejor así y no hice caso de su mal humor. Me dormí casi de inmediato y olvidé apagar la luz. Ya me había acostumbrado al olor del sitio y el suave balanceo del barco amarrado al muelle me ayudaba a disfrutar de un sueño profundo y reparador. Me despertó, de repente, una presencia que se interponía entre la luz de la bombilla y mi camastro. Aún medio dormida, creí que fuera el gaditano que intentaba volver a sus andadas. La figura se acercó lentamente y vino a sentarse a los pies de la cama. Lo que vi me dejó totalmente despierta y en un asombro indecible. Un oficial de los Chevaulégers de la Garde del Imperio napoleónico me miraba fijamente. Sus ojos, de un gris acerado, se destacaban bajo el arco de las cejas entrecanas que hacían juego con el gran bigote rubio de puntas cuidadosamente retorcidas y con las dos trenzas que salían del chacó con galones dorados y las insignias de su regimiento. Las manos fuertes, nervudas pero bien cuidadas, descansaban en las rodillas del robusto jinete, imprimiendo un aire de natural familiaridad a su presencia. "No se espante —me dijo en francés con acento de Reims y un tono de voz impostado en las notas altas, característico de militares acostumbrados a dar órdenes en campo abierto—, sólo deseo conversar un rato con usted. Perdone que la haya despertado, pero paso temporadas muy largas sin hablar con nadie y su inesperada presencia en estos lugares resulta una oportunidad muy grata para mí". No recuerdo lo que le respondí, pero su presencia transmitía una tan espontánea y afable necesidad de compañía que, al rato, conversábamos ya como si nos hubiésemos conocido hace tiempo. Después de tratar de tranquilizarme por su inesperada aparición, se presentó muy cortésmente. Se llamaba Laurent Drouet-D'Erlon. Era coronel de los Chevaulégers de la Garde, primo hermano del General-Conde Jean-Baptiste Drouet-D'Erlon, muy cercano al Emperador. Viajaba en cumplimiento de una misión que le encargó el Conde y sobre la cual no podía dar grandes detalles. Iba a Génova. Allí esperaba recoger ciertas noticias de la isla de Elba en donde, como yo debía saber, estaba cautivo Napoleón por voluntad de las potencias aliadas. Luego seguiría hasta Mallorca. Aquí es importante que les explique algo que no es fácil entender, ya que tampoco lo ha sido para mí. La imposibilidad lógica de estar hablando con un militar del Imperio que mencionaba un presente que, en mi caso, era un pasado de casi siglo y medio; a tiempo que se planteaba en mi mente como una aberración inexplicable, sucedía con una fluidez y una lógica que, desde que el hombre comenzó a hablar, se me ofrecieron como irrebatibles. Es decir, nada en mí se opuso ni se alarmó ante un imposible que dejaba de serlo por obra del calor y de la evidente plenitud que comunicaba ese ser de una época pretérita que, por su sola presencia, la convertía para mí en un hoy absoluto. En esta aceptación que, una vez percibida, se tornaba en algo que sucedía dentro de los cauces de una normalidad irrecusable, reside el secreto de todo lo que me ha ocurrido desde cuando abordé el *Lepanto*.

»Conversamos durante el resto de la noche. Es decir, él habló y yo lo interrumpía sólo para precisar datos y confirmar mi familiaridad con lugares y hechos que me eran conocidos gracias a las largas jornadas de lectura en la quinta de la princesa. Sería inútil tratar de reconstruir ahora, en detalle, la vida de alguien con quien, como es el caso de Laurent, he convivido tanto tiempo. Nunca vuelve uno a circunstancias que, una vez mencionadas, entran a formar parte de la vida en común y se dan, en adelante, por sabidas. Esa primera noche no se apartó de una formalidad cortés pero cordial, que facilitó mucho el diálogo y nos dejó, a los dos, en esa situación de compañeros de viaje que se han entendido bien y cuya compañía se disfruta como una feliz coincidencia que nos aliviará del tedio común a toda travesía por mar. Con los primeros ruidos en la cubierta, anunciadores del amanecer, el coronel se puso de pie y se despidió con un besamanos más amistoso que cortesano. Fue hacia el fondo de la bodega y apagó el interruptor, dejándome en la penumbra de la madrugada. Permanecí muchas horas tendida en el camastro, tratando inútilmente, como es obvio, de ajustar lo que me acababa de suceder con la realidad a la que despertaba. Tuve la certeza de que algo había cambiado en mí para siempre. Temía subir a cubierta y vivir mi último día en Palermo acompañada del recuerdo, vívido y patente, de una experiencia inconcebible. Por fin me resolví a salir. El gaditano se me quedó mirando con recelo y extrañeza. "Pensé que estaba enferma —me dijo— y que iba a pasar todo el día allá abajo. Vamos a comer, ¿quiere acompañarme? ¿O prefiere bajar a tierra y comer en el puerto?". Le respondí que haría lo segundo porque necesitaba desentumirme un poco y aún no tenía mucho apetito. Se alzó de hombros y me volvió la espalda sin hacer ningún comentario. Si no habíamos quedado en términos amistosos, al menos sabíamos, cada cual, a qué atenernos. El viaje iba a ser así más llevadero. A la madrugada siguiente zarparíamos rumbo a Mallorca. Comí en una taberna del puerto y luego anduve recorriendo los sitios de la ciudad que me habían gustado y me traían algún recuerdo grato. Al caer la tarde, regresé al *Lepanto*. Me quedé en la cubierta hasta la hora de la cena. El trajín del puerto me distraía hasta dejarme alelada y fuera del tiempo. Cenamos solos el patrón y yo. Apenas cruzamos algunas palabras. Bajé de inmediato a la bodega y me acosté en seguida. Hacia la medianoche, cuando iba a salir del lecho para apagar la luz, sentí que alguien lo hacía accionando el interruptor al fondo de la bodega. Unos pasos se acercaron a la litera. En verdad, ya sin mucha sorpresa, esperaba ver al visitante de la noche anterior. En efecto, se sentó a mi lado y, cambiando el tono cortés e impersonal que había usado hasta ahora, se lanzó en una larga y febril declaración amorosa de una intensidad que yo no había conocido antes. Sus manos empezaron a recorrer mi cuerpo con caricias cada vez más íntimas y desordenadas. Terminamos haciendo el amor, él a medio desvestir y yo completamente desnuda. Lo hacía en asaltos sucesivos, rápidos y de una intensidad que me dejaban en una plenitud beatífica pero cada vez con menos fuerzas. Por fin, nos metimos debajo de las cobijas de lana burda que conservaba trozos de cardos y pequeños tallos que nos rasgaban levemente la piel. Me contó muchas cosas de su vida. Había caído dos veces prisionero de los rusos. Una después de la batalla de Austerlitz y, otra, en el paso del Beresina en la retirada de Moscú. En ambas ocasiones, lo confinaron en Crimea. La primera vez permaneció allí dos años disfrutando del clima tibio y la acogedora hospitalidad de los georgianos. La segunda, estuvo al lado del Duque de Richelieu, quien estaba al servicio del Zar Alejandro I, como gobernador de la región. Allí, en Odessa y en Tbilissi, las circasianas que le concedían fácilmente sus favores lo iniciaron en ese ritmo particular y delicioso de hacer el amor, que creaba en la mujer una especie de adicción semejante a la del opio o al delirio de los místicos. Cuando empezaron a ronronear las máquinas, anunciando la partida del *Lepanto,* el coronel se despidió con un largo beso caluroso y, vistiéndose apresuradamente, volvió a perderse en la sombra vacilante de la madrugada. Un profundo sueño, que duró hasta muy pasado ya el mediodía, me repuso de la noche agitada y propicia. Cuando desperté, estábamos en alta mar. El barco daba bruscas cabezadas luchando contra el mar agitado por la tramontana. A la noche siguiente se repitió el episodio erótico sin mayores variaciones, a no ser los largos silencios de Laurent quien parecía destinar toda su atención y sus energías a gozar de mi cuerpo como de una fiesta que le fuera a ser vedada por mucho tiempo. Antes de despedirse, me informó que no estaba seguro si volvería en varios días, pero que, al acercarnos a la primera escala de nuestro viaje, me prometía que nos veríamos de nuevo. Así fue, en efecto. La noche siguiente la pasé en una espera palpitante y ansiosa que, en la mañana, vino a terminar en un sueño poblado de visiones en donde el deseo inventaba los más absurdos recursos para interrumpir su realización.

»La vida a bordo transcurría dentro de la monótona rutina que impone el viajar en pequeños barcos como el *Lepanto,* en donde el trato con los compañeros de ruta se circunscribe al insulso diálogo en la mesa o al comentario sobre incidentes triviales de la navegación. Además, yo vivía embebida en el recuerdo de las horas pasadas con Laurent. Mi piel parecía conservar con una fidelidad sobrenatural el calor de su presencia. Así transcurrieron dos noches más y, en la tercera, una nueva sorpresa vino a mi encuentro. Trataba de conciliar el sueño y de evitar la luz de la bombilla tapándome con una punta de la cobija, cuando alguien se interpuso de nuevo entre ésta y mi cama. Pensé que fuera mi amigo. Me descubrí el rostro, ansiosa de recibir su visita, y me encontré con un personaje que, en el primer momento, me fue imposible identificar. Luego caí en cuenta que había visto gente parecida en los cuadros que la princesa tenía colgados en la biblioteca de su quinta. Era un hombre alto, delgado, de manos ahusadas y pálidas y rostro alargado, también de una palidez entre cortesana y ascética. Los ojos de un negro intenso y largas pestañas, casi femeninas, despedían un fulgor inteligente, contenido y ceremonial. Estaba vestido con una túnica de velarte negro que le llegaba hasta los pies, en la que destacaban dos notas de color de una elegancia intachable: la abotonadura, que iba desde el cuello hasta la cintura, era de un color púrpura intenso con un ribete de plata muy pulida. Tanto el cuello como los bordes inferiores del hábito, tenían un vivo doble, también de plata, que encerraba una franja color verde limón. En la cabeza llevaba un gorro alto y rígido de terciopelo también púrpura, que ceñía una larga cabellera de un negro azabache con visos azulados, cuidada con esmero no exento de coquetería. Sobre el pecho ostentaba una cadena de oro de la que pendía un león alado del mismo metal, una de cuyas garras delanteras sostenía un libro abierto en donde estaban escritas las palabras *Pax tibi Marce Evangelista Meus*. Con las manos ocultas en las largas mangas de su túnica, me observaba fijamente como tratando de reconocerme. De repente, comenzó a hablar en un italiano pulido e impecable, en el que era evidente la intención de evitar cualquier acento o vocablo que denunciara una región determinada. Tenía voz de bajo profundo, cuya cálida serenidad denunciaba una prolongada educación cortesana. Tras de pedirme excusas por irrumpir de esa manera, se presentó como Giovan Battista Zagni, relator de la Secretaría Judicial del Gran Consejo de la Serenísima República de Venecia. Viajaba a Mallorca para recibir el pago de ciertos derechos que la Banca Mutt debía por el uso de puertos de la República en la costa dálmata. Le invité a sentarse a los pies de mi cama. Su alta figura me imponía. Prefería mirarlo a la altura en la que me encontraba para poder entablar un diálogo más natural y tranquilo. Aceptó con sonrisa que descubrió una dentadura impecable que lo rejuvenecía notablemente. Una vez más se creó esa atmósfera de absoluta familiaridad que había percibido cuando se me apareció el coronel Drouet-D'Erlon. Y también conciliaba de nuevo, sin esfuerzo y sin hacerme la menor violencia, el presente que estaba viviendo con el pasado del que surgía mi inopinado visitante. Con Zagni las cosas fueron con mayor premura. Después de una hora larga, durante la cual me contó algunos incidentes y chismes intrascendentes y otros sabrosamente escandalosos que animaban la vida de la hermética sociedad veneciana, comenzó a pasar sus manos por mis rodillas y, luego, las fue avanzando por entre los muslos con una acompasada lentitud propia de quien ha dedicado buena parte de su tiempo al cortejo de sus coquetas e intrigantes compatriotas. Actuaba con la cautelosa certeza de quien no conoce el rechazo a sus galanterías y eróticos escarceos. Se desabotonó la túnica con lenta naturalidad y, despojándose de las prendas de fina batista de su ropa interior, entró conmigo bajo las cobijas con movimientos que me recordaron ciertas ceremonias religiosas en donde los oficiantes casi no parecen desplazarse, pero cada gesto corresponde a una acción sabiamente calculada. Hicimos el amor en medio del intenso perfume capitoso y floral que despedía el funcionario de la Serenísima, seguramente adquirido en alguna de las pequeñas boticas del Rialto que venden esencias de Oriente. Antes de que aparecieran las primeras luces del alba, Zagni se vistió con los mismos pausados ademanes y con un beso en la frente se despidió anunciando su vista para la noche venidera. Me indicó que sólo al acercarnos a tierra se vería obligado a ausentarse hasta que volviésemos a alta mar.

»Como hubiera debido sospecharlo, el capitán del *Lepanto* se había cuidado bien de aclararme que el viaje iba a tener varias escalas. Dadas las condiciones de la nave, sus máquinas necesitaban frecuentes reparaciones para continuar navegando. Es así como tuvimos que tocar en Salerno, luego demorarnos un par de días en Livorno y, en Génova, esperar durante una semana la llegada de un repuesto para el árbol de la hélice. Al zarpar de Génova nos detuvimos en Niza y, de allí, con un temporal que sacudía el barco en forma que a cada instante parecía que fuera a irse a pique, nos dirigimos a Mallorca. Mis nocturnos visitantes se ajustaron durante la travesía a la rutina de sus apariciones. Laurent, el día anterior al de nuestro arribo a cada puerto, durante la permanencia en éste y a la noche siguiente a la partida. Zagni, durante todo el tiempo que navegábamos en alta mar. Mi relación con cada uno se hizo en extremo personal y estrecha. El Coronel del Imperio me contaba sus campañas en Alemania, su estadía en España con Junot, sus dos largas temporadas como prisionero de los rusos en el Cáucaso y su participación en un complot, en el que figuraba activamente su primo el General-Conde Drouet-D'Erlon, destinado a preparar el regreso del Emperador, confinado en la Isla de Elba. Llegué a compenetrarme con su manera de hacer el amor, hasta el punto de esperar ansiosamente nuestra llegada a los puertos. La relación con Zagni tenía algo de ceremonial religioso, una como aura bizantina, una dorada magnificencia, que me dejaba en un estado de ensoñación, en un lento delirio alimentado por las sabias caricias del Secretario del Consejo de los Diez. También, en este caso, esperaba siempre la llegada de la noche como quien se prepara para una fiesta en donde el misterio y el sigilo temperaban toda inoportuna manifestación de contento. Nunca me habló Zagni de su vida personal. Evitaba cuidadosamente la menor alusión a las responsabilidades de su cargo, a su vida diaria y familiar en Venecia y, desde luego, jamás mencionó el nombre de parientes, allegados o simples conocidos en la Serenísima. Sin embargo, estas evidentes y rigurosas precauciones no interferían para nada en su manera calurosa y delicada de mantener su relación conmigo. Me hacía sentir que éramos cómplices en una empresa indeterminada y compleja, cuyos detalles y engranajes yo desconocía y tampoco me interesaban por estar toda mi intención y mis sentidos comprometidos en la sabia teoría de sus caricias. Demorarme en recordar los incidentes del viaje y su compleja riqueza de experiencia sensual, de ricas incursiones en un pasado vivido como presente inobjetable, tomaría muchas horas, varios días. Además, no me es fácil hablar de esto por un rato largo. Al evocarlo ante terceros, por mucha simpatía que sienta hacia ellos, su presencia, su atención y su curiosidad me lo convierten en una pesadilla irreal e insoportable. Prefiero, para terminar, contarles rápidamente cómo el *Lepanto* acabó encallando en esta costa y por qué sigo viviendo en él. Cuando llegamos a Mallorca, el gaditano se dedicó a hacer una serie de reparaciones a fondo en el *Lepanto*. Me explicó que quería llevarlo al Caribe para servicio de cabotaje en las costas de Centroamérica y en las islas. Me dijo que podía vivir en él mientras encontraba algún nuevo rumbo para mi vida, ya fuese en Génova o en otro lugar de Europa. Me insinuó que si quería, podía viajar con él a las Antillas. No me cobraba el pasaje y tal vez podría encontrar allá alguna manera de ganarme la existencia. Esta oferta la hizo con suma prudencia y dejando muy en claro que no había ninguna intención oculta en ella. Se trataba, me explicó, de tener compañía durante el viaje y de prolongar una relación que le resultaba muy grata. Admiraba mi independencia y respetaba mi muy particular y poco usual manera de andar por el mundo. Le contesté que le respondería en unos días más porque quería pensarlo. Una sonrisa de complicidad pasó por el rostro oliváceo y ladino del capitán. Por un momento me cruzó la sospecha de que estuviera enterado de cómo transcurrían mis noches en la bodega. Es curioso que esta duda no me produjo la menor inquietud. El gaditano, en alguna forma, estaba integrado, formaba parte substancial de la historia, si bien jamás mis nocturnos amantes habían hecho mención del barco, ni de su dueño, ni de la travesía, ni de los incidentes de la misma.

»Esa noche Laurent, antes de despedirse en la madrugada, me dijo algo que decidió mi destino: "Sigue en el barco, Larissa. No nos abandones. Es posible que, a medida que nos alejemos de estos parajes, nuestras visitas vayan siendo menos frecuentes. Pero siempre volveremos y sólo por ti seguiremos existiendo". Quise preguntarle algo que me intrigó mucho en ese instante: se refería al plural que había usado y que dejaba suponer que sabía de la existencia del veneciano. Nunca hablé del otro con ninguno de los dos. El coronel se limitó a llevarse el índice a los labios que sonreían cariñosamente como quien calla a un niño para que duerma. A Zagni sólo lo veía cuando zarpásemos de Mallorca. Me di cuenta, en ese momento, de que nada tendría que preguntarle. Las palabras de Laurent respondían por él en forma que no dejaba lugar a más aclaraciones. Fue así como, al día siguiente, le confirmé al gaditano que estaba resuelta a probar fortuna en el Caribe y que aceptaba su oferta. "Me complace mucho saberlo —contestó muy serio y ya sin ninguna muestra de complicidad—. Nos hubiera hecho mucha falta a bordo. Ya estábamos acostumbrados a su compañía. Usted forma parte del *Lepanto*. No podemos imaginarlo sin usted". De nuevo ese plural, que bien podía simplemente incluir a la tripulación y al barco mismo, al que él aludía como si fuera un viejo compañero. Sentí, sin embargo, una leve inquietud difícil de precisar y que, ahora lo descubría, me acompañaba desde cuando puse por primera vez los pies en el *Lepanto*. Cuando zarpamos de Palma tuvimos pésimo tiempo durante los dos primeros días. Al descender por la costa de Málaga vino la calma y el barco dejó de dar esos bandazos que amenazaban con hundirlo a cada instante. Una noche, cuando no se divisaban ya las luces de la costa, Zagni vino a visitarme. Antes de comenzar el rito de su procesional, intensa y callada lujuria, me dijo, con formalidad que evidentemente era sincera y reflejaba sus sentimientos: "Veo con inmenso placer que ha resuelto acompañarnos en esta aventura hasta las Indias. Era la única oportunidad que me quedaba de seguir andando por el mundo. Tal vez no venga con la frecuencia de antes, pero no dejaremos de encontrarnos de vez en cuando. La gratitud, cuando es tan absoluta, no se expresa con palabras". Comenzó a acariciarme con la pausada fiebre de quien regresa a la vida.

»A tiempo que nos alejábamos del Mediterráneo, tras haber cruzado el estrecho de Gibraltar, las visitas de mis dos amantes se fueron espaciando. Pero, lo que más me intrigaba y producía una punzante ansiedad, era la mudanza, apenas perceptible al comienzo, de su trato. Cambio cuya naturaleza me es imposible precisar. Sus gestos seguían siendo los mismos, idénticas sus caricias, pero cada vez estaban más ausentes del rito amoroso al que no solamente me habían acostumbrado, sino del que no podía ni siquiera pensar en perderlo sin perder, al mismo tiempo, la vida. Tanto Laurent como Zagni eran cada noche más parcos en sus palabras. Éstas iban perdiendo su densidad y, luego, hasta su sentido. No parecían dirigirse a mí, en particular, sino a alguna imprecisa criatura apenas relacionada con ellos a través de esos episodios amorosos que, sin perder su ritmo, no me transmitían ya la indispensable certeza de ser yo la partícipe única e inconfundible de los mismos. Cuando pasamos frente a la península de la Florida y entramos al mar Caribe esperé en vano la visita de mis amigos. Al salir de Kingston, donde tuvimos que permanecer varios días mientras arreglaban las vías de agua que iban en aumento y hacían peligrar el *Lepanto*, se anunció la cercanía de un tornado. Esa noche vino a verme Zagni. En palabras apenas inteligibles me explicó, en forma críptica, que no creía poder perdurar mucho más. Carecía de fuerzas para afrontar la prueba que se avecinaba. Fue la única vez en que mencionó, con todas sus letras, el nombre de Laurent: "El Coronel Laurent Drouet-D'Erlon no está ya entre nosotros. Yo he logrado permanecer por más tiempo, tal vez porque quienes hemos nacido en La Laguna poseemos ciertas virtudes de supervivencia en estos climas". Me acarició los senos con tristeza de quien nunca más volverá a sentir en sus manos el calor de un cuerpo de mujer que se entrega como testimonio de una dicha compensadora, con creces, del dolor de estar vivo. Se retiró de inmediato con torpe presteza que siempre había estado ausente en todas sus acciones. A la mañana siguiente irrumpió el tornado con un vértigo de destrucción, una furia incontrolable y sin tregua que nos arrojó frente a Cristóbal, con el *Lepanto* a punto de naufragar y sus máquinas por completo fuera de servicio. El gaditano y su escasa tripulación bajaron a tierra. Yo me quedé tirada en el camastro, en la semitiniebla de la bodega, sin fuerzas para moverme y con el cuerpo magullado y entumido después de varios días de una zarabanda enfurecida e implacable. Al otro día nos remolcaron hasta Panamá. El patrón había vendido el *Lepanto* como chatarra. En espera de su destino final, el barco quedó surto en la rada frente a la Avenida Balboa. Nunca regresaron por él. Bajé a tierra para arreglar mis papeles en las oficinas de migración. Al regresar al *Lepanto*, me pasé a vivir al camarote del dueño. Estoy segura de que el gaditano debió creer que había desembarcado en Cristóbal sin despedirme. Pocas semanas después, un nuevo temporal tiró los restos del buque a la orilla de rocas y basura en donde ahora está. No podía dejar el barco. Conservaba, contra toda probabilidad, la esperanza de volver a recibir la visita de mis amigos. Del veneciano al menos. Pensaba largamente en ellos, reconstruyendo las horas que vivimos juntos, la historia de sus vidas, el calor de sus caricias y su solidaria complicidad amorosa. Cuando se terminó el dinero que había traído de Palermo, Álex me habló de Villa Rosa y me puso en contacto con la venezolana. Así fue como llegué aquí».

Ilona había seguido con intensa concentración la historia de Larissa. En ningún momento intentó interrumpirla y me intrigó sobremanera advertir que su rostro no mostró la menor señal de duda ni de asombro ante la aberrante improbabilidad de los hechos narrados por la chaqueña. Ésta se despidió sin esperar comentarios o preguntas de nuestra parte. Era como si el relato de tan insoportable experiencia hubiera sido bastante para agotar toda curiosidad, todo interés por su persona. Permanecimos largo rato sin saber muy bien qué decir, hasta que Ilona comentó, con voz que me llegó ajena; como nacida de alguien que despierta de una pesadilla abrumadora:

—Pobre mujer. Cuánto debe haberle costado mantener aquí trato con sus clientes y qué torturas debió pasar después de cada cita. Lo grave es que no hay manera de ayudarla. Es como si viviera en otra orilla, adonde no le llegan nuestras palabras. Además, no las conseguiría entender porque pertenecen a un idioma que desconoce. Cada uno de nosotros se labra su pequeño infierno personal, pero ella ha tenido que cargar, además, con el de otros que ni siquiera estaban ya entre los vivos. Mala sombra le cayó a la chaqueña.

Resolvimos apresurar nuestra partida. La historia de Larissa nos había dejado un sordo malestar que no conseguíamos vencer. Longinos nos manifestó su interés por quedarse con el negocio. Prescindiría de la ficción de las azafatas, por cierto ya casi inexistente. Habló con doña Rosa, quien estuvo de acuerdo en traspasarle nuestro contrato. También ella había desarrollado una notoria simpatía por el inteligente y discreto mozo de Chiriquí, con el que tenía a menudo largos diálogos siempre relacionados con el manejo y la vida del negocio por el que Longinos mostraba bastante más vocación y talento que nosotros. La parte que le había correspondido en la repartición de nuestras ganancias le permitía continuar con éxito en la empresa, cuyas riendas hacía mucho tiempo había tomado, liberándonos de algo que nos estaba resultando intolerable. La monotonía de esa rutina era ajena a nuestros principios de perpetuo desplazamiento, de rechazo de lo que pudiera significar un compromiso duradero, una obligada permanencia en no importa qué lugar de la Tierra.

A tiempo que continuábamos con los preparativos para salir de Panamá y dejar a Longinos instalado en Villa Rosa, iba en aumento mi preocupación por la forma como la presencia y, luego, la historia de Larissa habían influido en Ilona. Los síntomas no eran muy evidentes, pero para quien, como yo, la conocía bien y había convivido con ella largas temporadas, el cambio no podía pasar desapercibido. Hablar con ella al respecto hubiera sido, además de inútil, bastante inoportuno. Ilona guardaba celosamente su independencia y tenía un cuidado muy inteligente y personal al hacer confidencias a los seres que quería, por los que sentía esa amistad basada en una confianza absoluta y en un tratado de límites tan estricto como equitativo. Sabía que, llegado el momento, ella hablaría conmigo del asunto. Así fue. Pocas semanas después de oír la historia de Larissa, recibimos una carta de Abdul Bashur fechada en La Rochelle. Nos contaba que el negocio del *Fairy of Trieste* progresaba notablemente. Había entrado en sociedad con dos comerciantes sirios a los que conocía desde su juventud. El próximo viaje tenía como destino final Vancouver. Por lo tanto, calculaba pasar por Panamá en una fecha próxima, que nos haría saber por telegrama desde la escala anterior a su paso por el Canal. Venían, luego, algunos comentarios sobre nuestras actividades en Villa Rosa, las cuales, sin dejar de remover su puritanismo islámico, le despertaban un travieso humor que mostraba ese fondo suyo de inocencia y gracia tan bien disimulado tras sus artes de mercader levantino. Las noticias de Abdul nos produjeron un alivio muy grande. Nos ilusionaba sobremanera la perspectiva de reunirnos en breve con él. Pero, por otra parte, la carta de Abdul vino también a precipitar la ansiedad de Ilona tal como lo había yo previsto. Una mañana en que desayunábamos en la terraza, planteó el asunto con la reflexiva intensidad que ponía en sus palabras cuando estaba de por medio el campo de sus afectos. Mientras me servía el té, con los gestos ceremoniales que le eran propios para esa ocasión, desde cuando vivimos juntos por primera vez, me comentó usando los registros más bajos de su voz:

—No sé qué vamos a hacer con Larissa. Siento que aquí no se puede quedar. Pero llevarla con nosotros sería una responsabilidad tremenda. Tú qué piensas.

Con la vista fija en su taza, servía el té con una lentitud que denunciaba su tensa espera de mis comentarios.

—Yo creo —le dije, después de medir bien las palabras que iba a usar— que el asunto es más complejo de como lo es-

tás planteando. Es evidente que si esta mujer se queda viviendo en los escombros del *Lepanto,* irá, rápidamente, hacia una
disolución física y mental sin remedio. El tiempo de su espera
se ha agotado. Frente al abismo, a la nada, se agarra como náufrago al salvavidas, al rescate que significa tu amistad, tu comprensión, tu interés hacia la experiencia inconcebible que ha
vivido. Pero lo que veo, con evidencia que me aterra, es que,
en lugar de tú sacarla del tremedal que la devora, es ella la que te
está arrastrando con una fuerza que ni tú misma estás midiendo. Llevarla con nosotros no arreglaría nada, desde luego. Además no creo que haya nada que consiga sacarla ya del *Lepanto.*
Ella «es» ese barco, forma parte de esos despojos tirados en la
costanera; hasta tal punto que uno no consigue saber dónde
terminan éstos y dónde comienza ella. El problema no es Larissa, ella hace mucho tiempo que prescindió de hacerse ninguna pregunta, de plantearse ninguna duda. El problema eres
tú que, sin medir hasta dónde te comprometías, has avanzado
a su vera un trecho del camino no sé qué tan largo y por eso
no sé si pueda aún existir para ti la posibilidad de un regreso.
Sólo tú sabes. Me doy cuenta de que no resulto de mucha ayuda. No sé hasta dónde han ido los lazos que te unen a la chaqueña. Y no sólo hasta dónde han ido sino a qué orden pertenecen. No sé. No sé qué decirte.

Ilona no había probado su té y me miraba con ojos de
alarma y desamparo.

—No —contestó—, no he estado con ella en la cama.
Si es lo que quieres precisar. Eso no tendría mucha importancia. Me conoces lo suficiente como para saber que no son ésos
los lazos que me pueden obligar a cambiar de vida. Es algo
más hondo y más terrible. Es una especie de simpatía desgarrada que me hace sentir responsable de lo que le pueda suceder y, lo que es aún peor y más incomprensible, de lo que ya
ha padecido. Hay algo en Larissa que me despierta demonios,
aciagas señales que reposan en mí y que, desde niña, he aprendido a domesticar, a mantener anestesiados para que no aso-
men a la superficie y acaben conmigo. Esta mujer tiene la extraña facultad de despertarlos pero, por otra parte, al ofrecerle
mi apoyo y escucharla con indulgencia, logro de nuevo apaci-
guar esa jauría devastadora. Tampoco yo sé, por eso, qué pueda hacer por ella ni cómo dejarla.

Le respondí que, como tantas otras veces en nuestras vidas y en las de todos los seres, la respuesta y la solución que buscamos a los callejones sin salida las traen el azar, los recodos insospechados e imprevisibles del tiempo. Me di cuenta que era un consuelo bastante precario el que trataba de darle y que en su infalible lucidez, ella estaba pensando ya en que esas esquinas del tiempo también suelen depararnos el horror inconcebible de sus maquinaciones y sorpresas. Continuamos desayunando en silencio. Era evidente que ninguno de los dos tenía mucho más que añadir. Lo único que podíamos hacer era proseguir con nuestros planes de partida sin detenernos en algo cuya solución se nos escapaba, tal vez porque no estuviera en nosotros buscarla y, mucho menos, hallarla.

El fin del *Lepanto*

Larissa siguió visitándonos, pero había suspendido toda cita con sus clientes. Hablaba muy poco y arrastraba un cansancio sin alivio posible; un agotamiento que la mantenía a punto de caer en un largo sueño cuya presencia era cada vez perentoria. Longinos había tomado cuenta de la marcha del negocio en forma tan eficiente y discreta, que llegamos a sentirnos como sus huéspedes, siempre bien atendidos pero ajenos ya, por completo, a la vida de Villa Rosa. La farsa de las *stewardess* pertenecía a la historia. De vez en cuando, nos cruzábamos con alguna bella visitante que nos era desconocida o con algún atildado funcionario de la banca o del comercio que nos miraba como a intrusos cuyo encuentro evitaba discretamente. Reunimos en una sola suma el total de nuestras ganancias y la depositamos en una cuenta con firma mancomunada en un banco luxemburgués que nos había recomendado Abdul. Sólo esperábamos noticias suyas para fijar la fecha de nuestra partida. Sabía que la suerte de Larissa continuaba siendo para Ilona una incógnita lacerante y sin respuesta. Una mañana subió Longinos para hablar conmigo. Noté que deseaba hacerlo cuando Ilona no estuviera presente. Bajé con él, con cualquier pretexto, y me susurró que Larissa quería verme. Esa tarde estaría esperándome en el barco.

Cuando llegué al sitio donde estaba recostada la informe ruina del *Lepanto,* la mujer se asomó por el ojo de buey de su refugio y me invitó a subir. El cubículo que había sido del gaditano mostraba una pobreza desoladora. La cama, con las cobijas en desorden, exhalaba una mezcla de perfume barato y de sudor. Un ligero tufo a gas salía de una pequeña hornilla colocada en lo que debió ser antes el estante para mapas y cartas de navegación. Debajo había un pequeño tanque de propano y algunos trastos de cocina desportillados e informes. Del armario empotrado en la pared, ya sin puertas y apenas cubierto por un trozo de tela, asomaban prendas de vestir que reconocí al instante como las que solía usar su dueña para visitarnos en Villa Rosa. Larissa estaba de pie, recostada en el ojo de buey, mirándome con un aire ajeno como si le costara trabajo reconocerme. No había dónde sentarse. Permanecí en pie mientras ella comenzó a hablar en frases entrecortadas y sin ilación. Mencionó la proximidad de nuestros planes de partida y algo sobre el nuevo giro que tomaban los asuntos en Villa Rosa. Le contesté con vaguedades, en espera de enterarme cuál era el motivo por el que había pedido que fuera a verla. Tras un breve silencio, se dejó caer en la cama y, cubriéndose el rostro con las manos, habló con voz sorda que intentaba contener el llanto:

—Ilona no se puede ir. No me puede dejar aquí sola. Yo no se lo pediría nunca. Usted sí puede decírselo. Por favor, Maqroll, si ella me abandona ya no queda nada, nada, usted lo ve —con el brazo señaló el camarote en un gesto de patético desaliento. No sabía qué responderle.

—Hable con ella —sugerí sabiendo que nada adelantaría con esto—. No se me ocurre ninguna solución por ahora. Venga a vernos y hablemos juntos. No sé. No creo que pueda ayudarle mucho.

Había vuelto a cubrirse el rostro con las manos. Cuando terminé de hablar movió los hombros con la desesperación de quien se sabe perdido sin remedio.

Regresé a la casa y conté a Ilona mi visita a Larissa.

—Hay que resolver esto pronto. Dejarla en la indecisión la hará sufrir más. Mañana te digo lo que haya resuelto —comentó con la firmeza de quien no desea prolongar un suplicio innecesario.

Nos sentamos en la terraza esperando a que avanzara la noche y nos rindiera el sueño. Recordamos episodios de nuestras empresas con Abdul Bashur y volvimos, por enésima vez, a evocar ciertos rasgos de nuestro amigo que nos conmovían particularmente. Terminamos por rememorar el que mejor lo retrataba: cuando partió bruscamente de Abidjan, adonde habíamos ido para cerrar un negocio de estatuillas de bronce antiguas que nos vendía el jefe de una tribu del interior, sólo para devolver una parte de la descomunal ganancia que hiciera en un transporte de peregrinos de Trípoli a La Meca. «El hombre que contrató el viaje —nos explicó— es un santón inocente que aceptó la primera suma que mencioné. Voy a devolverle la mitad. Así quedaré tranquilo». Le explicamos que eso podía hacerlo más tarde, que su presencia era indispensable en la Costa de Marfil porque nosotros no conocíamos mucho de antigua escultura africana. No hubo manera de convencerlo. Viajó esa misma noche y diez días después regresó con expresión de punzante culpabilidad en el rostro y un humor sombrío. El patriarca había muerto y no dejó ningún pariente a cargo de sus cosas. La comunidad chiíta, a la cual pertenecía, no quiso recibir el dinero de Abdul. «No comprenden mis intenciones —comentó—. Creen que estoy tratando de pasarme de listo con ellos. Voy a donar esa cantidad al leprosario de Sassandra». Así lo hizo. Ese dinero nos hubiera permitido duplicar nuestras ganancias en lo de las estatuas de bronce, porque la pieza principal, por la que nos hubieran pagado más en Europa, no pudimos adquirirla.

Esa noche Ilona estuvo dando vueltas en la cama. La oí levantarse e ir en busca de un poco de aire fresco a la terraza. Era evidente que no conseguía dormir. Cuando desperté, estaba extendida en una de las sillas de lona de la terraza. Se la veía tan cansada que me sorprendió la serenidad de su voz cuando me comunicó la resolución a la que había llegado:

—Nos vamos, Maqroll. Nos vamos de aquí y lo hago sin ningún remordimiento. No voy a hundirme con Larissa. Además, ella hace ya mucho tiempo que está en la otra orilla. No se trata de si tiene o no salvación. Eso no depende de mí ni de nadie que pertenezca todavía al mundo de los vivos. Ella, quién sabe desde cuándo, presidió ya su propio funeral. Te consta que nunca me han gustado, que no he asistido jamás a los entierros. Ya hablaré con Larissa en su momento. No le doy más vueltas al asunto.

Conociendo a Ilona como yo la conocía, no tuve ninguna duda sobre la entereza de su determinación. Su fidelidad a la vida siempre tuvo algo de felino, de instantáneo y reflejo, donde la razón no jugaba ningún papel. En verdad, no había nada más que hablar sobre Larissa. No importaba el precio que Ilona tuviera que pagar en su interior. Los dados se habían detenido. La partida estaba jugada.

Longinos adquirió una pequeña camioneta de segunda mano y en ella nos dedicamos a recorrer con él los lugares que frecuentábamos antes y que nos recordaban mis días de penuria y los de súbita prosperidad con la aparición de Ilona. De vez en cuando, nos acompañaba Larissa. Aunque Ilona no hubiera hablado con ella, la chaqueña presentía el veredicto que la esperaba. En estas salidas que hicimos en su compañía, no mencionó el asunto, ni la noté más triste, ni más vestal de las sombras que de ordinario. El telegrama de Abdul llegó un sábado en la tarde. En una semana tocaría Cristóbal. Nos esperaba a bordo del flamante *Fairy of Trieste*. En su bodega traía botellas del mejor Tokay. Esa parte del mensaje iba dirigida a Ilona, cuya preferencia por el vino *magyar* era objeto de frecuentes y divertidas alusiones de nuestra parte. Lo que Abdul no sospechaba, porque lo guardábamos como una sorpresa, era que viajaríamos con él. El día anterior al de nuestra partida, Ilona me dijo que iba a hablar con Larissa. Estaba tranquila, pero se notaba en sus facciones esa rigidez que traiciona el dolor contenido pero aceptado como el precio que, irremediablemente, hay que pagar para seguir siendo lo que somos.

Almorzamos una ligera comida fría en la terraza. Al terminar, fui a tenderme en la cama para dormir una siesta. Ilona se despidió dándome un beso en la frente:

—No será fácil, Gaviero. No sabes cómo duele. Es como golpear a un inválido. Pero no hay otro remedio. *Les jeux sont faits.*

La vi desaparecer por la puerta con el andar elástico de sus largas piernas y el balanceo de los hombros que le confería una perpetua adolescencia. Me quedé profundamente dormido. Cuando desperté ya casi era de noche. Sentí la cabeza pesada de tanto dormir. El calor había aumentado notablemente, como sucede siempre cuando se aproxima la lluvia. Era la primera tormenta de la temporada. Lejanos relámpagos iluminaban el cielo con una fulgurante y operática intermitencia. Los truenos apenas se escuchaban, pero era fácil advertir que se iban acercando. De repente, Longinos irrumpió en mi cuarto con una expresión aterrada y el rostro bañado por las lágrimas. Apenas podía hablar:

—La señora, mi don, la señora, venga conmigo.

Temblaba como un animal acosado. Me vestí con lo que tenía a mano y subimos a la camioneta.

—Déjame conducir —le dije—. Así no puedes.

—No, señor —me contestó un poco más controlado—, usted no tiene licencia. Yo puedo hacerlo. Vamos.

En el camino lloraba sin parar y no pudo explicarme nada. Llegamos al sitio donde había estado el *Lepanto*. Un grupo de curiosos rodeaba un pequeño montón de cenizas que los bomberos escarbaban, ayudados con linternas de mano. Los haces de luz recorrían hierros retorcidos, maderas carbonizadas cuyos muñones surgían entre las piedras de la orilla y los bloques de cemento ennegrecidos por el incendio. Me acerqué a uno de los bomberos y le pregunté qué había sucedido:

—Estalló el tanque de gas que la loca esa tenía en el camarote. A quién se le ocurre. Voló todo en pedazos. El incendio fue instantáneo. A ella ya la encontramos. Pero parece que había alguien más.

De repente me miró con aire intrigado. Longinos se me adelantó:

—No, el señor no la conocía. Yo sí, aquí estaré por si puedo ayudarles en algo.

El bombero no pareció prestar atención y volvió a su tarea.

—¡Aquí está, aquí está! —oímos que alguien gritaba entre los escombros. Unos instantes después un bombero pasó frente a nosotros, cargando en una sábana agarrada por los cuatro extremos un bulto informe y carbonizado. De la sábana, sucia de barro y ceniza, goteaba un líquido rosáceo que apenas manchaba el pavimento. El bombero que había hablado con nosotros se acercó a Longinos:

—Venga más tarde al anfiteatro para ayudarnos a identificar los cuerpos. Va a ser muy difícil. Están casi totalmente carbonizados. Pero tal vez algo pueda encontrarse: papeles, alguna joya. Deme su nombre y su dirección.

Longinos se los dio. El oficial tomaba nota en una cartera que sacó de un bolsillo de su camisa.

Contemplábamos atontados lo que quedaba del *Lepanto*. Los curiosos se fueron dispersando. Quedamos unas cinco o seis personas. Oí el inconfundible golpeteo de una pierna ortopédica en el pavimento. Volví a mirar. Era el portero del hotel Astor que se perdía en las sombras de la calle de enfrente. Entonces vine a recibir de lleno el golpe de lo sucedido. Todo había sido tan repentino que hasta ese momento había actuado en forma refleja y ausente. Longinos me tomó del brazo:

—Vamos al bar de Álex, mi don. Tómese algo. No sabe qué cara tiene.

Nos dirigimos hacia allí. En la barra, Álex me sirvió un vodka doble sin hielo. Puso su mano en mi brazo y con voz compasiva que le salía del alma, me dijo:

—Yo sé lo que esto le duele, Gaviero. Cuente conmigo para cualquier cosa. Soy su amigo. Usted lo sabe. Quédese aquí un rato. Lo que quiera.

Fue hacia el tocadiscos y bajó el volumen de la música todo lo que le permitía la animada clientela del establecimiento.

Un dolor sordo empezaba a crecerme en mitad del pecho. Era como un erizo que se iba hinchando, desgarrando todo, sin pausa, sin alivio. Longinos, a mi lado, me observaba con desconsuelo. No sé cuánto tiempo estuve allí. Pasada la medianoche, Longinos me llevó al Hotel Miramar. La dueña, también con una simpatía sincera y dolorida, me arregló un cuarto de inmediato. No podía regresar a Villa Rosa. Longinos no quería dejarme solo, pero le insistí que se encargara de las diligencias judiciales. Le pedí también que me trajera luego alguna ropa, un maletín con papeles y una maleta que estaban en mi habitación.

—Al rato vengo, no vaya a irse. Espéreme, por favor —me dijo, con evidente preocupación de que me quedara solo.

—Vete tranquilo —le dije—. No te preocupes por mí. Aquí estoy bien. No quiero ver a nadie. Vuelve cuando puedas.

Se fue un poco más tranquilo. Me tendí en la cama, tratando de mantener la mente en blanco. Era imposible. El recuerdo de Ilona invadía con devastadora avidez cada instante de ese presente detenido, congelado, intolerable. No podía apartar la imagen obsesiva e inconcebible del montón de carne carbonizada que el bombero llevaba en la sábana anónima de una ambulancia; y las gotas rosadas cayendo al piso, mezclándose con las primeras del aguacero que ahora caía con la torrentosa vehemencia de las lluvias del istmo. Ilona muerta. Ilona, muchacha, qué golpe rastrero contra lo mejor de la vida. Empezaron a desfilar los recuerdos. Con los ojos secos, sin el consuelo del llanto, transcurrieron largas horas en ese último intento de mantener, intactas por un momento todavía, esas imágenes del pasado que la muerte comenzaba a devorar para siempre. Porque la muerte, lo que suprime no es a los seres cercanos y que son nuestra vida misma. Lo que la muerte se lleva para siempre es su recuerdo, la imagen que se va borrando, diluyendo, hasta perderse, y es entonces cuando empeza-

mos nosotros a morir también. La ausencia de Ilona, estando
ella viva, era algo que conocía muy bien y con lo que estaba
familiarizado. Su ausencia definitiva era algo que me costaba tanto trabajo, tanto dolor, tratar de imaginar, que prefería
volver de nuevo a los recuerdos. Allí encontraba, aún, un refugio, efímero y endeble, pero, en ese momento, el único al que
podía acudir para no caer en la nada.

Longinos llegó con la ropa y los papeles. Había estado
en la morgue. Un anillo de Larissa sirvió para identificarla. En
opinión de los bomberos, ella había abierto la llave del gas y
dejado que éste escapara casi en su totalidad. Era de pensar
que la misma persona había encendido algún fuego. La explosión fue tan brutal que fulminó todo en su instante.

—Fue Larissa, mi don. Puta bruja. Nunca le tuve la menor confianza. Esa mujer estaba loca. Le tendió a la señora Ilona la trampa para que no se fuera. Por eso estaba tan mansita
en los últimos días.

El pobre Longinos lloraba de nuevo con la cándida entrega al dolor que tienen los seres primitivos e inocentes y que
es la única forma de acompañar a los muertos y de hallar algún
alivio a su ausencia. Le pedí que se fuera a dormir. Al día siguiente tenía que llevarme a Cristóbal para recibir a Abdul.

En la mañana, muy temprano, ya estaba Longinos esperándome en el vestíbulo del hotel. Fuimos primero al banco
en donde teníamos nuestra cuenta. Allí giré el dinero de Ilona
a su prima de Oslo que ahora vivía en Trieste. Era la única sobreviviente de su familia. Ilona la quería mucho, pero soporta-
ba con poca paciencia sus observaciones de burguesa convencional que no entendía cómo su prima podía llevar una vida
semejante. En el camino a Cristóbal le expliqué a Longinos cómo quería que recibieran sepultura los restos de nuestra amiga.
En una simple lápida de piedra debía poner el nombre, Ilona
Grabowska, y, abajo, en letras pequeñas: «Sus amigos Abdul y
Maqroll que la quisieron tanto». No hablamos más durante el
viaje. Cuando llegamos a Cristóbal un pequeño buque tanque,
pintado de azul y naranja, se acercaba lentamente al muelle. Una
fea punzada en el pecho me anunció la desoladora tarea que me
esperaba: decirle a Abdul Bashur que Ilona, nuestra amiga, no estaba ya entre nosotros. En la proa del navío se alcanzaba a leer
ya, claramente, *Fairy of Trieste*.

UN BEL MORIR

*A Jorge Ruiz Dueñas, amigo
ejemplar y avezado seguidor
de los asuntos del Gaviero.*

Un bel morir tutta una vita onora.

FRANCESCO PETRARCA

Todo irá desvaneciéndose en el olvido
y el grito de un mono,
el manar blancuzco de la savia
por la herida corteza del caucho,
el chapoteo de las aguas contra la quilla en viaje,
serán asunto más memorable que nuestros largos
abrazos.

ÁLVARO MUTIS,
«Un bel morir...», Los trabajos perdidos

Accumulons l'irréparable!
Renchérissons sur notre sort!
Tout n'en va pas moins à la Mort,
Y a pas de port.

JULES LAFORGUE, Solo de Lune

Todo hombre vive su vida como un animal acosado.

NICOLÁS GÓMEZ DÁVILA, Escolios

Todo comenzó cuando Maqroll se fue quedando en Puerto Plata y pospuso, por un tiempo indefinido, la continuación de su viaje río arriba. Se trataba, en esta navegación hacia las cabeceras del gran río, de encontrar alguna huella de vida de quienes compartieron, años atrás, algunas de sus miríficas empresas. Desalentado por la ausencia de la menor noticia sobre sus antiguos compañeros y con amargo sabor en el alma al ver cómo se agotaban las últimas fuentes que nutrían esa nostalgia que lo había traído desde tan lejos, concluyó que le daba igual quedarse allí, en el humilde caserío, o seguir remontando la corriente, ya sin motivo alguno que lo moviera a hacerlo.

Buscando alojamiento en La Plata encontró una habitación disponible en casa de una mujer ciega, muy estimada en el lugar. Todo el mundo la conocía como doña Empera. Después de convenir el precio del hospedaje y de otros servicios como las comidas y el arreglo de su escasa ropa, escogió un cuarto cuya ubicación era un tanto sorprendente. Para ganar espacio, la dueña había hecho construir dos habitaciones que avanzaban sobre la corriente del río y se sostenían sobre rieles de ferrocarril enterrados en la orilla en forma oblicua. La construcción se mantenía firme por uno de esos milagros de equilibrio que logran en esas tierras quienes saben aprovechar todas las posibilidades del grueso bambú, allí conocido como guadua, cuya ligereza y versatilidad para servir a los propósitos de la edificación llegan a ser insuperables. Las paredes, levantadas con el mismo material, se completan y afirman con una arcilla de color rojizo que se encuentra en los acantilados que cava el río en los trayectos donde su curso se estrecha.

El cuarto parecía más bien una jaula suspendida sobre el arrullador borboteo de las aguas color tabaco, de las que subía un lenificante aroma a lodo fresco y a vegetales macerados por la siempre caprichosa e imprevisible corriente del río. Los demás cuartos eran arrendados por doña Empera a parejas ocasionales a las que sólo exigía el pago por adelantado de los días que fueran a estar allí y la conservación de un orden estricto en las pertenencias de los huéspedes. Ella misma se encargaba de arreglar las habitaciones y, en la forma más comedida, pero terminante, pedía a sus clientes que, desde el primer día, le indicaran el lugar escogido para cada objeto. Así podía limpiar la habitación siguiendo siempre el mismo orden. Cuando el Gaviero llegó a la casa para preguntar por un cuarto disponible, la dueña le contestó sin vacilar:

—Yo a usted lo conozco, don. Ha pasado por La Plata varias veces pero nunca se ha quedado aquí. He oído hablar de usted. Por cierto que nadie consigue decirme cuál es su oficio o de qué vive. Pero eso no es lo que me extraña. Lo que me intriga es que, si las que lo mencionan son mujeres, nunca lo hacen con rencor, pero les noto en la voz un como miedo que no les permite hablar mucho.

—Siempre hablan de más, señora —comentó el Gaviero. Tres o cuatro veces había pasado por allí en busca de un lugar en donde detener sus pasos y las mujeres con las que había estado, hembras de ocasión, de rostro anónimo y ningún rasgo memorable de carácter, no merecían haber despertado la curiosidad de doña Empera—. Nunca les dejo mucho de qué hablar y tal vez por eso se quedan imaginando tonterías.

—Puede ser eso —repuso ella no muy convencida—. A mí lo que me importa es que usted es persona de fiar y merece mi confianza. El resto vaya el diablo y averigüe. Los ciegos sabemos más sobre la gente que los que tienen ojos para ver y no ven. Cuando nos engañan es porque queremos y dejamos que lo hagan. Usted, que ha vivido tanto, me comprenderá.

La dueña se despidió y Maqroll se quedó ordenando sus cosas e instalándose en su habitación. Cuando terminó de hacerlo, la mujer regresó y él fue indicándole cada objeto y el lugar que ocupaba.

—No es mucho lo que trae —comentó la dueña con cierta curiosidad no exenta de compasión.

—Lo indispensable, señora, sólo lo indispensable —contestó el Gaviero tratando de dar fin al diálogo.

—Y esos libros ¿también son indispensables? —le preguntó doña Empera con esa sonrisa desvaída con la que los ciegos tratan de hacerse perdonar su curiosidad—. ¿Sobre qué son? —insistió con franco interés que no dejó de intrigar al Gaviero.

—Uno es la vida de san Francisco de Asís, escrita por un danés; ésta es la traducción francesa. El otro, en dos tomos, contiene las cartas, también en francés, del Príncipe de Ligne. En ellas se aprende mucho sobre la gente, en especial sobre las mujeres —la curiosidad de la ciega merecía, exigía casi, esos detalles por parte del lector y dueño de los libros.

—Mi nieto —siguió diciendo la dueña— me leía mucho, sobre todo libros de historia. Los vendí cuando me lo mató la federal. Sospecharon que estaba en la guerrilla porque siempre andaba leyendo. Lo hacía sobre todo para distraerme. Pero esa gente no pregunta; entra matando. Siempre andan muertos de miedo.

—¿Vienen mucho a La Plata? —preguntó el Gaviero interesado por esa mención de las fuerzas armadas con las que jamás, en parte alguna, había tenido buenas relaciones.

—No, señor. Hace mucho no bajan hasta aquí. Todo está ahora muy tranquilo. Pero eso no quiere decir nada. Nunca se sabe con ellos.

El Gaviero guardó silencio y siguió acomodando sus cosas y cambiando de lugar los precarios muebles del cuarto. El tema no le atraía. Su relación con las armas había ocurrido en otros ámbitos por completo extraños a éste y con gentes de muy distinta condición. Además, todo aquello era para él asunto olvidado, una experiencia que había venido a sumarse a muchas otras que cargaba a la cuenta de la sandez humana. Antes de partir, doña Empera le hizo una especie de declaración de principios o, mejor, de reglas de conducta respecto a las visitas femeninas. Documento oral que no dejó de intrigarlo y proyectarle ciertas luces sobre la aguda inteligencia de la patrona del lugar.

—Si quiere traer alguna amiga para pasar la noche con ella —indicó doña Empera— en principio yo no tengo ninguna objeción. Pero como este caserío es lo que usted ya ha podido ver y todos nos conocemos hace mucho tiempo, le aconsejaría, por su propio bien, que antes de invitar alguna amiga hable conmigo. No lo tome como una intromisión en sus asuntos, sino como el deseo de que no nos metamos los dos en problemas. Yo puedo darle algunas indicaciones muy útiles que le evitarán compromisos engorrosos. Ya sabe a qué me refiero. Otra cosa: cuide su dinero. No pase por generoso en un poblacho como éste en donde nos estamos hundiendo en la miseria. Bueno, que descanse y buena suerte.

El golpeteo del bastón se fue alejando hasta perderse al fondo de la casa. El Gaviero se extendió sobre el duro camastro, en donde el leve colchón de borra pretendía brindar un dudoso alivio contra las tiras de guadua que formaban el tablado. Oía pasar el agua con la monótona energía de una rutina sin sosiego. El murmullo lo fue adormeciendo hasta que cayó en un sueño profundo. El calor implacable de la tarde, cuando toda brisa se suspende y llegan los mosquitos, lo despertó de repente. Hacía muchos años que no sentía ya su picadura pero el inclemente zumbido seguía irritándolo sin remedio.

La vida en La Plata era como la de todos los pequeños caseríos al borde del río. La llegada del barco de pasajeros, con sus grandes ruedas de palas pintadas de color ocre o el arribo de las caravanas de barcazas tiradas por un remolcador tartajoso, eran el principal acontecimiento del lugar. Cuando llegaba esa ocasión, la cantina, ubicada entre las demás casas, frente al terraplén que hacía las veces de plaza, mirando al río, adquiría una inusitada pero fugaz actividad. Al continuar su viaje, los barcos dejaban de nuevo el pueblo sumido en la modorra de un clima de sauna, en medio de un silencio que llegaba a producir la impresión de que la vida se había retirado de allí para siempre. Algunas noches, una victrola rompía la callada tiniebla con el chillón y casi irreconocible lamento de un tango de los años treinta o una gangosa canción del doctor Ortiz Tirado que hablaba del amor con la unción melodramática de un fatal pecado de utilería.

El Gaviero alternaba las lecturas en su cuarto con muy dosificadas visitas a la cantina, cuando ésta se hallaba casi vacía. Doña Empera lo puso en contacto con algunas mujeres amigas suyas. Eran campesinas que bajaban de la montaña para hacer compras en la única tienda del pueblo, cuyo dueño, el turco Hakim, solía acosarlas de vez en cuando con solicitaciones premiosas y siempre mal pagadas. Ellas trataban de completar el escaso dinero que traían del rancho con alguna pequeña ganancia extra que les permitiera adquirir algún adorno de fantasía o unos metros de tela. Los amigos de la ciega eran la fuente más segura y discreta para tales operaciones. No conseguía Maqroll recordar ni siquiera el nombre de alguna de esas fugaces compañeras de una noche. Las reconocía, a veces, por el olor de la piel o por las historias, siempre las mismas, con las que llenaban los intervalos entre cada episodio amoroso. Se trataba en éstos de seguir un proceso semejante al de los alquimistas, destinado a conservar algunas zonas imprescindibles de su nostalgia, sin permitir que se impregnasen del presente sin rostro, ni perdiesen la virtud de salvarlo del lento deslizarse hacia la nada cuya certeza lo atormentaba a menudo.

Una de las ventanas del cuarto daba hasta el piso y abría a un tambaleante balcón de guadua suspendido sobre la corriente. Allí pasaba el Gaviero muchas horas, recostado sobre el barandal, contemplando el curso siempre cambiante, siempre sorpresivo, de las pardas aguas sin memoria. En la orilla opuesta se divisaban los extensos campos sembrados de algodón, alternando con las parcelas de caña de azúcar. El tono acerado y oscuro de éstas contrastaba con los blancos copos que imprimían al paisaje un carácter de vaga pesadilla. La cordillera se erguía al fondo, imponente, con sus picos por los que cruzaba la niebla en velos vertiginosos o caía la lluvia en densos telones que se instalaban durante varias horas. A menudo, por las tardes, era posible, después de la lluvia, contemplar el borde, destacado y sobrecogedor, de las cimas más altas, del páramo inalcanzable y señero. Era un paisaje ordenado, soñoliento y denso, que se ajustaba al ritmo perezoso de las aguas oxidadas y espesas de la gran corriente que descendía hacia el mar en un silencio apenas perturbado por el borboteo de los remolinos surgidos alrededor de las grandes lajas de pizarra que aparecían de vez en cuando en la superficie. Maqroll podía pasar muchas horas embebido en el desfile ceremonial que se disolvía al llegar la noche, acompañada del febril coro de los grillos y del chillido de los murciélagos que pasaban en precipitado vuelo rasante por sobre la corriente y los tejados de las casas.

La Plata era un caserío semejante a todos los demás que agonizaban al pie del gran río, sin razón ni propósito definido en su existir anodino y monótono. Unas cuantas casas con techo de palma. El puesto del ejército y la tienda de Hakim con techos de zinc, pintados el primero de un color gris rata y el del turco de un fresa rabioso y gratuito. El Gaviero había comenzado a entrar en una beatífica serenidad, que, en el fondo, le preocupaba por sentirla extraña a su inagotable ansiedad ambulatoria. La ausencia de esta última podía estar indicándole un cambio radical de su ser, al que, al principio, se negó a acostumbrarse. Siempre había sentido temor por tal clase de mudanzas que, en forma un tanto difícil de precisar, se le antojaban como un anuncio de aciagas consecuencias, como una caída del telón para la que nunca creía estar suficientemente preparado. De estas meditaciones en el balcón y de sus apacibles lecturas, vino a sacarlo bruscamente la noticia de un proyecto de construcción ferroviaria a lo largo de la cuchilla del Tambo, uno de los lugares más altos e inhóspitos de la cordillera. Cada mañana la podía divisar desde el balcón de su cuarto, envuelta casi todo el año por un impenetrable manto de niebla. Se la había señalado doña Empera, que le relató sobre el paraje inconcebibles historias llenas de una violencia demente que le dejaban el malestar de un sombrío pronóstico indefinible.

El encuentro de Maqroll con la empresa ferroviaria en la cuchilla del Tambo nació por obra de un azar idiomático y de una reacción de nostalgia *à rebours*. Habían transcurrido varios meses desde su instalación en casa de doña Empera. Sus relaciones con la dueña habían llegado a ser, más que amistosas, familiares. Resultó de una inteligencia fuera de lo común y acabó tomándole a su huésped un afecto con ciertos visos maternales en el que había una no escasa dosis de curiosidad por alguien cuya vida iba conociendo en largas conversaciones a la hora de las comidas y por noticias recibidas antes de la llegada del Gaviero y que ella guardaba celosamente. A éste le desazonaba el sigilo de la ciega para ocultar tales informes. Sólo alcanzó a saber que se referían a una época en que él vivió en un lugar del páramo, al pie de la carretera. Eso bastaba para atizar aún más su curiosidad, pero doña Empera mantenía un riguroso silencio al respecto.

Maqroll vivía de una módica cantidad que le giraba un banco de Trieste, con puntualidad sujeta a las más inesperadas y absurdas irregularidades del correo. Los giros los cambiaba en la tienda de Hakim, quien accedió a hacerlo merced a la intercesión de la dueña que tenía sobre él un misterioso ascendiente. Doña Empera, desde un principio, mostró la mayor comprensión y paciencia por las demoras que el caos postal imponía al pago de la pensión. No pasó mucho tiempo antes de que ofreciera a su huésped pequeñas sumas en préstamo para cubrir sus gastos más inmediatos y algunas cuentas que solían quedar pendientes con el mismo Hakim y en la cantina. Los transitorios amoríos del Gaviero eran la causa de las primeras y el apremiante afán de olvido que le acosaba por épocas era la razón de las segundas. A la cantina solía, en efecto, acudir pensando que el brandy le haría más llevaderos los accesos de hastío causados, en buena parte, por la constatación del paso de los años sobre sus cansados huesos de nómada irredento. Estas crisis, como era previsible, desembocaban en fantasías, cada vez más concretas, sobre lo que podría ser el final de sus días y estaban siempre acompañadas de una también cada vez más radical liquidación de las endebles razones que lo sostenían para seguir viviendo. Las incursiones a la cantina le ocupaban largas horas y se cumplían en una rutina de silencio y marginación que, tanto el cantinero como los parroquianos, aprendieron a respetar desde la primera visita de Maqroll, cuando fue a sentarse parsimoniosamente en la mesa más apartada, en un rincón del fondo y pidió un brandy doble. No importaba que la victrola atronara con música que el Gaviero parecía no escuchar. Las copas de brandy se sucedían regularmente, a medida que sus ojos, imprecisos y opacos, se perdían en un atónito paisaje interior, inasible para los presentes. Para él, de una familiaridad devastadora. Así transcurrían las horas. Entrada la noche, pedía la cuenta que pagaba, o bien en efectivo, si había recibido el giro de Trieste, o bien firmando el vale con los amplios trazos de su letra clara pero ligeramente infantil. Doña Empera, sin mencionárselo, había conseguido con el dueño de la cantina esta deferencia para con su huésped.

Nadie se acercaba a la mesa donde se sentaba el Gaviero. Ni siquiera las mujeres que había conocido en La Plata y que entraban para comprar aguardiente y llevárselo a los hombres de la sierra. Cuando atracaban barcos o caravanas de barcazas en La Plata, la cantina solía llenarse de una clientela sedienta y rijosa, que el dueño, un negro de pelo y barba entrecanos, serio y de una fuerza descomunal, solía controlar con la sola expresión de su mirada. Una de las primeras veces en que Maqroll visitó el sitio, el mecánico de un remolcador, un zambo hercúleo de ojos estrábicos, al que el aguardiente convertía en una bestia torva, se paró frente al Gaviero y le increpó su aislamiento con palabras tartajeantes y babosas. Maqroll alzó el rostro y mirándolo con la cansada serenidad de quien sabe liquidar esos lances, le dijo en voz baja:

—Vete de aquí, bembón. Conmigo vas a encontrar lo que buscas... y no te va a gustar.

El hombre se alejó farfullando vagas maldiciones más contra él mismo que contra su improbable contrincante, quien apuró su brandy con una sonrisa de condescendencia, pero sin quitarle los ojos de encima.

Grande fue, por esto, la sorpresa de los parroquianos, cuando un sábado, en que el Gaviero había comenzado a beber desde muy temprano, vieron que un extranjero de barba rojiza y descuidada, rechoncho y de rostro rubicundo destilando una sospechosa bonachonería, se acercó primero a la barra y pidió algo que el cantinero no consiguió entender. El Gaviero, desde su rincón, alzó la cabeza y explicó al dueño en voz alta:

—Ginebra, quiere una ginebra con agua.

Y le habló al hombre en flamenco, invitándolo a venir a su mesa. Hacia allá se dirigió el recién llegado mientras Maqroll retiraba un asiento frente al suyo. Allí llevó la ginebra con agua el dueño en persona, que miraba al Gaviero como tratando de prevenirlo respecto a su invitado. Aquél tomó nota del aviso y se dispuso a escuchar al mofletudo personaje. Éste se enzarzó en una interminable conversación, apoyada con enfáticos ademanes de los brazos, cortos, rosados y gordezuelos y con giros no menos expresivos de sus grandes ojos saltones, color gris pizarra, en los que congelaba la menor brizna de sinceridad que, por un descuido de su facundia inagotable, pudiera escapársele. El hombre resultó hablando al rato en español con cierta fluidez, aunque acudía a menudo a palabras inglesas, sobre todo al final de las frases. Se presentó como Van Branden, Jan van Branden, de profesión ingeniero ferroviario. El Gaviero, que estaba largamente familiarizado con la gente de Flandes, no conseguía ubicar a su interlocutor entre los diversos tipos de flamenco que recordaba. También en el idioma de su pretendida nacionalidad cometía errores y usaba algunos términos más comunes en Holanda que en Bélgica. Pero esto no era raro en gentes de Flandes que pasaban buena parte de su vida tocando puertos de Inglaterra y de los Países Bajos. A pesar de estas reservas, el Gaviero había caído, movido por la nostalgia de la *vlaanderland,* en una aburrida emboscada de la que no supo cómo librarse. Sus recuerdos se habían conjurado en un nudo inextricable y prefirió seguir adelante. Escuchó con paciencia benedictina la cháchara del ingeniero hasta que éste vino a preguntarle si conocía allí algún lugar donde arrendaran habitaciones. Fueron a casa de doña Empera y ésta accedió a darle hospedaje, no sin cierta reticencia pero pensando que se trataba de algún conocido de su huésped. Van Branden explicó que iba a quedarse en La Plata hasta que bajara el próximo barco, o sea, un par de semanas.

Al Gaviero le había dicho que estaba a cargo de algunos aspectos técnicos relacionados con la construcción del tramo de vía férrea en la cuchilla del Tambo. Posiblemente, dejó entender de paso, Maqroll podría participar en alguna actividad relacionada con dichos trabajos. Como suele ser frecuente en esa clase de personas, Van Branden aceptó como naturales y merecidas las atenciones que para él tuvo su nuevo amigo. Era de aquellos que dejan saber que todo el mundo puede sacar provecho de su valiosa compañía. La gratitud les es inconcebible, así como las buenas maneras. En Maqroll pudieron más las nostalgias de la *platte land* y acabó estableciendo con el belga una relación que, por desventura, estaba basada en un malentendido sin remedio: Van Branden no lograba explicarse cómo el Gaviero había ido a parar a ese perdido rincón de la cordillera, al borde de ese río de aguas lodosas y traicioneras. Tampoco el Gaviero acababa de entender la presencia del charlatán ingeniero, aunque el pretexto del ferrocarril fuera esgrimido por éste con tan convincente insistencia. Maqroll intuía la perplejidad del belga y le divertía pensar que igual interrogante se planteaba el otro en relación con él. Pero Van Branden, sintiéndose excepcional y al margen de toda sospecha, no creía necesario entrar en más detalles sobre su pasado. Venciendo esa trama de reservas, los dos hombres acabaron por entenderse, sin traspasar, desde luego, ciertos límites no establecidos, pero evidentes, cuya contravención hubiera sido impensable. Solían encontrarse en la cantina cada dos o tres días. El Gaviero se limitaba a tomar su brandy que hacía durar lo más posible, mientras Van Branden liquidaba sin ningún esfuerzo medio litro de ginebra mezclada con agua. Siempre acababa hablando en su flamenco salpicado de anglicismos, a medida que una sórdida agresividad contra todo lo circundante iba en aumento. Maqroll no hacía caso de esto y, cerca de la medianoche, regresaban a la pensión a pasos lentos y acompasados.

De seguro doña Empera había informado a Van Branden sobre la conducta a seguir en su casa y debió hacerle el usual ofrecimiento de proporcionarle compañía femenina de vez en cuando. «Mujeres conocidas y de confianza», era su lema. El hombre optó por recibir, cada semana, siempre que paraba en La Plata, a una mujer de edad ya madura, alta, desgarbada y casi sin dientes, que descendía de la sierra con dos criaturas de cinco y siete años, que se quedaban jugando a orillas del río mientras su madre atendía al ingeniero. A menudo se asomaba a la ventana, cubierta apenas con un absurdo camisón de un blanco dudoso, para vigilar que sus hijos no se acercasen a la orilla. El Gaviero, entretanto, había comenzado a recibir regularmente la visita de una joven de tez morena, ojos muy negros y expresivos, cuerpo nervudo y recio, pero espigado y de bellas proporciones. Se llamaba Amparo María. Tenía algo de princesa circasiana que le intrigó sobremanera. La muchacha era discreta y de pocas palabras. En el amor mantenía una retención pudorosa, un como alejamiento súbito ante el desencadenamiento de los sentidos, que al Gaviero le pareció que se ajustaba perfectamente al tipo físico de su nueva amiga.

Sobre este particular de las compañías femeninas, de sobra está decir que entre los dos huéspedes de la ciega era evitado, rigurosamente, cualquier comentario. Pero un día, infringiendo el tácito convenio, Van Branden, después de despedirse de su amiga, de regreso a su cuarto se encontró con Maqroll que salía y, tomándolo del brazo, cosa que al Gaviero molestó notoriamente, le comentó de sopetón, mientras una expresión lúbrica y porcina le invadía el rostro y entrecerraba sus ojos saltones: «¡Estas mujeres del trópico! ¡Qué temperamento y qué gracia! ¿No lo cree usted?». El Gaviero se zafó discretamente de la garra que lo retenía y prefirió no hacer comentario alguno, contentándose con insinuar una sonrisa que no intentaba asentir ni rechazar las palabras del belga. Tenía, más bien, cierta dosis de asombro.

Por entonces fue cuando Maqroll aceptó la propuesta de Van Branden para trabajar en las obras de la cuchilla del Tambo. No solía el belga hablar mucho a este respecto. Apenas, cuando le llegaba alguna correspondencia, comentaba a su compañero de pensión, siempre de manera imprecisa y pasajera, sobre los planes de la vía y su trazado. Pero un día invitó a Maqroll a la cantina para almorzar. Se trataba de comer un sancocho de pescado que servían allí en ocasiones y que, en verdad, preparaba doña Empera en su casa. Cuando estaba listo, el dueño enviaba por él para ofrecerlo a sus comensales. El plato se había convertido en La Plata en una ceremonia destinada a celebrar alguna fecha excepcional. En esta oportunidad, explicó Van Branden, se trataba del comienzo efectivo y concreto de las obras en la cuchilla del Tambo. En el próximo barco, llegarían los ingenieros y el personal a cuyo cargo iba a estar la tarea. Con ellos venía también el primer cargamento de equipo técnico y maquinaria para la obra. «He pensado en usted —le comentó Van Branden mientras se debatían con el sancocho hirviendo, en el ambiente, ya de por sí bastante caldeado, de la cantina— para un trabajo que exige mucha confianza y que no encargaría a ninguna de las personas que he conocido por estos rumbos. Se trata, mi querido amigo —el nuevo tratamiento alarmó al Gaviero más que halagarlo; él conocía su gente—, de subir en mulas, hasta la cuchilla del Tambo, las cajas con maquinaria, muy delicada y costosa, que se necesita allá para los cálculos y trazado de la vía. Dispongo de una suma interesante para pagar ese trabajo. Usted podría hacerlo con la eficiencia y la discreción indispensables en este caso».

El Gaviero pasó por alto los convencionales halagos del belga. Le explicó que no disponía de mulas ni de dinero para adquirirlas. Que, desde cuando era niño y ayudaba a los arrieros que traían la caña para el trapiche de la hacienda, no había vuelto a tener relación con estos animales. Además, no estaba seguro de que, a sus años, contara aún con las fuerzas y la resistencia para una empresa semejante.

Van Branden, muy en su carácter, fingió no escuchar las razones de Maqroll y, poniéndole las manos sobre los hombros, por encima del humeante sábalo y su profusa guarnición vegetal, le dijo con un entusiasmo a leguas ficticio: «Magnífico, amigo, magnífico. Sabía que podría contar con usted. Ya verá, nos vamos a entender muy bien. Es natural que necesite un adelanto sobre sus honorarios para comprar las mulas y otras cosas que seguramente va a necesitar. No hay ningún problema. Haga sus cálculos y dígame cuánto es. Respecto a la suma total por el trabajo, tan pronto reciba los presupuestos aprobados por la compañía y el informe de cuánto es lo que van a enviar para subir a la cuchilla, se lo diré. Con la maquinaria y los ingenieros viene todo eso. No hablemos más del asunto. Vamos a celebrarlo con otro trabajo». Llamó al mesero, ordenó un brandy y una ginebra con agua y siguió hablando, esta vez de nuevo en su flamenco salpicado de *of course, you know, you follow me?* y otros latiguillos ingleses que tenían la facultad de irritar a su interlocutor. Había en toda esa ensalada idiomática un evidente propósito de ocultar, de distraer la atención y echar una cortina de humo sobre algo que al Gaviero se le escapaba cuando estaba a punto de atraparlo.

Todo lo anunciado, personas y cargamentos, llegó, en efecto, a la semana siguiente. Cuando Maqroll despertó, el barco y una barcaza con su remolcador descendían ya por el río, rumbo al mar. La gente había remontado de inmediato el camino hacia la cuchilla, «para aprovechar el fresco de la madrugada», explicaba el belga desviando la mirada y soltando un torrente de no pedidas explicaciones. Lo que no había llegado eran los presupuestos. Pero eso no importaba, él contaba con dinero suficiente y ya se arreglarían después sobre el total. El tema del dinero adquiría con Van Branden una dimensión amorfa, inasible, nunca precisada. El Gaviero sabía por adelantado, allá en un rincón de su inconsciente, que el pago de su trabajo estaría sujeto a las más inesperadas alternativas. Pero vino a caer en esa ciega inclinación, tan propia de su carácter, de aceptar y embarcarse siempre en empresas que descansaban en el aire, justificadas con palabras, zalameras unas veces, altaneras otras. Empresas en las cuales acababa pagando, sin remedio, los platos rotos. La que le propuso Van Branden se ajustaba sospechosamente al modelo ya familiar. Subiría, pues, el cargamento a la cuchilla del Tambo. Desde el balcón de su cuarto podía divisarla en la madrugada o ciertas tardes claras y tranquilas. Ahora, cuando miraba hacia la imponente serranía, se daba cuenta de lo insensato de su compromiso de trepar hasta allá, guiando una recua de mulas cargadas con instrumentos desconocidos y, al parecer, muy delicados, según especificaba el belga. No se había detenido a pensar, además, que el hombre, hasta el momento, no le enseñaba ningún recibo, ningún documento, nada escrito que llevase un membrete de la compañía encargada de los trabajos. Pero cuando hablaba con Van Branden, volvía a enredarse en la madeja de palabras, planes, puntualizadas descripciones, imprecisos recuerdos de lugares por los dos frecuentados en el pasado y creía ver todo claro, sencillo e inobjetable.

No pasó mucho tiempo, después del ofrecimiento del belga, para que éste le invitara de nuevo a la cantina a brindar por el éxito de sus proyectos. Allí le entregó una suma de dinero, suficiente, según él, para que comprase cinco mulas de carga con sus respectivos aperos, algunas otras cosas indispensables para el páramo y el salario de un arriero que podría acompañarlo. Tendría, éste, eso sí, que ser de plena confianza y recomendado por alguien igualmente seguro. Cuando el Gaviero se guardó el dinero, Van Branden le pidió que firmase un recibo escrito en una hoja de papel rayado, sin membrete alguno, desde luego. Maqroll objetó que la suma allí mencionada era superior a la que había recibido. El belga, de inmediato, ofreció una atropellada explicación: «Ya le completaré después la suma. Estoy ahora pasando por ciertos problemas. No se apure. Todo está claro entre nosotros. Si no le alcanza me lo hace saber. Antes de que haga el primer viaje todo estará arreglado».

Una pegajosa mueca de complicidad, que intentaba terminar en sonrisa, vagaba por el amplio rostro congestionado. Sólo los ojos saltones de pescado en descomposición continuaban inexpresivos, tenaces, helados.

Maqroll comenzó los preparativos para su viaje al páramo. Lo primero que hizo fue hablar con doña Empera. Ésta no entendió muy bien por qué razón su huésped, ya su amigo, se embarcaba en semejante empresa. Pero estaba resuelta a aconsejarlo y así lo hizo. Para comprar las mulas, lo mejor era ir al llano de los Álvarez, una finca de café y caña de gente conocida suya que le proporcionaría las bestias en buenas condiciones y a un precio conveniente. Bastaba con que la mencionara a don Aníbal Álvarez, el propietario de la hacienda. Eran amigos hacía mucho tiempo. Allá, por otra parte, se encontraría con caras conocidas. También en el llano conseguiría el arriero familiarizado con la región, cuya ayuda era absolutamente imprescindible. El páramo no era sitio para internarse así, de pronto, sin experiencia, en sus vastas soledades sembradas de mortales acechanzas.

Con las recomendaciones de doña Empera y su orientación de cómo llegar al llano de los Álvarez, el Gaviero partió al día siguiente, a la madrugada. En una pequeña mochila que le prestó la ciega, llevaba lo indispensable por si tenía que pasar allá una noche. El dinero para comprar las mulas lo traía cosido en la valenciana del pantalón. Durante la primera hora caminó por entre sembrados de caña. Al borde del sendero corría una acequia. Sus aguas tranquilas y transparentes dieron al caminante una anticipada noticia del paisaje que le esperaba, que había sido el paisaje de su infancia. Al terminar la planicie, empezó una cuesta pronunciada. Redujo el ritmo de su marcha y varias veces tuvo que sentarse a la vera del camino para descansar. Tantos años de navegaciones y largas escalas en los puertos lo habían desentrenado para este tipo de esfuerzos. Al terminar la cuesta, el camino penetró de lleno en los cafetales. Al fondo, se alzaba la cordillera, cercana y bañada en un halo azulenco a través del cual se destacaban las manchas de color de los techos y de las huertas florecidas. El recuerdo de sus años mozos volvió, de repente, con un torrente de aromas, imágenes, rostros, ríos y dichas instantáneas. Tornó a vivir entre los olores, los lamentos y cantos que poblaban la espesura, la humedad de los refugios adornados con flores anónimas que daban el único toque alegre en la sombría soledad de las cañadas, al fondo de las cuales corría el agua de ríos y quebradas que venían del páramo. En las orillas de los torrentes, sembradas de juncos, se balanceaba altanero, nervioso, seguro de la belleza de su plumaje gris plata y de su gorguera púrpura, el martín pescador. Ahora, comenzaba a internarse por entre los cafetales, sembrados en las estribaciones de la sierra. El verde dombo de los cafetos estaba protegido por carboneros y cámbulos cuya gran flor, de color naranja intenso, tenía ese prestigio de lo inalcanzable: la altura imponente de esos árboles centenarios las preservaban de la curiosidad de los hombres. Sólo cuando caían al suelo, las muchachas las recogían para adornarse el pelo, así fuera durante las pocas horas que duraban sin marchitarse. Rodeado por todas partes de cafetales dispuestos en un orden casi versallesco, Maqroll sintió la invasión de una felicidad sin sombras y sin límites; la misma que había predominado en su niñez. Iba caminando, lentamente, para disfrutar con mayor plenitud ese regreso, intacto y certero, de lo que había sido su única e irrebatible dicha sobre la Tierra. Lo que allí estaba atesorando con su entusiasmo reparador, le serviría dentro de poco para emprender el escarpado ascenso hasta la cuchilla, inhóspita y traicionera. Los cafetales terminaban bruscamente al pie de una pequeña colina en cuya cima había una meseta natural. Allí, en medio de naranjos, limoneros y erguidos mangos de hojas oscuras y recias, se levantaba la casa de la finca. La reducida altiplanicie llevaba el nombre de llano de los Álvarez. Era de la familia que fundó la hacienda. Por la ciega se había enterado de su historia. Eran tres hermanos que, veinte años atrás, habían llegado allí huyendo de la persecución política desatada en su tierra. Eran gente de la montaña, sembradores de café, cultivadores de caña, ganaderos a veces, cuando el terreno y los pastos lo permitían. Recios, de pocas palabras, hábiles, empeñosos y astutos para defender lo suyo. Llegaron con sus mujeres y sus hijos y algunas familias de arrendatarios vinculados a ellos desde la época de los abuelos. El hermano mayor regresó pocos años después a su tierra. El menor había muerto ahogado en la cañada de La Osa, tratando de salvar un ternero desbarrancado. Quedaba, solamente, don Aníbal, con su mujer y sus tres hijos. Todos habían trabajado con empeño febril, tratando de ganarle al monte, pulgada por pulgada, la tierra para sembrar.

Cuando llegó Maqroll a la entrada de la casa, lo esperaba en lo alto de la escalera que daba al corredor que circuía la construcción, un hombre de estatura erguida, alto y delgado, el rostro moreno, enjuto y de rasgos regulares, con algo señorial y distante que venía a suavizarse en los ojos, oscuros, vigilantes pero, al mismo tiempo, de mirada cordial, a veces juguetona y maliciosa, que acaparaba toda la simpatía del hombre. El Gaviero saludó y dijo venir de parte de doña Empera en cuya casa vivía. El hacendado le invitó a pasar al corredor que, por su anchura, era más bien una terraza desde la cual se podía admirar el imponente macizo de la cordillera y la florida extensión de los cafetales. Don Aníbal ordenó traer café y comenzó a interrogar amablemente a su huésped sobre el motivo de su visita. Maqroll le refirió, en forma sucinta, su trato con Van Branden y la sugerencia que doña Empera le había hecho de comprar las mulas en el llano de los Álvarez.

—Algo se habla de tiempo en tiempo —comentó don Aníbal— sobre este plan de un ferrocarril en la cuchilla. Me sorprende que, de repente, se concrete el proyecto hasta el punto de contratar las primeras obras y traer ingenieros. No me había llegado ninguna noticia sobre eso. Respecto a las mulas, le puedo vender cinco, en efecto. Tres de ellas puede escogerlas ahora mismo. Pasado mañana estarán aquí las otras dos, que tendrán las mismas características. No son, le advierto, animales de primera, pero ninguno está resabiado. Cuide, eso sí, cuando las tenga en La Plata de que no coman hoja de plátano, ni hierbas de la orilla del río, porque se pueden enfermar. Allá, deles únicamente grano. Cuando vuelva a pasar por aquí, en sus viajes a la cuchilla, le proporciono el pienso para que coman de aquí para arriba.

El Gaviero estaba encantado con la forma directa y simple como don Aníbal trataba sus asuntos. De inmediato estableció el parentesco espiritual del hacendado con esos hombres de campo que, ya fuera en el Berry francés, en la llanura castellana, en la Galitzia polaca o en las ariscas cumbres afganas, viven de la tierra, se apegan a ella y mantienen un código de conducta, medieval e invariable, en donde persiste una gran dosis de innata e inflexible caballerosidad. Don Aníbal le ofreció los servicios de un joven para que le hiciera compañía, aunque fuese en los primeros viajes. Él lo familiarizaría con el manejo de las mulas y con la vida en el páramo. La suma que mencionó como precio de los animales le pareció correcta a Maqroll y, al mismo tiempo, lo ilustró sobre la mala fe de Van Branden. Esa cantidad copaba casi el dinero que le restaba. Ya hablaría con el belga a su regreso.

Seguía conversando con el hacendado, cuando trajeron el café que éste había pedido. Maqroll no pudo ni quiso ocultar la sorpresa que le causó ver que quien lo traía en una bandeja, arreglada con gracia sencilla y austera, era Amparo María. La muchacha no manifestó la menor sorpresa, debía haberse enterado de antemano de su llegada. Maqroll la saludó sin ocultar que ya se conocían y don Aníbal tomó el asunto con la mayor naturalidad. Al retirarse Amparo María, éste se limitó a comentar:

—Es una muchacha muy hermosa. Tímida y seria, pero leal y de carácter amable. Sus padres fueron asesinados cuando estalló la violencia en nuestra provincia. La trajimos para acá y vive con unos tíos que la cuidan como hija suya. Mi esposa le tiene mucho apego. Se la quería llevar a la capital, ahora que fue a matricular a los muchachos al colegio. Ella no quiso ir. Desde cuando perdió a sus padres se volvió muy temerosa y aprensiva. Se entiende.

No dijo más. En esto les avisó un peón que las mulas estaban listas. Fueron a verlas al establo y el Gaviero confió plenamente en la forma como el hacendado las evaluó, indicando sus defectos y las ventajas para la tarea a que serían destinadas. También le sugirió que, por ahora, las dejara allí. Él las enviaría, junto con las dos que faltaban, con el arriero que iba a acompañarlo en su tarea de transporte hasta la sierra. El Gaviero pagó el importe de los animales y se dispuso a regresar a La Plata. Al despedirse de don Aníbal, éste le dijo cordialmente: «Pasará por aquí en sus viajes. Dormirá con nosotros, para seguir camino descansado al día siguiente. Cuente con mi amistad y con la orientación que pueda darle». Le extendió la mano que el Gaviero estrechó calurosamente.

Salió al camino. En la primera vuelta lo esperaba Amparo María. Tomados por la cintura anduvieron un buen trecho sin pronunciar palabras distintas de las más inmediatas y previsibles, relacionadas con el paisaje, el tiempo y unas pocas intimidades compartidas que los unían ya con lazos de ternura que se anunciaba perdurable. Al despedirse, frente a la entrada a los cafetales, Amparo María le estampó al Gaviero un beso en plena boca que lo dejó atónito por la inesperada y, hasta ese momento, escondida pasión que suponía.

—No ponga esa cara y fíjese por dónde camina, no se vaya a caer en la acequia —le dijo la muchacha mientras reía mostrando sus blancos dientes de circasiana.

Maqroll caminó hasta La Plata con esa sensación en el diafragma de mariposas desencadenadas que solía anunciarle el comienzo de una amistad femenina en la que se daba por entero. Había pensado que, a su edad, aquello no iría a ocurrir de nuevo. El constatar que no era así lo rescató de la pesadumbre de sus años.

Al día siguiente de su llegada, tras informar a doña Empera sobre el resultado de su visita a la hacienda y la buena impresión que le habían causado su dueño y la gente con quien había estado allí en contacto (había una tácita alusión a Amparo María recogida por la ciega, sin comentarios, pero con una sonrisa de satisfacción), salió en busca de Van Branden. Lo encontró en el muelle, adonde había ido a preguntar sobre el próximo arribo del barco. Maqroll lo invitó a tomar una cerveza en la cantina y el hombre aceptó a regañadientes mirándolo con recelo en rápidas ojeadas de través.

—Ya tengo las mulas —le informó—. Mañana o pasado me las traen. Con ellas viene el arriero que va a acompañarme.

Es persona de confianza. Me lo recomendó Álvarez. Ahora bien, me quedé casi sin dinero y necesito una suma, al menos igual a la que ya me dio. De lo contrario no creo que pueda hacer el trabajo.

Van Branden trató de evadirse por los vericuetos más indecorosos. Maqroll, entonces, le manifestó con firmeza que desistía del asunto. Podía buscar a otro ingenuo para envolverlo en sus mañas. El belga cambió de actitud al instante y, sacando de la cartera un fajo de billetes, se los entregó, sin contarlos, en un gesto de banquero hastiado con las solicitaciones de algún cliente inoportuno. Era tan falsa y teatral la actitud del flamenco, que el Gaviero no pudo menos que sonreír con franca sorna. Van Branden insinuó un par de toses para componer la situación y comentó:

—Bueno, eso es para los primeros viajes. Es mucho más de lo calculado, pero no importa. No quiero que guarde desconfianza ninguna conmigo. Cuando se le termine ese dinero, me lo hace saber. Pero le insisto en que me parece más que suficiente.

El Gaviero se dedicó a contar los billetes con irritante parsimonia, que hizo subir a la cara del belga el color púrpura de sus días negros, que eran los más. Cuando terminó, Maqroll le dijo, con el tono de algo tan natural que casi ni merecía mencionarse:

—Desde luego le firmo un recibo ahora mismo. Así todo queda claro, *mijn herr*. Sería bueno indicar que se trata de honorarios para los tres primeros viajes. ¿De acuerdo?

—No —contestó el otro tornando a su actitud de oligarca del «Simplicissimus»—, no vamos a hacer recibo en este caso. Es una transacción de confianza entre nosotros. Yo confío en usted y no dudo que esta actitud sea recíproca. Estamos entre caballeros.

Maqroll se dio cuenta de que jamás conseguiría meter en cintura al resbaloso personaje. No quiso decir más y se puso de pie. El belga también lo hizo, mientras le decía, mirándolo con sus ojos de muñeco de ventrílocuo en los que nada se registraba y todo perdía realidad e importancia:

—Buenas tardes, *mijn herr*. Le deseo mucha suerte —su guasona repetición del apelativo flamenco dejó al Gaviero indiferente. El hombre ya estaba medido y clasificado para siempre. En su andariega existencia, cuántos Van Branden habían cruzado en su camino. Hacía mucho tiempo que la repulsión que le causaba esta gente y sus métodos, se había desvanecido trocada en absoluta indiferencia. Solía, cuando se encontraba con alguien de esa índole, recordar la frase de Sancho Panza, que su memoria recordaba sin apegarse, tal vez, al texto admirable: «Cada cual es como Dios lo hizo y, a veces, peor». De regreso a la pensión comentó con doña Empera los detalles de la entrevista.

—Pero qué puede usted esperar de semejante rata —le comentó ésta—. Hasta la pobre mujer que viene a verlo es víctima de su avaricia. Le debe a ella dinero y siempre le sale con el cuento de que un día de éstos le mandará poner la dentadura y matriculará a los hijos en el internado de San Miguel. A mí me tiene que pagar porque me teme. Supone que sé sobre él más de lo que en verdad conozco. Mejor que siga en ese engaño. Así lo traigo corto. Téngale mucho cuidado. Si no le paga cabalmente, déjele tiradas las cosas en el muelle y que se las arregle como pueda. Verá que afloja el dinero de inmediato.

El Gaviero sintió un cierto alivio ante la vigilante solidaridad de la sagaz matrona. Gran madre, sibila protectora, con ella estaba cubierta la retaguardia mientras él subía al páramo.

Al día siguiente llegó el arriero con las mulas y doña Empera le facilitó, en un pequeño solar detrás de la casa, el lugar para guardarlas. Todo estaba listo para el primer viaje. El joven que le envió don Aníbal resultó ser un moreno vivaracho y decidor que conocía la región como sus manos y disfrutaba, con incansable entusiasmo, al demostrar su familiaridad con las maravillas del camino, así como sus secretas trampas y peligros. Se llamaba Félix, pero todo el mundo lo conocía como el Zuro, por una mancha de pelo blanco que le caía sobre la frente. Muy pronto fue evidente para el Gaviero que, sin la ayuda del Zuro, no hubiera logrado llegar vivo hasta la cuchilla del Tambo. Félix le mostró, en primer término, cómo debían cargar las mulas. Habían recogido, en la bodega del muelle, las cajas que esperaban para subir a la cuchilla y el arriero se encargó de repartirlas en forma adecuada entre las cinco bestias. Se trataba de que no se lastimasen y pudieran mantener su trote sin cansancio mayor. También impuso al Gaviero sobre las paradas que debían hacer y con quiénes podían contar para hospedarse. El primer trayecto terminaba en el llano de los Álvarez. Allí les darían posada para pasar la noche. El Gaviero ya había recorrido ese trecho y sabía que para llegar al altiplano, donde estaba la finca de los Álvarez, había que subir durante cuatro horas por un sendero trabajado por las lluvias, sembrado de grandes piedras que amenazaban desprenderse al menor roce y rodaban con mortal impulso hasta detenerse en alguna zanja o volar hacia el abismo. Después se cruzaban los cafetales que le habían dado la felicidad de evocar el mundo de su infancia. Al otro día tenían que llegar hasta una cabaña abandonada por mineros que buscaron oro a orillas de las quebradas. Allí dormirían y, luego, tras una dura jornada, ya en pleno páramo, llegarían al campamento de la cuchilla del Tambo. A medida que el Zuro iba explicando las pruebas a las que estarían sometidos y el carácter de los pobladores de la región, el Gaviero se daba cuenta de que la empresa era más ardua y más comprometida de lo que, en un principio, había imaginado. Pero, al mismo tiempo, la buena disposición de su acompañante, su ánimo alegre y decidido y su inteligencia para juzgar las dificultades que les esperaban, le dieron la confianza necesaria para enfrentar el reto, que necesitaba en ese momento más que ninguna otra cosa.

Cargadas las mulas y hechos todos los aprestos para la jornada de seis días que les esperaba, tres de ida y otros tres de regreso, salieron con las primeras luces del alba y las más conmovedoras recomendaciones de la ciega. El ascenso hasta la planicie de los Álvarez no fue tan duro como la vez anterior, cuando lo hizo sin compañía y sin conocer el camino. Al llegar a la zona de los cafetales, de nuevo volvió a sentir, intacta, la fascinación de ese ambiente tibio, acogedor y lleno del inconfundible colorido de una vegetación que daba la idea de algo cuidado y escogido a propósito para crear un efecto de belleza natural pero ordenada. En verdad, era muy poco lo que el hombre había hecho en ese sentido. En la tierra caliente, el elemento propiciador de una belleza tan armoniosa y paradisiaca era más bien el clima. Lentamente, disfrutando cada árbol, cada acequia silenciosa viajando con su agua transparente por un cauce de limo y helechos temblorosos, cruzó los sembradíos de café. Al comenzar a subir la última y ligera pendiente que daba a la casa de la hacienda, salió a abrazarlo Amparo María.

El Zuro iba adelante con las mulas. La muchacha no hizo nada para disimular su felicidad ante el encuentro. Seguramente, el arriero conocía ya sus viajes a La Plata y sus relaciones con Maqroll. Estaba más bella que nunca. El vestido de percal negro le ceñía el cuerpo, resaltando sus formas esbeltas, hechas de una materia en donde los tendones y los huesos parecían haber tomado el lugar y adquirido la moldeada suavidad de la grasa. El quiebre de la cintura, la firmeza de las piernas y el negro pelo amarrado en la nuca, en un apretado moño con brillos de azabache, volvieron a recordarle las jóvenes bailarinas de los tablados de Jerez de la Frontera y de Cádiz. Amparo María, tan parca de palabras como siempre, se limitaba a pegarse al cuerpo del Gaviero y a mirarlo a los ojos con esa expresión de gran pájaro esquivo que examina el interior de una habitación adonde entró por descuido. A Maqroll le invadía, poco a poco, una como penosa conciencia del peso de los años, del intrincado ovillo de sus andanzas y desventuras, dichas y descalabros y el único alivio que hallaba para esa pesadumbre era el sentir a su lado esa ternura cálida, felina y joven que lo acompañaba como una parca que hubiera preferido el camino de la indulgente ternura.

Don Aníbal los recibió en el corredor de la casa y, mientras el Zuro conducía las mulas al establo para descargarlas y darles de comer, el dueño invitó a su huésped a compartir con él el chocolate hirviente y espumoso servido con bizcochos de yuca recién horneados. Allí, sentados en sendas mecedoras, miraban, sin intercambiar más palabras que las necesarias, la abrumadora inmensidad de la cordillera de un lado y, del otro, la serena y florida extensión de los cafetales. Cuando llegó la noche, don Aníbal le dijo a su huésped que, en vista de la jornada que les esperaba al día siguiente, era aconsejable irse a dormir temprano. Iban a necesitar toda la reserva de fuerzas y nervios acumulada durante el sueño. Así lo hizo el Gaviero, no sin antes buscar discretamente un pretexto para volver a hablar con la muchacha. Ella facilitó las cosas al llevarle, a la habitación que les habían dispuesto encima del establo, un vaso de leche para tomar en la noche. Se quedaron conversando un buen rato, bajo una ceiba gigantesca que allí cerca levantaba la vasta maravilla de su ramaje centenario. La joven se ofreció a hablar con el Zuro para que éste se acomodara en otro lugar y ella pudiera pasar la noche con su amigo. Maqroll, muy a su pesar, tuvo que disuadirla de la idea. La misma Amparo María acabó por convenir en que la prueba del día siguiente y del posterior que los llevaría hasta la cuchilla, era abrumadora. Se despidió, de pronto, como si no quisiera prolongar una pena mucho más honda de lo que exteriormente aparentaba. Maqroll entró a su cuarto, se desvistió y encendió una vela para leer un rato en el lecho que le habían arreglado en el suelo y que encontró mucho más acogedor que el de la casa de La Plata. Sabía que, de no leer, le sería muy difícil conciliar el sueño. Poco después entró el arriero, quien, sin desvestirse del todo, se tendió en otro lecho que estaba en un extremo del cuarto.

Maqroll había traído la *Vida de san Francisco de Asís* de Joergensen. Solía leerla abriendo el libro al azar. El Zuro se mostró intrigado con la, para él, inusitada costumbre y le preguntó:

—¿Está rezando? ¿No que estaba tan cansado?

—No consigo dormir si no leo un poco —le contestó el Gaviero, divertido con la ingenuidad de su compañero de viaje—. No estoy rezando. No creo que sea para tanto, ¿no? Leo, sí, la vida de un santo que amaba mucho los animales, el monte, el sol, las quebradas y a la gente pobre. Era de familia muy rica y, en el físico, se debió parecer un poco a ti. Dejó todo para entregarse a lo que quería y ofrecerle a Dios ese amor por todo lo que había creado —Maqroll se dio cuenta que la explicación era tan insuficiente y fragmentaria que arriesgaba dejar en el Zuro una idea injusta del Poverello, por trunca y superficial. La respuesta del Zuro lo tranquilizó:

—Claro, si le gustaban los animales y el monte y el sol, la plata le salía sobrando. Seguro que hasta acabó haciendo milagros. Dios debía querer ayudarlo.

—Sí —repuso el Gaviero, a quien maravilló la espontánea lucidez del muchacho—. Hizo muchos y muy admirables. Ya te los contaré otro día. Vamos a dormir.

El Zuro había cerrado los ojos y comenzaba a respirar con la regularidad de quien cae en un sueño profundo.

A la madrugada siguiente los despertó Amparo María con café recién hecho y bizcochos del día anterior. Ya estaba arreglada, con su pelo estirado hacia atrás y el moño impecable. Lista para presidir una fiesta en el cortijo, pensó Maqroll mientras bebía el café. La muchacha se dio vuelta bruscamente y se perdió en el interior de la casa. Tampoco el Gaviero tenía ánimos para decirle adiós. Estaba tan bella que se hubiera quedado allí para siempre, tirando todo por la borda.

La subida desde el llano de los Álvarez hasta la cabaña abandonada les tomó todo el día. El camino iba convirtiéndose, cada vez más, en el lecho de una quebrada nacida de las lluvias. Las mulas avanzaban trabajosamente, tratando de salvar las sorpresivas zanjas que se abrían a su paso y las piedras traicioneras que, a menudo, iban a terminar al borde del precipicio. Un cierto desánimo trabajaba el alma del Gaviero: esta prueba se repetiría quién sabe cuántas veces. La posible ganancia que pudiera derivar de ella dependía del evasivo Van Branden y de su no menos fantasmal compañía constructora de la obra del Tambo. Una vieja amargura, familiar para él desde hacía muchos años, comenzaba a pesarle en el ánimo en tal forma, que cada paso de la frenética subida se le hacía más penoso. Pero, al mismo tiempo —y éste era uno de sus rasgos más personales y característicos—, a medida que se internaba en lo más abrupto de la cordillera y percibía el aroma de la vegetación siempre húmeda, la explosión de colores de una riqueza desbordante y escuchaba el estruendo de las aguas que, allá al fondo de los barrancos, cantaban su caudaloso descenso entre espumas y crestas burbujeantes, una paz antigua y bienhechora desalojaba el cansancio del camino y de la brega con las mulas. El sórdido engaño que se anunciaba en la incierta empresa perdía toda realidad e iba a caer al fondo de su resignada aceptación, de su islámico fatalismo. El canto de los pájaros, cada vez más numerosos y variados, y el paso intermitente de las bandadas de pericos que cruzaban en desaforada algarabía por encima de las copas de los grandes cámbulos florecidos y llameantes y de las jacarandas adormecidas aún por el frío de la mañana, venían a confirmarle esa efímera certeza de una plenitud salvadora. Esta alternancia de estados de ánimo conducía al Gaviero a meditaciones y balances que se alimentaban, por otra parte, de las pocas pero infalibles lecturas que, dondequiera que fuese, solían acompañarlo.

De aquí que todos los Van Branden del mundo que se atravesaban en su camino sirvieran sólo para constatar su irremisible soledad, o su imbatible escepticismo ante la terca vanidad de toda empresa de los hombres, esos desventurados ciegos que entran en la muerte sin haber sospechado siquiera la maravilla del mundo. Ayunos del milagro de la pasión que atiza el saber que estamos vivos y que la muerte también entra en el juego, sin comienzo ni fin, porque es puro presente sin fronteras. A tiempo que se entregaba al goce del paisaje, advertía, sin embargo, que el variado desfile de sensaciones que, atravesando el embotamiento de la fatiga, desplegaba la maravilla de una celebración sin término, llegaba erosionado por la torpeza de una memoria que los años habían trabajado.

El Zuro iba adelante, guiando la primera mula de la fila. A menudo salía del camino para tomar atajos que evitaban trayectos impracticables. A medida que subían, el viento venía con mayor fuerza. Al principio, fue como un leve zumbido en los oídos, una brisa que apenas movía las copas de los árboles y hacía vibrar las hojas de los helechos. El ruido de la torrentera se iba alejando o acercando según la intensidad del viento. Cuando empezaron a transitar las estrechas sendas que subían en zig-zag, ciñendo el abismo, aquél azotaba a los viajeros con furia sostenida. Comenzaba una vegetación enana, de hojas lanosas y espesas, que crecía alrededor de grandes árboles de tronco gris de una textura que se antojaba mineral, cuyas copas, de escaso follaje, se perdían entre una niebla que, desbocada, iba a desvanecerse en los picos de la sierra. Habían entrado al páramo, paisaje que hacía mucho tiempo no frecuentaba Maqroll. El Zuro le explicó que los viajeros a los que sorprende la noche en ese descampado suelen abrigarse con las hojas de ese arbusto, que allí llaman frailejón, cuya abrigada superficie no deja pasar el frío y protege al aterido viajero. La respiración se iba haciendo paulatinamente más penosa para Maqroll. Las sienes le palpitaban y la boca se le secaba dándole una engañosa impresión de sed. Cuando estaba a punto de sugerir un descanso, el Zuro le indicó que iban a detenerse para reposar un rato. «No podemos hacer nada —explicó—. Hay que beber lo menos posible. Masque esto lentamente para que le vuelva la saliva», y le alargó una rodaja de limón. Cortó luego otra para él y se tendió a la vera del camino en un lecho de hojas de frailejón. Maqroll lo imitó en silencio. Allí, tendidos, respiraban hondamente, en espera de que el cuerpo se ajustara a los rigores del páramo. El limón hizo su efecto de inmediato aliviando la impresión de sequedad y el sabor amargo y metálico en la boca que venía atormentando al Gaviero desde hacía rato.

Cuando reanudaron la marcha, las molestias se habían hecho mucho más tolerables. Con la última luz de la tarde, llegaron a la cabaña abandonada por los mineros. Sus paredes eran de roca unida sin argamasa ni cemento alguno. Los intersticios se hallaban tapados con hojas del mismo arbusto que proporcionaba abrigo para dormir. El techo era de pizarra y se sostenía sobre gruesas vigas sin desbastar. Adentro, el recinto se dividía en dos espacios iguales: uno servía de habitación y el otro de establo. Los separaba una pared, hecha de barro y bambú, que llegaba apenas hasta donde comenzaba el techo. En la habitación de los viajeros, una chimenea de piedra y latón funcionaba perfectamente. El lugar estaba relativamente limpio. Sus anteriores ocupantes no dejaron más huella de su paso que un puñado de cenizas frías en la parrilla de la chimenea. Había una provisión de leña al lado de ésta y la regla era reemplazar, cuando se dejaba la cabaña, la que se hubiera usado. El Zuro preparó dos lechos de hojas y sugirió que se tendieran un rato antes de comer. De lo contrario, volvería el dolor de cabeza durante la digestión. Así lo hicieron.

—Muy poca gente sube hasta aquí. Casi nadie aguanta —comenzó el arriero a contarle a Maqroll, mientras éste miraba el techo y sentía la reparadora tibieza del fuego que el Zuro había encendido—. Primero vinieron los mineros, constructores de este refugio. Buscaban oro en las orillas de las quebradas. No encontraron mayor cosa. Luego han seguido pasando extranjeros que sueñan con el cuento de las minas. No creo que haya minas por estos peladeros. Ahora aparecen los del ferrocarril. Ellos mantienen la cabaña como la ve; limpia y más o menos ordenada.

—Pero los que la construyeron, ¿de dónde eran? —preguntó el Gaviero movido por la curiosidad que le había despertado el estilo de la cabaña.

—Venían del Canadá —contestó el Zuro—. Buena gente. Pero cuando bajaban a La Plata empezaban a beber como locos y terminaban en unas peleas tremendas. Ni el ejército podía con ellos. Después, se quedaban tirados en la calle, dormidos, y los perros les orinaban encima. En la madrugada, después de hacer sus compras en la tienda del turco, regresaban al páramo como si no hubiera pasado nada. Eran inmensos y llevaban unas barbas rojas que no se cortaban nunca. Se perdían, allá arriba, trabajando todo el día en las orillas arenosas de las quebradas, dándole a la batea y buscando las pepitas doradas. Cuando hallaban alguna gritaban hasta que algún otro les respondía. Así estuvieron más de dos años. Se largaron, de pronto, sin pagar donde Hakim, después de una riña que duró toda la noche y dejó cuatro soldados muertos. No los pudieron alcanzar, ni los vieron más en ninguna parte.

Después de una hora larga de reposar sobre el suave lecho vegetal, prepararon café y frieron tajadas de plátano con huevos revueltos. El pan de La Plata era incomible. El Zuro le ofreció a Maqroll un poco de carne molida seca que revolvió con el resto de la comida. Maqroll hizo lo mismo y la encontró deliciosa.

—Hay que comer, mi don —le dijo sentencioso el arriero—. Mañana nos espera lo peor. Ahora, trate de dormir. No lea hasta muy tarde. El sueño, aquí, es lo único que sirve contra el cansancio.

Maqroll sonrió, divertido con la actitud protectora y admonitoria del muchacho. No sabía cuántas noches había pasado él en peores circunstancias y en lugares aún más inhóspitos. De seguro si mencionara los nombres de algunos de ellos, nada le dirían al joven arriero del llano de los Álvarez: noches de Sar-i-pul, con el viento de las montañas afganas azotando la tienda en un estruendo que no cesaba hasta el alba; noches de Kerala con la danza encantada de enjambres de luciérnagas que expandían una luz lila, funeral, perfumada de canela y jengibre; noches en el confín de la Guayana, hundido en el fétido lodo de los manglares; noches de sobresalto y hambre en una aldea abandonada de Anatolia; noches de mosquitos y fiebre en el golfo de Veragua, donde la lluvia se instala como una maldición sin medida; noches en los cayouns, al borde de los esteros, donde el Mississipi desborda su cansancio; noches de calma chicha frente a la costa del Yemén levantado en armas; noches semejantes a esta que le esperaba en el páramo, semejantes a tantas otras ya olvidadas.

Encendió un cabo de vela que doña Empera, precavida, le puso en la mochila con sus cosas y se perdió en las páginas de Joergensen, en el armonioso paisaje de la Umbría, donde un joven de familia adinerada, en pleno siglo XII, salía en busca de Dios. Lo fue venciendo el sueño poco a poco, hasta que se le cayó el tomo de las manos. El ruido lo despertó, puso el libro en la mochila y apagó la vela.

Soñaba el Gaviero. Todos sus músculos se distendían, transformando el cansancio en placentera ebriedad, a manera de una intoxicación inocua de la que nacía una lucidez y una dicha acompasadas, sólo comparables a las que recordaba haber vivido de niño cuando todo se ordenaba a su alrededor en forma tal que le producía, en plena vigilia, una aventura semejante a la que ahora le llegaba en el sueño. Estaba a orillas del lago Maggiore. Salía a dar una caminata por la senda que bordeaba las aguas. Alguien iba a acompañarlo. No quiso demorarse más porque tenía la certeza de que, si seguía esperando, el inusitado bienestar se esfumaría de improviso. Se trataba de preservarlo, intacto, el mayor tiempo posible. Bajó a la orilla y tomó por el sendero en cuyo borde iban a morir las olas cuando el viento se levantaba un poco. Al otro lado se alzaban unos arbustos, al parecer de laurel, pero que despedían un fuerte olor a sándalo. Unos pasos comenzaron a seguirlo y supo, sin necesidad de volver la cabeza, que era la persona a quien había estado esperando. Si volvía a mirar, su dicha exultante se tornaría en algo impredecible. Por la voz supo que se trataba de una mujer. Hablaba un español correcto pero con un fuerte acento que no logró identificar. Contaba historias de itinerarios de trenes que no coincidían, de largas esperas en las estaciones y de molestias inacabables para conseguir llegar al lago.

—De Milano a Novara —decía— todo iba bien. Pero allí, en lugar de conectar hacia Oleggio y Arona, fui a parar al norte. En la primera estación me bajé y, al ir a cambiar mis boletos en la ventanilla, el hombre que estaba allí y tenía aspecto de cura insistió en que le mostrara mis pechos. Así lo hice. Era la única manera de regresar. En Novara me esperaba el equipaje. Subí al tren que supe, luego, terminaba su viaje en Oleggio. Allí habría que esperar seis horas para tomar el que me dejaría en Arona, al pie del lago, donde habíamos quedado en vernos. En Oleggio, resolví subir al autobús que llega a pocos kilómetros de Arona. Cuál sería mi sorpresa al verte junto a la parada donde descendía. Ahí estabas, Gaviero loco, despistado como siempre. Nunca aprenderás con tu aire de marinero desembarcado a la fuerza.

Esas últimas palabras le produjeron una súbita y arrolladora desolación. Era Ilona, su amiga triestina. Sólo ella, la impar, la única, le decía así. Y ése era su tan peculiar acento inconfundible. Su voz, sus pasos elásticos y firmes. Su cuerpo gustoso y blanco, convertido en cenizas en una absurda explosión de gas en Panamá. Volvió para mirarla y se encontró con una mujer de tipo español, con un aire aristocrático y moruno, que lo miraba con reproche como si fuera el culpable del caos ferroviario del que se venía quejando. «¡Ilona!», le dijo, sin advertir lo necio de su equívoco, con los ojos bañados en lágrimas. La mujer se quedó mirándole con extrañeza, como si estuviera frente a un desconocido que, de improviso, se dirigía a ella. Se volvió de espaldas bruscamente y se alejó con paso gimnástico y juvenil, balanceando las caderas en un ritmo que él sabía tan propio de Ilona.

Lo despertaron los sollozos que sacudían su pecho. El viento helado que azotaba las paredes de roca y el intenso olor de las hojas que le servían de colchón, lo volvieron brutalmente a la vigilia. Para él, en ese momento, por completo inescrutable y ajena. Volvió a dormir después de un rato. El Zuro lo despertó brindándole una taza de café. El Gaviero comenzó a beberlo a lentos tragos, con aire ausente y pesaroso.

—Tiene que cuidar el sueño, mi don —le advirtió el arriero—. Aquí lo necesita para mantenerse vivo. Por la altura y el cansancio en estas parameras uno sueña mucho. Eso hace daño. No se reponen bien las fuerzas y nunca son sueños buenos. Pura pesadilla. Yo sé por qué se lo digo: los extranjeros que venían para intentar la minería, acababan todos locos y querían matarse entre ellos en la cantina o se tiraban a los remolinos del río para ahogarse.

Nada comentó Maqroll a estas advertencias del Zuro. Sabía que lo que el muchacho relataba era muy cierto. El sueño con Ilona aún le trabajaba el ánimo, removiéndole dormidos demonios que hacía ya mucho tiempo no venían a torturarlo. Sin decir palabra, ayudó a cargar las mulas y a dejar limpio el sitio. Luego, emprendieron la subida de la cuesta que conducía a la cuchilla del Tambo. Cuando, al rato, el viento empezó a ser insoportable, el arriero le aconsejó que se pusiera, entre la camiseta y la camisa, una capa de hojas de frailejón tanto en el pecho como en la espalda. El abrigo resultó de una eficacia instantánea. El calor del cuerpo se conservaba intacto. Lo que convertía el ascenso en una tortura era el suelo de arena volcánica que cedía a cada paso, lastimando los cascos de las bestias y lijando las suelas del calzado. El frote, además, despedía un calor a menudo insoportable y un olor azufrado que quemaba las mucosas. Subían tres pasos y resbalaban dos. Así, durante muchas horas. Los descansos tenían que acortarse: en el páramo anochece muy temprano y caminar a oscuras en tales descampados era un intento suicida. Con las últimas luces, en medio de la desolada extensión de lava, en donde el único signo de vida eran las matas que se alzaban de trecho en trecho, luciendo la hermosa flor de su tallo central como una pálida y fúnebre llama ardiendo en la noche que se venía encima, divisaron las luces del campamento. Llegar ahí les tomaría al menos una hora. La luna llena comenzaba a iluminarles el camino. Mientras durase en el firmamento, no habría problema.

Avanzaba inmerso en el recuerdo de su sueño. Como suele suceder en esos casos, a medida que iba pasando el tiempo, las imágenes, las palabras y el oculto sentido de lo soñado se habían ido precisando, ampliando, invadiendo zonas cada vez más profundas de su ser. Ilona, la triestina incomparable de cabellos de miel y perfil macedónico, la amiga sabia, vigilante, inflexible en sus sentimientos, había sido la única mujer que había percibido su tendencia a meterse en vagas empresas, siempre fastidiosas y siempre en la frontera con lo ilegal. Ella había sabido apartarlo a tiempo, con dos palabras, cada vez que se deslizaba en una situación semejante. Ahora caía en cuenta —mientras ayudaba a desatascar las mulas de los pozos de arena volcánica, en donde se hundían hasta la cincha— que las épocas cuando vivieron juntos eran las únicas en las que había conocido, al fin, algo semejante a la felicidad. Disfrutaba, entonces, de sus manías andariegas, sin soñar en improbables dorados ni en fortunas miríficas. Cuando viajaban, era ella la que escogía los itinerarios más convenientes, cuyo cumplimiento vigilaba sin ejercer otra autoridad que la de su sonrisa —siempre a flor de labio, dejando al descubierto sus grandes dientes de campesina tracia— y su buen juicio usado con tal naturalidad que lo hacía pasar desapercibido.

Rumiando, durante el torturante remontar del páramo, los escondidos rincones del sueño que había tenido, descubría allí la clave de muchos de sus descalabros y desalientos. Comparaba a Ilona con Flor Estévez —compañera, también inolvidable, que lo cuidó durante su convalecencia de una picadura de araña jaripuá, allá en La Nieve del Almirante, ese tendajón miserable al pie de la carretera, en un páramo semejante a éste— y se daba cuenta de que Flor, al contrario de la triestina, solía entregarse de lleno a las fantasías del Gaviero y con él se embarcaba en las más insensatas que pasaban por la cabeza de su amante. Ella había sido la animadora del absurdo viaje por el Xurandó, en busca de unos impensables aserraderos. Allí había dejado buena parte de su salud y Flor, cuando él regresó a buscarla, había desaparecido. Pero la comparación entre las dos mujeres era, se dio cuenta por claves transmitidas en el sueño de la cabaña, por entero absurda e inútil. En Flor Estévez actuaba ese constante aguijón del deseo, siempre alcanzado pero jamás plenamente satisfecho, que mantenía sus relaciones a la deriva, en medio del clamor de los sentidos que todo lo nublaba, todo lo distorsionaba sin hallar salida. Era como debatirse en un túnel con un enjambre de delicias esquivándose sin cesar.

Cuando regresó al presente, estaban ya ante los galpones del ferrocarril. Eran dos construcciones achatadas, hechas con lámina de zinc acanalada de color gris desvaído que se confundía con el paisaje. Una escuadra de peones dirigidos por un hombre alto y enjuto, de perfil alargado como de cuchillo de caza, que hablaba con marcado acento nórdico, venía hacia ellos con paso cansino, no exento de cierto fastidio. Al llegar frente a ellos, se quedó mirando al Gaviero como si fuese un arriero más de los que por allí pasaban. De pronto, cambió de actitud, como si recordara algo, y se acercó a saludarlo tendiéndole la mano con ficticia cortesía. Pasándose al francés, le preguntó cómo había sido el viaje hasta la cuchilla. Maqroll, en el mismo idioma, explicó algunos detalles de la travesía, usando igual tono neutro, y le solicitó un recibo de la carga que ya estaban acomodando en el interior de la bodega. El hombre sonrió con cierta condescendencia que irritó al Gaviero. Mañana le darían sus papeles; no había prisa. Los invitó a entrar, dando por sentado que pasarían la noche allí. En verdad, no era cosa de pensar devolverse para ir resbalando en la arena en plena noche hasta alcanzar la cabaña de los mineros. Sin embargo, eso era lo que, en el fondo, hubiera preferido. Entró para ver cómo habían acomodado las cajas en la bodega. Dos lámparas Coleman daban luz al interior de la misma. Allí estaban, cuidadosamente ordenadas, cajas de diversos tamaños en algunas de las cuales estaba escrita la palabra «frágil» en grandes letras negras. Al menos diez viajes como el que había hecho debieron ser necesarios para traer todo ese cargamento. Nada de esto le había dicho Van Branden. Era posible que hubiesen venido por otro camino. El hombre que los recibió, cuya nacionalidad no lograba descubrir el Gaviero, vigilaba con extrema atención el manejo de las cajas que acababan de llegar. En algunas de ellas se escuchaba, cada vez que las movían, un tintineo de metales. El hombre fruncía el ceño con preocupación, a cada campanilleo. ¿Por qué, se preguntaba Maqroll, sólo hasta ahora escuchaba ese sonido? Tal vez los ruidos del exterior y, luego, el viento del páramo, le habían impedido oírlo. Otra cosa que le intrigaba mucho era que ni en las cajas de madera, ni en la papelería usada para registrar lo recibido, ni en parte alguna de los galpones, se advertía el nombre de la compañía encargada de los trabajos en la cuchilla.

Terminada la tarea en la bodega, fue invitado a compartir la mesa, instalada en una construcción gemela que se comunicaba con el almacén por una pequeña galería en forma tubular, también de zinc. El Zuro se quedó a cenar con los peones que habían acomodado las cajas. Sentado en la cabecera de la mesa, esperaba un personaje de pequeña estatura, algo jorobado, con espesas cejas entrecanas y nariz aplastada, que dijo ser agrimensor, natural de Dantzig y respondía al apodo de Kraken. El de elevada estatura se presentó como ingeniero, nacido en Bélgica. Al decir su nombre lo hizo en tal forma que no se logró entender claramente. Era algo como Martens o Harlens. La cena, compuesta de alimentos enlatados y rociada con vino o cerveza de calidad poco común en esas tierras, transcurrió prácticamente en silencio. Sólo algunas palabras anodinas, relacionadas con el clima o con las dificultades del viaje, dieron lugar a breves diálogos que terminaban pronto en un silencio hastiado e insípido. Maqroll tomó nota de que ni la loza, ni los cubiertos, ni el trozo de tela que hacía las veces de mantel y que debió de conocer tiempos mejores, tenían marca ni señal que indicara su procedencia. Pero lo que más le intrigó fue que a las botellas de vino y cerveza y a las latas de atún, sardinas y verduras en conserva les habían quitado las etiquetas y raspado cuidadosamente toda marca o letrero. La sobremesa no se prolongó mucho. Con un seco «buenas noches» los dos extranjeros se fueron a dormir a sendos gabinetes que estaban al extremo opuesto del lugar que servía de comedor. A Maqroll le indicaron que podía dormir en una hamaca que los peones le tenderían en una esquina de la bodega. Cuando pasó al baño, lo esperaba el Zuro, quien le hizo señas de que deseaba hablar con él a solas. Fueron a un improvisado establo, pegado a la bodega, construido con troncos de madera sin desbastar, donde pasaban la noche los animales que hasta allí llegaban. El Zuro comentó:

—¿Sabe que no han trazado ni un metro de vía y que los peones nada saben de ferrocarril ni de nada parecido? Hay que andarse con cuidado, mi don. No sé por qué se me ocurre que, al final, lo van a querer joder.

Cuando el Gaviero iba a contestarle entró, de improviso, el supuesto belga, fingiendo que pasaba revista al sitio antes de irse a dormir. Tenía esa expresión de «no sé, ni me importa lo que están hablando» que suelen poner los que precisamente sí saben y sí están interesados. «Buenas noches», dijo con una desmayada sonrisa que dejaba al descubierto una dentadura echada a perder por el tabaco y la falta de limpieza.

Ya en su hamaca, envuelto en todo lo que tenía a mano y protegido, además, por un lecho de hojas que le había puesto el Zuro, el Gaviero intentó dormir de inmediato, confiado en el cansancio que lo agobiaba. Pero no le fue posible hallar el sueño. La visita de Ilona, la noche anterior, escondida tras unos vagos indicios de Amparo María, le había dejado un desasosiego, una vieja angustia que, de nuevo, venía a minar las pocas fuerzas que le quedaban y el escaso ánimo que le permitía seguir adelante. Paralela a esta visitación, y entrecruzándose con ella, le torturaba la maligna condición de la empresa en que se estaba embarcando. Ahora era obvio que Van Branden lo había hecho víctima de un engaño tan torpe como evidente. ¿Cómo pudo caer en él y, en verdad, casi sin necesitarlo? Con el dinero que le enviaban de Trieste hubiera podido ir tirando hasta encontrar algo más sólido y menos turbio. Era claro que perdía facultades, que se estaba dejando llevar por la pendiente y que, de seguir así, acabaría mal en poco tiempo. Tomó la determinación de hablar, al regreso, con el belga. Trataría de salir del compromiso vendiendo las mulas y largándose de La Plata lo más pronto posible, en el primer barco o caravana de planchones que bajaran por el río. Al fin consiguió dormir. Cayó en un sueño profundo. En la madrugada lo despertó el Zuro anunciándole que las mulas estaban listas y que podían partir tan pronto desayunaran. Nadie estaba en las bodegas, le explicó el arriero; todos habían salido desde muy temprano con el pretexto de que iban a levantar unos planos al final de la cuchilla, en lo más alto de ésta. «Tómese su café —agregó— y larguémonos de aquí. No creo que nos quieran tener por más tiempo rondando por estos lugares. Son gente muy rara».

Maqroll tomó el café y, en seguida, emprendieron el descenso en medio de una espesa niebla que corría empujada por el viento helado de la sierra. Éste les quemaba el rostro y hería los muslos como una dentellada insistente. Se protegieron con hojas de frailejón y siguieron el camino que resultaba aún más peligroso de bajada. Las mulas, ya sin carga, trataban de apresurar el paso y resbalaban a cada instante en el movedizo suelo de arena volcánica. En los ojos de las bestias afloraba un pánico desolador. Por fin, derrengados y transidos de frío el rostro y las manos, llegaron a la cabaña de los mineros. Las punzadas en las piernas y el ardor en la piel que no consiguieron proteger del castigo de la ventisca, casi no los dejaban relajarse para descansar. El lecho de hojas que había preparado el Zuro el día anterior estaba, por fortuna, intacto. Allí lograron tenderse, derrumbados por el cansancio. El Zuro tuvo que friccionar las patas de las mulas con aceite de coco que había traído consigo.

—Esto les mantiene el calor. De lo contrario mañana no las para nadie.

El Gaviero le preguntó por qué no lo usaban ellos también:

—No, mi don —le explicó el muchacho—. La gente se calienta sola. Ya verá como dentro de un rato estaremos bien. Lo que pasa con las mulas es que tienen la sangre más espesa y cuando se enfrían es muy difícil que vuelvan a calentarse para descansar.

Había que aceptar como válida la extraña teoría del Zuro. Maqroll abrió las páginas de la *Vida de san Francisco de Asís* y se concentró durante varias horas en esa lectura que aliviaba sus pesares con eficacia infalible. Una sonrisa corría de vez en cuando por su rostro. El Zuro lo miraba con asombro, sin atreverse a interrumpirlo: esas historias de santos eran para él algo entre misterioso y prohibido. Más valía no averiguar demasiado sobre ellas, ni tratar de conocerlas de cerca.

Al día siguiente bajaron al llano de los Álvarez. El clima de la tierra templada actuó, como siempre, en el ánimo de Maqroll. Tenía deseos de conversar con don Aníbal y averiguar más detalles respecto del tal ferrocarril y de las gentes vinculadas a la obra. Fueron recibidos por el hacendado con muestras de cordialidad y preocupación por la prueba que hubiera podido significar la subida hasta el Tambo. En un momento en que estaban solos, desensillando las mulas en el establo, había aparecido Amparo María. El Zuro se ausentó discretamente mientras la muchacha abrazaba al Gaviero con efusividad hasta entonces poco frecuente. En palabras cariñosas y entrecortadas, le contó que había temido mucho por él, no solamente por el castigo del páramo, sino por las gentes que allá vivían y que le despertaban una prevención sombría e inexplicable. El cuerpo tibio y recio de la muchacha, ceñido al suyo con una intensidad nueva y reveladora, le transmitió una serenidad y un bienestar que prolongaban la acción bienhechora de la tierra del café y de la caña donde recuperaba, intactas, las ganas de vivir y el amor por los dones del mundo.

Durante la cena, que fue servida en el corredor, Maqroll comenzó a sondear a don Aníbal sobre las dudas que le habían surgido en su visita al Tambo. El dueño de casa eludió todo comentario concreto al respecto. Era evidente que esperaba hablar de esto cuando los demás se hubieran ido a dormir. Así lo entendió Maqroll y esperó la ocasión. Terminada la cena, don Aníbal encendió un puro y, meciéndose en la silla, comenzó a saborear una taza de café negro al que le había agregado unas gotas de brandy. El Gaviero empezó también a tomar su café. No quiso agregarle ningún licor. Las mujeres que habían servido la cena, entre las cuales aparecía, de vez en cuando, Amparo María, levantaron la mesa y se despidieron para recogerse en sus habitaciones. Tras un rato en silencio, don Aníbal comenzó a hablar. Ya había entrado la noche y sólo se veía la luz de su cigarro moviéndose a ritmo con sus palabras. Maqroll se dispuso a escuchar. No tenía sueño y le interesaban sobremanera los comentarios del hacendado.

—Mire —comenzó éste, dando una intensa chupada al puro que iluminó un instante sus facciones—, no es mucho lo que le puedo contar respecto a esa obra. El proyecto de construir una vía férrea que, pasando por la cuchilla, cruzará la cordillera, es un plan del que se ha hablado desde hace muchos años. Ya mi padre lo mencionaba cuando llegamos aquí. Pero, al poco tiempo, comenzaron a construir la carretera que, pasando por otra parte, cumple la misma función que la vía férrea. Ésta fue cayendo en el olvido. Quienes primero intentaron un trazo e hicieron algunos trabajos previos fueron unos ingleses. Al principio gente muy ordenada y seria. Pero sucedió que algunos de ellos, en sus horas libres, comenzaron a lavar arena en las orillas de las quebradas, en busca de oro. Parece que encontraron algunas pepitas y eso les sirvió de aliciente. Con lo poco que consiguieron lavar, ganaban muchísimo más que el salario que recibían en el ferrocarril. Las obras de éste acabaron por ser suspendidas y la región se llenó de gambusinos. Aún hay, en algunos lugares, restos de la vía y hasta vagones que armaron para almacenar herramienta y alimentos en conserva. También los galpones del Tambo fueron construidos entonces. Lo del oro no prosperó. Después del primer entusiasmo, parece que no se volvió a encontrar nada que valiera la pena. Tanto la vía férrea como la minería cayeron en un olvido absoluto. Hace unos meses comenzaron rumores de que las obras iban a reiniciarse. Hablaron de una compañía belga y se notó cierto movimiento en La Plata. Algunas recuas de mulas subieron con cajas semejantes a las que usted acaba de llevar. Pero todo resulta muy extraño: los que están allá arriba no han realizado ninguna obra. Recorren el monte, al parecer sin finalidad precisa, buscando vaya usted a saber qué. Los que llegan a La Plata pagan más o menos regularmente sus compromisos, suben y bajan por el río, a veces llegan hasta el Tambo, pero también parece que buscaran otra cosa. Por aquí pasó el tal Van Branden. Yo no he viajado nunca, ni la capital visito, pero puedo decirle que ese tipo no me gustó nada. Para comenzar, no creo que se llame así. Confunde su nombre y cae en contradicciones al pronunciarlo. Firma con unos garabatos, siempre diferentes. Algo me dice que ya había estado por estos rumbos, usando otro nombre. Pudo ser desde el tiempo en que estuvieron los ingleses. Aquí se le atendió, como hacemos con

todo forastero, pero muy pronto se dio cuenta de que despertaba sospechas y nunca lo volvimos a ver. Me dicen que pasa de
largo, ya entrada la noche. No sé. Una cosa sí puedo decirle:
ese hombre corre con mucha suerte. El ejército cerró el puesto
militar en La Plata y por esa razón no existe vigilancia alguna
en la región. Con la tropa aquí, el tal Van Branden, o como se
llame, hubiera tenido que identificarse y declarar exactamente
qué es lo que hacen él y su gente. Eso se lo garantizo.

Un cierto desasosiego tornó a inquietar al Gaviero. Su experiencia con la fuerza armada en esos países había sido en
extremo aleccionadora. Cuando navegó por el Xurandó, pudo
cerciorarse de la clase de control que ejerce y con qué métodos
sabe poner orden y mantenerlo. En particular, él no tenía queja alguna. Al contrario, le habían salvado la vida cuando estuvo a punto de morir, víctima de un mal, al parecer incurable,
que asolaba la región. También fueron a rescatarlo cuando, de
regreso, iba a internarse en los rápidos en donde perecieron sus
compañeros de viaje. Pero había sido testigo de actos de justicia
expedita, cuyo recuerdo le ponía aún la piel de gallina. Todo
esto le vino a la memoria en un torrente abrumador. Sintió como si fuera a recomenzar una antigua pesadilla. Con las fuerzas
menguadas y algunos años más encima, la perspectiva le aterraba. Prefirió no pensar más en el asunto. Don Aníbal, que se había dado cuenta de la reacción del Gaviero, acudió en su ayuda
y pasó a comentarle sobre algunas mejoras que pensaba hacer
en la finca y se extendió en una pormenorizada descripción de
aquéllas, olvidando, o tal vez no queriendo tomar en cuenta,
que Maqroll, en sus largos años de andar por mares y puertos
como un tránsfuga sin sosiego, había perdido ese mundo de su
infancia. Calló don Aníbal y los dos se quedaron largo rato en
silencio, contemplando el cielo estrellado del que bajaba una
paz lenificante, señal de nuestra bien escasa presencia en los planes del universo. Tornó el sosiego al alma de Maqroll y con él,
el sueño. Volteó a ver a su interlocutor y notó que cabeceaba
suavemente, con el cigarro en la boca, mientras la ceniza caía
sobre la blanca camisa almidonada. En voz baja le dio las buenas noches y se fue a dormir en el pequeño galpón reservado
para los huéspedes, contiguo a las pesebreras.

De regreso a La Plata, se enteró de que Van Branden no
había llegado aún. Lo esperaban en el próximo barco. Al me-

nos eso era lo que le habían escuchado decir cuando partió, lo cual no indicaba nada cierto. Esos anuncios suyos, para tranquilizar acreedores y personas vinculadas a sus planes, nadie los tomaba ya en serio. Maqroll se dispuso a esperar. Tampoco había llegado cargamento alguno para subir al Tambo. Reanudó sus sesiones de charla y de lectura con la ciega. Le traducía con placer muchas de las páginas de los dos libros que había traído consigo y que estaban escritos en francés. Ella, por su parte, le proporcionaba información sobre la zona y los sucesos ocurridos allí en los últimos veinte años. A medida que la iba conociendo mejor, aumentaba su admiración por doña Empera, cuya inteligencia y buen sentido le parecía que hubieran merecido mejor suerte que la de hundirse en ese caserío manteniendo una casa de huéspedes, en medio del caos y la violencia intermitentes que asolaban la región. Era muy de escuchar, por ejemplo, la forma como juzgaba ciertos actos del Príncipe de Ligne, cuyos verdaderos motivos yacían, cuidadosamente disimulados, en la transparente y sápida prosa de sus cartas. La ciega solía desentrañar la verdad, oculta por el gran señor belga, y la ponía en evidencia con palabras de todos los días. Casi siempre, doña Empera daba en el blanco y las cosas sucedían como ella las había previsto. En estas largas veladas, Maqroll olvidaba sus lacerías y los achaques físicos que, con inopinada insistencia, empezaban a recordarle el paso de los años.

Por aquellos días llegó Amparo María para visitar a su amigo. Cuando la muchacha entró en su cuarto, él salió un momento para hablar con la dueña de la pensión. Le indicó que no quería prolongar esos amores dada la relación, amistosa y de confianza, que tenía ya con don Aníbal. Temía que el asunto diera pábulo a un chisme desagradable, que lo pondría en una situación embarazosa con el hacendado, por el que sentía un cordial respeto. La ciega lo tranquilizó, explicándole que el hacendado solía hacerse el de la vista gorda en estos asuntos. La muchacha ya había venido en ocasiones anteriores a la pensión, en compañía de amigos de los Álvarez que pasaban por allí, antes de subir al llano, o de regreso de éste. Además, prosiguió, era en extremo discreta y reservada. Le convenía serlo porque, de tener que volver a su tierra, le esperaba allí un problema delicado: se trataba de un teniente de infantería de marina que había intentado violarla y amaneció con dos puñaladas en el pecho al fondo de una cañada. Nunca se aclaró el asunto, pero los marinos no suelen olvidar esas cosas. Maqroll regresó a su habitación, no del todo tranquilo. El deseo que le despertaba la joven podía más que toda prudencia y temor.

Hicieron el amor con una nueva intensidad, nacida, tal vez, de las sombras que empezaban a acumularse alrededor de ellos. Acostados en el precario lecho de guadua, mirando hacia el río que descendía frente a la ventana, apenas protegida por una débil tela que no dejaba entrar los mosquitos, conversaron durante el resto de la noche. Amparo María, la morena con cintura de gitana y palabras escasas, se mostró, detrás de su aire arisco y fiero, como una criatura maltratada por la vida, con una sed de cariño oculta por la desconfianza y el temor de ser lastimada. De allí sus frecuentes reacciones, de una súbita brusquedad. Por igual motivo, en el acto del amor acababa reservándose siempre el último momento y el poseerla se convertía para Maqroll en una laboriosa brega donde la cautela lo obligaba a dosificar el disfrute de ese cuerpo, cuya inquietante e intensa belleza abría vastas posibilidades que era necesario negociar cada vez con mayor astucia. Pero, por otra parte, Amparo María se mostraba tierna y cálida, con la espontaneidad de todos los que viven en espera de una caricia o de una palabra amable que los rescate de la jaula que ellos mismos se construyen. La adversidad le impedía expresar tales sentimientos con la generosa y secreta vocación que constituía el auténtico núcleo de su carácter. Su conversación iba desenvolviéndose en una suerte de espiral, partiendo siempre de largos silencios, al parecer huraños, hasta llegar a una juguetona alegría llena de humor infantil y de candor jamás ensayado. Habían hecho los dos una buena amistad, a fuerza de construir un clima de confianza y entrega sin reservas. Esto había sido obra del Gaviero, quien adivinó la auténtica personalidad de su amiga. A sus años, solía pensar, no estaba nada mal el tener en sus brazos una mujer joven cuyos rasgos y proporciones le recordaban antiguas amistades femeninas en los pequeños puertos del Mediterráneo, en donde una mujer de tales prendas solía conquistarse, si bien con riesgo de la vida, en los oscuros serrallos de Orán o de Susa. En el umbral de su vejez, el Gaviero estaba aprendiendo a conformarse, sin remedio pero con creces, con lo que nos es dado fatalmente a cambio de lo que hubiera podido ser y ya no fue. El azar le entregaba a Amparo María, él la hubiera querido unos veinte años antes para guardarla en una escondida quinta de Catania. La tenía aquí, cansado y en medio de una tierra de horror y desamparo. Seguía siendo un regalo de los dioses.

Algo de esto comentó luego con la dueña y ésta le explicó, con un cierto dejo de irónica resignación:

—Sí, Gaviero. Esos tráficos a los que nos empujan los años, todos los tenemos que hacer. Lo malo es que nos toman de sorpresa. Siempre comienzan mucho antes de que nos demos cuenta de que estamos haciéndolos. Los ciegos, ya se lo podrá imaginar, tenemos que aprender a arreglárnoslas desde el momento en que ya no podemos ver más. Es más duro. ¿No lo cree así?

Maqroll asintió sin captar por completo lo que doña Empera quería decirle. Esto lo tranquilizó:

—No, no es verdad. Es igual, Gaviero, todo es igual. La vida es como estas aguas del río que todo lo acaban nivelando, lo que traen y lo que dejan, hasta llegar al mar. La corriente es siempre la misma. Todo es lo mismo.

Nada pudo o quiso agregar a las palabras de la ciega. Se parecían demasiado a las que repetía para sí desde hacía años. El viaje hasta el páramo había servido, además, para confirmarlo en sus certezas y devolverle la indiferencia, vieja conocida que solía salvarlo de padecer descalabros mayores y soldaba, con infalible eficacia, las grietas por donde, en ocasiones, sentía que se le pudiera escapar el alma. Era una indiferencia muy peculiar, gemela a la que le predicaba la casera: al tiempo que no lo dejaba derrumbarse, seguía brindándole ciertos dones del mundo que le proporcionaban la única razón cierta para continuar viviendo.

Van Branden llegó, en efecto, en el próximo barco. Cuando el Gaviero supo de su arribo, el hombre estaba ya en la cantina, en la mesa del fondo, apurando, uno tras otro, grandes vasos de ginebra con agua. Tenía los ojos inyectados y el amargo descontento le marcaba, debajo de los ojos, unas bolsas grises que se perdían en las ojeras nacidas del insomnio implacable. El diálogo no iba a ser fácil. Maqroll le informó sobre los resultados del primer viaje. El hombre masculló algún comentario anodino y luego le increpó por haber llevado hasta la cuchilla al joven arriero: «Si va a usar a uno de estos mierdas, déjelo en la cabaña de los mineros. No me meta esa gente allá arriba». El

Gaviero prefirió no discutir el asunto y pasó a lo que le interesaba: el pago de su trabajo. Lo único que pudo sacar en claro de la descabalada charla del flamenco, que, a veces, se antojaba algo fingida, fue que el barco siguiente traía nuevas cajas para subir. Esta vez serían más grandes y delicadas. La suma que le había dado alcanzaba para pagar, por lo menos, dos viajes más. ¿De qué diablos se quejaba entonces? No consiguió Maqroll sacar más en limpio. Van Branden no salía de su rezongante terquedad de borracho, dejándolo todo en la misma vaguedad de antes. Pero un nuevo elemento vino a surgir en este encuentro, que dejó en el Gaviero una imprecisa señal de alarma. Imprecisa pero suficientemente clara como para despertar en él las viejas defensas del que ha sido zarandeado por la suerte en tantos rincones de la Tierra. Fue como una sombra de miedo, de contenido pánico, que se asomaba por entre las entrecortadas frases de Van Branden. La altanera impunidad que éste había usado hasta ahora daba paso a un pusilánime farfulleo, a una frágil madeja de obviedades repetidas en circular insistencia de beodo ladino pero inerme.

Encerrado en su cuarto, con el balcón abierto de par en par al manso y nocturno correr de las aguas, el Gaviero trataba de asir la huidiza señal de peligro que le había despertado la entrevista. Después de varias horas de vigilia, consiguió llegar a conclusiones que le parecieron evidentes: la tal vía férrea, aun si era real, escondía otra cosa, un propósito que quería mantenerse velado por razones que tenían que ver con una transgresión a la ley; la pareja de extranjeros que estaban en las bodegas de la cuchilla eran, junto con Van Branden, parte de esa conspiración; los habitantes de La Plata y los del llano de los Álvarez tenían dudas sobre la verdad del proyecto ferroviario y desconfiaban de la honestidad de los gestores del mismo, que daban allí la cara con sospechosas reservas. Todo esto era posible gracias a la ausencia, al parecer transitoria, de autoridades en la región. Esto fue lo que logró sacar en limpio. Era bastante para obligarle a tomar precauciones en el segundo viaje que se avecinaba. Hablaría con don Aníbal, exponiéndole francamente el resultado de sus lucubraciones. Estaba seguro de que el hacendado podría aclararle, gracias a su buen criterio y a su rectitud, algunos aspectos que seguían en la sombra. Contaba con la mutua simpatía que era evidente en su trato con el patrón de Amparo María.

Dos días más tarde llegó a La Plata el nuevo cargamento. Se trataba de siete cajas alargadas, cuyo peso era tal que cada mula sólo podía con una. Las dos que sobraron las llevó al cuarto de Van Branden, en la pensión de doña Empera. El Zuro se encargó de disponer la forma como debían cargarse las mulas sin lastimarlas y sin que las cajas corrieran peligro de deslizarse en las cuestas. No fue fácil, pero el arriero mostró una habilidad y un empeño tales que, finalmente, todo quedó listo a satisfacción de Maqroll. En una madrugada brumosa y húmeda, tras despedirse de la dueña y encargarle una gran discreción respecto a lo que quedaba bajo su custodia, el Gaviero partió para su segunda subida al Tambo. Cuando llegaron a la tierra media, los cafetales estaban en flor. Las mujeres se dedicaban a la tarea de quitar las hojas secas de cada mata y cortar el tallo que, en el centro de algunas, sobresalía causando daño al fruto. El aire tibio traía el aroma de las flores de cafeto que daban, por su blancura, la imagen de una impensada nieve sobre el verde dombo de los cafetales. Los cantos de las mujeres y el tropel de las aguas de la quebrada que bajaba de la montaña, concedieron a Maqroll una tregua de dicha y de olvido sin interferencias ni sombras. Esa mañana de la tierra caliente emergía, como por milagro, de los días de su infancia. La serranía, envuelta aún en el velo azulenco de una niebla traslúcida, con sus caminos que subían en zig-zag, uniendo las humildes viviendas de los arrendatarios, daba la impresión de un vasto poderío, de un dominio sin límites, protector pero, al mismo tiempo, de una imponencia sobrecogedora. Esa presencia majestuosa le trajo el recuerdo de ciertos sueños que lo visitaban en alta mar y que, ahora lo sabía, acudían para recordarle su inapelable vínculo con ese paisaje y con la cambiante maravilla con la que solía poblarlo su recuerdo. En un recodo del camino, antes de comenzar la cuesta que subía hasta la hacienda, le esperaba Amparo María. Llevaba un largo delantal blanco que le daba un aire de sacerdotisa, al que contribuían las tijeras de podar que tenía en la mano. La muchacha le besó en la boca con un dejo de desafío y le habló al oído haciéndole cosquillas con su cálido aliento: «Don Aníbal quiere hablar a solas contigo. Manda decir que cuando llegues a la casa, lo acompañes afuera con un pretexto que va a darte. Pero antes vamos a descansar debajo de aquella mata de café que acabo de arreglar para que podamos escondernos sin que nadie nos vea».

Esa invitación, que ocultaba una tierna promesa, prolongaba el febril bienestar que le invadía. Hizo al Zuro señal de que siguiera adelante y se internó en la plantación, guiado por la muchacha que sonreía con la misma malicia de las estatuillas etruscas vistas en un museo del Adriático. Bajo el domo protector de un cafeto de follaje verde cerúleo, Amparo María había preparado un lecho de hojas de plátano secas. Se tendió, despojándose de la ropa en un gesto instantáneo y enfático. El Gaviero la acariciaba lentamente, mientras, a su vez, se libraba de la ropa en gestos pausados y silenciosos. Entró en ella en un acto que sentía como un ritual sagrado y la muchacha comenzó a fingir una exaltación que acabó siendo sincera a fuerza de admiración y gratitud hacia ese extranjero que, con el peso de sus años, traía también la devastadora y enervante experiencia de tierras desconocidas y de ebrias jornadas de peligro y deleite. Permanecieron un buen rato abrazados, mientras el sol, colándose por los intersticios de la cúpula vegetal, recorría sus cuerpos con manchas de luz que señalaban el paso de las horas. Cuando Maqroll se resolvió a partir, Amparo María se vistió con la misma presteza con la que se había desnudado. Tenía una expresión seria, intensa, como si hubiera madurado bruscamente. Besó de nuevo al Gaviero en la boca, con avidez, y corrió a reunirse con sus compañeras que acudían a la llamada para la comida.

Cuando el Gaviero alcanzó al Zuro, éste ya había subido buena parte de la cuesta. «Las mulas vienen cansadas. A ver si aguantan en el páramo —le comentó a Maqroll, quien debía traer en el rostro la serenidad de los bienaventurados, porque el arriero le comentó, en tono zumbón—: Cuando despierte hablamos. Quién va a pensar en el páramo estando en los cafetales. Cada cosa a su hora, decía mi abuelo. Era cafetalero. A mí ya no me tocó y aquí estoy luchando con bestias que parecen paridas por el diablo. Hoy están peor que nunca. La carga las viene incomodando, no por pesada, sino porque les lastima las ancas». Maqroll continuó en silencio. Nada tenía que comentar a las palabras del Zuro y prefirió refugiarse en un mutismo que prolongara un poco más su pasajera felicidad. No esperaba que le fuera otorgada de nuevo. Llevaba cuenta minuciosa de las visitaciones de ese orden y algo, allá adentro, le decía que estaba acercándose al final de la cuerda y que esos momentos de plenitud estaban a punto de ser cancelados.

Cuando llegaron al llano de los Álvarez, don Aníbal salió a recibirlos. Aún traía puestos los zamarros. Venía, les dijo, de buscar unas reses perdidas en el límite de la finca con el páramo. Invitó al Gaviero a pasar a la terraza y ordenó que trajeran café mientras se cambiaba de ropa. Cuando estuvo de regreso, empezaron a saborear en silencio los grandes tazones de café humeante y aromático. Pasado un rato, el hacendado le propuso en tono natural, sin dar mayor importancia a sus palabras: «Por qué no me acompaña hasta la quebrada. Quiero mostrarle unos frutales que tengo sembrados al borde del agua y que se están dando muy bien. Creo que van a interesarle». El Gaviero asintió inmediatamente, un tanto divertido por lo artificial del pretexto, ya que bien sabía don Aníbal cuán poco le interesaban a Maqroll este tipo de cosas, ajenas a su larga vida de marino. Descendieron lentamente hacia la quebrada, tratando de no resbalar por el sendero húmedo y arcilloso. El hacendado se internó en un pequeño arbolado que crecía paralelo a la corriente. La algarabía de los pericos llegaba, en momentos, a hacerse insoportable. Invitó a Maqroll a sentarse a su lado en la gran piedra que se alzaba en un remanso de la quebrada. Miró a su alrededor y, sin ningún preámbulo, empezó a tratar el asunto:

—Bien, amigo. Es sobre la historia esta del ferrocarril. A usted le consta que siempre he tenido las mayores dudas sobre el tal proyecto. Esta madrugada quise confirmar algunas de mis sospechas y subí hasta el borde del páramo, con el pretexto de las reses perdidas, para hablar con los pastores que me cuidan un rebaño de ovejas que tengo allá arriba. Ellos saben todo lo que pasa por allí. Confrontando lo que me contaron con las noticias que he venido recibiendo de La Plata, puedo asegurarle lo siguiente: no hay tal vía férrea, ni sombra de proyecto en ese sentido. Lo que están almacenando en las bodegas y que usted está llevando ahora al Tambo, no son aparatos de precisión, ni maquinaria de ninguna clase. Ya van tres veces que llega a las bodegas a medianoche gente para llevarse las cajas o el contenido de las mismas. No se sabe adónde van con esto. Por dos razones me he resuelto a prevenirlo: la primera es que, como tengo la convicción de que es ajeno a toda la historia y siento simpatía por usted y por las personas de su condición, no quisiera verlo terminar mal en ese peladero sin ventura; la segunda tiene que ver con mis intereses y los de mi gente. Ya puesto sobre aviso, usted puede informarme sobre lo que suceda en el Tambo o en La Plata en relación con todo este asunto. Así puedo prevenir cualquier peligro, con tiempo para preservar a los míos de lo que acaso suceda. Es posible que eso tome algún tiempo. Tal vez haga uno o dos viajes más con sus mulas. La señal de alarma va a llegar, primero, a La Plata y no a la cuchilla, en donde creo que se están confiando más de la cuenta. Hágame saber cualquier noticia por medio de Amparo María, que es mujer leal y más advertida de lo que parece. Aquí tomaré de inmediato medidas para evitar una desgracia.

—Don Aníbal —repuso Maqroll—, ¿qué es, concretamente, lo que usted está temiendo? Yo, con mucho gusto, le informo sobre lo que sepa en La Plata y en el Tambo. Pero quisiera saber un poco más sobre lo que nos amenaza, para no confundir rumores sin importancia con noticias graves. Debo decirle que en el caserío de La Plata todo me inquieta. Allí no sucede nada que pueda dejar tranquilo al más tonto. Siento por usted y los suyos un sincero afecto y mucho respeto. La confianza que me está demostrando ahora me compromete aún más y me confirma en su devoción por la lealtad y la justicia. Pero dese cuenta de que si no me da algunos indicios de sus temores, es posible que el peligro me pase por las narices sin que lo pueda ver.

—Tiene razón, amigo —respondió don Aníbal—. Voy a ponerlo un poco en antecedentes. Esta tierra anda revuelta hace muchos años. No sé ahora, a ciencia cierta, lo que pueda suceder, ni quiénes están detrás de esta historia. No es fácil seguirle la huella a estas cosas que suelen transitar caminos muy oscuros y alrevesados, antes de salir a la luz. En casa de Empera, en la cantina, en el muelle, arriba, en el Tambo, y también en la cabaña de los mineros, perciba todo lo que suceda de nuevo, todo lo que salga de la rutina, todo indicio de cambio en la vida de las personas con las que trata. No puedo decirle más, no porque me lo calle, sino porque tampoco yo sé de dónde va a venir el golpe. Si le digo que se trata de un movimiento subversivo, a lo mejor es una maniobra de los militares o un ajuste de cuentas entre ellos o entre los distintos grupos de contrabandistas. Más me interesa lo que pueda advertir en La Plata que lo que vea en el Tambo. Allá tengo gente que vigila constantemente. No quiere esto decir que descuide a los dos pájaros que se esconden en la cuchilla. No les pierda el ojo. Pero el río, amigo, el río es el que trae las sorpresas más terribles. Nada bueno ha viajado por esas aguas desde que vivo aquí. Yo sé cómo se lo digo. Ahora subamos. No quiero que sospechen en la finca que andamos en algo usted y yo. Pobre gente, son de una fidelidad conmovedora y me siento responsable de lo que pueda ocurrirles. Nosotros los trajimos. Por cierto, no comente nada de esto con el Zuro. Es leal y muy listo, pero le gusta hablar mucho y ya me ha metido en problemas. No desconfíe de él; desconfíe de su lengua. Eso es todo.

Subieron a la casa de la finca y el Gaviero fue a ver las mulas. El Zuro las había descargado, con ayuda de un peón, y allí estaban comentando sobre la forma curiosa de los empaques. Hizo señas al Zuro de que cortase el diálogo. El peón se fue de inmediato y el arriero comenzó a darles de comer a las bestias. Esa noche durmieron en el establo. Maqroll no quiso dejar las cajas al alcance de algún curioso. La conversación con don Aníbal lo había puesto sobre aviso. Ahora ataba cabos de sus conversaciones con Van Branden y de algunas alusiones de la ciega. Empezaba a percibir con mayor evidencia el terreno minado y huidizo por el que andaban sus asuntos.

A la mañana siguiente, partieron antes del alba en dirección al refugio de los mineros. Al poco rato, las mulas comenzaron de nuevo a dar señales de cansancio. Cada vez se mostraban más ariscas a las órdenes del Zuro. Así llegaron a la cuesta. El camino subía en zig-zag, bordeando un precipicio que, a cada tramo, se hacía más profundo. La senda se estrechaba peligrosamente, ciñéndose a la pared cortada a pico, de la que sobresalían grandes piedras que no había sido posible remover. Las mulas, al iniciar el ascenso, comenzaron a temblar y se resistían a seguir adelante. «Es por la carga —explicó el Zuro—, sienten el peligro con el peso mal repartido. Vamos a pasarlas una a una, porque, si se trancan todas en la mitad de la subida, no hay manera de regresarnos y nos lleva la trampa bregando con estos animales. Para colmo, con la lluvia el piso está como jabón».

El Gaviero propuso avanzar un poco más. No quería que los sorprendiera la noche por el camino, antes de llegar a la cabaña. Así lo hicieron, pero, cuando iban un poco más arriba de la mitad de la cuesta, las mulas ya no quisieron seguir. Pusieron, entonces, en práctica el consejo del Zuro. Las primeras mulas pasaron sin problema. Maqroll las esperaba arriba y el arriero las iba llevando una a una de cabestro. Cuando subía con el último animal, éste se asustó con un pájaro que partió de improviso de la pared rocosa. El camino era tan estrecho que, al dar algunos pasos hacia atrás, el peso de la carga arrastró la mula al precipicio. Ningún ruido acompañó la caída. Era tan hondo el abismo que las nubes cubrían por completo el fondo. De vez en cuando, el viento traía el ruido del torrente que corría allá abajo. Las bestias advirtieron la falta de su compañera y esto las puso aún más inquietas. Finalmente, alcanzaron la cumbre. La operación había sido agotadora y la noche se venía encima. Una lluvia torrencial y helada se desató en medio de rayos cuyo chasquido se oía cada momento más cerca. Las mulas temblaban y los relámpagos iluminaban sus ojos desorbitados por el pánico. Era casi la medianoche cuando lograron llegar a la cabaña. De inmediato, descargaron los animales para aliviarlos del agotamiento que traían. Prepararon, cada uno, su lecho con hojas de frailejón de las que siempre había reserva dentro del refugio. El Gaviero encendió el cabo de vela que traía para su lectura nocturna y, al mismo tiempo, vio un papel sujeto en un clavo herrumbroso que había en la pared para colgar los aperos de las bestias o las ropas de los caminantes. En un español macarrónico, escrito en letras de imprenta, con el evidente fin de que no se pudiera identificar quién lo había hecho, daban instrucciones a Maqroll de esperar allí. La carga sería recogida antes del mediodía siguiente. Mezclado con el alivio de no tener que hacer el terrible camino del páramo hasta el Tambo, sintieron la sorda presencia de un peligro oculto, sobre el cual prefirieron no hacer comentario alguno. Cada uno sabía lo que el otro estaba pensando. Siguió lloviendo toda la noche con la tenaz insistencia de las tormentas tropicales, cuando parece que hubiera comenzado el diluvio universal. En la mañana calentaron café y frieron algunas tajadas de plátano. La jornada del día anterior les había despertado un hambre que exigía comida más substanciosa. Volvieron a acostarse para tratar de engañar, con el sueño, el apetito que iba en aumento. Unos golpes en la puerta los despertaron con sobresalto. Ambos habían olvidado por completo dónde se hallaban.

El ingeniero larguirucho y amargado que los había recibido en la cuchilla entró con cinco hombres más. Cinco mulas relucientes y frescas esperaban afuera. Sin decir palabra, los peones cargaron las cajas con extremo cuidado, mientras el supuesto belga verificaba, en una lista, los números que aquéllas traían en un costado. «Faltan dos cajas», dijo, mientras miraba al Gaviero con desconfianza felina, mezclada con un gesto de alarma apenas disimulado.

—No —repuso Maqroll—, sólo falta una. Rodó al abismo con todo y mula.

—Voy a ver —dijo el hombre, mientras volvía a compulsar la lista con las cajas que ya estaban cargadas—. Tiene razón, falta sólo una. Pero es lo mismo. ¿Dónde rodó la mula?

—Antes de llegar al plan de Santa Ana. En la penúltima vuelta. Ni la vimos caer. Las nubes tapaban todo —se apresuró a explicar el Zuro que conocía la región mejor que el Gaviero y quería despejar las sospechas del extranjero.

—Esta historia —puntualizó éste dirigiéndose a Maqroll— se la cuenta usted a quien lo contrató. Va a tener problemas. Lo que traen estas cajas no se puede dejar tirado, así no más, en pleno monte. Es mejor que trate de rescatar esa carga. Sobre lo que vea, si la descubre, es mejor que guarde silencio. Si alguien ha llegado antes, prepárese, porque no andamos con bromas. En fin, allá usted —alzándose de hombros, dio media vuelta y puso en marcha la recua perdiéndose entre la lluvia que seguía cayendo con persistencia de pesadilla.

Cuando quedaron solos, el Zuro comentó: «No se preocupe. Yo conozco una travesía que nos lleva hasta el fondo de la cañada. Dejamos las mulas amarradas en mitad de la cuesta. No lejos de allí está la trocha y en una hora llegamos abajo. Allá veremos de qué se trata. Enterramos la carga en un lugar seguro y ya está. Vamos a llevar esta pala que dejaron aquí los mineros».

Maqroll respiró aliviado. Las palabras de su compañero le devolvían la confianza en que podrían salir del paso sin mayor riesgo. La advertencia del ingeniero se le había quedado atravesada en el pecho. Nada había que pudiese descomponerlo más que las amenazas, intangibles y vagas, proferidas por gente de quien dependía en un momento dado. En ese caso, el miedo era menor que la repugnancia de saberse al arbitrio de alguien que no le merecía ni respeto ni gratitud. Era el tipo de relación que trataba, en lo posible, de evitar.

La lluvia había cesado. Bajaron las mulas al lugar indicado por el Zuro y fueron en busca de la vereda que los llevaría al fondo del precipicio. El sendero era apenas perceptible en ciertos trechos, pero el Zuro conocía perfectamente el camino. El piso arcilloso se había vuelto tan resbaladizo con la lluvia, que en varios trayectos se dejaban deslizar, sujetándose de la maleza que crecía con mayor altura y profusión a medida que descendían. Por fin, se encontraron en medio de una vegetación de verdes intensos, impregnada de una humedad que facilitaba la respiración y distendía los músculos, tensos por el frío y el esfuerzo de la bajada. Al mediodía llegaron al lecho del torrente que corría en una alegre turbulencia de espumas y remolinos. El vocerío de las aguas heladas y cristalinas retumbaba contra las altas paredes de la cañada de las que partían, al paso de los intrusos visitantes, bandadas de pericos en repentina algarabía y parejas de grandes aves que se alejaban en un vuelo majestuoso dando al ambiente un aire délfico, al margen del tiempo y sus deleznables trabajos. A medida que bajaban por la orilla de la corriente, el Zuro levantaba la mirada para ubicar el sitio por donde se había despeñado la mula. De pronto se detuvo y señaló a Maqroll el lugar. Pero los desconcertó no ver rastros del cuerpo ni de la carga que traía. El Zuro explicó que era posible que el cadáver hubiera sido empujado por las aguas hasta dejarlo atorado contra algunas piedras; pero la carga no era tan fácil de ser llevada por la corriente. En efecto, al poco de avanzar encontraron el despojo hinchado de la mula que giraba en un remolino golpeando contra las grandes piedras. Los buitres, parados en la carroña, le daban vigorosos picotazos y trataban de sostenerse sacudidos por los embates de la quebrada.

Resolvieron regresar al sitio en donde calcularon que había caído la mula y allí reanudaron la búsqueda de la caja.

—¡Mierda! —exclamó el Zuro mientras levantaba algo del suelo—, alguien vino y se llevó la caja. Mire —entregó al Gaviero una astilla de madera que reconocieron de inmediato. Siguieron rastreando el lugar y no tardó Maqroll en recoger otro indicio que lo dejó aún más preocupado. Era un trozo de etiqueta impresa en plástico, con algunas palabras escritas a máquina que se habían borrado con el agua y la intemperie. Pero en el borde inferior, aún se alcanzaba a leer en caracteres impresos: «Made in Czec...». El final de la palabra no aparecía en el pedazo de etiqueta, pero era bien fácil de adivinar. Maqroll guardó en el bolsillo el trozo de plástico y le indicó al Zuro que ya podían volver por las mulas. No era prudente demorarse en esos parajes. El arriero le explicó que, siguiendo el curso del torrente, podría llegar en poco tiempo al llano de los Álvarez. Mientras tanto, él iría por las mulas. Ya sin carga, era muy fácil manejarlas. Además, subir por la trocha resbalosa era un esfuerzo agotador. El Gaviero asintió un poco a disgusto. Si al Zuro le alcanzaba la noche en el camino, podrían sorprenderlo los mismos que habían venido por la caja.

—De noche —comentó el arriero— no hay quien se atreva en la cuesta. Yo me cuido. No se preocupe.

—No estoy tan seguro —replicó el Gaviero—, por la caja tuvieron que venir anoche. Imagínate si van a tenerle miedo a la cuesta.

—No, mi don —contestó el Zuro—, ellos vinieron por el atajo. Es muy distinto.

El Gaviero cedió a las instancias del Zuro y allí se separaron. Mientras descendía, siguiendo el curso del agua, una sorda inquietud se iba apoderando de Maqroll. La presencia de un peligro, indeterminado pero evidente, lo volvió a sumir en ese estado de ánimo, para él tan familiar, que estaba formado por un hastío, un monótono cansancio que lo invitaba a darse por vencido, a detener la carrera de sus días, marcados todos por esa clase de empresas en las que siempre los otros sacaban el provecho y tomaban la iniciativa, haciéndole pasar por un inocente que había servido, sin darse cuenta, a propósitos ajenos. Siempre que se sentía así, le invadía un amargo sabor en la boca y un penoso palpitar de las sienes acompañados de un borboteo en el vientre. Era el miedo, el viejo miedo que saltaba con felina regularidad: el miedo que había sentido en la mina de Cocora, el que lo esperaba en los rápidos del Xurandó, el que acechó, agazapado, en la sentina del *Lepanto,* el miedo en Amberes, en Istambul, el de siempre, el de toda su vida, rosario de sórdidos desastres y frágiles, turbios, momentos de dicha inescrutable.

Cuando llegó al llano de los Álvarez no estaba ninguno de sus conocidos. En la cocina lo recibió una mujer con rostro de momia china que, en palabras que salían torpemente de la boca desdentada, dijo que todos habían salido, pero que don Aníbal le había dejado dicho que entrara para descansar y lo esperara porque tenía que hablarle. Que no siguiera hasta el puerto sin conversar con él. Los demás estaban en la roza del monte y sólo vendrían hasta mañana. También Amparo María estaba allá arriba. La vieja sonreía con una complicidad que desagradó al Gaviero. No quiso quedarse allí para tomar su taza de café y prefirió llevarla, junto con un plato de comida recalentada que le preparó la anciana, al cuarto que le tenían dispuesto. Allí, tendido, después de haber saciado el hambre que le atormentaba desde la mañana, el Gaviero, antes de caer en un profundo sueño, volvió a ver las mutiladas palabras de la etiqueta que había encontrado en la cañada: Made in Czec... Sabía de qué se trataba, pero no podía o no quería seguir adelante en sus conclusiones. No había tal ferrocarril. Detrás de éste se escondía una empresa en cuyos engranajes podía, en cualquier instante, perder la vida. Así, sin más, con esa gratuita facilidad con la que siempre le llegaban esta clase de sorpresas.

Unos ligeros golpes en la puerta lo despertaron. Era todavía de noche. Había dormido de un tirón muchas horas seguidas y no tenía idea de qué hora podría ser. Fue a abrir y se encontró con don Aníbal, cubierto con una capa de hule que le caía hasta los pies y por la que seguía escurriendo el agua de la lluvia. Acababa de desmontar del caballo, que esperaba amarrado a la baranda del corredor. A su lado estaba el Zuro, que había llegado a tiempo con el dueño y traía las mulas del cabestro.

—Buenos días, amigo —saludó don Aníbal con tono cordial pero que denotaba una cierta preocupación—. Qué bueno que descansó bien, porque, antes de que amanezca, tenemos que hacer una pequeña diligencia no lejos de aquí. Estoy seguro de que le va a interesar acompañarme y, de paso, enterarse de ciertas cosas para su propia conveniencia y, también, para la nuestra. Ya le traen un caballo, listo y ensillado, y una capa para protegerlo de la lluvia que no ha parado desde ayer. Lo espero a la salida de la finca. Voy a dar unas órdenes. El Zuro va a guardar las mulas y le trae el caballo. Nos vemos ahora.

El Zuro siguió a don Aníbal, después de saludar al Gaviero con un gesto que le indicaba que todo había ido bien. Maqroll entró para buscar algo con que abrigarse y el arriero no tardó en regresar con la cabalgadura y una capa para la lluvia. Don Aníbal parecía haber adivinado que el Gaviero era un jinete menos que mediocre y le había escogido una yegua mansa, algo dura de riendas, pero muy dócil. Montó en ella con cierta aprensión y el Zuro le alcanzó la capa para que se la pusiera de inmediato. El aguacero caía en forma torrencial y no daba indicios de escampar. El Gaviero se reunió con don Aníbal a la entrada de la finca y empezó a cabalgar a su lado. Caminaron un buen trecho en silencio. La lluvia caía en goterones densos que producían un ruido opaco con ritmo cada vez más rápido. Maqroll preguntó adónde se dirigían. Don Aníbal le hizo señal de que era mejor no hablar todavía. Ya lo harían más adelante. Dentro de un bolsillo de la capa, el Gaviero encontró un gorro de hule, semejante a los que se usan en el mar cuando hay tormenta. Se lo puso y tuvo, de pronto, la sensación de que estaba en alta mar. El agua seguía azotándole la cara en chaparrones intermitentes y tibios que le produjeron una leve somnolencia. Por fin, don Aníbal acercó un poco más su caballo a la yegua y habló en voz baja y pausada:

—Vamos a un rincón del monte donde nos espera alguien que tiene interés en hablar con usted. Es persona que conozco hace mucho y que me inspira plena confianza. Le adelanto algunos datos: esta persona me ha informado sobre la caída de una de sus mulas con la carga y del intento que hizo usted ayer por rescatarla. Es un accidente que le hubiera podido costar más caro. La mula desbarrancada la descubrieron por los buitres que rondaron inmediatamente alrededor del cadáver. La carga fue recogida y llevada a lugar seguro. Allí abrieron la caja, que traía doble empaque. El de madera se destrozó al rodar al abismo. Contenía un rifle ametralladora AZ.-19, de fabricación checa. Es el arma de repetición más moderna y mortífera que se fabrica y tiene gran demanda en el mercado negro de armas. Ya sabrá más datos en un momento. La patraña del ferrocarril, si alguna duda nos quedaba aún, ha quedado descubierta. Pero el asunto no va a ser tan fácil. Yo sé que usted es ajeno por completo a toda esta operación y que fue usado, aprovechando su desconocimiento de esta tierra. Por esto y porque me inspira sincera amistad, he salido fiador de su inocencia. Creo, sin embargo, que van a pedirle cierta colaboración que facilitará su salida del berenjenal en que lo metió esa gente. Debo decirle también que soy ajeno a todo esto y sólo me interesa la seguridad de los míos y la mía propia, como también conservar, hasta donde sea posible, esta finca en donde hemos enterrado, mis hermanos y yo, buena parte de la vida. Para eso tengo que andar con extrema cautela. La pasajera calma de que disfrutábamos por aquí se ha terminado. El ejército ya llegó y va a correr mucha sangre. Ya sabemos cómo es eso. Trataré de salvaguardar la hacienda, pero, para ello, no estoy dispuesto a perder el pellejo. No quiero terminar como acabaron algunos de los míos. ¿A usted nadie le advirtió, cuando llegó a La Plata, que esto era un polvorín listo a explotar en cualquier momento?

—Algo pude colegir, por palabras de doña Empera y de otras personas, pero no les di mucha importancia —comentó el Gaviero—. Siempre he pensado que, en casos como éste, sólo quien quiere meterse en problemas corre peligro. En varios sitios del mundo he pasado por situaciones semejantes y mi buena estrella me ha sacado siempre de apuros. De seguro confié demasiado en ella al quedarme aquí. Pero sucede que, en el fondo, todo ha terminado por serme indiferente. Creo que he perdido facultades y me dejo llevar por la suerte. Estoy un poco cansado de tanto andar. Estos intentos en que se empeñan los hombres para cambiar el mundo los he visto terminar siempre de dos maneras: o en sórdidas dictaduras indigestadas de ideologías simplistas, aplicadas con una retórica no menos elemental, o en fructíferos negocios que aprovechan un puñado de cínicos que se presentan siempre como personas desinteresadas y decentes empeñadas en el bienestar del país y de sus habitantes. Los muertos, los huérfanos y las viudas se convierten, en ambos casos, en pretextos para desfiles y ceremonias tan nauseabundas como hipócritas. Sobre el dolor edifican una mentira enorme. Supe que por La Plata había pasado, años atrás, una ola de violencia terrible. No hice caso. Es seguir viviendo lo que me cuesta trabajo, no morir. La Plata me pareció lugar ideal para detener, así fuera por un tiempo, ese ir dando tumbos de un lado a otro que ya me tiene hastiado. La cama de guadua en casa de la ciega, el río que pasa por debajo y me ayuda a olvidar, ciertas noches de sobresalto cuando los recuerdos toman cuerpo y me piden cuentas, el alcohol reparador y cómplice en la cantina, al que acudo cuando la lucha conmigo mismo se hace más dura; eso es todo lo que pido a ese lugar en donde nadie me conoce ni con nadie tengo cuentas por saldar. Pero hay un ángel de la guarda diabólico que me obliga a emprender necias empresas, a participar en las de mis semejantes, mezclarme con ellos y sentirme dueño de una exigua parcela de su destino. Así caí en este cuento del ferrocarril. Cuántas veces, me repito en estos últimos días, me he cruzado con tipos como Van Branden y sus socios del Tambo, en los más diversos rincones del mundo. Resultan siempre los mismos, con idénticas astucias, usadas hasta el cansancio y sin el menor ingenio y la misma codicia de lobo apaleado, que a nadie engaña. Le confieso que, allá para mis adentros, nunca me tragué el cuento de la vía férrea y eso fue precisamente lo que me llevó a meterme en la intriga, tal vez con la secreta esperanza de satisfacer a mi siniestro ángel guardián y acabar como la mula de ayer.

—Hombre, me parece que, en eso último, está exagerando un poco —repuso don Aníbal—. Yo lo veo a usted en forma muy distinta y le confieso que he llegado a tenerle, no solamente simpatía y aprecio, sino también a disfrutar de su experiencia y de sus relatos. Para mí son como una lección. Piense que, al quedarme sembrado en estos montes, no he conocido más mundo que estas cañadas y este clima bueno para caimanes. Entiendo que esta experiencia con la gente del Tambo le haya llevado a revivir otras semejantes. Creo que todos tenemos algo de que lamentarnos. Todo lo ve usted ahora bajo una luz sombría y derrotista. Pero yo lo he escuchado relatar episodios de su pasado vividos, seguramente, en forma muy distinta de como en este momento está viendo las cosas.

Don Aníbal era muy sincero al hacer al Gaviero ese comentario a sus palabras. Solía poner a Maqroll como ejemplo de una vida rica en episodios de apasionante interés y en sorpresas del más variado colorido. Vida opuesta por completo a la suya que se le antojaba como una insípida rutina, a menudo sin sentido. Siguieron dándole vueltas al tema. Cada uno insistía en sostener su opinión. La lluvia inclemente y las nubes aciagas que se cernían sobre el inmediato futuro de sus vidas debían influir no poco en las negras tintas con las que, cada cual, describía su destino.

La lluvia cesó de repente y el cielo se despejó de inmediato, dejando al descubierto la incandescente maravilla de la noche de los trópicos. Todo se iluminó con una tenue fosforescencia que despedía la clara luz de los astros, reflejada en la humedad de las hojas y en los charcos cuya reciente serenidad rompían, en mil reflejos, los cascos de las cabalgaduras. Penetraron en un pequeño arbolado, que debía ser familiar al dueño de la finca que se internó por él apurando el paso. Maqroll lo siguió, sacudido por el manso trote de la yegua que trataba de controlar, en vano, con torpes jalones de las riendas. Habían caminado un buen trecho, cuando don Aníbal tomó por un sendero que descendía en ligera pendiente hasta terminar en un tupido bosque, al parecer impenetrable. Allí detuvo su caballo y se quedó a la espera de alguna señal. Al escuchar un breve silbido, hizo señas al Gaviero de que desmontara y fue a amarrar su caballo al tronco de un árbol cercano. Maqroll hizo lo mismo y siguió a don Aníbal, quien se internó en la espesura caminando lentamente pero con la seguridad de quien conoce el camino. En un estrecho claro los esperaba un hombre sentado en el tronco de un árbol derruido por el rayo y cubierto de musgo. Se puso en pie para saludar a los recién llegados. Lo hizo con una voz firme, que cuadraba con su uniforme de campaña y las insignias de capitán que llevaba en el cuello de la camisa verde olivo. Los invitó a sentarse en el tronco, mientras permanecía de pie, con los brazos cruzados sobre el pecho. La escasa luz permitía ver un rostro enjuto y pálido, con una barba de varios días, que le daba un falso aspecto de enfermo. La voz y los gestos, firmes y enérgicos, disipaban esa primera impresión. Pero en sus ojos grandes y negros, cercados por ojeras de tensión y fatiga, se advertía un brillo febril, esa movilidad de quien se mantiene alerta, en el límite de sus fuerzas. Don Aníbal se adelantó a explicar a Maqroll de quién se trataba:

—El capitán Segura desea hablar con usted. Quiero que sepa que es amigo nuestro de hace tiempo y que puede hablar con él sin ninguna reserva. Ya sabe de usted por mí. De lo que ahora se hable depende que salga con bien de la situación en que está envuelto sin proponérselo —dirigiéndose al capitán, agregó—: En el camino le informé sobre el hallazgo de la caja y su contenido. Ni qué decirle que ignoraba totalmente lo que estaba transportando. Ahora, usted dirá, capitán.

El capitán comenzó a pasearse en el breve espacio del claro, mientras se pasaba, de vez en cuando, la mano por el rostro como para alejar el sueño o aliviar el cansancio. Sus palabras salían con ese rigor castrense que les daba una gravedad muy especial:

—De usted, amigo, sabemos casi todo lo que hay que saber. Don Aníbal, por su parte, garantiza su conducta y su inocencia, difícil de aceptar, es cierto, en relación con los viajes a la cuchilla del Tambo. Es por esto que lo que quiero preguntarle será breve. Primero, deseo saber cuántas personas, de origen extranjero, ha visto en la bodega del Tambo.

—He estado allí con dos hombres. Uno dice ser belga y el otro, al que llaman Kraken por apodo, se pretende de Dantzig. No he visto otro extranjero en ese lugar —Maqroll quería ser tan preciso e impersonal en sus respuestas, como lo era el militar en sus preguntas.

—Bien —repuso éste—. El que dice ser de Dantzig es alemán, nacido en Bremen. Tiene cuentas pendientes en Punta Arenas. Allí dio muerte a dos sargentos de la guardia, cuando trataba de escapar de la prisión en donde estaba por contrabando. El belga es en verdad holandés y fue quien compró las armas en Panamá. Ahora, dígame: ¿ha visto algo en la cabaña de los mineros que le llame la atención; algo extraño, inusual? ¿Alguien ha dormido con ustedes? ¿Advirtió huellas de que alguien haya ocupado el lugar últimamente? ¿Qué indicios había en ese sentido?

—No, capitán —contestó Maqroll—, no hemos visto a nadie, ni he observado rastros de que nadie haya estado allí. El lugar siempre se conserva relativamente limpio y todo ha estado en el mismo lugar, las veces que hemos dormido allí. Ahora recuerdo, sí, que me dejaron un mensaje escrito, colgado de un gancho, en el que me decían de no subir al Tambo y esperar en la cabaña a que recogieran la carga. En efecto, ayer llegó el holandés con sus peones y se llevaron todo en mulas, por cierto de muy buena pinta —a medida que hablaba, el Gaviero iba recobrando su aplomo y sentía una espontánea confianza hacia su interlocutor, quien daba la seguridad de alguien que conoce muy bien el terreno que pisa y las gentes con las que trata. Era, además, evidente, que cualquier sospecha que hubiera tenido respecto a Maqroll estaba despejada.

—La persona que lo contrató para este trabajo es un hombre rechoncho, de ojos saltones, siempre irritados, rostro congestionado, amigo de la bebida o que simula serlo y dice llamarse Van Branden o Brandon. ¿Es así?

—Sí, capitán, así es. Por cierto que tampoco yo he creído que beba todo lo que pretende. También, en asuntos de dinero es de una informalidad muy curiosa. No pide recibos por lo que da ni quiere cuentas de lo que se gasta. Nunca pude establecer con él una suma precisa por mi trabajo.

—Eso se explica —comentó el oficial, mientras una fatigada sonrisa se insinuaba en sus labios—. El hombre tampoco suele rendir cuentas claras a quienes contratan sus servicios. Hay mucha laxitud con el dinero en ese negocio de armas, en donde el margen de ganancia de cada intermediario no suele establecerse. El tipo se apellida Brandon y es irlandés. Sus antecedentes son interminables: preso en Trinidad por falsificación de cheques; los ingleses lo buscan por trata de blancas en el Medio Oriente; Arabia Saudí lo dio por muerto después de una paliza que mandó darle un *sheik* a quien había engañado vendiéndole dos muchachas vírgenes de Alicante que resultaron ser dos putas de San Pedro Sula. La lista, como le dije, es muy larga. Aquí pesan contra él cargos mucho más graves. Puedo decirle que no es probable que vuelva a encontrarse con él. Sigamos adelante: ¿le espera más carga en La Plata para subir al Tambo o hay alguna en camino, que usted sepa?

—En La Plata dejé, en el cuarto de Brandon, dos cajas iguales a las que subí anteayer. No tengo noticia de que venga nada en camino. Maqroll sintió la mirada del oficial fija en sus ojos. Éste siguió paseándose un poco más nerviosamente. Con un leve cambio en la voz, tornó a preguntarle:

—¿Quién está enterado de la existencia de esas cajas? ¿Amparo María sabe algo de esto?

Un sordo enojo comenzó a crecer dentro de Maqroll. Esta irrupción en sus sentimientos lo hacía sentirse a merced del dominio sin fronteras que son las fuerzas armadas. Toda su vida había procurado evitar cualquier contacto con ellas. Trató de responder en breves palabras:

—No creo que ella sepa nada. A no ser que doña Empera se lo haya comentado. La ciega, como es obvio, está enterada de todo lo relacionado con mis subidas a la cuchilla.

—Disculpe, pero tengo que insistir en una pregunta que toca algo muy personal suyo. Es muy importante para mí saber a qué atenerme a ese respecto. Usted no sospecha la clase de gente que tenemos enfrente y de lo que son capaces. Su vida privada no me interesa, como es obvio, pero quisiera saber qué ha comentado con Amparo María respecto a su trabajo con Brandon —el militar hacía un esfuerzo evidente para dar a su pregunta el carácter más rutinario posible.

—Nada he comentado con ella en forma concreta. Sabe lo que saben todos: que subo una recua de mulas con cajas que contienen maquinaria e instrumentos para la obra del ferrocarril. Nada le he dicho, ni sobre Brandon ni sobre las bodegas del Tambo. Ahora bien, Amparo María habla con doña Empera y ella sí está enterada de muchos detalles que le he comentado. Su conocimiento de la región y de sus habitantes me ha sido muy útil —Maqroll no quiso agregar más respecto a la dueña de la pensión, temiendo comprometerla.

—Doña Empera habla sólo de lo que sabe que debe hablar y estoy seguro que se ha cuidado mucho de decir más de lo necesario, ni a Amparo María ni a nadie. Bueno, ahora voy a pedirle que nos ayude en algo que no creo que signifique más riesgo para usted del que ya ha corrido. Le pido que me preste mucha atención. Se trata de lo siguiente: siga cumpliendo con su trabajo como si no supiera nada. Haga de cuenta que jamás nos encontramos usted y yo. Suba las dos cajas que restan y lo que, eventualmente, pueda venir en el barco que está por llegar en estos días. Éste será su último viaje. Cuando pase, al subir, por la finca de don Aníbal, él le transmitirá mis instrucciones. No intente averiguar mucho sobre todo esto. No muestre ninguna curiosidad en La Plata sobre lo que transporta. Entre menos sepa, mejor. Si cae en manos de ellos y llegan a sospechar que sabe más de la cuenta, lo único que puedo decirle es que, por mucho mundo que haya recorrido y por mucho que haya vivido, no puede imaginar de lo que son capaces para sacarle lo que sabe. Llevan muchos años en este negocio y hace mucho tiempo que olvidaron eso que se llama piedad.

—Y si regresa Van Branden, ¿qué le digo? —preguntó el Gaviero con pretendida inocencia que, desde luego, el capitán no tomó en cuenta.

—Si de veras quiere saber lo que le pasó a Brandon, le adelanto que no vale la pena averiguarlo. Ya lo sabrá en su momento o nunca. ¿Qué más da? Por ahora es suficiente con que sepa que no lo verá más. Bien, sigamos: en La Plata haga la vida que ha hecho hasta ahora. Cualquier cambio despertaría sospechas. Frecuente la cantina como antes y finja que busca allí a Brandon. El establecimiento es un reducto del contrabando y siempre hay gente de ellos rondando por allí. Baje al desembarcadero para averiguar cuándo llega el barco. Siga leyéndole a doña Empera y viéndose con Amparo María. No haga absolutamente nada que indique la menor sospecha de parte suya sobre todo esto. Siga mostrando la mayor inocencia, la mayor ignorancia sobre todo lo que tenga que ver con el país y, en particular, con esta zona. Es posible que vea caras nuevas en el puerto. Tal vez se le acerquen para sacarle algo sobre lo que pasa en el Tambo. Limítese a insistir sobre la versión del ferrocarril y no se aparte de ella. A nadie le comente que piensa dejar La Plata. En resumen, siga siendo el hombre que contrató Brandon. Por cierto: este apellido no lo pronuncie nunca, ni dé muestras de conocerlo si se lo mencionan de repente. Para acabar, quiero que sepa que es más por usted que por nosotros que le digo todo esto. Eso no quiere decir que un paso en falso suyo no nos pueda costar muchas vidas. Por ahora no podemos darnos ese lujo. ¿Está todo claro? ¿No tiene alguna otra pregunta?

—Todo está claro, capitán. He pasado muchas veces por situaciones semejantes y sé cuidarme y cuidar mis palabras. Quede tranquilo por mí y por su gente. Entendí perfectamente todos los riesgos que puedo correr y los que les esperan a ustedes —una leve irritación le bullía allá adentro. Siempre le había molestado esa imposibilidad de la gente de uniforme de imaginar que un civil comprenda y maneje los elementos de un mundo que ellos piensan exclusivo de su dominio.

Segura permaneció un instante absorto, como preparando algún comentario a las palabras de Maqroll, pero, luego, se llevó la mano a la gorra y con un lacónico «buenas noches, señores» se dio vuelta y fue a perderse en la espesura. El chapoteo de sus botas en el suelo encharcado se alejó hasta desaparecer sin dejar indicio de la dirección que había tomado. Era como si la noche lo hubiese devorado de repente con todo y su altivez castrense y la indeleble fatalidad de su destino de guerrero.

En el camino de regreso a la hacienda, don Aníbal quiso extenderse sobre algunos aspectos de la situación que el capitán había pasado por alto. El plan de transportar las armas desde el terminal marítimo hasta La Plata había sido descubierto desde un principio. En las bodegas de la aduana internacional, la Inteligencia Militar identificó las cajas de inmediato. El Estado Mayor resolvió seguirle la pista hasta el campamento para sorprender a quienes lo recibieran. Siguiendo los pasos de Maqroll, llegaron hasta el depósito en el Tambo. La misma Inteligencia Militar reunió, entretanto, información sobre los extranjeros que entraron con la cobertura de trabajar para las pretendidas obras del ferrocarril. El capitán Segura, quien ya había estado en la zona años antes al mando de la unidad que había operado allí, a costa de muchas bajas, fue encargado de la maniobra destinada a cercar a los que fueran a recoger el armamento en las bodegas del páramo. En opinión de don Aníbal, el ejército estaba confiando demasiado en la eficacia de sus planes. Dada la importancia y valor del armamento almacenado allá arriba, el número de contrabandistas podía ser mucho mayor de lo que Segura pensaba.

—Pero —comentó Maqroll— yo sólo he hecho dos viajes y no creo que, por modernas y potentes que sean las armas que subí, éstas sirvan para equipar mucha gente. Cierto es que ya había en las bodegas cajas subidas anteriormente.

—Usted —le aclaró el hacendado— ha subido el armamento más complejo y delicado. Pero, anteriormente, habían transportado ya mucha munición y armas ligeras.

El Gaviero notó que su amigo no deseaba abundar sobre el asunto, pero le hizo una última pregunta:

—¿Quiénes se encargaron de esa tarea?

—Gente vinculada con el turco Hakim. Después de recibir el dinero por su trabajo, desaparecieron. Yo les arrendé las mulas. Fue un error mío. Pero no querían comprarlas y preferí no tener con ellos problemas. No se imagina las maromas que hay que hacer para mantenerse al margen de esta barbarie que lleva ya tantos años.

—¿Pero tuvo usted, entonces, problemas con el capitán Segura?

—No —contestó don Aníbal—, con el capitán, no. Me conoce muy bien y entendió mi actitud. Pero sí los tuve con la Inteligencia Militar que, en esta zona, depende de la Infantería de Marina. Ellos sí creo que me tienen un poco entre ojos. No conocen términos medios. Quien participe, a sabiendas o no, en cualquier actividad sospechosa, pasa a ser candidato para una eliminación sin mayores preliminares.

—Qué bueno entonces que vino Segura —repuso el Gaviero.

—No sé, no sé —prosiguió don Aníbal con tono ausente y como quien piensa en voz alta—. Si sus planes resultan, no habrá problemas por un tiempo. Pero, si no es así, nos va a llevar a todos la desgracia. No sé qué pueda ser peor: si la Infantería de Marina o los contrabandistas. Ambos, desde hace muchos años, han vivido luchando a todo lo largo de esta parte del río. Sus métodos acabaron por ser los mismos: la crueldad aplicada fríamente, sin rabia, pero con un refinamiento profesional y una imaginación cada vez más aterradores. Es la ley de tierra arrasada. El que viva aquí es culpable y punto. Unos y otros la ejecutan en el acto y a otra cosa. Dios nos proteja —un hondo suspiro dio fin a sus palabras y siguieron cabalgando en silencio.

El Gaviero comenzó a darse cuenta del tremedal en que se había metido. Con una candidez inexcusable había penetrado en el centro mismo de la devastadora pesadilla y no parecía tener muchas probabilidades de salir con bien. Volvía sobre los pasos que lo llevaron hasta La Plata y la forma como cayó en las redes de Van Branden. Todo, al parecer, tan simple, tan factible. Sin embargo, eran tan evidentes las torpes astucias del personaje. Por otra parte, desde el primer encuentro con don Aníbal, éste le había manifestado sus dudas sobre las tales obras ferroviarias. No sin alarma, pensaba Maqroll en lo evidente del desgaste de sus probadas defensas para evitar esta suerte de riesgos. Sus empresas siempre habían tenido el sello de lo ilusorio, de lo que al final se desvanece en cenizas y papeles al viento. Pero hasta ahora se había cuidado de evitar todo riesgo brutal y gratuito y de reservarse una salida a último momento. Los años, sin duda, que fueron pasando sin que él lo advirtiera, habían minado esas facultades hasta permitirle caer en esta celada donde la muerte había establecido ya sus dominios y preparaba su cosecha de llanto y duelo. En sus huesos sintió el desmayo de los vencidos.

—Me imagino lo que está pensando —le comentó de pronto su compañero, inquieto por el sombrío silencio del Gaviero—. La cosa es grave, pero no desesperada. Cumpla con lo que le ha dicho Segura; él representa para usted una garantía. Es hombre de palabra. Lo conozco muy bien. Cuando todo termine, trate de irse pronto de aquí. No importa hacia dónde, pero deje esta región. Yo veré la manera de salir con los míos, si llega el caso. No le ofrezco que venga con nosotros. Como extranjero, sin vínculos en el país, complicaría mucho nuestra huida y correría más riesgo. Busque el mar, allí está su salvación.

—Allí ha estado siempre, don Aníbal. Nunca me ha fallado. Siempre que intento algo tierra adentro me va mal. Pero parece que no aprendo. Deben ser los años —contestó Maqroll con la pesadumbre de sus constataciones y la evidencia de sus fuerzas en derrota.

Al día siguiente regresaron a La Plata. Mientras el Zuro llevó las mulas al establo para darles de comer y friccionarlas con aceite de coco, para aliviar el cansancio de la prueba a que habían sido sometidas con una carga en el límite de su resistencia, Maqroll, después de saludar a la dueña, fue a encerrarse en su habitación. Deseaba estar solo y poner un poco de orden en su ánimo, alterado por los incidentes del viaje y la sombría perspectiva que se anunciaba. Horas más tarde vino doña Empera a sacarlo de sus meditaciones. Tocó discretamente en la puerta y Maqroll la hizo entrar complacido. También él deseaba comentar con ella algunos aspectos de la situación. Confiaba plenamente en la inteligencia de la dueña y en su experiencia con las gentes del lugar. Sus juicios eran siempre certeros y de una objetividad despojada del menor rasgo de pasión. La mujer fue a sentarse a los pies del camastro en donde estaba tendido el Gaviero y esperó a que éste hablara. En la forma como le había invitado a entrar, percibió la ansiedad de su huésped por conversar con ella. Maqroll le preguntó por las cajas que habían ocultado bajo el lecho de Van Branden. Le respondió que allí estaban; nadie las había visto y ella guardaba la llave del cuarto. Maqroll le relató todo lo ocurrido durante el último viaje, incluyendo la entrevista con el capitán Segura.

—Es un hombre rígido pero leal y discreto —comentó ella—. Lo conozco desde cuando estuvieron aquí la otra vez, hace varios años. Nos hicimos amigos y de vez en cuando le presenté amigas que guardan todavía un recuerdo suyo muy grato. Puede y debe confiar en él, pero tenga siempre en mente que es un militar de carrera y, en cumplimiento del servicio, no se toca el corazón para hacer lo que cree que sea su deber. Si le dijo que acepta su inocencia es porque en verdad está convencido y así se lo hará saber a sus superiores. Eso es un salvoconducto para usted. El próximo viaje va a ser muy arriesgado. Ya hay gente del contrabando por allá. Con el ejército encima, las cosas pueden ponerse feas de un momento a otro. Pero no tiene otra alternativa. No se le vaya a ocurrir largarse ahora porque Segura no se lo perdonaría jamás —la ciega hizo un gesto para interrumpir al Gaviero que iba a decir algo y prosiguió—: Ya sé que no ha pensado en semejante cosa pero, de todos modos, quise prevenirlo porque conozco mi gente. No comente nada con el Zuro. Tampoco con Amparo María, quien, por cierto, me mandó decir que mañana viene para estar a su lado algunos días. Los dos, a su manera, son leales y muy derechos. La muchacha lo estima mucho y lo siente como un padre. También lo aprecia como amante, no crea que el prestigio de su vida de vagabundo impenitente deja de tener encanto para alguien que, como ella, vive soñando en otras vidas en las que su belleza fuera el centro de todas las miradas.

Finalmente, el Gaviero le hizo varias preguntas sobre Van Branden, la llegada del próximo barco y el movimiento de nueva clientela en la cantina y en la tienda de Hakim. La ciega le sugirió de nuevo con cariñosa insistencia que se limitara a cumplir con lo que Segura le había pedido. Si había algo nuevo, ella se lo comunicaría. Cuando estaba a punto de salir, regresó para entregarle dos sobres: «Ya se me estaba olvidando esto. Llegó ayer. Creo que son los giros». En efecto, eran dos giros de Trieste. Maqroll le pidió que los guardara hasta su regreso del próximo viaje al Tambo.

Al poco tiempo entró en un sueño profundo. Sentía que se iba hundiendo en un sopor grato y envolvente que manaba de algún rincón de su ser en donde aún conservaba, intacto, su apego a la vida, al mundo y a sus criaturas. Cuando despertó, ya era de noche. El río se deslizaba bajo el piso de su cuarto con un manso murmullo interrumpido por borbotones intermitentes causados por un tronco arrastrado por la corriente o algún animal que nadaba hacia la orilla en busca de su refugio nocturno. El calor se había instalado tras varios días de lluvia constante. No tenía idea de la hora. Por el silencio que reinaba en el caserío, calculó que podía haber pasado ya la medianoche. Encendió la vela y comenzó a leer el libro de Joergensen sobre el santo de Asís, abriéndolo al acaso. La callada noche de los trópicos y el sereno correr de las aguas le ayudaron a internarse en la Umbría medieval, en su paisaje de belleza apacible y beatífica. Como le sucedía a menudo en tales circunstancias, consiguió trasladarse por entero al mundo evocado por el danés y borrar el presente con sus absurdos episodios de los que conseguía sentirse por completo ajeno, con una extrañeza no exenta de cierta hostilidad, que lo apartaba de su inoportuna constatación.

Cuando las primeras luces del alba entraron por los intersticios de la pared de bambú y barro de la habitación y los ruidos que indicaban el despertar del villorio llegaron a sus oídos, el Gaviero tornó a dormir profundamente. Al mediodía despertó bastante repuesto del cansancio del viaje. En la cocina, doña Empera le esperaba con un almuerzo frugal y el gran tazón de café fuerte que acabó de restituirlo al mundo de La Plata, pero ya sin las oscuras premoniciones, en buena parte nacidas de la fatiga y el hambre. Bajó a bañarse en un cubículo arreglado en los sótanos de la casa, frente al río, que hacía las veces de baño. Largamente disfrutó el agua lodosa que una bomba accionada a mano subía hasta el tanque de almacenamiento. Más que barro, el agua del río traía una especie de suspensión ferruginosa que le producía la ilusión de estar en un balneario de aguas medicinales. De allí la sensación salutífera y tónica que le despertaban las abluciones en casa de doña Empera. Se afeitó la barba de cuatro días, que contribuía bastante a darle ese aspecto de vagabundo derrotado que despertaba en las gentes del lugar más sospechas de las necesarias. Con una camisa limpia y un pantalón caqui planchados por Amparo María en su última visita, bajó al embarcadero para saber noticias sobre el próximo barco. Le informaron que llegaría dentro de dos días, a más tardar. Pasó a las bodegas para ver si tenían un manifiesto de la carga que esperaban. Le explicaron que el telégrafo estaba cortado, tal vez a causa de las lluvias. Pensó que podía haber otra razón, pero prefirió no hacer comentario al respecto. Subió al caserío y, al pasar por la cantina para tomar una cerveza, vio que estaba cerrada. Preguntó a varios curiosos que andaban rondando por allí a qué se debía esto y nadie supo informarle. Tuvo la impresión de que trataban de evadir la respuesta. No se advertía en la gente ni preocupación ni miedo, sólo el recelo para proporcionar un dato concreto. Como si nadie quisiera ser citado después como fuente de una noticia que era mejor ignorar.

El barco no llegó dos días después, ni Amparo María vino a verlo cuando había anunciado. Pasaba interminables horas tendido en el jergón de guadua, mirando al techo de hoja de palma y arrullado por el agua que viajaba en un susurro permanente y presuroso, bajo el piso de tablones de su habitación. Quizá por una voluntad de preservar cierta armonía interior, que estaba acostumbrado a defender a toda costa, empezaron a serle indiferentes todos los elementos de ese pequeño mundo de La Plata, sus alrededores y sus gentes, a los que veía a punto de sucumbir en un remolino de violencia y terror. Todo aquello se le aparecía como sucediendo en la lejanía, en un ámbito distante donde imperaba el caos, al margen de su propia vida, de los incidentes y recuerdos que, reunidos en un haz apretado, constituían la materia cierta e intransferible de su existencia.

Para llenar el vacío que dejaba ese extrañamiento de un presente que prefería ignorar, Maqroll ocupaba el ocio de sus días y buena parte de sus noches en la evocación del pasado. Allí, tendido, con las manos cruzadas bajo la cabeza y la mirada perdida en el diseño indescifrable y cambiante del techo, evocaba, uno tras otro, episodios que le traía la memoria, con aparente capricho pero con evidente designio de revelarle la oculta trama de su destino. De vez en cuando, un murciélago se desprendía del techo e intentaba dos o tres vuelos rasantes sobre su cabeza para luego regresar a su sitio emitiendo leves chillidos de metal mal lubricado. Entre las varias escenas que revivió durante esas horas de ocio y espera, una le llegó con particular fidelidad, como si trajera consigo una intención reveladora más acusada.

Se trataba de un viaje hecho en compañía de Ilona a Nijni Novgorod, rebautizada como Gorki, palabra que ellos jamás pronunciaban, no por inquina con el gran novelista, sino por devoción al secular nombre del prestigioso puerto fronterizo de la Santa Rusia. Iban allí para ver a un coleccionista de iconos antiguos. Les habían concedido la visa soviética, gracias a la mediación de un *marchand* de arte londinense que estaba interesado en adquirir algunas piezas, muy posiblemente en poder del experto ruso. Bajaron desde la ciudad de Pedro el Grande hasta Rybinsk y allí se embarcaron para remontar el Volga hasta Nijni Novgorod. El barco era un navío de poco calado pero de proporciones un tanto colosales, con tres pisos de camarotes y «todas las comodidades modernas de la navegación fluvial, comparables con las que puedan disfrutar los viajeros en cualquier otro lugar del mundo», según rezaba el folleto de propaganda que hallaron en el camarote. Era un verano de esos que se instalan en el norte de Europa y se antojan eternos, inmutables, de una inquietante transparencia. Así fue entonces: un cielo azul metálico, sin una nube, ni el menor asomo de brisa y el consecuente acoso de gruesos tábanos cuya picadura era más bien un mordisco feroz, siempre recibido por sorpresa. El ventilador del camarote estaba descompuesto, a pesar de su aspecto reluciente. Tampoco los instalados en el techo del comedor funcionaban. Sus paralizadas aspas, llenas de adornos de dudoso gusto fin de siglo, constituían una especie de burla cruel para los agobiados comensales, quienes, al intentar abrir las ventanas en busca de alguna brisa, se encontraban con la sorpresa de que el complejo picaporte estaba descompuesto, posiblemente desde el instante en que fue colocado. En un ruso más o menos fluido, Ilona se atrevió a comentar en voz lo suficientemente alta como para que el capitán, sentado algunas mesas atrás, la escuchara perfectamente: «Si la revolución no ha logrado que se pueda abrir una ventana, hay que pensar que fracasó por completo. Antes de llegar al socialismo estos pobres rusos van a morir asfixiados».

Las consecuencias de las intrépidas observaciones de su amiga no tardaron en hacerse sentir. A la siguiente comida, los platos comenzaron a llegar a la mesa después de que el resto de los viajeros habían sido servidos y, por lo tanto, todo estaba ya frío. Al camarote no hubo manera de hacer llegar ni un simple vaso con agua. Resolvieron, entonces, comprar varias botellas de vodka en la cantina del barco y emborracharse concienzudamente en su cuarto. Hacían el amor en forma ostensiblemente ruidosa y notoria. Ilona producía largos gemidos de loba en celo y Maqroll gritaba como un *hasidim* en trance, lanzando, en todos los idiomas que conocía, exclamaciones de una procacidad desorbitada. El clima de tensión causado por el espectáculo erótico-sonoro de la pareja creó entre los pasajeros —casi todos timoratos y disciplinados funcionarios en uso de sus vacaciones— tal malestar que el capitán se vio obligado a ceder. Cuatro días después de las palabras de Ilona en el comedor, la pareja recibió en su camarote un servicio muy completo de té con pastas, mermeladas del Cáucaso de varios sabores y otras delicadezas desconocidas en el menú del barco. Más tarde, tocó a la puerta el segundo oficial, un ucraniano con pelo color maíz, tez sonrosada de comulgante y obesidad de pope. Ilona salió a abrirle envuelta en una toalla. Ruborizado hasta el cabello, el hombre transmitió como pudo la obligante invitación del capitán para que lo acompañaran esa noche a cenar en su cabina a la luz de las estrellas. Aceptaron, intrigados por lo que aquello pudiera significar. Al llegar a la cabina del capitán, a la hora indicada, se encontraron con una cena espléndida, servida en un pequeño balcón privado que daba a la cubierta de proa. Cuatro ventiladores refrescaban el aire y alejaban los tábanos. No recordaban haber comido tanto caviar beluga ni tanto salmón ahumado, rociados con vodka de la mejor calidad, servido en botellas cubiertas por un cilindro de hielo, para terminar con vino blanco georgiano a la temperatura ideal. Las relaciones se restablecieron en un ambiente de mutua cordialidad y así continuaron durante el resto del viaje. Sin embargo, el pasaje siguió mostrando hacia la pareja extranjera una hostilidad ya algo más temperada por la actitud del capitán. El hombre de Nijni Novgorod resultó ser un mediocre copista cuyas ingenuas falsificaciones no hubieran logrado engañar al más intonso comprador de Wichita Falls. Para el regreso, prefirieron el tren que los dejó en Helsinki, después de un viaje en el ferry en compañía de un nutrido grupo de turistas rusos dispuestos ansiosamente a beberse todo el vodka de Finlandia y a no perder ninguno de los pacatos espectáculos nudistas de los bares del puerto. Desde Helsinki enviaron al capitán del navío que recorría el Volga deslumbrando a los ribereños con su opulenta estructura, una tarjeta postal de un erotismo más bien insípido, en donde le agradecían sus atenciones. Oculta como es obvio, en un sobre discreto. Nunca tuvieron noticias suyas, Ilona sostenía que debió terminar en Siberia, no por la postal, es claro, sino por las opíparas cenas que ofrecía en su coqueta cabina con floreros de plata colgando de las paredes tapizadas en seda y sillones fin de siglo, forrados en un terciopelo púrpura que recordaban los muebles de Tsarskoié-Selo.

Que los detalles de este viaje con Ilona hubieran venido con tal fidelidad a la memoria, le confirmaba lo importante que había sido en su vida el encuentro con la bella e inteligente triestina cuyo macabro final en Panamá seguía causándole un dolor y una inconformidad con el destino que no disminuían con el paso de los años. Por el contrario, con los primeros síntomas de su entrada a la vejez, más hondamente lamentaba la ausencia de su irreemplazable compañera y regocijada cómplice de andanzas. La virtud lenitiva de estos recuerdos del pasado, evocados por Maqroll en un presente que se ofrecía por demás azaroso, se esfumó bien pronto. Amparo María apareció en La Plata poco tiempo después. Allí estaba, con sus grandes ojos oscuros más abiertos y sobresaltados que nunca, su andar cauteloso y felino que hacía más evidente el quiebre de la cintura, su porte altanero que no lograba disimular, más bien al contrario, la escueta pobreza del oscuro traje de percal que se le pegaba al cuerpo como una segunda piel. El Gaviero conocía la condición en extremo humilde de la muchacha, pero siempre le tomaba por sorpresa el contraste de aquélla con el altivo garbo de Amparo María y sus gestos de reina en el exilio. Esta disparidad le causaba una aguda excitación erótica. Era como si el efecto hubiera sido preparado por ella con un sentido refinado y decadente del que, desde luego, la joven carecía.

Amparo María le explicó que no pudo venir en la fecha prevista porque don Aníbal había dado orden de emprender ciertos preparativos para, eventualmente, abandonar la finca. Todo se hacía dentro del mayor sigilo. Habían subido varias veces al monte para almacenar, en sitios previamente dispuestos, comida, ropa, aperos y otras cosas indispensables para una jornada larga e incierta. La muchacha lucía más delgada y morena. El trabajo debió ser intenso y agotador. Pero, más que cansancio, lo que se notaba en ella era un perpetuo estado de alerta, que hacía aún más pausados sus movimientos y más acelerada y ansiosa su respiración. Cerraron la puerta, ella se quitó la ropa y fue a tenderse al lado del Gaviero. Permanecieron un buen rato en silencio. Él admiraba las proporciones góticas de ese cuerpo que le recordaba algunos ángeles en éxtasis de El Greco y formas femeninas entrevistas en sombríos rincones de Argel o de Damasco. En silencio hicieron el amor con una lentitud ritual, celebrando un conjuro de tiempos muy antiguos, como en ese poema de un amigo del Gaviero que evocaba una cortesana fenicia del templo: «Qedeshím qedeshóth». No era la primera vez que esas estrofas visionarias, para él tan familiares y reveladoras, venían a dar nombre a un instante de su vida consumido en el vórtice del placer.

Amparo María se quedó con el Gaviero dos días más. No salía de la habitación sino para comer en la cocina con la ciega. Hablaba poco, menos que antes. Mostraba una condescendencia y una ternura que el Gaviero sentía como premonitorias de una separación inevitable. El arribo del barco continuaba retrasándose, lo que inquietaba a Maqroll porque, hasta ahora, siempre había llegado el día previsto. Amparo María regresó al llano de los Álvarez una mañana de lluvia. Al despedirse de su amigo, las lágrimas corrían por sus mejillas morenas y tersas, ceñidas a los altos pómulos y al diseño firme pero delicado de ese rostro que inquietaba al Gaviero. Quedaron en verse cuando pasara Maqroll por el llano, en su próximo viaje. «Te esperaré en el camino. Siempre te veo cuando vas subiendo, mucho antes de que llegues a la casa. Ten cuidado aquí. Ya sabes». La muchacha sabía, entonces, más de lo que aparentaba. Era de esperarse, dada su amistad con la ciega y la confianza que le tenían en la hacienda. Esa discreción, madura y contenida, estaba en armonía con la natural altivez de su belleza. En esto, también, estaba emparentada con mujeres como Ilona o Flor Estévez, tan decisivas en la vida del Gaviero, quien, al constatar este parentesco, sintió crecer en su interior una punzante nostalgia de los años en que le había sido dado disfrutar plenamente de la compañía y del solidario fervor de esas mujeres excepcionales en su vida errante y contraria.

Una madrugada lo despertó el sordo pitazo del barco que se acercaba al muelle. Estuvo todavía un rato en la cama, como tratando de aplazar el momento de enfrentar la realidad hostil que le esperaba. Cuando resolvió bajar al río, el calor estaba en su apogeo. Ya habían descargado casi todo lo que traía el barco para La Plata. Fue a la bodega y allí buscó entre la carga alguna caja que se pareciera a las que había transportado al Tambo. No halló nada semejante. Ya se iba, cuando el bodeguero lo llamó. Era un mestizo con gorra de marino que había sido blanca tiempo atrás y ahora tenía un color indefinido mezcla de mugre y de sudor apestoso. El hombre ya lo conocía de las anteriores ocasiones en que fue a recoger el cargamento.

—¿Busca algo, el amigo? —le preguntó con desenfado molesto.

—Lo de siempre. Algo que me haya enviado un tal Van Branden —contestó el Gaviero mirando a los ojos purulentos de su interlocutor que lo examinaban con malicia y desconfianza.

—¿Van Branden? Ah, sí, claro. Aquí hay dos cajas para usted. Las bajaron primero que todo y están aquí, a la sombra. Hay que protegerlas del sol. ¿Sabe? Son para el ferrocarril, ¿verdad? Claro, claro. Pase, pase. Allá están —dijo señalando dos cajas que se distinguían en el fondo del almacén. Cada palabra destilaba una doble intención cargada de oculto sentido. Maqroll fue a recoger las dos cajas que no pesaban mucho. Además de la armazón de madera, estaban envueltas en un papel metálico con marcas de color minio que, en algunas partes, habían sido cubiertas con pintura negra. El hombre de la bodega no le entregó recibo alguno y se limitó a decirle:

—Manéjelas con cuidado. Deben estar a la sombra y no recibir ningún golpe. Dice aquí que se entreguen a la mayor brevedad a los destinatarios en la cuchilla del Tambo. Así que ya sabe. Buen viaje —todo comenzaba a filtrarse con una celeridad alarmante. Era seguro que el hombre estaba al tanto de toda la farsa del ferrocarril y quién sabe de qué más detalles relacionados con la carga consignada a la cuchilla.

El Gaviero resolvió llevar él mismo las dos cajas y no quiso aceptar la ayuda de los muchachos que solían rondar por el muelle cuando arribaba un barco. Desde el primer instante en que las vio, se dio cuenta del contenido. Se había familiarizado con los explosivos en la mina de Cocora, donde tuvo que manejarlos durante más de un año, bregando por sacar algo de los ciegos socavones ya agotados. A pesar de que habían tratado de borrar los letreros, la envoltura y algunas instrucciones sobre el manejo de las cajas indicaban a las claras que se trataba de TNT. Cada una debía contener, al menos, doce cartuchos cubiertos con su gelatina protectora y la correspondiente cantidad de fulminantes guardados, a su vez, en un pequeño recipiente de cartón. Pensó que tendría gracia que una mula, en el paso de los precipicios, golpeara una de esas cajas contra los salientes de roca de las paredes cortadas a pico y que apenas dejan paso para los animales. Pero, en verdad, a pesar del nuevo riesgo que venía a agregarse a los ya conocidos, en el fondo sentía una cierta indiferencia, un alivio de saber ya, con certeza, lo que tendría que cargar en su último viaje y en qué consistía ese infundio del ferrocarril. Así, todo aclarado, sentía el ánimo ligero y hasta un cierto gusto en aceptar el desafío. Una serenidad de jugador que cuida sus fichas se instaló en él y vino a renovar su gusto por la aventura, perdido en la maraña de embustes y chapucerías en la que se había sentido atrapado por obra del tal Van Branden o Brandon, que para el caso daba igual. Por cierto que todos los indicios llevaban a creer que el infeliz debía estar ya *ad patres*.

Amparo María le había dicho que el Zuro no podría acompañarlo en el primer trayecto del viaje, desde La Plata al llano de los Álvarez, porque don Aníbal le encargó supervisar las provisiones que se preparaban en el monte en vista a una probable huida. Pese a las indicaciones del capitán Segura, no tuvo, pues, más remedio que acudir a alguien de La Plata para que le ayudase a cargar las mulas. Doña Empera, como siempre, vino a resolverle el problema. Consiguió para esa tarea a un muchacho, retrasado mental, cuya madre era la dueña de la rústica panadería que proporcionaba a la región un pan que a Maqroll siempre le pareció incomible. El muchacho se dedicaba a hacer mandados en el caserío, a pesar de expresarse con dificultad. No era fácil entender sus recados emitidos entre una lluvia de saliva y una oscilación de la cabeza que terminaba por marear a quien lo escuchaba. Como es común en tales casos, el infeliz tenía una fuerza muscular sorprendente y gracias a ella lo respetaban en La Plata, donde hasta los más broncos estibadores del muelle le temían.

La noche anterior a su partida Maqroll conversó largamente con la dueña de la casa. Los riesgos que corría en este último viaje eran evidentes. Le dejó instrucciones sobre lo que debía hacer en caso de que perdiera la vida: informar por telegrama al banco de Trieste que le enviaba los giros, guardar para ella los dos libros que allí dejaba. Algún huésped que hablara francés se los podría leer eventualmente; quemar su ropa con todos los papeles que guardaba en una funda de hule, en el fondo de la maleta, sin mostrárselos a nadie; decirle a Amparo María que el haberla encontrado era el último regalo espléndido que le habían hecho los dioses. Para terminar, hicieron cuentas, Maqroll liquidó lo que debía en la pensión y se fue a dormir para madrugar al otro día.

Con el primer claror del alba la ciega lo despertó para decirle que allí estaba el muchacho listo para cargar los animales. Le llevaba una taza de café negro y unos bizcochos de yuca para el camino. El Gaviero se levantó y fue a supervisar el reparto de las cargas y la forma como debían ir las cajas sobre las angarillas. El muchacho ya había llevado hasta el establo, por indicaciones de la ciega, las cajas que estaban en el cuarto de Brandon. El Gaviero le indicó las dos que tenía en su habitación y le recomendó manejarlas con sumo cuidado. Una vez listas las mulas y cubiertas las cajas de TNT con una capa de hojas de maíz envuelta, a su vez, en una tela encerada, para protegerlas del calor, el Gaviero le pagó al hijo de la panadera. Sintió no poderlo llevar consigo, así fuera hasta el llano de los Álvarez, porque resultaba de mucha utilidad para manejar las bestias. Pero, en caso de algún encuentro peligroso, sería más un estorbo que una ayuda. El Gaviero se dispuso a partir y fue a despedirse de la ciega. A las primeras palabras de Maqroll, doña Empera lo interrumpió:

—Usted volverá. Lo sé. Aún tengo que contarle algo que le va a interesar mucho. Lo haremos a la vuelta. Cuando regrese, debe irse de inmediato. Aquí no va a quedar títere con cabeza. Me voy a encargar de arreglar su salida en la forma más expedita posible. Ahora, cuídese mucho, no haga barbaridades, no abuse de sus fuerzas y vaya con el ojo muy abierto. Aquí lo espero. Adiós —la mujer regresó a la cocina con andar apresurado, golpeando nerviosamente su bastón contra la pared para orientarse.

En el camino, las palabras de la ciega volvían a cada instante para transmitirle la oculta certeza de que saldría bien del paso, pero, al mismo tiempo, la promesa de comunicarle algo que iba a interesarle muy especialmente no dejaba de inquietarlo. Se temía un aviso inopinado, una punzante noticia que le removía ciertas zonas de su pasado que prefería, por el momento, mantener intocadas y a oscuras. Cuando las mulas se detuvieron para beber en una quebrada, antes de la subida al llano de los Álvarez, la promesa de la dueña continuaba presente hasta el punto de que el trance sembrado de peligros que significaba ese último viaje al páramo había pasado a segundo término. Hasta el probable encuentro con Amparo María y el placer de sentirla en sus brazos se ocultaban en una niebla pesarosa y antigua.

Al llegar a la hacienda se encontró con que sólo quedaban allí algunas ancianas, con tres o cuatro criaturas enfermas que no pudieron acompañar a don Aníbal y a su gente, quienes, desde el día anterior, habían partido hacia la montaña. Por ellas y los niños vendría mañana el Zuro para reunirlos con los demás. Una de las ancianas, que vivía con los tíos de Amparo María, se acercó a Maqroll y, en forma disimulada, le comentó:

—La niña Amparo María le dejó dicho que no la olvide y que, cuando pueda, abandone todo esto. Que le hace mucha falta, pero prefiere saber que está vivo a que lo vayan a venadear por ahí. Que vaya con cuidado.

Ya se temía que nadie iba a estar en el llano. Se conformó pensando que así estaban bien las cosas y sus amigos a salvo, con lo cual se sentía mejor dispuesto para la próxima etapa que era la más peligrosa. Las mujeres le ayudaron a descargar las mulas y le sirvieron algo de comer. Resolvió dormir en el establo para no abandonar la carga.

En la mañana las mismas mujeres le ayudaron a cargar de nuevo los animales. Luego de apurar un tazón de café, emprendió la subida hasta la cabaña de los mineros. Tenía la convicción de que en ese trayecto se hallaba la zona de mayor riesgo. Era evidente que, tanto el ejército como los contrabandistas, andaban rondando esos lugares. Pero, por otra parte, el paso con los explosivos por los desfiladeros constituía el peligro más inmediato y cierto. Cualquier roce con las paredes sembradas de rocas que sobresalían amenazantes y volaba con todo. Sabía, por su experiencia en el Cocora, que el manejo de los explosivos, por cuidadoso que sea, siempre está sujeto a fatales sorpresas. Basta que el frío endurezca la gelatina que protege los cartuchos, para que éstos empiecen a golpear unos con otros al paso de las mulas; o que las cajas en donde vienen los fulminantes se abran y éstos comiencen a rodar en medio de los cartuchos. Los riesgos de explosión aumentan, entonces, peligrosamente. Cuántas veces, en la mina de la que fue vigilante, vio volar por los aires recuas enteras con todo y arrieros. Nunca se sabía la causa del accidente. Recordaba las últimas palabras del viejo guardián que, al morir, le dejó su lugar: «Cuida la dinamita, muchacho. Es como las mujeres, nunca sabes por qué ni cuándo van a estallar».

Además, con la ausencia del Zuro, el paso de las mulas por los precipicios era una tarea abrumadora. Ya vería cómo arreglárselas. Entretanto, comenzaba a mascar el sordo presentimiento de que jamás iba a ver de nuevo a Amparo María. Desde su último encuentro con ella, durante los días en que se quedó a acompañarlo en La Plata, la muchacha había entrado a formar, junto con Ilona y Flor Estévez, una suerte de trío bienhechor, cómplice y leal, necesario y gratificante, que llenaba sus días de sentido y exorcizaba la ronda de tedio y derrota cuyos embates temía como a la muerte. Cada una a su manera y por uno de esos esquinazos de la suerte, tan frecuentes en la vida del Gaviero, le había sido arrebatada con la repentina violencia con que las fieras pierden su pareja. Lo que le unía a la muchacha del llano de los Álvarez se relacionaba más con el sorpresivo garbo de su porte y la belleza antigua de sus facciones mediterráneas que con alguna condición de su carácter, cuya dulzura, algo ausente y contenida, contrastaba con las explosiones arrasadoras de Flor Estévez o con el humor deletéreo y exigente de Ilona. Ahora no le quedaba duda de que Amparo María entraba definitivamente a reinar en su pasado. Había sido la última oportunidad que le brindaba la vida de tener en sus brazos la inagotable maravilla de un cuerpo de mujer señalado por la gracia de los dioses.

Al comenzar los precipicios de la cuesta, retiró el cabestro que unía a la recua y fue dejando avanzar cada animal, calculando una distancia prudente entre uno y otro en forma que subieran muy separados. Sabía que las mulas, al rato, acabarían por viajar todas juntas, pero esperaba que eso sucediera después de las paredes de roca. Las bestias, acostumbradas por los viajes anteriores, hicieron como el Gaviero había previsto. La mula que iba a la cabeza llevaba una de las cajas de explosivos, las dos que le seguían traían las cajas con armas automáticas y la última la otra caja de TNT. Ésta, al llegar al abismo cortado a pico, empezó a resistirse afirmando sus cuatro patas en la tierra. Era inútil hostigarla con el látigo para obligarla a seguir: al menor reparo, la carga podía golpear contra las piedras del muro. Por fin, Maqroll no tuvo más remedio que llevar la caja en sus brazos. Encaminó los tres animales y el que no quería andar se fue tras los otros sin oponer resistencia. Con la mayor precaución, Maqroll emprendió la subida cuidando de asegurar muy bien cada paso ya que, por llevar la caja en sus brazos, no podía ver el camino. El viento, encajonado en los desfiladeros, dejaba oír un largo gemido que se alejaba hacia la serranía perseguido de cerca por la niebla que también escapaba hacia las cimas de la montaña. Cuando hubo cruzado el trayecto peligroso, el Gaviero colocó la caja a la orilla del camino y se recostó en un talud para recobrar el aliento. El corazón le latía desbocado y una corona de dolor le ceñía las sienes con intensidad que iba en aumento. Cerró los ojos y empezó a tomar aire tratando de relajarse hasta perder la noción de dónde se hallaba. Una vez más, los años se hacían presentes con la brutal irrupción de esos síntomas que aún le sorprendían como algo que le era hasta entonces desconocido. Pensó que la verdadera tragedia de envejecer consiste en que allá, dentro de nosotros, sigue un eterno muchacho que no registra el paso del tiempo. Ése, cuyos secretos desdoblamientos había percibido con notable claridad en su retiro en el Cañón de Aracuriare, se reservaba la prerrogativa de no envejecer ya que cargaba consigo la porción de sueños truncos, tercas esperanzas, empresas descabelladas y promisorias en las que el tiempo no cuenta, es más, no es concebible. Un día, el cuerpo se encarga de dar el aviso y, por un momento, despertamos a la evidencia de nuestro deterioro: alguien ha estado viviéndonos y gastando nuestras fuerzas. Pero, de inmediato, tornamos al espejismo de una juventud sin mácula y así hasta el despertar final, bien conocido.

Las mulas se habían detenido junto a él, con la apacible indiferencia de las bestias que no saben que son mortales. Un lejano chasquido, como de ramas secas que se quiebran, vino de la sierra. Las mulas levantaron a un tiempo la cabeza. El Gaviero tardó un instante en darse cuenta de lo que se trataba: eran disparos aislados de armas automáticas. En seguida escuchó ráfagas intermitentes que, sin duda, tenían el mismo origen. Luego dos explosiones retumbaron con eco que repercutió por la cañada. Parecían disparos de *bazookas* o granadas de alta potencia. Se puso en pie. Cargó la caja de explosivos en la mula que se había resistido y se apresuró a seguir remontando la cuesta para alcanzar pronto la cabaña de los mineros. Un alivio inesperado aligeró sus pasos. Lo que tanto había temido ya estaba allí. Terminaba la incertidumbre y, con ella, la ansiedad que todo lo deforma, todo lo intoxica. Los hombres comenzaban una vez más su oscura tarea de convocar a la muerte. Todo, así, estaba en orden. Ahora, trataría de salir con vida. No participaría en el juego. Los disparos dejaron de escucharse. Al terminar la cuesta, cerca ya de la cabaña, se oyó una explosión mucho mayor que las anteriores. Allá, en lo alto, en la cuchilla del Tambo, se elevó una espesa columna de humo negro que perforaba la niebla con furia instantánea. Maqroll siguió su camino. Estaba resuelto a dejar la carga en la cabaña. Las bodegas del Tambo acababan de volar en pedazos que se consumían en un fuego devastador y fulminante. Regresaría de inmediato, aunque lo sorprendiera la noche en el descenso de los precipicios. Las mulas se mostraban ariscas y renuentes a seguir por la senda llana que conducía hasta el refugio. Con paciencia y voces que intentaban tranquilizarlas, el Gaviero consiguió que prosiguieran el camino. Llegó a la cabaña al caer la tarde. De vez en cuando, seguían escuchándose disparos a lo lejos, en dirección del páramo. Dispuso las cajas en el interior de la cabaña, cuidando que los explosivos estuvieran separados entre sí y lejos del fogón, aunque éste estaba apagado y frío. Llevó los animales al establo para darles un poco de comida. Al abrir el costal con maíz que permanecía siempre allí, encontró un papel de carta, al que habían arrancado el membrete. Tenía escrito, en letras de imprenta, el siguiente mensaje: «Deje aquí las cajas y regrese de inmediato al río. Desaparezca». Las letras eran de color morado. Estaba casi seguro que eran obra del capitán Segura.

Un hambre atroz se le despertó de pronto. El último esfuerzo hecho para subir la caja de TNT lo había dejado exhausto. Sin embargo, se puso en camino de inmediato para aprovechar lo más posible la luz de la tarde. Unió las cuatro mulas con un solo cabestro para que bajaran todas reunidas y no tener que cuidarlas una por una. Comenzó a mascar un bizcocho de yuca de los que le había dado la ciega para el camino. La saliva, espesa y amarga, no era suficiente para ablandar el bocado. Lo mantuvo en la boca hasta que encontró una pequeña toma de agua que manaba al pie del camino. Allí se sentó un rato y terminó todos los panecillos. Esto lo repuso un tanto para continuar el descenso. La sequedad de la boca y el sabor a verbena de la densa saliva que, a cada rato, tenía que escupir, le indicaban la presencia del miedo. Se conocían muy bien. Esos síntomas le eran familiares. Sintió de nuevo cierto alivio. El miedo era su viejo aliado. Estaba hecho a sus astucias y mimetismos. Convivir con él era, para Maqroll, una rutina y un desafío que lo regresaban a épocas de su vida cuando sus fuerzas aún le acompañaban con infalible obediencia.

Al llegar a los precipicios, las mulas conservaron el orden sin mostrarse renuentes a los obstáculos del sendero. Pero, de vez en cuando, movían las orejas como oteando un peligro lejano. Por el cielo, despejado y sereno, comenzó a desplazarse la luna con una lentitud apacible, casi conciliadora. El cansancio y el hambre obligaron a Maqroll a montar en la mula que cerraba la fila, a pesar de que la montura le incomodaba mucho y sus dotes de jinete eran menos que nulas. A cada rato cambiaba de posición tratando de evitar las horquetas destinadas a sostener los bultos. Empezó a quedarse dormido a trechos. Despertaba cuando el animal daba algún paso en falso o tomaba una pendiente pronunciada. Tenía la mente en blanco. El agotamiento y el ansia de comer algo caliente le anestesiaban la memoria. Cuando el camino se hizo más llano, las mulas emprendieron un trotecillo ansioso. Adivinaban la cercanía del llano de los Álvarez y el establo tibio donde les esperaba su ración de maíz. El Gaviero prefirió seguir a pie. El paso de su cabalgadura le estaba moliendo los huesos y le causaba un mareo que jamás conoció en el mar. Pasada ya la medianoche, llegó a la casa de la hacienda. No había señal de vida ni en la casa principal ni en las instalaciones de los arrendatarios. Llevó las mulas al establo y les dio de comer. En ésas estaba cuando escuchó, viniendo de la casa, el chirrido de una puerta. Salió a ver quién era. Se encontró de manos a boca con don Aníbal que lo esperaba al pie de la escalera de la entrada, con una lámpara Coleman en la mano para alumbrarle el camino.

—Qué bueno que apareció. Ya me tenía preocupado. Allá arriba comenzó el tiroteo desde ayer tarde y no sabíamos en dónde lo había sorprendido —la afectuosa preocupación del hacendado conmovió a Maqroll.

Entraron en la cocina. Don Aníbal le invitó a que se sirviera la cena que le esperaba desde hacía varias horas. Comió con apetito que hacía sonreír a don Aníbal. Cuando tomaba el café, repuestas ya sus fuerzas, preguntó por las últimas nuevas.

—Ya se fue mi gente al monte —informó el hacendado—. Mañana, antes del alba, salgo para unirme con ellos. El Zuro viene conmigo para subir unos caballos con destino a las mujeres y los niños y un par de enfermos que no pueden casi caminar. Escuchó ayer los tiros, ¿verdad? Comenzó la cosa y me parece que no muy bien. El ejército está tratando de cercar a la gente que vino por las armas y los explosivos almacenados en el Tambo. Hoy irán a la cabaña para sorprender a quienes lleguen por las cajas que usted subió ayer. Pero hay algo que me inquieta mucho. La última explosión de anoche debió ser en las bodegas del páramo. ¿La escuchó?

—Sí, señor, la oí y también creo que fue en los almacenes de la cuchilla —repuso el Gaviero.

—Eso no me gusta nada —continuó don Aníbal—. Mala señal. Si fueron los contrabandistas quienes la volaron, es que tienen ya suficiente armamento y cuentan con refuerzos frescos traídos de otras zonas en donde prácticamente controlan la situación. La fuerza que manda Segura no es muy numerosa. Está muy bien entrenada pero no pasa de treinta elementos, un teniente y tres suboficiales. Es posible que acabaran con los del Tambo, con todo y extranjeros, pero si se les viene encima más gente, van a verse en apuros. Ahora sólo me queda esperar que el atajo del monte, por donde queremos salir, esté despejado. Si entraron por allí para sorprender a Segura, estamos perdidos. Pero tengo que arriesgarme. No hay otra salida.

—¿Por qué no sale por La Plata? —preguntó Maqroll—. Es más fácil y más cerca.

—No, amigo. No es más fácil —aclaró el hacendado—. Si copan al ejército se van sobre el puerto y allí acaban con todo. Además no tengo manera de sacar a mi gente por el río. Las dos o tres gabarras que hay en La Plata no bastarían; sólo pueden con tres o cuatro personas a lo sumo y están en malas condiciones —miró en silencio al Gaviero y continuó:

—Mañana mismo salga como pueda de allí. Ojalá de noche. Aunque sea en una canoa y con lo que tiene puesto. El capitán Segura va a resistir de todos modos dos días más. Es gente muy templada y curtida en la lucha desde hace años. Usted tiene tiempo y doña Empera le puede ayudar. Conoce muy bien la gente allí y la respetan mucho. Bueno. Váyase a dormir. No se preocupe. Usted no tiene antecedentes aquí. Esté tranquilo.

—No sé, don Aníbal. El haber transportado esas armas me puede costar muy caro. Me temo que el ejército no crea en mi inocencia. Y si se trata de los otros, tendrán mucho interés en callarme.

—Segura le creyó. Duerma tranquilo. Mañana será otro día. El cansancio le hace ver todo negro.

Maqroll se despidió y fue a dormir en una habitación que le había indicado el dueño de la casa. La cama era blanda, las sábanas frescas y limpias. Hacía tiempo no disfrutaba de tales comodidades. Durmió profundamente.

Con las primeras luces, don Aníbal tocó a la puerta. «Levántese, amigo. El café está listo y hay recalentado de la cena. Tiene que llegar a La Plata lo más pronto que pueda. Esta madrugada comenzaron de nuevo los tiros. Se me figuró que venían de la cabaña de los mineros».

Maqroll se levantó y fue a desayunar con don Aníbal. Luego salió para sacar las mulas del establo. Cuando las llevaba a la puerta de la hacienda, el dueño y el Zuro, ya montados a caballo y con dos animales más, cada uno tomado del cabestro, lo esperaban para despedirse. Cruzaron pocas palabras tratando de disimular la emoción de una partida tan llena de incertidumbre. El Gaviero agradeció a don Aníbal su amistad y la ayuda recibida y le estrechó la mano calurosamente. Lo mismo hizo con el Zuro, diciéndole: «No creo que nos volvamos a ver, Zuro. Pero quiero que sepas que fuiste un compañero ejemplar. Sé lo que vales. No te olvidaré. Buena suerte, muchacho. Salúdame a Amparo María y dile que tampoco la olvidaré nunca. A usted, don Aníbal, lo mismo le deseo y de nuevo muchas gracias por todo».

—Fue un placer, amigo —contestó don Aníbal con una sonrisa contenida y tristona—; mucha suerte para usted. Todos la vamos a necesitar. Vaya con Dios —espoleó el caballo y partió al galope seguido por el arriero que traía las otras dos cabalgaduras. Maqroll los vio perderse por un estrecho sendero que partía del solar de la finca hasta penetrar en las estribaciones del monte. Descendió hacia los cafetales y cruzó por ellos agobiado por una tristeza en la que se mezclaban su añoranza por la muchacha con aire de cortesana del templo, su afecto por los dos amigos que iban a enfrentarse con un riesgo mortal y su nostalgia de la tierra caliente de la que, tal vez, ahora, se despedía para siempre.

Cuando llegó a la pensión, la dueña lo estaba esperando con ansiedad que se manifestaba con un pasarse las manos por el pelo entrecano y un ligero temblor de la cabeza. El Gaviero le contó los incidentes del viaje y su despedida de don Aníbal y el Zuro. Doña Empera lo dejó hablar. Al fin del relato, sentada en su silla y frotando sus manos continuamente en sus rodillas, que era un gesto suyo cuando quería que le prestasen mucha atención, le dijo:

—Tiene que irse de aquí. Entre más pronto mejor. Voy a decirle cómo haremos: ya hablé con un compadre mío que tiene un planchón y quiere venderlo. Se llama Tomás Izquierdo, pero todo el mundo lo conoce como Tomasito. Tuvo, hace tiempo, mucho dinero, pero lo perdió todo en el juego. Lo único que le queda es un rancho a la orilla del río y un planchón con motor diesel. En él transportaba mercancía por el río hasta sitios cercanos, pero unas fiebres lo tiraron a la cama y allí está postrado sin poder hacer nada. Ya convine con él. Está dispuesto a cambiarle el planchón por las mulas y algún dinero en efectivo. De lo que le dio el belga ese, algo debe quedarle y, además, tiene los dos giros que le guardé. Creo que le alcanza y hasta le sobra algo para el viaje. Vaya a ver el planchón mañana temprano. Hay que examinar el motor, porque no trabaja hace más de cuatro meses. El casco tiene más remiendos que una gallina pero navega bien. Puede llegar con él hasta el estuario. Mañana tendremos noticias de lo que pasó en el páramo. Por ahora descanse un poco y ponga en orden sus cosas.

El Gaviero aceptó el plan de la ciega y le dijo que prefería ir en ese momento a ver a Tomasito para adelantar la preparación de lo que hubiera que hacerle a la gabarra. «Ahora no puede ir —le dijo doña Empera— porque está un sobrino suyo y no es muy de fiar. Tiene fama de soplón y parece que sirve a unos y a otros. Pero mañana en la madrugada regresa a unas matas de aguacate que tiene río arriba. No se apure. Mañana mismo queda todo listo. Tenemos varios días antes de que se definan las cosas».

La inacción le pesaba al Gaviero y le hacía sentir aún más la gravedad de la celada en la que había caído. Salió a dar un vistazo al camellón, frente al río. La cantina estaba cerrada. Regresó a su cuarto e intentó distraerse con la lectura de las cartas del Príncipe de Ligne. La infalible elegancia y la inteligente sobriedad de la prosa del gran señor, diplomático y galante, actuó como un lenitivo de eficacia inmediata. Toda su atención se trasladó a esos comienzos del siglo XIX, cuando, como dijera Talleyrand, los que habían conocido la dulzura de vivir, en el ocaso del *Ancien Régime,* continuaban dando una lección de buenas maneras, de sereno escepticismo y de cínico enjuiciamiento de las mudanzas que impone la política. Ningún bálsamo más eficaz para sus presentes perplejidades que el ejemplo del gran aristócrata belga que sorteó, con igual fortuna y una amable sonrisa, el patíbulo jacobino, la vigilancia de la policía de Viena y su gabinete negro y las mortales acechanzas de la corte zarista. La capacidad de Maqroll de instalarse plenamente en otra época y en un ámbito tan ajeno al presente, cuántas veces le había librado de sucumbir a las tribulaciones a que lo orillaba su vocación de vagabundo. La recobrada serenidad lo condujo al sueño y, sin desvestirse, quedó profundamente dormido sobre el jergón de bambú, arrullado con el correr de las aguas bajo su habitación.

Despertó al día siguiente muy temprano. Durante el desayuno, en la cocina, la ciega le dijo:

—Mi compadre ya está solo y tiene listo el planchón para que lo vea. Ya sabe, se llama Tomás Izquierdo, pero todos le decimos Tomasito. El rancho donde vive está al pie del río, después de las bodegas, en la desembocadura de la quebrada del Duende, entre una platanera.

Hacia allá se encaminó el Gaviero, pasando por la hilera de casas enjalbegadas y con techo de palma que formaban el destartalado villorio que tomó forma y nombre en la época del entusiasmo minero, de tan corta duración. No había un alma, las ventanas estaban cerradas y no se escuchaba el menor ruido en el interior de las casas, de costumbre siempre bulliciosas y animadas por la chiquillería y los gritos de las mujeres que hablaban, de un solar a otro, mientras lavaban la ropa o preparaban la comida. Debían estar todos ya levantados, porque el calor los sacaba de la cama desde muy temprano. Un temor flotaba sobre el caserío, un temor impreciso y vago que se resolvía en esa espera silenciosa del que adivina la cercanía de un desastre. Cuando llegó Maqroll a la cabaña de Tomasito, el dueño lo esperaba sentado en una silla de baqueta recostada contra una de las vigas que sostenían el techo de la choza. Ésta no tenía paredes. En el interior colgaba una hamaca debajo de la cual dormía un perro que despertó al escuchar una voz extraña.

—¡Cállate, *Káiser*! —le gritó el viejo. El perro tornó a dormir resignado.

Tomasito era un hombre de edad indefinida. Podía tener cincuenta años como noventa. El clima lo había trabajado de tal modo, que en ciertas zonas la piel se pegaba a los huesos y, en otras, colgaba amarillenta y sin vida. La boca desdentada sostenía un cigarro de hoja apagado que pasaba de una comisura a la otra con mecánica regularidad. Los ojos del hombre acaparaban toda la vida que parecía haberse retirado del resto del cuerpo, desmedrado y tembloroso. Brillaban negros, intensos, inquisidores, con una movilidad de expresión vertiginosa y febril. Parecían consumirse en una llama que aprovechara los restos de una hoguera a punto de apagarse. Tomasito invitó al Gaviero a bajar con él a la orilla para ver el planchón. Bajaron por una barranca arcillosa, gastada por los pasos de la gente. La corriente se remansaba allí, contenida por un espolón de tierra rojiza que penetraba varios metros en el agua. Amarrado a un trozo de riel, estaba el planchón. Tendría a lo sumo ocho metros de largo por tres de ancho. La quilla plana, llena de soldaduras y remiendos, cabeceaba con el embate del remolino y producía un monótono chapoteo. De cuatro varillas oxidadas, fijas en los costados de la embarcación, se sostenían un par de láminas de zinc manchadas con excrementos de los pájaros y jugos vegetales que caían de un gran palo de mango que se levantaba en la orilla. Tomasito explicó que el motor no tenía combustible y había que ponerle el acumulador que estaba guardado en casa de su comadre. Fueron por él y compraron cuatro galones de diesel en la tienda de Hakim. Éste, en un principio, se negó a abrir, pero al escuchar la voz de la ciega se apresuró a hacerlo, si bien con cara de pocos amigos.

—Si quiere mujeres no tiene más remedio que atendernos. Lo sabe muy bien —el comentario de doña Empera no necesitaba mayores explicaciones.

Colocaron el acumulador y llenaron el tanque de combustible. Después de varios intentos, el motor se puso en marcha.

—Hay que regularlo. Así no va a ir muy lejos —comentó el Gaviero.

El viejo estuvo de acuerdo y empezaron a trabajar bajo un sol de justicia. Cuando consiguieron poner el motor a tiempo, Maqroll se dio cuenta de que la hélice no estaba balanceada. Tampoco así era posible partir río abajo ni controlar la embarcación en los trayectos en donde el agua estaba muy baja. Tomasito dijo que tenía una hélice de repuesto, pero también estaba en casa de doña Empera. Fueron por ella. Cuando lograron colocarla, se había venido la noche encima con la rapidez con la que llega en los trópicos. El Gaviero partió a casa de doña Empera para reunir sus pocas pertenencias. Al acercarse, oyó voces en la cocina y, por el tono, se dio cuenta de que se trataba de algo grave. Al entrar vio a un muchacho sentado en un asiento de esterilla, con los ojos desorbitados y temblando como con un ataque de malaria. Tenía la camisa manchada de sangre, al igual que los brazos y las rodillas. Doña Empera, sentada en su silla, tenía la cara vuelta hacia el muchacho. Una palidez marmórea le había detenido el rostro en una expresión de pavor como sólo los ciegos pueden tener en las tinieblas de su impotencia. El Gaviero preguntó qué sucedía. La ciega sólo pudo pronunciar algunas palabras con dificultad:

—Es Nachito, primo de Amparo María. Allá arriba... en el monte... todos. Habla, hijo, cuéntale al señor. Aquí no te va a pasar nada. Dile... —era evidente que el pobre no conseguía pronunciar una frase completa. La ciega le contó a Maqroll que, por lo que había entendido a medias, el muchacho traía muy malas noticias. Un poco más serena por la presencia del Gaviero, consiguió, al rato, tranquilizar al niño hasta que su llanto fue apenas perceptible. Las lágrimas le escurrían por las mejillas e iban a caer en la camisa destiñendo la sangre ya seca.

El relato del chico duró casi una hora. Volvía sobre ciertos detalles y, de pronto, temblaba de nuevo y se le cortaba la voz. Don Aníbal y su gente habían sido sorprendidos en medio del bosque. Gente emboscada, al parecer con fusiles automáticos de los usados por los contrabandistas, les disparó una ráfaga tras otra hasta que todos quedaron tendidos en medio de la sangre. Después de las primeras ráfagas aún se escuchaban gritos de mujeres y de niños que seguían con vida. Una última descarga, más cerrada que las anteriores, los silenció para siempre. Nacho se había abrazado al cuerpo de su padre, que cayó entre los primeros con el pecho destrozado. El terror paralizó al muchacho que permaneció allí varias horas inmóvil y en silencio. La agonía de su padre había sido muy corta. Sintió unos pasos apresurados perderse en lo más espeso del monte y unas voces entrecortadas y lejanas de las que nada logró entender. Horas después huyó, presa del pánico, por una brecha que solía llevarlo a La Plata. Había esperado toda la tarde en las afueras del pueblo, porque no se atrevió a llegar de día en el estado en que estaba. Ya de noche, se resolvió a tocar en casa de doña Empera, a la que conocía muy bien por haber llevado y traído recados para ella.

Cuando el muchacho terminó su historia, el Gaviero lo hizo sentar a su lado. Le acarició los cabellos sin conseguir decirle una palabra. Sentía una piedad abrumadora que se concentraba en el cuerpo flacucho y endeble del chico y que iba extendiéndose, paulatinamente y con mayor dolor, a toda su gente segada con la crueldad fría y gratuita de la que sólo es capaz nuestra especie. Rostros, palabras, gestos, risas, mínimas historias familiares de los habitantes del llano de los Álvarez, se agolparon en su memoria. La bestialidad de esa masacre sin objeto le era imposible de entender, de aceptar. El dolor que esto le producía llegó, en su intensidad, a ser físico. Pasó a su cuerpo como una punzada creciente que lo derrumbaba. La ciega se llevó a Nacho para cambiarle de ropa y lavar la sangre seca que tenía por todo el cuerpo. Lo acostó junto a ella, en una pequeña hamaca en donde solía dormir el chico cuando le sorprendía la noche en La Plata.

Durante varias horas trató Maqroll de tomar una decisión. Era impensable partir en esas circunstancias. Esperaría hasta la mañana siguiente, cuando doña Empera se hubiera repuesto un poco. De nuevo giraban a su alrededor las presencias amigas de la gente sacrificada en el monte: Amparo María y su aire de maja de Goya, su amor sin dueño ni salida; don Aníbal Álvarez, hidalgo en sus tierras, leal y justo con sus amigos, fatalista y resignado como el caballero del Verde Gabán; el Zuro, inteligente, fiel, arisco e independiente y de recursos inagotables en el páramo. Y tantos otros rostros sin nombre, de gente hospitalaria y amable: masacrados, todos, por manos anónimas cuya costumbre de matar se había convertido en la única razón de existir. Chacales dementes, listos a recibir órdenes de quienes mueven allá arriba los hilos de una codicia implacable. Allí, tendido, Maqroll supo que su desesperación iría en aumento. Prefirió llevar la silla al balcón y quedarse mirando correr el río indiferente a la milenaria torpeza de los hombres, a su desventurada vocación de sacrificio. El silencio era perturbado, de pronto, por el chillido de algún ave desviada de su ruta, o el sonido del agua girando en los remolinos de la corriente. Sólo las estrellas trataban de penetrar en vano la espesa tiniebla del paisaje. La luna se había ocultado hacía mucho rato. Algo pesaroso y fúnebre flotaba en el ambiente. O, tal vez, el ánimo del Gaviero trasladaba al nocturno escenario el sabor de muerte y destrucción que se anudaba en su garganta. Antes de que aparecieran las primeras luces del alba, regresó a la cama para tratar de dormir un poco. Le esperaba el primer tramo de navegación río abajo, sembrado de peligros y riesgos encubiertos e imprevisibles.

Dormía profundamente, cuando un estruendo de motores pasó con furia desbocada por encima del techo de la casa. Quedó sentado en el jergón, presa de un pánico súbito. Logró sobreponerse y corrió al balcón para ver de qué se trataba. En ese instante acuatizaban, uno tras otro, dos hidroaviones Catalina pintados de color gris, con las insignias de la Infantería de Marina en las alas. En el desembarcadero estaban amarradas dos grandes barcazas del mismo cuerpo, de las que descendían, en fila ordenada y silenciosa, infantes de marina con uniforme gris de campaña y casco del mismo color. Los oficiales controlaban el descenso de la tropa e impartían órdenes en voces breves y tajantes. Los aviones amarraron al lado de las barcazas. Al abrir las portezuelas, descendieron oficiales de diferentes servicios: médicos con el uniforme de sanidad, capitanes de intendencia con portafolios y máquinas de escribir portátiles, hombres de la Inteligencia Militar, inconfundibles en su traje de civil consistente en guayabera blanca y pantalones beige claro. Al instante supo el Gaviero que su plan de partir esa mañana se iba a pique. Sin embargo, resolvió intentarlo. Reunió algunas pocas cosas y las guardó en una mochila que le había dado doña Empera. En un mudo y estrecho abrazo se despidió de la dueña de la casa que repetía como sonámbula:

—Apúrese, por Dios, apúrese —le daba bendiciones musitando ensalmos, invocando santos y santas en una abigarrada mezcla incomprensible. Maqroll dejó en la casa la maleta con el resto de sus ropas y papeles, con recomendación a la ciega de que incinerara todo en caso de que lo mataran. Cuando llegó donde Tomasito, éste lo esperaba con los ojos más desorbitados y febriles que nunca:

—Váyase con cuidado, señor. Con la Marina no se juega. Esa gente viene aquí a poner orden y sabe hacerlo —Maqroll le entregó el dinero que habían acordado para completar el precio de la embarcación. Las mulas estaban en el establo y la ciega tenía instrucciones de entregárselas. El Gaviero tiró el morral en el fondo del planchón y saltó a éste. El motor encendió de inmediato. El viejo soltó las amarras y se despidió con un gesto de la mano que también tenía algo de bendición desesperada.

Con el motor a media marcha, Maqroll entró en mitad de la corriente y comenzó a descender sin prisa, mirando con afectada indiferencia hacia la orilla opuesta, como dando a entender que intentaba cruzar simplemente el río. Al pasar frente a las barcazas de la Armada, de una de ellas partió una voz desde un altoparlante, instalado en el techo de la cabina de mando:

—¿Adónde cree que va? ¡Ése, el del lanchón, regrese inmediatamente! ¡Aquí, al costado! ¡Sí, usted!

El acento terminante de la orden se extendió por el ámbito con un eco paralizante y brutal. Con la misma lentitud con la que venía navegando, el Gaviero obedeció las instrucciones y fue a colocarse al lado de la barcaza. Varios soldados lo esperaban haciéndole señas desde el borde de aquélla. Le tendieron la mano para ayudarlo a subir a bordo. Dos de ellos saltaron al planchón y lo llevaron a donde habían anclado los Catalina; río abajo, al terminar el caserío. Un sargento le indicó al Gaviero que pasara adelante. Le señaló un camarote que tenía la puerta abierta y lo siguió de cerca sin decir palabra. Cuando entró al camarote, el Gaviero vio a un oficial agacha-

do examinando unos mapas extendidos en una mesita sostenida por un extremo a la pared. Durante algunos segundos, que
le parecieron horas, el oficial siguió inclinado tomando medidas con un compás. Por fin, levantó la vista. El sargento saludó militarmente y dijo:

—Cumplida su orden, mi capitán.

Éste contestó, mientras se quitaba unos anteojos sin aro
que tenía sujetos en la base de la nariz:

—Puede retirarse —luego se quedó mirando fijamente
al recién llegado, como tratando de forzar los ojos para ver
mejor. Los tenía de un color azul intenso que, con los reflejos
de la luz, cambiaban a un celeste desteñido. El pelo, cortado al
rape, rubio, entrecano y ya escaso en la frente, le daba un aire
de ejecutivo bancario más que de militar. Mientras limpiaba
las gafas con un pañuelo, en gesto puramente reflejo, se dirigió
al Gaviero con voz de bajo que para nada iba con su aspecto.

—Me temo que usted es la persona que llevó hasta la cuchilla del Tambo armas automáticas y explosivos adquiridos en el
mercado negro de Panamá. Su nombre es Maqroll, si no estoy
mal, pero también es conocido como el Gaviero. Llegó aquí no
hace mucho y creo que no todos sus papeles están en regla. ¿Estoy en lo cierto? —había una cortesía distante en sus palabras y
en sus movimientos, como si quisiera establecer una rigurosa distancia con su interlocutor. Debía ser una actitud usual en él y totalmente inconsciente, adquirida en los cursos de Estado Mayor.

—Sí, señor. Está usted en lo cierto. Pero me gustaría aclarar algo respecto a lo que menciona de las armas —contestó el
Gaviero con la serenidad que le daba la resignación ante algo
que venía temiendo desde hacía tiempo.

—Esa aclaración, como usted la llama, no me la tiene
que hacer a mí. Ya lo interrogarán, en su momento, las personas indicadas. Por ahora me limito a informarle que está detenido en virtud de las atribuciones extraordinarias que tienen
las fuerzas armadas durante el estado de sitio —al terminar
estas palabras, dichas con rutinario acento oficial, el capitán
ordenó al sargento que había traído a Maqroll y que esperaba
afuera del camarote:

—Llame al guardia de turno —al momento se oyeron
unos pasos apresurados y entró un soldado que se cuadró a la
entrada:

—A sus órdenes, mi capitán.

—Lleve este hombre a la comandancia. Dígale al capitán Ariza que ya le hablaré más tarde al respecto.

—Como ordene, mi capitán —contestó el soldado mientras hacía de nuevo el saludo militar.

Tomó por el brazo al prisionero y salió con él del camarote. Se dirigieron al muelle, donde estaba amarrada la barcaza, y subieron por la pequeña loma que daba al terraplén. Era un zambo corpulento con facha de jugador de fútbol, uniforme impecable y un rostro indefinido de los que jamás guarda la memoria. No soltaba del brazo al Gaviero, pero en ese gesto no había la menor violencia. Parecía más bien que deseaba orientarlo hacia un lugar que el detenido desconocía. Llegaron a las instalaciones del puesto militar, que el Gaviero siempre había visto cerradas. Ahora mostraban una animación sorprendente que le hizo pensar en un hormiguero. Soldados y oficiales entraban y salían. Se escuchaban órdenes en voz perentoria, en medio del entrechocar de las armas y el traslado de muebles y enseres de un lugar a otro del edificio. Todo iba encontrando su lugar a un ritmo acelerado y exacto. Había en esto una demostración de eficiencia y disciplina que imponía temor y respeto. En el aire flotaba un olor a fusil que acaban de aceitar, a salón de clases con esa mezcla de madera de lápiz recién tajado y de sudor rancio.

El guardia condujo al Gaviero a la oficina del capitán Ariza. Éste era un hombre moreno, retacón, con bigotico de galán del cine mexicano de los años cuarenta. Vestía una reluciente guayabera blanca y pantalón beige. En la solapa traía un imperceptible botón con delgadas franjas naranja y verde pistache. «Inteligencia Militar —se dijo el Gaviero—, ahora comienza el baile».

Ariza escuchó el recado transmitido por el guardia y asintió con la cabeza sin decir palabra. Se llevó la mano a la frente, esbozando un saludo militar y le hizo seña de que podía retirarse. Luego salió a la puerta y llamó a alguien por su apellido. Un teniente, también vestido de civil y con las mismas prendas de Ariza, entró y fue a ponerse a su lado para escuchar una orden murmurada al oído. El recién llegado asintió con la cabeza y acercándose a Maqroll, le dijo no sin cierta cortesía:

—Venga conmigo, por favor.

Maqroll lo siguió sin despedirse de Ariza. La impersonal deferencia del que lo llevaba por entre corredores y oficinas en plena actividad le llamaba la atención. Ese «por favor» le seguía sonando en los oídos. Era el signo de que ya no se hallaba entre militares de tipo convencional. Así estuvieran al servicio del ejército, los métodos y el lenguaje eran de policías, de cualquier policía de no importa qué lugar de la Tierra. Esta constatación no dejó de producir un relativo alivio. Casi podía anticipar lo que le esperaba. Sólo le quedaba el fastidio de tener que jugar al ratón con el gato astuto e incansable y tratar de salir con vida de entre sus garras. Pero esto no era imposible y estaba listo para comenzar la partida.

Atravesaron un patio en donde algunos infantes de Marina montaban media docena de ametralladoras. Trabajaban al sol y en silencio. Manchas de sudor iban creciendo bajo sus axilas y en el pecho, oscureciendo el uniforme de dril color gris. Maqroll y su guía se internaron por un corredor iluminado con focos de gran potencia, protegidos con mallas metálicas. Pensó que debían haber puesto a funcionar una planta eléctrica propia, ya que La Plata no contaba con electricidad. Se quedaban, pues, por largo tiempo. Iban pasando junto a puertas que se abrían y cerraban para dar paso a oficiales y ordenanzas que, de un lado para otro, llevaban papeles y carpetas con documentos. Cuando llegaron al fondo del pasillo, el oficial se detuvo ante una puerta metálica con pasadores cilíndricos y, en el centro, una estrecha mirilla enrejada. Sacó del bolsillo un manojo de llaves y, tras de probar varias, halló la que abría la pesada compuerta. Hizo al Gaviero seña de pasar adelante y entró tras él cerrando de nuevo. Se trataba de una celda a la que daban luz dos delgadas ventanas, casi pegadas al techo, protegidas por gruesos barrotes. El piso era de baldosas color azul claro que también cubrían las paredes a una altura de casi tres metros. En el centro había una especie de mesa de cemento, con una estrecha canal en el centro. Estaba ligeramente inclinada hacia adelante y recordaba un lavadero de ropa, pero más alargado. Al pie estaban el colchón de su cama de guadua y la mochila que traía en la barcaza. En una esquina del cuarto había dos lavabos gemelos con jabón y toallas colgadas a un lado. En otra, una precaria cortina que no alcanzaba a ocultar un escusado. El tanque del mismo estaba colocado a la altura del techo y era inalcanzable, así se subiera uno en la taza para intentarlo. El oficial le ordenó que se quitara los zapatos y el cinturón. El Gaviero se despojó de ellos y se los entregó en silencio.

—Si algo necesita puede golpear dos veces con la palma de la mano en la mirilla de la puerta. Día y noche habrá siempre alguien para acudir. Tres veces al día le traerán el rancho. Es el mismo de la tropa. Si no le agrada, de la pensión en donde se alojaba pueden traerle la comida que quiera. Ya lo llamarán. Aquí las cosas se resuelven muy pronto.

El hombre hablaba con un tono cansado e indiferente, casi tranquilizador. Pero sus palabras no lo eran y el Gaviero se entregó a toda clase de deducciones. Cuando el oficial se disponía a salir, con los zapatos y el cinturón del prisionero en la mano, éste se resolvió a preguntarle para qué servía esa mesa y a qué estaba destinada la celda. El teniente explicó que, por ahora, la mesa le serviría de cama y allí debía extender el colchón. Sin decir más, salió, cerró la puerta con llave y corrió los pasadores. Todo ejecutado con escrupulosa paciencia que tenía algo de irritante y estúpido.

Maqroll tendió el colchón sobre la mesa y se acostó para descansar. El ligero desnivel de los pies le hacía sentirse como un cuerpo listo para la autopsia. Una luz azulosa se repartía desde un potente foco instalado en el centro del techo, protegido también por una fuerte malla metálica. Se dio cuenta que la luz tomaba ese color del piso y las paredes. Era un ambiente de quirófano no propicio para tranquilizar a nadie. Era evidente que se trataba de una celda de interrogatorio que usaban, por ahora, para alojarlo con cierta seguridad. Recordó que en el puerto del Pireo había conocido un sitio parecido. El que éste hubiera sido habilitado como celda lo tranquilizaba un poco, si bien quedaba un margen para hipótesis que, por el momento, era más aconsejable descartar. No conseguía dormir, pero pudo relajar el cuerpo, obteniendo con ello un inmediato descanso que se reflejó en su estado de ánimo. Le vinieron a la memoria algunas de las ocasiones en que había tenido que ver con ese mundo turbio, inquietante y sin rostro en el que se mueven los servidores de la ley.

Recordó aquella vez que fue sorprendido, en las afueras de Kabul, por una patrulla de la policía afgana que insistió en examinar la carga de dos famélicos camellos que llevaba hasta Peshawar, con alfombras para vender allí a los turistas. Mostró el recibo de su mercancía y el correspondiente permiso para comerciar con ella. Pero un sargento de grandes bigotes negros, retorcidos y rígidos, insistió en meter la mano entre la montura y la gualdrapa que protegía a la bestia. Allí descubrió sendas bolsitas de piel de cabra llenas de piedras semipreciosas sin pulir. Dos semanas permaneció detenido en la cárcel de un poblado cercano, en espera de la decisión de las autoridades de Kabul. No lo trataban como prisionero y salía a comer, a menudo, a casa de sus guardianes. Eran gente de una altivez natural, matizada con una simpatía espontánea y un sentido de la hospitalidad realmente conmovedor. Allí escuchó las más estupendas e inolvidables historias sobre encuentros de las caravanas con los bandidos de las montañas, que bajaban de las nieves para sembrar el terror en las escarpadas rutas de la meseta central. También supo de las hazañas de los falsos derviches, que se aprovechaban de las mujeres que bajaban por agua a los ríos y eran víctimas de prolongadas y complejas manipulaciones eróticas que las dejaban poco menos que dementes. Esta permanencia en una cárcel de Afganistán le permitió familiarizarse con uno de los pueblos más indómitos y amables de la Tierra. Las autoridades le exigieron el pago de los derechos para sacar las piedras del país y el de los alimentos que había consumido durante su detención. Con un sonoro beso en cada mejilla, sus compañeros y guardianes se despidieron de él con tan calurosa franqueza que le dio la impresión de abandonar el país en donde hubiera podido dar fin a su vida trashumante y vivir entre quienes sentía que, en verdad, eran sus hermanos; habitantes de un mundo que evocaba a menudo, como un modelo que había perdido la esperanza de encontrar. Allí estaba y él lo dejaba para siempre.

También recordó, luego, los dos meses de prisión que había pasado en Kitimat, en la Columbia Británica, acusado de secuestrar a una muchacha piel roja. La había encontrado en una tienda del pueblo y entabló conversación con ella atraído por la mirada intensa de sus ojos oscuros y asombrados y por el color tabaco de la piel, que se adivinaba de una frescura aterciopelada y hechizante. Ella le contó una complicada historia de padre alcohólico y madre prostituta, de golpes a granel y de intentos de venderla a los capitanes de las balleneras que atracaban en la bahía. Maqroll se dejó envolver en la historia y llevó a la joven india a la lancha con la que hacía cabotaje por los lugares cercanos, traficando con pieles y, cuando se presentaba la ocasión, con armas de caza adquiridas de contrabando en Alaska. La muchacha resultó de una sensualidad laboriosamente manejada, que tenía el encanto de un erotismo ejercido con artes en donde lo artificial se ocultaba tras un sentido estético notable. La tal huérfana resultó casada con un polaco gigantesco y frenético que buscaba al raptor de su mujer para estrangularlo. Su mirada bizca e inyectada de sangre daba una impresión de ferocidad devastadora. Esperó al Gaviero al pie de la lancha y, por fortuna, la policía pudo intervenir a tiempo antes de que éste muriera en manos del energúmeno varsoviano. Sesenta días de prisión tuvo que pagar Maqroll por el delito de adulterio inducido con falsedad. Calificación que le pareció inventada por el juez en el momento mismo de dictar la sentencia. El tal magistrado era un enano semiparalítico que, vaya a saberse por qué, le había tomado ojeriza al Gaviero, desde el primer momento en que lo vio. Esos meses de reclusión en una cárcel del Canadá los hubiera recordado como unas gratas vacaciones, si no hubiera sido por el frío que padeció en las noches debido a la insuficiencia de abrigo. Había allí detenidos de las más variadas regiones del mundo. Casi todos purgaban delitos contra la propiedad y, en verdad, eran la flor y nata de su oficio. Lo que allí aprendió —nunca se atrevió a ponerlo en práctica en sus horas de la más cruel penuria— era suficiente para escribir una enciclopedia sobre el hurto y sus ramificaciones. El frío era insoportable y las autoridades de la cárcel insistían en proveer a cada preso sólo con una cobija reglamentaria del ejército. «No dudo —comentaba un chileno que pagaba una condena por robo de pescado en las congeladoras del puerto— que estas mantas sean del ejército, pero del ejército de Su Majestad la Emperatriz de la India. Si fueran del ejército canadiense éste habría perecido congelado hace muchos años».

Cuando salió libre, lo esperaba en la calle el gigante polaco, quien, con lágrimas en los ojos, le contó que su mujer había vuelto a fugarse, pero, esta vez, con un arponero ruso. No había manera de rescatarla porque el barco había zarpado ya hacia Petropablosk-Kamtchaskiy. Le invitó a un vodka para consolarse mutuamente por la pérdida de una hembra con facultades eróticas tan notables. Con mucha cautela, el Gaviero declinó la invitación. Sabía que el asunto terminaría otra vez en una riña harto desigual y no quería correr el riesgo de volver a congelarse en la prisión. El polaco lo acompañó hasta la lancha. Cuando Maqroll hacía los preparativos para partir, el hombre, desde el muelle, seguía enumerando el catálogo de las delicias perdidas por culpa del maldito arponero; ruso para mayor vergüenza. Ya la lancha se apartaba del muelle y el polaco seguía agitando el pañuelo empapado con sus lágrimas. Su última recomendación a Maqroll fue que, si encontraba en alguna parte a la india, le dijera que la esperaba sin rencor y con firmes intenciones de darle una buena vida.

Empezó a oscurecer en La Plata. El tintineo de los platos del rancho en la puerta de la celda regresó a Maqroll al presente. La comida tenía ese sabor inconfundible, soso y ligeramente agrio, del rancho de cuartel. Apenas probó bocado. Pidió una segunda taza de café y el guardia regresó de inmediato con un tazón de café aguado que, sin embargo, el prisionero bebió con gusto. La inclinación de la cama y los fantasmas que le despertaban las paredes de baldosas azul celeste y el techo blanco de quirófano, no le dejaron dormir tranquilo. En la mañana, muy temprano, llegó el desayuno: el mismo café chirle y dos pequeños panes, duros como piedras. Cuando vinieron para retirar los platos, un guardia trajo el cinturón y los zapatos que le habían retirado. El otro guardia, que recogía la vajilla de peltre, le dijo:

—Ahora vienen para llevarlo donde el capitán Ariza. Póngase los zapatos y el cinturón. Tiene tiempo de lavarse un poco. En el interrogatorio es mejor estar fresco y bien despierto.

Estos detalles de una relativa consideración, el «por favor» a cada rato, la segunda taza de café y, ahora, el comentario del guardia, no sabía muy bien cómo interpretarlos. No podía pensar que se tratara de simple piedad. En los cuerpos armados es lo primero que se elimina en el recluta. Podría tratarse de una actitud exclusiva de la Marina. Pero esas palabras y gestos corteses no debían llevarlo a abrigar ninguna esperanza de compasión o indulgencia por parte de quienes iban ahora a decidir su suerte. Se lavó la cara con el agua barrosa y tibia que salía en chorro exiguo e intermitente de una de las llaves del lavabo. Las demás no funcionaban. Estaba secándose cuando abrieron la puerta. La misma pareja que había traído el desayuno lo condujo a la oficina del capitán Ariza. Éste lo esperaba de pie mientras examinaba unos papeles que estaban sobre el escritorio. Los guardias se retiraron y Ariza invitó a Maqroll a que tomara asiento. El capitán comenzó a pasearse con los papeles en la mano. Los volvió a dejar en su sitio y poniendo las dos manos sobre el escritorio, un poco inclinado hacia el Gaviero, se quedó mirándolo fijamente. Tenía una nueva guayabera, igualmente blanca e impecable. Su rostro de galán del cine mexicano no tenía expresión alguna. Por un momento Maqroll pensó que nunca más hablaría. La voz ligeramente aguda y sin matices vino a disuadirlo de esa impresión:

—Bueno, para comenzar, tenemos con usted algunos problemas de identidad. No son la causa de su detención, pero no dejan de ser inquietantes. Viaja con pasaporte chipriota. El último refrendo caducó hace un año y medio y está fechado en Marsella. Los anteriores son de Panamá, Glasgow y Amberes. Como profesión, figura la de marino. Lugar de nacimiento, desconocido. Un pasaporte en tales condiciones no es para tranquilizar a las autoridades de un país que está virtualmente en guerra civil. ¿Qué me puede decir al respecto?

—Es la primera vez, capitán —contestó Maqroll con serenidad muy convincente—, que escucho observaciones respecto a mi pasaporte. He navegado muchos años por el Caribe y sus islas. Antes lo hice en el Mediterráneo y en el mar del Norte. Nadie ha objetado nunca mi documento de identidad. Pero me doy cuenta ahora que, dadas las circunstancias que prevalecen aquí, un pasaporte como el mío puede despertar sospechas.

—Bien. Como le dije, no es eso lo que nos intriga en primer término. Es mejor que vayamos de una vez al asunto: usted transportó a la cuchilla del Tambo, en mulas de su propiedad, compradas en el llano de los Álvarez, armas adquiridas a través de contrabandistas. La operación se hizo en Panamá y en Kingston. Los tres contrabandistas, que cayeron ya en manos del ejército, traían pasaportes muy parecidos al suyo y en ellos hay sellos consulares de ciudades que también aparecen en el suyo. El acto de proveer de armas a cualquier grupo que atente contra la estabilidad de las instituciones tiene un castigo que usted, seguramente, no ignora. Me gustaría escuchar lo que tenga que contarme sobre esto.

El Gaviero relató al capitán, punto por punto, su encuentro con Van Branden, la proposición que éste le hizo y todos los hechos posteriores relacionados con el transporte de las cajas hasta la cuchilla; su relación con los dos extranjeros que allí lo recibieron, la conducta de éstos y lo que él pudo deducir de ella. Insistió, en forma enfática y firme, cada vez que venía al caso, sobre su absoluta ignorancia respecto al contenido de las cajas, hasta el hallazgo del pedazo de etiqueta en el fondo de la barranca donde se despeñó la mula y su encuentro posterior con el capitán Segura. La coincidencia de ciudades en su pasaporte y en los de los negociantes de armas era eso: una simple casualidad. Jamás había participado en esa clase de negocios ni había estado en contacto con quienes se dedicaban a él. Había vendido, sí, algunas escopetas de cacería en la Columbia Británica, compradas a bajo precio en Alaska, pero con eso no era posible derrocar ni siquiera a un simple sheriff de condado.

El capitán Ariza no pareció tomar en cuenta las aclaraciones del Gaviero y siguió en el mismo tono que antes:

—¿No se le ocurre que, por decir lo menos, es inconcebible que no haya tenido la menor sospecha de una trama tan burda como la de las supuestas obras del ferrocarril, las apariciones y desapariciones de Brandon y la facha de sus compinches en el Tambo? ¿Nunca pensó que algo pudiera ocultarse detrás de semejante patraña, que no se hubiera tragado ni el más ingenuo chiquillo de los que rondan en el muelle?

—Desde luego, capitán —continuó Maqroll en el mismo tono—, Van Branden o Brandon, me pareció siempre persona bastante turbia y ni que decir de sus amigos de la bodega del páramo. Pero pensé que, probablemente, estarían timando a los contratistas de la obra ferroviaria de la que, dicho sea de paso, vi varios tramos trazados y abandonados hace tiempo. Que la reanudaran no me pareció sospechoso. Yo me limité a recibir el dinero y allá ellos con su negocio. Mis conjeturas fueron muy vagas y la experiencia me indica que mucha gente, de aspecto poco digno de confianza, resulta después ser la más honesta y rutinaria.

—Contésteme sí o no a lo que voy a preguntarle —la voz del oficial de la Inteligencia Militar se hizo más aguda y traicionaba una leve impaciencia—. ¿Tuvo usted idea, antes de hablar con el capitán Segura, de qué era lo que subía a la cuchilla del Tambo? ¿El más ligero indicio, la menor sospecha? Hasta cuando se despeñó la mula, ¿pensó que se trataba de material para la construcción de la vía férrea?

Allí estaba la trampa, pensó el Gaviero. De su respuesta dependía, sin duda, su vida. De nuevo, en tono tranquilo, insistió en su ignorancia absoluta sobre el contenido de las cajas y en la dirección de sus naturales sospechas, respecto a los extranjeros involucrados en el negocio, hacia una estafa contra quienes contrataban la obra. Relató, esta vez con todo detalle, su encuentro con el capitán Segura y de cómo éste lo había puesto al tanto de la verdad y le había pedido su colaboración en el sentido de hacer el último viaje con las cajas que habían quedado en La Plata y lo que pudiera llegar, entretanto, en el barco. Mencionó su identificación de las cajas de TNT, merced a su experiencia en la minería. Ariza le interrumpió varias veces para precisar aún más ciertos aspectos de su encuentro con el capitán Segura y la participación de don Aníbal Álvarez, «persona de toda nuestra confianza», aclaró, de paso, el militar. Cuando Maqroll terminó su relato, Ariza permaneció unos minutos en silencio. Al Gaviero le parecieron eternos. Finalmente, Ariza tornó a hablar, esta vez con una levísima señal de alivio, que se advertía más en el rostro que en la voz largamente educada en la milicia:

—No sé si decirle que tiene suerte o que ésta le falta por completo. Ya veremos. La confirmación de sus informes, por parte del capitán Segura, aclararía definitivamente su situación. Pero resulta que el capitán Segura, a quien todos quisimos y respetamos por su valor y su sentido de compañerismo, fue asesinado, junto con todos sus hombres, cuando ponía cerco a las bodegas del Tambo y a la cabaña de los mineros. En el momento en que los intermediarios con la gente del Tambo llegaron para retirar el cargamento de armas y Segura coronaba su objetivo volando la bodega, cayó sobre el capitán y sus hombres una fuerza mucho mayor. La calidad de las armas que ésta traía y la superioridad numérica aplastante, liquidaron la resistencia heroica de la tropa. El capitán Segura fue alcanzado por una granada de alta fragmentación, al final de la refriega. Con él perecieron los últimos hombres que lo rodeaban. Bueno. Es todo, por ahora. Tendré que hacer ciertas averiguaciones en relación con lo que usted me ha dicho. Ya se le interrogará de nuevo.

Se puso de pie y fue a la puerta para llamar al centinela que estaba de turno. Ya en su celda, el Gaviero empezó a tejer una red de consecuencias y deducciones, destinada a sostener su recién ganada esperanza de salir con bien de la trampa en que había caído. Toda la tarde estuvo leyendo páginas de la vida del *poverello* de Asís. La evocación del sabio y armonioso paisaje de la Umbría, en donde los milagros de Francisco hallan el marco ideal y suceden con la sencilla naturalidad con que los narraría luego el Giotto en sus frescos, sirvió al Gaviero para recuperar la serenidad y establecer una saludable distancia entre su actual desventura y la intimidad de su ser más intocado y oculto, del que manaba siempre un caudal de confianza en su auténtico destino. Esa noche, para dormir más a gusto, bajó el colchón al piso. La siniestra mesa le producía los más oscuros presentimientos.

Cuando le trajeron el desayuno, el guardia le preguntó por qué había bajado el colchón al suelo.

—No puedo dormir con la inclinación de esa mesa. En el piso me encuentro más cómodo. ¿Está prohibido?

—No —repuso el soldado—. Es que esa mesa no es para dormir —Maqroll le preguntó para qué servía en realidad. El hombre se limitó a sonreír con incredulidad ante la pretendida ignorancia del prisionero y se retiró sin hacer más comentarios. Tampoco Maqroll quería saber más. Todo estaba dicho.

Al día siguiente lo sacaron al patio para que ayudara a subir una caja de munición a una bodega del segundo piso del cuartel, que era menos húmedo. Pensó, mientras cumplía con la tarea, en la ironía del destino que le obligaba de nuevo a cargar material de guerra. Esa noche le informaron que en la mañana sería llamado a la comandancia. En efecto, después del desayuno, vinieron por él y lo llevaron a una oficina cuyas ventanas daban sobre el río. Lo invitaron a tomar asiento y lo dejaron allí solo. Al rato entró un mayor con uniforme de campaña de una impecable limpieza y sin una arruga. El traje era verde olivo lo mismo que la gorra, semejante a las que usan los jugadores de pelota. Era un hombre corpulento, un tanto acezante y congestionado, de bigote entrecano y porte altivo. Fumaba sin parar y sus manos temblaban ligeramente. Parecía un club-man disfrazado de militar. Con voz pausada y un poco ronca formuló algunas preguntas de rutina parecidas a las que había hecho Ariza. Al terminar, se colocó unos anteojos con armadura de oro y revisó algunos papeles ordenados en una carpeta color escarlata que tenía sobre su escritorio. En un momento dado hizo una seña al centinela que entró para recoger algunos documentos, indicándole que se llevara al prisionero. Ni siquiera alzó la cabeza y siguió leyendo como si éste no hubiera existido.

Maqroll había logrado advertir que algunos de los papeles que hojeaba el mayor estaban escritos a mano. Eran hojas manchadas de sangre y barro arrancadas de una libreta. La letra, clara y rotunda, era fácil de leer. De nuevo, ya en la celda, tornaron a torturarlo la incertidumbre y la angustia que creía haber dominado. Así pasó el resto del día y buena parte de la noche siguiente. En sueños, se le apareció el mayor, esta vez en traje de parada, explicándole en forma muy cordial y mundana una serie de maniobras militares cada vez más embrolladas y aburridas. En la mañana lo despertó, como de costumbre, un ruido al pie de la puerta. Le traían el desayuno. El guardia le informó que, en un rato, lo llevarían de nuevo a las oficinas de la Inteligencia Militar. Un cansancio abrumador, un entorpecimiento de todos sus miembros y un amargo sabor en la boca, le minaban el resto de fuerzas que, en vano, había intentado acumular durante esos días de encierro. Era evidente que su hora había llegado. Le sorprendía, por desventura, con la guardia más baja que nunca y el cuerpo, convertido en un saco de vagos dolores, se negaba a sostenerlo cuando más lo iba a necesitar. Toda la mañana esperó a que vinieran por él. Después de la comida, se quedó dormido en un sopor agobiante. Los pasos del guardia que abría la puerta lo despertaron. Había dormido en la modorra de una siesta con amenaza de lluvia que daba a la tarde una atmósfera de baño turco. Hasta los menores ruidos llegaban a través de la capa afelpada y húmeda de un aire irrespirable.

—Mi capitán quiere hablarle —explicó el guardia—. Vístase y venga con nosotros.

Otro guardia esperaba en la puerta. El Gaviero se pasó por el rostro y parte del cuerpo una toalla empapada en el agua turbia de la llave. Se puso una camisa limpia y unos pantalones bermuda que le había enviado la ciega. Los conservaba desde sus épocas de marino. Se pasó un peine por el cabello entrecano y rebelde y salió en medio de los dos soldados. Al cruzar el patio sus piernas se movían con algo más de firmeza. El saber que iba a enfrentarse con Ariza sirvió para despabilarlo un poco. Iba a decidirse su suerte y una ansiedad vigilante empezó a invadirlo. Se sentía como el jugador que va a enfrentarse en un juego complicado, en donde cada movimiento de las fichas puede ser definitivo. Entró a la oficina de Ariza. Los guardias se quedaron afuera y cerraron la puerta a sus espaldas. Allí estaba el hombre de la Inteligencia Militar dando vueltas con el pulgar al anillo de graduación de la base de Corpus Christi en Texas. Seguía luciendo su impecable guayabera con el distintivo en la solapa. El recto bigote resaltaba en el rostro recién afeitado, subrayando una ligera sonrisa sobre cuya sinceridad el Gaviero resolvió no hacerse ilusión alguna.

—Tome asiento, amigo. Póngase cómodo —le dijo indicándole una silla giratoria que habían traído de otra oficina. La silla se inclinaba peligrosamente de un lado a otro al menor movimiento de Maqroll, que trató de permanecer lo más quieto posible para mantener en relativo equilibrio el diabólico asiento. Lo de «amigo» había aparecido en el vocabulario del capitán hacia el final de la entrevista anterior. Lo decía con un cierto acento de complicidad que despertó las reservas del Gaviero, quien se propuso seguir el juego, controlando, a su vez, cada una de sus reacciones y respuestas.

—Pues bien —comenzó Ariza—, aquí estamos de nuevo tratando de aclarar lo que, si quiere que le diga la verdad, para mí está más claro que el agua. No hay quien me convenza de que usted es inocente. No consigo aceptar que no supiera qué era lo que subía a la cuchilla del Tambo. Por otra parte, hemos reunido informes sobre su pasado: contrabando de armas en Chipre, de banderas navales trucadas en Marsella, de oro y alfombras en Alicante, de blancas en Panamá; en fin, no sigo porque la lista nos tomaría varias horas. Alguien con semejante pasado no va a transportar armas pensando que son instrumentos de ingeniería para un ferrocarril inexistente. Lo que no consigo entender es que se haya conformado con unos cuantos billetes, cuando hubiera podido sacar varios miles de dólares.

—Con todo respeto, capitán —repuso el Gaviero en el tono más sereno y comedido que pudo—, eso no se lo puede usted imaginar sencillamente porque no me conoce. Todas esas actividades de mi pasado a las que usted se ha referido son ciertas, pero hay en ellas aspectos ocultos que no pueden aparecer en una enumeración tan escueta como la que acaba de hacer. Si yo hubiera sospechado, por un momento, de lo que se trataba, créame que no me hubiera enredado con los tales belgas, estando aquí las cosas como están. No son la gente con la que suelo andar. Desde el principio me parecieron sospechosos. Estaba casi seguro que estafaban al gobierno con eso de la vía férrea.

—Bien. No sé. Como quiera que sea —prosiguió Ariza— al Estado Mayor llegó un parte redactado por el capitán Segura la misma noche en que se entrevistó con usted y con Aníbal Álvarez. En ese informe, usted aparece plenamente exculpado y colaborando con nosotros en el mejor ánimo. Todo allí avala y corrobora lo que nos ha dicho. Por si fuera poco, el gobierno del Líbano, a través de su embajada, nos está solicitando su libertad y ofrece responsabilizarse de su conducta mientras permanezca en el país. Hay, al parecer, una serie de complejas razones que nos obligan a dar curso a esa solicitud de la misión diplomática libanesa, porque necesitamos el voto de dicho país en no sé qué comisión de las Naciones Unidas. Así las cosas y pese a mis serias reservas sobre su inocencia, debo entregar al Estado Mayor un expediente debidamente cerrado y justificado. Con usted vivo las cosas se complican.

Maqroll no pudo entender a ciencia cierta a qué se refería el oficial. Pero su escueta manera de plantear el asunto le hizo correr un escalofrío por la espalda. Pensó que lo necesitaban muerto y no allí creando una confusión innecesaria. Apenas consiguió alzar los hombros, como disculpándose de seguir aún con la vida.

—Va a salir vivo. No hay remedio. Pero no se meta más en problemas y desaparezca de aquí. Entre más pronto, mejor —el capitán comenzó a guardar en una carpeta todos los papeles que había estado examinando mientras hablaba con el detenido.

—¿Esto quiere decir que estoy libre? —preguntó Maqroll con incredulidad que tenía algo de patético y de infantil.

—Sí, señor. Eso quiere decir que está libre desde este momento y que debe salir de La Plata ahora mismo, si es posible.

Su planchón lo espera en el desembarcadero. Trate de alejarse de esta zona, que se halla bajo control militar. Si lo agarran en otro puesto, más abajo, nada podemos hacer nosotros. Ellos no van a esperar comunicaciones del Medio Oriente, ¿sabe?, no es su estilo. ¿Está claro?

—Sí, capitán. Entendí perfectamente —contestó el Gaviero, tratando de ocultar el eufórico alivio que lo invadía—. Pero preferiría esperar a que cayera la noche para partir. Pienso que es más seguro. No creo que tenga inconveniente, ¿verdad?

—Ninguno. Proceda como quiera —repuso Ariza en forma cortante y queriendo dar fin a la entrevista—. Ahí está su lanchón. Aquí tiene un salvoconducto para circular en nuestra zona. Ojalá le sirva. Las cosas están muy revueltas. Parta tan pronto caiga la noche y ojalá nunca nos volvamos a ver —el capitán le alargó un papel con su firma y un sello de la comandancia del puesto. Le tendió la mano para despedirse y el Gaviero se la estrechó. Se dirigió a la puerta y, cuando la iba a abrir, se volvió para preguntar a Ariza:

—¿Puedo saber algo?

—Sí. Dígame —repuso Ariza impaciente.

—Si no llega el parte del capitán Segura, ni la embajada del Líbano se hubiera interesado por mi suerte, ¿qué habría sido de mí?

—¿De usted? —una risa se quedó atorada en la garganta del oficial—. ¡Hombre!, usted estaba muerto hace rato. Váyase tranquilo y recuerde lo que le dije: ándese con cuidado, estas tierras no son para gente como usted.

Maqroll fue a la celda para recoger sus cosas, ya sin la compañía de ningún guardia. Mientras metía sus ropas y enseres en la mochila de doña Empera pensaba en su amigo y compañero de viejas andanzas, Abdul Bashur. Desde la eternidad, después de su muerte en un accidente de avión en Funchal, seguía ocupándose de él por intermedio de familiares y amigos dispersos por los cuatro puntos cardinales. No pasaba día sin que Maqroll lo recordara con ternura y nostalgia irremediables. Ahora, una vez más, le salvaba la vida. Un sollozo se demoró en su pecho. Recobró con esfuerzo la serenidad y salió del puesto militar ante la indiferencia de los centinelas, que antes lo vigilaban tan de cerca.

En camino hacia la pensión de la ciega, las palabras del capitán Ariza seguían sonándole en los oídos: «... estas tierras no son para gente como usted». Pensaba que tal vez no hubiera, en verdad, lugar para él en el mundo. No existía el país en donde terminar sus pasos. Lo mismo que ese poeta, compañero suyo de largos recorridos por cantinas y cafés de una lluviosa ciudad andina, el Gaviero podía decir: «Yo imagino un País, un borroso, un brumoso País, un encantado, un feérico País del que yo fuese ciudadano. ¿Cómo el País? ¿Dónde el País?... No en Mossul ni en Basora ni en Samarkanda. No en Kariskrona, ni en Abylund, ni en Stockholm, ni en Koebenhavn. No en Kazán, no en Cawpore, ni en Aleppo. Ni en Venezia lacustre, ni en la quimérica Istambul, ni en la Isla de Francia, ni en Tours, ni en Strafford-on-Avon, ni en Weimar, ni en Yasnaia-Poliana, ni en los Baños de Argel», y su camarada seguía evocando ciudades en las que quizás jamás había estado. «Yo, que todas las he conocido —pensaba Maqroll— y que en muchas de ellas me he topado con los más sorprendentes quiebres de esquina de la vida, salgo ahora de este caserío de mierda, sin saber muy bien por qué fui a caer en el cepo más necio entre todos los que me ha deparado el destino. Sólo me resta ya el estuario, nada más que los esteros en el delta. Eso es todo».

Doña Empera lo esperaba ansiosamente: «Qué bueno que lo dejaron libre. Nachito vino a contármelo. Lo vio salir del puesto y vino corriendo con la noticia. Lo mandé por más diesel donde el turco. Le dije que lo llevara al planchón. Es importante que salga tan pronto venga la noche, con suficiente combustible para que no tenga que parar por lo menos en tres días. No debe detenerse en los puestos donde están ahora los infantes de Marina». La mujer pensaba en todo. Le habían caído varios años encima. Sus cabellos parecían más blancos y su espalda levemente más encorvada. Era conmovedor el pensar que, sin decir palabra, con la abismada resignación de los ciegos, ella había cargado con la incertidumbre de la suerte de su huésped en el cuartel, con la duda de si saldría de allí vivo o muerto. Había algo de maternal en esa amorosa vigilancia y también mucho de solidaria simpatía hacia un hombre cuya vida, encontrada e incierta, en nada se parecía a la suya, perdida en ese rincón de la cordillera, al pie de un río de aguas pardas y sin nadie a su vera para acompañarla.

Lo invitó a tomar café en la cocina, preparado como a él le gustaba. Las cosas del Gaviero ya estaban allí, listas para llevarlas al río. Sólo faltaba agregar lo que traía en la mochila. Cuando Nacho regresara del embarcadero, se encargaría de reunirlo todo y bajarlo al planchón. Allá cuidaba Tomasito, esperando para despedirse de Maqroll y dando los últimos toques al motor. Frente a sendas tazas esmaltadas llenas de café oscuro y humeante que despedía un aroma recio, casi selvático, la mujer empezó a relatarle al Gaviero algo que venía reservándose desde el momento en que lo conoció.

—Hay algo —le dijo— que he querido contarle desde hace mucho tiempo. No quise hacerlo antes porque hubiera sido agregarle una preocupación y una amargura más a las que ya tenía encima con las benditas mulas y la carga esa del demonio. Ahora ha llegado el momento de que lo sepa: Flor Estévez estuvo aquí en años pasados. Se quedó en esta casa y fuimos muy amigas.

Un sordo golpe, allá adentro, en pleno pecho, dejó por un momento al Gaviero sin aliento. Jamás, ni un solo instante, había olvidado a esa mujer que lo acogió en el páramo, en La Nieve del Almirante, su tienducha al pie de la carretera, adonde él había llegado con una pierna a punto de gangrenarse por la picadura de una araña del Okuriare. Su oscura cabellera en desorden, su manera silenciosa, intensa, casi religiosa y algo vegetal de hacer el amor; sus grandes iras, que todo lo devastaban a su alrededor y su ternura obediente para tornar a poner todo en su sitio. Flor Estévez; cómo podía olvidarla. Al regresar de su recorrido por el Xurandó, subió a buscarla y nada había encontrado. Sólo la tienda en ruinas, abandonada. El camionero que lo llevó hasta la parte más alta de la carretera, donde vivía Flor, le mencionó algo de la quebrada de La Osa. Allá fue y no encontró a Flor por ninguna parte. Hasta ropa de mujer había acabado vendiendo en un vado del río, en espera de que algún día ella pasara por allí. Y ahora, aquí, de repente, aparecía su huella como por milagro. Con palabras ahogadas en la tristeza sin alivio, le preguntó a la ciega qué más sabía de su amiga.

—Hablaba mucho de usted —le comentó doña Empera—. Por eso, cuando lo vi llegar, ya lo conocía como si fuéramos viejos amigos. Flor me contó que había tenido que dejar la tienda porque llegó el resguardo y le confiscaron la casa para instalar un puesto de vigilancia. Luego, parece que también los guardias dejaron el lugar. Poco después vino un invierno terrible. Los derrumbes taparon la carretera y hubo que hacer un nuevo trazado por otro sitio. Ya nadie volvió allí y todo quedó en ruinas.

—Yo sí volví, doña Empera. No quedó nada en pie.

—Flor Estévez —continuó la ciega— se fue a buscar la vida como pudo. En todas partes preguntaba por usted. En el puerto grande, en el estuario, instaló una casa de costura donde arreglaban vestidos para fiesta y ropa de novia. Poco a poco cambió el negocio de giro y la policía comenzó a molestar. Flor vendió todo y empezó a subir por el río de puerto en puerto. Cuando llegó aquí, las fiebres la traían agotada. No tenía un centavo. Durante un tiempo vivió conmigo y me ayudaba en la pensión. Nos hicimos muy amigas. Por la mañana yo le desenredaba el pelo, que tenía muy alborotado pero muy hermoso. Se curó del paludismo y volvió a ser muy solicitada. Por fin se la llevó un capitán de un barco de los que trabajan para la compañía petrolera. No volví a saber de ella. No se imagina cuántas veces me repetía que lo único que le atormentaba en la vida era que usted pensara que lo había abandonado y ya no lo quería. «Me moriré con esa cruz encima —decía—. ¡Si pudiera verlo algún día; así fuera un momento». Ahora usted lo sabe y ella, si no ha muerto, sigue arrastrando esa pena sin remedio.

Maqroll no supo qué decir. Más bien, se dio cuenta de que nada podía agregar. La noche ya se había echado encima. Conversaron otro rato, los dos con la mente puesta en la partida y esa sensación que dejan las despedidas cuando todo se precipita, de pronto, hacia el pasado y se vacía el presente de sentido. Por fin, doña Empera le dijo:

—Ya es hora de zarpar. Vaya con mucho cuidado. Aquí se le recordará siempre con mucho cariño. Lástima que no terminamos los libros que me leía. Por las noches suelo conversar con san Francisco. No sabe cómo me acompaña. Es un regalo y un recuerdo suyo que guardaré hasta que me muera. Los ciegos ajustamos así cuentas con la vida y le cobramos nuestra oscuridad recordando a quienes queremos. No es tan malo ser ciego, ¿sabe? No creo que sea mucho lo que hay que ver. ¿Usted qué opina?

—Que tiene razón, doña Empera —contestó conmovido el Gaviero—. En verdad no es mucho lo que hay que ver y lo poco que pueda haber es mejor, a veces, olvidarlo.

Se puso de pie y se acercó a la ciega que se había incorporado para abrazarlo. La mujer lo estrechó en silencio, sin lágrimas, sin sollozos. Ella, que todo lo sabía, sintió que de sus brazos se alejaba un hombre que le estaba diciendo adiós a la vida.

Maqroll bajó al muelle donde lo esperaba Tomasito. Nacho se había empeñado en llevarle la maleta hasta el planchón. Ya estaba el motor en marcha, ronroneando con sus toses intermitentes, síntoma de su mucha edad, sus composturas provisionales y sus efímeros ajustes. Cuando Maqroll se despidió del anciano, creyó notar en sus ojos una fugaz chispa de calurosa simpatía. Nacho, con la cara seria y el pelo peinado cuidadosamente, lucía las nuevas ropas que doña Empera le había dado. El Gaviero le acarició la mejilla y saltó al planchón sin pronunciar palabra. El niño tenía los ojos húmedos. Maqroll pensó en Amparo María, en su porte de maja andaluza. El viejo dio con el pie un empujón a la barcaza que partió a media marcha, hacia el centro de la corriente. Dejándose llevar por ésta, el planchón se internó en la noche como si entrase en un mundo letal y desconocido, el Gaviero, sin volverse, hizo un gesto de adiós con la mano. Recostado contra la barra del timón, tenía el aspecto de un cansado Caronte vencido por el peso de sus recuerdos, partiendo en busca del reposo que durante tanto tiempo había procurado y a cambio del cual nada tuviera que pagar.

Apéndice

Varias son las versiones que corren sobre el fin de los días del Gaviero. La más antigua de ellas lleva un título demasiado pretensioso como para que podamos concederle la menor fe, y reza como sigue: «Se hace un recuento de ciertas visiones memorables de Maqroll el Gaviero, de algunas de sus experiencias en varios de sus viajes y se catalogan algunos de sus objetos más familiares y antiguos».* La muerte de Maqroll que se narra en dicho opúsculo, a todas luces apócrifo, está demasiado teñida de literatura como para que pueda ser creíble. Más adelante, en un trozo de prosa un tanto más verosímil, algunos han creído ver una descripción de la muerte de nuestro amigo. El fragmento en cuestión se titula «Morada» y aparece en una *Reseña de los Hospitales de Ultramar,*** libro hoy casi inencontrable. Finalmente, la versión que más parece ajustarse a una realidad conforme con ciertas circunstancias narradas en *Un bel morir* y que en seguida transcribiremos, ha sido objetada como merecedora de las mayores reservas por amigos y compañeros del Gaviero como Ludwig Zeller, Enrique Molina y Gonzalo Rojas. Este último amenazó, inclusive, con acudir a los tribunales para impugnar la desaparición de su viejo camarada y cómplice de muchas fechorías más báquicas y amatorias que de otra índole. Con estas salvedades, cuya autoridad estamos muy lejos de discutir, transcribimos el testimonio en cuestión que apareció hace algunos años en un libro titulado *Caravansary,**** en el que se recogen otras experiencias de Maqroll, éstas sí dignas de toda credibilidad. El documento, escrito en versículos un tanto más amplios que lo acostumbrado, se titula «En los Esteros» y dice como sigue:

---

* *Summa de Maqroll el Gaviero,* pág. 63, Barral Editores. «Insulae Poetarum», Barcelona, 1973.
** *Reseña de los Hospitales de Ultramar,* Procultura, Bogotá, 1986, pág. 151.
*** *Caravansary,* pág. 55, Fondo de Cultura Economía, México, 1981.

«Antes de internarse en los esteros, fue para el Gaviero la ocasión de hacer reseña de algunos momentos de su vida, de los cuales había manado, con regular y gozosa constancia, la razón de sus días, la secuencia de motivos que venciera siempre al manso llamado de la muerte.

»Bajaban por el río en una barcaza oxidada, un planchón que sirvió de antaño para llevar *fuel-oil* a las tierras altas y había sido retirado de servicio hacía muchos años. Un motor diesel empujaba con asmático esfuerzo la embarcación, en medio de un estruendo de metales en desbocado desastre.

»Eran cuatro los viajeros del planchón. Venían alimentándose de frutas, muchas de ellas aún sin madurar, recogidas en la orilla, cuando atracaban para componer alguna avería de la infernal maquinaria. En ocasiones, acudían también a la carne de los animales que flotaban, ahogados, en la superficie lodosa de la corriente.

»Dos de los viajeros murieron entre sordas convulsiones, después de haber devorado una rata de agua que los miró, cuando le daban muerte, con la ira fija de sus ojos desorbitados. Dos carbunclos en demente incandescencia ante la muerte inexplicable y laboriosa.

»Quedó, pues, el Gaviero, en compañía de una mujer que, herida en una riña de burdel, había subido en uno de los puertos del interior. Tenía las ropas rasgadas y una oscura melena en donde la sangre se había secado a trechos, aplastando los cabellos. Toda ella despedía un aroma agridulce, entre frutal y felino. Las heridas de la hembra sanaron fácilmente, pero la malaria la dejó tendida en una hamaca colgada de los soportes metálicos de un precario techo de zinc que protegía el timón y los mandos del motor. No supo el Gaviero si el cuerpo de la enferma temblaba a causa de los ataques de la fiebre o por obra de la vibración alarmante de la hélice.

»Maqroll mantenía el rumbo, en el centro de la corriente, sentado en un banco de tablas. Dejábase llevar por el río, sin ocuparse mucho de evitar los remolinos y bancos de arena, más frecuentes a medida que se acercaban a los esteros. Allí el río empezaba a confundirse con el mar y se extendía en un horizonte cenagoso y salino, sin estruendo ni lucha.

»Un día, el motor calló de repente. Los metales debieron sucumbir al esfuerzo sin concierto a que habían estado sometidos desde hacía quién sabe cuántos años. Un gran silencio descendió sobre los viajeros. Luego, el borboteo de las aguas contra la aplanada proa del planchón y el tenue quejido de la enferma arrullaron al Gaviero en la somnolencia de los trópicos.

»Fue entonces cuando consiguió aislar, en el delirio lúcido de un hambre implacable, los más familiares y recurrentes signos que alimentaron la substancia de ciertas horas de su vida. He aquí alguno de esos momentos, evocados por Maqroll el Gaviero mientras se internaba, sin rumbo, en los esteros de la desembocadura:

Una moneda que se escapó de sus manos y rodó en una calle del puerto de Amberes, hasta perderse en un desagüe de las alcantarillas.

El canto de una muchacha que tendía ropa en la cubierta de la gabarra, detenida en espera de que se abrieran las esclusas.

El sol que doraba las maderas del lecho donde durmió con una mujer cuyo idioma no logró entender.

El aire entre los árboles, anunciando la frescura que repondría sus fuerzas al llegar a «La Arena».

El diálogo en una taberna de Turko-limanon con el vendedor de medallas milagrosas.

La torrentera cuyo estruendo apagaba la voz de esa hembra de los cafetales que acudía siempre cuando se había agotado toda esperanza.

El fuego, sí, las llamas que lamían con premura inmutable las altas paredes de un castillo en Moravia.

El entrechocar de los vasos en un sórdido bar del Strand, en donde supo de esa otra cara del mal que se deslíe, pausada y sin sorpresa, ante la indiferencia de los presentes.

El fingido gemir de dos viejas rameras que, desnudas y entrelazadas, imitaban el usado rito del deseo en un cuartucho en Istambul cuyas ventanas daban sobre el Bósforo. Los ojos de las figurantes miraban hacia las manchadas paredes mientras el *khol* escurría por las mejillas sin edad.

Un imaginario y largo diálogo con el Príncipe de Viana y los planes del Gaviero para una acción en Provenza, destinada a rescatar una improbable herencia del desdichado heredero de la casa de Aragón.

Cierto deslizarse de las partes de un arma de fuego, cuando acaba de ser aceitada tras una minuciosa limpieza.

Aquella noche cuando el tren se detuvo en la ardiente hondonada. El escándalo de las aguas golpeando contra las grandes piedras, presentidas apenas, a la lechosa luz de los astros. Un llanto entre los platanales. La soledad trabajando como un óxido. El vaho vegetal que venía de las tinieblas.

Todas las historias e infundios sobre su pasado, acumulados hasta formar otro ser, siempre presente y, desde luego, más entrañable que su propia, pálida y vana existencia hecha de náuseas y de sueños.

Un chasquido de la madera, que lo despertó en el humilde Hotel de la Rue du Rempart y, en medio de la noche, lo dejó en esa orilla donde sólo Dios da cuenta de nuestros semejantes.

El párpado que vibraba con la autónoma presteza del que se sabe ya en manos de la muerte. El párpado del hombre que tuvo que matar, con asco y sin rencor, para conservar una hembra que ya le era insoportable.

Todas las esperas. Todo el vacío de ese tiempo sin nombre, usado en la necedad de gestiones, diligencias, viajes, días en blanco, itinerarios errados. Toda esa vida a la que le pide ahora, en la sombra lastimada por la que se desliza hacia la muerte, un poco de su no usada materia a la cual cree tener derecho.

»Días después, la lancha del resguardo encontró el planchón varado entre los manglares. La mujer, deformada por una hinchazón descomunal, despedía un hedor insoportable y tan extenso como la ciénaga sin límites. El Gaviero yacía encogido al pie del timón, el cuerpo enjuto, reseco como un montón de raíces castigadas por el sol. Sus ojos, muy abiertos, quedaron fijos en esa nada, inmediata y anónima, en donde hallan los muertos el sosiego que les fuera negado durante su errancia cuando vivos».

La última
escala del
Tramp Steamer

A G. G. M., esta historia que hace tiempo quiero contarle pero el fragor de la vida no lo ha permitido.

... y un olor y rumor de buque viejo,
de podridas maderas y hierros averiados,
y fatigadas máquinas que aúllan y lloran
empujando la proa, pateando los costados,
mascando lamentos, tragando y tragando distancias,
haciendo un ruido de agrias aguas sobre las agrias aguas,
moviendo el viejo buque sobre las viejas aguas.

PABLO NERUDA, «El fantasma del buque de carga»,
Residencia en la Tierra, I

Toujours avec l'espoir de recontrer la mer,
Ils voyageaient sans pain, sans bâtons et sans urnes,
Mordant au citron d'or de l'idéal amer.

STÉPHANE MALLARMÉ, *Le guignon*

Hay muchas maneras de contar esta historia —como muchas son las que existen para relatar el más intrascendente episodio de la vida de cualquiera de nosotros. Podría comenzar por lo que, para mí, fue el final del asunto pero que, para otro participante de los hechos, pudo ser apenas el comienzo. Ni que decir que la tercera persona implicada en lo que voy a tratar de relatarles no podría distinguir ni el comienzo ni el fin de lo que ella vivió entonces. He optado, pues, por contar lo sucedido según mi personal experiencia y dentro de la cronología que en ella me tocó en suerte. Tal vez no sea la manera más interesante de enterarse de esta singular historia de amor. Desde cuando la escuché, tuve la resuelta intención de contársela a alguien que, en esto de narrar las cosas que le pasan a la gente, se ha manifestado como un maestro. Por eso he preferido, mejor, ahora que la escribo para él —ya que contársela no me ha sido posible—, hacerlo de la manera más sencilla y directa para no arriesgarme por caminos, atajos y meandros que ni domino ni, en este caso, sería aconsejable intentar. Ojalá, con mi ninguna destreza, no se pierda aquí el encanto, la dolorosa y peregrina fascinación de estos amores que, por transitorios e imposibles, algo tienen de las nunca agotadas leyendas que nos han hechizado durante tantos siglos, desde Príamo y Tisbe hasta Marcel y Albertine, pasando por Tristán e Isolda.

Como lo que voy a narrar es algo que supe por boca del protagonista, no tengo otra alternativa que lanzarme por propia cuenta y con mis escasos medios a la tarea de ponerlo por escrito. Hubiera querido que alguien mejor dotado lo hiciera, no fue posible: los atropellados y ruidosos días de nuestra vida no lo permitieron. Quise dejar esta salvedad, que no ha de librarme, de seguro, del severo juicio de mis improbables lectores. La crítica ya se encargará, como es su costumbre, de cumplir con el resto y regresar al olvido estas líneas tan distantes del gusto que prima en nuestros días.

Tuve que viajar a Helsinki para asistir a una reunión de expertos en publicaciones internas de las compañías petroleras. Iba, en verdad, con muy pocas ganas. Finalizaba noviembre y los pronósticos del tiempo para la capital de Finlandia eran más bien sombríos. Mi admiración y familiaridad con la música de Sibelius y con algunas páginas inolvidables del más olvidado de los premios Nobel: Frans Eemil Sillanpää, eran razones suficientes para alimentar mi curiosidad de conocer Finlandia. Me habían dicho también que, desde el extremo más avanzado de la península de Vironniemi, se alcanzaba a ver, en los días sin bruma, la mirífica aparición de San Petersburgo, con las doradas cúpulas de sus iglesias y la imponente maravilla de sus edificios. Éstos eran argumentos suficientes para enfrentar la terrible perspectiva de un invierno como jamás antes había yo padecido. Helsinki estaba, en efecto, como paralizada dentro de un traslúcido e inviolable cristal, a cuarenta grados bajo cero. Cada ladrillo de sus edificios, cada ángulo de las rejas de sus parques sepultados en una nieve marmórea, cada detalle de sus monumentos públicos, se destacaban con nitidez incisiva, casi intolerable. Recorrer las calles de la ciudad era una hazaña con riesgos mortales pero con inquietantes compensaciones estéticas. Cuando insinué a mis compañeros de congreso que intentaba ir hasta el espolón ubicado más hacia el este del puerto, para divisar desde allí la capital de Pedro el Grande, todos me miraron como si fuera un insensato sin las menores posibilidades de sobrevivir. Durante una de las cenas de rigor, un colega finlandés, con cortesía no exenta de cierta cautela causada por la delirante desmesura de mi propósito, me previno de los peligros que tendría que enfrentar. «En ese sitio —me explicó— el viento corre dejando a su paso convertidos en bloques de hielo todos los obstáculos que se cruzan en su camino. Cualquier abrigo, por grueso y protegido que sea, de nada sirve en ese caso». Le pregunté si en un día de calma, de los muy raros en donde un efímero pero resplandeciente sol se hace presente, podría yo cumplir con mi sueño de ver, así fuera desde lejos, la Venecia del norte. Convino en que esto sería posible, siempre y cuando tuviese a mi disposición un vehículo listo a devolverme al hotel en el instante en que cambiara el tiempo. Cosa que en esa época podía suceder en breves minutos. Los representantes en Finlandia de mi compañía se encargaron de facilitarme el automóvil y de prevenirme con la anticipación necesaria de la inminencia de un día de sol. La oportunidad se me ofreció mucho más pronto de lo que esperaba. Dos días después, recibí una llamada telefónica. Me anunciaban que al día siguiente pasarían por mí para llevarme al lugar en cuestión. Habría tres horas de sol sin una brizna de niebla, garantizadas por los meteorólogos de nuestra empresa. Con puntualidad ejemplar el auto me recogió al otro día en la puerta del hotel. Nos lanzamos por la avenida que rodea parte de la ciudad y conduce a las afueras hasta la zona de los muelles. El chofer no hablaba ningún idioma distinto del finés. Ni siquiera las cuatro palabras en un sueco de mi cosecha sirvieron para comunicarme con él. Tampoco tenía mucho que hablar con este auriga salido de las páginas del *Kalévala*. El trayecto, que había imaginado más largo, nos tomó escasos veinte minutos. Cuando descendí del auto el espectáculo me dejó sin habla. La transparencia del aire era absoluta. Cada grúa de los muelles, cada junco de la orilla, cada embarcación que cruzaba en un silencio irreal por las aguas inmóviles de la bahía, tenía una presencia tan neta que tuve la impresión de que el mundo acababa de ser inaugurado. Al fondo, con igual precisión, en una cercanía inconcebible, se alzaba la ciudad que construyó Pedro Romanoff para cumplir un delirio de autócrata genial y un sórdido propósito de astuto vástago de Iván el Terrible. Los blancos edificios y las relumbrantes cúpulas de las iglesias, los muelles de granito color sangre y los deliciosos puentes de estilo italiano que cruzan los canales, estaban al alcance de mi mano. Una inmensa bandera roja, ondeando sobre la fachada del almirantazgo, me regresaba a un presente cuya desleída necedad resultaba impensable en ese instante y en ese escenario sobrecogedor por la perfección de sus proporciones y la traslúcida presencia de un aire de otro mundo. Me senté en el borde del parapeto de granito que protegía la cinta asfáltica y, con los pies colgando sobre el espejo de acero de las aguas, quedé embebido en la contemplación de un milagro que estaba seguro de que nunca más se repetiría en mi vida. Fue entonces cuando, por primera vez, se me apareció el *tramp steamer*, personaje de singular importancia en la historia que nos ocupa. Sabido es que con este término se nombra a los cargueros de pequeño tonelaje, no afiliados a ninguna de las grandes líneas de navegación, que viajan de puerto en puerto buscando carga ocasional para llevar no importa adónde. Así malviven, arrastrando su lastimada silueta por mucho más tiempo del que pudiera hacernos predecir su precaria condición.

Entró de repente en el campo de mi vista, con lentitud de saurio malherido. No podía dar crédito a mis ojos. Con la esplendente maravilla de San Petersburgo al fondo, el pobre carguero iba invadiendo el ámbito con sus costados llenos de pringosas huellas de óxido y basura que llegaban hasta la línea de flotación. El puente de mando y, en la cubierta, la hilera de camarotes destinados a los tripulantes y a ocasionales pasajeros, habían sido pintados de blanco en una época muy lejana. Ahora, una capa de mugre, de aceite y de orín les daba un color indefinido, el color de la miseria, de la irreparable decadencia, de un uso desesperado e incesante. Se deslizaba, irreal, con el jadeo agónico de sus máquinas y el desacompasado ritmo de sus bielas que, de un momento a otro, amenazaban con callar para siempre. Ocupaba ya el primer plano en el irreal y sereno espectáculo que me tenía absorto y mi maravillada sorpresa se convirtió en algo muy difícil de precisar. Había, en este vagabundo despojo del mar, una especie de testimonio de nuestro destino sobre la Tierra. Un *pulvis eris* que resultaba más elocuente y cierto en estas aguas de pulido metal con la dorada y blanca anunciación de la capital de los últimos zares al fondo. A mi lado se alzaba el esbelto contorno de los edificios y muelles de la orilla finlandesa. En ese instante, una solidaria y cálida simpatía por el *tramp steamer* empezó a nacer dentro de mí. Lo sentí como un hermano desdichado, como una víctima de la desidia y la avidez de los hombres, a las que él respondía con su terca voluntad de seguir trazando sobre todos los mares la deslucida estela de sus lacerias. Lo vi alejarse hacia el interior de la bahía en busca de algún muelle discreto en donde atracar sin muchas maniobras y, tal vez, al menor costo posible. En la popa pendía la bandera de Honduras. Un nombre borrado por la acción de las olas dejaba ver apenas sus últimas letras: ... *ción*. No era improbable que, por una ironía que más parecía befa, el nombre de este viejo carguero fuera el de *Alción*. Debajo del mutilado letrero se conseguía leer, no sin dificultad, el lugar de matrícula: Puerto Cortés. Mi limitada experiencia en las cosas del mar, en la inextricable y sórdida red de su comercio, me bastó, sin embargo, para no hacer necias consideraciones sobre los contrastes nacidos de esta aparición de un desastrado carguero del Caribe en medio de uno de los más olvidados y armoniosos panoramas de Europa septentrional. El carguero hondureño me había regresado a mi mundo, al centro de mis más esenciales recuerdos, nada tenía ya que hacer allí en el extremo de la península de Vironniemi. Por fortuna, el auriga parecido a Lemminkainen se me acercó para indicarme el cielo en el que se amontonaban, con vertiginosa premura, las nubes plomizas indicadoras de un inminente cambio de temperatura. De regreso al hotel, mis colegas me interrogaron sobre la experiencia de la que tanto había hablado y tanto esperaba. Salí del paso con unas pocas palabras tan convencionales como anodinas. El *tramp steamer* me había dejado en una realidad tan ajena a este presente escandinavo y báltico, que más valía callar. En verdad, había poco que decir. Allí al menos.

La vida hace, a menudo, ciertos ajustes de cuentas que no es aconsejable pasar por alto. Son como balances que nos ofrece para que no nos perdamos muy adentro en el mundo de los sueños y de la fantasía y sepamos volver a la cálida y cotidiana secuencia del tiempo en donde en verdad sucede nuestro destino. Esa lección la recibí poco más de un año después de mi visita a Finlandia y del encuentro que allí tuve, encuentro que vino a incorporarse a la recurrente e inexorable materia de mis pesadillas. Estaba en Costa Rica como asesor de prensa de una comisión de técnicos de Toronto que realizaba un estudio para la construcción de un oleoducto, no recuerdo ya desde qué puerto hacia el interior. Un par de amigos que había hecho en una accidentada sesión itinerante de alcohol y cabarets de nota más que dudosa, me había invitado en San José a un paseo en yate por la bahía de Nicoya en Punta Arenas. Acepté, encantado de librarme de la insulsa conversación de mis compañeros de trabajo y de las interminables rememoraciones de sus hazañas en el golf, asunto que me suscita una náusea inmediata. Uno de los invitantes, de nombre Marco, con el que recordaba haber compartido la noche anterior no pocas teorías sobre el alcohol y sus consecuencias en varios campos de la conducta, pasó por mí en su automóvil. En poco más de una hora estaríamos en Punta Arenas. El dueño del yate nos esperaba allí con su esposa que se

había sumado al paseo. Algo en las palabras de Marco me indicó que había otros datos al respecto que se guardaba, tal vez
para darme alguna sorpresa. Contuve mi curiosidad y en evocaciones de nuestro *non sancto* periplo de la noche anterior ocupamos el resto del camino. Al llegar a Punta Arenas volví a
encontrarme con las aguas del Pacífico, siempre grises y siempre
a punto de cambiar de humor; iguales desde Valparaíso hasta
Vancouver. Hacía un calor intenso y húmedo que distendió mis
nervios y me dispuso a disfrutar plenamente de la excursión marina sobre la que me había hecho bastantes y, luego pude constatarlo, muy justificadas ilusiones. La casa del dueño del yate
tenía ese aspecto entre destartalado y acogedor tan común en
las costas de nuestros países. El mobiliario heteróclito había sido reunido, evidentemente, acudiendo a sobrantes de casas de
la familia en San José. El refrigerador estaba lleno de cervezas,
varias latas de caviar y esos inevitables envoltijos en hoja de plátano que, con el nombre de tamales, cubren una variedad innu-
merable pero igualmente incomible de masa de maíz y, en el
interior, nunca sabe uno qué peligroso elemento que puede ir
desde la carne de armadillo hasta la de pavo salvaje. Fuimos llevando todo al yate, cuya imponente presencia alcanzaba a hacer
sombra en los patios de la casa. A una señal del dueño subimos
por la escalerilla, de la cual nos ayudaba a bajar a cubierta un
negro gigantesco y sonriente cuyos breves comentarios indicaban una inteligencia muy despierta y un humor imbatible. Los
motores se pusieron en marcha bajo el mando del dueño, aseso-
rado por el negro. De repente, unos gritos de mujer —«¡Ya voy,
ya voy! ¡Espérenme, carajo!»— nos hicieron mirar hacia el fondo de casa. Desde allí corría hacia nosotros una mujer vestida
con uno de los más escuetos bikinis que recuerdo. Alta, de hombros ligeramente anchos y piernas largas, ágiles, que remataban
en unos muslos ahusados y firmes. El rostro tenía esa hermosura convencional pero inobjetable lograda merced a un maquillaje bien aplicado y a unas facciones regulares que no necesitan
tener una notoria belleza. A medida que se acercaba a la barca
era más evidente la perfección de ese cuerpo de una juventud
casi agresiva. Detrás de ella corría un niño de seis o siete años.
Saltaron al yate con una elasticidad de gamos. Ella saludó entre
sonriente y sofocada y obligó a su hijo a que hiciera lo propio.
«Si me llegan a dejar se mueren de hambre, huevones. Sólo yo

sé dónde está la comida y en qué orden se sirve.» Reía, regocijada, mientras el marido, frunciendo ligeramente el ceño, simulaba ocuparse del tablero de instrumentos. En voz baja le ordenó algo al timonel y, sin hacer comentario alguno, salió a la cubierta de proa. Allí se sentó en el borde de estribor y comenzó a disparar con una cuarenta y cinco a los alcatraces que volaban encima de nosotros. La tensión en la pareja se iba acentuando con evidencia harto molesta al ritmo de los disparos, ninguno de los cuales daba en el blanco y sólo conseguía atronar nuestros oídos y hacer más difícil el diálogo. «No se preocupen —comentó ella sin dejar de sonreír—, cuando se le acabe el parque nos va a dejar en paz. Qué quieren tomar. ¿Una cervecita para el calor o algo más fuertecito?». Esos diminutivos en boca de las costarricenses han tenido siempre la facultad de inquietarme, dejándome en un estado de alerta sonambúlico propio del más desorientado adolescente. Optamos por ayudarle a preparar unos gin-tonic. Pasaba entre nosotros para alcanzar a cada uno su vaso y era como si la *urgente Afrodita de oro,* que evoca Borges, se acercara para bendecirnos. A pesar de esa belleza al alcance de nuestros sentidos, circulando con una naturalidad olímpica, la conversación consiguió, al fin, tomar un curso natural y fluido. La madre prodigaba al niño, que comenzaba a marearse, unos cuidados que me parecieron algo excesivos. Era como si tratara de compensar con ellos la culpa que pudiera caberle en la evidente crisis de su matrimonio. Al llegar a la entrada de la bahía anclamos en una pequeña isla y allí fue servido el almuerzo: una langosta memorable, regada con un vino del Rhin de Napa Valley, un poco menos prestigioso. En varios apartes, Marco me contó que el matrimonio estaba a punto de disolverse. El dueño del yate, heredero de una inmensa fortuna, trabajaba como esclavo durante todo el día a órdenes de su padre, un asturiano implacable. En la noche, seguía haciendo vida de soltero como si jamás se hubiese casado. Su mujer lo había sorprendido varias veces recorriendo la calle principal de San José con el coche lleno de putas, mientras ella regresaba de la casa de sus padres, entrada ya la noche. Durante todo el paseo el joven heredero, una vez terminadas las balas de su pistola, se dedicó a hablar con el negro y a comentarle asuntos relacionados con el mantenimiento de la embarcación. De vez en cuando accedía a dirigirnos la palabra con una amabilidad más bien forzada que no daba para mucho diálogo. La mujer, entretanto, se repartía entre los cuidados a su hijo y las atenciones a cada uno de nosotros, prodigadas con cordialidad espontánea y gentil muy común en las compatriotas de su clase y aún más evidente y marcada en las de condición más humilde. «Me contaron que usted es escritor —se dirigió a mí con una curiosidad a flor de piel—. ¿Qué escribe? ¿Novelas o poesía? A mí me gusta mucho leer pero sólo cosas románticas. ¿Lo que usted escribe es muy romántico?». No supe muy bien qué contestarle. La tensión era grande. Opté por la verdad. Hubiera sido idiota pensar que el diálogo podía tener el más improbable futuro. «No —le respondí—, tanto los poemas como los relatos acaban saliéndome más bien tristones». «Me parece muy raro —comentó—, no se ve muy triste ni parece que la vida lo haya golpeado mucho. ¿Para qué escribir, entonces, cosas tristes?». «Así salen —le respondí tratando de poner fin a este interrogatorio en donde no era precisamente la inteligencia lo que más lucía—, no tiene remedio». Se quedó un momento pensativa y una sombra muy leve de desilusión le cruzó por la cara. Nunca pensé que estaba hablando en serio. A partir de ese momento, sin quedar excluido del grupo, no fueron, desde luego, para mí las mejores sonrisas.

Cuando empezaba a caer la tarde regresamos a Punta Arenas. Yo tenía que estar esa noche en San José para una reunión en el Ministerio de Economía. El sol, el vino de California artificialmente aromatizado y la presencia, la voz, los gestos de ese cuerpo de mujer moviéndose en el calor del atardecer, me fueron adormilando hasta que entré en un sueño que no acababa de dominarme porque escuchaba las palabras del diálogo sin penetrar mucho en su sentido. De repente hubo un silencio inexplicable y sentí que una sombra fresca e inusitada invadía el ambiente. El ruido del motor empezó a rebotar en una superficie cercana y se escuchaba con una estridencia nueva e irritante. Desperté y, al abrir los ojos, vi que estábamos cruzando al lado de un buque que dejaba el puerto en un premioso esfuerzo de sus máquinas. Al primer instante no lo reconocí. Simplemente porque nunca lo había visto tan cerca. Era el *tramp steamer* de Helsinki. Los mismos costados llenos de churretones de óxido y basura, las cabinas y el puente de mando en idéntico abandono y el agónico estertor de sus motores aún más acentuado por la cercanía. En Helsinki me había llamado la atención la ausencia de tripulantes, la falta de movimiento de pasajeros. Sólo una vaga silueta en el puente de mando testimoniaba la presencia de seres humanos. Lo atribuí, entonces, al frío que reinaba en el exterior. Así debía ser, porque, ahora, algunos marineros nos observaban desde las escotillas y la barandilla de la cubierta de proa, con rostros impersonales que lucían una barba de varias semanas y ropas astrosas manchadas de aceite y sudor. Algunos hablaban inglés, otros turco y unos pocos portugués. Cada uno, en su idioma, se encargaba de hacer comentarios sobre la mujer que nos acompañaba y que les sonreía con una elaborada inocencia, saludando con un batir de los brazos que dejaba los pechos casi al descubierto. Los comentarios arreciaron y no pude menos de pensar en que esa visión increíble acompañaría a esos hombres durante vaya a saberse qué interminable trayecto de su accidentado viaje. Tornó el sol a calentarnos y pude leer de nuevo en la popa la enigmática sílaba, ... *ción* y, debajo, Puerto Cortés, en unas letras de un blanco a punto de esfumarse en una capa de aceite, tierra y manchas color minio que intentaban en vano ganarle la batalla al óxido que devoraba la estructura. «Esos pobres no llegan ni a Panamá», comentó en voz alta la mujer, con cierta tristeza entre maternal e infantil. «Hace dos años los vi en Helsinki», respondí sin saber muy bien por qué. «¿Dónde queda eso?», me preguntó ella con cierto asombro. «En Finlandia. En el Báltico, cerca del Polo Norte», tuve al final que aclararle al darme cuenta que esos nombres poco o nada le decían. Los presentes me miraban intrigados, casi con desconfianza. Sentí una pereza invencible de contarles toda la historia. Además, no era para ellos. No les pertenecía. El episodio del carguero, mi silencio y la difícil digestión de todo lo que habíamos comido y bebido, apagaron la conversación hasta cuando llegamos a tierra. Allí desembarcamos y fuimos directamente a nuestro auto. Nos despedimos de la pareja con las mejores palabras que se nos pudieron ocurrir y ella, mientras se pasaba una ligera bata de algodón por la cabeza, me dijo, no sin cierta sorna: «Cuando escriba algo romántico me lo manda, ¿no? Aunque sea por la langosta, pues». El viejo y consabido juego, pensé. El de Nausicaa y el de Madame Chauchat. Delicioso en ocasiones pero, a menudo, desarmante e infructuoso. En el camino a San José me di cuenta de que ignoraba el nombre de nuestra bella compañera de paseo. No quise preguntárselo a Marco. Era mejor conservar en la memoria esas dos presencias anónimas que, a partir de entonces, permanecerían inseparables en mi mente: la boticelliana amable que no temía a las palabrotas y el derruido fantasma del *tramp steamer*. Una y otra se complementarían en mis sueños, transmitiéndose su voluntad de permanencia gracias a esos vasos comunicantes a través de los cuales también sucede la poesía.

El azar me depararía aún dos encuentros con el itinerante carguero hondureño. Pero ya con los dos primeros, su derrumbada presencia había entrado a formar parte de esa familia de visitaciones obsesivas, detrás de las cuales se esconden, palpitan y fluyen los resortes del impreciso juego cuyas reglas cambian a cada instante y que hemos dado en llamar destino. No puedo decir que las siguientes apariciones no agregaran nada a las anteriores. Desde luego, sirvieron para darle aún más permanencia a esa imagen cargada de las más secretas y activas esencias de aquello que lleva a toda humana suerte hacia su fin y acabamiento: la vocación de morir. Por esto quisiera narrar esos dos episodios que sólo difieren de los ya expuestos en el escenario que escogieron para presentarse.

Jamaica había sido uno de mis lugares preferidos en el Caribe. Durante mucho tiempo, Kingston fue escala en la ruta aérea que une a mi país con los Estados Unidos. Esa escala solía prolongarla, generalmente durante todo un fin de semana, para disfrutar del clima y del paisaje excepcionales, ya elogiados por el almirante Nelson cuando fuera gobernador de la isla, en cartas que escribía a su familia. Todo el Caribe me ha sido un ámbito incomparable, en donde las cosas suceden exactamente en el ritmo y con el aura que se ajustan con mayor fidelidad y provecho a los jamás realizados proyectos de mi existencia. Allí todos mis demonios suelen aplacarse y mis facultades se aguzan de tal forma que llego a sentirme otro muy diferente del que rueda por ciudades distantes del mar y por países de una hostil respetabilidad conformista. Pero algunas islas del Caribe tienen para mí la privilegiada condición de llevar hasta el máximo esta especie de baño en las aguas que buscaba Ponce de León. Jamaica era uno de esos sitios. Por razones en las que no vale la pena demorarnos, dejé de visitar Jamaica durante varios años. Cuando regresé, todo había cambiado. Una agresividad latente y siempre a punto de estallar había convertido a sus habitantes en seres con los que eran forzosas las mayores precauciones para no provocar un incidente. Esta tensión llegaba a notarse hasta en el clima que, sin haber mudado en su esencia, era recibido en forma distinta y con diferente humor por parte de los jamaiquinos. Un paraíso más que se cierra, pensé. Muchos otros habían sufrido el mismo proceso. Uno más no significaba ya mayor sacrificio para mí. Así como, a partir de cierta edad, sólo dos o tres ideas son las que rigen y alientan nuestro interés, también los variados sitios que la Tierra nos ofrece como ideales se pueden reducir a dos o tres y creo que aún resultan demasiados. En fin, el hecho es que me prometí no regresar a Jamaica y otros fueron mis caminos para disfrutar del Caribe renovador y generoso.

Varios meses después de mi paso por Costa Rica y de la excursión en las aguas de Nicoya, subí en Panamá a un avión con destino a Puerto Rico, adonde iba invitado por el colegio de profesores de Cayey para hablar sobre mi poesía. Partimos en la madrugada. Después de media hora de vuelo tuvimos que regresar a Panamá «para revisar una pequeña avería en el sistema de ventilación». En verdad se había parado una turbina y la otra debía estar sometida a un esfuerzo que el pobre y muy traqueteado 737 no daba indicios de soportar por mucho tiempo. En Panamá nos demoramos dos largas horas viendo a los mecánicos, que, como voraces hormigas, retiraban e instalaban piezas en la turbina de marras. Por el altoparlante nos anunciaron que la pequeña avería estaba ya regularizada —¿por qué, me pregunto siempre, tienen que forzar el idioma cuando les entra la duda en cosas de orden técnico?— y podíamos subir a bordo. El avión partió sin mayores tropiezos. Hora y media después, cuando el capitán anunciaba que en breves momentos sobrevolaríamos la isla de Cuba, sufrimos una sacudida que dejó al pasaje en un pálido silencio, sólo perturbado por las explicaciones un tanto inconsistentes de las cabineras que recorrían el pasillo tratando de disimular su propio pánico. «Debido a una falla mecánica en nuestra turbina izquierda, nos vemos obligados a aterrizar en Kingston, Jamaica. Por favor, abróchense los cinturones, enderecen los respaldos de sus asientos y coloquen las mesitas en posición vertical. Comenzamos nuestro descenso.» Era la voz del capitán, cuya tranquilidad no todos los pasajeros tomaron como buena. Cerré el libro que venía leyendo y me dispuse a disfrutar del panorama de la bahía de Kingston, que recordaba como uno de esos rincones típicamente caribeños. En efecto, cuando el avión comenzó a volar en círculo sobre el puerto, volví a admirar la tupida vegetación que trepaba por las montañas que rodean la ciudad. Era de un verde intenso, a trechos casi negro y en otros de un tono casi amarillo por lo tierno de los brotes del bambú y los helechos enhiestos y ceremoniales. Mientras dos aviones se preparaban para salir del aeropuerto, tuvimos que seguir volando en círculo en espera de la señal para aterrizar. Con el régimen de los motores lo más bajo posible para no forzarlos, el capitán iba descendiendo hasta enfilar la cabecera de la pista. Admiré, absorto, las aguas de la bahía, con el eterno buque de guerra hundido en pleno centro de la misma y del cual nunca conseguí enterarme de su nacionalidad ni de la forma como había naufragado. Siempre lo olvidaba al tocar tierra. En una vuelta que dimos sobre los muelles divisé, inconfundible, al *tramp steamer,* ya integrado al orden de mis recuerdos más tercos. Allí estaba, recostado en un muelle, como un perro en el umbral de una puerta tras una noche de hambre y fatiga. Me di cuenta de cuál debía ser mi familiaridad con el barco, que desde arriba, sin tenerlo a la altura de mis ojos, como se presentó en ocasiones anteriores, lo había identificado sin lugar a dudas. Me pareció que estaba un poco escorado a estribor y en la vuelta siguiente vi que lo estaban cargando las grúas del muelle. La carga debía estar todavía acumulada en un costado de las bodegas y a esto se debía quizá su inclinación.

Tuvimos que pasar la noche en Kingston. Todos los vuelos a Miami habían partido en la mañana y no quedaba otro remedio que esperar a que la turbina de nuestro 737 fuera reparada. Nos alojaron en un hotel del centro de la ciudad, no particularmente lujoso, pero tranquilo y con un bar atendido aún con eficiencia por un negro bajito y canoso, que mostró ser un auténtico experto en planters punch. Ese coctel que todo el mundo cree que puede hacer a base de un jugo enlatado, ron, hielo y la consabida cereza. El barman de nuestro hotel se atenía a la clásica y consagrada fórmula de preparar él mismo el jugo de piña y usar las proporciones de ron y hielo que indican los cánones. Eran las doce del día. Al cuarto *planters punch* me di cuenta de que almorzar hubiera sido un error de graves consecuencias. Disminuyendo el ritmo de los cocteles, podría esperar tranquilamente hasta cuando bajara un poco el sol. Me había propuesto visitar el barco. Sentía que, de no hacerlo, faltaría gravemente a un principio de cortesía y de solidaridad. Era como si, sabiendo que en Kingston moraba un viejo y querido amigo, evitara entrar en contacto con él. Algunos compañeros de viaje hacían ya planes para una gira nocturna por los cabarets de la ciudad. Me abstuve de informarles sobre la sórdida experiencia que les esperaba. En lugar de ir a dormir siesta y estar fresco para la noche, preferí, al contrario, ir hasta el puerto, visitar a mi lastimado amigo y regresar luego al hotel para probar algunas otras posibilidades que había comenzado a estudiar con el barman. Éste me ofreció, sin consultarme siquiera, un ligero e impecable sandwich de atún que hizo las veces de comida, dejando espacio para las experiencias alcohólicas de la noche. Cuando el sol se hizo tolerable, pedí un taxi y fui a visitar el puerto. Desde el aire había ubicado el muelle donde descansaba el carguero. Llegamos allí sin dificultades pero encontramos cerradas las rejas de acceso. Un zambo malhumorado y altanero nos informó que no se podía pasar. Las bodegas estaban cerradas y no había ya ninguna actividad en el muelle. Le pregunté por el *tramp steamer* y me dijo que habían terminado de cargarlo y estaba a punto de zarpar. Otra vez sentí como si le hubiera faltado a una persona de mis afectos. Un billete de cinco libras y algunas enrevesadas explicaciones sobre la necesidad de dar un recado urgente al capitán del barco ablandaron la mala voluntad del guardia que me dejó pasar, advirtiéndome, eso sí, que en media hora más ya no habría quien me abriera. A esa hora dejaba su puesto y los muelles quedaban cerrados hasta el día siguiente. Me apresuré hacia donde colegí que debía estar el barco. Al llegar al sitio, el carguero empezaba a moverse, recogidas ya las amarras. Los mismos marineros que había visto en Punta Arenas, con la misma barba de varios días y las camisetas manchadas, los bermudas llenos de remiendos y un cigarrillo en la boca, miraban distraídos hacia esa lejanía, más interior que externa, en la que se abstraen los hombres de mar para combatir toda posible nostalgia de los engañosos y efímeros recuerdos que dejan en tierra. El buque no había cambiado de matrícula y la bandera de Honduras pendía, sin mayores muestras de entusiasmo, sobre la popa donde las letras ... *ción* seguían planteando su desvaído enigma. No debía ser mucha la carga recogida en Jamaica, porque el casco sobresalía notoriamente por encima de la línea de flotación. Eso me permitió advertir una parte de las hélices que batían con notable dificultad las oscuras aguas del puerto. Con mucha mayor elocuencia que las veces anteriores, se me hizo patente la ruinosa condición de este viejo servidor de los mares que, por enésima vez, emprendía su amarga aventura con una resignación de un buey del Latio sacado de las *Geórgicas* de Virgilio. A tal punto me pareció vetusto, golpeado y sumiso. Obediente a las empresas del hombre, cuya mezquina desaprensión concedía aún mayor nobleza a ese esfuerzo sin otro premio que el desgaste y el olvido. Me quedé contemplando cómo se perdía en el horizonte y sentí que una parte de mí mismo se internaba en un viaje sin regreso. Una sirena me anunció que había llegado la hora de abandonar el muelle. En efecto, en las rejas me esperaba el guardia golpeándose el muslo con un manojo de llaves para hacerme sentir la molestia que le estaba ocasionando. Las cinco libras hacía mucho tiempo que habían gastado su efecto.

Regresé al bar, donde la cordial acogida de mi·experto guía por el camino de las posibles combinaciones con ron de las islas, me hizo más tolerable la penosa impresión de haberle fallado a mi cómplice y compañero en el oscuro laberinto de mis sueños: los que depara la noche y los que suceden en el fragor de la vigilia. Me fui a dormir cuando regresaban las primeras parejas, desencantadas de su experiencia del Kingston nocturno. Inútil decirles lo que había sido el puerto en otros tiempos de calipso y ron caliente. No habrían entendido y, desde luego, tampoco valía la pena tal esfuerzo. Dice el Dante que no hay mayor dolor que recordar en la miseria los tiempos felices. Pero hasta eso debemos hoy hacerlo solos y está bien que así sea.

Me queda, ahora, relatar mi último encuentro con el *tramp steamer*. No tuve el menor indicio de que lo veía por última vez. De saberlo, las cosas hubieran sucedido de otra manera. Ahora que lo recuerdo, lo que sí fue evidente para mí era que, de continuar los encuentros, la cosa hubiera adquirido los síntomas de una persecución mítica, de una diabólica espiral cuyo final podía ser el de las soberbias maldiciones con las que los dioses de la Hélade castigaban a los trasgresores de sus designios inmutables. No es ése ya nuestro mundo. Los hombres sólo conseguimos ahora cumplir con la mezquina cuota de venganza que nos imponen otros hombres. Poca cosa. Nuestro modesto infierno en vida no da ya para ser materia de la más alta poesía. Quiero decir que, sin tener la certeza de que era la última vez que nos veíamos, algo me indicaba que el juego no podría seguir adelante. No estaba dentro de la parca zona a que hemos circunscrito lo imaginable.

Había estado, diez o más años atrás, en las bocas del río Orinoco. Fue durante un curso de entrenamiento sobre manejo de gas propano que hice en Trinidad. Me enteré, en esa ocasión, de todos los peligros del traicionero combustible y de las maravillas de la música antillana lograda a partir de recipientes de petróleo de todos los tamaños. Se podía pasar una noche y buena parte del día hipnotizado por el ritmo que, en oleadas crecientes y decrecientes, nos iba sumiendo en un duermevela al que contribuía el manso calor de horno que reina en la isla buena parte del año. En un remolcador de la empresa, fuimos, durante un fin de semana inolvidable, a conocer el intrincado delta por donde el Orinoco desparrama sus aguas en un Atlántico traicionero, mansurrón y cargado de siniestras sorpresas. Recuerdo aún el canto ininterrumpido de las aves cuya variedad de color y tamaño nos mantenía el día entero de asombro en asombro. En la noche no cesaba el vocerío ensordecedor y el continuo desplazarse de las bandadas, en medio de la densa tiniebla de un trópico desaforado.

Ahora había tenido que volver, pero esta vez en cumplimiento de una misión conjunta de los países con intereses en la rica cuenca del Orinoco. Éramos en total seis delegados y yo ejercía, con escasa eficacia, el papel de secretario. Acepté tomar parte en esta burocrática aventura sólo para volver al delta cuyo recuerdo aún me producía una admiración intacta, teñida de nostalgia, por la imponente maravilla de su naturaleza. Nos instalamos en San José de Amacuro, en los *bungalows* de un puesto militar. Contábamos con todas las comodidades, incluido el aire acondicionado que se encargaba de mantenernos al margen de un clima que a mí, particularmente, me proporciona un bienestar y una sensación de disponibilidad y presteza mental, fáciles de confundir con el efecto de algún desconocido alucinógeno. Pocos placeres comparables al de desconectar el aire, tenderse en la cama, protegida contra los mosquitos por un pabellón de tul que tenía algo de ceremonial y mayestático, y dejar que entre la noche con sus aromas que viajan entre oleadas de un calor húmedo, acariciante, casi genésico. Durante varios días nos dedicamos a explorar el intrincado delta de Amacuro. Eran incursiones superficiales y poco minuciosas. El familiarizarse con tan espléndido laberinto puede tomar varios años. Llegamos hasta Curiapo y San Félix. Allí comenzaban a aparecer los signos nefandos de nuestra civilización de plástico, *junk food,* contrabando y música estridente. Regresamos a San José de Amacuro y en los trabajos preparatorios de un primer borrador del informe que se nos había encomendado, ocupamos más de una semana. Para mí significó un salutífero sumergirme en el nirvana del delta. Teníamos que remontar el río hasta Ciudad Bolívar, donde se entregaría un primer original de las enjundiosas conclusiones de estos expertos de escritorio, que tienen el dudoso talento de no decir cosa memorable, en un torrente de palabras que van a dormir en los archivos de las cancillerías hasta cuando los desentierran otros expertos, de iguales dotes, que ponen de nuevo en marcha la necedad cíclica que les permite devengar tranquilamente sus sueldos y realizar esa gris hazaña que se conoce como hacer carrera. Pretexté un comienzo de fiebre y la necesidad de someterme a un tratamiento de urgencia en la enfermería del puesto y no participé en el viaje a la capital. Una breve charla con el médico de turno dejó todo en orden y pude dedicarme a recorrer Amacuro en una canoa con motor fuera de borda manejada por un indígena de ojos incisivos y pocas palabras que conocía el delta a la perfección. Algún día me propongo narrar lo que fueron aquellos paseos, si bien es cierto que, en buena parte de la poesía que he ido dejando por ahí regada en revistas efímeras y en ediciones no menos olvidables, están las huellas de esos días, obsequio de los dioses. Regresaron mis colegas y no hicieron comentario alguno sobre mi sospechoso restablecimiento. Estaban muy embebidos en seguir discutiendo incisos de los tratados de Río de Janeiro y herméticas conclusiones de la conferencia de Montevideo. Está visto que la necedad puede llegar a interferir los sentidos hasta ocultar milagros de la vista, el olfato y el oído como es el espectáculo del delta de Amacuro.

Íbamos a regresar a Trinidad en un barco de la Armada de Venezuela. De allí tomaría cada uno el avión hasta su respectivo país. Una madrugada nos despertó la sirena del guardacostas de la Armada que venía por nosotros. Medio dormidos, con el café caliente aún hirviendo en el esófago, subimos a bordo. Llovía a cántaros. Recogidas las amarras, volvió a tocar la sirena para anunciar la partida. En ese momento escuchamos un sordo quejido, casi animal, que le respondía. «Es un barco que viene entrando. Cuando termine de pasar vamos nosotros. El paso es muy estrecho, porque el río ha dejado muchos bancos de tierra y de troncos que trae la creciente», nos explicó un oficial con displicencia castrense, natural al hablar con civiles. Algo me había anunciado ya, días atrás, la cercanía del *tramp steamer*. Una vaga inquietud, una sorda tristeza de dejar esos lugares, una anticipada nostalgia por las maravillas que allí había disfrutado. En efecto era él. El *Alción,* como me acostumbré a llamarlo en mis lucubraciones sobre su atribulado peregrinar. Por cierto que me di cuenta de que sus condiciones ya no debían ser bastantes para permitirle salir del perímetro del Caribe y aledaños. Iba a Ciudad Bolívar. «Va a cargar madera», comentó el mismo oficial con una sonrisa de condescendencia hacia ese ruinoso esperpento de una edad olvidada, que pasaba frente a nosotros con el mismo desigual martilleo de sus bielas y el lastimero pujar de su única chimenea. La marinería no se mostraba en la cubierta y una borrosa silueta manipulaba las palancas en el puente de mando en movimientos cortos y hábiles. La mugre, acumulada en los vidrios durante quién sabe cuántos años, poco dejaba ver del interior, aparte de la opaca luz de una lámpara eléctrica en el techo y el brillo fugaz de un instrumento. Me impresionó escuchar de nuevo el mismo comentario que hiciera la bella semidesnuda del paseo por Nicoya, hecho esta vez por el oficial que nos acompañaba: «No sé cómo puede arriesgarse en esas condiciones. Con esta lluvia la creciente está bajando con una fuerza terrible y los bancos se forman en un instante. Da la impresión de que a la primera sacudida va a desbaratarse. Jamás había visto una ruina semejante». Esas palabras me dolieron en lo más hondo de mis sentimientos de anónimo partidario del carguero que conocí entrando al puerto de Helsinki, con la serena e imponente dignidad de los grandes vencidos. ¿Qué sabría este oficial barbilindo, enfundado en su impecable uniforme recién almidonado, de las vanas y secretas proezas del venerable *tramp steamer,* de mi querido *Alción,* patriarca de todos los mares, vencedor de tifones y tormentas, cuyas amarras habían sido solicitadas en todos los idiomas de la Tierra en perdidos puertos de aventura? Pasaba frente a nosotros, lento, un tanto escorado —por lo visto el problema no era de la carga sino de la estructura que cedía a presiones superiores a su resistencia— y, ahora, con un ligero temblor que recorría todo el barco, como una secreta fiebre o una suprema debilidad ya inocultable. «A media marcha, las máquinas ya no controlan el ritmo de las hélices», explicó el marino como respondiendo a una pregunta que en ese momento me estaba haciendo. Otra vez la proa mostraba sus vergüenzas, con la misma bandera colgando como un trapo de náufrago. Habían, al fin, pintado el nombre completo. En efecto se llamaba *Alción.* En verdad no había sido tan difícil adivinarlo porque, por la posición de las letras que permanecieron legibles, sólo cabía antes una sílaba.

A toda máquina, el guardacostas entró por el canal y puso proa hacia Trinidad con la marcha ágil y eficiente de sus hélices. Había algo de insolente, de casi intolerable altanería en tanta ligereza y tanta agilidad de maniobra. No hice comentario alguno, como es obvio. ¿Qué va a saber la gente de estas cosas? Y menos los pulidos funcionarios de las cancillerías, desgastados en la monotonía de las recepciones, en la bobería de los almuerzos de embajada y en el tejemaneje de un protocolo tan inepto como vano. Bajé a mi camarote y preferí dormir un rato antes de que llamaran para almorzar. Sentía una opresión en el pecho, una ansiedad sin nombre ni causa evidente, una especie de premonición aciaga tampoco posible de concretar. La imagen del *Alción* entrando en los meandros del delta me acompañó en el sueño con una fidelidad que quería decir algo. Preferí no descifrarla. La campana para el almuerzo me despertó de repente. No sabía dónde estaba ni la hora que era. Bajo la ducha, de la que caía un agua tibia y levemente lodosa, logré atar los pocos cabos que necesitaba para departir con mis compañeros de viaje.

Y así terminaron mis encuentros con el *tramp steamer.*
Su recuerdo pasó a formar parte de la escueta colección de imágenes obsesivas que se confunden con las esencias más minerales y tercas de mi ser. Aparece en los sueños con frecuencia cada vez más espaciada, pero sé muy bien que nunca desaparecerá del todo. En la vigilia lo recuerdo cuando ciertas circunstancias, cierto insólito orden de la realidad, se presentan con semejanza a sus visitaciones. A medida que pasa el tiempo, más hondo, secreto y poco visitado es el rincón donde van a ocultarse esas imágenes. Es así como trabaja el olvido: nuestros asuntos, de tan nuestros, pasan a ser extraños por obra del poder mimético, engañoso y constante del precario presente. Cuando una de esas imágenes regresa con toda su voraz intención de persistir, sucede lo que los doctos llaman una epifanía. Experiencia que puede ser arrasadora o simplemente confirmarnos en ciertas certezas harto útiles para seguir viviendo. Dije que nunca más vi el *tramp steamer,* pero, en cambio, cuando volví a tener noticias suyas fue para conocer la desoladora plenitud de su historia. Pocas veces los dioses nos conceden que se corran los velos que disimulan ciertas zonas del pasado: tal vez se deba a que no siempre estamos preparados para ello. Ignoro qué tan felices puedan ser aquellos que *consultan oráculos más altos que su duelo.*

Meses después de mi visita a las bocas del Orinoco, tuve que permanecer por largas temporadas en la refinería que se levanta a orillas del gran río navegable que cruza buena parte de mi país. Un largo y enconado conflicto sindical me obligaba a demorarme allí por espacio de varios meses, en labores que iban desde la burda diplomacia gremial, hasta la discreta intervención en radiodifusoras y diarios de la región para llevar al público ciertos puntos de vista de la empresa. En los períodos de calma, en lugar de tomar un avión para la capital, prefería bajar hasta el gran puerto marítimo por el río. Lo hacía en los pequeños pero confortables remolcadores de la compañía, que descendían empujando largas caravanas de planchones cargados de combustible o de asfalto. Cada remolcador tenía dos cabinas para pasajeros, quienes compartían con el capitán la comida preparada por dos cocineras jamaiquinas cuyos talentos no nos cansábamos de celebrar. La carne de cerdo con salsa de ciruelas pasas, el arroz con coco y plátano frito, las suculentas sopas de pescado del río y, lo que era complemento indispensable y siempre bienvenido, el jugo de pera con vodka que, a tiempo que refrescaba milagrosamente, nos dejaba en una espléndida disposición para disfrutar el siempre cambiante panorama del río y sus orillas en donde, gracias a la magia de esa bebida imponderable, sucedía todo en una lejanía aterciopelada y feliz que nunca intentábamos descifrar. (Valga la aclaración que siempre que los pasajeros más adictos al viaje en el remolcador intentamos repetir en tierra la mezcla de vodka y jugo de pera, sufríamos una desilusión irremisible. Sencillamente nos topábamos con una bebida imposible de tomar.) Durante la noche, después de una larga sesión de charla en la pequeña cubierta en donde permanecíamos en busca de una ilusoria brisa que nos refrescara, caíamos en la litera arrullados por las risas de las negras y el encanto de su incomprensible pero fluido dialecto en donde el inglés hacía de cañamazo lingüístico.

La huelga no acababa de estallar y las negociaciones con el sindicato entraron en un camino de retorcidos bizantinismos que iba a tomar mucho tiempo en recorrerse. Decidí viajar al puerto y fui a las oficinas de nuestra naviera para reservar sitio en el próximo remolcador. El empleado que siempre me atendía estaba en ese momento hablando con un hombre alto, delgado, pelo entrecano y abundante, que hablaba con un ligero acento entre francés y español del norte que me dejó intrigado. «El capitán viajará con usted», me dijo el encargado a manera de presentación. El hombre volvió a mirarme y con una sonrisa amable pero teñida de cierta adustez apacible, me dio un firme apretón de manos: «Jon Iturri. Mucho gusto». Los ojos grises, casi ocultos por las pobladas cejas, tenían esa mirada característica del que ha pasado buena parte de su vida en el mar. Miran fijamente al interlocutor, pero dan siempre la impresión de no perder de vista una lejanía, un supuesto horizonte, indeterminado pero siempre presente. Me entregaron el memorándum para subir a bordo y el marino se quedó esperándome para salir conmigo. Fuimos hacia los *bungalows* donde estaba instalado el comedor. Ya habían llamado para el almuerzo. El hombre caminaba con paso firme, un tanto militar, pero tenía ese levísimo giro de cintura de quien sigue en tierra caminando como en cubierta. No resistí la curiosidad y le pregunté de sopetón: «Usted perdone, capitán, pero me tiene intrigado su acento. No haga caso, es una deformación mía ya difícil de evitar». El hombre sonrió más abiertamente. Tenía una dentadura perfecta que se destacaba en la piel tostada del rostro y el negro y denso bigote. «Lo entiendo. No se preocupe. Estoy, además, acostumbrado. Nací en Ainhoa, en el País Vasco francés. Mis padres eran de Bayona. Pero por diversas circunstancias familiares, hice mis estudios en San Sebastián y luego comencé en Bilbao la carrera de marino. Soy totalmente bilingüe, pero en cada idioma arrastro con el acento del otro. Otro motivo de curiosidad es mi nombre. Aquí los americanos me dicen John y les parece de lo más natural.» «Pues yo —le contesté— desde cuando le oí el nombre sospeché su origen vasco. Tengo un amigo de Bilbao que se llama también Jon. Muy buen poeta por cierto». Seguimos conversando y almorzamos juntos. Era un vasco típico. Tenía la dignidad distante pero sin reservas que siempre me atrajo en esa raza. Pero, además de esa virtud nacional, se le notaba una zona que preservaba con celo instantáneo de las incursiones extrañas. Daba la impresión que hubiera estado en algún sitio semejante a los círculos del infierno de Dante, pero en donde los suplicios, en lugar de físicos, hubieran sido de un orden mental particularmente doloroso. En ese primer encuentro hallamos suficientes intereses y recuerdos en común como para prever grato el viaje que nos esperaba. «En Ainhoa —le conté— se me descompuso una vez un automóvil de alquiler en el que iba de Fuenterrabía a Burdeos. Tuve que dormir allí una noche en un hotel cuyo nombre se me quedó grabado sin saber por qué: Hotel Ohantzea». «Fue de unos primos de mi padre, hace muchos años», me aclaró. A veces un detalle así nos instala en plena cordialidad sin que sepamos muy bien las causas. No es extraño. El compartir, así sea fugazmente, un paisaje o un lugar de nuestra infancia, nos hace sentir en familia. Y esto es, claro, más acentuado en quienes andan por el mundo sin asidero ni residencia establecida. Era nuestro caso: él, por su condición de marino, yo, por haber cambiado tantas veces de país, siempre por circunstancias ajenas a mi propia voluntad.

Tres días después llegó el remolcador. Subí a bordo en la noche. La caravana de lanchones que tenían que bajar hasta el puerto marítimo ya estaba lista. No vi a Iturri en el momento en que tomé posesión de mi camarote. Puse en orden mis cosas y salí a cubierta para tenderme en una de las sillas de lona que siempre hay allí a disposición de los pasajeros. Cuando digo cubierta, hago uso de una figura retórica. El reducido rectángulo de cuatro metros por tres, sobre el techo de la cabina de mando, no merecía tan generosa apelación. Se subía por una escalerilla y el lugar estaba rodeado de una baranda de metal pintado con los colores de la compañía: rojo, blanco y azul. El chiste sobre la bandera francesa era obligada ocurrencia y ya nadie le prestaba atención. No hay vista comparable a la que se tiene del río y sus orillas desde la altura de ese mirador privilegiado. Me tendí en una silla y me dispuse a disfrutar de los detalles de la salida. La destreza y la coordinación que se necesitan para empujar una ristra de lanchones cargados de combustible, a través de las curvas, recovecos y meandros del gran río, me ha parecido siempre una proeza difícilmente superable. En ésas estaba cuando sentí que alguien subía por la escalerilla. Era Iturri. Debo admitir que casi lo había olvidado; tal es el hechizo que tienen para mí las maniobras de navegación en el río. Sin saludar y con la naturalidad de quien sigue una conversación iniciada en otra parte, el capitán comentó: «Nunca he averiguado por qué me irritan un poco estas maniobras fluviales. Tienen algo de ferrocarril en el agua. En un agua que viaja con uno o que sube en contra de nuestra dirección. Es poco serio. ¿No le parece a usted?». Tuve que confesarle que, por el contrario, era algo que despertaba mi curiosidad y hasta mi respeto. Llevar con bien diez planchones cargados hasta los topes de líquido inflamable lo consideraba una hazaña. «No me haga caso —repuso el vasco—, los hombres de mar nos volvemos algo maniáticos. En tierra siempre nos sentimos un poco de paso y no sabemos apreciar muy bien las cosas que allí suceden. Yo, por ejemplo, detesto el tren. Me da la impresión que son demasiados fierros y mucho ruido para un esfuerzo tan... tan necio, diría yo». Me produjo risa esa honestidad básica, un tanto brusca pero inobjetable, de este marino padeciendo la lenta torpeza de la vida en tierra firme. Seguimos hablando, con largos intermedios de silencio. Era la primera vez que él viajaba en un remolcador de la compañía. No trabajaba, además, para la empresa. Había venido para dar un peritaje sobre dos accidentes consecutivos sufridos por uno de nuestros buques cisterna al atracar en Aruba. La compañía de seguros lo había designado para representar sus intereses en la investigación que se seguía. Tuvo que viajar a la refinería porque sólo allí pudieron proporcionarle ciertos datos sobre el transporte de combustibles en compartimentos estancos. Ahora regresaba para embarcarse en un carguero belga que lo llevaría al golfo de Adén. Allí lo esperaba un puesto de reemplazo como capitán de un pequeño barco que hacía servicio de cabotaje por los países del golfo, transportando alimentos congelados. El capitán titular había sufrido un choque diabético y estaría fuera de servicio por largo tiempo.

Nuestro viaje hasta el puerto marítimo iba a tomar más de diez días. El remolcador debía detenerse en varios lugares para dejar unos planchones, recoger otros vacíos y llevarlos hasta los muelles de la compañía, en la planta de abastecimiento del gran puerto. Ninguno de los dos tenía prisa en llegar. «Hubiera podido viajar en avión —me explicó Iturri— pero me pareció más interesante y reposado bajar por el río. Siempre tuve deseos de hacer un viaje así. De los ríos sólo conozco algunos deltas. El Escalda, por ejemplo, el del Támesis y el del Sena en El Havre. No todos son tan sorteables y seguros. No todos». Algo sentí en las palabras con las que remató la frase. Era como una dificultad al pronunciarlas, como una sequedad en la garganta, casi diría que un sordo gruñido se le había atorado en forma inesperada. Se quedó un buen rato en silencio y, luego, hablamos de otra cosa.

La rutina del viaje se hacía placentera con ayuda del vodka con pera que resolvimos bautizar en catalán como *vodka amb pera* en homenaje a nuestra compartida fidelidad por los bares de Barcelona, especialmente el Boadas y el del Savoy, en donde la sabiduría espirituosa llega a perfecciones difícilmente superables. Muchas de nuestras respectivas experiencias en la ciudad condal iban resultando como calcadas. Los mismos sitios, idénticos encuentros, igual debilidad por ciertos rincones de la ciudad, una común devoción por el puerto griego de Ampurias y el rape que sirven en el club náutico de la Escala. No era de sorprenderse a pesar de la reserva de su carácter vasco y mi afán por respetarla, que, a medida que fueron avanzando los días, los temas de nuestras charlas tomaran un carácter más personal e íntimo. Las confidencias iban aflorando naturalmente y, cada noche, después del tercer *vodka amb pera,* nos internábamos por terrenos de una cautelosa confidencia sentimental, manejada con todas las precauciones propias de quienes, en ese terreno, evitan rigurosamente la vanidosa exhibición o el lugar común que nada aporta al verdadero conocimiento de esas secretas catástrofes del corazón, que sólo pueden compartirse en ocasiones tan contadas que acaban teniéndose por inimaginables.

Una noche en que el calor llegó a ser casi insoportable, nos quedamos en nuestras sillas contemplando el pausado transcurrir de la luna llena por un cielo escaso de nubes, cosa rara en esas regiones. El efecto de la luz en el agua y sobre los claros del monte, en las orillas, tenía algo de escenografía maeterlinckiana. Naturalmente, derivamos al tema de Flandes, sus ciudades, su gente, su cocina. Era inevitable terminar hablando de Amberes. Esa ciudad, por tantas razones muy cara para mí, es, a mi juicio, el puerto con más encanto y con movimiento más armonioso, por ser el tráfico en el Escalda una operación delicada y llena de lentitudes y maniobras que convierten la entrada y salida de los barcos en una suerte de ballet. Como ya dije, habíamos roto la barrera de las confidencias y en esta ocasión fue Iturri quien hizo una que me despertó de inmediato un particular interés.

«En Amberes —me dijo— me encontré por primera vez con las personas que habrían de cambiar por completo mi vida. Eran un libanés, medio armador y medio comerciante, hábil y gentil como buena parte de sus compatriotas, y su socio y amigo, un hombre de nacionalidad indefinida, merodeador por entonces en el Mediterráneo en negocios de la más diversa índole, no siempre ajustados a la ética convencional. Nos topamos en un restaurante indonesio del puerto en donde comía con desgana uno de esos platos orientales más hechos para quitar el apetito que para otra cosa. Protestamos al tiempo, ellos y yo, por alguna irregularidad en el servicio y terminamos saliendo juntos a comer en un humilde *bistrot* la más normal y abundante comida belga. Allí tomó mi vida un giro que jamás hubiera sospechado».

«¿Pero cómo fue eso? No percibo que en alguien de su carácter puedan suceder esos giros de noventa grados. No está en el esquema del modo de ser de sus compatriotas. Son rebeldes, es cierto, y nada conformistas, pero suelen morir en su ley, en el pueblo donde nacieron y ejerciendo el oficio que aprendieron desde jóvenes», comenté un tanto extrañado en efecto ante mudanza tan radical en alguien como Iturri.

«No se crea. Uno tiene que estar siempre preparado para esas sorpresas que suelen madurar y saltar a la superficie sin que hayamos percibido su proceso. Son cosas que han comenzado tiempo atrás. Lo cierto es que alguien como yo, que se había hecho una inflexible regla de trabajar siempre con líneas navieras más o menos conocidas y evitar toda suerte de experimentos y aventuras por cuenta propia, acabé siendo socio y capitán de un *tramp steamer* que daba la impresión de irse a pique de un momento a otro. No he visto esperpento semejante.»

Algo se removió de inmediato en mi memoria y me llevó a preguntarle a mi amigo, con curiosidad que no dejó de intrigarle: «¿El barco estaba surto en Amberes y allí zarpó con él? Ya conoce las reglas del puerto respecto a esos cargueros de aventura y las condiciones de mantenimiento que allí exigen para que puedan atracar en sus muelles».

«No, claro. No estaba en Amberes —me repuso sonriendo ante mis conocimientos náuticos que, por cierto, no iban mucho más adelante—. Me lo entregaron en el Adriático, en Pola, por más señas. Tendría que haberlo visto. Su estado de ruina llegaba a constituir un espectáculo. Se llamaba en forma no menos fantasiosa y desorbitada. Tenía el nombre del ave mítica que hace su nido en mitad del mar. O, si usted prefiere, el de los esposos que pretendieron ser más felices que Zeus y Hera».

Un ligero escalofrío me recorrió la espalda. Hay coincidencias que, al violar toda previsión posible, pueden llegar a ser intolerables porque proponen un mundo donde rigen leyes que ni conocemos ni pertenecen a nuestro orden habitual. Con voz que traicionaba el desconcierto en que había quedado, sólo pude preguntar: «*¿Alción?*».

«Sí», dijo Iturri mientras me miraba intrigado.

«Me temo —le dije— que aquí se cierra para mí un enigma circular que llegó a preocuparme más de la cuenta y a invadir no sólo muchas horas de vigilia sino buena parte de mis sueños».

«¿Cómo es eso? No acabo de entenderlo.» Las cejas de Iturri se juntaban sobre sus ojos grises con una actitud felina, no amenazante pero sí alerta y ansiosa.

En un resumen un tanto apresurado le conté mis encuentros con el *Alción* y lo que significaron para mí, como también la solidaridad ferviente que acabó despertándome y nuestro último encuentro en las bocas del Orinoco. Iturri permaneció largo rato en silencio. Tampoco yo tenía deseos de hacer ningún comentario. Cada uno, por su lado, tenía que reordenar los elementos de nuestra reciente relación y el vertiginoso tráfico de fantasmas despertados por obra de un azar casi inconcebible. Cuando supuse que, por esa noche, el diálogo no proseguiría, le escuché decir en voz baja: «*Anzoátegui*, el guardacostas se llamaba *Anzoátegui*. ¡Dios mío!, qué caminos escoge la vida. Y uno que piensa tenerlos a su arbitrio. Qué inocentes somos. Vamos siempre tanteando en la oscuridad. En fin. Es igual». La resignación le salía a flote con nobleza quevediana. En un tono de voz más natural y como tratando de encauzar todo el asunto por el camino de una normalidad cotidiana que lo hiciera más tolerable, comentó:

«Así que el pobre *tramp steamer,* que durante varios años ni siquiera nombre completo llevaba en la popa, acabó siendo para usted casi tan cercano y obsesivo como lo fue para mí. Sólo que, en mi caso, por esa rendija se me escapó la vida. La vida que quise vivir, es claro. Ésta de ahora es una tarea en donde sólo pongo el cuerpo. No es que lo hubiera perdido todo. Es que perdí lo único por lo que valía la pena seguir apostando contra la muerte».

Había tal desolación, tan despojada lejanía en sus palabras, que quise acudir —ingenuo de mí— en su ayuda con un comentario inocuo: «Yo creo que así terminamos casi todos los que escogemos la vida andariega y sin rumbo». Volvió a mirarme como se mira a un niño que ha hecho en la mesa una observación disculpable sólo por su edad. «No —me rectificó—, no es eso. Yo le hablo de una cierta categoría de naufragio en que todo se va al fondo irremediablemente. Nada queda. Pero la memoria sigue hilando, incansable, para recordarnos el reino perdido. Estoy pensando en que si usted estuvo tan cerca y vinculado en forma tan profunda con la suerte del *Alción*, es apenas natural y hasta justo que conozca la otra parte de la historia. Una noche de éstas se la contaré completa. Hoy no podría hacerlo. Tengo que asimilar un poco esta obra del azar que nos une de repente por encima del circunstancial encuentro en este remolcador. Venimos juntos desde mucho tiempo atrás, de mucho más lejos». Asentí con la cabeza. No tenía a mano las palabras que hubieran podido complementar las suyas. Sencillamente, estaba diciendo lo que yo mismo pensaba. Mucho después de que diera la medianoche el reloj de la cabina del piloto, en cuyo techo descansábamos, nos fuimos a dormir dándonos un «buenas noches» en donde se advertía otro acento. El acento de una cierta complicidad, de una reciente y fraterna complicidad en la que comenzaba un tramo distinto y nuevo de nuestra errancia.

Durante la noche volví a soñar con el *tramp steamer*. Eran episodios vertiginosos y sin orden, en donde el vetusto navío explicaba su presencia con signos indescifrables que me iban acumulando un vago malestar, una sorda culpa de no sé qué. Ya en la madrugada, con las primeras luces dándome en la cara a través de las delgadas cortinas de la claraboya, se me presentó el *Alción* recién pintado con refulgentes y netos colores: el casco de un color minio tirando a sangre seca, las cubiertas de un crema delicado con una raya celeste que recorría toda el área de los camarotes y de la cubierta de oficiales y el puente de mando. También la chimenea era crema y con idéntica raya. «A quién se le puede ocurrir pintar un barco así. Qué ridiculez», pensé en un fulgor de entresueño antes de despertar completamente. En ese momento el remolcador empezó a derivar hacia la orilla. Estaba atracando en un pequeño poblado con casas de techo de paja y algunas pocas con láminas de zinc. El lugar era particularmente desapacible y miserable. En lo que debía ser el cuartel ondeaba la bandera tricolor con una pereza que hacía aún más evidente el bochorno aplastante del clima. Dos aviones Catalina de la Infantería de Marina, pintados de gris, estaban amarrados a la punta de un endeble muelle de madera. «Es La Plata», me explicó el práctico que pasaba en ese momento frente a mi cuarto. «Hace rato traen aquí bronca con la gente del páramo. Dejamos un lanchón de diesel y nos vamos de inmediato.» Ni el lugar ni la explicación del práctico me decían mayor cosa. Regresé para darme una ducha y luego desayunar en compañía del marino vasco. Éste se bañaba en el camarote contiguo con estruendo de agua, como si estuviera haciendo gimnasia bajo la ducha. El detalle me conmovió particularmente. Había algo cercano, casi familiar, en ese chapoteo, inusitado por lo entusiasta, que me recordó las mañanas de baño en el internado de Bruselas. ¡Los cabos que acaba uno atando cuando interviene el azar abusivo e indescifrable!

Durante el desayuno, tan breve como frugal, ya que los dos preferíamos el té con pan tostado y mantequilla, hablamos de cosas insubstanciales: el puerto, los aviones, la perpetua situación de violencia que se iba extendiendo por el río; nada, en fin, que tuviera que ver en verdad con nuestras vidas que sentíamos, cada uno a su manera, proyectadas hacia otros horizontes, otros climas, otra gente. ¿Cuáles?, ninguno de los dos hubiera logrado responder a ciencia cierta.

Pocos días después entramos en el trayecto final del río. Allí sus aguas se extienden por vastos pantanos, manglares y tierras que permanecen inundadas casi todo el año. Es difícil establecer cuál es el cauce original de la corriente y los pilotos de embarcaciones que descienden hasta el mar, a pesar de los largos años de práctica —la mayoría de las veces heredada de sus padres que también ejercieron el oficio—, suelen navegar con suma prudencia y prefieren, en ocasiones, detenerse por la noche. El extraviarse en los manglares y lagunas significa la casi segura pérdida del barco y un riesgo muy grande para los pasajeros y tripulantes. El sol implacable relumbra sobre la superficie sin límites del agua, enceguece a los prácticos y muchos han sido los casos de embarcaciones cuyos ocupantes han muerto de hambre y sed, tostados por el sol y devorados por los insectos. Si, además, hay que llevar con bien a puerto diez planchones con productos de la refinería y algunos más vacíos, las dificultades aumentan considerablemente. Detenerse durante la noche, anclando en la incierta orilla del cauce principal, es una regla inviolable para los capitanes de remolcador al servicio de las compañías petroleras.

El calor iba en aumento a medida que nos acercábamos al delta. Sobre el techo de la cabina donde estaban nuestras sillas, los tripulantes extendieron un enorme mosquitero que lucía como una tienda del desierto. Ellos sabían que, con el aire acondicionado sin poderse usar, porque los motores del barco se detenían en la noche, era impensable dormir en los camarotes. Así que, sin darnos cuenta siquiera, cambiamos el orden de nuestra vida a bordo: dormíamos de día, mientras avanzaba el remolcador, y, de noche, nos instalábamos en la pequeña cubierta en espera del alba y al abrigo de los mosquitos.

Durante esas noches interminables, Iturri me contó su historia. El ser testigo de algunos de los momentos cruciales en la vida del *Alción* y, por lo mismo, de su capitán, me concedía el derecho indiscutible de participar en su conmovedora confidencia. «Es la primera y la última vez que hablo de esto. Usted puede, luego, repetirlo a quien quiera. Eso carece de importancia, no me atañe. Jon Iturri en verdad dejó de existir. A la sombra que anda por el mundo con su nombre nada puede afectarle ya.» Esto lo dijo sin tristeza, casi ni siquiera con la conformidad de los vencidos. Lo decía con acento impersonal, como quien explica en una cátedra un proceso químico. Habló durante varias noches seguidas y mis interrupciones fueron las pocas destinadas a ubicar un sitio, a reforzar un mutuo recuerdo para hacerlo más preciso. No se perdía en consideraciones laterales ni en descripciones minuciosas, pero, a menudo, caía en largos silencios que yo me cuidaba mucho de interrumpir. En tales momentos me daba la impresión de alguien que sale a la superficie del agua y toma aire antes de volver a zambullirse en las profundidades. El relato vale la pena contarlo desde su auténtico principio, así ésta sea una anécdota comercial más de las que está salpicada la vida de cualquier capitán de navío. Los hados comenzaron a tejer sus hilos desde el inicio mismo del asunto y es interesante percibir sus manipulaciones.

La pareja formada por el libanés y su socio, con la que Iturri había cenado en Amberes, volvió a buscarlo al hotel tres días después. El armador de Beirut, de modales pausados y palabras gentiles, sin jamás caer en lo melifluo, le explicó que deseaba proponerle un negocio. Le había hecho la mejor impresión y se había permitido algunas averiguaciones sobre su actividad profesional como capitán de navío, con óptimos resultados para su buen nombre. Su amigo y socio, allí presente, no estaba involucrado en lo que el libanés iba a proponerle, pero se le consideraba como miembro de la familia y podría aportar datos valiosos sobre la operación que deseaban plantearle. ¿Podrían comer los tres ese mismo día? Aceptó, no sin cierta inquietud. Aquí el vasco volvió a insistir sobre el carácter de los dos personajes. El libanés se llamaba Abdul Bashur y gozaba de una buena reputación en los medios comerciales, aduaneros y bancarios, no sólo de Amberes sino de otros puertos de Europa. Tenía, eso sí, una particular variedad de intereses y actividades, no todos tan claros ni, al parecer, tan bien establecidos como su básica profesión de armador. Esto era normal en los levantinos, así fueran libaneses, sirios o tunecinos. Iturri estaba acostumbrado a tales rasgos de carácter y para nada le sorprendían ni mortificaban. El otro, cuyo nombre nunca pudo entender claramente, pero que también respondía al de Gaviero, era tratado por Bashur con una familiaridad sin reservas y escuchado con la mayor atención cuando se trataba de asuntos relacionados con el comercio marítimo y la operación de los cargueros en los más apartados rincones del mundo. No consiguió el vasco enterarse si esto de Gaviero era apodo, apellido o simplemente un apelativo sobreviviente de una actividad de su juventud. Era un hombre de pocas palabras, con sentido del humor un tanto peculiar y corrosivo, muy cuidadoso y sensible en sus relaciones de amistad, conocedor de las más inesperadas profesiones y, sin ser mujeriego, muy consciente, casi se podría decir que dependiente, de la presencia femenina. Sobre esto hacía, a menudo, alusiones fugaces y en clave a Bashur, que se limitaba a registrarlas con una vaga sonrisa.

Aquí debo hacer un breve aparte antes de seguir con la historia del capitán. Desde el momento en que éste mencionó los nombres de Bashur y el Gaviero, me sentí en la obligación de contarle que al primero lo conocía mucho de nombre, por boca precisamente del segundo, que era viejo amigo mío y cuyas confidencias y relatos he venido reuniendo, desde hace muchos años, por considerarlos de cierto interés para quienes gustan de conocer las vidas impares y encontradas de seres de excepción, de gente fuera de los comunes cauces de la gris rutina de nuestros tiempos de resignada necedad. Pero también pensé que, al hacerle saber al relator mis vinculaciones con esa persona, podría éste, o suspender su confidencia, o suprimir en ella episodios que afectaran a Bashur o al Gaviero. Preferí callar. Cuando el marino vasco terminó su historia, me di cuenta de que había hecho bien y que nada agregaría el hacerle saber algo que, para él, pertenecía a un ayer sepultado para siempre, si no en el olvido, sí, desde luego, en la tiniebla irrevocable de lo que nunca ha de volver. Otra razón que me llevó a ocultar mi relación con sus socios era que venía a constituir ya una segunda casualidad que podía despertar en los arduos rincones del espíritu del éuscaro una explicable desconfianza o, al menos, una reserva ante tan repetida como infrecuente coincidencia. El azar es siempre sospechoso, son muchas las máscaras que lo imitan. Y, ahora, volvamos al capitán del *Alción*.

La propuesta que le hicieron era muy simple pero, como ya me lo había dicho, de aceptarla, rompía con su principio de sólo ofrecer sus servicios a las grandes líneas de navegación y evitar siempre la tortuosa e imprevisible aventura de los *tramp steamers*. Se trataba, ahora, de operar, en sociedad por partes iguales con otro socio, un carguero que se hallaba en reparación en los astilleros de Pola. Era un barco de seis mil toneladas, con espaciosas bodegas y dos grúas. La maquinaria se conservaba en buen estado aunque venía trabajando hacía treinta años sin reparaciones mayores. El barco pertenecía a una hermana de Bashur. Lo había recibido como herencia de un tío suyo. Warda, tal era el nombre de la mujer, deseaba emanciparse de los intereses llevados en común por la familia. La operación de ese barco podía dejarle una renta que le permitiría cumplir su propósito. Abdul no entró en muchos detalles sobre este particular, pero era fácil deducir que Warda estaba más europeizada que sus otras dos hermanas y, desde luego, que sus numerosos hermanos. Abdul no veía con malos ojos ese deseo de independencia de su hermana, pero deseaba, como es obvio, que se pudiera cumplir sin perjudicar los negocios que el resto de los Bashur manejaban en grupo. Iturri dispondría de la mitad de las ganancias, deducidos los gastos y el pago de impuestos. La propuesta era interesante, pero, desde luego, había dos condiciones básicas previas a cualquier determinación: conocer el barco y hablar con la propietaria. Al mencionar esta última, el capitán percibió una sombra en la mirada del Gaviero. Más que una sombra, era como una anticipada y turbia curiosidad ante lo que ese encuentro podría depararle a alguien como ese extraño venido de los ocultos caseríos de una tierra de montañas que protegen a una raza singular e imprevisible. Que todo eso estuviera en la mirada del Gaviero podía ser, y de seguro era, una conclusión a posteriori de mi compañero de viaje. Es más prudente pensar que lo que asomó a los ojos del socio de Bashur fue un «ya verás» cargado de inciertas promesas.

Bashur estuvo de acuerdo en las condiciones. Los gastos del viaje a Pola correrían por cuenta de la propietaria del *tramp steamer*. Iturri tenía que dar fin a varios asuntos pendientes en Amberes y convinieron en partir a Italia una semana después. Durante ese tiempo, Jon se dedicó a reunir datos sobre Bashur y sus asociados. Ya dije cuáles habían sido los resultados de esta pesquisa. El gerente de un banco hispano-francés, con el cual Jon Iturri llevaba buena amistad y solía jugar algunas partidas de billar de vez en cuando, le resumió su opinión en palabras que definían muy justamente a la pareja: «Mire —le dijo—, son gente que cumple con su palabra y trata de estar al día con sus compromisos. Andan juntos en muchas cosas. No todas ellas podrían ajustarse fielmente a los marcos de la ley. El tal Gaviero anduvo por ejemplo con una triestina que también fue amante de Bashur, sin que por eso se afectara la amistad de los dos compatriotas. La imaginación de esta dama para las más sorprendentes y arriesgadas combinaciones financieras llegó a extremos delirantes. Salían con el bien de todo y los tres terminaban muertos de la risa. Los hermanos de Bashur no creo que los hayan acompañado en tales extremos. Son más asentados, más serios, pero no por eso menos implacables cuando hay una ganancia de por medio. De la hermana no sé mayor cosa. Me parece que, hasta ahora, la tenían oculta. Ya sabe cómo es eso entre musulmanes. Si ahora quiere emanciparse es que debe tener un carácter tremendo. Es cosa de ir, ver y hablar».

Así lo hizo. Aquí me voy a ver en la obligación de hacer uso de la memoria con la mayor fidelidad posible, para transcribir las palabras de Iturri. El encuentro con Warda en el *Alción*, de no relatarse con ciertos elementos que él subrayó muy particularmente, tiene el riesgo de caer en la manida intrascendencia de las historias del género rosa. Nada podría falsear tanto el relato, despojándolo de su condición fatal e insostenible, como teñirlo de un matiz semejante. Trataré, pues, de ceñirme con la mayor fidelidad a las palabras de mi amigo.

Llegaron a Pola en la noche, después de un viaje de casi dos días lleno de cambios de trenes y largas esperas en estaciones semiparalizadas por las endémicas huelgas italianas. Bashur y el Gaviero se fueron al muelle porque querían dormir en el barco. El capitán prefirió hacerlo en un hotel del puerto. Tenía, además, la impresión de que deseaban hablar primero, sin testigos, con la propietaria del *Alción*. Jon cayó en la cama como un tronco y durmió hasta las nueve de la mañana siguiente. Cuando abrió la ventana de su habitación se dio cuenta de que estaba frente a los muelles. Bastaba atravesar la calle para internarse en ellos. De todos los buques que cargaban y descargaban en el puerto, ninguno le pareció que tuviera las características propias del barco que, en breve, podía ser suyo, así fuera en parte. Recordó que le habían dicho que estaba en los astilleros, sometido a reparaciones sin importancia. Cuando bajó, Bashur y su amigo lo estaban esperando en la calle. Paseaban frente a la puerta del hotel, abstraídos en una conversación que nada tenía que ver con el motivo del viaje. «Este par de pájaros —pensó— deben traer entre manos cosas bastante más complicadas y turbias que la historia del carguero. No quisiera tenerlos jamás como enemigos». Lo saludaron muy cordialmente y empezaron a caminar hacia el muelle. Iturri les comentó que no había visto el barco desde la ventana de su cuarto. «Está detrás de ese buque sueco que hace turismo hasta Tiflis», le explicó el Gaviero con lo que le pareció al vasco un dejo de ironía. Siguieron andando y, en efecto, detrás del gran trasatlántico de una impoluta blancura, estaba el *Alción* recostado en el muelle en actitud cansina. Le habían dado una ligera remozada que no alcanzaba a esconder las huellas de un largo navegar por los climas y latitudes más inclementes del globo. El vasco había conocido, desde luego, toda suerte de barcos con largos historiales y notables cicatrices. Éste los superaba a todos en su destronada andadura. Sintió que se le encogía el corazón. ¿En qué iba a meterse, navegando en ese desecho de puerto en puerto en busca de una hipotética carga? Su raza ha hecho del silencio un arma acerada e insondable. Sin decir palabra subió detrás de los dos hombres que continuaban, con modales un tanto discutibles, su diálogo de la calle. Entraron a la que debía ser la cabina del capitán. Estaba recién pintada y los bronces pulidos con una aceptable minucia. Pero la litera, la mesita —uno de cuyos extremos estaba fijado a la pared con dos bisagras que permitían levantarla y asegurarla al muro para ganar más espacio— y un par de sillas de pesada caoba, mostraban un implacable uso imposible de maquillar, un desgaste irremediable casi digno de un museo. Eran, evidentemente, anteriores a la Gran Guerra. Bashur sacó unos planos amarillentos de una pequeña cómoda fijada sobre la litera y los extendió sobre la mesa. Eran los del barco. Sobre ellos comenzó a explicar al probable socio de su hermana las características de la nave. «Ya recorreremos la sala de máquinas, las bodegas y todo lo que quiera ver. Por ningún motivo quisiéramos que tome una determinación apresurada. Sé que el barco no constituye, precisamente, un modelo que despierte el optimismo. Pero es engañoso en esto, resiste mucho más de lo que su aspecto autoriza a suponer.» «Charla de levantino y verdad por partes iguales», pensó Iturri y se concentró en el estudio de los planos. En ésas estaban cuando sintió que la luz que entraba por la puerta daba paso a una semitiniebla repentina. Alguien en el umbral lo estaba mirando. Levantó la cabeza y no pudo decir nada. Lo que vio es prácticamente imposible de poner en palabras. Un brillo de malicia en los ojos del Gaviero le transmitía un mudo «se lo dije», entre insolente y benévolo.

Warda, la hermana de Bashur, los observaba de uno en uno. Había comenzado con el capitán y ahora se detenía en Abdul. «Era una aparición de una belleza absoluta —trato de reconstruir las palabras del marino en la noche del gran río—, alta, de rostro armonioso con rasgos de mediterránea oriental afinados hasta casi ser helénicos. Los grandes ojos negros tenían una mirada lenta, inteligente, en donde la prisa o la demasiada evidencia de una emoción se hubieran visto como un desorden inconcebible. El pelo negro, azulado, de una densidad de miel, caía sobre los hombros rectos semejantes a los de un *kouro* del museo de Atenas. Las caderas estrechas y cuya suave curva remataba en unas piernas largas, levemente llenas, también semejantes a las de algunas Venus del Museo Vaticano, le daban al cuerpo erguido un toque definitivamente femenino que disipaba de inmediato cierto aire de efebo. Los pechos amplios y firmes acababan de completar el efecto de las caderas. Llevaba una chaqueta de alpaca azul sobre los hombros y una falda tableada color tabaco claro. Una blusa de seda

de corte clásico y una bufanda de seda con rombos verdes, rojos
y marrones que traía al cuello colgada simplemente alrededor
de éste, contribuían a dar al conjunto un barniz europeo, occidental diría yo más bien, que se veía buscado a propósito. Los
labios un tanto salientes, pero de un diseño perfecto, insinua-
ron una sonrisa y las cejas negras, densas sin llegar a romper la
armonía del rostro, se distendieron al mismo tiempo. "Buenos
días, señores", saludó en francés sin pretender ocultar el acento
árabe que me pareció particularmente gracioso. Tenía una voz
firme, cuyos tonos bajos alcanzaban a veces una levísima ron-
quera involuntaria pero de una sensualidad que llegaba, en
ocasiones, a desconcertar. Besó a su hermano en la mejilla con
aire mundano que le quitaba al gesto cualquier aspecto familiar
y a nosotros nos tendió la mano en un apretón firme pero con
el brazo un tanto estirado como queriendo establecer una distancia despersonalizada pero evidente». Creo que no sobra advertir a mis lectores que ciertas alusiones museográficas hechas
en esta descripción han corrido por mi cuenta. Iturri mencionó algo como «esas estatuas de mujer que hay en Roma» o
«los *kouroi* que hay en Atenas». Relató, luego, cómo visitaron
hasta el más apartado rincón del barco y cómo Warda mostró
conocer con suficiente autoridad detalles relacionados con las
máquinas, la capacidad de las bodegas y el funcionamiento de
las grúas. Caminaba al paso con los hombres que le acompañaban, con un andar firme, decidido, pero al que nunca se le hubiera podido aplicar el carácter de deportivo. «Era una levantina cien por ciento —aclaró Iturri— y su voluntad de asumir
las modas y la vida occidental para nada alteraba esos signos
inequívocos, esenciales, propios de su raza. Es más, a medida que
se la conocía mejor uno se daba cuenta de que estaba no sólo
satisfecha sino orgullosa de su sangre árabe».

Volvieron a la cabina para seguir conversando y Warda
propuso ir al vestíbulo del hotel donde se hospedaba. «Allá
estaremos más cómodos y podremos tomar algo. ¿O tal vez el
capitán desea ver aquí alguna otra cosa?» Por la cabeza de Jon
alcanzó a pasar la idea de soltar un piropo digno de colegial,
algo como: «Aquí no hay nada más que ver que usted». Fue,
apenas, una tentación inmediatamente reprimida pero era curioso que aún la recordara. «No, es suficiente. Por mí, podemos
irnos ya», fue lo que respondió, protegiéndose en sus escuetos

pero impecables modales de vasco de buena cepa. En ese momento se dio cuenta que Warda lo miraba de vez en cuando con interés no exento de curiosidad. Trataba, seguramente, de medir las capacidades profesionales del hombre del que iba a depender en buena parte la solución práctica de su futuro. Cuando él le cedió paso para que bajara la escalerilla, Warda lo miró con una sonrisa que descubrió sus dientes grandes y regulares, de un blanco levemente marfileño. También la piel tenía ese tenue tono oliváceo resaltado por los colores de la ropa con evidente intención. «La sonrisa fue de aprobación —me explicaba Jon con una seriedad un tanto conmovedora—, de conformidad, no solamente con mis dotes de marino, sino con algo más personal. Pero tampoco más allá de un mostrarse satisfecha con algunas particularidades exteriores de mi aspecto y de mis maneras. En lo que a mí toca, estaba por completo subyugado con esa mezcla de hermosura inconcebible, una inteligencia firme y un carácter reciamente definido, que mostraba su propósito de romper toda amarra que la atara al tótem familiar y secular de su gente. En el vestíbulo del pequeño pero elegante hotel de Pola donde se hospedaba Warda, seguimos hablando del negocio. Los hermanos pidieron un jugo de fruta; aunque no profesaban la religión islámica, parecían respetar ocasionalmente ciertas reglas coránicas. Me dio la impresión de que Abdul nos hubiera acompañado con alguna bebida alcohólica, pero que se había abstenido de hacerlo por estar su hermana menor presente. El Gaviero pidió un Campari con ginebra y hielo y yo pedí lo mismo, olvidando mi principio de jamás tomar alcohol antes del mediodía. Este y otros síntomas bien evidentes comenzaban a indicarme que algo estaba cambiando en mí para siempre y que esa mudanza tenía su origen en la presencia de Warda. Otra señal fue mi aceptación, indiscriminada y sin mayores preámbulos, de las condiciones del convenio con los Bashur. Aún hoy día sigo sin poder recordar a ciencia cierta todas las cláusulas del mismo. Lo único que conservo claro en la memoria son las pocas pero terminantes intervenciones de la hermana de Abdul, relacionadas con la forma como debía operarse el barco desde el punto de vista comercial: "No quiero que se comprometa a transportar carga que signifique riesgo de ninguna clase. Hay que evitar el menor roce con las compañías de seguros y con las autoridades aduanales", declaró mientras miraba con cierta intención más que evidente al Gaviero y a su hermano. Éstos debían ser expertos en tal clase de tráficos, porque se miraron sonriendo pero sin hacer ningún comentario. Otra condición que exigió Warda en forma igualmente perentoria no podré olvidarla jamás, ya verá más tarde por qué: "Deseo supervisar en forma personal y periódica el manejo comercial del barco. Para esto, usted, capitán, hará el favor de mantenerme enterada de sus itinerarios y yo le dejaré saber en qué puerto nos debemos encontrar. Es claro que, en todo lo que tenga que ver con mantenimiento, contrato de personal y viajes del *Alción,* tiene completa libertad y absoluta autonomía"».

Iturri asintió de inmediato, sin parar mientes en lo que podían significar estos sucesivos encuentros y la responsabilidad que suponían de rendir cuentas de su trabajo. Se convino en que la regularización notarial del convenio y el registro correspondiente en las oficinas portuarias se harían en Pola a la mayor brevedad. Warda fue la primera en ponerse de pie y despedirse. Deseaba descansar un poco, dijo, porque había viajado toda la noche en un tren detestable que la trajo desde Viena. Cuando le estrechó la mano a Iturri, le dijo entre seria y sonriente: «Estoy segura de que el *Alción* tendrá un excelente capitán y usted una socia que no le dará problemas. Dígame, ¿su padre o su madre eran ingleses?». «No —le contestó él divertido, porque ya sabía el porqué de la pregunta—, todos mis antepasados son vascos y han vivido por siglos en la misma región. Si me lo pregunta por el nombre, se trata de una simple casualidad. Jon es un nombre tan vasco como Iñaki. Se escribe sin la hache del nombre inglés». «Muy bien —dijo ella—, lo tendré en cuenta. Yo le hubiera puesto la hache y habría metido la pata». Jon se limitó a mover la cabeza en señal de que no tenía importancia. Los tres hombres se quedaron un rato afinando algunos detalles del contrato. Luego fueron a comer a una taberna del puerto. La conversación estuvo dedicada a historias de mar que corrieron casi en su mayoría por cuenta del Gaviero, cuya experiencia en ese campo daba la impresión de ser inagotable. «Cambió totalmente mi primera impresión sobre el socio de Bashur —aclaró el vasco—. Me di cuenta de que mis prejuicios provincianos y nacionales no me habían dejado percibir a primera vista la enorme riqueza de experiencia y la humanidad densa y calurosa de este hombre cuya nacionalidad no acabé de conocer como tampoco la pronunciación de su nombre, que tenía un lejano parecido con algo escocés pero que también podía ser turco o iraní. Supe, luego, que andaba con pasaporte chipriota. Pero eso nada quiere decir porque él mismo me insinuó que no me fiara de la autenticidad del documento».

Bashur y su amigo tornaron al día siguiente a Amberes. Warda dijo que también regresaría a Viena tan pronto estuvieran listos los papeles que debía firmar junto con Jon. Esto se hizo un día después de la partida de Bashur. Iturri llevó sus pertenencias al barco y arregló su camarote con minuciosidad de escolar. Allí iba a transcurrir un tiempo indeterminado, pero que no sería menor de dos años según rezaba el contrato. Tuvo luego una reunión con cuatro mecánicos y un contramaestre que le habían recomendado en la oficina del puerto y se dedicó a buscar al resto de la tripulación en algunas listas de personal disponible pegadas en las grandes puertas de entrada a los muelles. Estaba examinando una de ellas cuando le sorprendió la voz de Warda Bashur, que le hablaba casi al oído, a espaldas suyas: «Yo no confiaría mucho en esas listas. Allá usted. Es posible que me pase de desconfiada». Volvió a mirarla y el hecho de que estuviera con ropa diferente lo desconcertó un poco en el sentido de que la belleza de la muchacha tornó a dejarlo sin palabras. Llevaba un sencillo traje de algodón con grandes flores en diversos tonos pastel. Otra vez sobre los hombros llevaba una chaqueta larga de lana cruda. «Yo la hacía ya en Viena», le comentó él por decir algo. «Pero cómo pensó que me iba a ir sin despedirme de mi socio. Además, todavía hay asuntos que hablar. ¿Tiene algún compromiso para cenar esta noche?», le preguntó Warda. «No, estoy libre. Dónde quiere que cenemos», repuso él entre ilusionado y curioso ante la posibilidad de cenar con ella a solas. «No sé si usted sea muy entusiasta de los *frutti di mare*. A mí me cansan un poco. Hay una taberna yugoeslava en la calle que está detrás del hotel donde usted se hospedaba. ¿Qué le parece si nos vemos allá a las ocho?» No pudo contenerse y le propuso que pasaría por ella al hotel. «Es usted muy amable, pero sé muy bien cuidarme sola y me gusta ir mirando las pocas vitrinas de la calle principal. Eso irrita mucho a los hombres.» Siempre había en las palabras de Warda como una escondida invitación a que él le contestara con una galantería. Al menos así se lo parecía a Iturri, quien estuvo a punto de decirle que, muy al contrario de aburrirle, el proyecto le parecía encantador. Pero no lo hizo. Un instinto perspicaz le apartaba de tales tentaciones. Había en ella un aplomo, un leve acento de autoridad en su manera de hablar con él y también con Abdul y su compañero, que no admitían esos galanteos fáciles con los que gustan jugar muchas mujeres. Jon se limitó, pues, a confirmar que estaría a la hora indicada y ella se despidió con el apretón de manos de siempre. Jon había perdido las ganas de seguir revisando las tales listas y se fue al barco para ordenar al contramaestre —un argelino de mirada torva pero carácter manso y maneras lentas que le inspiraban plena confianza— que se hiciera cargo de enrolar a los hombres que hacían falta. Al menos los necesarios para el primer viaje. Quería ir primero a Hamburgo, en donde varios amigos suyos comerciantes de café podrían darle carga para los países escandinavos y algunos puertos del Báltico.

Cuando llegó al restaurante, ella lo estaba esperando. Él le comentó con sorna que, al parecer, no había vitrinas muy interesantes en el trayecto desde el hotel. «Ni interesantes ni de ninguna clase. No hay nada. Ésta es una ciudad muerta, buena para veraneantes despistados. Esta clase de sitios me deprimen fácilmente.» Iturri pensó que la educación de la hermana menor de los Bashur debió costarle a la familia más de un dolor de cabeza. La comida era excelente y, mejor aún, el vino: un blanco de la Bosnia ligeramente picante, con leve aroma frutal de naturalidad indiscutible. Hablaron de Hamburgo, de los proyectos para el futuro y de cómo harían para estar en comunicación. Ella daría al capitán un número de apartado en Marsella y de allí le harían llegar las cartas a donde estuviera. Él le preguntó si pensaba viajar mucho. «Por lo del correo —le explicó—, no por otra cosa». «¿Qué otra cosa podría ser?», le preguntó ella con tono de cordial desafío. «Curiosidad, pura y simple curiosidad. Los hombres solemos ser mucho más curiosos que las mujeres. Lo que pasa es que sabemos disfrazarlo mejor», repuso él en el mismo tono. Ella le comentó que precisamente quería hablarle sobre algo relacionado con eso: «Hasta ahora he vivido bajo el control de mis hermanas mayores y de mis hermanos. Pero éstos no han sido tan estrictos como pudiera pensarse en una familia musulmana. Son mis hermanas las que se han encargado de la tarea y lo han hecho a conciencia. Eso tenía cierto sentido cuando era menor de edad. Pero ahora tengo veinticuatro años y la cosa, además de insoportable, es ridícula. Mis hermanas, con esposo las dos, son las típicas mujeres resignadas que siguen con fingido interés los negocios de sus maridos, se encargan de sus hijos y mantienen la casa en orden. Siempre han querido que haga lo mismo. Lo curioso es que no he sido ni soy rebelde. Tal vez quiera un destino algo semejante al de mis hermanas, pero escogido por mí y dentro del marco de ciertos gustos y preferencias personales que no tengo aún muy firmes pero que espero consolidar viviendo un poco en París, otro poco en Londres y algo en Nueva York. Soy una lectora devorante y me apasiona la pintura. La pintura colgada en las paredes. Soy incapaz de trazar una línea que se parezca a algo. Por todo eso he querido pedirle que por ningún motivo se dirija a mi familia para entrar en contacto conmigo, ni comente con ellos, si algún día se encuentra con alguno, nada sobre mis desplazamientos. No tengo nada que ocultar, pero si les dejo la menor rendija por ahí se cuelan y no van a dejarme hacer las cosas como quiero. No deseo darle la impresión de una joven en plena crisis de rebeldía. Le repito que soy persona bastante tranquila, me irritan los excesos, las exageraciones y las grandes frases. Tampoco suelo aferrarme a nada que crea definitivo. Nada lo es. Lo poco vivido me basta para constatarlo. Tal vez le parezca raro que me detenga en algo tan personal, pero como conozco muy bien a mi gente, deseo estar al abrigo de cualquier intervención de ellos en mi vida, al menos por ahora, en este período de prueba y formación, como lo llamo yo un tanto pomposamente». Desde luego, Iturri le dio todas las seguridades de que preservaría su independencia y hasta se arriesgó a comentarle que le parecía un plan que indicaba una sensatez inobjetable. Estaba seguro de que el resultado de esa experiencia europea, en alguien como ella, podía anticiparse muy sólido, muy positivo y seguramente significaría un cambio radical en muchas de sus ideas y costumbres. Ella se apresuró a decirle que ni lo esperaba tan radical, ni quería cambiar muchas de las cosas que ahora constituían su vida. «Digamos que soy conservadora pero que quiero decidir qué es lo que voy a conservar, sin consultarlo con los demás ni esperar su aprobación.»

Jon estaba sorprendido por la forma como Warda hablaba de sí misma con una inteligencia y una objetividad no sólo poco femeninas —al menos así se lo parecían a él—, sino por completo inesperadas a su edad y dentro de la limitada experiencia que debía tener de la vida. Había algo en ella que comenzaba a fascinar al vasco en forma muy particular. Era esa mezcla de serenidad, de certeza natural, esa sosegada manera de verse y de mirar su futuro, todo ello teñido con algo que, sin alcanzar a llamarse ternura, obraba sobre su interlocutor con un efecto balsámico. No había allí aristas, ni sorpresivos atajos, ni ocultos mecanismos a punto de dispararse. Todo ello expresado a través de esas facciones de una perfección intemporal y de un cuerpo no menos armonioso y firme. Iturri pensaba que durante ese diálogo y otros que habían sostenido en los días anteriores, debió ella divertirse con la cara de atónita admiración, de incredulidad deslumbrada que él debía poner a cada instante y que, al recordarla, lo hacía sonrojarse. Estas condiciones de hermosura y balance de Warda ejercieron en él, desde el principio, una influencia cuya profundidad y ramificaciones se fueron haciendo cada vez más evidentes y decisivas. Aunque podía sonar enfático y exagerado, el mundo había cambiado para Jon. Si el mundo albergaba a alguien así, entonces no era lo que hasta entonces había creído. Iba a cumplir cincuenta años dentro de pocos días y, de repente, todo lo que lo rodeaba tenía un aspecto por completo nuevo y desconcertante. Era muy difícil de explicar. El adjudicarle el término de amor a un fenómeno tan total era caer en una simpleza, en una inaudita superficialidad. Con esa palabra se jugaba casi siempre con cartas marcadas. Aquí algo había despertado que, por ahora, no era posible encerrar en palabras.

Abandonaron el restaurante y él, sin ofrecerlo ni imponerlo, la acompañó hasta el hotel. Al despedirse, ella le dijo con una sonrisa acogedora y levemente irónica: «Bueno, mi capitán, ya tendré noticias suyas. Recuerde que en sus manos descansa mi futuro». Él se quedó un momento absorto frente a la puerta giratoria por la que había desaparecido Warda. Regresó al barco y, sin desvestirse, se tiró en la litera a tratar de reconstruir cada rasgo de este rostro, cada tono de esa voz, que lo sumían en un hipnotismo de filtros que iban a perderse en el pasado de su raza de magos y santones, de guerreros y navegantes sin estrella. Las noches en la ciénaga, bajo el cielo constelado, de una fosforescencia tibia y palpitante, eran propicias a la larga confidencia de Jon Iturri. Tal como aquí la resumo u ordeno, no permite, desafortunadamente, dar los acentos de retenida emoción que iban creciendo en el relato. La manera como el capitán de navío insistía sobre la belleza de Warda Bashur tenía algo de reiterativo, algo de salmodia o cantinela. Era conmovedor escucharlo luchar con las palabras, siempre tan pobres y tan lejos de un fenómeno como es la belleza en un ser humano cuando ésta alcanza la condición de lo esencialmente inefable. Había, por ejemplo, un afán de describir la forma como, en cada ocasión, aparecía vestida la muchacha. Tal vez Jon pensaba llegar así desde otro ángulo, cuando sentía que la pura descripción del rostro y el cuerpo dejaba flotando, apenas, una imagen inasible y harto confusa. Por otras razones, esta vez atribuibles al natural pudor y reserva de su raza, también tropezaba continuamente en la descripción de las relaciones con Warda y la forma como fueron entrando al *hortus clausus* de una intimidad para él imposible de precisar por los motivos expuestos y por su propio carácter de hombre de mar, poco ducho en moverse entre las representaciones y artimañas propias de estas historias de la gente de tierra. Trataré de seguir una línea más recta y escueta que la seguida por Jon en las noches de la ciénaga, donde me relató su conmovedora experiencia.

Después de recoger en Hamburgo una carga de café y de repuestos de maquinaria pesada con destino a Gdynia y a Riga, regresó a Kiel, donde volvió a tomar carga para Marsella. Este itinerario se lo comunicó a la copropietaria del *Alción* en la forma convenida. Con el *tramp steamer* le sucedía un fenómeno muy curioso: se iba acostumbrando al ingrato aspecto del barco que era, como Bashur se lo advirtió en Amberes, bastante engañoso. La maquinaria, si bien databa de los primeros años de este siglo, había sido mantenida con tal esmero y con tan concienzuda prolijidad que funcionaba mucho mejor de lo que sus arritmias y quejosas intermitencias hacían suponer. La falta de pintura, el óxido que ganaba terreno poco a poco hasta los más escondidos rincones del buque y su desafortunada silueta, eran defectos en parte reparables y él se proponía corregirlos en la primera ocasión propicia. Las grúas aún operaban sin mayores tropiezos. Sus lentitudes y vacilaciones hacían rabiar a los descargadores de los muelles, pero nunca llegaban a fallar por completo. Jon terminó sintiendo por su barco una solidaria simpatía y escuchaba de muy mala gana las observaciones, humorísticas unas y otras francamente destempladas, que le hacían sus colegas o la gente de los muelles. Cada vez que esto sucedía, no dejaba de pensar, muy para sus adentros: «Si conocieran a la dueña, qué cara pondrían y cómo verían, de seguro, al *Alción* en forma bien distinta».

Cuando llegó a Marsella lo esperaba un corto recado de Warda anunciándole su llegada al día siguiente. No daba señales de hotel, ni tampoco qué medio de transporte había escogido. Al mediodía siguiente, en plena labor de descargue, con un sol de junio que ardía en un cielo sin nubes, Jon la vio aparecer al pie de la escalerilla. Había llegado en un taxi que partió en seguida. Lo saludó con un movimiento de la mano, inesperadamente familiar, y comenzó a subir rápidamente los bamboleantes escalones. Él estaba en camisa, sin su gorra de marino que rara vez se quitaba, y con parte de la atención puesta en una grúa que se trababa a cada instante. Ella estaba espléndida y de nuevo le sorprendió cómo a cada cambio de atuendo volvía su belleza a lucir como una aparición jamás vista antes. «Hubiera pulverizado esa maldita grúa —me comentó— por distraerme la atención que quería dar por entero a mi bella visitante. Es en tales ocasiones cuando las máquinas se comportan con los caprichos torpes e irritantes de los hombres. El contramaestre vino en mi auxilio y le dejé la responsabilidad de seguir vigilando la operación». Warda propuso que fueran a un restaurante de la *Canebière* cuyos propietarios, paisanos suyos, conocían a sus hermanos: «Dos cosas le puedo garantizar allí: un vino honesto y una *bouillabaise* como se la servían al mariscal Masséna cuando pasaba por aquí. Al menos eso dicen los dueños. Ellos piensan que Masséna es un mariscal de la Gran Guerra. No los vaya a sacar del error porque sería fatal para la *bouillabaise*». Esperó en cubierta mientras Jon se daba una ducha rápida y se cambiaba de ropa.

El sitio resultó realmente excepcional. El vino blanco bajaba con una frescura inteligente, dejando a los aromas del plato en plena libertad de expandirse en el paladar, apenas protegidos por el aura frutal y terrosa del Clairette de Die del año anterior. Jon pasó revista somera a sus actividades e informó a Warda del resultado financiero de las operaciones que, sin ser brillante, se ajustaba más o menos a los cálculos que había hecho Warda para independizarse. El tono de la conversación tenía un calor y una espontaneidad que antes no habían existido. Ahora, era como si cada uno hubiera trabajado en la memoria la imagen del otro y esto había establecido un territorio común, no mencionado pero siempre presente en este segundo encuentro. Jon le preguntó cómo iba su experiencia europea y cuáles eran las conclusiones a las que había llegado en esos meses. «Se lo pregunto —le aclaró— porque la sentí muy ilusionada con la experiencia y me abstuve de hacerle comentarios que hubieran podido interferir en forma negativa. Usted es demasiado inteligente para pasar por alto ciertos obstáculos que el contacto con el occidente europeo ofrece a quienes no tienen aún embotadas la sensibilidad y no ven con ojos de turista. Claro que, para ustedes, Europa acaba siendo un continente más o menos reciente, una especie de América un poco más asentada. ¿O, tal vez, me equivoco?». «Sí —contestó ella sonriente—, se equivoca por completo. No sé por qué me adjudica una cuota de inteligencia mayor que la normal. Pero, en fin, nosotros llegamos a Europa con ojos muy ingenuos. Nuestra vejez se volvió hace muchos años una especie de cansancio, de uso y desgaste a través de costumbres e ideas que ni siquiera nos sirven ya para vivir en nuestra propia tierra. Pero si quiere que le cuente lo que voy sintiendo en Europa, le diría que es una lenta pero creciente decepción. Siento que estoy hecha para otros ámbitos, otros climas. ¿Cuáles? No sé, no lo puedo explicar todavía. Pero no es, desde luego, nostalgia inmediata de mi país y de mi cultura. Es como si todo esto que ahora trato de ver y de absorber en Europa ya me fuera conocido y ya me hubiera aburrido antes. Tal vez a usted, que lleva vida de marino, sin asidero en ninguna parte, le parezca obvio que así sea. No sé. Me gustaría que me lo dijera». Una mirada húmeda, densa, se fijó en Iturri en espera de sus palabras. «Yo sabía muy bien qué era lo que debía responder —me comentaba el vasco—, pero al mismo tiempo me daba cuenta de que estábamos hablando ya no sólo como viejos conocidos, sino como cómplices de un sentimiento naciente no explícito aún, pero evidente en el sesgo que iba tomando nuestro diálogo. El vino blanco contribuía no poco a relajar nuestras mutuas defensas y temores. Ya estábamos en otra cosa, en otro orden de relación. Al evocar nuestro primer encuentro nos recordábamos a nosotros mismos como extraños. No lo dijimos. Las palabras no eran necesarias en este caso. Al menos las que pudieran aludir directa y brutalmente a esa mudanza. Nosotros la percibíamos y eso era lo importante. En esas circunstancias, seguir encadenando ideas más o menos generales y sabidas sobre la "experiencia europea" de Warda era bastante inútil y, además, no era eso lo que ella quería oír. Le dije que yo creía que lo importante era conservar esa disponibilidad, esa apertura de espíritu suyas. Las respuestas, las experiencias y las mutaciones vendrían irremediablemente. El *Alción* prometía seguir produciendo para continuar esa "educación sentimental", término que le hizo fruncir un instante las cejas negras que permanecían casi siempre en una tranquila inmovilidad. Le expliqué que el término abarcaba una zona mucho más vasta que el simple territorio amoroso. De repente me hizo una confidencia que significó la entrada definitiva a una historia en común. "Sé a lo que se refiere —me dijo—. En lo que respecta a lo que usted llama 'el territorio amoroso', ya lo tengo recorrido y aún más de lo que pueda suponer por mi edad. No crea mucho en eso de la vigilancia musulmana. He tenido varios hombres en mi vida. *No regrets*. Pero tampoco ningún recuerdo que valga la pena conservar. Dicho esto, sigamos con mi 'educación sentimental'. Cuento con su ayuda". Le dije que ya la tenía desde antes. "Pero no sé —añadí— lo que un cincuentón como yo pueda aportar de válido, de positivo". "Ya lo aportó y ya está contabilizado", me respondió con una mirada, la primera de franca y gozosa coquetería, que me dejó como esos gatos que caen del tejado y, por un momento, no saben bien lo que ha sucedido ni dónde están. Era ya pasada la medianoche cuando abandonamos la taberna libanesa. Ella detuvo de repente un taxi y despidiéndose de mí con cierta precipitación, me dijo: "Voy al hotel a recobrar un poco de sueño. No dormí un instante en el viaje. Supongo que el muelle está a pocos pasos, ¿verdad?". No, el muelle estaba mucho más lejos que su hotel, pero no quise aclarárselo. Era evidente que no quería seguir nuestra charla, se defendía de algo, de un impulso suyo, tal vez de la prolongación de nuestro diálogo en ese tono de intimidad.

Ya en el taxi, bajó el vidrio de la ventanilla para preguntarme adónde planeaba viajar después de Marsella. "Voy a Dakar a recoger una carga para las Azores y de allí, también con carga, voy a Lisboa." "Nos veremos en Lisboa", me dijo con los ojos muy abiertos como ponderando algún secreto encanto de la ciudad».

Iturri le hizo una señal de aceptación con la cabeza y esperó otro taxi que lo llevó hasta los muelles. Cuando pagaba al conductor y mientras contaba el dinero de la propina, se dio cuenta de que estaba definitiva y profundamente enamorado. «Como un colegial —comentó—, como un pobre colegial indefenso, desconcertado y temeroso. Hacía muchos años que no me sentía así». No durmió en toda la noche y, al día siguiente, con un dolor de cabeza feroz, puso rumbo a Dakar en medio de uno de esos aguaceros de verano que convierten el Mediterráneo en un baño de vapor. Pensó que había llegado el momento de pintar el *Alción*. La frivolidad de la idea lo hizo ruborizarse. No habría cuándo hacerlo. Todo el año lo tenía comprometido con encargos de viejos conocidos que confiaban en su seriedad y deseaban ayudarle. En Dakar se demoró la operación de carga mucho más de lo previsto. Cuando llegó a las Azores ya estaba entrando el otoño. Recordó que Warda le había comentado que tenía el proyecto de visitar los grandes santuarios de la ortodoxia rusa —Zagorsk, Novgorod, etcétera— al finalizar el otoño. La idea de no verla ya en Lisboa comenzó a torturarlo. Era, otra vez, una sensación que hacía mucho tiempo no sentía. La espera de una dicha que sentimos como inaplazable y que al paso de los días se nos va haciendo menos cierta. Un pequeño infierno que le quitaba el sueño y le impedía trabajar con la mente despejada. En la boca del estómago, un peso muerto, una opresión, le quitaban el apetito. El trayecto de las Azores hasta la capital portuguesa se le convirtió en una verdadera tortura. A veces llegó a pensar que tenía fiebre. Se hacía la vana reflexión de que, a los cincuenta años, cuando pensaba que desde mucho tiempo atrás había cancelado esta clase de experiencias, era un tanto preocupante el caer de lleno en un callejón sin salida en donde sólo conseguiría cosechar, si se arriesgaba a seguir adelante, la ducha helada de un bien merecido rechazo. Al entrar a la desembocadura del Tajo, el corazón le palpitaba como a cualquier adolescente en la banca de un parque público.

No encontró mensaje alguno. Fue a visitar unos clientes con los que tenía que convenir un transporte de aceite de oliva y vinos generosos para Helsinki. El otoño se iba por momentos y Lisboa mostraba su rostro de opacidad y tristeza, tan acorde con los fados que los turistas fingen disfrutar en las tabernas. Regresó al barco con un agobio que le trabajaba por dentro como el comienzo de una enfermedad de los trópicos. Había perdido todo interés en el *Alción* y cuando lo vio, a lo lejos, surto en medio de la bahía, esperando turno para entrar en los muelles, la desgarbada figura del *tramp steamer* le despertó una irritación mezclada de fastidio. Cuando iba a bajar a la lancha que lo llevaba de regreso, escuchó una voz de mujer que lo llamaba a lo lejos: «¡Jon! ¡Jon!, espéreme». Warda venía corriendo por la calle que bajaba al puerto. Traía un pantalón crema y una blusa roja. Con un suéter beige claro le hacía señas para que la viera. Se quedó parado en el muelle mientras, allá adentro, en pleno pecho, se le desencadenaba una dicha incontrolable.

Cuando Warda llegó a su lado le dio un beso en la mejilla que él apenas alcanzó a devolver con leve roce en la piel ligeramente húmeda de ese rostro que hacía mucho venía obsesionándolo. Sin decir palabra, la muchacha pasó su brazo por el del capitán y fue llevando a éste hacia el centro de la ciudad. Cruzaron la Avenida Cuatro de Julio y tomaron por la Rua do Alecrim. Ella le comentó que seguramente habría algún bar abierto en las callejuelas del Barrio Alto. «Pensé que ya no venía. La imaginé camino a los santos lugares de la ortodoxia eslava.» «Por ahora hay otra ortodoxia con la que es preciso ponerse en orden», contestó ella mirándolo con toda intención y divertida con la cara que Jon debía estar poniendo. Iturri tenía esa intrínseca incapacidad de los vascos para disimular sus sentimientos. «Encontramos un bar y allí nos sentamos a descubrir lenta pero implacablemente nuestros sentimientos. Le confesé que si no hubiera aparecido estaba resuelto a partir para Australia y dedicarme allí al cabotaje», me explicaba Jon mientras su voz, tantos años después, aún asomaba una desesperación inusitada, por entero ajena a su carácter reservado y recio. De lo que hablaron recordaba bien poco. Warda, sin perder esa serenidad y balance que daban tanto encanto a su juventud, le confesó que la pretendida educación europea se había ido al cuerno y que, por ahora, sólo le interesaba estar a su lado. Algo había en él que la llenaba de una plenitud hasta entonces desconocida para ella. Eso era todo lo que quería. No creía que el futuro les deparara la menor oportunidad de construir algo juntos. Eso tampoco le importaba. Por lo pronto necesitaba vivir esa experiencia. Instalarse en un presente que precisaba como el aire para respirar. Jon balbuceó algunas reservas sobre la diferencia de edad, de nación y de costumbres. Warda se alzó de hombros y le contestó, con certeza de vidente, que ni él creía en lo que estaba diciendo ni nada de eso contaba para nada. Eran las seis de la tarde y habían consumido varias botellas de Vinho Verde acompañando unos platos de pescado frito de calidad y sabor perfectamente olvidables. Cuando llegaron al hotel, en la Avenida da Libertade, trataban de fingir un paso firme y natural. Jon se registró como esposo de Warda y subieron al cuarto en un abrazo que hizo volver varias veces la cara al ascensorista para ver si aún respiraban. En el trayecto de la puerta hasta la cama dejaron toda la ropa. «Hicimos el amor una y otra vez, con la lenta y minuciosa intensidad de quienes no saben lo que va a suceder mañana. La obsesión de Warda por llenar el presente de sentido descansaba en un juicio inteligente y cierto de las escasas posibilidades y de los obstáculos insalvables que ofrecía nuestra relación. Tampoco yo, como se lo había dicho en el bar, veía hacia dónde podía desembocar aquello. Esto nos llevó a refugiarnos, con una entrega que limitaba con la desesperación, en el disfrute de nuestros cuerpos. Warda, desnuda, adquiría como un aura que emanaba de la perfección de su cuerpo, de la estructura de su piel elástica y levemente húmeda y de ese rostro que, visto desde arriba, en el lecho cobraba aún más su carácter de aparición délfica. No es fácil explicarlo, describirlo. A veces pienso que no lo viví nunca. Lo único que me ha detenido muchas veces ante la voluntad de morir es pensar que esa imagen muera también conmigo.» Iturri, cuando llegaba a estas barreras para transmitir su experiencia, caía en largos silencios en los que una oscura desesperanza revolvía sus más amargos sedimentos. «Durante tres días —continuó— estuvimos en el hotel de Lisboa sin salir de la habitación. Habíamos convertido ésta en una especie de universo propio en pausada rotación de episodios de un erotismo celebrado con pocas palabras y de mutuas confidencias de nuestra juventud y de nuestro descubrimiento del mundo. A Warda le obsesionaba una muy peculiar idea de lo que debía ser la vida del marino. De mi propia experiencia en el mar poco podía contarle. Nada excepcional me había sucedido en una profesión ejercida dentro de una rutina gris, cuya monotonía sólo era interrumpida por las variaciones de clima y de paisaje impuestas por el continuo viajar. Ahora no consigo reconstruir la materia de nuestros diálogos. Recuerdo, sí, que éstos tenían, por virtud del carácter de mi amiga, un tono sosegado y pleno en donde la anécdota y la sorpresa cedían el paso al examen y asimilación de nuestra personal imagen del mundo y de la gente. Warda tenía, repito, algo de pitonisa. Avanzaba en la semivigilia de sus sensaciones con la firmeza de un sonámbulo. En esto era tan plenamente oriental como cualquier genio de *Las mil y una noches*».

Jon tuvo, al fin, que regresar al barco para ocuparse de las gestiones aduanales previas a la partida. Había cerrado por teléfono desde el hotel el contrato de carga para Helsinki y allí tenía que recoger un importante cargamento de papel destinado a Veracruz. Warda lo acompañó durante el tiempo que le tomaron esas gestiones. Seguía con discreta pero intensa curiosidad los trámites a los que atribuía un misterio que provocaba la risa de Iturri. Ninguno de los dos quiso mencionar el momento de la despedida y, cuando éste llegó, ella se limitó a decirle, con voz que trataba de ser natural sin lograrlo del todo: «Te espero en Helsinki. Estaré en el puerto para recibirte». Jon le explicó que tendría forzosamente que pasar por Hamburgo para cambiar algunas piezas de los motores y eso le tomaba al menos un mes, porque había mucho turno en los astilleros. Cuando llegaran a Helsinki la temperatura estaría a varios grados bajo cero. «Indícame, cuando lo sepas, la fecha exacta de tu llegada. Estaré en el puerto.» Esa especie de certeza, de firmeza sin vacilaciones, era uno de los rasgos del carácter de Warda que mayor atracción ejercían sobre Jon. Tenía, para usar sus palabras, «la sabiduría de las matronas de mi casa de Ainhoa en un cuerpo de Afrodita. Demasiado para la pobre vida de un hombre». Cuando llegamos a esta parte de la historia, entró en uno de sus silencios, el más largo, tal vez, de todos lo que separaron su confidencia de varias noches.

«Ahora —comenzó a decirme cuando yo creía que no iba a hablar más y se disponía a retirarse a su camarote— mi relato se encadena con el suyo. Debo confesarle que lo que me sorprendió en él no fue su encuentro con el *Alción*, eso no deja de ser una coincidencia harto explicable. Lo que me intrigó sobremanera y, en verdad, me movió a contarle mi historia, es otra casualidad, ésta sí en extremo inquietante y que recibí como si usted me estuviera transmitiendo alguna oculta señal de una secreta hermandad: cada uno de sus encuentros con el *Alción* coincide con hitos decisivos y graves de mis amores con Warda. Hubo otras etapas recordables y gratas, pero en Helsinki, en Punta Arenas, en Kingston y en el delta del Orinoco se conjuraron las circunstancias para hacer de cada una de esas escalas el sitio donde iba a definirse nuestro destino o a esfumarse para siempre. Sólo me resta, pues, contarle lo que sucedía en el *Alción* y los sentimientos de sus dueños, cada vez que el viejo y derrumbado navío se le apareció cuando menos lo esperaba. Usted es el único testigo que merece y debe conocer los hechos. En cierta forma, que no podremos nunca esclarecer, usted es también un protagonista de primera importancia».

Iturri pasó luego a explicarme algunos detalles de las reparaciones hechas en Hamburgo y el registro del barco en el consulado de Honduras de ese puerto. La licencia italiana había llegado a su término y no podía renovarse. Cuando el *tramp steamer* llegó a Helsinki, el invierno se había instalado con la severidad ya mencionada por mí al relatar mi primer encuentro con el barco. Warda cumplió estrictamente con lo prometido. Al atracar el barco, subió por la escalera acompañando a las autoridades portuarias. Saludó con un apretón de manos al capitán y se refugió en el camarote de éste mientras los funcionarios verificaban los documentos del navío en el puente de mando. Ya libre de intrusos, Jon regresó a su camarote. Warda estaba tendida en la litera mirando al techo en actitud hierática. Una sonrisa vagaba por sus labios cuando vio el rostro del vasco. El camarote tenía la calefacción puesta al máximo y olía a esa mezcla de pasta de dientes, colonia para después de afeitar y artículos forrados en piel, característica de ciertos ambientes estrictamente masculinos donde reina un orden castrense. «Ven, dame un beso y no pongas esa cara. Me voy a quedar aquí todo el tiempo que permanezca el buque en Helsinki. Supongo que no tienes objeción, ¿verdad? Las supersticiones esas de las mujeres en los barcos y demás tonterías.» Iturri le explicó que no había ninguna objeción de ese orden y que era común en los *tramp steamer* que el capitán viajase con su esposa o con una amiga que figuraba como tal. Lo que le preocupaba era la evidente incomodidad del lugar, la falta de espacio y de ciertos elementos indispensables para alojar a una mujer. Pero, más que eso, le intrigaba sobremanera la preferencia por el *Alción* en lugar de cualquiera de los lujosos hoteles de Helsinki, que tenían fama de ser los más confortables del norte de Europa. Igual podrían estar los dos en uno de ellos y no en ese camarote tristón y pobremente equipado. Warda le explicó que tenía varias razones para tomar esa determinación: «En primer término —le dijo—, no soporto estos nórdicos. Tienen algo de muñecos de trapo con gestos humanos que me produce pánico. Beben mal, comen mal y, por lo poco que recuerdo de una fugaz relación que tuve, aman con toda la culpa protestante adentro. Imagina lo que todo eso significa para alguien nacido en Beirut». Además, se le había metido en la cabeza el capricho de convivir con él en el barco, verlo trabajar allí en las maniobras de descarga y carga. Era un Jon que ella no conocía. «Traigo la ropa adecuada, no te preocupes. Da lo mismo», se adelantó a contestar a una posible objeción de su amigo. Por último, le ilusionaba mucho visitar juntos los bares y pequeños restaurantes del puerto, que debían tener un ambiente bastante más acogedor y relajado que el de los hoteles, que le recordaban las funerarias californianas trasladadas al Ártico. Iturri hacía rato que estaba encantado con la idea y así se lo hizo saber a Warda. Irían a la estación del terminal aéreo, donde ella había dejado su equipaje, y se instalarían en el barco.

Los días en Helsinki estuvieron animados por una marea de optimismo y de confirmación de la experiencia de Lisboa, que había tenido esa plenitud que hace pensar que se trata de algo que nunca podrá repetirse. El hacer el amor en la litera y el dormir juntos en el estrecho espacio de la misma daba lugar a toda suerte de acrobacias que les producían una risa incontenible. La relación se consolidaba en el firme y muy claro convenio de no gravarla con ulteriores consecuencias, ni tratar de encaminarla hacia un compromiso duradero. «Mientras esto dure, así será, como es ahora. No podrá ser de otra forma y los dos lo sabemos muy bien. Lo importante es no tratar de modificar la situación, ni dejar que otros intervengan para intentarlo. Depende de nosotros y no hablemos más de eso porque, además de aburrido, es inútil.» Así lo definió ella mientras trataban de ingerir, con algunas reservas, un filete de reno cocinado con hierbas de la tundra y rociado con vodka finlandesa helada, aromatizada con pimienta y jenjibre. Se habían aficionado a esa pequeña taberna del puerto que tenía una gran chimenea de azulejos en el centro del minúsculo salón con seis mesas servidas por dos mujeres de edad madura, muy sonrientes, que no hablaban sino finés. Por lo tanto tenían un poder absoluto en la disposición del menú. Cuando Jon la vio tomar, uno tras otro, los pequeños vasos de vodka, convertido por la congelación en un aceite indolente, le recordó cómo, en el bar del hotel, el día que se conocieron, se abstuvo de tomar nada alcohólico, al igual que su hermano Abdul. «Allí está —le explicó ella, con seriedad casi doctoral— toda la clave de mi problema y, en general, el de muchos musulmanes: una sumisión superficial a preceptos con los que nos acostumbramos a negociar y el olvido de ciertas verdades esenciales». Él le comentó que ahora la veía tomar alcohol sin ninguna reserva. Ella repuso algo que Jon recordaría luego como un primer anuncio que pasó por alto: «Sí, ahora tomo vodka y hago el amor con un rumi, pero cada día me siento más ajena y desinteresada de Europa y entiendo mejor a mis hermanos que viajan a La Meca sin saber leer ni escribir, sin conocer el vino y resignados al castigo del desierto».

Después de Helsinki siguieron otros encuentros. En El Havre, en Madeira, en Veracruz y en Vancouver. Warda se había acostumbrado a convivir con Jon en su camarote, durante las etapas en los puertos. Casi nunca visitaban las ciudades y solían hacer su vida, al igual que en la capital de Finlandia, en restaurantes y bares del puerto. La entrada de Warda en estos sitios era un espectáculo que se cumplía con idéntica secuencia. Cuando la muchacha aparecía en la puerta, todos los parroquianos se volvían a contemplarla en un silencio casi religioso. Luego venía una ola de cuchicheos que se iba apagando a medida que la pareja se concentraba en su conversación, sin parar mientes en los circunstantes. Sólo quedaba entonces un periódico y discreto volver la vista hacia Warda de algunos que no podían resistir la atracción de una belleza semejante. Lo que divertía a Jon era la manera, siempre la misma, como ella reaccionaba a esta atención de la gente. Con un leve rubor se ensimismaba aún más en el diálogo con su amigo, como tratando de escapar a la curiosidad ajena. Jamás le vio la más leve mirada o gesto que indicase la menor conciencia o manejo del elocuente deslumbramiento que causaba. Era como si esto sucediera en otra dimensión del mundo a la que ella se sentía por completo extraña.

La relación de los dos amantes continuaba dentro de las pautas establecidas por ellos desde el primer día que se fueron a la cama en Lisboa. Habían encontrado ciertos recursos de humor, ciertas claves verbales y de caricias que compartían con simultaneidad invariable y que les servían para ahuyentar la menor alusión a un compromiso en el futuro. A lo más lejos que llegaban en ese terreno era a fijar el puerto del próximo encuentro. Así pasaron un año largo, hasta cuando Iturri llegó a Punta Arenas.

Había convenido encontrarse allí con Warda, que quería acompañarlo en un itinerario por el Caribe que le había resultado gracias a ciertas viejas amistades que tenía en las islas. Eran trayectos cortos, muy bien pagados y con carga de muy fácil manejo. Cuando atracó en los muelles del puerto costarricense se encontró, en lugar de Warda, con Abdul Bashur, que lo esperaba recostado en un poste de amarra. «En verdad —me comentaba Jon— no me sorprendió mucho la presencia del hermano de Warda, por inesperada que pudiera parecer en ese lugar tan alejado de sus negocios habituales. Conocía lo suficiente a los levantinos para saber que, tarde o temprano, desearían indagar sobre la vida que estaba haciendo su hermana menor. Esto era como un principio tribal al que no escapan ni los más europeizados. La actitud de Abdul fue reservada pero cordial. Subió al barco, recorrió conmigo las bodegas y la sala de máquinas y, en general, se mostró satisfecho del *Alción*. Cuando hizo algún comentario sobre el estado realmente lastimoso de la pintura del navío, le expliqué que si lo llevaba para pintarlo a no importa qué astillero, esto paralizaría el aprovechamiento comercial del barco por lo menos durante un mes, y si destinaba a la tripulación para que se dedicara a pintarlo durante las travesías, forzosamente estaba obligado a contratar más gente. En ambos casos el rendimiento económico bajaría sensiblemente y no se podía, en tales circunstancias, cubrir la participación fijada como tope por el otro propietario del barco. Así se lo había explicado a Warda y ella no había hecho ningún comentario. Bashur me miró con una mezcla de curiosidad y de humor. Luego me invitó a que, mientras cargaban el barco, subiéramos a San José. Tenía que hacer un par de gestiones con dos clientes suyos, tostadores de café. Almorzaríamos en la ciudad y en la tarde yo regresaría a Punta Arenas. Él volaba esa noche a Madrid desde San José. Di algunas instrucciones al contramaestre y partí con Bashur a la capital. Era evidente que quería hablarme sobre la relación con su hermana y había buscado el pretexto de ese viaje en coche para hacerlo. En efecto, mientras conducía un auto alquilado en el aeropuerto, fue llevando la conversación, con suma prudencia y hasta con delicadeza que supe agradecerle, al asunto que le interesaba. Antes de que siguiera, le hice saber, con franqueza un tanto brutal pero que me pareció necesaria, que ni Warda ni yo pensábamos en nada distinto de mantener nuestras relaciones en el nivel y dentro de los términos en que ahora se encontraban. Era algo que habíamos establecido con toda claridad. Cada uno era libre de tomar la decisión que quisiera y no había lugar al menor reclamo ni a reticencia de ninguna especie. Esto pareció agradar a Bashur, quien hizo luego algunos comentarios sobre la manera de ver su gente estos problemas y el intento de emancipación femenina en el Medio Oriente. Nada que yo no supiera, pero le escuché atento porque lo sentí como casi un deseo de disculparse por su intrusión en nuestros asuntos. Luego aludió al carácter muy especial de Warda. Hasta poco tiempo atrás se había mostrado como la más sumisa de las hermanas; la que menos interés mostraba en enterarse de lo que podía ofrecer el mundo occidental. Pero como, al mismo tiempo, era la más reservada, imaginativa y sensible de las tres, Abdul entendió como natural y sensato su deseo de hacer la experiencia europea. Él pensaba, me dijo en tono de confidencia y como indicio de la confianza que me demostraba, que Warda volvería al Líbano y terminaría siendo la más musulmana de la familia. Fue entonces cuando pronunció la frase que iba a repercutir profundamente en nuestro destino, el de Warda y el mío: "Lo de ustedes durará lo que dure el *Alción*". Nada contesté a esto, pero un ligero pánico me recorrió el cuerpo. Sabía que Bashur tenía razón, lo sabía desde el primer instante en que noté que su hermana dejó de mirarme como socio. Esta sentencia inapelable hacía mucho que pendía sobre nuestras cabezas. Después de un largo silencio, sólo se me ocurrió comentar: "Sí, tal vez tenga razón. Pero también es cierto que eso, en el presente absoluto que nos hemos impuesto para mantener nuestra relación, no quiere decir mayor cosa". Bashur se alzó ligeramente de hombros y cambiamos de tema.

Lo acompañé a las gestiones que tenía que hacer en San José y comimos en Rías Bajas, un restaurante con ambiente amable y una vista muy bella del valle en donde descansa la ciudad. La carta intentaba, no siempre con éxito, recrear la inimitable magia de los platos gallegos. Fui con Bashur hasta el aeropuerto y allí nos despedimos. Mientras me estrechaba la mano, me puso otra en el hombro y dijo con calurosa sinceridad: "Cuide el barco como si fuera su ángel de la guarda. Suerte, capitán"».

Cuando Iturri regresó a Punta Arenas encontró a Warda instalada en el camarote. Había llegado poco después que Abdul. Los vio de lejos en el puente de mando y esperó a que partieran para subir al barco. «Sospeché a qué venía. Por eso preferí dejarlos solos. Abdul tiene mucho de caballero andante. Nos hemos querido mucho. Puede ser implacable en los negocios pero como amigo es ejemplar. Tiene algo de santón. El Gaviero, que anda con él y la triestina desde hace algunos años, sostiene que si alguna vez Abdul va a La Meca lo secuestran allí para santificarlo en vida.» Al día siguiente zarparon hacia Panamá para entrar al Caribe. Jon me recordó que Warda le había comentado, al salir de Punta Arenas, que desde un yate que cruzó con ellos a la salida del puerto, una mujer despampanante, con el bikini más breve que había visto en su vida, estaba diciéndoles algo en español. Jon se alegraba de que su amiga no entendiera muy bien el idioma. Lo primero que había hecho al regresar de San José fue repetirle la sentencia de Bashur sobre el destino de sus amores ligado al del *tramp steamer*. Si la mujer del bikini había expresado sus dudas sobre si el barco conseguiría llegar con bien a Panamá, Warda, que no era supersticiosa pero sí fatalista, habría relacionado esas palabras con las de su hermano y las habría tomado como una nefasta confirmación de éstas. «Felizmente —me dijo—, la fortuna no suele tejer redes tan apretadas y es más piadosa de lo que solemos reconocer».

El crucero por el Caribe fue para Warda la revelación de un mundo lleno de afinidades y sugestivas coincidencias que alentaban su sensibilidad oriental. «Por aquí debió andar Simbad», exclamaba embriagada por el clima de las islas, la vegetación exuberante y siempre floreciente y la mezcla de razas de los habitantes, tan similar a la que hierve en el Mediterráneo de levante. Más de seis meses anduvieron recorriendo las Antillas y los puertos de tierra firme. Simultáneamente con el entusiasmo de Warda, fueron haciéndose notorios dos fenómenos concomitantes: la estructura del *tramp steamer* comenzó a flaquear y a dar muestras, al fin, de un evidente cansancio y en el ánimo de Warda comenzó a trabajar una nostalgia de su país y de su gente que iba en aumento a medida que más se familiarizaba con los encantos del Caribe. Los dos fenómenos se fueron haciendo presentes en forma soterrada. No estaba en el carácter de Warda el ocultar sus sentimientos. Cuando, al fin, se dio cuenta de que algo estaba cambiando en ella y que las imágenes, recuerdos y añoranzas del Medio Oriente afloraban ya no sólo en sus sueños, sino también en la vigilia, lo comentó de inmediato con Jon. Éste había venido notando ciertos síntomas no muy precisos y recibió la confidencia de su amiga con fatalismo resignado. Al llegar a Kingston, donde tocaba a su fin el recorrido por el Caribe, tuvieron una larga conversación. Iturri me resumió así las palabras de Warda: «Creo que ha llegado el momento de regresar a mi país y de ver a mi gente. Voy sin ningún propósito definido, sin nada previsto. Es algo que me pide la piel, tan simple como eso. He llegado, por etapas sucesivas, a varias conclusiones: no quiero ser europea, es más, no podría serlo nunca; una vida itinerante, como la que hemos vivido en estos meses y también antes, con menor intensidad, la siento como algo que me va desgastando por dentro, que mina ciertas corrientes secretas que me sostienen y que tienen que ver con mi gente y con mi país; eres el hombre con el que siempre había pensado que pudiera vivir, tienes cualidades que son las que más admiro, pero llevas mucho andando en la vida y nada puede ya cambiarse». Jon no resistió la tentación de hacerle la pregunta que, desde que existen amantes, ocurre sin remedio: «¿Pero eso quiere decir que no nos veremos más?». Warda le contestó de inmediato con un sobresalto tan espontáneo y sincero que Iturri sintió un nudo en la garganta: «¡No, por Dios!, no se trata de eso. Ahora no podría soportar ni siquiera la idea de no vernos más. Tengo que poner los pies en la tierra, pero te llevo conmigo. Tú me entiendes, tú lo sabes tan bien como yo. No quiero hablar de eso». Estas y otras reflexiones semejantes fueron tema de conversación cada vez más constante a medida que iban acercándose a Kingston.

Y aquí Jon cayó a uno de sus silencios interminables. Era evidente que le costaba trabajo volver sobre la despedida en Jamaica. Fue tan parco sobre este episodio que no es muy fácil ponerlo por escrito. Creo que una frase, dicha en medio de premiosas explicaciones y detalles evocados una y otra vez, refleja muy bien sus sentimientos: «Ese barco escorado y casi en ruinas que usted vio en el muelle de Kingston es el mejor retrato de cómo se sentía su capitán. Ninguno de los dos tenía remedio. El tiempo cobraba su factura. Los días de vino y rosas habían terminado para los dos». Warda se despidió de Jon en el aeropuerto de Kingston. Tomaba un vuelo a Londres y allí otro con destino a Beirut. Lo último que le dijo, mientras le rodeaba la cara con las manos y lo miraba con fijeza de sibila, fue: «En Recife tendrás noticias mías. Déjame ponerme en orden por dentro y te veré de nuevo». Jon regresó al carguero con el ánimo deshecho pero también con esa aceptación de su destino que tenía mucho de estoico y mucho más de ibérica conformidad con los decretos de los dioses.

Sus planes incluían un intento de reparación del barco, así fuera provisional, en los astilleros de New Orleans. Tocaría luego La Guaira para cargar maquinaria de exploración petrolera con destino a Ciudad Bolívar y de allí iría a Recife con madera. El diagnóstico de los talleres navales en New Orleans fue bastante pesimista. La reparación general de la armadura del casco y las bodegas resultaba incosteable y de ella no respondían plenamente los ingenieros, dadas las condiciones del resto del buque. La pintura de la superficie exterior del *Alción* era más cara que el valor del buque en libros. Los ajustes que recientemente se habían hecho a la maquinaria le daban un margen de vida al navío que los técnicos no quisieron precisar. Jon tuvo que conformarse con reducir la capacidad de carga a la mitad, para no forzar los costados del casco y las paredes de las bodegas. Cuando llegó a La Guaira sólo pudo, por tal razón, aceptar una parte de la carga que lo esperaba en los muelles.

El remolcador había dejado atrás la región de las ciénagas y entró al trayecto final del río, antes de llegar al puerto. Ese trozo estaba dragado y mantenido desde la colonia para facilitar un tráfico muy intenso entre varias ciudades aledañas a la costa del Caribe, unidas entre sí por un canal que, partiendo de un recodo del río, conducía a la Villa Colonial, de heroica tradición por su resistencia a las invasiones de los piratas en los siglos XVII y XVIII. El paso por las vastas extensiones pantanosas es de una monotonía abrumadora. Debo confesar que, en esa ocasión, ni siquiera la percibí. La historia del capitán Jon Iturri había acaparado toda mi atención y, como aprovechábamos las noches en cubierta para seguir nuestra charla, el día se nos iba, casi en su totalidad, en dormir en nuestros camarotes, con el aire acondicionado que nos traía esa frescura artificial y un poco de morgue, pero que en zonas como ésas resulta de un indudable alivio. El último trayecto del río estaba protegido por muros de piedra y calicanto a lo largo de las dos orillas y daba la impresión de entrar a un canal semejante a los que, en Bélgica y Holanda, cruzan el país en todas direcciones. Nos quedaban dos días de navegación, antes de llegar al puerto. La penúltima noche Iturri me propuso que continuáramos con nuestra costumbre de pasarla despiertos. Su historia llegaba al final, del que, sin saberlo, yo había sido parcial testigo. Desde las nueve de la noche nos instalamos en cubierta. Las jamaiquinas trajeron una gran jarra con la mezcla *vodka amb pera* en la que flotaban trozos de hielo para mantenerla fresca. Jon comenzó su relato con una voz impersonal y opaca que indicaba cierta reserva, cierta dificultad, por lo demás bastante explicable a medida que la historia llegaba a su fin: «Ya conoce usted las bocas del Orinoco. Un dédalo infernal en uno de los climas más agotadores que recuerdo. Además, la región, en esa época, estaba bastante abandonada y la falta de recursos llegaba allí a ser alarmante. Yo no había estado nunca. El contramaestre argelino y el piloto sí parecían familiarizados con el sitio. El piloto era de Aruba y había remontado varias veces el río hasta Ciudad Bolívar, que era adonde nos dirigíamos para descargar la maquinaria. No mostró mayor preocupación ante las dificultades que la carta de navegación anticipaba con detalle. "Sólo hay que temerle —explicó— a las crecidas súbitas del río en la temporada de lluvias. La corriente baja con grandes bancos de lodo, raíces y troncos que pueden obstruir el paso en pocos minutos. Pero desde Ciudad Bolívar la radio del puerto suele anunciar la llegada de esas avenidas. Iremos con cuidado. No se preocupe". Fue en ese momento cuando comencé a preocuparme. Sé muy bien lo que en estos países significa la frase "no se preocupe". Debe entenderse como: "Si algo nos pasa no hay nada que hacer, así que no vale la pena preocuparse". Llegamos de noche frente a San José de Amacuro y resolví anclar en la pequeña bahía para entrar a la madrugada siguiente al delta, con la luz del día. Llovió toda la noche. El piloto nos tranquilizó explicando que eso no quería decir que estuviera lloviendo también en el interior, que era donde el Orinoco recibía las aguas crecidas de sus afluentes. A las cinco de la mañana empezamos a entrar por el brazo del delta que indicaba la carta como el más practicable. Allí nos cruzamos con el *Anzoátegui.* Seguía lloviendo torrencialmente. Teníamos sintonizada nuestra radio con la estación del puerto, que, en efecto, transmitía periódicamente informes sobre el estado del tiempo en la región. A las ocho y media de la mañana anunció una primera riada sin peligro alguno para los navíos que estaban entrando: se había desviado por un brazo que alimentaba extensos manglares. Pocos minutos después la estación salió del aire. Allá en el horizonte, sobre el lugar donde calculábamos que estaba la ciudad, crecía un cúmulo nimbus con su acostumbrada silueta de yunque, del que partían relámpagos en forma casi continua. Avanzábamos con lentitud por el estrecho canal parcialmente marcado con boyas. De repente el barco comenzó a vibrar, primero en forma casi imperceptible y luego con mayor intensidad, haciendo golpear las planchas del casco hasta producir un estruendo ensordecedor. El piloto anunció que era una creciente pero que, por la forma como venían las aguas, no parecía traer bancos de lodo. El contramaestre no se mostraba tan confiado y ordenó a la tripulación tomar ciertas precauciones y tener listos los botes salvavidas. De pronto el barco chocó con algo en el fondo y giró bruscamente hasta quedar de través, soportando toda la fuerza de la corriente. Ordené forzar las máquinas para tratar de enderezar y, cuando estábamos a punto de lograrlo, un choque brutal nos dejó escorados de forma que nada podían hacer las hélices que giraban en el vacío. Detuve las máquinas y todo el mundo subió a cubierta. El barco hacía agua rápidamente. Se había partido por la mitad y estaba montado sobre un gran banco de lodo y vegetación que aumentaba a ojos vistas. Uno de los botes salvavidas se había aplastado bajo el barco. Nos acomodamos como pudimos en el único que quedaba y la corriente nos alejó en un vértigo de lodo y lluvia. Por fortuna, el mismo banco que había chocado contra el *Alción* represaba las aguas. Media milla más adelante logramos controlar el bote. El *tramp steamer*, batido por la corriente a fuertes sacudidas, se iba destrozando ante nosotros. Era como ver una bestia prehistórica acabar despedazada por un enemigo omnipresente y voraz. Por fin, los dos trozos en que se había partido se fueron alejando en opuestas direcciones, hacia las orillas, y, de pronto, desaparecieron en sendos canales que cerca de éstas suelen formarse por un fenómeno de compresión de las aguas sobre el maleable fondo del río. A las seis de la tarde arribamos a Curiapo. Las autoridades nos alojaron en el puesto militar y me permitieron comunicarme con Caracas para entrar en contacto con los aseguradores y tomar las primeras providencias destinadas a repatriar a la tripulación. Así terminó el *tramp steamer* que todavía sigue presente en sus sueños... y en los míos».

Me quedé un rato en silencio. Pensaba hasta dónde tenía razón Iturri cuando me dijo que fui testigo de los momentos decisivos de la historia del *Alción* y de su capitán. A tal punto, que lo había visto pocas horas antes de naufragar, cuando esperábamos en el guardacostas de la Armada de Venezuela a que nos diera paso para salir a alta mar. No quise preguntarle más esa noche. Nos quedaba aún la siguiente antes de arribar a nuestro destino. No era, por otra parte, difícil deducir cómo había terminado todo para él. No para satisfacer mi curiosidad, sino más bien para darle oportunidad de exorcizar los fantasmas que debían torturar su alma de vasco introvertido y sensible, le comprometí a que la noche siguiente me contara el final de su historia. «Las historias —me contestó— no tienen final, amigo. Esta que me ha sucedido terminará cuando yo termine y quién sabe si tal vez, entonces, continúe viviendo en otros seres. Mañana seguiremos conversando. Ha sido muy paciente en oírme. Yo sé que cada uno de nosotros arrastra su cuota de infierno en la Tierra, es por eso que su atención obliga mi gratitud, como decía un abuelo mío que era maestro en San Juan de Luz». Cuando pasó frente a mí para ir a su camarote, advertí en sus rasgos una sombra adusta que le hacía aparentar de mayor edad. La luna llena daba en sus cabellos creando un efecto de blancura que hacía aún más patética esa visión de un envejecimiento repentino.

Cuando, a la noche siguiente, nos reunimos en la pequeña cubierta, ya se veía en el horizonte el reflejo de las luces del puerto. Daba la impresión de un incendio estático que imprimía a la escena un dramatismo inesperado. Iturri entró de lleno en el asunto. Me pareció que quería acabar pronto su historia, pasando un poco sobre ascuas en la narración de su propia desventura. Evitó en esta oportunidad, al igual que en las anteriores, el menor giro que pudiera interpretarse como autocompasión. No había en esto, desde luego, la mínima dosis de orgullo. Lo hacía por simple pudor, por eso que los franceses del siglo XVIII llamaban bellamente *gentileza del corazón*.

«Los aseguradores me citaron en Caracas para estudiar la póliza del *Alción* e indemnizar a la marinería y a los oficiales. Desde allí envié a Warda y a Bashur sendos telegramas informándoles del naufragio. Esperé durante un tiempo prudencial la respuesta a estas comunicaciones. Ese hermetismo absoluto comenzó a preocuparme. Mientras tanto, la idea de viajar a Recife comenzó a convertírseme en una obsesión que no me abandonaba un instante. Ahora tenía un carácter más apremiante y necesario. Cualquiera que pudiera ser la determinación de Warda respecto al futuro, me resultaba insufrible pensar que no la volvería a ver. La despedida en Kingston no podía ser la definitiva. Se me acumulaban en la mente todas las cosas que no le había dicho durante nuestra vida en común. Entonces me parecían poco importantes y casi innecesarias; nuestros gestos, nuestra relación erótica, nuestras simpatías y fobias compartidas hacían que sobraran las palabras. Ahora, éstas tornaban a ejercer su dominio, su premiosa insistencia. Eran los eslabones que vendrían a crear un nuevo vínculo o a prolongar el anterior

398

partiendo de otros elementos. El resultado fue que, terminadas las diligencias en Venezuela, tomé un avión para Recife. ¿Conoce usted Recife?» Le contesté que había estado allí dos veces y que guardaba un recuerdo inolvidable de esa ciudad entre portuguesa y africana que tenía para mí un encanto indefinible. «También a mí me atrajo muchísimo las primeras veces que toqué en ella con un barco cisterna que transportaba materias químicas desde Bremen. Pero en esta ocasión, la belleza misma de la ciudad, el atractivo de sus puentes, sus plazas y sus edificios, todo ligeramente erosionado y a punto de derrumbarse, contribuyeron a hacer aún más intolerables los días que pasé allí pendiente de noticias de Warda. Noticias que me empeñaba en esperar, más por impulso de mis deseos y ansiedades que por razones reales y tangibles. Ella me había dicho que nos veríamos allí, pero en sus palabras estaba implícita la reserva de lo que sucedería a su regreso al Líbano. Recordando, reconstruyendo punto por punto sus palabras y gestos, esta cita en Recife me parecía evidentemente una ilusión, un consuelo imaginado por ella para no darle a nuestra despedida en Kingston el dramatismo de un adiós irremediable. Ya no sabía muy bien qué pensar sobre todo esto. Cuánto era lo que mi imaginación construía, sin más bases que mis propios sueños, y cuánto lo que estaba sucediendo en realidad. Visitaba los hoteles en donde suponía que Warda pudiera alojarse. Me convertí en un personaje original y hasta sospechoso para los barman y la gente de la recepción. Me veían entrar y movían negativamente la cabeza con una sonrisa en donde la compasión comenzaba a hacerse más evidente, mezclada también con un leve fastidio, como el que producen los maniáticos o los dementes. Llegué a odiar la ciudad y a achacarle la culpa de todo. El calor se iba haciendo insoportable y no me ocupaba en buscar un nuevo trabajo, que requería con cierta urgencia porque mis fondos empezaban a agotarse. El seguro sólo sería liquidado en su totalidad hasta dentro de un año y previa una minuciosa investigación del naufragio del *tramp steamer.*

»Finalmente, en la oficina de correos me dijeron que había algo para mí. Era una larga carta de mi amiga. No voy a leérsela. No hay nada en ella que no hayamos hablado usted y yo. Simplemente es que leerla en voz alta, dada la fluida naturalidad de su escritura, sería un poco como escucharla de viva voz.

No podría resistirlo. La puedo resumir muy fácilmente. Warda me describe su llegada al Líbano y su inmediato ajuste con el medio social y familiar. Sus sueños europeos y de otro orden se habían esfumado de inmediato y perdido toda razón y consistencia. Quedaban los sentimientos que la unían a mí. Éstos estaban intactos, pero, a partir de ellos, no había lugar para construir nada, para esperar nada que no fuera una descalabrada experiencia que haría de nuestra relación una madeja de reclamos silenciados, de culpas y frustraciones disfrazadas. Lo de siempre, en fin, cuando se parte de una distorsión de la realidad y tomamos nuestros deseos por verdades incontrovertibles. No iría a Recife ni pensaba verme de nuevo en parte alguna. Le dolía tremendamente que el naufragio del *tramp steamer* se hubiera interpuesto en su decisión de quedarse en tierra y someterse a las leyes y costumbres de su gente. Parecía que las palabras de Abdul se hubiesen cumplido. No había tal, ni yo debía pensar así. El barco, preciso era confesarlo, estaba en condiciones de sucumbir en cualquier momento. Era casi un milagro que hubiera perdurado, cumpliendo una tarea tan superior a sus fuerzas. Venían luego unas consideraciones sobre mi persona y las virtudes y cualidades que Warda le atribuía, evidentemente magnificadas por el recuerdo de los buenos días que pasamos juntos y por la nostalgia de saber que nunca más nos íbamos a encontrar. Nunca he sido hombre con mucho éxito entre las mujeres. Yo creo que las aburro un poco. Lo que ella vio en mí es, quizás, un cierto orden, una cierta distancia que interpongo para resguardarme de los hombres y sus necedades, y que a Warda le fueron de inmensa utilidad para disipar sus lucubraciones europeizantes. Conmigo aprendió que los seres son iguales en el mundo entero y los mueven iguales mezquinas pasiones y sórdidos intereses, tan efímeros como semejantes en todas las latitudes. Con esa convicción bien afirmada, el regreso a lo suyo era fácilmente predecible y demostraba una madurez muy rara en una mujer de nuestros días.

»En Recife acepté llevar un buque tanque para ser reparado en Belfast y así torné a mi vida de antes de mi encuentro en Amberes con Bashur y el Gaviero. Pero Warda había llenado a tal punto mi vida y las fibras más secretas de mi cuerpo, que su ausencia me dejó un vacío que ya nada podrá llenar. Ya se lo dije al comienzo: cumplo como un autómata con la función de ir viviendo. Dejo que las cosas sucedan a su antojo, sin buscar consuelo o alivio en el desorden que a menudo plantean para engañarnos. Me doy cuenta, también, de que esta historia que le he contado puede resultar, como al principio le advertí, bastante manida y simple. Si usted hubiera visto, así fuera por un instante, a Warda, si hubiera escuchado su voz, vería cómo todo tiene un sentido muy diferente. Había algo en ella de aparición inconcebible que no puede decirse con palabras y sólo conociéndola lograría explicarse la desmesurada fortuna que fue estar a su lado y la tortura inaudita que ha sido perderla.»

Nos quedamos, como ya era usual, en silencio durante más de una hora. De pronto Iturri se incorporó de su silla y, tendiéndome la mano, me dijo, dándome un largo y caluroso apretón que intentaba reemplazar palabras que su reserva de vasco arquetípico le impedía pronunciar: «No sé si nos veremos mañana. Debo bajar muy temprano para presentarme en los muelles y embarcar en el carguero belga que me llevará hasta Adén. Fue un placer muy grande haberlo conocido y saber que su simpatía por el pobre *tramp steamer* que se le apareció en Helsinki nos unirá para siempre. Buenas noches». Le respondí con algunas frases deshilvanadas. La carga de emoción de su despedida, que me transmitió al instante, no me permitió decirle lo que había sido para mí el conocer la otra parte de la historia del *Alción* y de su capitán. Cuando me fui a acostar comenzaba a amanecer. Sólo hasta el mediodía vendría a recogerme el auto de la empresa. Antes de entrar en un sueño que necesitaba sobremanera, alcancé a meditar en la historia que había escuchado. Los hombres —pensé— cambian tan poco, siguen siendo tan ellos mismos, que sólo existe una historia de amor desde el principio de los tiempos, repetida al infinito sin perder su terrible sencillez, su irremediable desventura. Dormí profundamente y, contra mi costumbre, no soñé cosa alguna.

AMIRBAR

A la memoria de mi abuelo Jerónimo Jaramillo Uribe, que alguna vez buscó oro a orillas del río Coello en el Tolima.

La vie n'est q'une succession de défaites. Il y a des belles façades —il en est de pires. Mais derrière les belles, presque autant que derrière les pires, la défaite, toujours la défaite et encore la défaite —ce qui n'empeche pas de chanter victoire, car au fond l'homme n'est réellement vaincu que par la mort— mais encore, uniquement parce qu'elle lui ôte tout moyen de proclamer contre l'évidence qu'il ne l'est pas. Alors, il s'est fait même un allié de la mort et il compte beaucoup sur elle pour lui donner toute la gloire que lui a refusé la vie.

PIERRE REVERDY, *Le livre de mon bord*

... porque mulleres en las minas sembla cosa del dimoni e es provado que ningun profit se saca de hacerlas treballar allí. Al contrari, los celos y tropelías que con ello suceden sont de molt perill para tots.

SHAMUEL DE CORCEGA, *Verídica estoria
de las minas que la judería laboró
sin provecho en los montes de Axartel,*
Imprenta Capmany 1776, Soller, Mallorca.

—Los días más insólitos de mi vida los pasé en Amirbar. En Amirbar dejé jirones del alma y buena parte de la energía que encendió mi juventud. De allí descendí tal vez más sereno, no sé, pero cansado ya para siempre. Lo que vino después ha sido un sobrevivir en la terca aventura de cada día. Poca cosa. Ni siquiera el océano ha logrado restituirme esa vocación de soñar despierto que agoté en Amirbar a cambio de nada.

Esas palabras del Gaviero me habían dejado pensativo. Como nunca fue hombre dado a confidencias de ese orden y sí al relato escueto de sus andanzas, sin sacar conclusiones ni derivar moral alguna, la evocación de sus días en Amirbar me causó especial curiosidad. Decaído como se encontraba, agotado por el largo tratamiento a que tuvo que someterse para terminar con la malaria que lo estaba matando, el Gaviero había dejado escapar palabras que abrían un resquicio revelador del oculto mundo de derrotas sobre el que solía ejercer una vigilancia inflexible. Las había pronunciado mientras tomábamos el sol en el patio de la casa de mi hermano Leopoldo en Northridge, en medio del verano transparente e interminable del Valle de San Fernando, en California. Era notorio que, con ellas, indicaba su deseo de abrir las compuertas a recuerdos por alguna razón guardados celosamente hasta ahora. Muchas habían sido, en el curso de nuestra amistad, las ocasiones en que gustaba referir episodios de su vida. Jamás había hecho mención de los días en Amirbar, ni sabía yo, entonces, a qué aludía con ese nombre.

En las semanas que siguieron nos contó, en efecto, mientras ganaba fuerzas para viajar a la costa peruana, sus experiencias de buscador de oro en la cordillera y el naufragio de sus miríficos proyectos en las intrincadas galerías de Amirbar. Pero antes de transcribirlas para mis lectores, no está de más que les relate las circunstancias de nuestro encuentro en aquella ocasión. Son tan características del talante y el destino de Maqroll que sería imposible dejarlas de lado. El atajo que debo tomar no es largo y, repito, creo que bien vale la pena recorrerlo para mejor provecho de lo que ha de venir después.

Cómo había ido a parar el Gaviero al cuarto de un infecto motel perdido en el trayecto más impersonal y sombrío de La Brea Boulevard, fue lo primero que me pregunté en el camino. Estaba yo en Los Ángeles en un viaje de trabajo y pasaba buena parte del día en los estudios de Burbank. Una noche, cuando fui a retirar mi correspondencia en la recepción del Hotel Chateau —Marmont, donde siempre me hospedaba cuando iba por razones de negocios—, me entregaron un escueto recado, escrito en una hoja manchada de grasa y sin membrete: «Estoy en La Brea 1644. Venga tan pronto pueda. Lo necesito. Maqroll». Firmaba con una letra un tanto insegura que, al pronto, no reconocí. Subí a mi habitación para dejar unos papeles y salí de inmediato a ver a mi amigo. No solía enviar recados tan apremiantes y los temblorosos rasgos de su nombre indicaban que debía hallarse en un estado de salud más que precario. El número mencionado era el de un sórdido motelucho con una angosta entrada para autos que se prolongaba en una hilera de habitaciones con números pintados en tinta de un rabioso color limón. Tres o cuatro coches estaban estacionados frente a las habitaciones con luz en las ventanas. El Gaviero había olvidado indicarme el número de su cuarto, o quizá prefirió que hablara antes con el portero, recluido en un estrecho cubículo al comienzo de la fila de cuartos. Toqué en los vidrios y salió a abrirme un hombre corpulento y despeinado, vestido con una camiseta marrón y unos bermudas que le ceñían la cintura debajo de un prominente estómago de bebedor de cerveza. Hablaba un inglés menos que básico con marcado acento árabe. Una profunda cicatriz le cruzaba la cara desde el centro de la frente, descendía por la nariz y terminaba en medio de la barbilla. Mencioné el nombre de mi amigo y, en lugar de indicarme el número de su cuarto, me hizo pasar al reducido y maloliente espacio de lo que podía tomarse como su oficina. Entró de lleno en materia, sin siquiera presentarse: «Lo he estado esperando. Su amigo me dijo que se conocen desde hace muchos años. También yo lo conozco hace mucho y le debo varios favores. Pero el dueño de este lugar es un judío que no perdona ni entiende razones. Nuestro hombre debe ya tres semanas de renta y esta noche viene Michaelis a cobrar. Sería bueno que usted me diera el dinero correspondiente. No quiero mandar a la calle al Gaviero en el estado en que está. Son noventa y cinco dólares en total». Habló con más inquietud que brusquedad. Era claro que se hallaba entre la espada y la pared. Le di el dinero y, cuando me extendía el recibo, entró su esposa, una mujer también alta, que debió ser muy bella en otro tiempo pero cuya extrema delgadez y rostro macilento le daban un aspecto fantasmal. También hablaba con un fuerte acento del Medio Oriente. Me saludó con sonrisa desvaída y, en un francés un poco más fluido y comprensible que el inglés del portero, me comentó que se alegraba mucho de mi arribo. Mi amigo necesitaba con urgencia ayuda y la compañía de alguien. Me despedí de ellos y fui a la habitación que me habían indicado. Resultó ser contigua a la portería, pero, por vaya a saberse qué capricho, tenía el número 9.

La puerta no estaba con llave. Entré después de golpear con los nudillos y una voz apagada ordenó: «Pase, pase, no está cerrada». Allí yacía Maqroll el Gaviero, tendido en una cama con sábanas de un desteñido rosa en las que el sudor dejaba amplias manchas oscuras. El hombre temblaba violentamente. Los ojos desencajados y brillantes tenían una expresión agónica y desesperada. La barba de varias semanas, entrecana e hirsuta, contribuía aún más a darle un aspecto de fatal desamparo. La decoración del cuarto, con desvaídas reproducciones de desnudos femeninos y el imprescindible espejo frente al lecho, encima de un tocador adornado con polvorientos volantes también de color rosa, daba un toque entre patético y grotesco a la presencia del Gaviero en ese lugar. Me indicó con la mano que me sentara en la única silla de brazos, forrada en grasienta cretona de flores de color ya indefinido. La acerqué a la cabecera del lecho y tomé asiento, en espera de que pasara un poco el acceso de fiebre que le impedía hablar con claridad. Tomó de la mesa de noche un frasco de pastillas y se echó dos en la boca. Las tragó con un poco de agua que, con gran dificultad, se sirvió de una jarra que había en la misma mesa. Sus manos temblaban en tal forma que la mitad del agua se regó sobre las sábanas. Hice el gesto de ayudarle pero me rechazó con una sombra de sonrisa en los labios. Los dientes entrechocaban cuando intentaba hablar. Esperamos un rato en silencio mientras la medicina hacía efecto. Transcurrió un cuarto de hora o más y el temblor cedió paulatinamente. Cuando pudo hablar, su voz se escuchaba con mayor firmeza.

«Es una medicina muy fuerte que me deja casi más atontado que la fiebre —explicó—. Por eso no la tomo con la frecuencia que debiera. Vengo de Vancouver y quise demorarme aquí un par de días antes de seguir al sur. Quería ver a Yosip para convencerlo de que me acompañe en una empresa que voy a intentar en el Perú». Antes de que le preguntara quién era Yosip, el Gaviero prosiguió: «Yosip es el encargado de este motel. Fuimos compañeros en varias andanzas en el Mediterráneo sobre las cuales algo le he mencionado antes. Nació en Irak de padres georgianos. Ha sido de todo, desde mercenario en Indochina hasta proxeneta en Marsella. Es un hombre de carácter difícil pero noble y buen amigo. Supongo que debió darle un sablazo por el dinero que debo. No tuvo más remedio. Pero es persona muy de fiar y con la que se pueden pasar buenos ratos. Con un trago suelta la lengua y hay para rato escuchando sus historias. Bueno, pues me vino un ataque de malaria que me tiene en la cama hace mes y medio. Siempre llevo conmigo la medicina para controlar los efectos, pero ahora me descuidé y aquí me tiene. Estas fiebres palúdicas las pesqué en Rangoon, hace tanto que a veces pienso que fue a otro a quien le sucedió aquello. En Rangoon, metido en un negocio de madera de teca con unos socios ingleses más tramposos que un falso derviche. No saqué un centavo de todo ese esfuerzo. Gané estas fiebres y algunas teorías eróticas notables con una viuda, dueña de una precaria industria de inciensos para ceremonias religiosas en Kuala Lumpur. Ya le contaré un día. Vale la pena. Un médico de Belfast me recetó estas pastillas a base de quinina. Dan resultado pero me producen un dolor de cabeza insoportable y náuseas continuas. He sorteado las fiebres a base de este remedio, pero esta vez me ganaron la partida».

Le sugerí que antes de otra cosa debíamos llamar un médico. Las fiebres lo habían debilitado en tal forma que podían estar afectados órganos como el corazón y el hígado. No recibió la idea con mucho entusiasmo. Los médicos, comentó, le producían desconfianza y todo lo complicaban. Insistí y quedamos en que al día siguiente vendría con uno. Estuvo de acuerdo a regañadientes. Conversamos un rato más sobre viejos recuerdos y gentes cuyo trato habíamos compartido. Cuando iba a dejarle algún dinero para sus gastos más inmediatos, me dijo: «No, no me deje nada. Déselo mejor a Jalina: la mujer de Yosip. Ella me trae la comida y lo demás que necesito. Si lo deja aquí me lo roban. Hay un tráfico de putas y maricones que no cesa ni de día ni de noche y como tengo que dejar la puerta abierta porque cuando me vienen los ataques me da angustia estar encerrado, entran y se llevan lo que pueden. Así me he quedado sin ropa, sin zapatos, sin papeles. El pasaporte y el dinero para el pasaje en barco hasta Matarani los tienen los porteros. Allí están seguros. Algunas mujeres que vienen y se quedan conmigo se han llevado cosas como pago por sus servicios, el resto se lo llevan sombras que veo girar a mi alrededor cuando me vienen las fiebres».

Traté de tranquilizarlo diciéndole que, en adelante, yo cuidaría de que no lo despojasen más. Pero lo más importante era conocer el diagnóstico de un facultativo para saber cómo estaba y qué debía hacerse para sacarlo de esa situación. Me dio las gracias con una sonrisa que quería ser calurosa a pesar del temblor de los labios que de nuevo empezaba a manifestarse. Pasada la medianoche lo dejé semidormido, bañado en el sudor que empapaba las sábanas. Yosip y su mujer estaban cenando en la portería y les informé que al día siguiente vendría con un doctor. Les dejé el teléfono del hotel por si algo se ofrecía y algunos dólares para los gastos a que hubiera lugar. Me informaron que el Gaviero comía muy poco y se negaba a probar muchos de los platos que la mujer le preparaba. Había un acento de cariño y lealtad hacia Maqroll cuando lo mencionaban, más notorio en la mujer, que usaba al nombrarlo un diminutivo indescifrable. Me sonó a algo como «ruminchi» pero no quise preguntarle al respecto. Sentí que era como entrar en un terreno de intimidad que no me correspondía.

Al día siguiente me proporcionaron en los estudios el teléfono de un médico que prestaba sus servicios durante las filmaciones. Me comuniqué con él y resultó ser de nacionalidad uruguaya. Por teléfono se advertía en su voz una serena autoridad que me dio mucha confianza. Quedamos en que pasaría en la tarde a mi hotel e iríamos juntos a ver al Gaviero. A las seis en punto nos encontramos en el vestíbulo. Él iba a llamarme a mi habitación y yo había bajado para esperarlo. Era un hombre de estatura mediana, rostro sonriente con ojos expresivos, casi cubiertos por espesas cejas de un negro profundo, al igual que el grueso bigote que le daba un aspecto de bandido de zarzuela. Partimos hacia La Brea y, en el camino, le comuniqué algunos antecedentes sobre el Gaviero. Le conté de nuestra vieja amistad, su condición de errancia perpetua y algunas de sus más notorias originalidades de carácter. El médico comentó que esas enfermedades tropicales son desde hace años de curación más bien sencilla; pero cuando el paciente se descuida y suspende los tratamientos, creyendo que ya está libre del mal, se vuelven crónicas y afectan seriamente el bazo, el hígado y llegan a producir lesiones cardíacas serias. Entramos al motel y el doctor no pudo contener un gesto de extrañeza a pesar de que yo le había advertido las condiciones en que vivía mi amigo. Los porteros salieron a saludar y la traza de la pareja acabó de sorprenderlo. No hizo comentario alguno y pasamos al cuarto de Maqroll, que dormía en medio de ligeras convulsiones y una respiración entrecortada. Abrió los ojos y saludó con aire ausente.

Se sometió al examen con una paciencia resignada, poco usual en él. Escuchó las recomendaciones sobre el tratamiento que debía seguir con una sonrisa entre escéptica y cortés. Los nuevos remedios, según el médico, iban a hacerle un efecto benéfico en poco tiempo. Tendría, eso sí, que internarse en un hospital para poder tratarse en forma regular y controlada. Allí donde estaba era imposible hacerlo. Los ataques de fiebre lo dejaban largas horas inconsciente o adormilado y no tomaría las medicinas a su hora debida. A todo esto el Gaviero asentía sin oponer resistencia. Su única objeción fue de orden económico: no tenía un solo centavo y no veía cómo entrar a un hospital en tales condiciones. Le expliqué que yo me haría cargo de ello. Más tarde arreglaríamos cuentas. Se alzó de hombros y me dio las gracias fijando su mirada en una lejanía no por hipotética menos intensa y dolorida. Regresé con el médico al hotel para que recogiera su automóvil. Mientras recorríamos el interminable e insulso bulevar de Santa Mónica, el uruguayo guardaba un silencio que quería ser discreto pero que revelaba su imposibilidad de conciliar mi cargo, lleno de responsabilidades en países sudamericanos bajo mi cuidado, con la amistad de alguien tan ajeno al mundo de las grandes corporaciones del cine de Hollywood. Finalmente, y un poco con mi ayuda, se resolvió a preguntarme dónde había conocido a tan curioso personaje, con ese nombre imposible de identificar con nacionalidad alguna. Le respondí que habíamos hecho amistad durante uno de mis viajes de rutina por las Antillas en un buque cisterna de la Esso, cuando trabajaba para esa compañía. Maqroll era jefe de bombas y nuestra relación nació cuando lo vi abstraído, durante uno de sus ratos libres, en un erudito tratado sobre la Guerra de Sucesión de España. Entramos de lleno en materia, por ser ése un tema que también a mí me interesa, y coincidimos en el indudable derecho que cabía a Luis XIV de reclamar para su nieto el trono que dejaban vacío los Austrias. Volvimos a encontrarnos en viajes posteriores y se nos hizo costumbre coincidir en los más inesperados lugares del mundo, según lo permitían nuestros sucesivos cambios de ocupación. «Nunca hubiera pensado que fuera hombre con inquietudes intelectuales —me comentó el médico con cierta cautela profesional—. Yo no lo llamaría en esa forma —le respondí—. La sola palabra intelectual le produciría al Gaviero un sobresalto mayúsculo. Es un hombre con profundas y muy sinceras curiosidades y un gusto muy personal por el pasado, que van parejos con una buena formación literaria, lograda al margen del mundo en donde suelen moverse los llamados intelectuales». No vi muy convencido al doctor, que aún no se reponía del encuentro con alguien como Maqroll. Le relaté en forma sucinta y superficial algunas anécdotas de la vida de mi amigo, que en nada contribuyeron a devolverle la tranquilidad. Cuando llegamos al hotel me dio la dirección del hospital en donde podrían tratar al Gaviero y se despidió con cierta reserva.

Al día siguiente fui por Maqroll en una ambulancia. Apenas se podía tener en pie. Yosip y su mujer me interrogaron con angustia sobre lo que iban a hacerle a su huésped, por quien mostraban un caluroso interés que afloraba en la torpeza de sus preguntas y en la ansiedad de sus tímidas objeciones. Maqroll los tranquilizó diciéndoles que no era culpa de ellos el que tuviera que dejar el sitio, sino que se trataba de seguir un tratamiento muy riguroso y por esto era indispensable internarse en el hospital. Les di la dirección para que fueran a visitarlo. Cuando subían la camilla a la ambulancia, Jalina se agarró a mi brazo con súbita congoja y me repitió varias veces: *«S'il s'agit de le soigner, ça va. Mais vous êtes responsable si ça ne marche pas. C'est un ami comme il n'y en a pas d'autres».* La tranquilicé como pude y torné a confirmarle que era tan viejo y buen amigo suyo como podían serlo ellos; que no había nada que temer y todo iría bien. Ya nos veríamos en el hospital. Dos grandes lágrimas empezaron a correr por su rostro que guardaba todavía las proporciones y el porte de una altivez mediterránea. Yosip observaba la escena con esa tranquilidad felina que adquieren los mercenarios a fuerza de convivir con el dolor y la muerte. Mientras ascendíamos por La Brea para tomar el *freeway* a San Fernando Valley, en donde se encontraba el hospital, la sirena de la ambulancia se abría paso por entre el tráfico. Maqroll me miraba entre divertido y extrañado. Me comentó que sus amigos del motel, de tanto verlo sobrevivir a los más absurdos avatares, se habían formado una idea sobre él que no excluía cierta sospecha de inmortalidad. Verlo partir en una ambulancia rumbo al hospital era un golpe muy brusco a esa imagen que debía serles necesaria para seguir viviendo.

—Uno sirve a menudo de garantía contra la muerte y lo que hace en verdad es llevarla siempre a las costillas simulando ignorarla —comentó volviendo sobre una de sus más arraigadas obsesiones.

El tratamiento a que fue sometido Maqroll en el hospital con nombre bíblico y riguroso reglamento cuáquero, empezó muy pronto a dar resultados. Los ataques de fiebre fueron espaciándose más y más y el Gaviero pasó muy pronto de la silla de ruedas a caminar lentamente por las avenidas del aséptico jardín cuyas flores parecían de plástico, como también los naranjos cargados de frutos de un improbable amarillo. Solía visitarlo al final del día, cuando terminaban mis tareas en los estudios y durante las tardes de los sábados y domingos. De vez en cuando me encontraba con el portero y su mujer. Su desconfianza hacia mí había dado paso a una cordialidad un tanto brusca y conmovedora. La recuperación del Gaviero los había tranquilizado, como también algunas aclaraciones que aquél debió hacerles sobre nuestra relación.

Un sábado fui a visitarlo en la mañana y encontré que había reunido sus pocas pertenencias en una bolsa de mano de las que obsequian las líneas aéreas. Mostraba haber sido sometida a viajes mucho más arduos que los que suelen hacerse en avión. Maqroll me esperaba sentado en una silla y todo en él mostraba una impaciencia, una inquietud nada usuales. Antes de que pudiera preguntarle qué sucedía, el Gaviero se apresuró a explicarme: «Esta mañana, muy temprano, el doctor llamó para autorizar mi salida. Ayer tuvimos una larga entrevista y llegó a la conclusión de que el ambiente, impersonal y funerario, de estas instituciones me estaba haciendo más daño que las fiebres. Ya sabe que los hospitales no han sido nunca mis lugares favoritos. Ni cuando estuve en ellos como vigilante, en el Hospital de la Bahía, ni en el de los Soberbios* pude librarme de esa sensación de antesala de la muerte que tienen estos edificios, así sean tan suntuosos y con pretensiones de hotel de lujo como éste. Así que me voy. Usted me dijo que hoy vendría y aquí me tiene listo para regresar al motel o a cualquier sitio que no tenga nada que ver con médicos ni enfermeras». No me sorprendió la decisión de Maqroll de abandonar el hospital. Ya había venido notando su rechazo al ambiente que lo rodeaba y su deseo de abandonarlo tan pronto estuviera medianamente repuesto. Sin embargo, para estar más seguro, resolví hablar con el médico y conocer su opinión con más detalle. Le hablé por teléfono desde la habitación y me dijo que, en efecto, pensaba que mi amigo podía dejar la clínica pero era aconsejable que descansara en un ambiente familiar, tranquilo, muy diferente al del motel de donde lo habíamos rescatado en buena hora. Así se lo comenté al Gaviero y le propuse que aceptara quedarse unos días en casa de mi hermano, en el clima privilegiado del Valle de San Fernando, donde él vivía, no lejos de la Universidad de Northridge con sus extensos naranjales y sus blancos edificios silenciosos. Aceptó un tanto a regañadientes. No quería molestar en casa ajena, su presencia iba a romper la rutina de los dueños; a los cuales, además, no conocía. Lo tranquilicé aclarándole que ellos estarían encantados de acogerlo en su casa, no tenían hijos y eran personas acostumbradas a tratar con amigos de existencia tan dispar y accidentada como la suya.

La vida en la casa de Northridge entró muy pronto en un cauce de franca familiaridad. El Gaviero estaba encantado

---

* *Poesía. Reseña de los Hospitales de Ultramar,* págs. 79 y 80, *ídem.*

con mi hermano, con quien discutía largamente sobre las distintas clases de whisky y las ventajas de los densos frente a los ligeros, que consideraban buenos para hipócritas que no saben disfrutar un buen escocés y desean aparentar que lo toman con mucha agua. La esposa de mi hermano trataba de compensar estas elucubraciones con suculentos platos de su repertorio, entre los cuales destacaban un pollo en salsa de champiñones y una lengua alcaparrada que Maqroll elogió con sincero entusiasmo. Yo los visitaba los días que me quedaban disponibles, después de trabajar en los estudios y, desde luego, los fines de semana, que pasaba en su compañía. Maqroll se reponía a ojos vistas y comenzaba a mencionar con mayor frecuencia sus planes de explotar la cantera en la costa peruana. De nuevo empezaba a hervir en él la fiebre trashumante.

Un día, cuando saboreábamos unos pollos a la brasa preparados en la parrilla del patio, al pie de la piscina, regados con un Beaujolais joven, que conseguí de casualidad en un almacén de licores de Burbank, a mi cuñada se le ocurrió preguntarle a Maqroll cómo era posible que a un hombre de mar como él pudiera interesarle una empresa tan de tierra adentro como lo eran esas canteras. ¿Quién lo había encaminado a semejante empresa que para nada se avenía con su vida y sus andanzas anteriores? Allí, agregó ella, podían esperarle días muy difíciles. El Gaviero permaneció en silencio un largo rato. Yo estaba acostumbrado a tales ausencias, pero los dueños de casa aún se sorprendían al ver cómo mi amigo podía perderse en la intrincada red de sus recuerdos y en la oculta familiaridad con los demonios confinados en los más abstrusos rincones de su ser. Maqroll nos miró por fin como si regresara de un viaje inconcebible. Fue entonces cuando dijo aquello de sus insólitos días en Amirbar. Jamás, como ya lo dije, había escuchado de sus labios ese nombre. No sabía lo que significaba, ni tenía a mi juicio relación con ninguna de las historias que me relatara en el curso de nuestra vieja amistad. «¿Qué es Amirbar? ¿Qué significa esa palabra?», preguntó mi hermano Leopoldo sin saber que Maqroll, al responderle, iba a revelar una torturada porción de sus recuerdos, hasta entonces incógnita para nosotros. Ese día no estaba el Gaviero en ánimo de extenderse sobre el asunto. Se limitó a responder, con la mirada todavía turbia de añoranza y desconsuelo: «Amirbar era el nombre del ministro encargado de la

Flota en el reino de Georgia. Supongo que viene del árabe Al Emir Bahr. Otro día les contaré lo que viví en ese sitio y en otros parecidos, presa del delirio arrasador que la gente llama con ligereza la fiebre del oro.

Como todo lo suyo, la narración de su pasado estaba sometida a una compleja alquimia de humores, climas y correspondencias, y sólo cuando ésta se daba plenamente se abrían las compuertas de su memoria y se lanzaba en largas rememoraciones que no tenían en cuenta ni el tiempo ni la disposición de sus oyentes. Pero también es cierto que, para éstos, la experiencia acababa en una suerte de encantamiento que disolvía la cotidiana rutina de sus vidas.

En la tarde de un domingo, uno de esos días en que el verano de California parece tener una condición de eternidad, como si se hubiera instalado para siempre en medio del sosiego ardiente que llegaba a producir el vago temor de hallarnos ante un fenómeno sobrenatural, se me ocurrió proponer que probáramos un Old Fashioned cuya fórmula venía ensayando con resultados que me ofrecían ya una confianza casi absoluta. Se trataba de reemplazar el bourbon por ron de las islas auténtico y de agregar a éste, además de los otros ingredientes, un poco de oporto. Todos estuvieron de acuerdo en que nos lanzáramos al ensayo, si bien noté en el Gaviero un ligero gesto de incertidumbre. Esto no era nuevo para mí ya que, en muchos de nuestros encuentros, él, siempre ortodoxo en relación con el alcohol, no acababa de aprobar mi manía herética de modificar las fórmulas consagradas. El coctel resultó un éxito. La luz comenzaba a hacerse más tenue y aterciopelada y un tímido ensayo de brisa desalojó el calor de desierto libio que había reinado todo el día. Eran ya casi las ocho de la noche pero había luz para rato. Hablábamos de puertos y Maqroll terminó de narrarnos su encuentro con un guardacostas portugués que quiso detenerlo frente a Oporto. Llevaba contrabando, como era obvio, y Abdul Bashur, su socio, lo esperaba en el puerto con la ansiedad que era de suponer. Se había librado a último momento, pretextando una avería que no daba espera. Al terminar su relato, mi amigo entró en uno de sus pozos de silencio, mientras saboreaba mi fórmula con vaga sonrisa aprobatoria. De repente, se nos quedó mirando como si nos viera por primera vez y dijo:

«Pues esto de las minas de oro es algo sobre lo cual no se puede hablar a la ligera. Es como un lento veneno que nos va invadiendo y del que sólo nos damos cuenta cuando ya es muy tarde. Como un opio furtivo o como esas mujeres en las que, al comienzo, no paramos mientes y, luego, hacen de nuestra vida un infierno ineludible. La primera vez que oí hablar de minas de oro fue por una alusión de mi querido Abdul Bashur, que los dioses tengan a su vera. Me propuso ir a una propiedad de su familia en las montañas del Líbano, en donde, al parecer, habían encontrado rastros de mineral aurífero. Estábamos, entonces, en pleno negocio de contrabando de alfombras, que vendíamos en Suiza a un grupo de arquitectos decoradores, y nos dejaba muy buenas ganancias. Nuestra amiga Ilona servía de intermediaria con los suizos y nosotros nos encargábamos del tráfico y compra de la mercancía. Nada fácil por cierto. La propuesta de Bashur de ir a las minas quedó en el aire y no volvimos a pensar en el asunto. Años después, en Vancouver, cuando buscaba desesperadamente la forma de salir de allí y esperaba a mi amigo el pintor Obregón que me había prometido ir en mi auxilio, me dediqué a recorrer tabernas y bares del puerto en busca de alguien con quien dialogar un poco sobre las cosas del mar y compartir el más tolerable de los whiskies canadienses. Allí encontré un viejo gambusino que había recorrido los más variados lugares del globo en busca del yacimiento que lo sacara de pobre. Le mencioné, como pretexto para continuar la conversación, lo que Bashur me había comentado años atrás. "No —me dijo—, en el Líbano no hay nada. Nunca ha habido nada. Ésas son leyendas que corren para amedrentar a los drusos, que son los dueños y señores de la región montañosa y sirven de excusa para desalojarlos de los lugares en donde pastan sus ganados. Es una historia muy complicada. Pero no, no hay nada. Donde sí puede encontrarse todavía oro con relativa facilidad es en las estribaciones de los Andes. Hay que buscar allí las minas abandonadas y volver a intentar el ponerlas a producir". Mi interlocutor se lanzó luego a una larga disertación sobre permisos gubernamentales, derechos del beneficio minero y, finalmente, sobre las casi palpables e inmediatas posibilidades que había allí de encontrar oro. Yo desconocía aún la capacidad, casi inagotable, de estos soñadores, víctimas irredentas de una ansiedad voraz que los corroe y les hace ver espejismos como realidades al alcance de su mano. De Vancouver viajé hasta Baja California y allí me dediqué al cabotaje en el golfo de Cortés, en un barco del que terminé siendo socio con dos oscuros personajes de ascendencia croata que acabaron dejándome en la miseria. Volví, entonces, a recordar las palabras del gambusino canadiense y con el poquísimo dinero que me quedaba resolví emprender la búsqueda de minas abandonadas en el macizo central de las tres cadenas de montañas en las que los Andes van a morir frente al Caribe.

»Bajé por el río hasta el centro del país y en las estribaciones de la cordillera comencé a recorrer los pueblos en donde la tradición de la minería se conservaba aún viva. A fin de familiarizarme con el ambiente de las minas, acepté el cargo de cuidador de unos socavones abandonados a orillas del río Cocora.[*] En otro lugar narré las visiones, terrores y desencantos que me proporcionó esa prueba. Tal vez en ese relato la fantasía ocupe un lugar preponderante, pero ello se debe, sin duda, a que fue mi primer contacto con un ambiente tan distinto y ajeno al que me ha sido familiar toda la vida, que es el del mar, los navíos y los puertos. De Cocora salí ya preparado para emprender una exploración, a fondo y por mi propia cuenta, de una mina de oro registrada a mi nombre. Tras algunos meses de búsqueda llegué al fin a una pequeña población llamada San Miguel, en donde se hablaba todavía de una mina de oro cuyas primeras galerías las había excavado un grupo de alemanes. El nombre de la mina atrajo mi atención, se llamaba La Zumbadora. La gente de Hamburgo había, al parecer, encontrado varias afloraciones de un filón que, al principio, prometía muchísimo. Luego perdieron la esperanza de hallarlo de nuevo y abandonaron el lugar dejando allí herramientas y maquinarias inservibles. Años después, unos ingleses, asociados con ganaderos del lugar, hicieron otro intento de exploración. Tuvieron más suerte que los alemanes y parece que lograron cantidades de oro bastante apreciables. Vino entonces una de las tantas guerras civiles que son endémicas en la región y los propietarios de la mina, junto con los ingenieros y peones que trabajaban en ella, fueron fusilados en uno de los socavones, con el pre-

---

* *La Nieve del Almirante.* En esta edición, página 97.

texto de que allí almacenaban armas para la insurgencia. Para desaparecer los cadáveres fue dinamitada una galería y el lugar se convirtió en motivo de leyendas de aparecidos. De vez en cuando, alguien subía con intenciones de escarbar en las entrañas de la mina, pero se le veía al poco tiempo descender al pueblo contando historias escalofriantes nacidas, seguramente, del deseo de ocultar su fracaso.

»En San Miguel había un café cuyo dueño era también propietario, en el segundo piso, de algunas habitaciones que solía arrendar a quienes visitaban el lugar: ganaderos en busca de tierras, colectores de impuestos, culebreros vendedores de drogas milagrosas que los domingos se enroscaban al cuello una enorme serpiente semianestesiada y se subían a un cajón para hacer el relato de sus andanzas y el hallazgo consiguiente de la medicina que todo lo curaba. El café, como todos los de la región, era atendido por mujeres, todas de formas opulentas y trajes ceñidos que dejaban ver buena parte de los muslos. Me pareció curioso ver que al café sólo entraban hombres. Algunas esposas o amantes de los parroquianos esperaban en la calle para llevarlos a la casa cuando el aguardiente, después de muchas horas, los dejaba en estado de arrasadora embriaguez. El conductor de un vehículo mixto de pasajeros y carga, que allá suelen llamarse "chivas", con el que recorrí los trescientos kilómetros que separan San Miguel de la capital de provincia, y con quien había establecido una relación muy cordial —era un hombre de esos que aúnan el carácter festivo y llano de la gente de tierra caliente con una inteligencia natural tan notable como infalible—, me puso en relación con el dueño del café, a quien me recomendó muy especialmente. En el trayecto me habló de La Zumbadora y de las consejas que se tejían sobre ella. Cuando le pregunté si pensaba que aún podría encontrarse oro allí, me contestó: "Encontrarse se puede encontrar seguramente, lo jodido es buscarlo y para eso hay que tener la cabeza muy serena. Porque el que busca oro siempre acaba medio loco. Ahí está el problema". Poco tiempo después recordaría las palabras de Tomasito, que así llamaban a mi amigo, y podría medir toda la verdad que encerraban. Me instalé en una habitación que daba a la plaza del pueblo. Pronto tuve que acostumbrarme al estruendo de voces, vajilla lavada y vasos golpeando en las mesas de latón esmaltado que subía del café hasta muy entrada la noche. Una victrola molía incansablemente tres o cuatro discos, siempre los mismos, cuyas canciones, lamentando la traición de una mujer o su inesperada huida, apenas eran audibles en medio del bullicio. Buena parte del tiempo la pasaba sentado en una mesa del fondo a la que me llevaban, con pausada regularidad, una cerveza floja y de sabor ligeramente medicinal que se anunciaba por caminos y ciudades con un nombre de origen teutón que prometía algo mejor. Allí acabé de informarme sobre La Zumbadora y sus historias de espantos y visitaciones. También fui creando lazos con algunas de las meseras que, cuando escaseaba la clientela, se sentaban a contarme su vida y a pedirme consejo sobre sus amores y tropiezos. Había en todas ellas un inusitado fondo de inocencia que para nada correspondía con la falda corta y ceñida, el maquillaje chillón y el desplazarse entre las mesas contoneando las caderas y exhibiendo el escote que atría siempre los comentarios salaces de la clientela de machos en estado de ebriedad, alejados de sus casas, perdidas en la bruma de la cordillera. No eran mujeres que se entregaran fácilmente. Para lograrlo había que realizar un largo y convincente cortejo que acogían con una mezcla de escepticismo campesino y aguda malicia de quien ha tenido ya que sortear los malos pasos de una vida al margen de las convenciones, que seguían respetando y a las que soñaban volver para disfrutar de una estabilidad que, en el fondo, representaba la máxima aspiración de sus vidas. La primera vez que invité a una mesera a que me acompañara a mi habitación, me respondió sin enojo pero con acento terminante: "Mire, mijo, yo no soy puta ni pienso serlo nunca. Si me ve trabajando aquí es porque tengo que sostener un hijo que tuve con un teniente de la Rural. Al pobre lo mataron los de la CAF y no alcanzamos a casarnos. A lo mejor ni lo hubiera hecho, pero me lo había prometido. Usted se ve buena persona y se me hace que ha andado mucho mundo. Le doy un consejo: si alguna vez quiere de veras tener relación con alguna de nosotras, tiene que ponerle mucho cariño al asunto. Sólo así, y tampoco le puedo asegurar que tenga éxito. ¿Le traigo otra cervecita?". Era tan directa y clara la puesta en orden que me había dado la mujer que para seguir conversando con ella le pedí otra cerveza, aunque cada vez que terminaba una botella del insípido brebaje me prometía no repetir. Conversamos largamente y resultó ser una fuente de información bastante valiosa. Sus padres vivían no muy lejos de los socavones de La Zumbadora, que ella conocía muy bien. Era una mujer alta, de piernas y brazos delgados y nervudos, pechos pequeños y firmes, caderas estrechas y prominentes nalgas de adolescente. El rostro, también delgado, mostraba una barbilla alargada y un labio inferior carnoso que le daba un aire vago de infanta española que se desvanecía de inmediato en la expresión desorbitada de unos ojos color tabaco oscuro y las cejas renegridas y espesas que casi se confundían con el nacimiento del pelo, alborotado y crespo, dejando apenas espacio para una frente ligeramente hundida que le añadía un aspecto inquietante, por entero en desacuerdo con su carácter jovial y un marcado sentido del humor que dosificaba con su conocimiento de los hombres, adquirido más en su oficio de mesera que en el lecho. Nuestra amistad llegó a ser muy firme y no se nos ocurrió transformarla en otra cosa. A menudo, cuando advertía que yo estaba abstraído en la lectura de algunos de los libros sobre mineralogía que llevaba conmigo o en cualquier otro de los que siempre me acompañan, se sentaba a mi lado en espera de la llamada de algún parroquiano.

»De paso por Martinica, camino a mi aventura de minero, había adquirido a bajo precio en una librería de lance de Pointe à Pitre, algunos tratados que pensé podían serme útiles: *Géologie Moderne,* de Poivre D'Antheil, *Minéralogie Apliquée,* de Benoit-Testut y *L'Or, le Cuivre, l'Argent, le Manganèse,* un fatigado mamotreto de fines del siglo XVIII escrito por un tal Lorenzo Spataro, lleno de buen sentido y de observaciones tan sensatas como fáciles de aplicar. Para aliviar la aridez de estas lecturas, traía conmigo un libro que me proporcionaba un placer indecible, era *Les Guerres de Vendée,* de Émile Gabory. Esta obra, de una riqueza documental y de una clara inteligencia para presentar los personajes y hechos de la época que evocaba, muy difíciles de encontrar en obras de una abrumadora pesadez académica, me introducía en los laberintos de la historia con la amable ligereza con la que deben contarse las anécdotas galantes. La gesta de la Vendée me ha atraído siempre en forma singular. Constituye la respuesta del más lúcido y exquisito de los siglos de la Europa Occidental, a la brutalidad de un carnaval sangriento que desembocó en el sombrío y mezquino siglo XIX. "Qué tanto lee usted, carajo. Se va a volver ciego. Yo creo que los libros no sirven sino para confundirlo a uno", me reprochaba mi amiga Dora Estela, más conocida como «la Regidora». Respecto a los tratados sobre minería me fue fácil decirle para qué servían, pero sobre el otro volumen tuve que contentarme con una vaga alusión que la dejó harto descontenta. "Si todo eso pasó ya y todo el mundo está enterrado, de qué sirve hurgar en esa huesamenta. Ocúpese de los vivos, más bien, a ver si logra algo". Le indiqué que los vivos suelen estar a menudo más muertos que los personajes de esos libros y que estaba tan convencido de eso que ya ni siquiera podía escuchar con atención a mis semejantes porque me daba miedo despertarlos. "Bueno, en eso sí tiene razón. Las pendejadas de la gente cansan más que lo que los muertos quieren decirnos a veces". Así era la Regidora; qué mujer. Si le hubiera hecho caso cuántas horas amargas me hubiera evitado.

»Un día en que comencé a pedirle detalles más precisos sobre la mina, me contestó: "Mire, lo mejor que puede hacer es subir y conocerla. Yo no puedo saber lo que usted necesita. Pero, ahora que me acuerdo, un hermano mío que vive cerca de mis padres acompaña a los gringos que suben de vez en cuando a recorrer las galerías y se queda con ellos por semanas, hasta que se aburren y se van. Eulogio viene la semana entrante con un ganado para la capital. Se lo voy a presentar y a pedirle que lo acompañe. Es muy callado, porque lo espantaron de niño, pero es muy entendido y tiene fama de derecho. No se asuste si a veces no le contesta. Al rato le va a responder con seguridad. Téngale paciencia". Por mi parte, yo también había llegado a la resolución de subir a la mina y ver qué aspecto tenía. Los manuales, escritos con la claridad y el rigor de todo texto de estudio publicado en Francia, me habían dado ya bases para poder examinar el lugar y sacar conclusiones sobre su posible explotación. El ofrecimiento de Dora Estela venía a concretar mis planes felizmente, porque la ayuda de un baquiano en la región me facilitaría mucho la tarea. Convinimos en que me avisaría de la llegada de su hermano y me pondría de inmediato en contacto con él. Imaginé cuál podría ser el aspecto de ese hermano de la Regidora. Si se le parecía, era de esperar que tuviera un rostro de trabucaire propio para imponer miedo al más templado».

La noche llegó sin que nos diéramos cuenta. El cielo conservaba una especie de luminosidad difusa, como la del firmamento en el verano del océano Índico. La brisa que nos trajo alivio al comienzo del relato del Gaviero se había retirado y el calor tornaba a reinar en medio de esa quietud magnífica que precede a ciertas ceremonias. Pregunté si alguien quería otro de mis Old Fashioned con oporto y el rechazo fue tan cortés como unánime. Maqroll expresó su deseo de continuar con bourbon puro y los dueños de casa se pasaron al vino blanco frío. Seguí el ejemplo del Gaviero y nos dispusimos a escuchar la continuación de su relato.

«Hasta ese momento —prosiguió—, mi interés por las minas de oro era puramente especulativo. Es decir, me interesaban como exploración de un mundo que me era extraño. Esa clase de desafíos son los que me permiten todavía seguir viviendo sin buscar la puerta falsa. El mar me los ha ofrecido siempre y puede ser con ellos de una generosidad devastadora. Por esto, cuando estoy en tierra, padezco una especie de desasosiego, de limitación frustrante, casi de asfixia, que desaparecen tan pronto subo la escalerilla del barco que va a partir conmigo en alguno de esos viajes inauditos en donde la vida acecha como una loba hambrienta. Cuando era joven entré como gaviero en la tripulación de un ballenero islandés que nos contrató en Cardiff. Su gente venía enferma por una intoxicación con alimentos descompuestos. La lección del mar, las largas horas que pasé trepado en la parte más alta de la gavia escrutando el horizonte, todo eso fue para mí de una plenitud que me colmaba tan intensamente que nada, después, ha vuelto a darme tal sensación de libertad sin fronteras, de disponibilidad absoluta. Pero algo de eso regresa siempre que estoy en un barco, así sea sepultado entre la grasa y el calor infernal del cuarto de máquinas. Ustedes se preguntarán, entonces, qué podía atraerme en este asunto de las minas tierra adentro. Bien, es muy fácil de entender: se trataba de un último intento de hallar en tierra así fuera una pequeña parcela de lo que el mar me proporciona siempre. Ahora sé que era inútil y que perdía el tiempo. Entonces no lo sabía. Mala suerte. No crean que estoy magnificando la vida en el mar.

El trabajo en un navío puede ser una prueba agotadora, es más, casi siempre lo es. Así sea en un oficio como el que tuve con Wito en el *Hansa Stern,** donde tenía que llevar los libros de a bordo, el mar no suele permitir una tarea fácil. Allí también me las vi negras sorteando tifones en el golfo de México con el barco mal cargado y Wito inmerso en un absorto mutismo de mal presagio. Bueno, pero volvamos a la historia de La Zumbadora, porque si pierdo el hilo voy a parar quién sabe adónde.

»El hermano de Dora Estela llegó a San Miguel con el ganado que iba a subir en dos camiones que lo estaban esperando desde el día anterior. Se hospedó en la habitación contigua a la mía y allí se encerró con su hermana por largo rato. Escuché las voces de una discusión violenta y luego un llanto sostenido que parecía no terminar nunca. Bajé al café para esperarlos allí. No quería ser involuntario testigo de sus dramas familiares. Una hora después entraron y fueron directamente hacia mi mesa. Ella tenía los ojos irritados y las lágrimas le habían corrido la pintura dejando en las mejillas una sombra negra que la envejecía. Sin embargo, la vi serena, como si hubiera logrado poner en orden algo que la atormentaba de tiempo atrás. El hermano, contra mis conjeturas, en nada se le parecía. Era un mozo de estatura mediana, con ciertos rasgos europeos que hacían pensar en alguien que tuviese sangre asturiana. Los ademanes lentos denunciaban una fuerza física excepcional. Un aire de bondad, de bonhomía más bien, no lograba avenirse con esa soberbia energía muscular que, al pronto, se antojaba inútil y ajena a su carácter. Nos saludamos y en el apretón de manos me transmitió una cordialidad espontánea que, al tratar de expresarse en palabras, se quedó en algunas musitadas por lo bajo e imposibles de entender. La Regidora le contó de qué se trataba. Por sus frases me di cuenta de que algo habían conversado ya del asunto. Me inquietó que éste fuera el motivo de la disputa pero, como si hubiese leído mis pensamientos, la mujer se apresuró a tranquilizarme: "Eulogio también confunde mi trabajo con la forma de vestirme. Siempre trata de que regrese a casa y deje este lugar. No hay manera de que entienda que aquí tengo menos peligro de llevar una vida indigna. Allá arriba cada peón se siente con derecho

---

* *Ilona llega con la lluvia.* En esta edición, pág. 115.

a revolcarme en el suelo como si fuera de su propiedad. Siempre creo que me ha entendido y, siempre que regresa, viene con el mismo cuento. Bueno, volvamos a lo de la mina. Dígale al señor —agregó dirigiéndose a su hermano— lo que puede hacer por él, si es que quiere hacerlo. Ya le dije que es una buena persona y puede confiar en él". El hombre se me quedó mirando y sentí como si tuviera que hacer un esfuerzo para poner en orden lo que iba a decir; pero cuando comenzó a hablar lo hizo con fluidez y claridad. "La mina tiene oro, señor —dijo—, de eso no hay duda. Lo que pasa es que la gente que ha venido a intentar reabrirla quiere tener resultados de inmediato y eso no es posible tal como quedó todo después de la voladura que hicieron los de la Rural. Parece que el filón está sepultado justamente allí. Es cosa de paciencia. Yo no sé mucho de minas pero he acompañado a algunos que sí parecían expertos. Por lo que les he oído, sería cosa de quedarse allí y examinar con cuidado cada galería de las que aún quedan en pie para ver si se encuentra algún afloramiento. Yo lo acompaño con mucho gusto. Tengo sólo que embarcar este ganado y arreglarme con los choferes, después pongo un telegrama a la ciudad para anunciar el envío y podemos subir. Esto me toma un día y medio o dos. Usted dirá". Le respondí que por mí no había inconveniente y que estaba listo a acompañarlo en cualquier momento. Le hablé de honorarios y no me contestó nada. "No se ocupe de eso, señor —intervino su hermana, que tenía largo entrenamiento en llenar los vacíos de Eulogio—. Él lo hace porque sabe que usted y yo somos amigos y eso basta". Le contesté que de ninguna manera quería ocuparlo sin reconocerle el salario que le correspondía. No me parecía justo. Yo pensaba, además, contar con él por todo el tiempo que fuera necesario y esto tenía un precio. "Si usted me permite —intervino Eulogio sin inmutarse por su larga pausa—, esperemos a que visite la mina y haga sus cálculos de tiempo y trabajo y entonces hablamos. Estoy de acuerdo en que fijemos un salario, pero es mejor que lo hagamos después. Allá se dará cuenta de por qué se lo digo".

»No era muy tranquilizante esta prudencia de Eulogio en establecer sus responsabilidades. La maldita mina debía guardar más de una mala sorpresa. Dora Estela comenzó a limpiarse la cara y arreglar su maquillaje e iba a decir algo cuando un cliente la llamó desde la otra mesa. En su ausencia acordé con su hermano que saldríamos dentro de dos días. Le pregunté qué debía llevar y me dijo que, por ahora, dejara mis cosas al cuidado del propietario del establecimiento. Podía confiar en él. "Lleve lo puesto y dos mudas más. Después regresa por el resto. Si se anima a trabajarle al asunto, tendrá que comprar algunas herramientas y gestionar en la Gobernación el permiso para explotar la mina. No pida todavía la adjudicación. Eso es más complicado y no sabemos si vale la pena". Le pregunté si esas gestiones eran muy engorrosas y me tranquilizó: "A nadie le importan aquí esas vainas —comentó—. Ahora que acabaron con las CAF, están apareciendo otros grupos y eso es lo que en verdad les importa". Le pregunté qué eran las famosas CAF que había oído mencionar antes y comentó en tono un tanto irritado, tras una larga pausa que pensé terminaría por ser un silencio completo: "Ay, mire, mi don, esa gente toda está loca. Las CAF son las Compañías de Acción Federal. Es un grupo de desesperados que no creo que sepan lo que quieren. Arrasan con todo, se enfrentan al ejército hasta que los copan, matan ganado y gente sin motivo ni sistema alguno y desaparecen en el monte. Quién les paga, quién los arma, eso nadie lo sabe. Parece que, por lo menos por aquí, ya los exterminó el ejército. Pero no tardarán en aparecer otros. Es como una plaga. Llevamos más de treinta años en esto y no tiene visos de terminar. Bueno, en eso quedamos, yo me voy a ver si embarco esas reses pronto y aquí nos vemos más tarde". Se puso de pie y me estrechó la mano con la misma cordial energía de antes. Era como si no estuviera acostumbrado a manifestar sus sentimientos con las palabras y lo hiciera con el gesto. Al pasar junto a su hermana, que estaba en el mostrador esperando que le sirvieran la orden de un cliente, le pasó el brazo por los hombros y le besó la mejilla como si se tratara de una niña que estaba destinado a proteger. Ella le sonrió con una expresión en donde afloraba aún un vago rictus de llanto. Sin saber muy bien por qué, la escena me conmovió hondamente. Era como sentir dentro de mí la lucha de esos dos hermanos contra un mundo adverso en donde la crueldad y la saña eran, al parecer, el pan de cada día. Dora Estela vino a conversar conmigo, de pie, con la mano apoyada en la mesa que ostentaba en rabiosos colores una publicidad de la famosa cerveza que estábamos obligados a consumir. "¿Cómo le pareció?", me preguntó intrigada. "Muy bien —le contesté—, se ve un tipo derecho que conoce bien La Zumbadora y su historia. Creo que me va a ser muy útil. Estoy muy contento de contar con su ayuda. No se parecen ustedes mucho. Nadie diría que son hermanos". Ella sonrió, sin lograr que su ceño de contrabandista vasco se atenuara un poco. "Sí —comentó—. Él es el buen mozo de la familia. Salió a mi madre que, según dice ella, desciende de españoles. Su apellido es Almeiro y nadie se llama así por estos lados. Yo salí a mi padre. Qué le vamos a hacer". Le respondí que no creía que en el reparto hubiera sido la menos favorecida y se alzó de hombros al tiempo que regresaba al mostrador luciendo en el andar la doble y bien delineada firmeza de sus nalgas de gimnasia.

»Partimos a la madrugada, cuando el sol aún no había salido y se anunciaba apenas en una franja de tenue color naranja que destacaba el borde de la cordillera. Ustedes habrán experimentado muchas veces esa vaga ansiedad que se siente al partir a tales horas hacia un lugar que no conocemos. Esa oscuridad opalina del amanecer en el trópico tiene un no sé qué de inquietante. Las cosas, el mundo y sus criaturas, carecen de un perfil definido, de una presencia palpable y parecen acercársenos con fines invocatorios que pertenecen más al ámbito del sueño que no acaba de abandonarnos por completo. Eulogio, con sus transidos silencios, contribuía no poco a esa extraña impresión. Me prestó una yegua mansa y él subió en un caballo castigado por muchas jornadas en los empinados caminos de la cordillera. Hasta muy entrada la mañana subimos, en efecto, por un camino que, en la estación de las lluvias, debía convertirse en torrente caudaloso. Las grandes piedras del lecho dificultaban notablemente la subida. Pero, hacia el mediodía, cuando pensé que continuaríamos hasta alcanzar el páramo, que ya se divisaba con sus jirones de niebla corriendo por entre la erizada vegetación de las alturas, comenzamos a descender por un trayecto en zig-zag, aún más escarpado y difícil para el paso de las bestias. Le pregunté a mi guía cómo era que ellos hablaban de subir a la mina si lo que estábamos haciendo era descender hacia una hondonada cuyo fondo estaba oculto por la vegetación y la espesa neblina. "Como al principio se sube durante tantas horas, la gente se acostumbró a decir así. En verdad la mina está en el fondo de esa cañada. No lejos de ella tenemos sembrado un pequeño cafetal a orillas de la quebrada. El ganado lo subimos a pastar a los planes de Acure". Seguimos bajando hasta casi entrada la noche, que por esos parajes irrumpe muy temprano y de repente. Al llegar al lecho de la quebrada que corría en el fondo de la garganta, seguimos su curso internándonos en una espesura donde reinaba un calor húmedo cargado con el denso ambiente de aromas vegetales evocadores de lo que debió ser el sexto día de la creación. De vez en cuando venían hacia nosotros nubes de luciérnagas de un ligero tono azulenco y se perdían a nuestras espaldas entre las lianas y parásitas que colgaban de los grandes árboles. Los grillos y las ranas no cesaban de lanzar sus señales tercas, pautadas y exasperantes. Daba la impresión de que anunciaban nuestro arribo a alguien oculto allá en el fondo de la cañada. Por fin, muy entrada la noche, porque el tránsito por esa foresta intrincada estaba marcado apenas por una trocha difícil de seguir en la oscuridad, llegamos a un lugar en donde el agua se remansaba dejando oír el ronco borboteo de su descanso en un claro del bosque. En la orilla se podía distinguir una cabaña con el techo semiderruido, invadida por una enredadera cuyas flores, de un azul intenso, cubrían la construcción produciendo un efecto, que la luz de la luna hacía aún más elocuente, de algo logrado a propósito con un gusto que bordeaba la cursilería. "Aquí nos quedamos, mi don —indicó Eulogio—. La mina está aquí atrás, al pie de la cuchilla. Mañana la veremos. Ahora hay que descansar". Habíamos traído una lámpara Coleman, que Eulogio encendió para poder entrar en la cabaña. Tendimos en el suelo las mantas de las monturas y éstas nos sirvieron de almohada. Me envolví en una cobija que siempre me acompaña, recuerdo de la época que viví en Alaska. Eulogio salió para quitar el freno a las cabalgaduras y traer un poco de agua para preparar café. La cabaña, en medio de su ruina causada por el trabajo del monte que la invadía, conservaba aún los restos de un fogón y algunos ganchos colgados de las paredes que se inclinaban peligrosamente. Cuando Eulogio se acercó con el café, ya me había dormido. Sin despertarme del todo, bebí la infusión intensamente perfumada y densa que me produjo un bienestar inmediato. Algo dijo de comer pero yo entraba ya de lleno en el sueño deletéreo y profundo que produce el cansancio.

»Una vasta algarabía ensordecedora me despertó de repente. Creí que había dormido hasta muy tarde. Amanecía apenas y todas las aves del monte se habían lanzado al unísono en un coro desordenado y frenético. Eulogio ya estaba de pie y preparaba el desayuno con pausados gestos de oficiante. Había puesto a tostar unas tajadas de pan de maíz sobre una plancha circular de latón que, según me dijo, había descubierto debajo de las brasas de la noche anterior. Nos refrescamos el rostro en la quebrada, cuyas aguas heladas y transparentes tenían algo de virgiliano y clásico. "Bueno, vamos a visitar esa vaina —comentó Eulogio—. Llevemos la lámpara para poder internarnos tranquilos. Tenga esto en la mano por si se ha refugiado adentro algún animal", y me alargó un machete semejante al que él traía. En la otra mano llevaba la linterna apagada. Dejamos el claro y nos internamos en el monte en dirección a la barranca que se alzaba imponente hasta perderse en el cielo cargado de nubes bajas y desmelenadas. Al llegar al pie de aquélla advertimos una plataforma hecha de troncos, afirmados con grandes piedras, que servía de terraza a tres entradas algo más altas que la estatura normal de una persona. Todo tenía un tal aspecto de abandono que descorazonaba al más entusiasta visitante, ilusionado con poner en marcha esa obra muerta por la que circulaba el viento con un gemido entre infantil y desolado. "Hay que comenzar por el socavón de la izquierda, que comunica más adentro con los otros dos. La entrada de éstos está llena de huecos que dificultan el paso", indicó Eulogio mientras encendía la lámpara y maniobraba el paso del aire para lograr la luz más intensa de la caperuza de seda calcinada.

»No sufro de claustrofobia y he vivido en la cala de un navío durante meses, pero los espacios encerrados me han dado siempre una impresión de catacumba, de rito funerario, de regreso a lo desconocido que me abate el ánimo y mina las trabajadas reservas de curiosidad y arresto que me quedan. Lo primero que me llamó la atención fueron las dimensiones del interior de la extensa galería que recorríamos. "Por ahora vamos a conocer las galerías, más tarde le voy a señalar ciertas particularidades del terreno que le pueden dar pistas interesantes. Esta humedad que gotea de las paredes y del techo no debe causarle temor. Es más, el problema es cuando de pronto desaparece y comienza a secarse el ambiente. Aquí eso no sucede jamás." Y así siguió familiarizándome con el sitio con un dominio del mismo que me iba dando cada vez más confianza para el futuro trabajo que me proponía realizar en La Zumbadora. Por cierto que el nombre, que hasta entonces me había intrigado, ahora, que escuchaba el quejido persistente del viento en el oscuro laberinto de los corredores subterráneos, me parecía no solamente apropiado y justo, sino hasta demasiado obvio y poco ingenioso. Así se lo comenté a Eulogio, quien me dijo que toda mina tiene esa condición de hacer que el viento, al recorrer las galerías, produzca un sonido peculiar que los mineros saben distinguir y, a menudo, descifrar a su manera.

»Después de dar varias vueltas a derecha e izquierda, vimos una claridad que fue creciendo a medida que avanzábamos. Era la entrada central. Ya íbamos a acercarnos a ella cuando Eulogio se detuvo y me señaló en el costado derecho un paso hacia lo que debió ser otra galería, pero que estaba tapiado con piedras amontonadas caprichosamente. "Aquí parece que enterraron a los ingleses y a los peones y mujeres que trabajaban con ellos —comentó—. Esta galería es la única que desciende muchos metros bajo tierra y fue excavada para seguir una veta que, según dicen, prometía mucho. Vaya usted a saber si es cierto. La gente ha inventado mucha carajada sobre esta historia y ya nadie sabe la verdad de lo que sucedió. En la Jefatura Militar de la zona quemaron los expedientes con los partes sobre la matanza. Los milicos, a pesar de que han pasado ya tantos años, no quieren que se hable del asunto. Se lo digo porque, si va a la capital de provincia para sacar los permisos de explotación, van a tratar de tirarle de la lengua para averiguar qué es lo que sabe. Como eran extranjeros la cosa causó mucho revuelo y se habló más de la cuenta. Usted limítese a pedir sus papeles y haga como si no supiera nada. Allá la gente es muy jodida. Ya lo verá".

»A medida que iba sabiendo más sobre esta historia de La Zumbadora, vivía los altibajos de un desánimo más que justificado y la ilusión, no siempre tan patente, de que todo se arreglaría. Lo curioso es que seguía viviendo todo aquello como algo transitorio y circunstancial, con un interés en el cual no estaban en juego los resortes interiores que suelen impulsarme en esas empresas. Ya saben ustedes, seguramente, de mi viaje en busca de los aserraderos en el Xurandó, del burdel en Panamá o de mis insensatas navegaciones por el Mediterráneo y el Caribe en tratos no siempre protegidos por la ley. En cada una de esas ocasiones me lancé de lleno, jugándome entero, viviéndola como si fuera la gran hazaña de mi vida. En esta historia de las minas no sucedió así. Al comienzo, por lo menos. Después, mi relación con el asunto cambió radicalmente, ya les contaré cómo, porque difiere en muchos puntos de mis anteriores andanzas. No sé si estén cansados y prefieran que siga otro día.»

Le contestamos que en verdad no era tan tarde y estábamos escuchándolo con creciente interés. La botella de bourbon se había agotado. Traje otra, renové el hielo y le pedimos al Gaviero que prosiguiera con su relato. En las noches de verano en California, el tiempo se estira como una substancia elástica y complaciente, muy propicia para disfrutar confidencias de alguien que traía un arsenal de relatos capaz de llevarnos de asombro en asombro hasta la madrugada.

«El despertar en la cabaña —prosiguió el Gaviero —no volvió a tener ese carácter de sorpresa. Al contrario, había en el vocerío inopinado de las aves una especie de alegre canto a las maravillas matinales del mundo que me llenaba de gozo. Llegué a sentir que se dirigían a mí en especial para animarme en la subterránea exploración del tenebroso mundo de la mina. Eulogio fue, como lo había previsto, un guía y un consejero tan indispensable y tan útil que llegué a tener la convicción de que, sin su ayuda, no habría conseguido penetrar siquiera en La Zumbadora. Los trabajos de los días que siguieron a nuestro arribo me sirvieron para determinar, con cierta precisión sujeta a pruebas posteriores, los lugares en donde valía la pena verificar la presencia del filón que guardaba el oro. Marcamos esos lugares con piedras, pero de manera que no fuera descifrable para quien penetrara en las galerías. "Aquí ya no viene nadie —comentó Eulogio—, pero es mejor que sólo nosotros podamos distinguir las marcas. Nunca se sabe. Cada piedra debe quedar a tres metros exactos hacia el norte de donde está el lugar que nos interesa. Es un truco que aprendí con unos místeres que estuvieron aquí hace años y nunca más volvieron". Así lo hicimos y, después de haber permanecido allí una semana, regresamos a San Miguel para comprar algunas herramientas indispensables. Era necesario sacar muestras de la roca y someterlas a pruebas químicas muy sencillas, que nosotros haríamos en el sitio mismo para no llamar la atención. Cuando, de regreso, llegamos al lugar donde terminaba la escarpada senda por la que habíamos subido, Eulogio se despidió de mí. Tenía que regresar a su finca para pagar a la peonada y marcar un ganado. Me dejó la yegua en préstamo, con recomendación de que la dejara pastando en el solar que había al fondo del café. Tenía este hermano de la Regidora una rectitud natural, una manera serena y ponderada de hacer las cosas y manifestar sus opiniones, que me parecía sorprendente en alguien que escasamente sabía leer y escribir y había pasado su vida sometido a la embrutecedora fatiga de las labores del campo. Otra cualidad suya que aprendí a valorar era una manera positiva y concreta de juzgar todo asunto relacionado con la exploración y explotación de la mina, actitud que iba a servir para moderar mis ímpetus y desorbitadas especulaciones que se despertaron con los primeros resultados de nuestra búsqueda. A medida que iba conociendo a Eulogio aprendía a descubrir en su hermana algunas de sus cualidades, no tan evidentes en ella a causa de su peculiar sentido del humor y de su ironía teñida de un muy femenino deseo de poner de relieve las debilidades de su interlocutor, sobre todo si era hombre. He pasado, después de esa época de minero en la cordillera, por muchos otros horizontes por entero distintos y tratado personas de condición y raza muy diversas, pero nunca he podido olvidar a esta pareja de hermanos que, al tiempo que me prestaron apoyo y amistad muy firmes, me dejaron una lección de sorprendente madurez e independencia de carácter, virtudes que no distinguen precisamente a quienes habitan esas regiones. Ustedes saben a qué me refiero.

»En el café me esperaba Dora Estela curiosa de saber de mi visita a La Zumbadora y lo que pensaba de su hermano. Le conté todo en detalle y se mostró muy satisfecha de la opinión que me despertó Eulogio. Volvió a mencionarme la dificultad que éste tenía al hablar y cuando le dije que se trataba de alguien que pensaba antes de hablar y no al contrario, como es costumbre en esas tierras, se mostró muy complacida. El café, por esos días, mostraba una actividad inusitada. Yo seguía ocupando desde temprano mi mesa de siempre, ya que el quedarme en mi habitación para nada evitaba el escándalo que llegaba hasta aquélla con la misma intensidad que a la mesa. Había nuevas meseras venidas de alguna provincia lejana, como lo mostraban su piel color tabaco oscuro y la amplitud de las caderas, en donde se anunciaba la sangre negra de la gente costeña. Hablaban en voz alta, comiéndose las letras, sobre todo la ese y la erre. Su tono desenfadado y su afán de conversar con todo el mundo en voz alta, en medio de risas y exclamaciones, a menudo gratuitas, que se escuchaban como explosiones sorpresivas de una alegría más aprendida que natural, cambiaron por completo el ambiente del lugar. Los discos no volvieron a escucharse. Las recién llegadas se encargaban de cantar todo el tiempo cuando se dirigían a las mesas para atender a los clientes. El nuevo ambiente fue recibido por Dora Estela con muestras de desagrado en donde se mezclaban cierto temor a la competencia y el carácter reservado y contenido de las gentes de la cordillera. Esta extrañeza, que a menudo se convierte en franco rechazo, la he notado en muchos otros lugares del mundo. En Asia, por ejemplo, es tan notorio que debe tenerse mucho cuidado al tratar con las personas procurando saber de antemano cuál es su procedencia.

»La Regidora me indicó la tienda en la que podía comprar las herramientas necesarias para tomar las pruebas de la roca y la farmacia en donde podrían venderme o solicitar a la capital las substancias para hacer los exámenes de aquéllas. Cuando tuve todo listo envié un recado a Eulogio confirmando mi llegada a la mina el día convenido. Esta vez el camino me pareció más corto y menos escarpado. Al llegar al claro del bosque, tuve una sensación de alivio y de nuevo la impresión de penetrar en un ámbito con reminiscencias clásicas. Esa noche, al pensar en ello, me di cuenta de que el lugar me recordaba esos apacibles remansos a la orilla de los cuales Don Quijote dialogaba con Sancho evocando las doradas edades de un pasado legendario. Poco después de mi arribo apareció Eulogio. Traía una mula cargada de bastimento suficiente para una prolongada estadía en la mina. Cuando le hablé de pagar estas provisiones me repuso: "Todo esto lo tengo apuntado. Cuando convengamos mi salario sumamos todo y hacemos una sola cuenta. Así es mejor". De nuevo me atrajo el buen juicio de mi guía y la forma ecuánime y ponderada de valorar su trabajo y los servicios que empezaba a deberle. Como ya la tarde comenzaba a oscurecer, dejamos para el día siguiente nuestra exploración y nos tendimos en el pasto para comer la cecina con trozos de yuca frita y tajadas de plátano asado que había traído Eulogio del rancho. Los había preparado su mujer, según me dijo. Así me enteré de que estaba casado. Le pregunté por su familia y me contó que tenía dos hijos pequeños, uno de diez años y otro de cinco. Había conocido a su esposa durante el servicio militar, que prestó en una provincia del sur del país. Ella era muy joven y me comentó que conservaba una timidez incurable debido al acento con el que hablaba y que producía la hilaridad de la gente de San Miguel. Las pausas de Eulogio al responder se iban disminuyendo a medida que mejor nos conocíamos; al punto que nuestros diálogos cobraron una fluidez casi natural. En contraste con su hermana, Eulogio carecía por completo de esa tendencia al humor y a la ironía que hacían de Dora Estela una interlocutora con la que toda cautela era poca. La seriedad de Eulogio no impedía, sin embargo, que sus juicios sobre las personas tuvieran a menudo una causticidad oportuna.

»Entrada ya la noche, el murmullo de la quebrada y el silencio imponente del monte me trajeron la imagen cervantina de la que hablé antes. Curiosa impresión al pie de una mina que parecía esconder más de una tragedia y no pocos misterios que le prestaban un halo de sombría desolación.

»Las muestras que conseguimos al día siguiente, al ser examinadas a la luz del día, poco indicaban que se tratara de una veta rica en mineral. No valía la pena, según mi compañero y también de acuerdo con mis manuales, el someterlas a prueba alguna. Desde mi visita anterior traía una idea fija que me trabajaba con creciente insistencia. Se trataba de derrumbar el muro de piedra que obstruía la galería en donde al parecer descansaban los restos de los trabajadores fusilados y buscar allí las afloraciones que pudiera haber. Eulogio, cuando le comuniqué mi propósito, para mi sorpresa no se opuso en principio a la idea. Los argumentos que esgrimió eran más bien de orden práctico. La remoción del muro no era tan fácil de lograr entre dos personas. Le propuse que lo intentáramos y así lo hicimos. Como me lo esperaba, el trabajo no fue tan arduo. En dos días estaba libre la entrada y nos internamos por el socavón con ayuda de la Coleman. Durante muchas horas nos dedicamos a examinar los corredores que se iban ramificando con mayor profusión que en las otras galerías. Encontramos muchos restos de maquinaria abandonada, corroída por el óxido y casi imposible de identificar. No había rastro alguno de restos humanos. Al día siguiente volvimos a explorar el sitio y en ningún momento hallamos la menor huella de que se hubiera removido la tierra, ni tampoco indicio de que hubiera ocurrido una explosión. Por el contrario, el lugar se veía mejor conservado, las paredes con refuerzos más firmes y el suelo cuidadosamente apisonado y con escalones muy bien terminados, en los casos en los que era necesario descender a mayor profundidad del nivel de la galería. Cuando ya estábamos a punto de salir, Eulogio descubrió ciertas señales que recordaban las que habíamos dejado en las otras galerías. Nos detuvimos a examinarlas y comprobamos que, en efecto, indicaban lugares que ocultaban algo de interés. Siguiendo un sistema de eliminación de posibilidades, sencillo de establecer gracias al espacio reducido en donde se encontraban las señales, era fácil descubrir lo que querían indicar. Al día siguiente nos dedicamos a ese trabajo en el que el hermano de la Regidora mostró de nuevo su habilidad para moverse en ese mundo abstracto y complejo, tan semejante al que dominan los jugadores de ajedrez y que no deja siempre de causarme admiración, tal vez por mi absoluta falta de dotes en ese sentido. No tardamos mucho en ubicar los sitios en donde, tras escarbar muy superficialmente, encontramos los afloramientos del supuesto filón. Tenían el mismo aspecto de los que hallamos en las otras galerías. Sin embargo, sacamos muestras y salimos a examinarlas. Se trataba de roca calcárea sin ninguna huella de los elementos que anuncian la presencia del mineral. "Aquí hay algo muy raro, mi don —me comentó Eulogio desconcertado—, porque lo de los fusilados por la Rural no es un cuento. Nadie inventa una cosa así. Además, un primo mío y su esposa, también parienta nuestra, murieron en esa masacre dejando tres muchachitos que viven con mis padres. Y yo creo que esa gente está enterrada aquí y que esa galería la tapiaron para despistar. Siempre oí decir que en el sitio donde enterraron a la gente está la veta con mineral. Esas cosas suelen inventarse mucho en esto de las minas, pero siempre he escuchado esa vaina y nunca he visto que alguien la niegue o la ponga en duda. Todo lo que hemos encontrado no vale nada. Es lo mismo que han escarbado los gringos y las otras personas con las que he venido. O buscamos los muerticos o vamos a tener que irnos, como los demás, con las manos vacías. Ya lo verá". No supe qué contestar a esta argumentación de mi guía. Pero, tras de su lógica imbatible, se ocultaba una conclusión que me produjo un malestar y un desánimo fáciles de comprender: yo no había venido a La Zumbadora para buscar muertos sino para encontrar oro. Detrás de este asunto acechaban complicaciones que ya había conocido en el viaje por el Xurandó y no tenía el menor interés en pasar de nuevo por algo semejante. Usted lo sabe muy bien —dijo Maqroll dirigiéndose a mí—. Los militares y yo no nos entendemos muy bien, no hablamos el mismo idioma y, como es costumbre, el que arriesga la piel siempre soy yo. Los civiles somos para ellos lo que los ingenieros llaman una cantidad desdeñable.

»"No nos vamos a quedar aquí con los brazos cruzados. A ver qué se le ocurre", conminé a Eulogio, más para sacarlo de la inercia en la que lo habían dejado nuestros fracasos, que para conseguir de él una solución inmediata. Eulogio cayó en uno de sus mutismos de punto muerto y siguió machacando la roca como tratando de sacar de ella la respuesta que necesitábamos. Pasado un buen rato alzó la cabeza y mirando al fondo del remanso transparente comenzó a hablar. "Hay que quedarse aquí. Lo que hemos hecho los otros ya lo hicieron, tenemos que encontrar la manera de ver si el filón existe o no. Olvide los difuntos. Ésa es otra historia. No estamos seguros de que ellos y el filón estén juntos. Es muy probable que esa pendejada la haya inventado la gente. No sé cómo explicárselo, pero algo me dice que debemos seguir, que esperemos. Usted no se parece en nada a los otros con los que he venido. Usted como que viene de más lejos y de ver cosas más complicadas. No sé, es otra cosa. Hay algo que, bueno, no sé." Volvió a perderse en el silencio que le servía de refugio y no habló más ese día.

»En las palabras de mi compañero había una convicción que no podía expresar cabalmente. Esta convicción tenía que ver conmigo, algo veía en mí que le proporcionaba una certeza vaga, casi una premonición que lo llevaba a insistir en que continuáramos nuestra búsqueda. Resolví hacerle caso y esperar lo que fuese. Los días siguientes nos dedicamos a reforzar algunas paredes de las galerías, a ensanchar algunos corredores que las comunicaban entre sí y a tratar de rellenar los huecos que en la salida central y en la de la izquierda impedían el paso por haberse llenado de agua. Algunos tenían hasta más de un metro de profundidad y nos estaba tomando mucho tiempo el traer tierra para hacer transitables esos pasos. Creo ahora oportuno aclarar que nunca he sido inclinado a fascinarme con lo sobrenatural ni con misterios o esoterismos al uso. Pienso que con lo que llevamos adentro, al parecer familiar y conocido, hay ya suficientes problemas y vastos espacios indescifrables, como para inventar otros. Dios, hasta ahora, por lo menos conmigo, escoge los caminos más fáciles y claros para manifestar su presencia. Que a veces no los sepamos ver, eso es otra cosa. No suelo pensar mucho en ello ni ha sido negocio que me preocupe mayormente. La vida que se nos viene encima cada día suele coparme la atención y no me deja tiempo a mayores especulaciones. Lo que sucedió en La Zumbadora pertenece al mundo de la más estricta lógica. Lo que podría ser inquietante es que Eulogio lo haya previsto en medio de sus asombros y premoniciones.

»La temporada de las lluvias llegó de improviso y el que fuera un idílico remanso de égloga de Garcilaso se convirtió, en unas horas, en un torrente de barro que arrastraba árboles destrozados, animales con la boca brutalmente abierta que habían perdido casi toda su piel contra las piedras, trozos de construcciones y hasta jaulas con loros que gritaban despavoridos. Nos refugiamos en la mina y allí llevamos nuestras pertenencias y las tres bestias que estaban con nosotros. Con tablones de la cabaña construimos un techo que nos protegía de la humedad y allí esperamos a que pasara el temporal. "Vienen cuatro o cinco aguaceros como éste —precisó Eulogio—. Después llueve apenas un rato por las tardes y todo vuelve a la normalidad". La primera noche no me fue fácil conciliar el sueño, pero las siguientes me demostraron que no sólo era fácil dormir en la mina sino que su absoluta oscuridad producía un sueño reparador. Apagábamos la lámpara muy temprano para ahorrar gasolina y por esto prescindí de leer por las noches. En una ocasión, cuando alargaba el brazo para apagar la Coleman, sentí que todo se movía a mi alrededor. Pensé, primero, que nuestra precaria armazón de madera había cedido, pero un sordo mugido bajo tierra y un nuevo remezón me indicaron que se trataba de otra cosa. "Está temblando —comentó Eulogio con voz serena—, no se mueva. No pasa nada. Esta vaina no se cae, no se preocupe. Esto es frecuente. Ahora pasa". Dos veces más volvió a mecerse la tierra con más fuerza que antes. Eulogio tenía razón. Ni los tablones que nos servían de techo, ni la bóveda misma de la galería, se habían resentido con el movimiento. Un instante después escuchamos un ruido que nos intrigó sobremanera y que, al pronto, atribuimos a un derrumbe en la cañada. Era como si un pie gigantesco se hubiera hundido de repente en un pozo de barro denso o de arcilla húmeda y resbaladiza. Apagamos la lámpara y nos dormimos, si no tranquilos, sí al menos seguros de que nuestra galería había resistido el sismo sin daño alguno y eso ya era mucho. A la mañana siguiente, Eulogio me despertó sacudiéndome suavemente de un hombro. Estaba ya vestido y traía la lámpara en la mano. "Venga, le muestro algo que va a interesarle", me dijo con voz calmada pero en la que asomaba un acento de extrañeza. Me vestí rápidamente y lo seguí mientras avanzaba hacia la galería central en la que habíamos estado trabajando para tapar los charcos que impedían el paso. Cuando llegamos allí alargó la lámpara hacia adelante mientras me detenía con el otro brazo. El piso se había desplomado, dejando al descubierto una serie de escalones que conducían a un socavón que exhalaba un aire espeso, un olor a barro fresco, a algo que recordaba la ropa sucia o el sudor de los caballos a punto de reventar tras una carrera. Descendimos por los escalones y nos encontramos en un espacio circular, forma por entero ajena a como suelen excavarse las minas. Era un espacio ceremonial, una catacumba insólita sin razón práctica alguna. Eulogio acercó la luz a las paredes y fueron apareciendo esqueletos humanos en posiciones improbables. De los huesos colgaban harapos de color ocre imposibles de identificar. Las mujeres eran fáciles de distinguir por los trozos de falda que pendían de las piernas. Algunos esqueletos de niños descansaban al pie de las mujeres. Fuimos recorriendo la pared y en toda su extensión había restos humanos. Algunos de los cráneos tenían cascos coloniales; era presumible que se tratara de los ingenieros británicos que explotaban la mina. Allá, arriba, el gemido del viento parecía continuar el alarido congelado de los cráneos cuyos maxilares colgaban en una mueca grotesca y desgarrada. Muchos han sido mis encuentros con la muerte y ésta no guarda para mí misterio alguno. Es el final de la historia y nada más. Nunca he sido afecto a especular sobre el tema, ni creo que haya mucho que decir. Pero la disposición escenográfica de esta gente, de las más diversas edades y condiciones, tenía un no sé qué de burla siniestra, de vejamen gratuito y sádico que me produjo una mezcla de ira y de piedad. Salimos de allí sin hacer comentario alguno y nos fuimos a refugiar en la cabaña, al pie del remanso que había recobrado su forma original aunque sus aguas seguían teniendo un color ferruginoso y opaco. Allí nos quedamos durante largo rato sin decir palabras. En la boca de Eulogio se insinuaba un rictus nervioso que parecía una sonrisa y en verdad expresaba algo bien diferente. Tampoco yo debía tener una cara muy natural, porque Eulogio me miraba a veces con un dejo de sorpresa e intriga. "Qué bestias, pero qué bestias —comenzó a decir mi guía, tras un largo silencio—. Esa gente no debía nada, carajo. ¡Qué hijos de puta!". Me acerqué y le puse la mano en el hombro, sin conseguir pronunciar palabra. Para mis adentros me dije con rabia sorda que no sabía contra quien desfogar: "Ya puedes ir a buscar el oro. Allí debe estar guardado por los esqueletos de esos inocentes. ¿No entiendes acaso la lección?". Mirando el remanso y con lágrimas que le escurrían por las mejillas, Eulogio siguió hablando: "Allá debe estar mister Jack, viejo simpático, con sus bigotes blancos y su nariz roja por el trago. Desde por la mañana, cada sábado, se ponía una juma que duraba dos días. Bebía sin parar de una botella que siempre llevaba en la mano. En la tarde se bañaba aquí en pelota e invitaba a las mujeres para que lo acompañaran. Tenía hijos regados por todas partes. Y mister Lindse, el capataz jamaiquino, negro retinto y con todos los dientes de oro. Con él asustaban a los niños cuando se portaban mal. Bronco y estricto pero siempre preocupado por el bienestar de su gente. Y todos los demás. ¡Dios mío!, ¿cómo pudieron matarlos así? Aquí ya no se puede vivir. Aquí nos van a acabar a todos porque nadie se mueve, nadie hace nada. Todos están locos, ellos y nosotros". Siguió largo rato en una lamentación indescifrable hecha de exclamaciones y recuerdos de quienes fueron sus amigos y parientes y ahora yacían en el círculo atónito de su absurda sepultura.

»En la tarde volvió la lluvia, insistente y sin pausa. Una lluvia ligera y tibia que apenas caía al suelo pero creaba una atmósfera de cuarto de calderas que castigaba los nervios y apagaba el ánimo. Nos refugiamos en la galería y calentamos un poco de café. Eulogio, ya sereno, pero inmerso en una tristeza lastimada y vencida, empezó a hacer un examen de nuestra situación. Era obvio que había que salir de allí lo más pronto posible. Intentar algo en la veta que pudiera haber en la cámara circular era impensable. A nadie debíamos mencionar el hallazgo de los fusilados. Que los descubrieran otros algún día o que volvieran a quedar sepultados con la acción del agua que comenzaba a entrar por las escaleras y las iba destruyendo. Estaban hechas de tierra apisonada y retenida con tablas. Si nos preguntaban en San Miguel por qué regresábamos tan pronto, la respuesta era que allí no había nada e íbamos a intentar en otra parte. Era necesario llevarse todo y no dejar huella alguna, ningún objeto, ninguna señal de nuestra presencia. Si nos preguntaban por el temblor, había que contestar que apenas lo habíamos sentido. Estábamos dormidos en la cabaña y el ruido del agua no dejó que escucháramos nada. Se extendió luego en una serie de especulaciones sobre la conducta de la tropa en estos casos y no pude menos de estar en pleno acuerdo con él. Así pues, al día siguiente recogimos nuestras cosas y regresamos a San Miguel. En el camino Eulogio me informó sobre otros lugares de los alrededores en donde habían excavado en busca de oro, algunos de los cuales tenían al parecer buenas posibilidades de que se hallase algo. Mencionaba parajes y sitios a la orilla de la quebrada que, como era obvio, nada me decían, pero me indicaban que valía la pena intentarlo antes de decidirse a abandonar la región. Eulogio me daba confianza y no era persona que quisiera crear vanas ilusiones para consolarme del brusco final de mis intentos con La Zumbadora de fúnebre recuerdo. Volví a instalarme en la habitación encima del café y a ocupar en éste la mesa de costumbre. Dora Estela me interrogó sobre nuestras exploraciones y le contesté con las razones ya convenidas con su hermano. Algo me decía que éste le había contado todo, pero preferí no ahondar en el tema. El propietario del establecimiento se acercó también para preguntarme si necesitaba el dinero que había guardado en una caja fuerte empotrada debajo del mostrador. Le respondí que con lo poco que llevaba conmigo podía pasar algunos días, antes de partir con Eulogio en busca de una nueva mina. El asunto comenzaba a tomar un cariz tan familiar para mí y se ajustaba tan fielmente al trazo de mis tribulaciones y errancias, que me sentí en mi elemento y esto me trajo una inmediata tranquilidad hecha de indulgente resignación. Del dinero que había traído gasté sólo una pequeña parte. Podía intentar una o dos exploraciones más antes de tener que recurrir a expedientes extraordinarios. Dora Estela me presentó a una amiga que convino en compartir conmigo algunas noches, a cambio de escribirle en inglés las cartas para un enamorado que conoció en la capital. Era un ingeniero sueco que había venido a instalar unos molinos de harina. En las cartas que ella recibía le hablaba de matrimonio, con el candor inefable que sólo los escandinavos suelen conservar, en medio de sus astucias luteranas de comerciantes inclementes. Era una mujer rubia, bajita y gordezuela, con una piel blanca y tersa y un ánimo sonriente que hacía disculpar la limitación de su inteligencia que, a menudo, solía llegar a la simpleza. En la cama esta falta la suplía con una entrega que daba siempre la impresión de que la experimentaba por primera vez. Se llamaba Margot, nombre que no le iba para nada y tal vez por esa razón se había transformado en Mago, que tampoco le iba.

»En el café había hecho algunos amigos, sobre todo entre los choferes de las chivas. Tomasito, que me había traído a San Miguel y con quien mantenía una relación muy cordial, me los fue presentando a medida que aparecían por allí. Cada camión tenía un nombre y en él se retrataba la personalidad de su conductor. No era el caso de Tomasito, cuyo camión se llamaba *Maciste*. Cuando le pregunté por qué le había puesto ese nombre, me contestó que su padre solía decir de alguien muy fortachón que tenía más fuerza que Maciste. Ignoraba que se tratara de un famoso héroe del cine mudo en una película sobre la Roma de Nerón. Cuando se lo hice saber, la noticia no le cayó en gracia. Prefería la vaga imagen que le recordaba a su padre. No recuerdo si les dije que las famosas chivas traían, en la parte de adelante, detrás del chofer, tres o cuatro líneas de bancas, consistentes en simples tablas de madera, sin respaldo. Atrás quedaba un lugar amplio para la carga. Eran vehículos de una resistencia a toda prueba, que los choferes sometían a modificaciones dictadas por su espontánea inspiración mecánica y que hubieran sorprendido no poco a los ingenieros y diseñadores de Detroit. Lo cierto es que estos camiones subían y bajaban durante largos años la serpenteante ruta de la cordillera sin dar mayores muestras de cansancio. Conversar con sus conductores, sufridos y recios personajes de espíritu trashumante, era para mí una absoluta delicia. Cada viaje que hacían reservaba una sorpresa, una anécdota, un accidente que ponía a prueba su inventiva y su paciencia. Con amores en cada una de las fondas de la carretera, desde las tierras bajas de clima ardiente y vegetación desorbitada, hasta las cumbres de la sierra, recorridas por nieblas desbocadas y vientos helados, con una vegetación enana y atormentados árboles de flores vistosas e inquietantes. Iban dejando el recuerdo de su paso en forma de pasiones desaforadas, tragedias de celos devastadores e hijos con nombres de improbables cantantes de tango. Todavía puedo recordar algunos nombres de estos inolvidables compañeros de largas jornadas de alcohol y remembranzas y los de sus chivas heroicas: Demetrio, el dueño de *Que lloren otros;* Marcos, el de *Ahí lo dejo para que lo críes;* Saturio, de *El huracán andino;* Esteban, el de *La Garbo me recuerda* y tantos otros, siempre queriendo anunciar en sus vehículos un rasgo oculto o harto popular de su carácter. Cuando conversaba con ellos de mis planes de minero, intentaban disuadirme con argumentos que yo mismo solía darme en secreto: ésas eran tareas para gringos que tienen alma de topos; el oro, al final, sólo servía para alimentar al gobierno, vestir putas y enriquecer a los cantineros. "El que se queda en un sitio, echa raíces como los plátanos y muere sin saber cómo es la vida", me decía Saturio, un zambo inmenso, zumbón y pendenciero, que había matado a un marido celoso que lo esperó un día a la salida de una fonda, en pleno páramo. Saturio lo levantó en los brazos y lo tiró al precipicio. Nunca lo encontraron porque el río bajaba crecido. Cuando les narraba mi vida de marino, me miraban intrigados y me interrumpían para indicar una semejanza, una coincidencia o algo que les recordaba su vida de camioneros errantes sin puerto conocido. Dora Estela no era muy partidaria de mis amistades con quienes ella consideraba como gente en la que no debía confiarse, no por bribones sino porque no paraban en parte alguna y no dejaban cosa buena. Siempre ese afán de respetabilidad y permanencia, conservado por esas mujeres a través de las más arduas pruebas de una vida al parecer sin rumbo.

»Un día apareció Eulogio con una noticia alentadora y datos fidedignos de una mina abandonada, por cierto no lejos de donde su familia tenía un pequeño cafetal a la orilla de la quebrada. Varias veces había venido a verme, cuando bajaba con ganado o con el producto de sus siembras. Mencionaba, en cada ocasión, lo que iba averiguando por ahí sobre minas y lugares propicios, pero nada le parecía suficientemente seguro como para arriesgar trabajo y dinero. Esta vez las cosas se presentaban más firmes y prometían algo más concreto. Me invitó a visitar el terreno para ver allí lo que podía hacerse. Yo había principiado a sentir la comezón por lanzarme de nuevo al mundo de las minas. La vida en San Miguel estaba tomando cierto ritmo rutinario que comenzaba a fastidiarme, a pesar de mis amigos los choferes, quienes, por lo demás, solían ausentarse por largas temporadas. Margot había recibido días antes una carta de su prometido sueco y, con ella, el pasaje de avión para viajar a Estocolmo. Lo sorprendente fue que la mujer no manifestó mayor entusiasmo con la noticia y más pareció mirar con serias reservas este cambio radical en su vida. Una mañana se la llevó Tomasito a la capital de provincia para tomar un avión que la dejaba en Miami y de allí seguir hacia la capital sueca. Lloraba sin parar, mientras una sonrisa inocente flotaba en sus labios como tratando de pedir disculpas por sus lágrimas. Sabía que no iba a lamentar su ausencia, aunque esa espontánea eclosión de repetidos éxtasis en el lecho, inaugurados cada noche, tenían algo de memorable. Me había, pues, quedado solo y pasaba horas inmerso en las complicadas y apasionantes banderías de los realistas bretones y en sus feroces encuentros contra los azules. La densa materia histórica del exhaustivo libro de Gabory me mantenía a dos siglos de distancia del escándalo de vasos, voces, imprecaciones y risas que reinaba en el café. De vez en cuando, Dora Estela se sentaba a mi lado sin hacer comentario alguno y me daba cordiales apretones en un brazo mientras me decía: "Carajo, qué paciencia tiene para leer en esa letra tan chiquita. Se va a quedar ciego. Se lo digo. Ya vengo", y partía para atender a un cliente o rendir cuentas al dueño que, detrás del mostrador, vigilaba la espesa marea humana del lugar en donde era inapelable autoridad.

»Días después tornamos a partir Eulogio y yo, en las mismas monturas y con idénticos utensilios y bastimentos que habíamos llevado a La Zumbadora. En la primera parte del trayecto, Eulogio apenas abrió la boca. Era la misma subida de los viajes anteriores. Pero al llegar a la parte alta, tomamos un camino que seguía el perfil de una cuchilla que bajaba muy lentamente hacia la quebrada y parecía terminar mucho más adelante del eglógico remanso de triste recuerdo. Mientras avanzábamos por el sendero empedrado, con escalones que, de trecho en trecho, iban marcando el descenso, Eulogio comenzó a entrar en detalles sobre el lugar adonde íbamos: "Éste —comentó— era camino real, dicen que va hasta el mar. Yo no creo. Pero lo cierto es que por él se puede andar durante días y semanas. Sube y baja y su trazo es tan perfecto que se conserva como lo ve ahora. Vamos a seguirlo hasta mañana al mediodía, cuando llegaremos a un desvío que desciende hasta el río; porque allá ya no es quebrada y para atravesarlo hay que cruzar el puente de las Mirlas. Lo llaman así porque hay muchos nidos de mirlas bajo el techo de zinc que lo cubre. No se apure, no vamos a dormir en descampado, lo haremos en casa de unos parientes que tienen sembrada papa y cebada en las tierras llanas adonde va a morir esta cuchilla. Al día siguiente, luego de andar casi medio día, llegaremos directamente a la entrada de la mina. No tiene nombre. La abrieron los dueños de estas tierras hace como cincuenta años. Al morir los mayores, sus herederos se repartieron todo esto y muchos vendieron a gente de aquí. Vivían en la capital y no les interesaba visitar estas lejanías. Sus hijos, después, acabaron de salir de lo poco que quedaba y ahora no hay por aquí sino pequeñas fincas como la nuestra o en la que vamos a pasar la noche, que sobreviven como pueden porque apenas alcanza para medio comer y comprar semilla. La mina quedó en tierras que le tocaron a una hija de los primeros dueños. Dicen que era una mujer muy bella que nunca se casó y vivía fuera del país. Cuentan que le gustaban las mujeres. Dicen, también, que vino por aquí con un matrimonio joven; el marido era ingeniero y comenzó a hacer algunos estudios dentro de la única galería que se había excavado. Un día amaneció muerto a la orilla del río. Dijeron que se había desbarrancado con el caballo en el paso que atraviesa el desfiladero en donde está la mina. Lo cierto es que no apareció ningún caballo y al tipo lo enterraron en San Miguel unos señores que llegaron de la capital. Las mujeres ya se habían ido y nunca más se supo de la dueña. Ésas son historias que cuenta mi padre, que las oyó del suyo que fue testigo de todo. Él encontró el cadáver desnucado y medio comido por los gallinazos". Lo interrumpí para preguntarle si toda mina, en estas tierras, lleva obligatoriamente una historia siniestra. No pude menos de sorprenderme cuando me respondió con la mayor naturalidad: "Sí, señor, toda mina tiene sus difuntos. Así es. Un indio que vivía por aquí y que adivinaba la suerte decía no hay oro sin difunto, ni mujer sin secreto. Pero volviendo a nuestro asunto, le cuento que nadie ha vuelto a intentar explorar esa mina. La verdad es que no es fácil llegar a ella, porque está abierta en la pared de un precipicio que cae al río y para llegar allí sólo existe un sendero estrecho por el que apenas puede pasar una bestia. Hay que llevar los animales de cabestro y con mucho cuidado. Por la abertura entra el aire con un ruido que nunca se acalla. Mi padre dice que la veta que encontraron es buena, pero a nadie le ha interesado trabajarla porque se necesita dinero y ya le dije que aquí todos vivimos más pobres que el diablo". Le pregunté de quién era la tierra donde estaba la mina y me respondió que no tenía dueño, que esas tierras eran al parecer del gobierno porque por ahí iban a trazar, en un tiempo, una vía férrea.

»Seguimos el camino real, cuyo piso de lajas sabiamente dispuestas y huellas seculares de herraduras le daban un aspecto numantino y venerable. La piedra ampliaba con sonoridad igualmente augusta los pasos de nuestras cabalgaduras. El paisaje era de una belleza inconcebible. A lado y lado de la cuchilla se extendían pequeñas llanuras que terminaban en bosques al parecer impenetrables o en precipicios por los que subía el clamoreo de aguas despeñándose por el declive de un lecho rocoso vigilado por el solemne vuelo de los gavilanes. Los sembrados que cuadriculaban la superficie levemente ondulada del estrecho llano tenían algo de austera parquedad, de labor sacrificada y bienhechora que subrayaban sobriamente las construcciones de techo de zinc y alegres corredores adornados con geranios de las casas con su corral para los animales y el humo azuloso que subía de las cocinas. "Tierra buena —pensé—, donde las trágicas leyendas de la minería no parecen tener cabida ni armonizar con el idílico orden de esos campos". Como si adivinase mi pensamiento, Eulogio comentó: "Por aquí ha pasado mucha gente armada de todos los bandos. Matan, arrasan con todo y se van. Uno sigue aquí, no sé muy bien por qué. Aquí nacimos y aquí nos van a enterrar. Pero, a veces, piensa uno que esta tierra tan buena despierta la rabia de quienes no la quieren para nada ni para nada les sirve, pero desean que no exista. Mala gente, siempre. Mala gente con la que no se puede hablar nunca. Disparan, queman y se van. Unos y otros. Todos son lo mismo. Ahora la cosa está tranquila. A ver cuánto dura". Caía la tarde creando esa atmósfera traslúcida que parece invocar un efímero instante de la eternidad en medio de la recién nacida presencia de cada objeto. Comenzaba a oscurecer cuando llegamos a la casa donde íbamos a pasar la noche. Los dueños habían bajado a la cañada para recoger el café que estaba ya maduro. Nos recibió una mujer de edad que conocía a Eulogio desde niño y le hacía continuas bromas por su dificultad para expresarse. Él las aceptaba de buen talante y se reía con ella aludiendo, a su vez, a un supuesto amante que todavía preguntaba por ella en San Miguel. Doña Claudia nos preparó una cena copiosa, nada fácil de digerir. Sopa de cebada con espinazo de cerdo, un plato de papas con crema, arroz con maíz tierno desgranado y un gran trozo de carne seca adobada con pimiento. Un tazón de café nos esperaba en el corredor de la casa, desde donde se veía avanzar la noche con la premura de un deber cumplido desde siempre por poderes que no nos tienen en cuenta. Mientras saboreábamos la infusión hirviente que despedía un aroma que me recordó de inmediato los abigarrados cafés de Alejandría, doña Claudia, de pie, comenzó a interrogar a Eulogio. Primero le preguntó por su mujer y sus hijos, luego por sus tierras y por el ganado que estaba criando en los llanos al pie del páramo grande. A todo respondió Eulogio con pedregosos monosílabos que me sorprendieron. Conmigo tenía más fluidez y casi no tropezaba al contestar. Era evidente que al hablar con alguien que lo conocía desde niño, renacían las dificultades de locución que marcaron su infancia. "Y ahora, ¿adónde van?", preguntó la mujer mientras nos miraba con viva curiosidad. "A la mina que está en el rodadero. Vamos a ver si hay algo." Doña Claudia movió la cabeza con gesto de amable reproche y comentó: "Bueno, Eulogio, tú no tienes remedio. Yo no sé quién te pegó la locura esa de las minas. Ahí nunca hay nada, sólo desgracias y ruina dejan las malditas minas. ¿Ya le contaste al señor lo que dicen de ese lugar?". Eulogio no consiguió enunciar palabra y me apresuré a responder. "Sí, señora, ya me contó todo. Lo de la dueña bonita a la que le gustaban las mujeres y la muerte del ingeniero. ¿A eso se refiere usted?" La señora hizo un gesto de asentimiento. "Mi vida ha estado llena de esos trances, señora. Nada de eso me preocupa —añadí—. Soy marino de profesión y puedo asegurarle que también cada barco tiene su historia. Lo importante es saber si encontramos la veta y si ésta tiene oro". Doña Claudia siguió moviendo la cabeza para indicar que no teníamos remedio y nos preguntó si queríamos más café. Le contestamos que no y salió deseándonos las buenas noches. Nos quedamos todavía un buen rato hasta que el cansancio del camino nos condujo a las hamacas que nos esperaban en una habitación de altos techos de madera de cedro que despedía un vago aroma entre oriental y catedralicio. Recordé el Mexhuar de la Alhambra y la tumba de los Reyes don Fernando y don Alfonso en la catedral de Sevilla. Por uno de esos caprichos de la memoria cuyo secreto es mejor no interrogar, soñé toda la noche con Abdul Bashur, mi compañero entrañable de tanta empresa descabellada, calcinado entre los restos de un Avro que explotó al aterrizar en la pista de Funchal. "Ya son más los amigos que me esperan al otro lado que los que me quedan aquí", pensé mientras intentaba conciliar de nuevo el sueño en medio de un coro de imágenes y evocaciones que cruzaban por mi mente en desfile vertiginoso.

»Al día siguiente salimos con las primeras luces del amanecer. Doña Claudia nos despidió con un desayuno substancioso y repetidas recomendaciones de transitar con prudencia la trocha que lleva a la mina a través del desfiladero. Seguimos el camino real por un buen rato y cuando éste comenzaba a descender abruptamente hacia la llanura que se divisaba a lo lejos, tomamos un desvío que, en poco tiempo, nos llevó al borde de una pared vertical que caía a pico hasta las orillas del cauce torrentoso cuyas aguas mugían en un estertor de bestia acorralada. A mitad del precipicio comenzaba un sendero labrado en la roca, tan estrecho que producía una sensación de vértigo bastante alarmante. Descendimos de las bestias y emprendimos la marcha paso a paso. Las alforjas cargadas de herramientas y víveres rozaban la pared de roca y a cada paso de las cabalgaduras rodaban cantos por el abismo con un estrépito amenazador. Devolvernos era impensable, sólo nos quedaba avanzar, cada vez más lentamente y con mayor cautela. Después de una buena hora de este recorrido que desgastaba el ánimo y producía una fatiga inaudita, llegamos a una pequeña plataforma que entraba en la roca y conducía a un recinto circular al fondo del cual caía de lo alto el agua de un arroyo. El ruido de la cascada rompía un ambiente de extraño recogimiento ceremonial. El ámbito con piso de arena fina y blanca tenía espacio bastante para los caballos y para varias personas. El agua caía sin salpicar en las rocas, en un chorro que, con la luz cenital que entraba en ese momento, tomaba un aspecto metálico inusitado. Sobre la pared izquierda del recinto se abría la boca de la mina, medio cubierta por helechos de un verde pálido que resaltaba en la penumbra del lugar. No los movía brisa alguna y a veces podía pensarse que estaban dibujados en un inquietante telón de teatro. Extendimos las mantas de las monturas en la arena y nos acostamos a descansar. Yo traía las piernas rígidas, recorridas por dolorosos calambres debido a la tensión que, a cada paso del trayecto, nos había producido el bordear por el precipicio y cuidar de los animales. Nos quedamos largo rato en silencio. Me pregunté por qué diablos había sorteado semejante riesgo, para terminar en esta gruta que producía una sobrecogedora sensación de ritos anónimos, de ocultos sacrificios propiciatorios. Observé la entrada de la mina y la impresión de absurdo, de intolerable insensatez, iba creciendo hasta despojarme de la menor ilusión, del menor interés en penetrar en ese mundo que nada podría depararme a no ser la confirmación de mis viejas premoniciones, de mis más antiguos temores, reprimidos siempre por mi vocación de errancia y mi voluntad persistente de no acampar por mucho tiempo en parte alguna. El agua de la cascada corría mansamente por en medio del piso de arena blanca y salía para descender al abismo ciñéndose a las paredes de éste sin producir otro sonido que el manso fluir que contribuía a crear la atmósfera de otro mundo reinante en el sitio. Dormimos hasta la madrugada siguiente y fue curioso advertir que, a pesar de la cascada y del agua que corría a nuestros pies, el ambiente no tenía una humedad excepcional. Quizá las altas paredes de roca guardaban

450

el calor diurno, que era considerable. Antes del amanecer nos despertó el coro estridente de una bandada de loros que anidaban en el borde superior de la gruta».

Maqroll se quedó un instante en silencio y luego nos dijo que dejaría para otra ocasión el relato de sus días en la nueva mina. Era algo tan diferente a lo vivido en la anterior que no creía que debiera relatarse de inmediato. Nos fuimos a dormir con la curiosidad de saber qué había sucedido a nuestro amigo en un lugar tan cargado de presagios como el que acababa de evocar. En los días siguientes acompañé al Gaviero al hospital para que se sometiera a unos exámenes. En una semana más nos darían los resultados. Yosip y su mujer nos visitaban de vez en cuando y se mostraban muy complacidos de ver a su amigo reponerse en forma tan patente. En una ocasión en la que nos habíamos quedado solos en el patio Jalina y yo, me expresó su gratitud por lo que hacía en favor de su amigo. «Varias veces nos ha salvado de situaciones muy graves —comentó—. Es un hombre muy noble pero al que no es fácil ayudar ni corresponder a sus bondades. La última vez que trabajamos juntos fue en un barco que transportaba peregrinos desde el Adriático y Chipre hasta La Meca. Era contramaestre y medio dueño del navío que estaba registrado a nombre de Abdul Bashur, un gran amigo suyo que ya murió. Otro hombre poco común, pero mucho más duro y práctico que Maqroll. Por un problema de literas que había asignado Yosip en forma equivocada, un grupo de albaneses se le vino encima para matarlo. Maqroll descendía en ese momento a la cala y disparó al aire el revólver que siempre llevaba consigo. Los tipos soltaron a mi esposo y cuando mostraron intenciones de lanzarse contra Maqroll, éste algo les dijo en su idioma que los obligó a alejarse en actitud sumisa». No era la primera vez que escuchaba historias parecidas sobre el Gaviero, quien, sin embargo, jamás daba la impresión de ser hombre inclinado a disputar con nadie ni a imponerse por la fuerza. Era evidente que solía hacerlo por la gente de sus afectos pero no para él mismo. Su fatalismo irremediable lo llevaba a sobrellevar con indiferencia las intemperancias ajenas. Lo que me llamó la atención, desde el primer momento en que vi a la mujer, en la oficina del motelucho de La Brea, fue su afecto incondicional, profundo, se-misalvaje, por el Gaviero. Tampoco era la primera vez que encontraba a una hembra que guardara por él ese tipo de lealtad casi perruna.

Cuando fuimos por los resultados de los exámenes, el médico nos informó que Maqroll estaba fuera de peligro. Los daños en órganos que hubieran podido afectarse con las fiebres estaban en vías de desaparecer. En pocas semanas estaría totalmente recuperado. Al salir del hospital, mi amigo, que llevaba los papeles en la mano, se alzó de hombros sin decir nada y, rasgándolos uno a uno, los fue tirando en un recipiente de basura que había a la entrada. Quise impedírselo, pero me contuve a tiempo pensando que sería una irrupción en su intimidad tan celosamente guardada. Regresamos a Northridge y no se volvió a hablar del asunto. Todos esperábamos la ocasión en que el Gaviero reanudara el relato de su vida en la mina; pero nadie se atrevía a pedirle que lo hiciera. Maqroll tenía siempre un especial cuidado para escoger el momento, la atmósfera propicia para sus confidencias y había que esperar a que llegaran espontáneamente a riesgo de hacerlo callar para siempre. La ocasión se presentó una noche que salimos a ver una lluvia de estrellas que cruzaba el cielo en medio de un resplandor que sobrecogía el ánimo. Nos quedamos sentados al pie de la piscina. Fui por unas cervezas frías que todos necesitábamos para sobrellevar el calor instalado sobre el valle. Maqroll nos comentó que la más impresionante lluvia de estrellas que vio en su vida fue a bordo de un navío que esperaba turno para entrar en el puerto de Al Hudaida, en el mar Rojo. «Caían una tras otra y el espectáculo duró más de una hora. Había un dejo de tristeza y fatalidad en ese desastre de mundos que se convertían en polvo a inconmensurable distancia de nuestras pequeñas vidas vanidosas y anónimas», comentó Maqroll en un tono que permitía esperar que esta vez entrase de lleno en el relato de sus días de minero. Así fue. Tras un breve silencio, continuó la historia interrumpida noches atrás, como si ese intermedio no hubiese existido.

«Ahora que menciono el mar Rojo recuerdo que dejamos pendiente el relato de lo que me pasó en la mina de la gruta. Tiene bastante relación una cosa con otra. Ya verán más adelante por qué. A la mañana siguiente, despiertos Eulogio y yo con el vocerío de los loros, preparamos café en un pequeño reverbero de alcohol que doña Claudia le había prestado a mi compañero. Confortados con la bebida que éste solía preparar aún más fuerte que el resto de sus paisanos, nos abrimos camino por entre los helechos para explorar el interior de la mina. A los pocos pasos, que recorrimos con ayuda de la Coleman, una nutrida bandada de murciélagos cruzó despavorida por entre nuestras cabezas y se escapó hacia la abertura superior de la gruta. Un intenso olor a excremento anunciaba la presencia de los animales dentro de la mina. Muy pronto nos acostumbramos y seguimos penetrando en la galería. También allí vimos buena cantidad de maquinaria amontonada, corroída por el óxido hasta no tener forma reconocible, y de herramientas también en plena destrucción. Comenzamos a examinar las paredes y el suelo con minuciosa paciencia y, pocas horas después, dimos con lo que podía ser una veta digna de estudiar más detenidamente. Se prolongaba unos veinte metros por la intersección de la pared con el piso de la galería y, de pronto, comenzaba a ascender hasta perderse en el techo. No habíamos llevado herramientas ya que sólo nos proponíamos hacer un examen del interior del lugar y verificar el número de galerías que pudiera tener. Regresamos a la playa que nos servía de albergue y nos tendimos a descansar. De tanto recorrer encorvado los socavones, la espalda me dolía en forma casi insoportable. Bastaba extenderse en el piso por un rato para que el dolor desapareciera. Comimos algo y tras tomar otro tazón de café muy caliente, volvimos a penetrar en la mina, esta vez con las herramientas necesarias y otra Coleman que nos facilitara la tarea de tomar unas muestras. Regresamos con éstas pocas horas después, pero ya casi no había luz de día para poder hacer las pruebas. "¿Sabe, mi don —comentó Eulogio—, que esa veta tiene muy buen aspecto? No sé qué me hace pensar que vamos a tener una sorpresa. Ya era tiempo, carajo. Después de tanto andar y tanto escarbar, es apenas justo que la suerte nos ayude". Le contesté que tenía razón pero que, respecto a las promesas que la veta anunciaba, poco podía decirle ya que de eso nada sabía. Mañana veríamos. Salimos al borde del abismo para recibir un poco de brisa y olvidar el denso ambiente de sacristía de la gruta.

»Las muestras que sacamos resultaron al día siguiente positivas de acuerdo con el pronóstico de Eulogio. Sin embargo, era necesario someter el material a un examen más minucioso en un laboratorio de la capital de provincia y, en caso de que se confirmara nuestro diagnóstico, había que registrar la mina en la Gobernación para poderla explotar a nombre nuestro. Eulogio se ofreció a hacer estas gestiones mediante una carta poder que yo le haría: "Usted, mi don, con ese aspecto y el pasaporte con el que anda por el mundo, disculpe que se lo diga, pero no es la persona indicada para tratar con esa gente. La mina quedará a nombre de nosotros dos. Usted como primer propietario, desde luego. Pero si va en persona no sólo no le van a dar ningún permiso, sino que a lo mejor lo sacan del país. Son muy jodidos y desconfiados. Yo sé cómo se lo digo. Todo lo relacionan con la guerrilla y nunca sabe uno lo que se les puede ocurrir". Estas razones de mi guía eran más que convincentes y estuve de acuerdo con sus planes. Recogimos nuestras cosas, volvimos a cubrir la entrada con los helechos que habíamos desplazado al entrar y nos dispusimos a partir a la mañana siguiente con las primeras luces. La arena tibia debajo de las mantas de la montura formaba un lecho acogedor que se ajustaba suavemente a la forma del cuerpo de manera que se disfrutaba de un sueño parejo y agradable. Sin embargo, un extraño sonido me despertó poco antes de la madrugada, era como si alguien pronunciara a lo lejos una palabra que se repetía constantemente. No logré descifrar lo que decía hasta que me di cuenta de que el sonido era causado por el aire que entraba en la gruta y recorría las paredes de ésta hasta subir a la abertura superior. Al pasar por la entrada de la mina producía la modulación de una palabra dicha por alguien en voz muy baja desde una lejanía imposible de precisar. Volví a dormirme hasta cuando el ruido de las bestias que Eulogio comenzaba a ensillar me despertó de nuevo. Me enjuagué el rostro en las aguas del arroyo. Tenían un leve sabor ferruginoso que producía una impresión salutífera de balneario de aguas termales. Se lo comenté a Eulogio y me explicó que se debía a que esas tierras eran muy ricas en minerales, lo cual venía a confirmar su corazonada sobre el filón que habíamos descubierto. El regreso por el borde del precipicio nos pareció más fácil aunque el escándalo de la torrentera volvió a causarme un vago pavor incontrolable. Seguimos el camino real por la cuchilla hasta llegar a la casa de los familiares de Eulogio. Salió doña Claudia a recibirnos con una cordialidad que mostraba su alivio de vernos sanos y salvos. Cenamos cualquier cosa y nos fuimos a dormir. Antes de caer en el sueño, me vino a la memoria la palabra que escuché en la mina y pude distinguirla con toda claridad. Era Amirbar. Eulogio aún no se había dormido y le comuniqué mi descubrimiento. Se quedó un momento pensativo y luego comentó: "Sí, creo que eso más o menos es lo que se oye. Pero no quiere decir nada, ¿verdad?". Le dije que significaba general de la Flota en Georgia. Venía del árabe Al Emir Bahr que se traduce como el jefe del mar. De allí se originaba almirante. De su garganta salió un sonido, mezcla de incredulidad y compasión. A partir de entonces, siempre designamos a la mina con el nombre de Amirbar. Me quedé largo rato despierto pensando en los enigmas que nos plantea eso que llamamos el azar y que no es tal, sino, bien al contrario, un orden específico que se mantiene oculto y sólo de vez en cuando se nos manifiesta con signos como este que me había dejado una oscura ansiedad sin origen determinado.

»Una vez más ocupé la alcoba con balcón a la plaza del pueblo, encima de la entrada del café. Eulogio partió en el primer camión que salía para la capital y yo me quedé en espera del resultado de sus gestiones. Una extraña fiebre comenzaba a invadirme por oleadas que iban y venían durante el día y, en la noche, se instalaba para poblar mis sueños con un disparatado desfile de imágenes recurrentes y obsesivas. El delirio malsano de las minas comenzaba a mostrar sus primeros síntomas. Les decía la otra noche que no es fácil definir esa especie de posesión que nos trabaja profundamente y que no tiene que ver con el deseo concreto de hallar riquezas descomunales. No es éste el motivo principal que la anima, es algo más hondo y más confuso. Tiene que ver con el oro, sí, pero como algo que arrancamos a la tierra, algo que ésta guarda celosamente y sólo nos entrega tras una penosa lucha en la que arriesgamos dejar el pellejo. Es como si fuéramos a tener en nuestras manos, por una vez siquiera, una maléfica y mínima porción de la eternidad. No se compara con el poder que pueda ejercer una droga determinada, ni con la fascinación a que nos somete el juego. Algo tiene de ambos, pero nace de estratos más profundos de nuestro ser, de secretas fuentes ancestrales que deben remontarse a la época de las cavernas y al descubrimiento del fuego.

La vida cambia por completo, es decir, las claves que hemos establecido para conducirla se mudan instantáneamente y nos abandonan, para hacer frente al destino en otro lugar. Las personas con las que antes teníamos una relación clara y establecida se visten de un halo inusitado que mana de nuestra fiebre incontrolable y avasalladora. Hasta una vieja costumbre que se ha confundido con nuestra vida misma, como es en mi caso la lectura, cobra otro aspecto. Las guerras de la Vendée, las emboscadas nocturnas, Charette y la Marquesa de la Rochejaquelein, los azules y la Convención, Bonaparte y Cadoudal, toda esa ebria epopeya que terminó en nada y que ni siquiera los príncipes, objeto de tantos sacrificios, acabaron por reconocer ni apreciar, se me presentaban bajo una luz extraña y los motivos que animaron tanto heroísmo se desdibujaban en mi mente y tomaban los más inesperados y absurdos aspectos. Poco a poco me di cuenta de que sólo vivía ya dentro de la mina, entre sus paredes que gotean una humedad de ultramundo y donde el brillo engañoso de la más desechable fracción de mica me dejaba en pleno delirio. Dora Estela percibió de inmediato los síntomas que denunciaban un cambio en mi ánimo y me dijo, a boca de jarro: "¡Ay, mijo!, ya lo agarró el mal de la mina. A ver cómo sale de eso porque se lo va a llevar la trampa. Apenas le está comenzando, pero si le toma ventaja va a terminar sembrado en los socavones como un topo y de allí lo tendrán que sacar a la fuerza. No se desprenda de Eulogio porque a ése, como es medio lelo, no le dan esos males. No se vaya a meter solo en esa cueva porque se lo traga la tierra". No era muy tranquilizante el pronóstico de la mujer. Lo decía con tal convicción y con tan sincera congoja que consiguió alarmarme. Comencé a esperar a Eulogio con la ansiedad de tener a mi lado a alguien que estuviera exento del embrujo del oro, alguien cuya inocencia lo hiciera inmune a la acción deletérea de un mal que amenazaba con derrumbar mi integridad y la frágil red de mis razones para vivir.

»El hermano de Dora Estela llegó con noticias que podían hundirme aún más en la vorágine que me amenazaba. El filón contenía una cantidad apreciable de mineral aurífero y el permiso había sido concedido a Maqroll, llamado el Gaviero, con pasaporte chipriota, y a Eulogio Ventura, natural de San Miguel. La mina había sido registrada con el nombre de Amirbar. Los dados estaban echados. Le comenté a mi socio los síntomas de la dolencia que comenzaba a torturarme. Lo hice en la forma más directa y sencilla posible y entendió de inmediato de lo que se trataba. "Mire, mi don —me dijo—, la mina es tan ingrata que ella misma va a encargarse de curarlo. Si sacamos oro, va a ser con tanto trabajo que va a acabar arrepentido de haberse embarcado en esta empresa. Esa fiebre es muy mala cuando comienza uno a trabajar con éxito en los socavones, pero, después, se hace más fácil de soportar. No hay que pensar en eso. Lo malo es que estuvo solo aquí todo este tiempo y eso fue lo que le hizo daño. Mi hermana no sirve para ayudar en este caso, porque odia la historia de las minas y les tiene un miedo terrible. Se lo pasó mi madre que dice siempre que ésas son cosas del diablo, que es el único que vive bajo tierra en los meros infiernos. Vamos a meterle al asunto con ganas y no piense más en eso. La cosa comenzó cuando se puso a escuchar palabras raras con el ruido del viento en la gruta. Imagínese: Amirbar. ¿Dónde diablos pudo sacar semejante barbaridad? Por muy marino que sea, convénzase de que aquí el mar no tiene nada que hacer". Como lo había previsto y como Dora Estela me lo anunció, Eulogio tuvo la extraña virtud de alejarme del vórtice del delirio que principiaba a tragarme y me trajo de nuevo a una realidad más fácil de sobrellevar. Tenía, repito, la virtud de los inocentes. Los rusos saben mucho de eso. Los consideran seres privilegiados cuya voz debe ser escuchada por el resto de los hombres, que viven en la confusión de sus ambiciones y mezquindades.

»Acordamos salir al día siguiente temprano. Eulogio se fue para arreglar algunos asuntos de su rancho y adquirir provisiones y yo me quedé tratando de sumergirme en las peripecias del Conde D'Artois en Bretaña y su deslucida participación en la gesta de la Vendée. En un momento en que quedó libre, la Regidora se acercó a mi mesa y, mirándome de frente con cierta intensidad de pitonisa, me dijo sin rodeos: "Lo que le hace falta ahora es pasar una buena noche al lado de una mujer. Eso le va a espantar los fantasmas de la mina y va a sentirse mejor. Esta noche, cuando cerremos, subo a su cuarto para hacerle compañía, ¿qué le parece?". Me dejó sorprendido su oferta planteada así, de sopetón, pero me di cuenta de que podía estar en lo cierto. Le respondí que la esperaba encantado pero que había que andarse con cautela porque su hermano dormía en la habitación contigua. Me explicó que Eulogio pasaría la noche en casa de una amiga con la que se quedaba a menudo cuando dormía en San Miguel. Apareció pasada la medianoche y, tras desnudarse en un par de gestos certeros y rápidos, penetró en mi cama con agilidad felina y acariciadora. Tenía un temperamento de inusitada presteza en el placer y me aplicaba sus caricias casi con intención curativa, con el claro propósito de que me quedaran grabadas en la memoria y tornaran a ejercer su acción propicia en las atribuladas noches de la mina. Sus largas piernas, de una firmeza campesina y cuya esbeltez no era perceptible cuando se desplazaba entre las mesas del café, se entrelazaban a mi cuerpo con una movilidad ajustada al ritmo de un placer sostenido en vilo con sabiduría alejandrina. Lo que esa noche recibí de Dora Estela me sirvió luego para sobrellevar pruebas que hubieran podido dar al traste con mi integridad. Apenas dormimos y las primeras luces nos sorprendieron en un abrazo que tenía mucho de adiós y de última inmersión en un goce que intentaba vencer el sordo trabajo del olvido. La Regidora se sumó así a las mujeres a quienes debo esa solidaria y consoladora certeza de que he sido algo en la memoria de seres que me transmitieron la única razón cierta para seguir viviendo: el deslumbrado testimonio de los sentidos y su comunión con el orden del mundo.

»El regreso a la mina tuvo mucho de entusiasta comienzo de un trabajo promisorio. Mi obsesión se había calmado, tal como Dora Estela me lo anunció, reduciéndose a una expectativa que no traspasaba los límites habituales y tolerables. Pero allá, en el fondo, bullía sordamente el germen de un desorden que aprendía a temer como a pocas cosas en la vida. Los primeros trabajos consistieron en canalizar el arroyo de manera que esa agua corriente sirviese para lavar el material destinado a un molino rudimentario comprado por Eulogio a los parientes de un minero muerto años atrás en la volcadura de un camión en la carretera. Las dos cosas las armamos con la mayor paciencia y esmero para que rindieran su trabajo con un mínimo de interrupciones. En una semana comenzamos a lavar el primer material triturado en el molino. Los resultados fueron más satisfactorios de lo esperado. Una tarde nos quedamos mirando la breve porción de polvo de oro y de minúsculas pepitas que resplandecían al sol con un brillo que nos mantuvo en un silencio hipnotizado. De improviso me vino la duda de que se tratara de simple pirita. Cuando se lo pregunté a Eulogio, éste me miró con indulgencia y me dijo: "Pero mi don, lo primero que se probó en las muestras que sacamos del filón fue eso. Si hubiera sido pirita lo hubiéramos sabido entonces. Es oro, mi don, es oro y del bueno". No todos los días el resultado fue tan halagador. Nos acostumbramos a medir una vez por semana lo que íbamos sacando. Esto nos evitaba el pasar cada día por breves decepciones que amenazaban con despertar los espectros del mal que se anunció en San Miguel. Cuando tuvimos una cantidad que justificaba el viaje para venderla en la capital, Eulogio se encargó de hacerlo con precauciones que, al comienzo, se me antojaron exageradas. Fue entonces cuando me contó cómo un minero, que había sido famoso dibujante y caricaturista político de notable talento, había caído asesinado en una emboscada que le tendieron para apoderarse del oro que se suponía llevaba. En verdad, en esa ocasión no traía casi nada consigo. El crimen quedó impune y su muerte fue lamentada por los muchos admiradores y amigos que había dejado. Eulogio me indicó también que si nos preguntaban en San Miguel si habíamos encontrado oro había que negarlo rotundamente y decir que hasta ahora nada se hallaba y pensábamos abandonar el trabajo si las cosas continuaban así.

»Pasaron varias semanas durante las cuales mi compañero hizo dos o tres viajes a la capital. El dinero lo guardaba en su finca en un lugar conocido sólo por nosotros y por la esposa de Eulogio. Pensé entonces que entraba en la rutina de una vida de minero con relativa suerte y un aparente porvenir asegurado. Al mismo tiempo, empezaron a presentárseme ciertos avisos para indicarme que, como de costumbre, todo iba a cambiar y de nuevo me encontraría en el incierto laberinto de mis usuales desventuras. A veces tengo la impresión de que todo lo que me sucede viene de una región marginal y nefasta ignorada de los demás y destinada desde siempre sólo para mí. Estoy ya tan hecho a esa idea que los breves instantes de dicha y bienestar que me son dados suelo disfrutarlos con una intensidad a mi juicio desconocida por los otros mortales. Esos momentos tienen para mí una condición renovadora y esencial. Cada vez que se me ofrecen siento como si estuviera inaugurando el mundo. No son muy frecuentes, no pueden serlo, como es natural, pero sé que siempre vienen y me están destinados en compensación de mis tribulaciones.

»Un día Eulogio no regresó a la mina. Era tan regular en sus desplazamientos y actividades que había razón para temer algo inusitado. En efecto, tres días después apareció una mañana su mujer con los ojos llorosos y presa de pánico. Me relató en forma atropellada y entre sollozos que su esposo había sido detenido por la tropa en una redada que hicieron en un retén de la carretera, antes de llegar a San Miguel. Apresaron a más de treinta hombres, todos campesinos de las cercanías. Los llevaron a la capital y los estaban interrogando. Ella había ido para ver si lograba ponerse en contacto con su esposo, pero le fue imposible. En el cuartel la habían amenazado con apresarla también a ella. Corrían toda suerte de rumores, pero nadie sabía en verdad qué pasaba. Dora Estela me pedía que no se me fuera a ocurrir bajar a San Miguel, porque, en esos casos, los extranjeros son los más sospechosos. Todo nombre extranjero es para la tropa sinónimo de agitador y agente de ideas extrañas que conspiran contra el país. Le dije a la esposa de mi socio que tomase el dinero que teníamos guardado y, con él, tratara de pagar a un abogado o a alguien con influencia para saber qué sucedía con Eulogio. Ella movió la cabeza varias veces y por fin me dijo con voz estrangulada: "No, señor, yo no vuelvo por allá. Si me agarran quién va a cuidar de mis hijos y del rancho. A ver si Dora Estela quiere ir. Pero lo que es yo no me aparezco. Esa gente es capaz de todo. Usted no sabe". Yo sí sabía. En otras ocasiones y otras latitudes había visto y había sufrido en carne propia la brutalidad sistemática y sin rostro de la gente de armas. Traté de consolarla como pude. Debía hablar con la Regidora de mi parte, diciéndole que, por favor, dispusiera de nuestro dinero para tratar de hacer algo por su hermano. La mujer asintió sin mucha convicción y regresó al rancho porque la esperaba por lo menos medio día de camino. Detuve el molino, ya que el lavado del material no podía hacerlo solo y me senté al borde del precipicio sin saber qué decisión tomar. El estruendo de las aguas del torrente al chocar contra las grandes piedras me llegaba como un comentario desaforado pero elocuente al estado de torpor en que me dejó la noticia de la prisión de Eulogio. El no poder actuar de inmediato, por las razones de Dora Estela, que eran bastante convincentes, me producía un sentimiento de inutilidad, de frustración y de asedio tan angustioso como paralizante. Pasaba revista a todas las funestas posibilidades de lo que podía sucederle a mi amigo y cada una era peor que las anteriores. Yo sabía, ya les dije, lo que puede ser un interrogatorio en manos de esa gente. Si estaban buscando a los responsables de algún atentado o a gente de la insurgencia, la tortura era el medio eficaz y acostumbrado para descubrir la verdad. Eulogio, con su dificultad para expresarse, daría la impresión de estar callando algo. Más le daba vueltas al asunto, mayor era mi certeza de que la vida de Eulogio corría peligro. Así llegó la noche y el viento frío que comenzó a correr por la cañada me obligó a refugiarme en la gruta. Dormí a sobresaltos y la voz del viento en la entrada del socavón me repetía con insistencia delirante esa palabra que me transportaba a otras regiones en donde más de una vez había pasado por el peligro en que ahora estaba mi amigo: "Amirbaaaar, Amirbaaar", soplaba el viento con la persistencia de quien quiere transmitir un mensaje y no lo consigue.

»Pasó una semana. La inquietud creciente me producía una sensación casi física de ahogo y parálisis, hasta dejarme al borde del delirio. En la madrugada del octavo día una sombra se interpuso a la entrada de la gruta y me despertó de repente. Era una mujer alta, desgreñada, con el rostro desfigurado por el cansancio, que comenzó a hablarme con voz entrecortada y ronca que atribuí a la fatiga. No podía distinguir muy bien sus rasgos ni la forma de su cuerpo y desde esa media luz sus palabras salían como dichas por una sibila en trance: "Me manda la Regidora, señor, para decirle que consiguió por fin sacar a Eulogio del cuartel. Con el dinero de ustedes pagó a un abogado que llevó pruebas de la buena conducta del detenido y de que en verdad es hombre de campo que nunca se ha metido en nada contra el gobierno. Lo malo es que ya lo habían torturado varias veces, porque no conseguía hablar. Tiene las piernas y los brazos quebrados y algo le rompieron por dentro porque escupe mucha sangre y se queja de dolores muy fuertes. Le dijeron que se lo llevara de allí y no dejaron que lo internara en el hospital. Está en San Miguel y el médico de ahí lo entablilló y están esperando para ver qué pasa con los dolores. Parece que ya se van aliviando un poco. Está en casa de una familia que lo conoce hace mucho y por ahora no corre peligro. Dora Estela le manda decir que si yo le puedo ayudar en algo que me lo diga. Somos medio parientas y me tiene mucha confianza. Yo no vivo en San Miguel, soy de más arriba. Trabajaba en una tienda que hay en el Alto del Guairo, por donde pasa la carretera. Tomasito también me conoce y también él me habló de usted. Piénselo y me dice. Por ahora voy a descansar un poco porque me eché todo el camino a pie, sin parar, y ya no puedo con mi alma". Sentí un alivio enorme al saber que no habían matado a mi compañero y una sorda rabia impotente ante la bestialidad del tratamiento del que había sido víctima inocente, en buena parte por culpa de su defecto de locución. No supe en ese momento qué decidir sobre el ofrecimiento que me hacía la parienta de Dora Estela. Me vinieron de repente un cansancio abrumador, una apatía y un desgano, resultado de una semana de insoportable tensión que ahora se resolvía de improviso, dejándome como vacío y sin fuerzas. Le dije a la mujer que ya veríamos más tarde qué hacer y torné a acostarme sobre la arena tibia. Un sueño denso me alejó por varias horas del escenario de mis desventuras y me dejó en las aguas serenas, de un azul profundo, en la costa malabar. Allí esperaba en una goleta anclada en el fondo coralino, no sé qué permiso para desembarcar expedido por una vaga autoridad que examinaba en tierra mis papeles. Una gran tranquilidad, una soberana indiferencia me permitían aguardar sin cuidado la determinación de las autoridades de la costa. En caso de serme negado el permiso, estaba listo para partir sin problema alguno. En medio del sueño, ese yo que sigue en vigilia y registra cada paso de lo que soñamos se preguntaba de dónde podía salir esa serena indolencia disfrutada en la improbable costa del océano Índico, cuando el presente se me ofrecía lleno de acechanzas y peligros. Desperté pasado ya el mediodía. Un olor a comida me llegó como una inusitada presencia que no estaba en mis planes. Recordé al instante la visita matinal y las noticias que trajo. La mujer había encendido un fuego al pie de la pared de la gruta y revolvía en una olla un cocido cuyo aroma indicaba que debía estar hecho con vegetales frescos recogidos quién sabe dónde. La luz que entraba de la parte superior de la gruta le daba de lleno a la mujer en el rostro. Era por entero distinta a como la entreví en la penumbra matinal. Ahora tenía reunido

el cabello en la nuca en un moño denso de color negro con reflejos azulosos. Las facciones eran ligeramente indígenas, de
pómulos altos y mejillas hundidas. Los labios grandes y bien
dibujados dejaban ver la dentadura blanca y regular que daba
una impresión de fuerza. Los ojos oscuros y almendrados tenían un aire mongólico debido a la leve pesadez de los párpados
y al trazo que seguía la elevación de los pómulos. Así, sentada
en los talones, mientras vigilaba el caldo, el cuerpo comunicaba una sensación de fuerza y robustez que se acordaba muy
bien con el aspecto oriental de la cara. Cuando se enderezó
para venir a mi lado advertí que no era tan alta como me pareció en la mañana. La solidez de los miembros la hacía parecer
más corpulenta de lo que era en realidad. Toda ella estaba como envuelta en un halo de distancia, de ligero exotismo, y llegaba uno a sorprenderse de que hablara el español con soltura y naturalidad. "Le estoy preparando una sopa para que
reponga las fuerzas —dijo—. Está hecha con hierbas de olor,
yuca y otras cosas que traje de la huerta de doña Claudia. Le
va a hacer mucho bien. Ya verá". Pensé que era mejor aclarar
con ella desde ahora algunas incógnitas que me despertaba su
presencia. Le pregunté cómo se llamaba y por qué me ofrecía
su ayuda y compañía sin conocerme. El trabajo en la mina era
muy duro y con dificultad Eulogio y yo lográbamos realizarlo.
Sonrió, mostrando su dentadura y entrecerrando los ojos en
un gesto que subrayaba su aspecto asiático: "Me llamo Antonia. Mis padres murieron cuando era muy niña. Una creciente
del río se los llevó con todo y rancho. Yo había bajado al pueblo con unos tíos que me llevaron para que me viera el doctor,
porque tenía lombrices. Entonces me gustaba mucho comer
tierra. Mis tíos me criaron. Pero cuando me hice mujer, a los
quince años, mi tía me botó de la casa porque su marido había
comenzado a enamorarme. Trabajé lavando platos en el café de
San Miguel y allí llegó después Dora Estela. Ella me dijo que
éramos parientas, no sé de dónde, y me ayudó a salir adelante.
Un chofer de camión entró una noche en el cuarto donde dormía, al fondo del patio, donde están las habitaciones baratas, y
me convenció con promesas y halagos de que le dejara pasar la
noche conmigo. Nos hicimos amantes y pocos meses después
me llevó al Alto del Guairo y allí me puso a trabajar. Me enteré
luego de que era casado y tenía otras mujeres en el llano y has-

ta en el puerto de la costa. Un día no volvió a pasar por allí y yo me quedé trabajando para la patrona del negocio que me tomó cariño. No sé si la conoce, se llama Flor Estévez. Tiene un carácter muy jodido pero es buena persona. Por fortuna no quedé preñada del chofer. A eso le tengo mucho miedo. Una mujer que hacía rezos en San Miguel me dijo un día que si me embarazaba me moriría en el parto. Dora Estela me fue a buscar hace dos días y me dijo que viniera para ayudarle mientras se cura Eulogio. Habló con Flor. No sé qué le dijo pero ella estuvo de acuerdo y aquí me tiene. Por el trabajo no se preocupe, no será peor que el que me tocaba hacer en casa de Flor. Pero es como usted quiera, tampoco se trata de que me tome sin querer porque después vienen las dificultades".

»No quise responder en ese momento a su oferta. La sopa ya estaba lista y la tomé con apetito voraz. Hacía varios días que sólo comía de vez en cuando algún pedazo de pan de maíz con carne cecina. La mujer me despertaba no sé qué reflejo de reserva, de prevención, que no logré concretar en un juicio cierto. A ello contribuían, desde luego, sus rasgos orientales. Pero, justamente, por la relación que he tenido con mujeres asiáticas, en la península de Malasia, en Macao y en otros sitios semejantes, me consta que son de una confianza absoluta y de una gentileza ponderada pero cariñosa. Había algo en su aparición sorpresiva, en el ambiente de cautela y temor que me rodeaba a partir de la historia de Eulogio, en fin, un no sé qué flotaba alrededor de ella que me impedía decidirme a aceptar su oferta. Cuando terminamos de comer, salió para lavar la olla y los platos de peltre. Me dio la impresión de que lo hacía para dejarme en libertad de considerar su propuesta. Finalmente, resolví dejar de lado las prevenciones y temores, atribuibles a la brutal captura de mi socio, al exotismo de las facciones de Antonia y a la semana de soledad e incertidumbre que acababa de padecer. Decidí aceptar la ayuda que me ofrecía y que me era indispensable para continuar la explotación de la veta que habíamos descubierto. Así se lo hice saber cuando regresó de lavar los trastos. No manifestó ni agrado ni sorpresa por mi resolución y, de inmediato, empezó a extender las alfombras que pertenecían al lecho de Eulogio y a disponer en la cabecera algunas cosas que había traído envueltas en un gran pañuelo. Todo esto lo colocó a mayor distancia aún del sitio ocupado por mi compañero. Era elocuente su deseo de establecer así el tácito arreglo de que se trataba de una relación de trabajo y nada más. Esto me produjo cierta tranquilidad y alejó un poco los imprecisos temores que sintiera hasta ese momento.

»La mujer resultó ser una trabajadora incansable y eficaz. La forma como lavaba el material que salía del molino me llamó la atención. Los movimientos tenían un ritmo y una exactitud tan notables que no pude menos de preguntarle si lo había hecho antes. Me contestó que, en efecto, un canadiense con el que vivió una corta temporada le había enseñado a lavar las arenas del río, en un charco que estaba más abajo del cafetal de Eulogio. "Al hombre ese —dijo— se lo llevaron unas fiebres malignas que le dieron por tomar un guarapo pasado que se empeñó en preparar él mismo con cáscaras de piña cortadas en luna llena. Cuando se quiere hacer guarapo, la fruta debe ser recogida en menguante y al mediodía. Si no se hace así, quedan vivos los huevos de las moscas y por eso dan las fiebres". No quise, como es obvio, discutir tan inusitada teoría médica. Porque, además, la enunciaba con una convicción sin lugar a mayor réplica.

»En pocas semanas reunimos otro tanto de lo vendido por Eulogio en la capital y que se había gastado en conseguir su libertad. Antonia se ofreció para ir a vender el oro. Estuve de acuerdo y con ella envié a la Regidora una breve razón escrita pidiéndole noticias de su hermano e insinuándole me diera más detalles sobre su amiga. Resolví ir con ella hasta donde doña Claudia para dejar allí las bestias que nos causaban mucho estorbo y de nada servían por ahora. Así lo hicimos y regresé a la mina a pie.

»Antonia cumplió su misión con la mayor puntualidad. Le recomendé que la mitad del dinero, producto de la venta, se lo diera a Dora Estela para que ésta lo guardase. De la otra mitad podía disponer ella como quisiera. Regresó con una carta de Dora Estela y me indicó que le había dejado a ésta el total de la suma. Le pregunté por qué no había seguido mis instrucciones y me contestó que su mitad era para Eulogio y que así se lo manifestó a la Regidora. "Pero ¿vas a trabajar, entonces, de balde? —le pregunté—. Esto no me parece justo. Trabajas muy bien y quiero que tengas el salario que mereces". Entrecerrando los ojos hasta casi hacerlos desaparecer y volviendo el rostro hacia otro lado me contestó: "No entiendes nada, Gaviero —era la primera vez que me tuteaba, aunque yo lo hice desde el primer momento—. Ese dinero es de Eulogio, así lo gane con mi trabajo. Ellos han hecho tanto por mí, sobre todo la Regidora, que no voy ahora a dejarlos sin esa ayuda que necesitan más que nunca. Hay que pegarle al médico, comprar las medicinas y el rancho no les está dando nada. No me vengas ahora con cuentos de salarios y vainas de ésas. El dinero es mío, está bien, yo quiero dárselo a ellos y eso es todo. ¿Te quedó claro?". Le respondí que sí y no pude menos de reír ante el énfasis con el que expresaba su opinión. "La cosa no es de risa —comentó—. Si todos andamos más jodidos que nada. Tú el primero: ¿o es que no te das cuenta?". No supe qué contestarle. Dos cosas me habían llamado la atención en sus palabras: un tono de femenina autoridad de reserva, que no había escuchado desde hacía muchos años —sólo mi amiga Ilona Grabowska usó conmigo esa desenvuelta autoridad que siempre me produjo regocijada satisfacción—, y, consecuencia de lo anterior, el tuteo que se estableció entre nosotros. Nunca ha sido muy usual en mi trato con las mujeres, sin que corresponda a ello principio alguno de mi parte. El usted se me ha dado siempre en forma espontánea y natural al dirigirme a ellas, no importa el grado de relación que exista.

»La carta de Dora Estela retrataba el carácter impar y colorido de la Regidora. La forma como se dirigía a mí, al comienzo de la misiva, no pudo menos de hacerme sonreír».

Maqroll se llevó la mano al bolsillo del pecho de su camisa, sacó con cuidado un pliego mugriento a punto de deshacerse y comenzó a leer:

«Señor don Gaviero:

Las cosas por aquí se van aclarando un poco, pero no lo suficiente como para dejar de preocuparse. Al fin supimos por qué cargaron los milicos con el pobre Eulogio. Parece que allá abajo por el río grande volaron una estación del oleoducto y dos barcos que estaban descargando en la terminal que se llama Estación de los Santos. Alguien les dijo que por aquí se escondían los que habían hecho la cosa y les pareció fácil recoger gente como si fuera ganado. Eulogio está bien. Parece que sólo le quebraron una pierna y la muñeca izquierda, el resto son tronchaduras que no llegaron a partir el hueso. Lo de los vómitos de sangre ya se le quitó y el médico dice que no hay ningún órgano lastimado, sino que le partieron una costilla y el hueso rompió un pulmón. El pobre pregunta mucho por usted y está muy preocupado con el trabajo en la mina porque dice que usted solo no puede hacerlo. Ya la semana entrante lo van a llevar a la finca. La familia que lo tiene aquí espera que se vaya pronto, porque no quieren tener problemas con su esposa que se dio cuenta ya de que una de las muchachas tenía relaciones con mi hermano. Eulogio le manda decir que los militares que lo interrogaron le preguntaban mucho sobre quién era su compañero de trabajo en la mina. Él quiere que no se preocupe porque les dijo que era alguien de la costa que andaba de paso y ya se había largado porque no encontraron nada. Le preguntaron si era un extranjero y les dijo que no y dice que le creyeron. No era eso lo que les interesaba más. Que quede tranquilo porque a los que hicieron la voladura ya los encontraron escondidos en el mismo puerto del río y ya los quebraron y ahí termina. Lo de Antonia fue ocurrencia mía, aunque Eulogio no estaba muy de acuerdo porque dice que las mujeres en las minas complican mucho las cosas y siempre acaban con algún desvarío. No lo dirá por mí que nunca me he metido en esas cuevas porque de topo no tengo nada, como ya se lo dije una vez. Ella ha vivido siempre arriba en el páramo y es persona que no creo que vaya a darle problemas. Su única obsesión es el miedo de quedar preñada y eso lo arregla a su manera; a unos les va y a otros no. Ya le dije que la maldición del oro se quita al lado de una mujer si se hace con cariño. Si quiere alguna vez estar con ella, sólo tiene que proponérselo. No se preocupe que no lo va a tomar a mal. Si no quiere estar con usted se lo va a decir. Para el trabajo es muy buena y aguanta más que una mula. No sé cómo le haya parecido mi idea de mandársela pero entre que esté allá solo, sin hacer nada y con el riesgo de que le vuelva el delirio, y tenga compañía y pueda avanzar en el trabajo del molino, me parece mejor esto. Ella sabe lavar la arena y estoy segura de que ya le demostró lo bien que lo hace. Bueno, esto era todo y por aquí se le extraña mucho y le guardamos las cosas que nos ha encargado con la formalidad que usted sabe. Muchos saludos de todos aquí y que le vaya muy bien.

Su amiga y servidora Dora Estela».

El Gaviero dobló cuidadosamente el pliego de papel y lo regresó al bolsillo de su camisa mientras nos explicaba: «Esta carta la guardo porque es el único recuerdo que tengo de Dora Estela y la sola misiva que conservo escrita por una mujer. Otras que guardaba he tenido que destruirlas en momentos en que, de caer en manos ajenas, podían comprometer a alguien. Bien —continuó después de servirse otra cerveza y comentar que era imperdonable que Estados Unidos no haya podido producir aún una como esa que estábamos tomando, hecha en Dinamarca—. Para seguir con la historia de Antonia, les cuento que la mujer se ajustó perfectamente a mi rutina de trabajo y a mi modo de vida frugal, sembrado de largos silencios y horas de lectura que me servían para escapar del ambiente opresivo de los socavones, de donde iba sacando, a fuerza de pico, los trozos de veta que amontonaba sobre un costal. Cuando éste se llenaba, ella lo jalaba por el suelo hasta la salida y allí ponía a funcionar la pequeña y rudimentaria rueda Pelton, que giraba con el agua de la cascada y movía el molino. La mujer bajaba de vez en cuando al pueblo para traer provisiones y noticias de Eulogio, que se recobraba muy lentamente. La pérdida de sangre lo había debilitado en extremo y la costilla se negaba a soldar en firme y seguía dificultándole la respiración. El diálogo con Antonia se concretaba siempre a detalles del trabajo y jamás me interrumpía cuando me sentaba afuera, recostado en la pared del precipicio, a pensar en episodios de mi pasado y en quienes han compartido épocas de mi vida tan encontrada y errante. No me gustaba permanecer mucho tiempo en la gruta, cuyo ambiente poblado de un vago esoterismo acababa inquietándome. Sólo para dormir era propicia por la condición ya mencionada de su mullido y tibio piso de arena y del murmullo adormecedor de la cascada. Algo me decía que no todo podría continuar dentro de esa normalidad tan parecida a lo que siempre he rechazado como una de las más notorias antesalas de la muerte: los días transcurriendo por cauces regulares, en donde toda sorpresa ha sido descartada de antemano. La forma como estábamos explotando el mineral de filón era tan primitiva que su rendimiento apenas servía para atender el tratamiento de mi socio y dejar en reserva una suma que, en un caso de urgencia, me permitiría salir del país en busca de otros horizontes que, para mí, siempre serían marinos. Hacía tiempo que soñaba con la idea de comprar una goleta para comerciar entre la isla de Fernando de Noronha y la costa de Pernambuco. Las halagadoras posibilidades de hacer este tráfico con buenas ganancias me las había planteado un judío egipcio amigo mío, de apellido Waba, que tenía una inventiva inagotable para encontrar maneras de hacer dinero sin pasar mayores penalidades. La navegación en esa zona era casi todo el año muy tranquila y el llevar a la isla provisiones de las que sus habitantes carecían y estaban dispuestos a pagar a precios muy altos era una perspectiva bastante prometedora. Haciendo planes y trazando rutas en la mente, pasaba horas al borde del abismo de cuya vegetación enana y recia partían bandadas de aves de un colorido sorprendente y cuyos gritos resonaban entre las paredes verticales de la roca con un eco agorero y melancólico.

»El cambio que vagamente había comenzado a insinuarse allá en un rincón de mi conciencia, del que partían siempre las señales de alarma de una inminente caída en la rutina gris y sosegada, se presentó, como siempre ocurre en esos casos, con la aleve máscara de inocencia de un hecho más que previsible y normal. Una noche, en la que me fue difícil encontrar el sueño, a causa del dolor de espalda que no quería desaparecer y que me venía siempre después de haber estado cavando en la veta en una posición forzada y sin alivio, Antonia vino a mi lado y me preguntó qué me sucedía. Le expliqué de lo que se trataba y ella se ofreció a frotar la zona dolorida con el aceite de palma que usaba para cocinar. Acepté y comenzó a darme masaje en la espalda y la cintura con movimientos rotativos e intensos que me aliviaron de inmediato. Le pregunté quién le había enseñado esto y me contestó que la tía donde había pasado la infancia componía huesos y era muy sabida en esta clase de cosas. Seguimos conversando y ella continuó frotándome el cuerpo hasta cuando me di cuenta de que ya no se trataba de masaje alguno sino de caricias cuya intensidad y propósito anunciaban otra cosa. La fui desvistiendo lentamente y, ya desnudos los dos, comenzamos a besarnos en silencio, cada vez más excitados. En un momento en que estaba encima y listo para entrar en ella, Antonia se dio vuelta bruscamente y quedó boca abajo. "Así quiero —me dijo—, así me gusta. No te preocupes. Estoy acostumbrada y gozo lo mismo, sin peligro de quedar preñada". Entré sin mayor dificultad y me di cuenta de que, en efecto, ella había aprendido ya a disfrutar en esa forma con tal de no correr riesgo alguno. Al terminar, lanzaba breves quejidos que repercutían en las paredes de la gruta y se mezclaban con la voz del viento en la boca de la mina. La impresión era extraña y me resultaba muy excitante. Los ayes alternaban con el Amirbaaaar que pronunciaba el aire con precisión alucinante.

»Este abrazo sin consecuencias y contra natura se convirtió en una ceremonia cotidiana. Ciertas tardes, cuando el viento empezaba a dejar oír su voz llamando al jefe de los mares en la entrada de la mina, el deseo comenzaba también a urgir con el pausado oleaje de la sangre. Antonia no cambió para nada el ritmo de sus labores, ni el tono de su relación usual conmigo. Era como si nuestros ejercicios nocturnos no existieran en la realidad de cada día. Recordé con frecuencia la sibilina alusión de la Regidora, que no entendí en un comienzo: "... y eso lo arregla a su manera. A unos les va y a otros no". Fue así como la mina cambió de aspecto para mí y se cargó aún más de ese ámbito ritual y abscóndito que, en un principio, me había impresionado. La relación con Antonia, marcada por la forma irregular de nuestro abrazo, comenzó a confundirse en mi mente con la atmósfera mítica del sitio. Era como un rito necesario, invocador de fuerzas escondidas en la entraña del viento que giraba en la gruta invocando al Emir de los mares, que se cumplía en medio de los breves gemidos de Antonia cuando culminaba su placer. El otro aspecto, puramente real y práctico, consistente en sacar el oro del filón, se fue fundiendo con el primero hasta convertirse también en parte del ceremonial de un culto sin rostro, de un misterio ciego en el que hallar oro y sodomizar una hembra eran la manera de participar en un mismo rito.

»En una ocasión en que Antonia fue a la capital para vender el oro que habíamos reunido, tardó en regresar mucho más de lo usual. Fueron cuatro días de ansiedad, durante los

cuales perdí por completo el control de mí mismo. La voz de
la mina se escuchaba en las noches con una claridad tal que
terminé dialogando con ella. Un deseo intenso, casi doloroso,
torturaba mi imaginación y mis sentidos hasta pensar que Antonia había sido una invención de mi fantasía para poblar la soledad de la gruta. La última noche me despertó la voz de siempre
y me pareció que llamaba a Amirbar con mayor premura, con
una ansiedad nueva que me hizo pensar en Perséfone recorriendo el Hades. Fue entonces cuando elevé a Amirbar una invocación para aplacarlo. Algo, allá muy adentro, me decía que mi
larga ausencia del mar no era bien vista por los abismales poderes del océano. Aún recuerdo las palabras de esta plegaria y la
voy a decir porque forma parte esencial de mi tránsito por las
minas. Dice así:

> *Amirbar, aquí me tienes escarbando las entrañas de la
> tierra como quien busca el espejo de las transformaciones,*
> *aquí me tienes, lejos de ti y tu voz es como un llamado al
> orden de las grandes extensiones salinas,*
> *a la verdad sin reservas que acompaña a la estela de las
> navegaciones y jamás la abandona.*
> *Por los navíos que hunden su proa en los abismos y sur-
> gen luego y una y otra vez repiten la prueba*
> *y entran, al fin, lastimados, con la carga suelta golpeando
> en las bodegas, en la calma que sigue a las tormentas;*
> *por el nudo de pavor y fatiga que nace en la garganta del
> maquinista, que sólo sabe del mar por su ciega embestida
> contra los costados que crujen tristemente;*
> *por el canto del viento en el cordaje de las grúas;*
> *por el vasto silencio de las constelaciones donde está mar-
> cado el derrotero que repite la brújula con minuciosa insis-
> tencia;*
> *por los que hacen el tercer cuarto de guardia y susurran
> canciones de olvido y pena para espantar el sueño;*
> *por el paso de los alcaravanes que se alejan de la costa en
> el orden cerrado de sus formaciones, lanzando gritos para
> consolar a sus crías que esperan en los acantilados;*
> *por las horas interminables de calor y hastío que sufrí en
> el golfo de Martaban, esperando a que nos remolcara un
> guardacostas porque nuestros magnetos se habían quemado;*

por el silencio que reina cuando el capitán dice sus plega-rias y se inclina contrito en dirección a La Meca;

por el gaviero que fui, casi niño, mirando hacia las islas que nunca aparecían,

anunciando los cardúmenes que siempre se escapaban al cambiar bruscamente de rumbo,

llorando el primer amor que nunca más volví a ver,

soportando las bromas bestiales de la marinería en todos los idiomas de la Tierra;

por mi fidelidad al código no escrito que impone la ruti-na de las travesías sin importar el clima ni el prestigio del navío;

por todos los que ya no están con nosotros;

por los que bajaron en tumbos resignados hasta yacer en el fondo de corales y peces cuyos ojos se han borrado;

por los que barrió la ola y nunca más supimos de su suerte;

por el que perdió la mano tratando de fijar una amarra en los obenques;

por el que sueña con una mujer que es de otro mientras pinta de minio las manchas de óxido del casco;

por los que partieron hacia Seward, en Alaska, y una mon-taña de hielo a la deriva los envió al fondo del mar;

por mi amigo Abdul Bashur, que toda su vida la pasó so-ñando en barcos y ninguno de los que tuvo se ajustaba a sus sueños;

por el que, subido al poste de la antena, dialoga con las gaviotas mientras revisa los aisladores y ríe con ellas y les pro-pone rutas descabelladas;

por el que cuida el barco y duerme solo en el navío en es-pera de los desembargadores de levita;

por el que un día me confesó que en tierra sólo pensaba en crímenes atroces y gratuitos y a bordo se le despertaba un an-helo de hacer el bien a sus semejantes y perdonar sus ofensas;

por el que clavó en la popa la última letra del nombre con el que fue rebautizado su navío: Czesznyaw;

por el que aseguraba que las mujeres saben navegar me-jor que los hombres, pero lo ocultan celosamente desde el principio de los tiempos;

por los que susurran en la hamaca nombres de montañas y de valles y al llegar a tierra no los reconocen;

por los barcos que hacen su último viaje y no lo saben pero su maderamen cruje en forma lastimera;

por el velero que entró en la rada de Withorn y nunca consiguió salir y quedó allí anclado para siempre;

por el capitán Von Choltitz que emborrachó durante una semana a mi amigo Alejandro el pintor con una mezcla de cerveza y champaña;

por el que se supo contagiado de lepra y se arrojó desde cubierta para ser destrozado por las hélices;

por el que decía, siempre que se emborrachaba hasta caer en el mancillado piso de las tabernas: "¡Yo no soy de aquí ni me parezco a nadie!";

por los que nunca supieron mi nombre y compartieron conmigo horas de pavor cuando íbamos a la deriva contra las rompientes del estrecho de Penland y nos salvó un golpe de viento;

por todos los que ahora están navegando;

por los que van a partir mañana;

por los que ahora llegan a puerto y no saben lo que les espera;

por todos los que han vivido, padecido, llorado, cantado, amado y muerto en el mar;

por todo esto, Amirbar, aplaca tu congoja y no te ensañes contra mí.

Mira en dónde estoy y apártate piadoso del aciago curso de mis días, déjame salir con bien de esta oscura empresa,

muy pronto volveré a tus dominios y, una vez más, obedeceré tus órdenes. Al Emir Bahr, Amirbar, Almirante, tu voz me sea propicia,

Amén».

Al terminar Maqroll su invocación nos quedamos un momento en silencio. Había en ella tan honda virtud marina que nos hizo sentir ajenos y distantes de ese mundo que, en verdad, había sido el suyo y lo sería hasta el fin de sus días. Por parte de las palabras de esta oración desaforada, nos dimos cuenta de que el paso del Gaviero por el subterráneo mundo de las minas había sido como una pena que se impusiera para purgar quién sabe qué oscuras faltas y desfallecimientos en sus deberes de marino. Nadie, es claro, se atrevió a comentárselo y él siguió el hilo de su narración, como si no estuviéramos presentes:

»Antonia llegó el día siguiente muy de mañana. Había caminado toda la noche, sin parar siquiera en casa de doña Claudia. La razón de su demora me la expuso después de haber descansado varias horas en un sueño visitado por sobresaltos y palabras cuyo sentido no conseguí desentrañar. En la capital vendió el oro sin ningún contratiempo. Regresó en *El huracán Andino* de Saturio, con tan mala suerte que la chiva fue detenida por un retén del ejército. Los diez pasajeros que venían medio dormidos fueron obligados a descender y los sometieron a una requisa minuciosa. Un sargento le quitó a Antonia el dinero que traía, con el pretexto de que no era creíble que fuera el producto de la venta de un ganado de sus parientes. En verdad, la mentira era un tanto improvisada y difícil de sostener. Poco después dejaron seguir a la chiva, pero se negaron a devolver a Antonia su dinero. Ella llegó a San Miguel y al día siguiente se encaminó a la capital para reclamar la suma que le habían quitado. La Regidora trató de disuadirla insistiendo en que su excusa era peligrosamente insostenible. ¿Qué hubiera contestado a la pregunta de quiénes eran sus parientes? ¿Quién le había comprado las reses? Pasando por encima de las razones de Dora Estela, Antonia se presentó en el cuartel y allí logró, con astucias que era mejor ignorar, que un capitán ordenase la devolución del dinero. Al regresar a San Miguel resolvió partir de inmediato, así tuviera que caminar durante toda la noche. "Imaginé que te debías estar mortificando con dudas sobre mí y eso me afligía tanto que resolví emprender camino para llegar lo más pronto posible." Le aclaré que jamás me pasó por la mente duda alguna sobre su lealtad y que lo único que temí era que hubiera tenido algún percance, sobre todo al cruzar por el desfiladero. El camino se iba desmoronando cada vez más y ya era imposible pasar sin gran peligro. Antonia me miraba con ese gesto de distancia y reserva que sus facciones malayas hacían más denso y cargado de hermetismo. Había algo que comenzaba a preocuparme en relación con ella y que no sabía muy bien cómo poner en claro. La intimidad de nuestras relaciones, marcadas con ese signo de física distorsión del cauce usual del placer, iban creando en ella una actitud de sumisa entrega, de apego casi animal que se manifestaba muy claramente en su forma de trabajar en el molino. Llegó a ofrecerse para picar en la veta, evitándome así los calambres en la espalda que me mortificaban con mayor frecuencia. No se lo permití, a pesar de que había demostrado ya tener una resistencia al parecer inflexible. Siguió insistiendo en no reservar para ella una parte del producto de nuestro trabajo y comenzaba a inquietarse cada vez más sobre mis planes para cuando se agotara el filón que trabajábamos. "Se me hace que no vas a parar por aquí ni un día —me comentaba con un dejo de tristeza—, no tienes aspecto de criar raíces en ninguna parte. Lo que en verdad eres es un vagabundo. No tienes remedio". Nunca traté de disuadirla de la idea que tenía de mí, que, por lo demás, era bastante justa. Pero el reclamo que tenían sus observaciones se hacía cada vez más acentuado hasta llegar a la congoja con ciertos tintes de rencor. Pensé que sería necesario hablar de esto con Dora Estela, que podría ayudarme en este caso, dado su carácter independiente y la claridad de sus relaciones conmigo en donde no había más lazos que una simpatía franca y bien cimentada.

»La ocasión se presentó más pronto de lo que esperaba. Uno de los engranes del molino, hecho de madera de guayacán, se desdentó una mañana debido, sin duda, al exceso de trabajo al que estábamos sometiendo el primitivo mecanismo. Tuve que ir a San Miguel para que un carpintero sirio que conocí en el café y arreglaba la carrocería de madera de las chivas tornease otro igual en la misma madera. Dejé a Antonia en la mina y partí a la madrugada. La mujer me acompañó buena parte del trayecto en el precipicio. Estaba silenciosa y desconfiada, como si hubiera adivinado mi intención de hablar con su amiga sobre nosotros. Se abrazó a mí sin decir palabra, ciñéndose calurosamente a mi cuerpo, y regresó sin volver el rostro.

»El trabajo de fabricar el engrane tomaba, al menos, dos días. Escogí el cuarto de siempre y me instalé en el café en la mesa de costumbre. La Regidora intuyó que deseaba consultarle algo sobre Antonia y me lo dijo con su manera desprovista de rodeos: "Usted trae un entripado y el asunto es con Antonia. ¿Qué pasa? —me preguntó en la noche misma de mi llegada, mientras sumaba las cuentas de sus mesas en una libreta descuadernada que siempre llevaba consigo. No le respondí de inmediato, esperando que terminara sus cálculos—. Cuénteme

—me dijo—, yo sigo con mis números pero lo estoy oyendo". Le relaté, tratando de restarle importancia al asunto, lo que me pasaba: Antonia estaba cada vez más apegada a mí y, desde luego, no eran mis planes establecer con ella una relación duradera. Ni siquiera la mina, a la larga, podría conseguir que me quedara en esas tierras por mucho tiempo. No quería herirla con un rechazo brutal, pero tampoco podía revelarle ciertas singularidades inmodificables de mi carácter y de mi destino. Su sensibilidad y su formación no le permitirían aceptarlas sin sentirlas como un rechazo. "Para comenzar —me comentó Dora Estela—, no creo que el problema tenga que ver con esa manía de Antonia de no hacer el amor como el resto de las personas. Yo le creo cuando dice que haciéndolo por detrás disfruta igual. Descartado eso, ya que usted lo aceptó desde un principio, lo que sucede, entonces, es que está enamorada y eso sí es peliagudo, porque nunca le había sucedido antes. Mire, en verdad a mí no se me ocurre nada. Yo la entiendo porque algo de eso me estaba pasando poco después de que usted vino, pero como ya estoy curada de espantos supe parar a tiempo. Lo malo es que Antonia, como está metida con usted día y noche en esa cueva, no creo que logre salir del atolladero. Por desgracia, Eulogio todavía tiene para un par de meses y no creo que la cosa dé para tanta espera. ¡Ay, Gaviero!, se me hace que estas cosas le deben suceder a menudo. No hay mujer que crea de verdad en una vocación de vagabundo tan enraizada como la suya. Antonia es mujer de arranques repentinos y va siempre al grano. Recuerde que es montañera y la vida le ha dado muy recio".

»Seguimos dándole vueltas al problema sin hallar una salida posible. Era natural que así fuese: los sentimientos jamás han podido manejarse ni entenderse con razones. Al día siguiente, muy entrada la noche, el carpintero me mandó llamar para entregarme la pieza. Era de una fidelidad asombrosa con el original y estaba terminada con un cuidado ejemplar. Regresé al café, que estaba casi vacío, y la Regidora se sentó conmigo. Entró de lleno en el tema: "No hay más remedio que hablarle a Antonia con claridad y convencerla de que nada puede esperar de usted distinto de lo que ahora existe. No lo haga usted, porque la va a lastimar y va a ser peor. La próxima vez que venga para vender el oro le voy a hablar yo. A ver qué pasa. Con las mujeres no se puede anticipar nada. Ojalá no la tome contra mí, porque entonces sí nos jodimos, porque se le cierran las entendederas". Me pareció la única salida sensata a un problema que, al tratarlo con la Regidora, adquirió proporciones más definidas y complejas que las que yo le había dado. Al regreso, Antonia me esperaba en el sendero que conducía a la gruta por el desfiladero. Tenía el rostro sellado y hermético, pero se mostró afectuosa y locuaz, como si quisiera alejar de sí alguna oscura premonición que la hubiera torturado en mi ausencia. Me ayudó a colocar el nuevo engrane con una habilidad manual tan sorprendente que volví a pensar que algunos remotos ancestros asiáticos le habían transmitido esa mezcla de paciencia y destreza tan ajenas a la gente del país. Recogió en el monte las hierbas de olor con las que sazonó un cocido de papa, yuca y otros tubérculos de sabores más o menos semejantes y algo sosos, pero que ganaban notablemente con el aliño que Antonia les ponía. Esa noche, después de hacer el amor en dos ocasiones con una intensidad más febril que la habitual, me susurró al oído, antes de regresar a su lecho: "A veces pienso que contigo sí tendría un hijo. Pero quién sabe. Igual te largas y me dejas con la criatura. Hasta mañana, perdulario". Sus palabras me rondaron en el sueño con una inquietud difícil de concretar.

»Durante varias semanas trabajamos intensamente. La veta empezaba a agotarse y mostraba crecientes diferencias de estructura en relación con los tramos anteriores. Se trataba de aprovechar al máximo el material que procesaba el molino. Cada día sacábamos más mica y menos oro. Señal indudable, según mis manuales, de que el filón cambiaba. Curiosamente, esto coincidía con el momento en que se perdía en el techo. Era preciso buscar otra veta y comenzamos a escarbar más al fondo de la galería sin resultado. Llegó el momento en que Antonia debía partir a la capital para vender el oro reunido. No era gran cosa, pero, de todos modos, no era aconsejable tenerlo en la mina, aunque nadie se había aparecido hasta ese momento por esos parajes. La mujer mostraba cierta reticencia en emprender el viaje, como si intuyera que allá abajo la esperaba alguna imprecisa calamidad. No quise ejercer ninguna presión porque con ello iba a despertar más su recelo. Por fin, un día, como si tomara una resolución que le había costado trabajo aceptar, la oí hablarme desde su lecho cuando estaba ya a punto de dormirme: "Mañana me voy a la ciudad para vender el oro. No hay que esperar más". Escuché cómo se volvía hacia la pared y entraba en el sueño con una respiración regular cuyo ritmo se entrecortaba a veces con profundos suspiros de infante. Partió, en efecto, con el alba. Tenía el aspecto de la víctima que se apresta para el sacrificio con una resignación que ha cancelado toda esperanza. Tres días más tarde estaba de regreso. En su rostro no se reflejaba ningún cambio. De inmediato se puso a procesar en el molino el material que yo había sacado durante su ausencia. "Esto se va acabando —me comentó al rato con una sonrisa desteñida que confería cierta ambigüedad a la frase— y si no encontramos otra veta ya podemos despedirnos de Amirbar". En la noche se mostró complaciente y cariñosa pero, tras los gemidos usuales del final, la escuché contener unos sollozos que le subían de pronto a la garganta.

»En verdad, la veta ya no contenía mineral alguno y era inútil excavar para seguir su curso. Eso significaba un esfuerzo imposible de realizar por nosotros dos y, menos, con las herramientas de que disponíamos. También la búsqueda de otra veta era tarea superior a nuestras fuerzas, a no ser que apareciera de repente, como sucedió con ésta. Antonia propuso una solución temporal que me pareció bastante sensata: lavar arena del río un poco más abajo del desfiladero, en las minúsculas playas donde había ensayado el canadiense con algún resultado. Así lo hicimos. Había que continuar por el sendero al borde del abismo hasta donde éste terminaba y seguir por el camino real que descendía hasta correr paralelo al río. Tomando el curso de este último se penetraba en una espesura formada en su mayor parte por árboles frutales en estado semisalvaje. La distancia desde ese lugar hasta la mina se recorría en hora y media. El camino era bueno y sólo la parte del farallón representaba algún peligro, ya que se estaba desintegrando a ojos vistas. El regreso era más difícil que la bajada y a veces nos tomaba casi tres horas. Lavar la arena para separar de ella el oro es un ejercicio fascinante. Poco a poco va apareciendo el brillo del metal, dando a menudo la impresión de que la arena misma es la que se transforma en esa dorada maravilla que recoge toda la luz del sol. Cuando se ha conseguido lavar casi totalmente la porción de oro, éste se mezcla con mercurio que lo aísla y compacta con su propia materia. El mercurio se pasa por una gamuza fina y el oro queda allí en estado puro. Las arenas del río en el que trabajábamos eran ricas en mineral precioso, porque las aguas vienen recorriendo muchos parajes en donde hay vetas que cruzan el lecho del río, éste las va gastando y se lleva el oro. Antonia trabajaba con tal agilidad y era tan diestra en lavar la arena que, al final, reunía más del doble de oro que yo. Nos fuimos acostumbrando a pasar al borde del río algunas noches, cuando éstas eran claras y no amenazaban lluvia. Bajábamos con provisiones, una Coleman y un recipiente con gasolina para alimentar la lámpara. A veces nos quedábamos dos o tres noches seguidas sin subir a la mina. Lavar la arena del río por la noche a la luz de la Coleman es una tarea alucinante. Además, el murmullo del agua al chocar contra las piedras era un sonido bastante más grato y tranquilizador que la voz de la mina llamando sin descanso al patrón del mar. Mi invocación para aplacar sus intemperancias y caprichos no era allí necesaria. Pasaban los días y Antonia no hacía la menor alusión a lo que, de seguro, había hablado con la Regidora. Esto me inquietaba. Las señales de cierto desconsuelo se iban haciendo en ella más repetidas y claras. De nuevo reunimos oro suficiente como para justificar un viaje a la capital. Cuando se lo mencioné, una noche en que habíamos hecho el amor a la orilla del río, los ojos de Antonia se llenaron de lágrimas. Le pregunté qué le pasaba y contestó con un brusco gesto de negación. Insistí un poco más y me habló con voz entrecortada por los sollozos: "Si me voy ahora, seguro que no te encuentro al regresar. Ya Dora Estela me dijo que te querías ir y que debía resignarme a perderte, porque nunca has parado en ningún sitio". Le contesté que nunca haría algo como desaparecer sin despedirme y le insistí largamente sobre mi condición errante y la inutilidad de pensar en un cambio de mi destino. Al partir me llevaría su recuerdo que me acompañaría siempre. La encontraba una mujer notable y su belleza fresca y vigorosa me había proporcionado una de las experiencias más excitantes y plenas de mi vida. Nada de eso era lo que ella quería escuchar. Pero pensé que era más leal y más claro decirle lo que sentía por ella y lo que era para mí, sabiendo, desde luego, que le causaba una desilusión difícil de soportar. Seguimos hablando sobre lo mismo y, a medida que abundaba en mis argumentos, ella entraba en un arisco silencio de animal herido. Cuando me dormí a su lado, sobre las mantas que habíamos dispuesto en un solo lecho, sollozaba aún en forma apenas perceptible.

»Me despertó, de repente, un intenso olor a gasolina y la sensación de un líquido frío que corría por mi espalda. Me incorporé al instante y vi una forma blanca que intentaba encender un fósforo tras otro sin conseguirlo. Me lancé al agua de un salto al momento en que un flamazo encendía las mantas y buena parte de la arena. Nadé hacia la orilla mientras Antonia desaparecía entre los árboles gritando como una loca: "¡Contigo hubiera tenido un hijo, pendejo! —decía mientras su voz se alejaba en la espesura—. ¡Muérete, animal! ¡El que no tiene casa que viva en el infierno!". Huía convencida de que yo quedaba entre las llamas. Cuando salí del río comenzaban a verse las primeras luces del alba. Traté de secarme con algunos trapos salvados del fuego. Emprendí el camino hacia la mina sin saber muy bien lo que iba a hacer. Quedé apenas con las prendas que usaba para dormir: una camiseta y unos calzoncillos. Las botas, algo chamuscadas, pude usarlas sin los cordones porque éstos habían ardido. Subir en tales condiciones me resultó bastante penoso. Cuando llegué a la gruta me tiré en la arena para descansar. La evidencia de la situación se me presentó entonces plenamente. Estuve a punto de morir entre las llamas, que aún persistían cuando dejé el sitio. La mujer había vertido el recipiente de gasolina, que estaba lleno, alrededor del lecho y sobre mi cuerpo cubierto por las mantas. Si el primer fósforo hubiera servido no estaría contando el cuento. Las manos mojadas con gasolina le impidieron hacerlo y eso me salvó. Entre las cosas que dejamos en la mina tenía otras mudas de ropa y cordones de repuesto para las botas. Antonia se había ido con el oro.

»No tenía otra alternativa que partir para San Miguel, recoger la parte que me correspondía del dinero que guardaba Dora Estela, abandonar la región y, con ella, la historia del oro, que se había convertido en una suerte de maldición implacable. Escondí las herramientas y algunas partes del molino en la galería y abandoné el lugar con la intención de pasar la noche donde doña Claudia y, al día siguiente, bajar a San Miguel.

Llegué a la finca casi al caer la noche. Cuando retiraba las trancas de la entrada, un bulto salió de entre los árboles que servían de cerca. Era doña Claudia que me estaba esperando. Antes de que tuviera tiempo para preguntarle cómo sabía de mi llegada, comenzó a hablar con una voz en la que se mezclaban la angustia y la congoja: "Por aquí pasó en la madrugada la loca esa hablando barbaridades y diciendo que usted había muerto entre las llamas. No se le entendía muy bien, pero daba la impresión de haber sido ella la que le prendió candela. Pero lo grave no es eso. Esta tarde vino por aquí la tropa y un teniente nos interrogó durante mucho rato, a mí y a los dueños de la finca, sobre la mina del desfiladero y el extranjero que se escondía allí con el pretexto de buscar oro. Venían de hablar con Eulogio, quien negó todo. Volvieron a golpearlo sin lograr sacarle nada. Andan merodeando por aquí y se me hace raro que no se haya cruzado con ellos. Tal vez están buscando río arriba antes de ir a la mina. Yo he estado aquí desde hace rato esperando la casualidad de que pasara alguien con noticias sobre usted, porque Antonia estaba tan confundida que nada claro pudimos saber. Espéreme aquí escondido. Le voy a traer algo de comida; porque lo mejor que puede hacer es devolverse por el camino real, sin pasar por San Miguel. Más abajo, el camino cruza la carretera y a lo mejor lo recoge allí alguien para que se vaya lo más lejos posible. Si esa gente lo encuentra lo van a matar. A los extranjeros nunca los llevan a la capital sino que los quiebran ahí mismo. No se mueva de aquí y espéreme detrás de esas matas. Qué bueno que apareció, puro milagro, mi don, puro milagro". Y se alejó hacia la casa murmurando frases que no entendí. Fui a esconderme detrás de las matas que me había indicado y me puse a pensar en mi destino. Una vez más terminaba con lo que traía puesto y perseguido por las fuerzas del orden sin saber muy bien por qué. Si contaba con suerte podría hacerle llegar a la Regidora un recado para que me enviase algún dinero para salir del país y buscar suerte en otro sitio, pero, jamás, desde luego, en las minas de oro. No tardó en regresar doña Claudia con una pequeña olla de sopa y un poco de pan de maíz. Me traía, además, un poncho de lana cruda y un sombrero de paja para protegerme de la intemperie y disimular algo mi aspecto de extranjero. Antes de partir, le pedí que intentara ponerse en contacto con Dora Estela para decirle que ya le avisaría dónde hallarme y que esperara mis noticias.

»Caminé toda la noche bajo un cielo estrellado tan espléndido que alcanzaba a iluminar tenuemente el camino. La bóveda celeste daba una impresión de tal cercanía que me sentí acompañado por las constelaciones que aprendí a conocer en mis días de gaviero. El camino real cruzaba en efecto la carretera y seguía luego subiendo por montes y cañadas en su trazado impecable, al abrigo del tiempo y su exterminio. Pasaron varios vehículos pero no me atreví a detener a ninguno. Eran automóviles particulares y mi aspecto no debía ser de los más tranquilizadores. Vinieron luego algunos grandes camiones de carga y éstos, ya lo sabía, no se detienen jamás porque a los choferes les está prohibido hacerlo. Después pasaron dos camiones del ejército con soldados que cabeceaban de sueño. Los percibí a distancia y me escondí en un viaducto de la carretera. Cuando había perdido toda esperanza y estaba resuelto a caminar hasta descubrir algún caserío cercano, pasó *Maciste* con Tomasito al timón sonriendo con ese aire suyo permanente de quien acaba de cometer una pilatuna. La suerte, al fin, se ponía a mi vera. Subí al lado de mi amigo, quien me relató más detalles sobre las noticias que me dio doña Claudia. Antonia había llegado al pueblo y tuvieron que llevarla a la capital el mismo día para encerrarla en el manicomio. Deliraba en medio de ataques de furia, atacaba a la gente y no reconocía a nadie. A la Regidora trató de agredirla con una botella rota. Por fortuna la detuvieron a tiempo. San Miguel estaba lleno de tropa e interrogaban a todo el mundo. Parece que habían volado dos estaciones más del oleoducto y la guerrilla merodeaba por el monte. Preguntaron por mí en el café y a Dora Estela la interrogaron durante varias horas, pero sin torturarla. Dijo sólo una parte de la verdad: me había conocido en el café y su hermano me proporcionó algunas informaciones sobre las minas de oro de la región.

»Le comenté a Tomasito sobre mi propósito de dirigirme hacia la costa y prometió ayudarme a encontrar la mejor manera de salir de la zona sin tropezar con el ejército. Tenía una suerte enorme, agregó, al encontrarme con él en ese trayecto de la carretera que no solía hacer casi nunca. Su ruta acostumbrada era la de San Miguel a la capital. Pero ahora llevaba café en almendra para la trilladora que hay en el puerto del río y por eso iba en esa dirección. Cuando llegamos al puerto, mi amigo buscó un alojamiento discreto con gente de su confianza. El lugar escogido no podía ser más imprevisible. Era una pequeña casa, a la orilla del río, donde una viuda de cierta edad arreglaba citas con mujeres que deseaban ganar algún dinero con la mayor discreción y sigilo. Casi todas eran casadas o viudas y redondeaban así su presupuesto familiar. La dueña le debía algunos favores a Tomasito y no pudo rehusarse a la solicitud de mi amigo de que me albergara mientras se arreglaban algunos asuntos que tardarían apenas un par de días. El plazo se alargó un poco más de lo previsto por el dueño de *Maciste*. Yo permanecía encerrado en una alcoba de la parte trasera de la casa que daba a un solar que, a su vez, iba a terminar en la orilla del río. Día y noche escuchaba los diálogos de los huéspedes en tránsito y el crujir de las camas con el peso de las parejas cuyos gemidos me recordaban las noches de Amirbar.

»Una mañana golpearon a la puerta de mi alcoba y fui a abrir, pensando que se trataba de la dueña. Era Dora Estela que me miraba con ojos de asombro como si fuera una aparición. Me abrazó calurosamente y los ojos se le llenaron de lágrimas. Era la primera vez que la veía así. "Se salvó de milagro, Gaviero. Pensar que todo fue por culpa mía que le mandé esa loca a la mina. Pero quién iba a pensar que fuera capaz de semejante bestialidad", comentó secándose el rostro con las puntas de un gran pañuelo que traía amarrado a la cabeza y le daba un aspecto de erinia apaciguada. Me contó, luego, la llegada de Antonia al pueblo y la forma como la atacó en el café. Estaba dirigiéndole frases sin sentido cuando tomó una botella de cerveza que estaba en una mesa, la rompió contra el borde de metal y se le fue encima esgrimiendo el vidrio convertido en varias puntas mortales. La detuvieron a tiempo y se la llevaron amarrada. Se fue en el primer camión que salió para la capital y allí la encerraron en el manicomio. No volvió a hablar y había caído en una inmovilidad ausente de la que no parecía poder salir nunca. Le pregunté por Eulogio y me dijo que los golpes propinados de nuevo por los milicos lo habían dejado al borde de la muerte. Se estaba reponiendo muy lentamente. El problema era quién se iba a encargar de la finquita y del ganado. Ella no podía hacerlo ni sabía de eso. Sacó luego del seno un fajo de billetes y me lo entregó diciendo que era mi parte del oro vendido por Antonia en sus viajes a la ciudad. El que se llevó cuando intentó matarme lo habían requisado en el manicomio y se quedó en pago de los gastos de su entrada al hospital. Le pregunté cuánto era lo que me entregaba. No me sentía con ánimos de contar dinero. La suma era bastante importante y hubiera pagado la goleta para hacer los viajes de San Fernando de Noronha a Pernambuco. No fui capaz de disponer de un dinero que dejaba tras sí tantas desgracias. Tomé lo necesario para partir en el primer barco que saliera del puerto de mar más cercano. Le informé a Dora Estela que el resto era para sostener a la familia de Eulogio mientras éste se reponía y también para ella, en caso de que necesitase algo para su hijo. La Regidora se quedó mirándome con su ceño de pitonisa tras el cual escondía una sensibilidad sorprendente. Me indicó, luego, cómo iba a salir yo de allí. Ella había venido con Tomasito y éste me mandaba decir que la próxima semana pasaría para llevarme en *Maciste* hasta una ciudad cercana a la costa. Allí, un amigo suyo, conductor de camión, se encargaría de trasladarme al puerto. Debía usar un nombre falso, ellos escogieron el de Daniel Amirbar, y decir que era copropietario del camión en el que viajaba. Lo del nombre era idea, seguramente, de Dora Estela. Se lo pregunté y me lo confirmó sonriendo. Seguimos conversando y recordando episodios de nuestra amistad, hasta cuando volvieron a golpear a la puerta. Era Tomasito que entraba exultante a pesar del calor de infierno que reinaba en el puerto de río y, más aún, en mi habitación, que recibía todo el sol de la tarde. Venía a informarle a Dora Estela que partiría hasta el día siguiente porque tenía que esperar la lancha con la carga para San Miguel. Se quedó mirándola mientras le comentaba: "No tienes problema de habitación, Dorita. No creo que el Gaviero te niegue hospedaje por una noche".

»Dormimos juntos y, en esa noche de adiós a mis días de minero, me abracé al firme cuerpo de la Regidora con la gozosa desesperación de los vencidos que saben que la única victoria es la de los sentidos en el efímero pero cierto combate del placer. Al día siguiente, cuando desperté, Dora Estela ya había partido. Al igual que a mí, tampoco a ella le gustaban las despedidas. Con felina prudencia había preservado mi sueño. Una razón más para obligar mi gratitud. Los días siguientes los pasé en espera de la llegada de Tomasito. La dueña de la casa venía de vez en cuando para conversar conmigo. Era hija de libaneses y su marido también era de Beirut. Hablaba algunas palabras de árabe que aprendió de niña y le servían para entenderse con su esposo, que jamás consiguió hablar cabalmente el español. Cuando cayó enfermo, con un mal cardíaco que le imposibilitaba ganarse la vida en el comercio de baratijas de casa en casa, fue él quien le dio la idea de invitar algunas amigas a venir a su casa para encontrarse con hombres que estaban de paso en el puerto y querían disfrutar un rato con ellas. El secreto de su éxito consistía en el sigilo estricto que guardaba y en tener tratos sólo con hombres que no vivían en el pueblo. Tomasito y otros choferes amigos y dos o tres capitanes de los barcos del río eran sus fieles intermediarios. Solía gratificarlos ofreciéndoles las primicias interesantes que de vez en cuando se presentaban entre su clientela femenina. Las historias de la mujer eran fascinantes y se encadenaban de acuerdo con la más sabrosa tradición oriental de *Las mil y una noches*. Se asombraba siempre de que yo conociera tan bien, no sólo el país de sus padres, sino tanto sitio del Mediterráneo que se había acostumbrado a oír mencionar de niña y durante su vida de casada. Cuando le dije, por ejemplo, que mi pasaporte era chipriota, me comentó entusiasmada: "Fíjese qué curioso: tengo una prima en Limassol que se llama como yo, Farida. Está casada con un capitán de remolcador y de vez en cuando todavía me escribe". Recordé los remolcadores del puerto, siempre haciendo esperar a los barcos, y sus capitanes regateando siempre el pago de sus servicios con las razones más especiosas y absurdas. El olor del puerto de Limassol y sus tabernas griegas, todas con la misma música de buzuki, monótona y desabrida. Estuve a punto de contarle cómo había conseguido mi famoso pasaporte con un presunto abogado de Nicosia, pero preferí no inquietar a la pobre Farida, que ya tenía suficientes motivos para estarlo con mi presencia en su casa. Durante una de nuestras charlas nocturnas, me ofreció traerme a una señora casada con el secretario de la aduana. Era una rubia muy atractiva que, al parecer, hablaba francés. Le agradecí su propuesta pero no estaba el ánimo como para citas a ciegas. "Eso está mal —me dijo—. Una mujer siempre hace olvidar las preocupaciones. No hay mejor remedio que ése, se lo aseguro". Sus palabras me recordaron a mi amiga la Regidora y la vieja y bien probada confianza de los levantinos en las virtudes curativas del erotismo, sin importar cuáles sean los medios usados para disfrutarlo. En Limassol, precisamente, el mercado de efebos de la isla era la actividad más común en las tabernas del puerto. Más de un oficial nórdico pagaba a veces las consecuencias de su ingenuidad y se hallaba, a la madrugada, desnudo y atado a un poste de los muelles.

»Tomasito llegó por mí al caer la noche del sábado siguiente. Era un día de mucho movimiento y el viaje sería más seguro. Partimos de noche, después de despedirnos de Farida, quien me dijo con acento de Casandra: "Jamás lo volveremos a ver por aquí, Gaviero. Éstas no son tierras para usted y, si vuelve, no va a salir vivo. Yo se lo digo". Sus palabras me vienen de vez en cuando a la memoria, como una llamada que no acabo de descifrar. De todos modos, volver allá se me ocurre como algo impensable y nefasto. El viaje en *Maciste* nos tomó casi toda la noche. Atravesamos grandes extensiones de arrozales y campos de caña de azúcar, en medio de un calor que ni siquiera la marcha del vehículo hacía soportable. Yo iba recostado en unos bultos de café en almendra, que despedía un aroma civilizado y delicioso. Dormí muy poco, pero no por temor al peligro que pudiera esperarme, sino por obra de ese perfume que me recordaba mis días de Hamburgo, de Amsterdam y de Amberes, días presididos por ese olor del café tomado al borde de canales de agua dormida y oscura, en los que se reflejan los campanarios de viejas iglesias de la Reforma y las fachadas de casas habitadas por una burguesía laboriosa que cultiva cuidadosamente la pausada y mezquina hipocresía de sus convicciones. Poco antes del amanecer llegamos a la ciudad desde la que el amigo de Tomasito me llevaría al puerto sobre el Pacífico. Era uno de esos pueblos de las regiones azucareras, lugar de paso y cruce de caminos, lleno de cafés con billares y burdeles ruidosos con orquestas tocando toda la noche, donde se tiene siempre la impresión de que nadie duerme jamás. Los grandes camiones se estacionan en fila, a la entrada de los cafés, y el estruendo de sus motores hace coro con el de las bolas de billar, los tocadiscos a pleno volumen y el chocar de botellas en las mesas de latón esmaltado. Algarabía ensordecedora que la gente suele confundir con la felicidad. Tomasito se fue a entregar su carga y yo me quedé esperándolo en un sitio cuyo nombre no podía ser más anacrónico: Café Windsor. La cerveza seguía siendo ese líquido pobre de espuma y de sabor, que creaba en el estómago una especie de parálisis nauseabunda. El ron, en cambio, era uno de los mejores que he probado en mi vida, buena parte de la cual ha transcurrido en el Caribe y esto me da, creo, autoridad suficiente para calificar así el que me sirvieron en el Windsor, con mucho hielo y nada más. Una calurosa ola de bienestar me invadió lentamente y todas mis malandanzas se desvanecieron de la memoria como por ensalmo. Cuando llegó Tomasito, yo había trabado ya relación con dos billaristas y estábamos terminando una partida en la que llevaba la peor parte pero que disfrutaba inmensamente. Mi amigo conocía a mis compañeros de juego, cuyas profesiones resultaron ser tan imprecisas como distantes del código penal. Nos habíamos entendido tan bien que me hicieron más de una confidencia comprometedora. Terminamos de jugar y Tomasito pidió algo de comer para todos. Nos sirvieron mojarra con arroz y plátano frito en tajadas. Hacía tanto que no probaba pescado, que la mojarra me supo a gloria. Íbamos en la tercera botella de ron y consideraba ya la posibilidad de acompañar a mis nuevos amigos en una empresa de contrabando de telas y aparatos eléctricos que nos dejaría una fortuna, cuando llegó el chofer del camión que iba a llevarme al puerto. Saldría en unos minutos más. Teníamos prisa. Me despedí con la promesa de vernos en el puerto si no encontraba barco de inmediato y partimos hacia el camión. En una esquina se había instalado un retén del ejército que estaba pidiendo papeles a todo el mundo. Tomasito entró de repente con toda naturalidad en el zaguán de una casa y el chofer y yo lo seguimos de cerca. Mi amigo cruzó un patio con geranios y penetró en el solar que tenía una puerta que daba a otra calle. Todo sucedió con tal rapidez y familiaridad que una mujer que colgaba ropa a secar en el patio ni siquiera se volvió a mirarnos. Salimos por la puerta, desembocamos en una calle tranquila con casas semejantes a la que habíamos atravesado y, tras recorrer dos calles más, llegamos frente al depósito de una agencia aduanal en cuya puerta estaba el camión. Tomasito me estrechó fuertemente entre sus brazos sin decir palabra. El chofer y yo subimos a la cabina cuya comodidad y lujo me llamaron la atención. Antes de que el camión arrancara, Tomasito pasó a mi lado y dándome una palmada en el brazo me dijo con voz en la que se notaba una emoción contenida: "Suerte, Gaviero, mucha suerte. Bien que la necesita". El encuentro con el ejército y la escapada magistral gracias a su sangre fría me habían despertado a la realidad. El ron fuerte y aromático, los compañeros de billar y sus quiméricos e ilícitos proyectos, todo parecía pertenecer a un pasado impreciso. El conductor del camión resultó ser hombre de pocas palabras. No sé si porque lo fuera de verdad o porque Tomasito le pidió guardar cierta reserva conmigo. El viaje duró casi todo el día. La carretera remontó, primero, hacia la parte más alta de una cadena de montañas que corría paralela a la costa y luego descendió bruscamente hasta el puerto. El chofer detuvo el camión en una calle solitaria y me alargó un papel donde estaba escrito en lápiz: "Hotel Pasajeros, Mister Lange". Debía mostrárselo a la persona allí indicada que se encargaría de alojarme. El hotel estaba sobre los muelles, a pocos pasos de donde se había estacionado el camión.

»Nada más semejante en el mundo que estos hoteles de puerto. El mismo olor a jabón barato en los cuartos, el mismo vestíbulo con muebles de color indefinido y el mismo propietario oriundo de la *Mitteleuropa,* hablando todos los idiomas con las mismas treinta palabras indispensables. Cuando le entregué al llamado Mister Lange el papel que me había dado el chofer, el hombre se quedó viéndome un momento con una mirada turbia que trataba de escrutarme sin que yo lo notara. Se me ocurrió hablarle en el dialecto de Gdynia y me contestó en la misma forma con toda naturalidad. Subió conmigo para indicarme mi habitación y, a tiempo que me daba la llave, dijo sin mirarme a la cara: "Por favor, no use el teléfono, ni hable con desconocidos. Me encargaré de arreglar su pasaje en el próximo barco. Es el *Luther* y viaja a La Rochelle. Hace escalas en Panamá, La Habana y Bermudas. Usted me indica dónde quiere descender". No quise preguntarle sobre la extraña prohibición de usar el teléfono, por no escuchar la respuesta evasiva que me ganaría al hacerlo. Le contesté que iba a La Rochelle y que prefería viajar en tercera o en una hamaca con la tripulación. Una sonrisa pálida, tan imprecisa como su mirada, apareció un instante en sus labios y se esfumó de inmediato. "Ya veremos —musitó—. Ya veremos". Cerré la puerta con llave y me tendí en el lecho. La colcha de color lila desteñido y las sábanas de un gris inquietante me resultaron tan familiares que casi consiguieron conmoverme.

»Allí estaba, entonces, por milésima vez, en una alcoba anónima de un hotel también anónimo de un puerto cuyo olor, cuyos ruidos, cuyas sirenas de barcos pidiendo el remolcador o anunciando su partida, constituían el escenario obligado y ya para siempre inevitable de mis días. El calor del trópico entraba por la ventana y me envolvía con su presencia mansa y protectora, como una antigua amistad que me acogía de nuevo con rutinaria familiaridad. Pensé en lo que venía de padecer y, como siempre también, al recordarlo sentí como si fuera otro el que vivió tan descabelladas experiencias y conoció seres cuya huella seguramente registraría la memoria para siempre pero que, al mismo tiempo, se me presentaban como desasidos y ajenos al signo de mis desplazamientos. Qué sería de Dora Estela, pensé, de espaldas a la suerte y, sin embargo, tan merecedora de mejores días, y qué de Antonia, cuya demencia debió germinar pausada y sordamente a través de sus ingenuos desvíos eróticos practicados con obsesiva aplicación. Y Tomasito, cuya inteligencia sin falla habría logrado crear a su alrededor un clima de bienaventurada alegría, y Eulogio, con el trabado mecanismo de expresión que tan injustamente le marginaba de un mundo entendido y manejado por él con tan notable destreza. Y los susurros, quejidos, llamados en las galerías de las minas, voz de la tierra abriéndose paso en la tiniebla de un ámbito en donde el hombre es acogido sólo a cambio de su renuncia de los dones del mundo. En medio de ese desfile abrumador y dolorido caí en el sueño arrullado por las sirenas del puerto. A la mañana siguiente abrí la ventana de mi cuarto y me asomé a ver los muelles. La escena me quitó cualquier deseo de salir a recorrer el puerto. Hay una especie de común denominador de esos puertos del Pacífico, con dos o tres diferencias notables; pero de Vancouver a Puerto Montt hay, en la gran mayoría de ellos, una especie de manto gris que todo lo envuelve, de muros de ladrillo maculados con restos de carteles donde se ha detenido la mugre hasta hacer invisibles las letras y de tristes grupos de habitaciones lacustres que se tienen en pie con una precariedad alarmante, meciéndose en un charco de agua sucia en la que flotan cadáveres de gallinas, latas de cerveza y botellas en lento naufragio y que despide un olor a excrementos, a orines trasnochados, a miseria, a sorda muerte anónima. Éste era de los más característicos. La población, negra en su inmensa mayoría, habitaba en chozas de bambú y latas, dispuestas en hileras que desembocaban en ninguna parte y unidas entre sí por tablones temblequeantes, a orillas de un río siempre crecido cuyas aguas, inmóviles bajo las endebles construcciones, acumulaban todos los detritus de la creciente. Tendido en el lecho del que se iba levantando, cada vez con mayor fuerza, un aliento de sudor agrio de quién sabe cuántos huéspedes anteriores, empezó a abrirse paso, allá adentro de mí, una lenta pero inexorable sensación de derrota; vieja compañera del final de mis empresas que suelen desembocar todas en el mismo charco de hastío y mala sombra. Sabía que para librarme de ella sólo la inmensidad salina del océano sería eficaz. Esperaba el *Luther* con auténtica ansiedad, viendo cómo me iba ganando esa atroz desesperanza que tan bien conozco. El dueño del hotel subía de vez en cuando a verme y me daba noticias dilatorias sobre la llegada del barco. Llegué a pensar que iba a quedarme para siempre en ese fétido rincón de la costa del Pacífico. El hombre subió una noche para decirme que el *Luther* había llegado esa mañana y estaba listo para salir dentro de una hora. Había que partir al instante. Yo subiría al barco como Daniel Amirbar, segundo ayudante de máquinas, que bajó al puerto en el viaje anterior para curarse unas fiebres. Así lo hicimos. Cuando llegué frente al *Luther* Mister Lange se despidió de mí con una cordialidad bastante dosificada. Me quedé sin saber nunca cómo mis amigos habían conseguido que me escondiera en su hotel y arreglara la partida.

»La silueta pesada y negra del barco no tenía un aspecto muy acogedor. Era uno de esos cargueros armados en Kiel, allá por los años veinte, en plena crisis de postguerra, en cuya chata presencia parecía reflejarse el espíritu de aquellos tiempos de hambruna y derrota en Alemania. Me presenté al capitán. Había nacido cerca de Heidelberg y tenía ese carácter amable y ligeramente irónico de las gentes del Palatinado. Dejaba al piloto y al contramaestre la responsabilidad de conducir el barco y él se dedicaba, con prolija minuciosidad, a los asuntos contables, comerciales y administrativos. Me recibió cordialmente y me pidió que lo acompañara a su cabina. Cerró la puerta y me invitó a sentarme. Sabía casi todo sobre mi historia de aprendiz de minero. Se la había relatado Lange sin mucha simpatía para conmigo. Él no le hizo comentario alguno porque no confiaba en esos personajes que tejen extensas redes desde el mostrador de los hoteles para llevar a cabo los negocios más impensados. "No entiendo —me comentó— cómo a un marino como usted, curtido en travesías de todos los mares navegados, puede pasarle algo semejante. Gente así debe permanecer en tierra lo menos posible. Jamás les pasa allí nada bueno. El mar también los castiga a menudo, pero nunca es lo mismo". No tenía ni ganas ni manera de exponerle los motivos que me habían movido a intentar esa empresa, quizá, porque yo mismo debía ignorarlos. Le contesté con algunas vaguedades convencionales y fui a guardar mis cosas junto a la hamaca que me había tocado. Allí me tendí sin pensar en nada, dejando que el cuerpo se fuera ajustando a su vieja y fiel rutina marinera. La sirena del *Luther* llamó tres veces seguidas y el barco comenzó a moverse. El ritmo acompasado de las bielas y el chapoteo de las hélices fueron devolviéndome paulatinamente la relativa serenidad, la saludable indiferencia que da el entregar nuestra suerte a los genios de las profundidades. El hastío melancólico del puerto se disolvió al poco rato. Cuando entramos en alta mar y el barco inició el lento cabeceo contra las olas, sentí que volvía a ser el de siempre: Maqroll el Gaviero, sin patria ni ley, entregado a lo que digan los antiguos dados que ruedan para solaz de los dioses y ludibrio de los hombres. Cuando desembarqué en La Rochelle, tras mes y medio de navegación sin incidentes, compartiendo la mesa bien provista y la parca pero sabrosa conversación del capitán, ya tenía en la mente varios proyectos concretos relacionados con el tráfico de madera de teca. Las minas habían pasado a formar parte del abigarrado inventario de lo ya sucedido sin remedio».

Durante un rato nos mantuvimos en silencio por no saber qué decir ante esa atribulada secuencia de incidentes, narrada por alguien que casi parecía ajeno a ella y la veía como algo natural, relegado al olvido sin pesadumbre ni reclamo. Terminamos la última cerveza entre comentarios anodinos sobre los lugares donde había vivido Maqroll sus andanzas de minero y nos fuimos a dormir casi al amanecer.

Pocos días después volvimos al Hospital de San Fernando Valley. El resultado del examen fue satisfactorio y el médico declaró al Gaviero definitivamente curado de las fiebres. Éste le preguntó si podría viajar y el doctor le contestó que no veía ningún inconveniente, siempre y cuando no fuera a tierras del trópico. Cuando salimos, Maqroll me comentó, mientras sonreía como lo hacemos cuando un niño dice algo gracioso: "Estos médicos no tienen remedio. Primero me dice que ya estoy curado. No sabe que estas fiebres jamás desaparecen en forma definitiva. Siempre vuelven cuando uno menos lo espera. Luego me advierte que no visite el trópico, cuando le he mencionado hasta el cansancio que allí es donde suelo pasar buena parte de mi vida; en el Caribe o en el sureste asiático; o navegando entre las Antillas Menores y el golfo de México o cortando teca en Songhkla o en Tenasserim. Porque ahora pienso ir a Matarani por un tiempo al buen hombre se le olvida lo demás. Creo que tenía más seso el uruguayo que me consiguió al principio". Argumenté que aquél era un médico de primeros auxilios, de servicio en los estudios, y que lo que él había necesitado era un especialista. "Ésos son cuentos —me contestó dándome una palmadita en el hombro—. El uruguayo tenía más ojo y nunca hubiera caído en la necedad de prohibirme el trópico". Le respondí que precisamente en el trópico era donde había contraído las fiebres. "Pero si ya las tengo. La cosa no tiene remedio. Con fiebres o sin fiebres no pasará mucho tiempo sin que tenga que regresar allá. No me diga que se imagina que yo voy a vivir retirado en una casita con flores en las ventanas, en Amsterdam, en Amberes o en Glasgow. Ésos son lugares de paso, donde se cocinan los negocios y comienza la aventura, pero no para vivir en ellos mucho tiempo. Esa gente no entiende nada." Era inútil discutir con él estos asuntos en donde se trataba de los secretos impulsos de su itinerancia. Así era y así sería siempre. Los días siguientes los dedicó el Gaviero a hablar a las compañías navieras para saber qué barco salía próximamente hacia la costa peruana. Después de mucho inquirir y argumentar, consiguió lugar como marinero supernumerario en un carguero danés, que viajaba hasta Valdivia, haciendo escala en varios puertos del Pacífico. No tendría que realizar labor alguna y pagaría una suma simbólica. Como el barco no tenía permiso de transportar pasajeros, Maqroll encontró esa fórmula para sacar del paso a la compañía naviera. Me dio la impresión de que no era la primera vez que recurría a esa estratagema. Claro que, para lograrlo, era necesario dar muestras de ser hombre curtido en las cosas del mar.

El día de la partida llegaron Yosip y su mujer para acompañarlo. Tenían el aire desolado de quien se queda en tierra extraña sin tener compañía para recordar el pasado prestigioso de años mejores. Maqroll se despidió de Leopoldo y de Fanny, su esposa, dejándolos también flotando en una especie de anticipada nostalgia de las noches de larga charla y de los prolongados silencios del Gaviero, que sin duda añorarían siempre. Cuando lo vi dirigirse hacia el auto donde lo esperábamos, no pude menos de conmoverme ante su aspecto de convaleciente sin guarida, con su camiseta color azul claro que había conocido otros tiempos, su largo chaquetón azul oscuro con botones de cuero negro, comprado quién sabe en qué almacén de prendas usadas en un puerto del Báltico, su gorra negra de marino por la que se escapaban, a los lados, mechones rebeldes y er-trecanos de una cabellera indómita; sus ojos un tanto desorbitados, con ese aire de alarma de quien ha visto más de lo que se les permite ver a los hombres y su eterna bolsa de mano, en la que traía dos mudas de ropa tan castigada como la que llevaba puesta, algunos amuletos que concentraban, cada uno, quién sabe cuántos recuerdos de afectos indelebles o milagrosos salvamentos de peligros indecibles y tres o cuatro libros que lo acompañaban siempre.* Se me hizo un nudo en la garganta y tuve que mantenerme en silencio al comienzo del trayecto para disimular mis sentimientos. En los largos años que había durado nuestra amistad, uno de los rasgos más permanentes e inflexibles del Gaviero era el pudor en demostrar sus afectos y lealtades. Sabía, mejor que nadie, quizá, que el olvido y la indiferencia acaban siempre borrando hasta la última huella de sentimientos que creíamos inamovibles. Los pocos que permanecían sin mudanza era mejor preservarlos en una zona de sigilo jamás violentada. No sé por qué, hasta ese mo-

---

* Véase Apéndice al final de este libro.

mento fue cuando se me ocurrió preguntarle qué se proponía hacer en el Perú en las tales canteras. No podía pensar que, después de lo que nos había contado, pudiera interesarse en algo así fuera lejanamente relacionado con la minería. "No, nada de eso —repuso—. Voy a encargarme de contratar y dirigir el transporte de la piedra en dos pequeños cargueros que tomaré en arriendo en compañía de dos capitanes indonesios que conozco hace muchos años y que parten desde Guayaquil hasta Matarani esta misma semana. Transportar piedra. Cómo le parece. Era lo último que me faltaba ya por hacer en el mar". Le contesté que no me parecía más extravagante que tantas otras cosas que había hecho en el pasado. Se alzó de hombros sin decir palabra.

Cuando llegamos a los muelles del puerto de Los Ángeles, tuvimos que dejar el auto afuera y recorrer un par de kilómetros hasta encontrar el carguero danés. El capitán estaba en lo alto de la escalerilla dando algunas instrucciones a su segundo que lo escuchaba al borde del muelle. Maqroll se despidió de nosotros con un apretón de manos y sin decir palabra. Cuando ya se dirigía hacia la escalerilla, la mujer de Yosip se adelantó corriendo y lo abrazó, también en silencio, estrechándolo entre sus brazos durante un tiempo que nos pareció interminable. El Gaviero la besó en los labios y se zafó del abrazo sonriéndole cariñosamente. Ella regresó al lado de Yosip, que observaba la escena con una simpatía dolorida, mientras apretaba los labios para contener las lágrimas. Maqroll entretuvo un momento con el segundo, quien asintió con la cabeza y lo dejó subir por la escalerilla. El capitán lo esperaba arriba con muestras de sorpresa que no logramos interpretar. Los dos entraron al puente de mando mientras Maqroll, casi sin volver a mirarnos, se despedía con un amplio gesto del brazo en el que quise ver un asentimiento a las leyes nunca escritas que rigen el destino de los hombres y una muda, fraterna solidaridad con quienes habían compartido un trecho de ese camino hecho de gozosa indiferencia ante el infortunio.

Pasaron varios años sin que tuviera noticias del Gaviero. Era natural y ya estaba acostumbrado a esos prolongados períodos de silencio, interrumpidos, de vez en cuando, con el anuncio de su muerte en circunstancias siempre impredecibles y trágicas. Venía, después, el desmentido de la noticia y un nuevo trecho de mutismo hasta que un día llegaba una carta suya o nos encontrábamos en los lugares menos esperados del planeta. Esta vez sucedió como de costumbre. Iba a tomar el tren en la Zuidstation de Bruselas para viajar a Marsella cuando, antes de subir a mi modesta cabina de segunda, llegó un mensajero del Hotel Metropol donde me había hospedado, para entregarme un paquete de correspondencia que el hombre de la recepción había olvidado darme esa mañana. Una vez dispuestas mis cosas para el largo viaje que me esperaba, bajé la mesilla de mi asiento y me puse a revisar los papeles que acababa de recibir. Se trataba, como siempre, de cartas con noticias ya sabidas, invitaciones a congresos y conferencias que, o bien ya se habían celebrado, o no me interesaban, y documentos de trabajo que, junto con lo demás, fueron a parar al recipiente de la basura. Quedaba sólo un sobre ligeramente abultado, con matasellos de Pollensa, en Mallorca. Al abrirlo reconocí la letra premiosa e incierta del Gaviero. El papel ostentaba un membrete vistoso que decía «Munt y Riquer. Comerciantes en artículos para la navegación, Agentes Aduanales, Liberación de Licencias. Puerto de Pollensa, Carrer de la Llotja, 7». Los pliegos estaban amarillentos y los grabados con temas marinos del encabezado tenían un inconfundible sabor finisecular. Comencé a leer la carta interesado en saber de mi amigo, cuyo silencio empezaba a prolongarse más de lo natural. Al principio, Maqroll me daba cuenta de algunos asuntos que habían quedado pendientes en relación con una cuenta de ahorros abierta por mí a su nombre en la Caja de Auxilio del Marino de Cádiz. Era típico ese extraño orden de precedencia que daba a los temas en sus cartas. Siempre comenzaba con los más intrascendentes pero, de seguro, para él los más irritantes. Luego, como en este caso, entraba en materia narrando hechos que, por tener relación con nuestro encuentro en Los Ángeles, merecen transcribirse aquí por entero. Decía el Gaviero:

«Respecto a mi viaje al puerto de Matarani, en la costa peruana, para emprender la explotación de canteras en Santa Isabel de Sihuas, creo que vale la pena contarle en detalle lo que pasó, ya que usted se ha empeñado en compilar mis descalabros con fidelidad e interés que no acabo de comprender. El nombre del carguero danés en el que iba a embarcarme me había despertado ya cierta inquietud en la memoria, se llamaba, no sé si usted lo recuerde, *Skive*. Nombre más obvio para un buque danés no puede haber. Sin embargo, algo me decía que esa palabra tendría que serme aún más reconocible y familiar. Al final de la escalerilla, me topé de manos a boca con el capitán. Nils Olrik y su rostro de pirata bretón con un ojo mirando, como anota Werfel, a ese tercer personaje al que apuntan los bizcos; sus cabellos, ya para entonces entrecanos, de furioso color zanahoria; la lenta corpulencia de su figura, levemente agachada como para saltar sobre uno y su escrutadora mirada azul celeste detrás de las pobladas cejas; todos indicios de un carácter sanguíneo y violento usados para esconder uno de los corazones más bondadosos y afables que se pueden encontrar en las intrincadas travesías de la profesión de marino. Mi danés es casi inexistente y su inglés poco comprensible. A pesar de esto no paramos de hablar hasta que cada uno resumió para el otro los avatares de un tramo de vida harto rico en incidentes. Cuando hice por teléfono la reservación del pasaje no habían entendido muy bien mi nombre, cosa a la que estoy acostumbrado, y cuando llegó a oídos de Nils Olrik el capitán no paró mientes en el asunto. Conocí a Olrik hace muchos años. Yo trabajaba como enfermero en el hospital de un puerto de mala muerte perdido en el inextricable delta del Mississipi. Nils llegó allí con una pierna destrozada por una grúa del barco en el que era segundo oficial. La recuperación fue larga y penosa pero, finalmente, había logrado salvar la pierna y caminar sin otra consecuencia que una leve cojera que le daba un aire aristocrático. Nils era entonces un joven danés que no llegaba a la treintena, entusiasta y jovial, que se había convertido en el más fiel oyente de mis historias y peripecias. Cuando fue dado de alta, éramos ya viejos amigos. En alguno de los recuerdos que usted ha publicado sobre mí, aparece mi descripción del Hospital de la Bahía. Allí, con una dimensión un tanto lírica y desorbitada, quedan consignadas mis experiencias en ese lugar.[*] No menciono el nombre de Nils pero el ambiente en el que transcurrió su enfermedad está descrito allí con alguna fidelidad. La vida nos reunió luego en distintas ocasiones. Nils alcanzó el grado de capitán de navío mercante y lle-

---

[*] Véase nota pág. 415.

gó a ser conocido en casi todos los puertos del mundo. En uno de nuestros encuentros, me contrató con una misión un tanto ilusoria y poco usual en un carguero. Se trataba de servir de intermediario con los miembros de una familia turca, diseminada por varios puertos del Caribe, que manejaba importantes negocios de exportación e importación. Ladinos y escurridizos, inescrupulosos y agresivos, los Kadari eran temidos por todos los capitanes que trataban con ellos. Nils tuvo la peregrina idea de aprovechar mi dominio de la lengua turca y de los vericuetos del carácter otomano para presentarme como intermediario en los negocios que tenía con el temible clan. Fue una época llena de regocijados episodios en donde nuestra astucia intentaba, cada vez, vencer la milenaria marrullería de los Kadari. Cuando lo conseguíamos, era motivo de estruendosas celebraciones en donde corría el ron durante varios días. Cuando ellos nos ganaban el punto, nos contentábamos con guardar reservas de rencor para la próxima ocasión. La cosa pudo complicarse muy gravemente cuando, en Port-au-Prince, Nils Olrik se encerró en su camarote durante varios días con una negra magnífica que era amante de Kemal Kadari y de la que el turco estaba enamorado con una intensidad cercana a la demencia. El hombre intentó subir al barco acompañado por tres negros hercúleos que se decían hermanos de la muchacha. Con la ayuda de un grupo de marinos de confianza, acostumbrados a esta clase de refriegas, logramos mantener a raya a Kadari y a sus acompañantes y tirarlos por la borda mientras alzábamos la escalerilla de acceso al barco. A la mañana siguiente subieron las autoridades haitianas para exigir la entrega de la hembra, a quien habíamos logrado bajar en uno de nuestros botes salvavidas y dejar en el otro extremo del muelle. Las intenciones de los Tonton Macoure no eran, como es obvio, las más amistosas pero, al no encontrar a la bella secuestrada, se amansaron algo y, con algunos dólares sabiamente repartidos, se fueron sin mayor ceremonia. Años después, tuve la oportunidad de poner en contacto a Nils con mi amigo Abdul Bashur, quien lo tuvo como capitán de uno de los cargueros de la familia, hasta la primera bancarrota de ésta. Sería interminable contarle ahora otros de los episodios vividos en común con este danés cuya bondad, como ya le dije, era proverbial y cuya firmeza y admirable vocación de marino era recordada por todos los que tuvimos la suerte de trabajar con él.

»Informé a Nils de mis planes para transportar la piedra de una cantera de roca de una clase muy valiosa por su colorido y consistencia, ubicada en Santa Isabel de Sihuas, sacarla por el puerto de Matarani y venderla en San Francisco y en Oakland, en donde tenía algunos conocidos entre la gente relacionada con la construcción. Lo de los dos barcos en compañía con indonesios despertó casi tanta desconfianza en mi amigo el capitán como el proyecto de la cantera. Ya hablaríamos más tarde de eso, me dijo. Para comenzar puso a mi disposición una litera libre en el camarote que le servía de oficina. El primer trayecto del viaje se alargó más de lo esperado, a causa de una avería que sufrimos en Panamá. Luego, en Buenaventura, las lluvias torrenciales nos obligaron a esperar para recibir una carga de materiales colorantes con destino al Callao, que no podían exponerse a la humedad. Durante el viaje, la acción tonificante del mar y de su rutina salutífera y la compañía de Nils Olrik, que guardaba un arsenal al parecer inagotable de anécdotas y noticias de conocidos comunes, me regresaron el placer de estar vivo y ahuyentaron hasta la última huella de las fiebres que me habían derrumbado en California. Pero también el proyecto de las canteras empezaba a perder forma y presencia y se me confundía, allá muy adentro, con las peores etapas de mi enfermedad. A ello contribuyó, en forma muy importante, el escepticismo con el que Nils veía mi empresa de la cantera.

»Las muchas horas de solaz que me proporcionó ese viaje, en buena parte las dediqué también a volver a la obra de Gabory sobre las guerras de la Vendée cuyo ejemplar me acompaña desde hace tantos años como recuerdo de mi temporada en Amirbar y que suelo releer siempre con provecho. El libro guarda aún las huellas y máculas de su lectura en los socavones a la luz de la Coleman de ingrata memoria o al borde del precipicio visitado por las aves. Relectura gratificante como pocas por el rigor, la minucia y el ponderado criterio histórico que aplica el autor al estudio de uno de los episodios más complejos, accidentados y recorridos por extrañas corrientes de origen incierto, de una época tan rica en tal clase de manifestaciones. Sólo quisiera volver hoy sobre algo que comenzamos a hablar en el patio de la casa de Northridge y que no recuerdo haber apuntado lo suficiente. Se trata de una curiosa condición del carácter de los Borbones. Su gusto por el ejercicio directo del poder y por el consiguiente juego de la intriga política ha sido rasgo constante hasta nuestros días en esa familia. Su descarnado sentido de la realidad se aúna a la destreza para manejar las ambiciones y debilidades de sus súbditos y saber mantenerse siempre al margen o, mejor, por encima de los accidentes inmediatos que suscitan las intrigas de sus allegados. Enrique IV, Luis XIV, Luis XV y Luis XVIII de Francia son ejemplo clarísimo de esta condición de los herederos del hijo menor de San Luis. Pero lo curioso es que otra parte de la familia ha mostrado rasgos de carácter radicalmente opuestos a los de sus parientes: una torpeza política alarmante, un desconocimiento de los más elementales resortes que mueven la ambición de sus ministros, una ignorancia de lo que las naciones rivales o vecinas intentan tramar contra su país; en resumen, una ceguera suicida que los lleva siempre o al cadalso o a un exilio sin grandeza. Luis XVI y Carlos X en Francia, y Carlos IV y Fernando VII en España, son ejemplos patéticos de tan grave carencia. Pues bien, el Conde D'Artois, que luego subiría al trono como Carlos X, mostró, desde sus tiempos de pretendiente, ser un ejemplo catastrófico de esa incapacidad política. Piense usted que D'Artois tuvo en sus manos el instrumento más recio, digno de confianza y dispuesto al sacrificio que aspirante alguno a la corona tuvo jamás: los chuanes. No supo verlo así y cayó en la beatería más insulsa, después de haber recorrido todas las etapas de una carrera galante muy Antiguo Régimen. A él se debe la pérdida del trono de la rama legítima en Francia y el oprobioso ascenso del usurpador y perjuro Orléans. Me gustaría alguna vez hacer un recorrido retrospectivo para verificar si esta doble y opuesta conducta política se encuentra también en las anteriores ramas de los Capeto: los Valois, los Valois-Angulema y los primeros Capeto. Como sé que a usted también le distraen estos pequeños grandes enigmas de la historia, le dejo esa inquietud con la esperanza de que un día me comunique los resultados de su pesquisa.

»Confío en que no le extrañe esta digresión en medio del relato de mi viaje a la costa peruana, ya que ha transcrito otras mías de índole parecida. Desde los tiempos, hoy remotos, en que comenzó a interesarse por mis andanzas, sabe que el presente no suele proporcionarme sino descalabros absurdos o continuos desplazamientos movidos por las razones menos razonables. Qué puede tener de raro, entonces, que me distraiga hurgando en el pasado parecidos destinos e infortunios semejantes. No me quejo. Por el contrario, pienso que los dioses han sabido adivinar mis secretas preferencias. Usted ya sabe de qué le hablo. Pues bien, cuando por fin llegamos al puerto de Matarani, el panorama que se ofreció a mi vista es el que usted conoce también: la desértica extensión que inicia su pendiente hacia la inmensidad andina, sin más verde que algunos arbustos espinosos que agonizan de sed y unos pocos cactus cubiertos de polvo y a punto también de fenecer; el puerto destartalado con los muelles carcomidos por el salitre, las grúas a riesgo siempre de paralizarse y el sol cayendo sin piedad ni alivio, devorándolo todo con el trabajo de su luz que parece creada para un planeta distinto del nuestro. Sólo uno de los cargueros destinados al transporte de la piedra me esperaba en el muelle. El capitán del otro desertó en el último momento. Tampoco el capitán del que había venido se mostraba muy entusiasmado con la perspectiva de tener sobre sí la responsabilidad del transporte. Hay que reconocer que el escenario no era el más apropiado para levantar los ánimos y menos de alguien que venía del sureste asiático cuya feracidad lujuriante ha dado lugar a tanta literatura, no siempre de la mejor. Nils me convenció de llegar a un acuerdo con el javanés y cancelar la operación. Sus argumentos eran bastante contundentes: la explotación de la cantera estaba sujeta a permisos oficiales que no habían sido aún solicitados por los dueños del sitio. Se suponía iban a ser socios en la empresa y, hasta el momento, no habían dado señales de vida. La compra de la piedra en San Francisco estaba sujeta a un estudio de resistencia de materiales que había resultado positivo, pero sólo para un tipo especial de construcción, por cierto no el más usado en esa zona de California sujeta a continuos movimientos sísmicos que obligaban a rectificar periódicamente los límites permisibles para la edificación. Por último, estaba esa desconfianza del danés hacia las gentes del Asia con su inclinación natural a no cumplir sus responsabilidades. No tuvo Olrik que insistirme en sus razones. Hablé con el indonesio, quien, sin muchos preámbulos, estuvo de acuerdo en abandonar la empresa a cambio de recibir en Concepción una carga de salitre para Holanda que le traspasó Olrik, sin más trámites. Para cumplir con el contrato, hubiera tenido que someter sus bodegas a un tratamiento anticorrosivo y, casualmente, el barco del javanés ya lo tenía. Y así fue como terminé de oficial suplente en el *Skive*, al lado de mi viejo camarada Nils Olrik, con quien solía entenderme a medias palabras. Bajamos hasta Valdivia y Puerto Montt y allí tomamos carga para Cape Town y Dunbar. Estos años de navegación en el *Skive* son, tal vez, el período más tranquilo de mi vida de marino. No hubo episodios notables. Los encuentros y desencuentros usuales en puertos de fortuna, los temporales que caen sobre el navío como una maldición de las alturas, las semanas de calma chicha en las regiones tropicales, en donde el calor ronda la cubierta en lentas olas sucesivas que minan hasta la última porción de voluntad que pudiera quedarnos: tales fueron, en ese tiempo, las rutinarias incidencias de una vida sujeta a la caprichosa y vasta red de las rutas del mar.

»Olrik murió a causa de un infarto fulminante que lo sorprendió una noche en mitad del sueño, entrando a Abidjan. Los armadores enviaron un capitán para que se encargase de regresar el barco a Dinamarca y yo tomé otros rumbos. Mi contrato con Nils no era muy regular que digamos, ya que había sido hecho, más que en términos profesionales, en los establecidos por una larga amistad y un mutuo conocimiento de nuestras virtudes y debilidades. No quiero ni puedo demorarme ahora en la narración de todo lo acontecido hasta mi llegada a Mallorca y mi instalación en Pollensa para ocuparme de administrar unos astilleros más hipotéticos que reales, debido a la falta de maquinaria indispensable para prestar el servicio que se les demanda. Estoy enfermo y cansado y he perdido buena parte de mi entusiasmo y devoción por la vida en el mar. No hace mucho, en medio del insomnio que trabaja mis noches, recordé mi convalecencia en Northridge, la hospitalidad amable de don Leopoldo y de su esposa y las largas veladas durante las cuales tuvieron la paciencia de escuchar mis desventuras de minero en las estribaciones de los Andes. Por tal razón, resolví escribirle para contarle el resultado de mi viaje a la costa peruana y darle noticias mías. También quise transcribir para usted y para quienes me oyeron en las noches de San Fernando Valley, un curioso párrafo hallado en un libro que cayó aquí en mis manos, cuando esculcaba entre los que un canónigo, con quien mantengo buena amistad, guarda en el desván de la vicaría. Fue el título lo que me llamó la atención y me regresó a mis tiempos de Amirbar. Por tal motivo le pedí a Mosén Avelí que me lo prestara para darle una ojeada. El libro se titula: *Verídica estoria de las minas que la judería laboró sin provecho en los montes de Axartel.* Está firmado por un tal Shamuel de Córcega, correligionario, sin duda, de los mineros en cuestión. El pie de imprenta indica que fue impreso en Soller por Jordi Capmany en el año de 1767. Se trata de un relato farragoso, escrito por partes iguales en ladino, español macarrónico y mallorquín y cuyo propósito no acaba de entender el lector, ya que lo que allí se narra carece por completo de interés y no desemboca en conclusiones válidas ni concretas. Más parece que hubiera sido escrito para hacer valer títulos de propiedad sobre esas tierras, no muy claros por cierto y sin saberse tampoco en favor de quién. Puede pensarse, por otro lado, en alguna intención de calumniar a la comunidad de conversos, tan numerosa en esos tiempos en la isla. El párrafo que le transcribo tiene estrecha relación con Amirbar, lugar que evoqué para ustedes en las noches del tórrido verano de California. Dice así: "El beneficio de las minas nunca fue cosa dicha nin se supo de veras de qué mineral se trataba. Lo único cert y comprobado fue que se reunió allí gran copia de poble mosaico con donas e nois y que todos entraban a furgar en los socavones y sólo unos pocos escollidos tenían el privilegio de moler las tierras que el resto llevaba a casas molt tancadas y de las que salía mucho ruido e olores molt estranys. Como es región molt desviada e solitaria, ellos mismos facían sus propias leyes e nadie los guardaba. Fue curioso saber que las autoridades hobieron noticia de que, para que no nacieran más criaturas, que mucho estorbaban en el laboro de las minas e quitaban mucho tiempo, los ancianos resolvieron ordenar que, a partir de ese momento, homes e donas que estuvieran matrimoniados o aquellos que vivían en concubinato, sólo se ayuntasen en forma de sodomía. Así fue y por varios años fueron siempre los mismos en número. El provecho de sus excavaciones fue juntado por cambistas de Alcudia de la mesma religió, hasta que las tierras se dieron en agotar y el molt treballar a nada conducía de valor. Pero lo de las sodomías, que fue tarde conocido a ciencia cierta, llegó fasta el Excmo. Señor Bisbe Don Antoni Rafolls i del Pi, home de grant santidad y recato, quien intervino con sus gentes de armas para poner arreglo al nefando pecado que allá se cometía. Donas e homes apresados y sometits a cuestió confesaron tot y hasta convinieron en que hallaban grant content en las tales sodomías. Las tierras fueron confiscadas y arrasadas las casas y fábrica y los dineros secuestrados a los cambistas y así fue el fin de los traballos en estas minas en las que varias generaciones de gente de la judería habían laborado con gran esfors de sus vidas y res de profit en sus haciendas. Solitarios quedaron esos lugares y ninguna noticia hobo de que nadie tornase a venir a ellos, tanta era la vergonya y temor por la tropelía allí cometida contra la ley natural que ordenan los llibres que reyes y profetas dejaron escritos e que los chrestianos anomenamos Santa Biblia".

»Pues bien; ya ve usted cómo y por qué conductos tan inesperados regresan a uno, de pronto, ecos del pasado que creíamos abolido. Cuando vea a don Leopoldo y a su esposa cuénteles esto y dígales, por favor, que los recuerdo con tanto afecto como gratitud. Le decía que me encuentro enfermo. Se trata de algo muy diferente de las fiebres que me derrumbaron en el motel de Yosip en La Brea Boulevard. Pienso que esta vez son los años que empiezan a contar más de lo que uno quisiera y la humedad de Pollensa que retuerce las articulaciones como a los pobres hebreos de Axartel los sicarios del Bisbe Rafolls i del Pi quien, dicho sea de paso, no sé por qué se me ocurre que también debía tener ancestros de las doce tribus.

»Bueno, ya tendrá nuevas de mí si los dioses me conceden licencia. Si salgo de este lugar y de sus astilleros fantasmales, le haré saber mi paradero. Entretanto, reciba un saludo afectuoso de su viejo amigo, Maqroll el Gaviero».

Así terminaba la carta que, después de recorrer medio mundo, había llegado al Hotel Metropol de Bruselas. Hasta hoy nada he vuelto a saber del Gaviero y algo me dice que éstas serán las postreras noticias suyas que reciba. Nunca me había hablado de enfermedades ni de achaques y sus misivas siempre me dejaron la impresión de que le esperaban nuevas empresas en su itinerancia sin tregua. Esta vez no tuve esa idea. Los últimos párrafos de su carta exhalan un aire de punto final, de adiós sin retorno que me llenó de pesadumbre.

Apéndice: las lecturas del Gaviero

No se trata, en este caso, de presentar al Gaviero como alguien que haya dedicado una especial atención al mundo de las letras. Nada más ajeno a su carácter y nada que le pareciera más distante y sin objeto que una inclinación parecida. El Gaviero era, eso sí, un lector empedernido. Un incansable devorador de libros durante toda su vida. Éste era su único pasatiempo y no se entregaba a él por razones literarias sino por necesidad de entretener de algún modo el incansable ritmo de sus desplazamientos y la variada suerte de sus navegaciones. No es fácil, por ende, el seguir la pista de cuáles eran sus libros preferidos, aquellos que lo acompañaban dondequiera. Sin embargo, creo que podría mencionar algunos que, en los múltiples encuentros que nos deparó el azar, o los traía consigo, o los citaba con tal frecuencia que era fácil colegir su antigua y fiel frecuentación. Releyendo viejas cartas y fatigando la memoria, he conseguido reunir los más notorios.

El que creo haberle visto siempre y que llevaba en uno de los grandes bolsillos de su chaquetón de marino era las *Mémoires du Cardinal de Retz*. Por cierto que se trataba de la bella edición hecha en 1719 en Amsterdam por J.F. Bernard y H. de Sauzet en cuatro volúmenes. Uno de ellos iba siempre con Maqroll y los demás reposaban en su eterna bolsa de viajero. La primera vez que hablamos del famoso libro de Jean François Paul de Gondi, arzobispo de París y cardenal de Retz, fue en Baltimore. Hallamos de milagro un bar abierto y allí entramos para celebrar nuestro encuentro. Maqroll había ido a comprar repuestos para la draga que, junto con Abdul Bashur, tenía en el río San Lorenzo. Como de costumbre, esperaban ganar una fortuna trabajando para la municipalidad de Montreal. La bendita draga sucumbió finalmente en un embargo, debido a la demora en el pago de los trabajos de la misma. Descuido imputable a las desaprensivas lentitudes burocráticas de los *quebequois,* como los llamaba Maqroll con notoria inquina. Para reforzar no sé qué argumento que esgrimía sobre el crimen en política, el Gaviero sacó esa noche el tomo que llevaba de las *Mémoires de Retz.* Creo que era el cuarto. No pude menos de preguntarle cómo había llegado a sus manos semejante joya bibliográfica y si no era arriesgado andar con ella por el mundo así, sin mayores precauciones. A la primera pregunta me contestó con sonrisa sibilina: «Hay amigas, no muy frecuentes, por desdicha, que insisten en que no las olvidemos y para ello son capaces de desprenderse de maravillas como ésta». No agregó más y siguió hablando del tema que nos ocupaba. Poco después, se interrumpió de repente y me soltó la siguiente declaración: «Los únicos libros que uno pierde son los que no le interesan. Éste del Cardenal estará siempre conmigo. Es el libro más inteligente que se ha escrito jamás». Debí poner cara de asombro ante tamaño juicio, porque me repuso en seguida: «Nadie ha mentido con tanta lucidez para defenderse ante la historia y, al mismo tiempo, relatar las más desvergonzadas y peligrosas intrigas con una claridad y distancia que hubiera envidiado Tucídides. ¡Qué lección la del señor de Gondi, Arzobispo de París, hundido hasta el cogote en las delirantes conspiraciones de la Fronda que estuvieron a punto de dar al traste con Francia y con la augusta herencia de los Capeto!

Otro libro que le vi con regularidad que indicaba ser uno de sus favoritos de siempre, era *Mémoires d'Outre-Tombe* de Chateaubriand. Se trataba de la edición corriente en tapas amarillas de los *Classiques Garnier.* Daba la impresión de que se iba a desencuadernar en cualquier instante. Su entusiasmo por la prosa del vizconde era tema favorito en la alta marea de sus libaciones. Una noche, en Bizerta, en una tabernucha del puerto, me recitó, casi completa, la escena del encuentro en Córdoba de René con Natalie de Noailles. Al terminar la parrafada no hizo comentario alguno. No hacía falta. Su exaltación se asomaba al rostro, nacida de la prosa ondulante y regia del vizconde.

Es sabido, gracias a alusiones en sus cartas y a relatos hechos de viva voz, que la obra de Émile Gabory sobre las guerras de la Vendée fue una de sus más asiduas lecturas. En la mina de Amirbar y, muchos años más tarde, en sus travesías con el capitán Olrik por las costas australes del Pacífico, el libro de Gabory fue su compañero inseparable. Valga aquí el recuerdo de una anécdota que me relató el pintor Alejandro Obregón y que está relacionada con esa lectura del Gaviero. Una noche, en Vancouver, Alejandro y Maqroll fueron a parar a una delegación de policía a raíz de una trifulca fenomenal que tuvieron en una cantina, cuando los agredió un puñado de chinos que se declararon ofendidos por algunas palabras del Gaviero dichas en un tono que les pareció hiriente. Cuando el encargado de turno en el puesto de policía llenaba la declaración de Maqroll y le preguntó cual era su oficio, éste repuso altanero en su premioso inglés con acento levantino: «Yo soy un chuan extraviado en el siglo XX». No dijo más y el exabrupto le costó veinticuatro horas de cárcel.

Finalmente, el libro que le servía a Maqroll para salir con mayor eficacia de sus caídas de ánimo en las horas negras, cuando todo parecía conspirar contra él, era el de las cartas y memorias del Príncipe de Ligne, en una bella edición hecha en Bruselas en 1865. Sobre el gran aristócrata belga, el Gaviero era simplemente inagotable. Un día, en que nos hallábamos juntos en Amberes, cada uno por circunstancias tan opuestas como difíciles de exponer, tuvimos que refugiarnos en un restaurante de comida flamenca. Había estallado una refriega general entre walones y flamencos y la policía estaba repartiendo golpes sin detenerse a preguntar por nacionalidades ni papeles. Frente a un majestuoso *waterzooi* de salmón, que ordenamos para reponer nuestras fuerzas, el Gaviero opinó en tono admonitorio: «Yo no sé si los belgas sean un país o una diabólica pesadilla de Talleyrand. Lo que sí sé es que pueden contar siempre con mi irrestricta simpatía, porque entre ellos nació el más cumplido ejemplo de gran señor que haya dado Europa: el Príncipe de Ligne. Su entierro en Viena, el 13 de diciembre de 1814, en pleno Congreso, fue seguido por emperadores, reyes, ministros y grandes nombres de la nobleza europea. Acompañaban hasta su última morada al perfecto *honnête-homme* del Antiguo Régimen, una de las pocas épocas de la historia en las que hubiera valido la pena vivir».

Para rematar estos recuerdos sobre las lecturas de nuestro amigo el Gaviero, no creo que desentone la tesis que le escuché en una ocasión, mientras aguardábamos el tren a Nápoles en la Stazzione Términi. Maqroll traía consigo una novela de Simenon, *L'Ecluse N.º 1*, si mal no recuerdo. Cuando vi el libro en el café donde esperábamos que nos sirvieran, dando con ello muestras de un optimismo rayado en la malsana ignorancia, me dijo con naturalidad desconcertante: «Es el mejor novelista en lengua francesa después de Balzac». No pude menos de recordarle que algo parecido le había escuchado decir sobre L. F. Céline. «No —repuso sin inmutarse—. Céline es el mejor escritor de Francia después de Chateaubriand; pero el mejor novelista es Simenon. Y créame que menciono a Balzac haciendo de lado ciertas reservas que tengo sobre su detestable francés». Ésta fue una de las muy escasas opiniones literarias que le escuché durante nuestra relación de tantos años.

Creo que con estas noticias sobre Maqroll el Gaviero como lector se completa útilmente el retrato que me he propuesto dejar de mi amigo para una posteridad que, infortunadamente, reposa en la más que discutible difusión que puedan tener mis libros dedicados a sus empresas y tribulaciones.

ABDUL BASHUR,
SOÑADOR DE NAVÍOS

A la memoria de mi hermano Leopoldo Mutis, quien, antes de dejarnos, escuchó con interés el proyecto de este libro y comentó con voz que ya no era de este mundo: «Qué bien. Apenas justo con Abdul».

Years, years spent pouring words we couldn't fathom. Only through death we speak in honest fashion.

PETER DALE,
He addresses himself to reflection

He addresses himself to reflection
Monody shall not wake the mariner.
This fabulous shadow only the sea keeps.

HART CRANE, *At Melville's Tomb*

Desde hace tiempo vengo con la intención de recoger algunos episodios de la vida de Abdul Bashur, amigo y cómplice del Gaviero a lo largo de buena parte de su vida, y protagonista, en modo alguno secundario, de no pocas de las empresas en las que Maqroll solía comprometerse con sospechosa facilidad. En muchas de ellas Bashur desempeñó el papel de salvador, rescatando a Maqroll en los momentos críticos, gracias a esa astuta paciencia que constituye uno de los rasgos predominantes del carácter levantino. Ahora he resuelto emprender esa tarea de cronista, que iba aplazando indefinidamente. La razón para hacerlo surgió de un hecho característico de los altibajos y sorpresas que poblaron la existencia del Gaviero.

En un cambio de trenes en la estación de Rennes, cuando iba camino a Saint-Malo para asistir a una reunión de amigos dedicados a preservar la tradición de los libros de aventuras y de viajes, perdí la conexión y tuve que esperar el paso del próximo tren con destino al ilustre puerto bretón. Caía una lluvia insistente y helada y resolví quedarme tranquilo en la sala de espera, leyendo un libro de Michel Le Bris sobre la Occitania medieval. Estas salas son semejantes en el mundo entero. Un ambiente de tierra de nadie, el gastado mostrador donde nos ofrecen el consabido café chirle con su indefinible gusto a desamparo y los hostingantes licores de la región, de color y sabor harto improbables; su puesto de periódicos y revistas, viejos de varias semanas, que no atraen ya la atención de nadie por lo atrasado de sus noticias y las imágenes locales insulsas y desteñidas. Los afiches de turismo pegados en las paredes sugieren siempre estaciones balnearias con un relente de enfermedad y decadencia o muestran picos nevados cuyo nombre nada nos dice y para nada invitan a la necia proeza de escalarlos. Las bancas, siempre duras y tambaleantes, acogen a los anónimos pasajeros que esperan su tren con esa resignación fatal del que ha perdido ya la esperanza de dormir esa noche en su hogar. Todo el mundo se encuentra allí resignado a lo que suceda, sin importar lo que sea.

Alguien pronunció mi nombre de repente, allá desde una esquina de la sala, en donde una estufa de gas intentaba en vano luchar contra el frío y la humedad ambientes. No vi quién me llamaba y me acerqué, entre curioso y molesto, intrigado de que alguien, en la estación de Rennes, donde jamás había estado antes, supiera de mí. Junto a la estufa, sentada y con un niño de aproximadamente diez años en brazos, una mujer que conservaba la belleza de las mujeres del Oriente Medio me sonreía con curiosidad y cierto temor. Sus facciones, su acento libanés, algo en sus gestos despertaron en el fondo de mi memoria una ola de recuerdos imprecisos.

—Soy Fátima. Fátima Bashur. ¿No se acuerda? Nos vimos en Barcelona, cuando llevé el dinero para sacar a Maqroll de la cárcel —me dijo, entre sonriente y contrita. Me incliné para besarla en las mejillas y me senté a su lado, musitando no recuerdo qué atropellada excusa por mi vacilación en reconocerla.

Fátima Bashur. ¿Por qué, a menudo, el azar se empeña en adquirir el acento de una sobrecogedora llamada de los dioses? Todo el episodio de nuestro encuentro me vino a la mente, con la desordenada precipitación de lo que teníamos relegado al olvido para resguardar el precario equilibrio de nuestros días. En efecto, Fátima, la hermana que antecedía en edad a Abdul, apareció en Barcelona con la suma que enviaba su hermano para enfrentar los gastos de un proceso que estuvo a punto de llevar a la cárcel por largos años a Maqroll el Gaviero. Cuando descargaba, en el pequeño puerto de la Escala, un lote de armas y explosivos ocultos en cajas de repuestos para una planta de refrigeración de pescado, llegó la policía portuaria, informada, sin duda, por algún anticipado soplón. Abdul y Maqroll habían convenido el transporte del cargamento con una pareja que simulaba estar pasando la luna de miel en Túnez. En realidad, se trataba de una banda de anarquistas que hizo de Barcelona, por aquella época, su centro de operaciones. Habían venido siguiendo los viajes del carguero chipriota que operaban los dos amigos en el Mediterráneo y coligieron que eran los tipos ideales para llevar el cargamento a la Costa Brava. Bashur se había quedado como rehén en Bizerta. Cuando se supo la captura del barco con Maqroll y el armamento, la pareja se esfumó como por arte de magia. Bashur partió para Beirut y allí logró reunir el poco dinero que pudo para tratar de salvar a su socio, que insistía ante la policía española en ser víctima de un engaño e ignorar lo que, en verdad, contenían las cajas que llevó a la Escala. Abdul pensó, con razón, que era más prudente mandar a una de sus hermanas en lugar de ir en persona y encargó de la misión a Fátima, cuya seriedad y ponderación se ajustaban perfectamente a ese cometido. Eran tres las hermanas de Abdul; Yamina, ya casada, con un hijo que sufría una extraña enfermedad que los médicos insistían en diagnosticar como leucemia; Fátima, soltera entonces, cuya belleza serena y un tanto hierática solía pasar de momento desapercibida, para tornarse, luego, como fue mi caso, en una imagen obsesiva y enigmática y Warda, de una hermosura fresca y deslumbrante, cuya historia ya tuve ocasión de narrar en parte.

La prisión de Maqroll me la comunicó Bashur a París, en donde estaba de paso, de regreso de Hamburgo y camino a casa. Cambié mis planes de inmediato y partí para la ciudad condal, para ver qué se podía hacer por nuestro amigo. Cuando lo visité en la cárcel, se hallaba sumido en una extraña apatía, cosa que solía sucederle de ordinario en circunstancias semejantes. Le expliqué los planes de Bashur y el próximo arribo de Fátima con el dinero necesario para pagar un abogado que llevase el caso. Se alzó de hombros sonriendo vagamente.

—No creo —comentó— que valga la pena gastar esa suma que buena falta les hace. O la policía resuelve creer en mi historia, que hay que reconocer como dura de tragar, o aquí me sepultan por quién sabe cuántos años. Ya estoy harto de ir dando tumbos de uno a otro lado y de meterme en líos que, en el fondo, poco me atraen. En estos días he estado pensando en que tal vez ya sea tiempo de parar la ruleta y de no provocar más a la suerte. En fin, no sé. Ya veremos —no quise recordarle que, en ocasiones anteriores, le había escuchado las mismas o parecidas palabras.

Sin embargo, siempre regresaba a sus andanzas. No estaba él de humor para tales reflexiones. Me limité a informarle que yo permanecía en Barcelona hasta la llegada de Fátima y enterarme de cómo se encaminaban las gestiones para conseguir su libertad. Hizo un gesto de resignado asentimiento, se puso de pie y, despidiéndose con un movimiento de la mano, se llevó la cazadora al hombro y se perdió por la puerta de la sala de visitas de la Cárcel Modelo.

Dos días después, Fátima me llamaba desde el aeropuerto. Había adelantado su viaje y se olvidaron de hacérmelo saber. Le indiqué la dirección de mi hotel y llamé a la recepción para cambiar la fecha de su reserva. Más tarde, unos tímidos golpes en la puerta me sacaron de la siesta en la que estaba entrando sin darme cuenta. Fui a abrir y me encontré con una mujer alta, de miembros firmes y esbeltos, hombros rectos que le daban un ligero aire marcial, sobre los cuales descansaba una cabeza cuya proporción y facciones me recordaron las esculturas indohelénicas. La hice pasar y tomó asiento con sencilla familiaridad que me pareció, no sé por qué, conmovedora. Hablaba un francés correcto, como ya casi ningún francés suele hablarlo y sí, en cambio, algunos libaneses y sirios de la alta burguesía comerciante. Le conté mi diálogo con Maqroll y ella comentó simplemente:

—Es natural que se sienta así. Siempre le sucede lo mismo. Vamos a sacarlo como sea —había tal firmeza en sus palabras que mi opinión sobre la suerte del Gaviero se tiñó de un optimismo no por gratuito menos consistente.

Al día siguiente comenzamos las diligencias. Esa misma tarde visitamos a un abogado cuyo prestigio descansaba en el éxito de sus gestiones en favor de extranjeros con problemas judiciales en España. Durante varias semanas, Fátima y yo nos movimos de una oficina a otra, llevando memoriales y entrevistando funcionarios de la más diversa índole, acompañados del diligente jurista. Era un desfile de rostros circunspectos, herméticos y distantes, que no autorizaban la menor esperanza. Entretanto, comencé a darme cuenta de que la compañía de Fátima Bashur daba a todas estas gestiones un encanto muy peculiar. Debo advertir de mi repugnancia a todo contacto con el mundo burocrático vinculado con la justicia. En somero examen de conciencia, después de la cena con Fátima en La Puñalada, durante la cual abordamos temas un tanto más personales, al margen del caso de nuestro amigo, llegué a la conclusión de que comenzaba quizás a enamorarme de la hermana de Abdul. El asunto tenía sus bemoles. Conocía ya a Fátima lo suficiente como para saber que ni era mujer para *flirts* superficiales ni yo le interesaba más allá de una normal simpatía, siempre en relación con las responsabilidades que le había transmitido su hermano. Por fortuna me daba cuenta de la situación y decidí ni siquiera insinuar a Fátima lo que comenzaba a sentir por ella.

Los problemas de Maqroll hallaron solución por la vía más inesperada e imprevisible. Una noche, en el bar de Boadas, adonde mi amigo Luis Palomares me había introducido con recomendación de que me atendieran muy especialmente, estaba ensayando, por enésima vez, la fórmula ideal del *dry martini*, cuando se me acercó un inglés, a todas luces funcionario del consulado de Su Majestad en Barcelona, para proponerme un par de variaciones que podrían llevarnos al paradigma de ese coctel inalcanzable. Los resultados fueron positivos pero no convincentes; en cambio, la experiencia nos llevó a entablar una relación todo lo cordial que permiten los isleños de John Bull. No sé cómo se me ocurrió comentarle la razón de mi estadía en Barcelona, sin entrar, desde luego, en mayores detalles. Se interesó de inmediato en el tema y, al final, se limitó a decirme, con la flema ya consabida:

—Vaya a verme mañana al consulado. Se me ocurre que tal vez algo se pueda combinar en favor de su amigo. ¿Me dijo usted que viaja con pasaporte expedido en Chipre, verdad?

Le confirmé ese detalle y nos despedimos con la promesa de intentar en otra ocasión la fórmula ideal para el *dry martini.*

Al día siguiente me presenté en el consulado británico. Mi compañero del Boadas, sin perder su cordialidad anterior, había adquirido un acento más oficial y algo distante. Me llevó a su despacho y, cerrando la puerta, entró de lleno en el asunto. Maqroll tenía un pasaporte expedido en Chipre durante el dominio inglés. Por una cadena de circunstancias, que no entró a pormenorizar, Inglaterra tenía particular interés en que España concediera la libertad a ese súbdito inglés para así poder dejar libre en Gibraltar a un ciudadano español, detenido allí por habérsele sorprendido en sospechosas conexiones y que el gobierno de Madrid reclamaba con insistencia. Se trataba de recibir algo a cambio para no establecer un precedente inaceptable. Yo creí estar en medio de una intriga digna de las novelas de Eric Ambler, pero el resultado final no pudo ser más halagüeño. Maqroll salió libre, después de haber permanecido en la Cárcel Modelo por casi tres meses. Debía regresar a Chipre y ponerse a disposición de las autoridades. El barco sería incautado y los funcionarios de la aduana decidirían qué hacer con él.

Fátima había gastado apenas una modesta parte del dinero que trajo y esto tranquilizó bastante al Gaviero, que conocía la situación un tanto estrecha por la que pasaban la familia y el mismo Abdul. Maqroll partió para Chipre en un barco griego, llevando consigo ese pasaporte que lo había salvado y sobre cuya autenticidad había razones para abrigar las mayores dudas. En el muelle, el Gaviero, al despedirse, me comentó mientras sonreía con malicia:

—Muchas gracias por todo. Me alegro de que esto no haya sido más fastidioso para ustedes. Mire lo que son las cosas de la vida; yo salgo libre y usted ha estado a punto de caer en una prisión, encantadora, es cierto, pero llena de consecuencias incalculables. Recuerde siempre que Allah cuida a sus mujeres, amigo. Es importante tenerlo en cuenta cuando se anda por tierras del Islam.

El mismo día, en la tarde, Fátima tomaba el avión de regreso a Beirut. La acompañé en todos los trámites y, cuando se dispuso a pasar por la policía de emigración, me entregó un sobre con una fotografía. Mostraba a un niño de siete u ocho años, observando con asombrado interés un montón de hierros retorcidos y calcinados, aún humeantes. Algunas partes no destruidas por el fuego indicaban que se trataba de un avión que había caído a tierra momentos antes. El niño miraba la escena con sus grandes ojos oscuros, uno de los cuales bizqueaba ligeramente. La cabellera encrespada y también oscura completaba su evidente aspecto levantino. Al fondo se alcanzaban a ver los nevados montes del Líbano. Al reverso de la foto estaba escrito en esmerada caligrafía árabe: Abdul a los ocho años de edad.

Me miró un instante fijamente y, después de acercarme las mejillas para recibir mi beso de despedida, me dijo con voz un tanto opaca a causa de su natural timidez:

—Fue un gran placer conocerlo y le agradezco su prudente caballerosidad, no muy común, por cierto, entre los hombres occidentales. Lo felicito y le quedaré reconocida para siempre. Adiós.

Era un adiós tan definitivo que me quedó grabado durante largo tiempo. Muchas veces hube de preguntarme luego qué hubiera sucedido de adoptar con Fátima las tácticas del Caballero de Seingalt. Siempre nos queda esa duda en tales ocasiones. Que las mujeres son insondables es un lugar común ya inmencionable, pero menos divulgado, como es obvio, es que los hombres somos una especie inconsecuente y fantasiosa y es allí donde perdemos siempre la partida.

De aquel encuentro con la hermana de Abdul en Barcelona perduran un rostro cuya armonía pertenece al tiempo en que la Hélade penetró en el Oriente, una voz aterciopelada y cálida y una serenidad de movimientos y reacciones que tenía mucho de bizantino. Todo esto percibido como algo que no me era dado y cuyo disfrute se antojaba inconcebible. Ahora, muchos años después, en una helada estación de tren, en plena Bretaña azotada por la lluvia, me encontraba con Fátima, sujeta ya a esa inclinación a la corpulencia, característica de las mujeres mediterráneas que se acercan a la cincuentena, el rostro aún hermoso, pero maculado por ciertos signos de cansancio y cuya serena sonrisa se mantenía con una ligera inflexión en la comisura de los labios, signo de años de lentas decepciones y mezquinas angustias cotidianas. Volvía a mirarme con una mezcla de asombro y simpatía y yo trataba de hilvanar triviales preguntas, tales como: ¿qué había sido de ella en todos esos años? ¿Quién era el niño que llevaba en brazos? ¿Qué era de sus hermanas? Tantas cosas habían pasado desde el lejano episodio de Barcelona que cada respuesta hubiera requerido largas horas. Es verdad que teníamos varias por delante, pero ella se limitó a responderlas en forma sucinta pero amable. Poco después de su visita a Barcelona, se casó con un primo lejano, que le habían asignado desde pequeña. Era un comerciante en telas, acomodado y metódico, que siempre la trató como a una niña. Tuvo con él tres hijos. El niño que traía en brazos era un nieto que llevaba a París para someterlo a un tratamiento en la columna. Sus padres vivían en Brest, donde el hijo de Fátima seguía un curso de comunicaciones navales. Era segundo oficial de la flota mercante libanesa. El muchacho se había caído mientras jugaba en las escolleras y sufría dolores en la espina dorsal. Fátima quedó viuda hacía ya más de diez años y estaba dedicada por entero a sus nietos. Los otros dos hijos, también varones, ya estaban graduados, uno era abogado y el otro oculista, casados ambos. Su hermana mayor, Yamina, había fallecido poco después de Abdul. Warda continuaba su vida retirada y silenciosa, entregada a trabajar para la Cruz Roja libanesa en auxilio de los refugiados palestinos. Pasamos a otros temas y personas con las que nos unían vínculos comunes. De Maqroll hacía mucho que ninguno de los dos sabía nada. Mis últimas noticias eran de Pollensa, en donde cuidaba unos astilleros abandonados. Pude notar que, cuando mencioné al Gaviero, sus facciones se coloreaban levemente y su voz adquirió una intensidad diferente. Pensé si no habría estado alguna vez enamorada de él. Fatalmente acabamos hablando de Abdul. Había sido su hermano consentido y más próximo. Le seguía en edad y habían crecido juntos.

—La bondad de Abdul —comentó— tenía una condición muy especial. No era evidente, no se manifestaba en actos notorios. La llevaba muy adentro, escondida, pero siempre dispuesta a ejercitarse. Nos quería a todos, incluyendo a sus amigos, con una atención permanente, vigilante pero discreta, que lo hacía indispensable, nunca se lograba saber muy bien para qué. Era como un ángel protector cuya ausencia dolía. En su trajinada vida supo de las situaciones más contradictorias, sin parar jamás mientes en si estaba fuera o dentro de la ley. No tuvo más ley que la que dictaban sus sentimientos. Bueno, usted lo conoció bastante. No sé por qué le digo todo esto.

Le respondí que, en verdad, no lo había tratado tan de cerca y buena parte de lo que sabía de él venía del Gaviero, éste sí su inseparable camarada y cómplice de andanzas de todo orden. Nos habíamos visto dos o tres veces en la vida. Había, sí, comprobado que la dedicación por la gente de sus afectos era una constante de su carácter. Maqroll solía hablarme de él con ese acento mitad afectuoso y mitad festivo con el que nos referimos a un hermano menor. Yo guardaba muchas cartas y relatos en los que el Gaviero hacía mención de Abdul y que me había confiado cuando comencé a relatar sus andanzas.

—Pues yo le puedo completar esa información —repuso Fátima conmovida—. Guardo muchas cartas de mi hermano y documentos relacionados con sus viajes y empresas. Si le interesaran, con mucho gusto se los enviaré. Estoy segura de que sabrá hacer mejor uso de ellos que nosotros. Los conservamos guardados en un baúl, por cariño a su memoria.

Acepté su ofrecimiento y le escribí en una tarjeta mi dirección para que me hiciera llegar esos papeles. Con ello iba a completar, sin duda, los datos que necesitaba para relatar a cabalidad algunos incidentes de esa vida que por tanto tiempo transcurrió paralela a la de mi amigo Maqroll el Gaviero.

Nuestra charla continuó, volviendo sobre los mismos asuntos. Fátima conservaba su encanto, difícil de precisar, hecho de conformidad hacia la vida y sus sorpresas y de un arraigado sentido de la realidad que dejaba a un lado toda exageración y toda fantasía que acababa desvirtuando la escueta verdad de cada día. Fátima admiraba mucho a su hermano Abdul, su preferido, que vivió una existencia tan agitada como irregular. Algo de esto le comenté y ella me dijo, en tono de quien busca definir algo que, hasta entonces, no se había planteado:

—Ya sabemos que Abdul siempre fue muy inquieto. Nunca se conformó con aceptar las cosas como la vida se las iba ofreciendo. Jamás, sin embargo, lo movió una auténtica ansia de aventura, ni el deseo de vivir experiencias fuera de lo común. Era práctico y metódico en su insaciable deseo de modificar el curso de las cosas y corregir lo que, para él, fue siempre capricho inaceptable de unos pocos, precisamente aquellos para quienes están hechas las leyes y códigos que encarrilan la conducta de las personas. Su frase favorita fue siempre: «Y por qué no más bien intentamos esto o lo otro», y proponía luego la transgresión radical de lo que se le planteaba como regla inamovible. Pero siempre lo hacía apegado a un juicio sobre la gente que nada tenía de indulgente. Sobre nadie se hizo jamás ilusión ninguna, pero creía con inconmovible certeza en los lazos de afecto que lo unían a parientes y amigos. Una cosa no anulaba la otra. Es difícil de explicar y, más aún, de entender, pero así era.

Me sorprendió la inteligente apreciación de Fátima de los matices y aparentes contradicciones del carácter de su hermano, que yo había advertido ya pero nunca logré precisar. Volvimos al Gaviero y le pregunté si, entre los suyos, no se pensaba que Maqroll hubiera podido ser un factor de descarrío para su hermano, sobre todo durante el último período de la vida de Abdul, en el que éste recorrió los más sombríos senderos de los bajos fondos del Oriente Medio. Fátima me miró con extrañeza y se apresuró a responder:

—Nunca pensamos tal cosa. Abdul no era hombre para dejarse desencaminar por nadie. Desde un principio entendimos que, sencillamente, había topado con alguien que compartía muchas de sus maneras de ver la vida. Por eso anduvieron juntos tanto tiempo. Ellos, en cierta forma, se complementaban. Maqroll fue un buen amigo nuestro y su recuerdo está tan presente como el de Abdul —yo había hecho la pregunta con intención de auscultar un poco más en los sentimientos de Fátima con respecto al Gaviero, pero había apuntado con evidente torpeza.

Cuando llegó el momento de tomar el tren para Saint-Malo, me puse en pie y ella también lo hizo, a pesar de llevar en brazos a su nieto. Nos despedimos con pocas palabras. Nos dábamos cuenta, en ese instante, de que habíamos levantado una nube de recuerdos tan delicados como difíciles de manejar en esas circunstancias y pasado tanto tiempo. La besé en ambas mejillas y ella lo hizo también con efusión espontánea y no disimulada. Subí al tren y, desde mi ventanilla, vi que seguía despidiéndose tras de los vidrios, opacos de hollín y de humedad. Pasaron varias horas antes de que pudiese ordenar un poco el remolino de nostalgias y sentimientos encontrados que me había suscitado el encuentro con Fátima.

Apenas había transcurrido un mes, cuando recibí un voluminoso paquete de cartas y algunas fotografías, que enviaba Fátima desde El Cairo. En carta que acompañaba el envío, me explicó que se había establecido en Egipto, porque la situación de su país era en extremo crítica y violenta. Fue así como llegó a mis manos la documentación necesaria para cumplir con mi viejo propósito de recrear, para mis improbables lectores, algunos episodios de la vida impar y accidentada del más fiel y viejo amigo del Gaviero. La memoria tiene para nosotros la piadosa condición de preservar ciertos recuerdos al margen y por encima del desencanto que nos puedan infligir los años con sorpresas como la que tuve en Rennes. Por eso, siempre que pienso ahora en Fátima, me viene a la mente la muchacha con rostro de medalla indohelénica, firmes hombros y miembros elásticos que se me apareció en Barcelona para sacar de apuros a Maqroll el Gaviero y no la mujer madura y robusta, llevando un nieto en brazos, con la que me enfrentó el azar en la lluviosa Bretaña.

De inmediato me dediqué a revisar los papeles enviados por Fátima. Me puse a clasificarlos y a reunir en orden cronológico, hasta donde ello era posible, los que se referían directamente a las andanzas de Bashur por las más diversas y distantes regiones del globo, dejando de lado, desde luego, los que hacían referencia a circunstancias familiares o a los negocios de sus parientes inmediatos. A partir de estos documentos y de mi recuerdo de los varios encuentros que tuve con Abdul, me pareció tener material suficiente para un relato de modesta extensión, que podría merecer el interés de quienes han seguido las peripecias del Gaviero y conocen ya algunos de los episodios de las mismas en donde su amigo y cómplice libanés figura como coprotagonista. Este empeño mío se ha de cumplir, pues, dentro de un marco bien poco convencional y para nada conforme a como debe contarse una historia. Dar unidad cronológica a mi relato es de todo punto imposible. Las fechas de los papeles en mi poder no son de fiar, cuando aparecen. En la mayoría de los casos, la ausencia de toda indicación impide ubicar la época del relato. Además de los documentos escritos, parciales y no siempre ricos en detalles, he tenido que acudir a los testimonios escritos del mismo Maqroll y al recuerdo de lo que, por voz propia, me narró en múltiples ocasiones. Pero no creo que esta irregularidad cronológica tenga mayor importancia. El rigor que exige la biografía de un personaje de la historia viene a sobrar cuando se trata de «los comunes casos de toda suerte humana». Bien está, sin embargo, comenzar narrando las circunstancias de mi primer encuentro con Abdul Bashur; dejando luego que los hechos se ordenen por sí mismos, que tampoco la vida suele ceñirse siempre al rutinario paso de los días. A menudo opta por someternos a mudanzas y repeticiones que la hacen, por esencia, imprevisible y voltaria. Veamos pues cómo conocí a Abdul Bashur.

Capítulo I

Trabajaba yo entonces como jefe de relaciones públicas de la subsidiaria en mi país de una gran corporación petrolera internacional. Una mañana, que se anunciaba tranquila y sin sobresaltos, en vista de lo cual me disponía a visitar a un librero de viejo que me venía tentando con algunos títulos inencontrables de Ferdinand Bac, el nieto de Jerónimo Bonaparte, me llamó el gerente de la compañía. Su voz en el teléfono traicionaba una inquietud evidente. Adiós, pues, a los jardines de Bac y a sus recuerdos finiseculares. Cuando entré al despacho de mi jefe, éste hablaba por teléfono con el ministro de Obras Públicas, hombre de temperamento tiránico y resoluciones draconianas, que por aquellos días se perfilaba como futuro presidente de la República. Mi gerente contestaba con dos frases, repetidas en forma de letanía. «Sí, señor ministro, así lo haremos», «No veo problema alguno, señor ministro. Quede usted tranquilo. Nos haremos cargo de todo». Mal se anunciaban las cosas para quien debía convertir en realidad las promesas del gerente. Si me quedaba alguna duda sobre la persona en quien iba a recaer la misión de marras, el gerente se encargó de aclarármela tras colgar el teléfono:

—En diez días, escúchalo bien, en diez días, ni uno más, debemos preparar hasta el último detalle de la ceremonia de inauguración del terminal del oleoducto en el puerto de Urandá. Asistirán al acto los ministros de Obras Públicas y de Minas de aquí y de los países limítrofes, además de los gerentes seccionales de nuestra compañía en esos lugares y las autoridades eclesiásticas y civiles de la capital del departamento y de la misma Urandá. La buena noticia es que no se invitará a las esposas. Hay que prever y estar muy al tanto de la situación del aeropuerto en esa ciudad y del posible alojamiento de los invitados, por si el regreso se tiene que cancelar a último momento. Todos vendrán en aviones oficiales o de la empresa. Hay que servir, después de la ceremonia de inauguración del muelle y la bendición del mismo por el obispo, un almuerzo de primera calidad, naturalmente. No se te vaya a olvidar la invitación a las autoridades eclesiásticas. Como estudiaste con los jesuitas, no creo que tengas problemas por ese lado.

Si bien el asunto, a esa altura, ya no me tomaba de sorpresa, debo confesar que las perspectivas que se me presentaban eran bastante sombrías. Una serie de factores adversos se acumulaban para hacer la tarea casi imposible. Urandá es un puerto, la mitad edificado en forma lacustre sobre pantanos que se van a confundir con el mar a través de una red inextricable de manglares; la otra mitad está construida en una colina ocupada casi en su totalidad por la zona roja. La región se precia de tener el mayor índice de precipitación pluvial del planeta y, por tal motivo, el aeropuerto permanece cerrado buena parte del año. El clima, de un calor agobiante, mantiene allí un ámbito de baño turco que agota toda iniciativa y mina todo entusiasmo. Al caer la tarde, convertidos en auténticos zombies, los visitantes ocasionales buscan desesperadamente un poco de sombra fresca y el vaso de whisky que tal vez los reviva. Ambas cosas pueden obtenerse sin mayores dificultades. De la sombra se encarga la noche que se viene encima de repente, con su cortejo de zancudos y aberrantes insectos que parecen surgidos de una pesadilla de ciencia ficción; grandes mariposas de alas negras, velludas y torpes, que insisten en pegarse a los manteles y a las toallas del baño; escarabajos cornudos, de un verde irisado y fosforescente, que golpean sin cesar contra las paredes hasta caer en el vaso en donde tomamos o en la cabeza donde se debaten enredados en el pelo; rubios escorpiones, casi traslúcidos, expertos en complicados acoplamientos y en danzas rituales de un erotismo delirante. En lo que respecta al vaso de escocés, éste se consigue en el bar del único hotel habitable del puerto, que lleva el original nombre de Hotel Pasajeros. Destartalada construcción de cemento maculado por el moho y el óxido, cuyos tres pisos destilan constantemente, por dentro y por fuera, un maloliente verdín aceitoso. Típico edificio concebido por un ingeniero, con espacios de proporciones ya sea desmesuradas o bien mezquinas y, en ambos casos, gratuitas, según el humor del fantasioso maestro de obras que debió encargarse de la construcción. Un comedor vastísimo, de techos

altos y manchados con sospechosos escurrimientos de tuberías
mal acopladas; una recepción larga y angosta donde se mantiene
una atmósfera asfixiante cargada de olores ligeramente nausea-
bundos y que invita a la claustrofobia inmediata; las habitaciones, cada una con las proporciones y formas más absurdas. Muchas de ellas, vaya a saberse por qué, terminaban en un ángulo
agudo perturbador del sueño del más sereno de los huéspedes.
El bar se hallaba dispuesto a lo largo de otro corredor angosto,
sin ventanas, que unía la recepción con un patio donde estaba
la piscina, turbio estanque de agua verdinosa, visitado por una
fauna indefinible de seres mitad pez y mitad saurio enano de
ojos saltones. Una fila de mesas adosadas a la pared se enfrentaba allí con una barra hecha de maderas tropicales, con motivos
indígenas y africanos labrados en alto relieve, todos tan espurios
como horrendos. El alivio que pudiera llegar con el whisky, en
el que flotaban trozos de hielo de un inquietante color marrón,
se esfumaba de inmediato en el ámbito infecto de ese pasillo de
cuartel de policía, al que algún administrador, con macabra hu-
morada, bautizó como Glasgow Bar. El hotel se hallaba rodeado de una vasta zona de chozas lacustres que despedía un fétido
aliento de animales en descomposición y de basura que flotaba
en las aguas muertas y lodosas.

Urandá contaba, además, con un barrio de edificaciones
levantadas en tierra firme, que escalaba una ligera colina por la
que pasaba, de vez en cuando, una brisa piadosa y fugaz. Como era de suponer, las *madames,* como allí se les nombra, se
apresuraron a ocupar la zona para instalar allí sus burdeles. Era
frecuente que los viajeros familiarizados con las características
del puerto tomaran allí una habitación con aire acondicionado
y algunos servicios de hotel más o menos regulares, huyendo
del siniestro Hotel Pasajeros. Las pupilas del lugar no insistían
mucho en brindar su compañía. Sus clientes preferidos eran
los marineros que llegaban provistos de los apetecidos dólares,
marcos o libras, y no los huéspedes surtidos con la devaluada
moneda nacional. Por lo demás, el personal de esas casas estaba formado, en su mayoría, por seres desnutridos, anémicos y
desdentados, por lo general víctimas de exóticas enfermedades
del trópico, la más extendida de las cuales es el terrible pian,
una avitaminosis que corroe las facciones en tal forma que,
quienes la sufren, jamás se dejan ver a la luz del día y, de noche,

evitan exponerse a la luz eléctrica. Cubierta la cara con improvisados pañuelos y velos caprichosos, las mujeres atienden a sus clientes en la penumbra y saben despacharlos con tanta destreza y rapidez, que éstos no alcanzan a darse cuenta de nada, menos aún después de tomar algunas copas de ron adulterado.

Pensar, entonces, en servir en Urandá un *buffet* de seis platos con tres clases de vinos de gran calidad, como en cualquier hotel de la Riviera, era hazaña que sobrepasaba los límites de lo posible para entrar francamente en los del delirio. A esto había que agregar las condiciones de aterrizaje y despegue del aeropuerto, cuya precaria torre de control solía quedarse sin energía eléctrica a la menor llovizna, en un sitio en donde la lluvia era casi permanente. Las condiciones de visibilidad en la pista eran, por igual motivo, tan escasas como efímeras. En un estado de ánimo fácil de imaginar, partí a la capital de provincia. Me alojé allí en un hotel que conocía muy bien, administrado por una pareja de luxemburgueses que daban al sitio un encanto muy particular y mantenían un servicio impecable. La ciudad era una próspera capital azucarera con un clima parejo y agradable, que supo mantener un cierto ambiente cosmopolita y bullanguero en una vida que transcurría sin altibajos ni sorpresas. Era como una isla en medio de la tormenta de pasión política desenfrenada que devastaba al país y lo mantenía sumido en una atmósfera de sangre y luto. Me gustaba demorarme por largas horas en el bar, instalado en una veranda donde corría un aire fresco, cargado de capitosos aromas vegetales. Allí dejé pasar los días sin encontrar solución a mi problema. Las visitas que hice a los clubes campestres y sociales de la ciudad no dieron como resultado sino las miradas de incredulidad de los encargados del comedor que me escuchaban como si hubiera perdido la razón.

En el bar del hotel servía un barman nuevo, también súbdito de los Grandes Duques, con el cual me fue fácil establecer amistad a fuerza de evocar mis años en Bélgica y mis frecuentes tránsitos de entonces por Luxemburgo. El hombre resultó ser mucho más imaginativo y emprendedor que la mayoría de sus compatriotas. Un día en que me hallaba en vena de confidencias, se me ocurrió contarle el trance en que me encontraba. Después de escucharme con atención partió hacia la barra sin decir palabra. Me trajo un escocés algo más generoso que los habituales y permaneció a mi lado en actitud de meditación. Rompió su silencio para preguntarme:

—¿Tiene alguna limitación de presupuesto para semejante despropósito?

—En absoluto —le respondí intrigado—. Tengo carta blanca.

—Pues entonces, yo me encargo de todo —me respondió León, que era el nombre de mi salvador.

Ante la expresión de incrédulo pasmo que debí poner, pasó a explicarme con la mayor naturalidad.

—Mire, amigo. He trabajado en la costa del África Ecuatorial en lugares que, comparados con Urandá, ésta es un edén. Allí he servido *buffets* que los invitados siguen recordando como algo difícil de superar. El problema es muy sencillo, pero muy costoso: se reduce a tener transportes adecuados y seguros, mucho hielo y una coordinación que debe ser infalible. Cada minuto cuenta en forma decisiva. La carretera al puerto es infernal. Por ella vine y no es fácil de olvidar. En Urandá hay que mantener tres camiones con motores y llantas en perfecto estado, listos para auxiliar a los tres que partirán de aquí con la comida, los vinos, la vajilla y los cubiertos. Si hay un derrumbe en el camino o se presenta una avería, aquellos camiones deben venir en auxilio, llamados por radio, instalado en las dos flotas. En cuanto al menú, le sugiero seis platos, la mayoría de ellos fríos, para presentar un *buffet* variado y muy selecto. Las salsas y el áspic los preparo allá al llegar. De todo esto tengo larga experiencia, no se preocupe. Respecto al precio, le puedo presentar un presupuesto pormenorizado de los gastos, para que lo muestre a su gerencia, a la que puede avisar desde ahora que todo está solucionado. Confíe en mí, que no lo haré quedar mal, Urandá no ofrece más dificultades y riesgos que Loango o Libreville —confieso que sentí el impulso de estampar un beso en la frente del leal luxemburgués. Me detuve a tiempo y apuré a su salud el vaso que me había servido.

Mi gerencia aprobó el presupuesto sin presentar objeción alguna. Las cosas comenzaron a marchar con la regularidad de un comando. Quedaba el problema del transporte aéreo. Seis aviones debían aterrizar y despegar con la más estricta puntualidad. Partí a Urandá, con cuatro días de anticipación a la fecha de la ceremonia, para coordinar la ingrata tarea de hacer viable el incierto puente aéreo. Tuve, en esa ocasión, que alojarme en el Hotel Pasajeros, ya que era el único con línea de larga distancia y télex. Fui a visitar al personal del aeropuerto. Me reuní con quienes iban a manejar la operación, alrededor de una mesa que conseguí me instalaran en el patio de la supuesta piscina. Discutimos largamente todas las posibilidades de salir con suerte del apuro. Había pedido a mi compañía que me enviaran como refuerzo a tres meteorólogos de la refinería y éstos sirvieron para mantener la moral de los técnicos locales que se veían muy afectos al desaliento.

Una noche, en que me hallaba solo, en esa mesa de operaciones donde se habían barajado todas las posibilidades de un desastre incalculable, apurando un whisky que había logrado salvar del hielo lodoso poniéndole únicamente soda helada, vi que venía hacia mí un personaje con gorra oscura de marino, camisa de mezclilla con los botones de concha y un traje de lino de indudable calidad pero que debió conocer días mejores transitando por los cafés de Alejandría o Tánger, antes de venir a lucir en ese lugarejo del Pacífico. El aspecto del visitante era por entero ajeno al ambiente que lo rodeaba. Sin embargo, se movía con una familiaridad desconcertante. Cuando llegó frente a mí, me saludó llevándose la mano a la visera de la gorra y me dijo en fluido francés, con un muy leve acento árabe:

—Permítame presentarme. Soy Abdul Bashur y tenemos un amigo común muy apreciado por ambos, se trata de Maqroll el Gaviero. Tal vez haya escuchado hablar de mí alguna vez.

Me levanté para saludarlo y le invité a sentarse, cosa que hizo con lentitud ceremonial. Era un hombre alto, de brazos y piernas largos y nervudos que transmitían una impresión de energía gobernada por una mente crítica y ágil. Al andar mostraba una leve vacilación que, en un comienzo, achaqué más a cautela que a timidez. El rostro afilado, de facciones regulares, hubiera podido tener un atractivo oriental un tanto obvio, a no ser por el ligero estrabismo que daba a su mirada una expresión de sonámbulo recién despertado. Las manos, ahuesadas y firmes, se movían con una elegancia singular, ajena a la menor afectación. Pero esos movimientos nunca correspondían a sus palabras, lo cual creaba un vago desconcierto. Era como si un doble, agazapado allá en su interior, hubiera resuelto expresarse por su cuenta, según un código indescifrable. La presencia de Abdul Bashur despertaba siempre, por ese motivo, una mezcla de inquietud y simpatía. Esta última suscitada por ese cautivo que sólo lograba hacerse presente a través de gestos de una distinción desusada, ajena a la persona real que hablaba con nosotros. Los cabellos rizados y espesos mostraban en las sienes una zona de canas rebeldes de un blanco intenso. Sonreía con espontánea facilidad, mostrando una hilera de dientes levemente manchados por el cigarrillo que no lo abandonaba jamás. Abdul, que se expresaba con riqueza y soltura en unos diez idiomas, entre ellos el turco, el persa, el hebreo y, desde luego, el propio, que era el árabe, pasó del francés en el que me saludó a un español que conservaba la pronunciación peninsular. Era evidente que lo había aprendido en Andalucía, lo que más tarde pude confirmar.

Así que éste es el famoso Abdul Bashur, pensé, camarada inseparable de Maqroll el Gaviero en sus más audaces correrías, el hombre con quien compartía el amor de Ilona, historia de la que me enteré una vez en Marsella por boca del mismo Gaviero, que andaba en un improbable negocio de alfombras antiguas. Lo primero que se me ocurrió preguntarle, ya sentado frente a mí en el pringoso patio del Hotel Pasajeros, era qué lo había traído hasta ese infecto hueco del Pacífico, donde creía que nada se le hubiese perdido.

—Vine para conocerlo personalmente y hablarle de un asunto que me interesa mucho —me contestó conservando una sonrisa afable como si tratase de aplacar cualquier prevención de mi parte.

Pasó a explicarme, luego, que venía de Nueva Orleans donde lo citó el director de la flota marítima de nuestra compañía. Resultó que ese funcionario estaba invitado a la inauguración del muelle petrolero de Urandá. Comentó a Bashur que me conocía muy bien porque habíamos viajado varias veces juntos por las islas del Caribe. Le instó a venir con él y Abdul tuvo —fueron sus palabras— dos razones para aceptar: conocerme —el Gaviero le contó que yo seguía sus pasos desde hacía mucho tiempo, porque me proponía relatar su agitada existencia— y explorar las posibilidades de que nuestra empresa tomase en arriendo dos buques cisterna de propiedad de su familia que ahora operaban en el área del Caribe. Pensó que yo podía ser la persona para orientarlo en ese sentido y presentarle a mi gerente. De éste dependía la decisión, como se lo confirmó el director de la flota, su amigo. Había llegado con él esa mañana en el buque tanque que iba a descargar el primer combustible en el terminal de oleoducto. Venía a buscarme, para conocerme en persona y conversar un poco conmigo, antes de comenzar a tratar de negocios.

Tenían sus palabras y, sobre todo, su acento, una familiaridad de viejo amigo, entreverada con un inconfundible matiz comercial, muy característico de su gente. Desde luego, le ofrecí que lo pondría en contacto con mi gerente y me adelanté a advertirle que era persona muy celosa de sus atribuciones y responsabilidades, y la injerencia de funcionarios de la empresa en áreas ajenas le causaba siempre cierto recelo. Le prometí que hablaría con él para preparar el terreno y limar cualquier desconfianza. En cuanto a Alastair Gordon, el director de la flota en las Antillas, éramos viejos amigos y, en efecto, habíamos consumido incontables litros de *scotch* viajando entre Aruba, Curazao y el continente. Era un escocés amable, de carácter a menudo excéntrico y explosivo, pero buen amigo y con sus bordes de sentimental reprimido.

Luego, nos lanzamos, Abdul y yo, a hacer reminiscencia de nuestra amistad con el Gaviero y allí hubiéramos pasado el resto de la noche de no haber aparecido, horas más tarde, el mismo Alastair Gordon en persona, con su eterna pipa de cerezo, su pedregoso acento escocés, donde las erres rodaban como cantos en una pendiente llena de obstáculos y su sed inagotable. Con él convinimos el enfoque que debía darse a la oferta de Bashur, y Gordon estuvo de acuerdo en que se anduviera con suma precaución. Cuando Abdul, cerca ya de la medianoche, propuso que pasáramos al comedor, agotada, entre Gordon y yo, la segunda botella de whisky, tuve que explicarle que era aconsejable evitar esa experiencia, por ahora. Iríamos a la colina, a casa de una *madame,* nacida en Toulon y buena amiga mía. Ella nos prepararía una macedonia de mariscos de su invención, poco ortodoxa, es cierto, pero digna de confianza. Tendríamos, eso sí, le expliqué, que tener cierta comprensión con el mediocre vino blanco chileno que nos ofrecería, porque era el único potable en Urandá. Estuvieron de acuerdo y partimos hacia la colina en un jeep de la compañía, que debió participar en la invasión de Sicilia por Clark, tan desvencijado estaba. Suzette accedió a prepararnos su plato favorito. Una vez liquidado éste, junto con el vino que toleramos con paciencia, convencí a mis amigos de que nos quedáramos a dormir allí. Ellos no sabían lo que podría esperarnos en el hotel. Las pupilas de la casa circulaban a nuestro alrededor y nos lanzaban miradas invitadoras, despertando en el rostro de Abdul una expresión de pánico conmovedora. Yo ya le había prevenido sobre las sorpresas que podrían reservarle las secuelas del pian. Suzette puso en orden al personal y yo le expliqué a Bashur que no estábamos obligados a irnos a dormir acompañados.

—He frecuentado y vivido —comentó Abdul— en los peores antros de Tánger, Marsella, Trípoli, Alejandría y Estambul. Pero jamás pensé en que algo parecido a esto pudiera existir.

En vista de la reacción de Bashur, Alastair propuso que fuéramos a dormir al barco. Accedí a su invitación. Pagamos largamente a la dueña del establecimiento, dejamos para las muchachas algunos dólares y partimos hacia el muelle. En el rostro de Abdul se reflejó un alivio evidente.

Durante los días que siguieron, mi relación con Abdul se fue haciendo más cercana y las aficiones y experiencias comunes, más evidentes. Él no acababa de creer que la suerte me hubiera deparado en forma tan milagrosa al *maître* luxemburgués y seguía paso a paso las peripecias de la inverosímil hazaña gastronómica de León. Por ese lado, todo iba cumpliéndose sin tropiezos, tal como lo habíamos planeado. Lo que continuaba ofreciendo obstáculos, al parecer invencibles, era el problema de la *météo,* como lo llamaba Abdul, siempre con un dejo de ansiedad. Los controladores que pedí a la refinería me daban, sin embargo, un cierto margen de confianza en comparación con los de Urandá que vegetaban allí en condiciones infrahumanas. De todos modos, la incógnita planteada por los bruscos cambios del clima en la región seguía allí como una espada de Damocles pendiendo sobre nuestras cabezas. Ordené aplanar la pista y construir algunos desagües de emergencia, para tratar de mantener la firmeza del piso. La aplanadora se dedicó a rellenar la pista con cascajo y restos de los edificios que se derrumbaban por la acción del clima y las mareas. Pero nada de esto era lo principal. *Cette putain météo,* como la increpaba Abdul, era nuestra auténtica preocupación y a este respecto no había nada que hacer, porque no dependía, como es obvio, de nosotros. La llegada y la partida de los seis DC3 con los invitados debía calcularse dentro de las horas de menor riesgo de mal tiempo. Pero, por otra parte, la comida debía servirse ajustada a ese intervalo.

El día en cuestión llegó sin incidentes. El tiempo era bueno y los aviones fueron llegando con toda regularidad. La bendición del muelle y los discursos del ministro de Obras Públicas y del gerente tomaron el tiempo que habíamos previsto. Cuando se sirvió el *buffet*, ya nos dolía la nuca a Abdul y a mí de tanto levantar la vista al cielo para descubrir el menor cambio en las nubes que corrían apaciblemente por un firmamento de un azul de sospechosa inocencia. Bashur se había solidarizado por entero conmigo y seguía las etapas del evento con tanto interés y ansiedad como yo. Conseguí conversar un instante con mi gerente y éste, ya advertido por mí, lo trató amablemente pero le dijo que prefería hablar con él en la capital del departamento, donde pensaba permanecer un par de días. Ahora tenía que atender a toda esa gente y no tenía cabeza para otra cosa. Bashur lo entendió muy bien y acordamos que viajaría con el personal de la empresa en el avión de la gerencia, que llevaría también a los ministros y a sus ayudantes.

El *buffet* fue un éxito y León fue felicitado por el propio ministro de Obras Públicas, quien daba la casualidad de que también había estudiado en Bruselas y se dirigió al *maître* en francés para decirle que jamás olvidaría la exquisita calidad de los platos, servidos y degustados en el último lugar de la Tierra imaginable para hacerlo. Ya nos disponíamos a subir a los coches que debían llevarnos al aeropuerto, cuando escuchamos el primer trueno anunciador de la tormenta, que nos sonó con estruendo apocalíptico. Nuestro regocijo se esfumó al instante y con él la prestigiosa hazaña del banquete.

El gerente se me acercó y, en voz baja, me dio instrucciones para llevar de inmediato al aeropuerto a las comitivas extranjeras. El avión de la compañía saldría también al instante con los ministros locales y el obispo. Nosotros viajaríamos en una limusina de las tres que había preparado para esa eventualidad. Partí al campo aéreo con el grupo de extranjeros dejando a Bashur que departía con el gerente y sus colaboradores, entre desconcertado y divertido. El último avión salió con la tormenta ya en la cabecera de la pista. Los pasajeros tenían una expresión de pánico que intentaban dominar con bromas tan sosas como inútiles. El piloto de nuestro avión, un antiguo as del Transport Air Comando, me dijo que estaba seguro de poder salir sin riesgo. Todos estuvieron de acuerdo en partir con él, menos el ministro de Economía y el jefe de la guardia presidencial, quienes decidieron venir con nosotros por carretera. Como es obvio, me abstuve de hacer objeción alguna, pensando, además, que el gerente quisiera aprovechar la ocasión para tratar algunos asuntos con el ministro, durante el interminable trayecto por tierra. El doctor Aníbal Garcés, que así se llamaba el ministro, era uno de esos sujetos de corta estatura, regordetes, sonrosados y de calvicie avanzada, con rojizos bigotes meticulosamente recortados un tanto más arriba del borde del labio, cuyos ojos en forma de almendra, algo femeninos, acostumbran fijarse con insolente autoridad, como intentando suplir la falta de estatura y la redondez abacial de la silueta. Suelen ser personas que todo lo saben, todo lo explican, todo lo objetan y a todo se anticipan, con prisa cortante que atropella sin admitir réplica. La carrera política de estos personajes siempre culmina en los gabinetes ministeriales. Su presencia en las plazas públicas, indispensable para alcanzar la presidencia, es inimaginable.

Sin esperar a que cayera la noche, partimos en la limusina. Nos acomodamos, el ministro y el gerente en el asiento trasero, Abdul y yo en los banquillos intermedios y el flamante coronel de la guardia presidencial, al lado del chofer. Era de ver a ese representante de las fuerzas armadas cuya presencia, además, nadie acababa de entender con su uniforme de ceremonia de un blanco deslumbrante y el pecho cargado de condecoraciones imposibles de identificar. El gerente insistió a última hora en que Bashur viniera con nosotros. Era evidente que existía ya entre ellos una corriente de simpatía. Luego, durante el trayecto, recordé que mi gerente había sido jefe de operaciones de la empresa en Ras-Tanurah y se ufanaba de haber aprendido el árabe y de hablarlo con relativa propiedad. De allí, quizá, su inclinación por Bashur. Nos despedimos de Alastair, quien se acercó al auto en el último momento para recordar a Abdul que tres días después el barco saldría una vez descargado el combustible en el muelle terminal recién inaugurado. Abdul le aseguró que no faltaría a la cita y dejamos al escocés, que se despedía de nosotros moviendo la cabeza en un gesto de franca desaprobación, que sólo el chofer y yo entendimos cabalmente.

La carretera que une al puerto de Urandá con la capital de la provincia ha sido un venero de historias, la mayoría de ellas macabras y otras de un absurdo delirante, sólo comprensibles cuando se ha hecho ese viaje, no importa en qué época del año. Al salir del puerto, el camino atraviesa primero, durante una veintena de kilómetros, por una monótona planicie sembrada de plátanos y algunos otros árboles frutales de nombres difícilmente pronunciables. Comienza, luego, a subir en un cerrado zig-zag hasta alcanzar los tres mil metros de altura. Allá, arriba, entre una espesa niebla que se viene encima de repente y hace casi imposible avanzar, comienza el lento descenso, bordeando precipicios de una profundidad que la vista no logra calcular a causa de la misma niebla que corre encajonada en el abismo, impelida por un viento que no cesa. Abajo, el río caudaloso que desciende golpeando contra las grandes piedras que siembran el cauce, deja oír el fragor de la corriente en un bramido que llena de espanto. Ha sido imposible, para los ingenieros encargados de mantener transitable esta vía, la única que comunica con el mar a una de las regiones azucareras más ricas del mundo, evitar los perpetuos derrumbes y grandes deslizamientos causados por las lluvias incesantes. En incontables ocasiones, es preciso, para abrir una nueva ruta y mantener el tráfico, pasar los *bulldozers* por encima de caravanas enteras de camiones, sepultados bajo tierra con sus tripulantes. Los vehículos que esperan para continuar su camino corren el peligro de quedar, a su vez, enterrados y por esta razón no hay tiempo para rescatar ni las víctimas ni la carga. Una fila de cruces, colocadas por los deudos en el sitio del desastre, son el único recuerdo que queda de quienes yacen allí. En ocasiones, pasados algunos meses o años, la tierra sigue rodando hacia los precipicios y las aguas del río acaban por arrastrar hasta el valle restos anónimos que se hunden lentamente en el limo de las orillas, formado por arenas movedizas intransitables.

La limusina avanzaba por entre las tinieblas de una noche que cayó de repente, al comenzar la subida de la cordillera. El ministro y el gerente conversaban en voz baja, mientras Abdul y yo tratábamos de conservar el equilibrio en los precarios banquillos intermedios, guardando un discreto silencio. Adelante, junto al chofer, el coronel roncaba estruendosamente. Lo habíamos visto acosar a los meseros durante el banquete, exigiéndoles que llenaran su copa con vino blanco y, luego, con champaña, con la insistencia de quien desea aprovechar una ocasión que parece no habérsele presentado con mucha frecuencia en la vida. Así pasaron las primeras horas del viaje hasta cuando alcanzamos la cima. Nuestros compañeros del asiento trasero habían suspendido su charla y guardaban un silencio cargado de esa densidad característica que emana de quienes se internan en una meditación sobre problemas suscitados durante el diálogo y que no acaban de encontrar solución. Comenzamos a descender, otra vez en un apretado zig-zag que forzaba al conductor a avanzar con una lentitud que se antojaba fantasmal, entre la niebla iluminada por los faros con resplandor lácteo que cegaba la vista. A menudo teníamos que detenernos. De vez en cuando, en una curva tomada con extrema prudencia, las luces mostraban el borde del abismo por el que corría la bruma que se escapaba trepando monte arriba como si quisiera huir de las profundidades en las que había estado presa. Siempre que recorría esa ruta me venían a la memoria los grabados de Doré para la *Divina Comedia*.

De pronto, el ministro rompió el largo silencio en el que se hallaba absorto, para ordenar al chofer que se detuviera porque necesitaba orinar. El chofer obedeció y el ministro abandonó el auto sin decir palabra. El gerente comenzó a conversar con nosotros y se lanzó a nostálgicas remembranzas de su vida y experiencias en el Oriente Medio. Barajaba con Bashur nombres de lugares y personalidades de la política y los negocios y se fue creando entre ellos esa especie de *hortus clausus* en el que se confinan quienes comparten la añoranza de sitios en donde creen haber sido felices. Tuve que interrumpirles, pasado cierto tiempo, para hacerles caer en la cuenta de que el ministro Garcés se estaba tomando un tiempo un tanto exagerado para aliviar su vejiga. Me parecía prudente salir a buscarlo. Al descender del coche nos dimos cuenta de que nos hallábamos a un par de metros escasos del abismo. El gerente se volvió para increpar al chofer, pero yo lo detuve para explicarle que detenerse al pie del talud hubiera sido más peligroso debido a las rocas que solían caer con frecuencia a causa de la lluvia. Nos dedicamos a recorrer la orilla del precipicio, pero el doctor Garcés no daba muestras de vida. El chofer nos ayudó en la pesquisa y, finalmente aventuró una sugerencia: era preciso ir palpando las orillas para ubicar el sitio donde el ministro había orinado. El lugar debía estar aún tibio, pese a la llovizna que continuaba cayendo sin piedad. Nos resignamos a la tarea, pero no obtuvimos ningún resultado. Resolvimos, por fin, llamar al ministro a voces. A nuestros gritos de: «¡Doctor Garcés! ¡Doctor Garcés!» sólo respondía el lejano y sordo estruendo de las aguas en su raudo chocar contra las rocas. De repente, el blanco fantasma del coronel de la guardia presidencial cayó sobre nosotros dando gritos desaforados y blandiendo una pistola 45:

—¡Oigan, carajo! ¡Qué demonios hicieron con el doctor Garcés! ¡Aquí me los voy a quebrar a todos si le pasó algo! —nos increpaba con vozarrón tartajoso de quien despierta de un empacho de vino, champaña y langosta mal digeridos.

Fue entonces cuando se me reveló una faceta del carácter de Bashur. Mientras los demás permanecíamos paralizados ante el energúmeno militar y su pistola que nos apuntaba con mano insegura, Abdul se le fue acercando hasta quedar frente a él y en voz baja pero audible se limitó a decirle en tono de quien habla con un subordinado:

—Oiga, amigo. Guarde esa pistola y no grite más. A lo mejor es contra usted mismo que va a tener que usarla si no aparece su ministro.

El hombre se quedó un instante sin saber qué responder y, luego, guardando su pistola debajo del uniforme, regresó al coche con aire de mastín regañado.

Seguimos llamando al doctor Garcés durante un buen rato hasta cuando, en medio de un silencio creado por un cambio de viento, escuchamos un leve gemido que venía del borde del abismo. El chofer fue de inmediato al automóvil y lo orientó para iluminar las tinieblas de donde llegaba el sordo quejido. Por fin divisamos el cuerpo del doctor Garcés, muellemente acogido por las frondosas ramas de un árbol que había crecido en la pared del barranco, un poco debajo del borde de éste, junto al lugar donde se había detenido la limusina. Con las cadenas que ésta traía para poner en las llantas, en caso de tener que avanzar por el lodo, logramos rescatar el funcionario milagrosamente ileso, fuera de algunos pequeños rasguños en el rostro. Una vez en tierra, se quedó mirándonos con el asombro de quien aún no entiende lo que ha sucedido. Luego, en tono mesurado y oficial, nos dijo:

—Muchas gracias, señores. Regreso en un momento. Con permiso —se dirigió al pie del talud y allí orinó larga y pudorosamente.

Regresamos a la limusina y seguimos el camino sin hacer mayores comentarios al accidente ministerial. El coronel tornó a roncar sin compasión. El ministro aludió brevemente al milagro de la providencia que dispuso que ese árbol creciera justamente en ese sitio improbable. El gerente comentó algo en árabe al oído de Bashur. Se le notaba un tanto excedido ya por el conspicuo representante del gabinete. Si había comentado con Bashur, en un idioma que los demás no comprendíamos, algo a todas luces referido al incidente, era que, o poco esperaba del doctor Garcés, o ya había conseguido de él lo que quería. El viaje continuó sin más contratiempos y seis horas después llegamos a la ciudad en un estado de cansancio y abatimiento que pedía la cama a gritos. El gerente, Abdul y yo nos alojamos en el hotel en cuyo bar atendía León. El ministro y el coronel partieron hacia la capital del país en el avión de la empresa. Las despedidas fueron más bien escuetas y con la dosis apenas suficiente de urbanidad como para mantener en el futuro relaciones que nos eran necesarias. Antes de subir cada uno a su habitación, el gerente dijo a Bashur, poniéndole una mano en el hombro:

—Cuente con el contrato de sus buques cisterna. Desde la capital enviaré a Gordon un télex en ese sentido. No sé si aquí volvamos a vernos. Me esperan dos días de juntas y deliberaciones con las autoridades departamentales. Si no nos vemos, le deseo mucha suerte. Lamento que haya tenido que padecer este viaje en automóvil, pero me dio la grata oportunidad de conocerlo. Créame que ha sido un placer —volvió a mirarme mientras me guiñaba un ojo. Era la manera de despedirse cuando estaba satisfecho de mi trabajo.

Al día siguiente, después de una noche de sueño reparador, nos encontramos Abdul y yo en la veranda del hotel a eso de las once de la mañana. León nos recibió, fresco y sonriente, con un Tom Collins de su cosecha que hubiera resucitado a un húsar. Había llegado esa madrugada. En el camión que trajo la vajilla y los implementos de cocina, había dormido a pierna suelta. *J'ai trouvé votre ministre type trés malin,* me comentó refiriéndose, claro está, al de Obras Públicas que lo había felicitado tan calurosamente. El mismo León nos sirvió luego una comida deliciosa, dentro de los cánones de la cocina belga.

Salimos, luego, a dar una vuelta por la ciudad, justamente famosa por la belleza de sus mujeres. En el puente sobre el río que la cruza, esperamos la entrada del personal de las oficinas y almacenes del centro comercial. Desfilaban las más bellas muchachas, en una suerte de ritual que se repite desde hace años. En verdad, el espectáculo era deslumbrante. La elegancia del andar, la esbelta proporción de esos cuerpos jóvenes y elásticos, los grandes ojos oscuros y la piel mate y tersa que invita al tacto, hacen de las mujeres de esa región una suerte de raza aparte, venida de quién sabe dónde. Como si hubiese adivinado mi pensamiento, Abdul pronunció su juicio:

—Tienen mucho de andaluzas y también de levantinas. Pero, al verlas, uno sabe que la edad no producirá en ellas los estragos que convierten a nuestras mujeres, a los treinta años, en una ruina. Es como si su esqueleto estuviera hecho de una substancia más dúctil y, al mismo tiempo, más duradera. Son mutantes.

Al caer la tarde regresamos al hotel. Abdul contrató un taxi para salir en la madrugada siguiente hacia Urandá. Tomamos algunos aperitivos en el bar de León y éste nos sirvió una cena frugal e impecable. Subimos a nuestras habitaciones y me despedí de Abdul en la puerta de la suya.

—Estoy seguro —le dije— que nos vamos a encontrar de nuevo más de una vez. Cuando vea al Gaviero dígale, por favor, que siempre espero noticias suyas y no deje de contarle la caída del doctor Garcés y su increíble rescate. Yo sé que le va a divertir —me repuso que Maqroll debía estar a esas alturas en un barco danés, viajando de Java a la costa Malabar. Por allá tenía una amiga que fabricaba incienso para ritos funerarios y recalaba en su casa cuando resolvía descansar.

—Ya nos veremos —agregó Bashur—, y antes, seguramente, de lo que usted supone. Mis barcos cisterna van a comenzar su servicio en la compañía dentro de algunas semanas y para esa fecha espero estar en Aruba.

Se despidió con un firme apretón de mano en el que me confirmaba la mutua simpatía que nos iba a unir por mucho tiempo, nacida en ese primer encuentro en Urandá de indeleble memoria. Otros iban a seguir a lo largo de muchos años, pero no el que me pronosticó en Aruba. Los dioses dispusieron otra cosa y, para entonces yo recorría otras tierras y conocía nuevas experiencias, no todas ellas placenteras.

Abdul Bashur entró a formar parte de la restringida legión de amigos cuya vida se ha cumplido bajo el signo del azar y la aventura y al margen de códigos y leyes creados por los hombres con el objeto de justificar, a la manera de Tartufo, la menguada condición de su destino. Durante los días de Urandá y en la ciudad de las mujeres inconcebibles, pude familiarizarme con algunas de sus particularidades de espíritu más singulares. Poseía un sentido de la amistad en extremo delicado y profundo; sabía sacrificar por el amigo toda consideración hacia su propio bienestar. Su manejo de las secretas leyes del azar alcanzaba a menudo extremos rituales; sólo lo desconocido despertaba su interés —en esto se hermanaba con el Gaviero—. Pero, allá en el fondo, Bashur preservaba un núcleo inexorable, donde iba a estrellarse todo atentado contra su independencia, la inclinación de sus sentimientos o sus muy personales caprichos. Sabía ser, en este caso, de una ferocidad implacable y gélida. Ésta surgía siempre que se trataba de someterlo a la más ligera servidumbre, no aceptada de antemano por él por razones del corazón o puramente pragmáticas. Cuando lo vi someter al frenético coronel de la guardia presidencial, supe hasta dónde iban los límites de su tolerancia. La complicidad con Maqroll, sobre la cual ya tenía de antes más de una noticia, se explicaba fácilmente al conocer a Bashur. Estaba cimentada en un doble juego de rasgos de conducta opuestos y otros complementarios o afines que terminaba creando una armonía inquebrantable. Maqroll partía de la convicción de que todo estaba perdido de antemano y sin remedio. Nacemos ya, decía, con vocación de vencidos. Bashur creía que todo estaba por hacer y que quienes en verdad acababan como perdedores eran los demás, los necios irredentos que minan el mundo con sus argucias de primera mano y sus camufladas debilidades ancestrales. Maqroll esperaba de las mujeres una amistad sin compromiso ni tráfico de culpas y siempre acababa abandonándolas. Bashur se enamoraba con infalible regularidad, como si fuera la primera vez, y aceptaba, sin examen ni juicio, como un don inestimable caído del cielo todo lo que de ellas viniese. Maqroll en raras ocasiones enfrentaba a sus adversarios; prefería que la vida y las vueltas de la fortuna se encargaran de la lección y el castigo correspondientes. Abdul respondía de inmediato y brutalmente, sin calcular riesgos. Maqroll olvidaba las ofensas y, por lo tanto, la venganza. Bashur la cultivaba durante el tiempo que fuese necesario y la cobraba sin piedad, como si la ofensa hubiera ocurrido en ese instante. Maqroll carecía por completo de todo sentido del dinero. Abdul era generoso sin medida, pero en el fondo, mantenía un balance de pérdidas y ganancias. Maqroll no tuvo jamás lugar sobre la Tierra. Abdul, lejano descendiente de beduinos, añoró siempre el aduar que lo acogía con el calor de los suyos. Maqroll fue un lector devorante, sobre todo de páginas de la historia y de memorias ilustres; le gustaba así confirmar su pesimismo sin salida sobre la tan traída y llevada condición humana, de la que tenía un concepto más bien desencantado y triste. Abdul jamás abrió un libro, ni entendió cuál era la utilidad de tal cosa en la vida. No creía en los hombres como especie pero daba siempre a cada uno la oportunidad de probarle que estaba equivocado.

Es así como estos dos compadres lograron andar juntos por el mundo, emprendiendo las más inusitadas tareas y sembrando a su paso un recuerdo familiar y legendario a la vez. Dejar testimonio de esta saga impar es lo que he venido intentando, si no con cabal fortuna, al menos sí con la ilusión de retardar en la parca medida de mis posibilidades su caída en el olvido.

Después de aquel primer encuentro ha corrido mucha agua por los ríos. Abdul ya no está entre nosotros. De Maqroll el Gaviero hace casi dos décadas que no tengo mayor noticia. Después de una larga carta enviada desde Pollensa, en Mallorca, las cosas han cambiado tanto que muchas de las empresas de los dos amigos son hoy inconcebibles. De los *tramp steamers* en los que navegaron y de los que derivó la familia de Bashur su mediocre fortuna, sólo quedan en el mar dieciséis, convertidos en objetos de museo. Se enseñan en los libros como si se tratase de exóticos supervivientes de un remoto pasado.

Seleccionados los papeles que me envió Fátima y los que he ido guardando de Maqroll, me encamino ahora a la tarea de revivir con su ayuda algunos pasajes de la vida de Abdul Bashur. Confieso mi reparo sobre el interés que pueda tener para mis lectores esta secuencia de andanzas, muchas de ellas anacrónicas en el deslucido presente que nos ha tocado en suerte. Sin embargo, me he propuesto hacerlo, ya lo dije, con la ilusión de que, al rescatar el pasado de mis dos amigos, cumpla, quizá, con un acto de somera justicia hacia ellos, a tiempo que tal vez me ayude a prolongar mis nostalgias que, a esta altura de mis días, representan una porción muy grande de las razones que me asisten para continuar mi camino.

Capítulo II

En otro lugar queda relatada la forma como se conocieron Maqroll y Bashur en Port Said, si bien es verdad que quien cuenta el asunto es el mismo Gaviero en su Diario del Xurandó, cuyas páginas encontré refundidas en un viejo libro sobre el asesinato del Duque de Orléans que me vendió un librero en Barcelona. En el episodio, tal como lo registra Maqroll, hay ciertos puntos nada claros. Siempre he creído que el judío de Tetuán que salió maldiciendo de los dos compadres fue víctima de algo más serio que la compra de unas piedras a un precio que no era el que previamente había calculado. En el pormenor de Maqroll hay puntos que se prestan a serias dudas. El Gaviero, por ejemplo, habla al judío en castellano y a Bashur en flamenco. ¿Cómo sabía que Abdul hablaba ese idioma? El judío acaba maldiciéndolos con tal furia que es lógico pensar en otra clase de trastada sufrida por el pobre hijo de David de manos de la pareja. Cabe preguntarse si ellos no se habían conocido antes y si las piedras en cuestión no tenían un dueño diferente de Bashur. Nunca quise aclararlo con ellos, porque tal clase de imprecisiones y remiendos en sus anécdotas es una constante en las cartas de ambos amigos. Pasemos, pues, por encima de este pretendido primer encuentro y entremos en materia ocupándonos del que parece ser el capítulo más remoto de sus correrías mediterráneas.

Por aquel entonces era Marsella el gran núcleo de distribución de la droga en Europa y Asia Menor y, junto con Shanghai, el mayor foco de delincuencia del mundo. Abdul Bashur se había visto obligado a vender, acosado por sus acreedores, el pequeño carguero con el que operaba entre Marruecos y Túnez y los puertos de España y Francia sobre el Mediterráneo. No quiso, esta vez, recurrir a su familia, que seguramente le hubiese ayudado. Los negocios del grupo tampoco estaban particularmente prósperos. Además, en la última ocasión que acudió a ellos, no habían querido hacer efectivos los documentos que Bashur había firmado. Se encontraba en Marsella, alojado en un cuarto de pensión en la Rue Marzagran, a pocos metros de la Canebière. La dueña del establecimiento, una francesa nacida en Túnez, con un pasado bastante colorido, fue amante de Bashur cuando éste comenzaba a recorrer los puertos de la región, trabajando para los astilleros que entonces tenía su familia. La mujer se había casado, luego, con un comerciante en vinos que murió pocos años después dejándole una modesta herencia que le sirvió para instalar en Marsella esa pensión, frecuentada, en su mayoría, por viejos amigos de la pareja. El lugar era discreto y Arlette, tal era el nombre de la patrona, sabía mantener buenas relaciones con la policía. Parte de sus huéspedes se dedicaba a tratos no siempre comprendidos en los límites que establece la ley. La mujer sabía muy bien, en cada caso, ya fuera brindar su protección, o, simplemente, dejar que actuaran las autoridades. En ese balance de lealtades descansaba la prosperidad de su negocio.

Bashur traía, desde días atrás, un proyecto cuyos detalles venía afinando y andaba en busca de un socio para ponerlo en ejecución. El asunto era delicado y no le parecía prudente compartirlo con alguien que no ofreciera una total confianza. Recorriendo los cafés de la Canebière y calles aledañas, daba vueltas a la idea, instalado en las terrazas, tratando de limitar sus gastos a un mínimo absoluto. Una noche, en que el calor se había hecho insoportable dentro de su habitación, resolvió salir a buscar un poco de brisa y tomar un café granizado que debía durarle hasta el amanecer. Era experto en esa técnica, aprendida en su juventud, y sabía aplicarla con una impavidez que desconcertaba a los meseros. Hacia las tres de la mañana, cuando ya sólo transitaban en el bulevar algunas prostitutas de edad avanzada, vigiladas por chulos que hubieran podido ser sus nietos, vio que alguien le hacía señas mientras descendía de un autobús en marcha. La inconfundible silueta del Gaviero salió de la penumbra y entró a la terraza iluminada, avanzando hacia Abdul con su bolsa de marino al hombro. Se saludaron como si se hubieran visto el día anterior, Maqroll pidió otro granizado de café y un cognac aparte. Bashur tembló por su magro presupuesto. Cada uno contó en breves palabras los recientes sucesos de su vida y la razón por la que se hallaba en Marsella. Maqroll venía de abandonar su cargo de contramaestre en un pesquero noruego, a raíz de una disputa con el primer oficial, aquejado de una manía persecutoria llevada hasta el delirio. Decretó que Maqroll era un enviado de Belcebú, con la misión de sembrar de nuevo el cólico negro en Europa. Resultaba que el hombre era sobrino del propietario de la flota y no había manera de quitarle de la cabeza esa obsesión, típica de fanático luterano inabordable. Maqroll había llegado esa mañana en tren procedente de Génova y tenía su maleta en la consigna de la Gare du Prado. Bashur lo invitó, sin vacilar, a compartir con él su cuarto en la pensión de Arlette. Pronunció en ese momento una frase sibilina que dejó al Gaviero intrigado:

—No se preocupe por buscar trabajo. Ya tendremos de qué ocuparnos. Dentro de pocas semanas podremos recibir, al fin, todo el dinero que nos debe la vida.

Antes de seguir adelante, me parece útil aclarar algo respecto a la relación de estos amigos: jamás consiguieron tutearse. Alguna vez se lo comenté al Gaviero, quien me dio una respuesta muy suya:

—Cuando nos conocimos, cada uno había vivido ya una porción de experiencias abrumadora. Las que vivimos juntos, luego, han sido de orden tan diverso y fuera de lo común, que tutearse hubiera sido una novedad inusitada, algo como una frivolidad impropia de nuestra edad y condición. Hemos avanzado ya juntos un trecho demasiado denso para cometer una ligereza semejante.

Pero volvamos al diálogo en el Café des Beges, objeto más tarde de tantas y tan animadas remembranzas por parte de sus protagonistas.

La promesa que encerraban las palabras de Bashur despertó en Maqroll una especie de revigorizada disponibilidad sin condiciones, de entusiasmo sin obstáculos, que comunicó de inmediato a su amigo. Con el mentón apoyado en sus manos cruzadas y los codos sobre la mesa, el Gaviero se dispuso a escuchar lo que aquél iba a referirle.

—Hace unas semanas —comenzó Bashur— me llamó Ilona Grabowska desde Ginebra. Sí, está allí tratando de concretar un proyecto que, de realizarse, nos podría dejar a los tres ganancias insospechadas. Gracias a la amistad que tiene con el secretario privado de un emir del Golfo Pérsico, secretario que conoció de niña en Trieste cuando éste era un talentoso abogado en ciernes, Ilona ha recibido el encargo de realizar la decoración del nuevo edificio de la Banque Suisse et du Proche-Orient, en Ginebra. Los directores del banco le han exigido que, tanto en los salones de recepción como en la sala de juntas y en las oficinas de los gerentes y jefes de departamento, se coloquen alfombras persas antiguas, de gran valor. Princess Boukhara, Tabriz y cosas así. A nuestra querida amiga, lo primero que se le ocurrió, ya la conoce, fue llamarme para que, como musulmán y libanés, la asesore en el negocio. Le expliqué cuál era ahora mi situación. Pasó por encima del problema, como si no tuviera la menor importancia. Me pidió que la llame cuando tenga noticias concretas. Me ha vuelto a telefonear dos veces, presionada por los banqueros, que desean tener todo listo para la próxima visita de varios emires que son sus clientes principales. Yo no he sabido qué responderle. Hace dos semanas se me presentó, de repente, la solución ideal. Sólo me faltaba el socio para llevar a buen término el proyecto. Llega usted y todo se ordena. Eso, en árabe se llama...

—*Baraka* —contestó Maqroll al punto—. Lo que no entiendo es el primer golpe de *baraka,* el que le dio la solución de todo; porque ya estaba por sugerirle que habláramos con Ilona para decirle que busque por otro lado las tales alfombras. Nosotros, tal como andamos ahora, estamos muy lejos de Princess Boukhara, Tabriz y demás tapices de Arum-al-Raschid.

—Los tenemos al alcance de la mano. Haga de cuenta que ya son nuestros. Déjeme explicarle —repuso Abdul. Maqroll hizo un gesto con las manos como intentando detener a alguien, e interrumpió a su amigo, diciéndole:

—Un momento, Abdul, un momento. Se da cuenta de que, en ese caso, no podemos intentar ninguna treta con falsificaciones o copias, por fieles que sean, porque está la triestina de por medio y puede ir a parar a la cárcel, lo que no nos perdonaría jamás.

—Y con razón —afirmó Bashur—. Pero el asunto no va por ahí. Ilona y sus emires tendrán las más auténticas, las más originales y certificadas alfombras persas antiguas que hay en el mundo. Escúcheme con atención para que vea qué golpe de *baraka* más inverosímil. ¿Recuerda a Tarik Choukari, mi paisano con pasaporte francés, funcionario de la aduana, que nos ayudó aquí con lo de las banderolas de señales?

—¡Por Dios! —exclamó el Gaviero llevándose las manos a la cabeza—. Que si lo recuerdo. Todavía lo sueño. No me diga que en él está la solución.

—Sí, en él. Un tipo así es, precisamente, lo que nos hace falta ahora. Pues bien, el otro día me lo encontré en un antro del Vieux Port donde se puede ver a las mejores bailarinas del vientre de esta parte del Mediterráneo. Ya sabe el poder tranquilizante que sobre mí tiene esa danza erótica y ceremonial, cuando la ejecutan auténticas profesionales de un arte mucho más difícil de lo que suponen los europeos. Allí estuvimos hasta la madrugada tomando un té de yerbabuena infecto. Cuando se cerró el local, fuimos a desayunar pescado frito recién desembarcado. Le comenté a Tarik la pérdida de mi barco en manos de los bancos y, de paso, sin darle importancia y más bien para subrayar la ironía de la vida, le conté que andaba buscando antiguas alfombras persas de gran clase. Se quedó mirándome con la patente sospecha de que había mencionado esto en forma intencional y como si estuviera en antecedentes de algo. «No sé por qué te extraña tanto —le dije—. Te lo menciono con toda inocencia, créemelo. ¿Qué pasa? No entiendo». Tarik se convenció de mi ignorancia y, mientras regresábamos por la Canebière hacia la pensión, me puso al corriente de todo. Tarik sigue trabajando en la aduana. Ahora es jefe de los celadores nocturnos en las bodegas de la policía aduanal y mantiene con algunos de sus jefes las mismas conexiones y arreglos que aquella vez de las banderolas nos fueron tan útiles. Pues bien, y aquí viene la parte increíble del asunto: en esas bodegas descansa desde hace varios meses una colección de veinticuatro alfombras, llegadas directamente de Bushehr, en Irán. Es el puerto, ya lo sabe, que comunica con Shiraz.

—Lo conozco —comentó el Gaviero—, un hueco donde uno puede morirse de tedio.

—Ese mismo —prosiguió Abdul—. Pues esas alfombras tienen la antigüedad y las características de las que busca Ilona. Descansan allí, no porque hayan intentado pasarlas de contrabando, sino porque su propietario murió inopinadamente en una riña de burdel donde había droga de por medio. El crimen no ha podido aclararse. Hasta hoy, nadie se ha presentado para reclamar las alfombras. Pero allí no termina el cuento. Un revisor de la aduana, amigo de Tarik, con el cual ha realizado algunas operaciones, ya imaginará de qué orden, le informó que el dueño de las alfombras, en su declaración aduanal, clasificó aquéllas como corrientes y de fabricación actual, valuándolas muy bajo para reducir los impuestos de entrada. Por un descuido, raro pero explicable, ningún inspector ha caído en la cuenta del timo. Tal vez porque el misterio que rodea la muerte del propietario ha desviado la atención. Pues bien, las alfombras están allí. Basta cambiarlas por otras que, más o menos, correspondan a la descripción del manifiesto aduanal y ya está. Se trata, pues, de hacer el cambio, sacar las alfombras auténticas en una operación relámpago por si algo se descubre, llevarlas a Rabat y de allí reexpedirlas a Ginebra. Eso es todo. En caso de que algo saliera a la luz, es fácil demostrar que todo sucedió hace mucho tiempo y las sospechas recaerán sobre empleados que hoy están en la cárcel purgando otros delitos. La historia de Tarik me dejó en la situación que podrá imaginar. Me faltaba un socio para poner en marcha los varios movimientos que requiere el asunto. Yo lo hacía en Malasia sumergido en inciensos funerarios y por eso ni pensé en usted. Ahora se me aparece aquí, en Marsella, y ése ha sido el segundo golpe de *baraka* en el que hay que ver la mano del Profeta.

—No exageremos, Abdul, no exageremos. Es mejor dejar al Profeta al margen de estas operaciones —comentó Maqroll sonriendo. Permaneció luego un rato en silencio, concentrado en digerir lo que Bashur acababa de exponerle y, finalmente, dijo—: Bueno. Manos a la obra. Lo primero es comprar las alfombras ordinarias. Eso puede hacerse en Marruecos o en Túnez. Yo me ofrezco a hacerlo. Conozco en ambos países las personas que pueden orientarme fácilmente. Lo segundo es sacar las auténticas de Francia y, pasando por Marruecos, hacerlas llegar a Suiza con todos los papeles en orden. De esto se debe encargar usted. Suena mucho más lógico, por su nacionalidad y los antecedentes comerciales de su familia. No se sonría, Abdul. Hablo en serio. Usted lo sabe. Me parece que sólo falta una cosa: el dinero para los viajes y para comprar las alfombras corrientes. También vamos a necesitar algo para adelantarle a Tarik y que éste unte la mano de sus colegas, a tiempo de reemplazar la mercancía. Arreglado esto, estaremos listos para actuar. Cuente conmigo.

—Ilona —aclaró Bashur— tiene el dinero suficiente para cubrir los gastos que usted menciona. Los del banco le adelantaron ya una suma importante y ésa es una de las razones de su prisa. Sobre el resto, estoy en pleno acuerdo con usted. Sólo que se le ha escapado un detalle: alguien tiene que ir a Ginebra para explicar a Ilona los pasos de la operación. El teléfono hay que descartarlo, como es obvio. Yo creo que esa misión debe correr por su cuenta.

—Estoy de acuerdo. Mañana hablamos con Ilona para que envíe el dinero necesario para mi viaje a Suiza. Le diremos que todo está arreglado y que voy a explicárselo personalmente.

Eran las siete de la mañana y les quedaban un par de horas para poder dormir con relativa frescura, antes de que tornara el calor. Se dirigieron a la pensión con el ánimo repuesto. A cada uno, allá adentro, le comenzaban a vibrar esas alas que se despiertan ante la emoción de lo desconocido y la cercanía de la aventura y que anuncian algo como una recobrada juventud, un mundo que se antoja recién inaugurado. La dueña aceptó gustosa la llegada de Maqroll, de quien tenía noticias a través de su antiguo amante. Al día siguiente hablaron con Ilona desde la pensión. Arlette autorizó la llamada de larga distancia. Algún rescoldo quedaba de sus pasados amores. Al escuchar la voz del Gaviero, Ilona exclamó, sin poder contenerse:

—¡De dónde sales, vagabundo ingrato! Ya me imagino que algo deben estar tramando juntos. ¡Qué pareja, Dios mío!

Les prometió enviar un giro ese mismo día y quedó devorada por la curiosidad de escuchar a Maqroll en persona explicar la inesperada y, al parecer, milagrosa solución urdida por los dos compadres al problema de las alfombras cargadas de antigüedad y de vaya a saberse qué riesgos.

Esa tarde fueron en busca de Tarik al antro de las *belly-dancers,* que era el lugar donde despachaba sus asuntos durante el día. Choukari se quedó mirando al Gaviero.

—Ya nos conocíamos, ¿verdad? Claro, ya lo recuerdo...

—Cuando el negocio de las banderolas de señales. Hace años de eso.

Algo más iba a decir Maqroll, pero en ese momento apareció la primera bailarina haciendo resonar los crótalos y meciendo las caderas con una lentitud soñolienta que iniciaba la danza. Él era, también, un ferviente espectador de ese ritual al que atribuía, además, una virtud propiciatoria de la buena suerte y la salud mental. Abdul se apresuró a informarle:

—Aquí las primeras no son las mejores. No es como en El Cairo. Escuchemos antes a Tarik, que luego vendrán las auténticas traídas de Damasco.

Maqroll sonrió condescendiente y prestó atención a lo que iba a explicar Tarik. Éste fue más bien breve, porque, al poco rato, comenzarían a aparecer los soplones mezclados con la primera clientela de la noche. El sitio no era muy frecuentado por la policía, pero esto no quería decir que lo descuidara del todo. Choukari estaba de acuerdo en que debía ser Bashur quien viajase con las alfombras auténticas hasta Rabat. Allí debía esperarlo Ilona, quien partiría a Ginebra con la mercancía, ya adquirida legalmente y con su factura en orden. Ésta debería ser preparada e impresa en Marsella con un encabezado que dijera: «Abdul Bashur. Alfombras persas legítimas: Beirut, Rabat, Teherán, Estambul». Las alfombras saldrían de noche del depósito aduanal, después de ser reemplazadas por las que Maqroll debería comprar en Tánger. Bashur viajaría con ellas hasta Media, puerto marroquí donde un amigo de Tarik facilitaría los trámites. Las alfombras regresaban reexpedidas por muerte del propietario. De esos papeles se encargaría Tarik, pagando, desde luego, una propina substanciosa a un colega suyo.

Choukari despertaba en el Gaviero, más que desconfianza, una especie de inquietud causada por la raquítica figura del personaje, con su rostro desvaído y torturado por tics desconcertantes, su tez palúdica y el febril girar sin pausa de sus ojos que le recordaba a los espías del cine mudo. Pero también se daba cuenta de que todos esos síntomas, puramente exteriores, bien podían esconder, como era frecuente en las gentes de su raza, una energía devorante y un inagotable ingenio para descubrir los caminos que transgreden el código con el mínimo de riesgos. Abdul seguía las explicaciones de Tarik, con ese ojo fijo en un horizonte incierto que indica en los estrábicos un esfuerzo de atención. Tarik partió de pronto, casi sin despedirse, a tiempo que entraba al lugar un nuevo grupo de espectadores. Abdul y el Gaviero permanecieron hasta la madrugada, disfrutando del espectáculo que crecía en calidad y en tensión dramática, como pocas veces lo habían presenciado. Como siempre, las bailarinas más notables y que se entregaban a éxtasis similares a los que conocen los derviches eran las de más edad, en cuyo cuerpo se advertían, sin remedio, los estragos del tiempo.

Maqroll viajó a Ginebra en tren y cuando Ilona lo recibió en la estación, cada uno se extrañó ante el aspecto del otro. El Gaviero estaba ante una Ilona más esbelta, tostada por el sol y respirando un aire inusitado de bienestar y prosperidad. Maqroll se le antojó a Ilona aún más torturado por la fiebre de su errancia y azotado por las internas borrascas de origen incierto, viejas ya de tantos años sin rumbo ni asidero, pero ahora patentes en su mirada de profeta sin palabras ni mensaje. La triestina pensó que había idealizado un tanto a su compañero de largas noches de alcohol y retozos eróticos en el hotelucho de Ramsay en la isla de Man y de otros lugares aún menos confesables y clandestinos, donde se habían dado cita después de aquel primer encuentro. Ambos confesaron su desconcierto. Ilona explicó que solía tomar el sol desnuda, tendida en una canoa, en mitad del lago, para escándalo o deleite de los pudibundos funcionarios embebidos de calvinismo, que pasaban en el ferry camino a su impoluto hogar o a sus asépticas oficinas. Tenía ahora más dinero y había renovado notablemente su guardarropa. Maqroll convino en que, si bien los demonios que lo acosaban seguían siendo los mismos, las últimas pruebas a que lo habían sometido sobrepasaron los límites de su tolerancia. Pero, en el fondo, no creía haber cambiado mucho.

Ilona ocupaba un pequeño apartamento con servicio de hotel y vista al lago y allí se instaló el Gaviero, después de pedir una cena generosa, antecedida por algunos martinis secos que resultaron tolerables. Hicieron el amor como si en ese momento lo hubiesen inventado. Desnudos en la cama, el Gaviero explicó, luego, cómo iba a desarrollarse el plan para adquirir las alfombras y llevarlas a Ginebra.

Ilona había conocido a Bashur en Chipre, cuando la historia de las banderolas de señales. Allí se hicieron amantes. Los tres vivieron, luego, en común otras experiencias, siempre al límite de las convenciones cuando no violándolas paladinamente. En otro lugar se han relatado algunas de ellas. Ilona tenía para Abdul cuidados de hermana mayor y trataba, inútilmente buena parte de las veces, de protegerlo de los riesgos que, a menudo, enfrentaba movido por un curioso mecanismo que la misma Ilona, al escuchar el plan expuesto por el Gaviero, se encargó de examinar con su elocuente lucidez de siempre:

—Eso es típico de su temperamento. Puedes estar seguro de que hay una manera de adquirir esas alfombras, sin necesidad de violar la ley. Eso a Abdul no le interesa. Sus genes de beduino lo mueven a establecer sus propias leyes y, para lograrlo, lo más fácil es desconocer las que ya están escritas. Recuerda su frase de siempre: «Por qué más bien, en lugar de...» y de inmediato enfila por los caminos más barrocos, sembrados de peligros, hasta salirse con la suya y tener a la policía en los talones. Lo curioso es que, cuando están de por medio los intereses de su familia, jamás intenta nada que no sea de la más estricta normalidad. Bueno, como tú y yo somos para él, a tiempo que amigos entrañables, cómplices necesarios de todas sus fechorías, ya me tendrás en Rabat trayendo las alfombras a Ginebra. ¿Has pensado en lo que pueden valer, los tales tapices? Estoy segura de que no, de que a ninguno de los dos se le ha ocurrido averiguarlo. Una fortuna, Maqroll, una fortuna que no has sospechado siquiera. Lanzados a la «Operación Princess Boukhara» vamos camino de ser millonarios en francos suizos. Todo esto suena a mala novela de suspenso.

Ilona tenía razón en su análisis, pero tampoco dudó un instante en unirse a sus amigos y amantes, con idéntica y febril disponibilidad.

Maqroll regresó a Marsella trayendo el dinero necesario para emprender la tarea. Una semana después, todo estaba listo. Tarik adelantó a su colega en la aduana la mitad de la suma prometida y él recibió la que le correspondía. El Gaviero viajó a Tánger. En opinión de Tarik allí se encontrarían más fácilmente las alfombras de pacotilla destinadas a reemplazar las valiosas. Pocos días más tarde, Maqroll estaba de regreso. Había escogido la mercancía con tanta fortuna que se ajustaba, con pocas diferencias, a la descripción del manifiesto aduanal. Las facturas para entregar en Rabat a Ilona ya estaban impresas y en manos de Bashur. Ahora Tarik tenía la palabra. El cambio debía hacerse el domingo siguiente, día en el que era menor el riesgo. El sábado por la noche, una voz de mujer informó a Bashur que Choukari había caído en manos de la policía. Cuando aquél se lo comunicó a Maqroll, éste, menos expuesto a desmoralizarse con ese tipo de sorpresas, tranquilizó a su amigo:

—Si lo han detenido, es por algo que nada tiene que ver con lo nuestro. Hasta este momento no hemos movido un dedo en Marsella y nadie puede estar enterado de algo que, hasta ahora, no pasa de ser un simple proyecto.

Pero Abdul conocía mejor los complejos laberintos que comunicaban en Marsella a las autoridades de policía con el mundo del hampa. Pensaba en los soplones del tugurio frecuentado por Tarik y no se hallaba tan seguro de que la prisión de éste nada tuviera que ver con las alfombras persas. En esto estaban, cuando la patrona entró para cambiar la ropa de cama y las toallas del baño. Al verlos con tal aire de preocupación, les preguntó lo que sucedía y si en algo podía ayudarles. Abdul se incorporó de repente exclamando: «¡Arlette es nuestra salvación!». La dueña se quedó mirándolo estupefacta, mientras Abdul la abrazaba estampándole sonoros besos. La invitó luego a sentarse y le explicó que un amigo había sido detenido por la policía y ellos no podían ir personalmente para enterarse de lo que se trataba, porque ninguno de los dos tenía los papeles en orden. Ella sí podía hacerlo. Arlette se les quedó mirando, con expresión de quien sabe más de lo que se supone, y les dijo:

—Se trata de Choukari, ¿verdad? Ya me lo imaginaba. Traen algo entre manos con él. Lo he visto rondando por estos lados y le conozco mejor que ustedes y desde hace más tiempo. Es de fiar, no se preocupen. No soltará prenda. Lo malo es que tiene cola que le pisen y la policía lo trae entre ojos desde hace mucho. Iré a preguntar qué sucede. Diré que vivió aquí durante un tiempo, lo que es cierto, y que le tengo algún afecto, lo que no es verdad. Esperen aquí y no salgan hasta cuando regrese —mientras Arlette hablaba, Maqroll se entretuvo en examinarla, como si fuese la primera vez que la veía. Su cuerpo frondoso y blando despedía una aura de salud y plenitud que iba a concentrarse en el rostro, en donde los ojos de un violeta azulado y cierta regularidad céltica de las facciones, daban aún fe de una belleza que debió ser notable. Toda ella emanaba una picardía coqueta, muy francesa, junto con una autoridad en los gestos y palabras. Esta mezcla ha inspirado varios siglos de literatura amorosa y de pintura galante, sólo conocidas en Francia. El Gaviero se puso en pie y, tomando una mano de la patrona, la besó con galantería mientras le declaraba en un francés copiado de las comedias de Marivaux:

—Señora, permítame expresarle mi más calurosa simpatía y mi gratitud más rendida. Le ruego que, a partir de este momento, me cuente, no sólo entre sus amigos más sinceros, sino también entre sus más obsecuentes admiradores —la patrona se le quedó mirando, entre regocijada e inquisitiva, como pensando: «Y a éste, ¿qué le pasa?». Bashur dejó oír una risa contenida de quien ha entendido todo y volvió a mirar a su antigua amante, en espera de la réplica que daría a Maqroll. La patrona miró, a su vez, fijamente al Gaviero a los ojos y, con una gran sonrisa, le repuso:

—Ya me pareció desde el primer día que lo vi que detrás de esa traza de nigromante en vacaciones se escondía otro elemento de cuidado, digno camarada de este otro libanés lunático.

Mientras esto decía, acariciaba las mejillas de Abdul en un gesto de inimitable gracia y tierna sabiduría de mujer cuyas brasas están aún muy lejos de extinguirse. Arlette salió del cuarto sin decir más y ellos quedaron a la espera del resultado de sus gestiones. Bashur comentó a su amigo, moviendo la cabeza en un gesto de incredulidad:

—Esto era lo que me faltaba por ver. Maqroll haciendo el *chevalier servant* con Arlette. Tampoco usted tiene remedio, mi querido Gaviero.

—Escuche bien lo que le digo, Abdul —repuso Maqroll—. Si alguna vez resuelvo terminar mis correrías y sentar cabeza, me gustaría hacerlo al lado de una mujer como Arlette. Es lo que Apollinaire llamaba *une femme ayant sa raison*. Qué más quiere uno en la vida.

Abdul se alzó de hombros y fue a recostarse en su cama en espera de las noticias que lo traían aún inquieto, a pesar de las reflexiones del Gaviero.

Cerca de la medianoche apareció la patrona trayendo a Tarik prácticamente a rastras. Lo dejó en medio de la habitación y dijo:

—Ahí lo tienen. La próxima vez que se les ocurra usarlo para algo, díganle que, al menos mientras lo ocupen, se abstenga de golpear a su mujer —ignoraban que tuviera esposa, pero, con la tranquilidad que les produjo su aparición, olvidaron increparlo por la angustia que les había causado. Tarik, mientras trataba de arreglarse las ropas que traía en un desorden que anunciaba su paso por el cuartel de policía, explicó lo sucedido:

—No pude contenerme. La encontré en la cama con Gastón el tranviario, vecino nuestro, ambos desnudos y en pleno regocijo. Él logró escapar a su habitación y ella se me quedó mirando como si fuera un fantasma. Le di una lección y parece que se me fue la mano. Gastón llamó a la policía. Así esperaba salir de mí.

Arlette condujo a Tarik al cuarto del portero, que estaba desocupado hacía muchos meses. Al salir, hizo señas llevándose un dedo a un ojo para indicar que no lo perdieran de vista.

El incidente les reveló las bases un tanto precarias sobre las que descansaban sus planes. Pero ya no había más remedio y era preciso seguir adelante. Tarik, la noche siguiente, tras deshacerse en excusas y promesas de lealtad y discreción, realizó el cambio de las alfombras en las bodegas de la aduana. Las valiosas fueron llevadas a una lancha, junto con el equipaje de Bashur, quien se embarcó hacia el puerto de Media, en Marruecos. Maqroll permaneció en Marsella rondando la plenitud otoñal de Arlette.

En Media esperaba Ilona, quien, al recibir a Abdul, no pudo menos de felicitarlo por la eficiencia con la que, hasta el momento, se cumplía el plan. Bashur le reclamó su poca fe en las habilidades delictivas de sus dos amantes y la respuesta de Ilona fue inmediata:

—Ay, Abdul querido, ustedes dos nunca serán verdaderos profesionales en ese terreno. Tú, porque lo único que te interesa es ir contra los códigos y Maqroll, porque a la mitad del camino puede desentenderse de la tarea y está pensando ya en una nueva intriga al otro lado del mundo. Delinquir es un oficio muy serio, querido. Los aficionados siempre quedaremos, al final, fuera del juego.

Abdul repuso que, en esa ocasión, al menos, todo iba saliendo sin tropiezos. Los papeles preparados por Tarik para entrar las alfombras a Marruecos como mercancía de regreso no reclamada funcionaron perfectamente. El amigo de Choukari en Media facilitó la maniobra y recibió su propina de manos de Abdul. Éste entregó a Ilona las facturas que garantizaban la compra de la mercancía y la convertían en dueña indiscutible de veinticuatro alfombras antiguas de gran clase. Al llegar a Rabat se registraron en hoteles diferentes para no despertar sospechas. Pero Ilona no resistió el subir a Bashur a su cuarto, donde hicieron el amor con la excitación de quienes han coronado una hazaña sembrada de peligros. Se citaron luego para cenar en un pequeño restaurante de comida bereber, donde tocaban música de los tiempos de Al-Andalus. Durante el famoso episodio de las banderolas, lo habían descubierto por casualidad.

Al día siguiente, Bashur pasó por Ilona para acompañarla al aeropuerto. Las alfombras fueron registradas como carga acompañada que amparaba el pasaje de Ilona en el vuelo directo Rabat-Ginebra de la Royal Air Maroc. A tiempo de despedirse, ella le recordó que los esperaba en Ginebra dentro de dos semanas para repartir la ganancia. Abdul la besó en forma tan convencional y rápida que Ilona le comentó al oído:

—¿Ves? Nunca tendremos la naturalidad de los verdaderos malhechores. Somos *amateurs,* por fortuna, diría yo. Hasta pronto.

El cambio de las alfombras nunca fue descubierto. Tarik siguió paseando su figura de fakir palúdico por las tabernas del Vieux Port y maldiciendo al tranviario que seguía substituyéndolo en el lecho conyugal, cada vez que se presentaba la ocasión. Abdul y Maqroll se despidieron de Arlette y pagaron la cuenta con una puntualidad que despertó en la dueña una sonrisa cómplice. Maqroll, a tiempo de partir, se acercó a ella dejándole una promesa de regreso en un sonoro beso que le estampó en la boca.

En Lausanne los esperaba Ilona, vestida con un traje primaveral a la última moda. Toda ella irradiaba un optimismo provocador y juguetón. En la terraza del Gran Hotel Palace, donde se alojaron, pidieron una botella del delicioso vino de la región, ligeramente gasificado. Cuando Ilona entregó a cada uno el cheque que le correspondía, ambos se quedaron atónitos al ver la cifra de seis ceros que allí estaba escrita, la primera y última, sin duda, que tuvieron en sus manos.

—No pongan esa cara de lelos —se burló Ilona— y más bien díganme qué van a hacer con tanto dinero. Tengo curiosidad por conocer sus planes.

—Yo no hago planes de ninguna especie —repuso Maqroll de inmediato—. En verdad no sé qué hacer con esto.

—Y tú, Abdul de mis pecados, ¿qué piensas hacer? —preguntó Ilona, mientras acariciaba los cabellos de Bashur como si mimara a un gato siamés.

—Yo —contestó éste— voy a Estambul para comprar el barco que he querido tener toda mi vida. Se llama *Nebil,* fue construido en Suecia en 1914, tiene un motor diesel marca Crosley 8/480, inglés; cuatro bodegas para carga con capacidad total de seis toneladas y una tripulación de nueve personas. Sus líneas son de una elegancia impecable. Un experto en el asunto, Michael J. Krieger, lo llamó el Bugatti de los viejos cargueros. Con esto —mostró el cheque con unción— pago las primeras tres cuotas de las seis que debo cubrir para ser el dueño de esa joya.

—Ahí están las otras tres cuotas. Es nada comparado con el placer de convertirme en copropietario del *Nebil.* Lo vi el año pasado en Gálata y me inspiró un respeto casi religioso. Pidamos, para celebrarlo, otra botella de este vino que está portándose muy bien —Maqroll llamó al mesero para ordenar la nueva botella, mientras Ilona miraba a uno y a otro con expresión de quien ha sido rebasada por los hechos:

—No sé cuál de los dos está más lunático —exclamó al fin—. Se juegan veinte años de cárcel y ahora uno quiere comprar un barco paleolítico y el otro le entrega su dinero para completar el precio, como si el cheque le estorbara en el bolsillo. No tienen remedio, ninguno de los dos. Yo, en cambio, voy a Trieste para comprar un piso en el que pienso vivir durante los veranos. También es un viejo sueño nunca satisfecho.

—Muy sensato, muy sensato —comentó Bashur en medio de una carcajada general, con la que se canceló el tema.

Aquí me parece indicado traer a cuento una ilusión de Bashur que lo acompañó toda su vida y que jamás pudo ver cumplida. Fue una constante en su destino, obstinada como ninguna otra y, para sus amigos, la más conmovedora. Se trataba de su incesante búsqueda, por todos los puertos de la Tierra, del buque de carga ideal, cuyo diseño, tamaño y motor tenía Abdul presentes a toda hora. En él quería pasar el resto de sus días, navegando por todos los mares del mundo al lado de un capitán que, como Bashur, supiera apreciar la esbeltez de líneas y las óptimas condiciones marineras de la nave. En la pesquisa de tan improbable sueño, pasó nuestro amigo buena parte de su existencia. Tanto Ilona como el Gaviero hacía ya mucho tiempo que habían prescindido de bromas y alusiones sobre esta manía de Abdul. Fueron tantas las veces que lo escucharon describir su encuentro con el buque de sus anhelos, reunir el dinero para adquirirlo, pasando por pruebas tan arriesgadas como insensatas, y, al ir a buscarlo, enterarse que ya lo habían comprado o que yacía en un astillero donde comenzaba a ser desguazado para venderlo como chatarra, que no quedaba ya humor para hablar del asunto. La última circunstancia mencionada era la que más le dolía y la tristeza podía durarle varios meses y hablaba de ello como de la pérdida de un ser querido. Que hubiera alguien que pudiese volver hierro viejo una obra de arte le hacía maldecir del género humano y, en especial, de los armadores, a los que, por cierto, pertenecía su familia. En esta perpetua indagación en búsqueda del carguero perfecto, Bashur perdió todas las oportunidades que su ingenio, al parecer inagotable, y sus reconocidas dotes de simpatía, siempre a flor de piel, le habían brindado para hacer fortuna. Maqroll, comentando un día conmigo este rasgo de Bashur, pronunció estas palabras reveladoras:

—Abdul sabe muy bien que persigue un imposible. Su barco ideal se le escapa siempre de las manos, en el último momento o, cuando ya lo va a tener, descubre que algunas de sus características no se ajustan al soñado modelo y se desentiende del negocio. Esta trampa diabólica pienso que debió inventarla durante su niñez, tratando de corregir y mejorar los modelos impuestos por su padre que, como usted sabe, era un armador muy prestigiado en todo el Oriente Medio. Esta fama paterna intentó superarla creando un prototipo de barco inalcanzable, que convertiría en su morada y del cual derivaría el sustento. Pero toda rebeldía contra la imagen paterna, magnificada y opresora, se paga durante el resto de la vida. La única manera de salir de ese laberinto, por el que todos nos internamos alguna vez, es llegar a la convicción de que al padre, en vez de substituirlo, hay que intentar prolongarlo, en la medida de nuestras propias fuerzas y de nuestros propios demonios. No es fácil, ni suele ser grato, pero no existe otro camino para enfrentar el reto de vivir nuestra propia vida.

Como no recordaba haber escuchado hablar al Gaviero en esos términos, deduje que los lazos que lo unían a Bashur eran más recios y de un orden mucho más complejo que los de una simple camaradería. Volvió a revelárseme, entonces, la condición de complementaria que caracterizaba a esa relación, tan evidente para quienes los conocíamos de cerca. Ilona, que con ambos supo mantener una relación amorosa sin sobresalto, comentó alguna vez:

—Son como hermanos, pero cada uno hecho con elementos opuestos. Los griegos algo dijeron sobre esto, pero ya no recuerdo el nombre de la divinidad o de la fábula que sirve de ejemplo.

Sabido lo anterior, era, por tanto, perfectamente previsible que, al llegar al Bósforo, Abdul Bashur se enterara de que el *Nebil* acababa de ser vendido a un naviero turco que lo guardaba como un tesoro. Maqroll regresó a Marsella, se instaló en la pensión de Arlette y estableció con la patrona una relación de intimidad que dejaba a la mujer en una especie de limbo erótico, poblado de sensaciones que ella tenía por canceladas hacía años.

Abdul llegó varios meses después. Intentó devolver a Maqroll su dinero, pero éste lo convenció de que lo guardara consigo. Bashur terminó, como siempre, adquiriendo un carguero común y corriente que le ofrecieron en Marsella en condiciones particularmente ventajosas. La mitad de las ganancias que rindiera el barco serían para Maqroll. Éste sabía que, buena parte de las mismas, tornarían a Bashur para cubrir el costo de reparaciones y mantenimiento.

—No sé —comentaba Arlette, buena francesa cultora del arte de ahorrar— qué demonios tienen ustedes dos contra el dinero. No lo saben guardar para las épocas difíciles y se les derrama de las manos como si no lo hubiesen ganado duramente.

—Es que las épocas difíciles nosotros ya las vivimos todas, querida —contestaba Maqroll—. Ahora pasamos por lo que nuestro amigo Paul Coulaud llamó alguna vez *la misère dorée*.

—La verdad que no le veo la gracia —concluía Arlette mientras el Gaviero exploraba el opulento escote de flamenca bien alimentada.

Capítulo III

No me ha sido posible ubicar en el tiempo el encuentro de Abdul Bashur con Jaime Tirado El rompe espejos. Para evocarlo he tenido que recurrir a cartas de Bashur a Fátima, donde se menciona el hecho sin muchos detalles, y a mis apuntes de conversaciones con Maqroll, éstas sí mucho más explícitas y detalladas. Bashur menciona el *tramp steamer* adquirido en Marsella, que bautizó con el nombre de *Princess Boukhara,* dando muestras de un humor más achacable al Gaviero que a él. En ese barco viajó a encontrarse con El rompe espejos. Pero antes de esto, muchas otras andanzas ocurrieron y otras tantas vinieron después, a juzgar por noticias, casi todas sin fecha, procedentes de Maqroll, cuyo fuerte no fue nunca la cronología. No tiene, al fin, mucha importancia esta vaguedad ya que tampoco es mi intención, en este recuento, de todos modos parcial, de la vida de Bashur, ceñirme a ninguna estricta secuencia temporal, como tampoco lo ha sido antes, en mis relatos dedicados al Gaviero. Lo que me ha desconcertado en este particular, para establecer la fecha en que ocurrió, es la aparición de las gemelas Vacaresco, que yo daba por desaparecidas mucho antes de la cita de Bashur con Tirado. El error debió ser mío, de seguro, porque tanto los datos venidos de Bashur como los recogidos a Maqroll, coinciden en mencionar a las famosas hermanitas en el origen del suceso del río Mira y el encuentro con El rompe espejos, en donde Abdul estuvo a punto de dejar la vida.

Maruna y Lena Vacaresco se presentaban en un cabaret de mala muerte de Southampton, con un número de erotismo un tanto primario, pero que adquiría una salacidad extra por tratarse de dos hermanas gemelas que se lanzaban en una serie de acrobacias lesbianas, con toda gama de quejidos y ojos volteados en espasmo, poco creíbles, es cierto, pero suficientes como para mantener el morboso interés del público. Éste lo componían, en su casi totalidad, marineros de las más variadas nacionalidades, nada exigentes en punto a un riguroso realismo en el acto protagonizado por las gemelas.

Una noche en que resolvieron abandonar el *Princess Boukhara,* que descargaba en el puerto inglés lino en rama traído de Egipto, Maqroll y Abdul fueron a dar una vuelta por los bares cercanos a los muelles. La gris monotonía de las calles de Southampton y la imponente masa de sus fábricas e instalaciones portuarias les deprimió el ánimo como ningún otro puerto de la isla.

—Un buen whisky borra las dos terceras partes de tanto cemento sin color, tanto ladrillo, tanto hollín y tanto inglés obtuso y mal comido —comentó el Gaviero tratando de convencer a Bashur de que lo acompañase para huir del estruendo sincopado e implacable de las grúas.

Fue así como acabaron visitando el Pink-Surprise, como osaba llamarse el tugurio donde actuaban las gemelas Vacaresco. Venían de recorrer una cantidad suficiente de bares como para que el *scotch* hubiera empezado a cumplir la promesa de Maqroll y todo tomara un aspecto más tolerable. El número de las hermanitas estaba animado, vaya a saberse por qué, con música española, lo que causó en Bashur un regocijo que el Gaviero no terminaba de entender. El acto comenzaba con la presentación de las hermanas, una en cada extremo del pequeño escenario, en medio del cual lucía una cama circular adornada con lazos y pompones color rosa, al igual que la sábana que la cubría. A la izquierda estaba Maruna, con una cabellera negra retinta, los ojos con gruesas rayas de kohl y sus rotundas formas cubiertas con un sucinto *baby doll* celeste. A la derecha aparecía Lena, con una abundante cabellera rubia platinada, los ojos circundados de un lila intenso y un atuendo tan escaso como el de su hermana, pero de color rosa. Comenzaba la acción con el pasodoble *El relicario,* al que seguían otras piezas de igual fama, hasta terminar, en el éxtasis de las hermanas, con *España cañí.* La rutina de entrelazamientos, besos, caricias y sonoros lametones, acompañado todo de quejidos y suspiros desaforados, era, ya se dijo, tan poco convincente como monótona. La hilaridad de Abdul lo indujo a invitar a su mesa a las gemelas y ordenar una botella de champaña. El Gaviero lo miraba, intrigado ante tanto entusiasmo que no justificaban ni el lugar ni las hermanas Vacaresco.

—Sólo los ingleses —comentó Abdul para explicar su entusiasmo— son capaces de producir un adefesio semejante, tan absurdo como chabacano. Esto es lo más deliciosamente grotesco que he visto en mucho tiempo. Las gemelitas tienen lo suyo. Poseen eso que usted llama la «calentura danubiana». Ya lo verá.

En efecto, las hermanitas Vacaresco resultaron ser algo bastante alejado de lo que podía pensarse viendo su actuación en el Pink-Surprise. Para comenzar, como era de suponer, su apellido no era ése, ni tampoco sus nombres. Se llamaban Estela y Raquel Nudelstein. Su padre había sido un sastre judío, nacido en Besarabia y su madre, que hacía las veces de agente y guardián a la vez, era de Lwów, hija de un rabino hasídico. En alguna vieja revista francesa, doña Sara, como se llamaba la imponente matrona, había visto en su juventud la fotografía de la poetisa rumana Hélene Vacaresco, que gozó en París de una cierta notoriedad en los años inmediatamente anteriores a la Primera Guerra Mundial. A la madre le pareció que Vacaresco iba muy bien con la profesión que tenía destinada para las gemelas que Jahvé le había dado como medio infalible de ganarse la vida. El padre murió en uno de los primeros *pogroms* del estalinismo. Todo esto fue relatado por las protagonistas, después de la segunda copa de champaña, con una desenvoltura y una gracia que, tenía razón Bashur, guardaban para la intimidad y jamás lucían en escena. Quitado el maquillaje y las vistosas pelucas, aparecía un rostro interesante y una expresión despierta y maliciosa que cumplían con lo que Abdul había anunciado citando a Maqroll. Por cierto que es ése un rasgo característico de muchos judíos de la *mitteleuropa,* que acaban siendo más vieneses que los vieneses o más *magyars* que los húngaros. Véase si no, el caso de Erich von Stronheim, judío vienés que caracterizó en el cine al típico oficial de la guardia del emperador Franz Joseph o al *junker* prusiano de pura cepa. Lo primero que les preguntó Abdul, cuando las gemelas se sentaron con ellos, fue de dónde había salido la idea de usar esa música española de tan irresistible cursilería. Maruna, que comenzaba a mostrar una marcada preferencia por el Gaviero, explicó que los dueños del lugar debieron deducir que Vacaresco era un apellido típico andaluz y habían fabricado ese alucinante popurrí de pasodobles para amenizar el acto. Bashur insistió ufano:

—Lo que yo había dicho. Sólo los ingleses pueden lograr semejante maravilla. Son impagables.

Lena, por su parte, había puesto su atención en Bashur y fue ella la que propuso que se pasaran al francés para intercambiar sus opiniones. Ya comenzaban a llover, de las otras mesas, miradas de franca censura. Los cuatro abandonaron el Pink-Surprise, después de una segunda aparición de las Vacaresco, en donde la indiferencia y la fatiga resultaban casi insultantes para el público. Después de visitar dos o tres lugares más, fueron a desayunar al puerto ostras y pescado fresco con vino blanco portugués, que vendía un lisboeta en un minúsculo expendio a la salida de un garaje. Subieron luego al barco y cada pareja fue a su camarote en medio de fados espurios ensayados por las mellizas sin saber una palabra de la lengua de Camões.

Terminado de descargar el lino crudo, el *Princess Boukhara* fue sometido a una limpieza de casco que necesitaba con urgencia. Los cinco días que duró el barco en carena, los pasaron Maqroll y Bashur en el hotel de las gemelas, con anuencia, no muy entusiasta, es cierto, de la madre. Las hermanitas resultaron ser una fuente de diversión al parecer inagotable. Su tendencia natural a un humor cáustico e instantáneo, aplicado a los más nimios incidentes cotidianos, logró convertir el tiempo pasado en Southampton por los dos amigos en una celebración memorable. Las gemelas tenían personalidades por entero contrapuestas. Maruna, la amiga de Maqroll, era de carácter concentrado, con inclinación a la melancolía y al melodrama fugaz. Una cierta tendencia a la frigidez la compensaba en el lecho mimando éxtasis inopinados, mucho más convincentes que los fingidos en escena. Esta imitación, en la intimidad, despertaba en Maqroll una excitación desconocida. Cuando la cosa iba en serio, Maruna caía en trances de madona, igualmente estimulantes para él. Lena, introvertida, superficial y desordenada, tenía esa sensualidad a flor de piel de las mujeres para las que sólo existe el presente, que prefieren los hombres instintivos, negados para «toda complejidad intelectual y toda angustia metafísica», como ella misma los definía. «La única angustia que conozco es la de no gustarle a alguien», solía decir, mientras se sacudía los cabellos en un gesto provocativo que se le había convertido en un tic. Las Vacaresco pasaron a ser, más tarde, para ellos, una suerte de tabulador para medir la condición de un ambiente o de una experiencia. Una noche Vacaresco o una mujer nada Vacaresco daban la medida de lo que habían disfrutado.

Pero el incidente que hizo de esos días una temporada inolvidable, en especial para Bashur, ocurrió la víspera de partir el *Princess Boukhara*. Lena quiso dejarle un recuerdo de ese encuentro. Buscando entre un montón de fotografías que había sacado de una caja de galletas vacía, quería darle una en donde sus atributos estuvieran a la vista, sin caer en lo manido. Bashur vio, de pronto, una en donde ella estaba con un hombre de aspecto próspero, rostro ligeramente inquietante y aire deportivo. Se hallaban recostados en la barandilla de popa de un carguero de notable y airosa silueta. El castillo de popa le recordó el del *Nebil*, pero tenía un diseño más clásico aún. Tomó la foto y se quedó absorto mirándola, tratando de identificar el navío. Lena no comprendió el interés de Abdul por esa imagen en particular y le preguntó por qué le llamaba la atención. En lugar de contestarle, Abdul le preguntó con notoria ansiedad:

—¿Dónde está ahora ese barco? ¿El dueño es el tipo que aparece en la foto? ¿Quién es?

Lena lo miró, sorprendida por el chaparrón de preguntas, y contestó con la paciencia con la que se habla a alguien a quien se desea hacer volver a sus casillas:

—El barco se llama *Thorn* y ahora se pudre en la desembocadura del río Mira en la frontera norte del Ecuador. El propietario es, en efecto, el hombre que aparece en la foto —aquí dudó un momento antes de proseguir—. No hay mucho que contar sobre él. Yo, al menos, sé bien poco. Tiene mucho dinero, logrado con la venta de no sé qué producto vegetal, cuyos sembrados le pertenecen. Están río arriba a varias horas de navegación.

—¿Cómo se llama el tipo? —la interrumpió Abdul impaciente.

—¿Por qué te pones así? El tipo se llama Jaime Tirado, pero lo conocen como El rompe espejos. No me vengas ahora con que tienes celos. Es algo que nunca hubiera pensado de ti —Lena no podía explicarse el febril interés de Abdul por tan lejano personaje.

—No, por Dios —aclaró Bashur—. Es el barco lo que me interesa. Es una maravilla de línea. ¿Crees que aún esté allí?

Lena, ya más tranquila, contestó:

—Allí debe estar, creo. Temo que ya no navegue. Me parece recordar que el dueño intentó venderlo alguna vez.

—¿Río Mira, dijiste? —insistió Bashur.

—Sí, río Mira, en el límite con Colombia —repuso Lena—. Pero no me digas que piensas ir hasta allá. Es el fin del mundo. Yo viajé con El rompe espejos desde Panamá hasta ese sitio, en un yate. Hace un calor de todos los demonios, los zancudos te devoran día y noche, en medio de una desolación y una miseria inconcebibles. Él, desde luego, vive como un marqués, pero eso es allá más arriba y no te arriendo la ganancia si intentas acercarte.

—Conozco lugares mucho peores y mil veces más peligrosos. No te preocupes —contestó Abdul, mientras guardaba la fotografía en su billetera.

Lena le dio otra en donde aparecía abriendo su blusa y ofreciendo los pechos al fotógrafo con sonrisa desafiante.

—Llévate ésta también —dijo—, aunque no aparece ningún barco. Guárdala para que recuerdes nuestras noches de Southampton.

Abdul la guardó junto a la anterior y habló de otra cosa. Más tarde pasaron por Maqroll y Maruna y fueron a cenar a un restaurante pakistaní, que les recomendó doña Sara. La señora, de imponentes carnes y astucia inagotable, sabía permanecer en la sombra y dejaba a sus hijas en una libertad al parecer absoluta que, en el fondo, se concretaba al viejo y conocido juego del pescador y la carnada. Ellas no la mencionaban jamás, pero los dos amigos habían ya advertido ciertas señales, imperceptibles para otros, que era fácil colegir se referían a severas instrucciones de la matrona de Lwów, jamás transgredidas por ellas.

Esa noche la pasaron en blanco, en un acelerado y febril desquite antes de decirse adiós. Recorrieron los pocos bares transitables del puerto y, de regreso al hotel, hicieron el amor con el ímpetu de quienes saben que no se han de volver a encontrar. Partieron hacia el *Princess Boukhara* y, al pie de la escalerilla, antes de despedirse, Maqroll declaró a las gemelas con énfasis no muy común en él:

—El recuerdo de las hermanas Vacaresco nos servirá, en adelante, cuando lleguen los días negros que nunca faltan a la cita, para recordarnos que la alegría no es un invento de los inocentes para engañarse a ellos mismos. Nos consta que existe porque la conocimos con ustedes.

Ellas, en medio de algunas lágrimas que les corrían por las mejillas trasnochadas, trataron de entender lo que el Gaviero decía. Era evidente que se habían quedado en ayunas. Cuando el barco comenzó a ponerse en movimiento, Maruna y Lena aún estaban allí, paradas en el muelle, moviendo los brazos y llorando con un aire desamparado que les produjo al Gaviero y a Bashur un nudo en la garganta.

En alta mar, camino a Dantzig, donde los esperaba una carga de herramientas agrícolas con destino a Djakarta, Abdul mostró a Maqroll la fotografía del *Thorn* y le comentó su interés en averiguar si el barco estaba aún en venta. El Gaviero, acostumbrado ya desde hacía mucho a simpatizar con la manía de su amigo, le propuso que buscaran en alguno de los puertos que iban a tocar una carga para Panamá o para Guayaquil. Así podría echar un vistazo al barco que tanto le inquietaba. Reconoció, de paso, que el diseño de la nave era en verdad de notable elegancia y sencillez. Faltaba ver qué máquina tenía y en qué estado se encontraba. Respecto al dueño, comentó con franqueza:

—En la historia de Lena falta una pieza, pero ella ha sido lo suficientemente lista como para, con lo que nos dijo, esperar que la encontrásemos. De una cosa estoy seguro: el famoso rompe espejos no ha hecho su fortuna exportando banano, que es lo que por allá se cultiva. Ese dinero viene de algo que vale más y es más arriesgado conseguir. Además ese aire que tiene de niño bien algo tarado me parece altamente sospechoso. No hay peor ralea que esos señoritos que se salen de sus cauces y rompen con las reglas y convenciones de su clase. Son de alta peligrosidad porque han dejado atrás los principios con los que nacieron y jamás respetan los establecidos por el hampa. Es por eso que son capaces de todo. No hay límites que los contengan. Vamos a ver qué pasa. Hay que conseguir esa carga para Panamá o para el Ecuador y luego se verá.

Abdul guardó de nuevo su fotografía, satisfecho de comprobar que su camarada y cómplice lo respaldaba, una vez más, en su búsqueda del *tramp steamer* ideal.

En Djakarta, Maqroll resolvió quedarse para viajar un poco por el archipiélago Malayo y reanudar en Kuala Lumpur sus experiencias con la viuda vendedora de inciensos funerarios cuyos encantos seguían teniendo para él un prestigio nada desdeñable. Lo último que aconsejó a Bashur, antes de abandonar el *Princess Boukhara,* fue:

—Abdul, cuídese de El rompe espejos. Recuerde lo que le dije de esos niños bien. No me deje sin noticias. Ya sabe dónde escribirme.

—No se preocupe. Tendré muy en cuenta sus advertencias. Vaya tranquilo —le repuso Bashur, mientras lo veía descender la escalerilla con su paso cauteloso de felino cansado y perderse, luego, entre la abigarrada multitud del puerto, la cabeza levantada y alerta, como midiendo las acechanzas del mundo. Volvió a sentir, entonces, esa solidaridad afectuosa, esa amistad sin sombras, adusta y cálida a la vez, que le despertaba ese personaje impar, sondeador incansable de los médanos donde el destino y el azar se confunden para atrapar al hombre y aturdirlo con los necios espejismos de la ambición y el deseo. Las reservas que el Gaviero le había expresado en relación con el dueño del *Thorn,* iba a recordarlas en momentos que hubiera querido compartir con su amigo y que tuvo que afrontar solo, en el desamparo inclemente de un trópico atroz.

De Djakarta, Abdul viajó a Trípoli y de allí, con el buque cargado de explosivos, a Limassol, en Chipre, donde entregó la comprometedora mercancía a un hombre de largas barbas rojizas, cuidadosamente peinadas, y cabellos del mismo color que le caían sobre los hombros. Tenía todo el aspecto de un pope y movía sus pequeñas manos de dama perfumada como si repartiera bendiciones. Era a todas luces un pope disfrazado de civil y metido en las intrincadas conjuras de la isla que iban a dar al traste con el dominio británico. De tiempo atrás Bashur había aprendido en ese negocio de hacer rendir a un *tramp steamer,* que no deben hacerse muchas preguntas y que las respuestas deben dosificarse con parsimonia vigilante.

El *Thorn* no se apartaba de sus pensamientos. Cada noche, antes de dormir, examinaba largamente la fotografía del barco. Llegó a calcular, con indiscutible aproximación, sus medidas y su capacidad de carga, partiendo sólo de esa imagen en donde la sonriente pareja añadía un toque de intriga y de nostalgia que lo dejaba varias horas en vela: ¿quién sería ese Jaime Tirado, El rompe espejos, sobre el que Maqroll abrigaba tanta sospecha? La respuesta no se hizo esperar mucho tiempo.

De Limassol viajó a La Rochelle. Su agente en ese puerto le había enviado un telegrama pidiéndole que acudiera allí lo más pronto posible. Con un cargamento de mineral de zinc, partió para Francia, con la premonición, casi la certeza, de que algo maduraba con respecto al *Thorn*. Así fue. En el puerto de la antigua Aquitania le esperaba un contrato de carga para Guayaquil, consistente en veinte inmensos cajones con maquinaria textil que coparon la capacidad del *Princess Boukhara*. En La Rochelle adquirió una carta de navegación de la costa ecuatoriana y otra, más detallada, de la desembocadura del Mira. Durante el viaje se dedicó a estudiar esas dos cartas en compañía del capitán, personaje que nos hemos demorado en presentar, con imperdonable descuido, ya que fue por mucho tiempo un auxiliar irremplazable de Abdul, por su lealtad y don de gentes, indispensables para manejar tripulaciones reunidas al azar de los puertos.

Se llamaba Vincas Blekaitis y había nacido en Vilna. Tenía esos ojos de un gris pálido, tan comunes entre los bálticos, y de ellos también heredó la estatura hercúlea y una lentitud de movimientos que escondía milenarias astucias y huracanados cambios de humor. Hacía largos años que trabajaba con Abdul, siempre que éste disponía de barco. Sentía hacia él una fidelidad sin reservas y una admiración un tanto infantil, a pesar de ser mucho mayor que su patrón cuyo nombre jamás logró pronunciar bien. Le decía Jabdul, lo que a menudo causaba la hilaridad del resto de los tripulantes. Maqroll, en ocasiones, cuando quería hacerle a Bashur alguna broma, lo llamaba también Jabdul y éste sonreía complacido.

Atracaron en Guayaquil, después de un viaje salpicado de contratiempos. En el Caribe les sorprendió una tormenta que hacía temblar los costados del *Princess Boukhara* como si fueran de papel. La carga se corrió en las bodegas y hubo que acomodarla de nuevo en Panamá. Allí hubo una demora en Colón para cruzar el Canal, causada por el paso de una flota de la Armada americana que iba a maniobras en el Pacífico. Una lluvia tenaz, tibia y pegajosa, trabajaba los nervios y minaba el ánimo. Vincas decía estar seguro de que le iban a nacer sapos en los oídos. Parece que fue la única nota de humor que se le escuchó en la vida. Para colmo, en Guayaquil les sorprendió una huelga de operadores del puerto. Diez días tuvieron que esperar allí hasta que las grúas volvieron a funcionar. Era la temporada en que el río Guayas se sale de su cauce, ocasionando esa siniestra plaga de gruesos insectos, parecidos a los grillos, pero más rollizos y lentos, que, huyendo de las aguas, invaden la ciudad, entran por la menor rendija a casas y hoteles y llegan a paralizar el tráfico. Los autos patinan en la pasta verdinosa y fétida que se forma al pasar éstos sobre los ejércitos de insectos que ocupan la calle. A cuarenta grados de temperatura, la experiencia consigue tener características dantescas. Las tripulaciones se ven obligadas a permanecer en los barcos y esto aumenta su irritación y su inconformidad.

El *Princess Boukhara* estuvo listo para partir después de tres días de faena para descargarlo. Vincas comentó a Bashur que era aconsejable explicar a la tripulación que se dirigían a la desembocadura del Mira y que allí habrían de permanecer por algunos días. El encierro en Panamá y, luego, en Guayaquil, traía los ánimos bastante soliviantados. Buena parte de los marinos eran bálticos y el trópico les resultaba casi imposible de tolerar. Bashur resolvió ofrecer a la marinería una prima especial de sueldo para compensar en alguna forma el sacrificio de permanecer de nuevo inactivos frente a las costas ecuatorianas. Vincas consiguió calmar los ánimos y el sobresueldo prometido cumplió eficazmente su función.

Cuando llegaron al cabo Manglares en la desembocadura del río Mira, en una mañana de sol que era el primero que venían después de tantas semanas de cielos grises y lluvias constantes, el *Thorn* estaba allí luciendo la esbeltez de sus líneas y el aire de aristocrática dignidad que le daban sus muchos años. El *Princess Boukhara* ancló al lado del airoso carguero que parecía abandonado, aunque la cubierta y el puente de mando acusaban huellas de un cierto mantenimiento. No se veía un alma a bordo. Abdul resolvió acercarse en la lancha, para ver el buque más de cerca. Así lo hizo y cuando estaba a pocos metros del costado del *Thorn,* un negro obeso, a medio despertar, se asomó por la barandilla de cubierta y en tono bastante áspero preguntó qué querían. Bashur le explicó que tenía noticias de que el barco estaba en venta y deseaba ponerse en comunicación con el dueño. El negro no respondió y de inmediato entró a un camarote donde debía estar la radio. Salió poco después y, con el mismo acento desabrido, explicó que el barco no se vendía, que el dueño vivía río arriba y no deseaba hablar con nadie. A Bashur, sin darse por vencido, a pesar de la evidente y agresiva reserva del negro, se le ocurrió preguntar a éste si el dueño seguía siendo el señor Jaime Tirado, conocido como El rompe espejos. El vigilante cambió al instante. Temeroso y suspicaz, preguntó a Bashur si acaso conocía a esa persona. Abdul repuso que tenían algunos amigos comunes y a ellos debía la información sobre el *Thorn*. El hombre tornó a desaparecer y mucho después volvió para informarle que don Jaime vendría esa tarde para entrevistarse con él. Abdul regresó al *Princess Boukhara* para esperar al amigo de Lena. Vincas, que desde el barco siguió el diálogo con el cuidador del *Thorn*, le comentó:

—Estos negros de la costa del Pacífico son así: huraños y taimados, pero temibles cuando se irritan. Son todo lo opuesto a los del Caribe —Abdul ya lo sabía y asintió con la cabeza.

La espera se hizo interminable. El sol, sin una nube en el cielo, había creado, a causa de la humedad ambiente, una atmósfera opalina que flotaba sobre las aguas tranquilas. Era un ambiente de leyenda celta pero en plena zona ecuatorial. Reinaba un silencio irreal y oprimente. Cada ruido en el buque repercutía en el ámbito con una sonoridad que se antojaba irreverente. El *Thorn* parecía suspendido en el aire y su silueta se copiaba en la serenidad del estuario, duplicando la gracia de su diseño, evocador de esos carteles de los años veinte que anunciaban los paquebotes de las grandes líneas de navegación, anclados en exóticos puertos del Asia o de las Antillas. Abdul no se cansaba de admirar el diseño del barco, que le despertaba nostalgias de una época que sólo conocía por referencias de sus mayores. Allí, frente a él, estaba el barco de sus sueños. El *Nebil*, que fue su último capricho, jamás estuvo al alcance de su vista por tanto tiempo ni ofrecido en ese marco de espejismo sereno, intemporal e hipnótico. La luz se fue haciendo menos intensa y todo el lugar tomó una ligera coloración naranja que se mudó pausadamente hasta llegar a un rojo operístico que se desvaneció al impulso de la gran noche de los trópicos, que se instaló de repente.

Con las primeras estrellas, que comenzaron a brillar en un cielo gris morado, se oyó a lo lejos el ronroneo de un motor que se acercaba desde el fondo del delta. Se despertó la brisa que rizó levemente la superficie de las aguas, fragmentando la imagen del *Thorn* en un inquieto rompecabezas. Donde el río se estrechaba, entre manglares y raquíticas palmeras desflecadas, apareció una embarcación que llegaba a gran velocidad. Era una de esas lanchas forradas en finas maderas, con los bronces resplandecientes de impecable diseño, más propia para lucirse en Mónaco o en Porto Ercole que en ese paisaje tropical, desamparado y soñoliento. La embarcación se detuvo al pie de la escalerilla del *Princess Boukhara*. La conducía el amigo de Lena, vestido con una camisa color rosa pálido y botones de concha, pantalones de lino de corte impecable, con las arrugas reglamentarias en cualquier Country Club de Alejandría o de Beirut. En la cabeza lucía un sombrero jipijapa auténtico, de esos que tejen las indias bajo el agua, durante la noche, que valen una fortuna. Un negro hercúleo, vestido de blanco y con los pies descalzos, que venía al lado del conductor, atrapó con una pértiga de fino cerezo, rematada con un gancho niquelado, la soga que servía de baranda a la escalerilla del buque y ayudó a subir a su patrón, que remontó los escalones con paso gimnástico y apresurado. Abdul lo esperaba arriba, atento a cada gesto del visitante.

Todas las premoniciones y diagnósticos del Gaviero le vinieron a la memoria mientras saludaba al recién llegado. De estatura un poco mayor que la mediana, tenía esa agilidad de movimiento, a veces un tanto brusca, propia de quien ha practicado los deportes durante buena parte de su vida. Pero esta primera impresión de salud se esfumaba al ver el rostro, cuyas facciones denunciaban a leguas eso que suele llamarse un «cabo de raza», o sea, el espécimen en donde termina el entrecruzamiento de muy pocas familias durante más de un siglo. Matrimonios que han tenido por objeto primordial conservar las vastas posesiones de tierras y el nombre que las distingue, sin mezcla de extraños ni de recién venidos por ricos que sean. La mandíbula un tanto caída, notoriamente prognática y, como consecuencia de ello, la boca de labios carnosos y sensuales, siempre entreabierta. La nariz protuberante pero de un trazo regular y firme, bajo una frente estrecha donde los huesos sobresalientes ocupan el breve espacio entre las cejas pobladas y el pelo ralo y desteñido que apenas cubre una no disimulada calvicie. Esa cara de Habsburgo clorótico cobraba, de pronto, una intensidad felina gracias a los ojos móviles, inquisitivos y siempre dando la impresión de percibir los más escondidos pensamientos del interlocutor. Las grandes manos, de palidez cadavérica, se movían con seguridad dando en todo momento el efecto de una fuerza animal en engañoso descanso.

—Me dicen que usted me buscaba, ¿no es así? Supongo que es Abdul Bashur —dijo mientras extendía la mano alargando el brazo lo más posible como para mantener a distancia a la otra persona.

—Sí, yo soy —repuso Bashur—. Usted es el señor Jaime Tirado, sin duda. Pase, por favor. Vamos a mi cabina. Allí podremos conversar cómodamente —Abdul guió a Tirado a una pequeña oficina que comunicaba con su camarote. Vincas, de lejos, vigilaba la escena.

A pesar del anuncio del Gaviero, Bashur no pensó nunca encontrarse con un tan acabado ejemplar de lo que suele llamarse por esas tierras un «niño bien», no importa la edad que tenga. Que el tipo era de cuidado, lo denunciaban cada gesto y cada inflexión de sus palabras. Por debajo de sus buenas maneras, de su voz pausada de bajo y de su perpetua sonrisa, se advertía, sin dificultad, un aire de truhanería ganado a todas luces en experiencias posteriores a su educación en costosos colegios suizos y a sus éxitos deportivos en los clubes campestres de varias capitales del continente. Había perdido todo acento que pudiera identificarlo con algún país de Latinoamérica. «Este hombre —pensó Bashur, mientras se sentaban alrededor de una pequeña mesa de pulido caoba— ha matado no una sino varias veces. Es de los que se pasaron para siempre a la otra orilla como dice Maqroll». Todas las milenarias señales de alarma de hijo del desierto despertaron en él al instante y, con ellas, llegó esa ligera ebriedad causada por el peligro, tan parecida al placer erótico, que llevó a sus ancestros a buscar la muerte ante Carlos Martel, en tierras de la Dulce Francia. Una serenidad, también heredada, lo poseyó como invocada en nombre del Profeta. La muerte estaba descartada. Sencillamente no existía. En ese ánimo se dispuso a escuchar al visitante.

—Dígame una cosa, si no es indiscreción: ¿usted le dio ese nombre al barco? —preguntó Tirado a boca de jarro. La pregunta traía escondida una tal dosis de insolencia, de burla, de intento de poner en su sitio al otro, que Abdul se quedó un instante sin responder.

—Sí —repuso finalmente—, lo bautizamos así con mi socio. El nombre nos trajo suerte en un negocio que pienso que a usted le hubiera interesado.

—No me diga —comentó Tirado—, ¿puedo saber de qué se trataba?

—Es una historia un tanto complicada y poco ortodoxa. Prefiero dejarlo con la curiosidad —Bashur sintió que ya estaba a mano.

—Dijo usted que lo enviaban comunes amigos. ¿Puedo saber quiénes son? —dijo Tirado cambiando de tono.

—Por supuesto. Se trata de las gemelas Vacaresco, que conocí en compañía de mi socio hace poco en Southampton.

—¿Tanto han descendido? —interrumpió Tirado, en otro intento de irritar a Bashur.

—Más precisamente, fue Lena quien me habló de usted y del *Thorn* —prosiguió Bashur sin tomar en cuenta el comentario del otro—, como también del viaje que hicieron juntos desde Panamá hasta aquí. Conservaba una fotografía que vi por casualidad y me llamaron la atención las cualidades del buque. Ella tuvo la amabilidad de obsequiármela. Aprovechando un viaje que he tenido que hacer a Guayaquil se me ocurrió pasar por aquí y conocer tanto al barco como a su dueño.

Bashur había sacado de su cartera la foto del *Thorn* y de la pareja y se la alcanzó a Tirado, quien la tomó en la mano, sin verla, mientras, revelando el otro aspecto de su carácter, concluyó:

—Pues bien, el barco ya lo vio y en cuanto a conocerme a mí creo que ya hizo lo más que se puede en tal sentido. Veo que sabe ya que me llaman El rompe espejos. Curioso apodo, ¿verdad? El que destruye su propia imagen y la de los demás, el que hace pedazos ese otro mundo del que nada sabemos. No me choca. Casi le diría que me he esmerado en cultivarlo y, quizá, también, en merecerlo. Ya le contaré más tarde cómo nació. Es una historia necia, pero, en alguna forma, dieron en el blanco los que así me apodaron. Respecto al *Thorn* quisiera decirle, desde ahora, que no me interesa venderlo. Me interesaría negociarlo. Eso es diferente. Darlo, no a cambio de dinero, sino de otra cosa. No sé si me entiende.

—No, en verdad no le entiendo. Me gustaría que me lo explicara —repuso Abdul, que había entendido perfectamente, mientras extendía la mano para tomar la foto que Tirado no había visto.

—¿Tanto le interesaba el barco? Qué curioso. No me lo puedo imaginar como coleccionista de viejos modelos de *tramp steamers.* Este barco en el que estamos no estaría, por ejemplo, en la colección —repuso El rompe espejos con evidente intención de seguir buscando un lado débil a su interlocutor. Con calma digna de un jeque negociando el paso por sus tierras de un oleoducto de la Aramco, Bashur respondió:

—No. No hago colección de viejos barcos. En mi familia somos armadores y transportadores, en modesta escala, desde luego. El *Princess Boukhara,* a pesar del nombre que tanto le divierte, me sirve perfectamente para lo que necesito. Un barco como el *Thorn* me atrae más bien para mi uso personal y disfrutar acondicionándolo a mi gusto. Ahora bien. Usted habla de negociar. Eso me interesa. Bien sabe que mi gente lleva unos cuatro mil años dedicada a hacerlo con cierto éxito, diría yo. ¿No cree?

—De acuerdo —contestó El rompe espejos, dejando colgar su labio inferior en lo que quiso ser una sonrisa amable—. Pero recuerde que cada negocio que ustedes hacen hoy pone a prueba esos cuatro mil años. Pero, bueno, vamos al grano. Le propongo que venga conmigo. Lo invito a cenar en mi casa. Allí le haré saber las condiciones en las que me puede interesar desprenderme de esa joya. En medio de esta desolación no se inspira uno. Allá estaremos más cómodos.

Abdul Bashur se sacó de la manga una carta que tenía preparada para jugarla en el momento indicado:

—Le acompañaré con mucho gusto. Si quiere que le confiese la verdad, prefiero mil veces negociar con El rompe espejos que con Jaime Tirado. Es un terreno que me resulta más familiar. Disculpe si no le he ofrecido algo de tomar, pero no traigo alcohol, soy musulmán. Partimos cuando usted lo desee. Estoy listo —se puso de pie y el otro hizo lo mismo, a tiempo que comentaba con una sonrisa, ya no tan natural como la que traía al llegar:

—No puedo creer que les haya aplicado la ley seca a las hermanitas Vacaresco que beben como cosacas. Sobre su preferencia a negociar con El rompe espejos, allá usted, como se sienta más cómodo. Respecto al terreno que compartimos, podría agregar algunas cosas que quizás le hagan cambiar de idea, pero, en fin, pago sin ver, como dicen en el póker.

Abdul no hizo comentario alguno. Invitó a pasar primero a Tirado y lo siguió hasta la escalerilla.

—Permítame un momento, voy a dejar algunas instrucciones. Ya estoy con usted —le dijo y regresó al puente de mando para hablar con Vincas. El rompe espejos descendió hasta su lancha y allí se sentó a esperar en actitud indiferente.

En pocas palabras, Abdul explicó a Vincas lo hablado con El rompe espejos y ordenó estar alerta, armar a algunos de sus hombres de mayor confianza con los tres rifles israelíes y las pistolas Walter 45 que había a bordo, y vigilar sin descanso el *Thorn* y el camino por donde llegó Tirado.

—No creo que ese barco valga la pena de arriesgar en esa forma el pellejo. Ese tipo es de lo peor que me he encontrado en mi vida de marino —comentó Vincas con aire preocupado.

—Ya no es el barco lo que me mueve —repuso Abdul—, es otra cosa. Nunca he tolerado digerir esta clase de desafíos sin responder a ellos. Tampoco el *Thorn* será para mí. Tanto mejor.

Bashur descendió por la escalerilla y vio que Tirado conversaba en voz baja con el negro. Había algo en los gestos de ambos, una encubierta intimidad que nada tenía que ver con Abdul ni con el *Thorn,* sino con la relación de ellos dos. Una curiosa sospecha le vino a la mente. «También eso —pensó—. Definitivamente nuestro hombre es más complicado de lo que mostraba la foto».

La noche se había establecido con sus inmensos cielos ecuatoriales y sus constelaciones que parecen estar al alcance de la mano. La luna llena iluminaba el paisaje con un resplandor lácteo de intensidad inusitada. El viaje en la lancha duró cerca de dos horas. La zona de manglares, al comienzo de la ruta, dejaba en el ánimo una desolación indefinible. El silencio, roto apenas por el chapoteo de las aguas contra los troncos que se hundían en el agua y el zumbido del motor, y la monotonía de esa vegetación enana, de hojas metálicas, daban al ambiente un sabor a muerte y ceniza. Se internaron río arriba y aparecieron los grandes árboles de vistosas flores color naranja fosforescente y las bandadas de loros que regresaban a sus nidos en medio de una algarabía desbocada a la cual respondían otras aves desde la espesura del bosque. El paisaje cobró una animación festiva que borraba, en parte, el recuerdo de los manglares. La vegetación se iba cerrando hasta llegar a trayectos en los que las ramas de una y otra orilla se entrelazaban ocultando el cielo. Bashur y Tirado intercambiaban apenas cortas frases intrascendentes que se referían al paisaje y al clima. Cada uno se reservaba para lo que pudiera ocurrir más adelante.

De pronto, la lancha viró bruscamente hacia la orilla y entró a un estrecho caño, oculto por tupidos matorrales hasta hacerlo prácticamente invisible para quien pasara por allí sin conocer muy bien la entrada. Media hora después arribaron a un atracadero de concreto, provisto de los elementos más modernos para recibir las embarcaciones. Descendieron de la lancha y recorrieron el muelle protegido por una barandilla niquelada que brillaba a la luz de la luna. Abdul volvió a recordar las grandes villas al borde del agua en Estambul y Alejandría, en Ostia o en Saint-Jean-les-Pins. El rompe espejos iba adelante, señalando el camino que se internaba por entre un lujurioso sembrado de naranjos en flor. Los pasos hacían crujir la grava del piso, con un ruido que producía una impresión de suntuosa prosperidad. Llegaron al fondo de los naranjales. Allí se veía una casa de estilo Bauhaus de un solo piso, cuyas amplias superficies de cristal y aluminio se iluminaron de pronto con reflectores escondidos en el jardín.

Una mujer de acusadas facciones indígenas, casi asiáticas, vino hacia ellos con paso lento de servidor obsecuente. Estaba vestida con prendas masculinas cuidadosamente escogidas: pantalón de mezclilla de corte italiano, camisa blanca con el cuello abotonado y una corbata con diseños polinesios, anudada con rebuscado descuido. Los pies descalzos mostraban las uñas pintadas de color azul pálido. Saludó con respetuosa inclinación de cabeza y esperó las órdenes del dueño. El cuerpo, de formas jóvenes y elásticas, descansaba bajo la luz de los reflectores como un maniquí en la vitrina de un lujoso almacén. Tirado le hizo una seña y ella se dirigió al interior de la casa mientras ellos la seguían en silencio. Entraron a un recibidor en forma de terraza, en cuyo centro se veía un estanque en el que cruzaban en perpetuo movimiento peces de colores fosforescentes, sin duda traídos de la región amazónica. Pasaron, luego, por un corredor en el que colgaban cuadros en el estilo de Rothko y de Pollock. Todo esto no tomaba de sorpresa a Bashur, quien, desde la aparición de la lancha, había presentido que la residencia de Tirado debía ser así. Tampoco le cabía ya duda alguna sobre los orígenes de la fortuna que permitía ese lujo en un lugar tan primitivo.

Se sentaron en confortables sillones de ratán forrados en tela de lino, con tenues manchas de colores pastel. La mujer les preguntó qué deseaban tomar. Abdul pidió un té helado. El dueño sonrió con ironía y pidió un Margarita *frappé*. Abdul dejó pasar sin comentario la sonrisa de Tirado e hizo un elogio del lugar y del buen gusto de la decoración. Anotó, de paso, que el mantenimiento de una residencia así, en un clima semejante, debía ser tarea harto difícil.

—Con personal bien entrenado y alguien que lo dirija con mano firme, no hay problema —explicó El rompe espejos—. De eso se encarga un mayordomo que traje de Porto Alegre, cuyos abuelos alemanes le transmitieron la férrea disciplina de su gente. El estilo de la casa lo escogí más por razones de comodidad que por gusto. Imagínese lo que debe ser vivir en este infierno en una casa estilo Tudor, como la que mis padres habitan en la capital. Bueno, si no tiene objeción podemos hablar un poco de nuestro barco. No creo que haya venido aquí para conversar sobre las ventajas de la arquitectura de Mies van der Rohe —la mujer llegó con las bebidas, las dejó silenciosamente sobre la mesa de centro y partió otra vez sin hacer el menor ruido—. Voy a explicarle, muy sencillamente, cuál es mi idea. Usted ha llegado en forma providencial para mí. Ayer, justamente, me informaron por radio desde Panamá que un barco que venía para recoger un cargamento delicado que debe entregarse en su destino en fecha fija no podía zarpar a causa de una avería que tomará varias semanas en ser reparada. He pensado que usted puede encargarse de ese transporte y su costo lo tomo como un primer pago sobre la compra del *Thorn,* que sólo en tales condiciones me interesaría venderle. Luego terminaría de pagarlo con dos o tres viajes más. Me gustaría conocer sus comentarios al respecto.

Abdul sintió, allá muy adentro, una suerte de alivio. Ésa era, entonces, la trampa que le esperaba. Tampoco esto fue sorpresa para él. Con El rompe espejos era natural prever algo de ese orden. Pero, precisamente, lo que le atraía del asunto era la zona de peligro, ya definida y evidente, que le producía un cosquilleo en la espina dorsal. El *Thorn,* como se lo había explicado a Vincas al partir, ya no jugaba ningún papel en todo esto. Fue así como resolvió seguir el juego de su contrincante hasta ver en qué paraba.

—En primer término —aclaró Bashur—, necesitaría conocer el barco en detalle y saber si aún navega o hay que remolcarlo. En segundo lugar, me gustaría, desde luego, saber qué clase de cargamento delicado es ése y adónde debo llevarlo. Aclarados esos dos puntos, estaré en condiciones de darle una respuesta.

—Sobre el primer punto —repuso Tirado, saboreando el final de su Margarita, con cierta golosa morosidad que se le antojó a Bashur más vulgar que infantil— puedo decirle que el *Thorn* tendría que ser remolcado hasta Panamá. Allí lo pueden acondicionar para que navegue. El motor ha estado detenido hace varios años y me temo que esté inservible. Para convertirlo, como usted desea, en barco para su uso personal, idea que, con perdón suyo, me parece un tanto peregrina, eso podría hacerse ya fuera en Nueva Inglaterra o, también, en Estambul, pero nadie mejor que usted para saberlo. Sobre el segundo punto, quisiera que esperásemos hasta mañana, cuando tenga en mi poder algunos datos indispensables. Por ahora, lo invito a compartir conmigo una cena que nos están preparando y que buena falta nos hace. Su habitación ya está lista. Si quiere tomar un baño para refrescarse un poco, hágalo con toda confianza. Ya ordené que le preparen ropa fresca, por si quiere cambiarse. No se preocupe, es de su talla, no de la mía. Eso faltaba.

El escalofrío que persistía en su espalda le estaba anunciando a Bashur que se hallaba en el ojo de la tormenta. Pidió permiso al dueño y partió a su habitación para tomar un baño. Siguió a la muchacha vestida de hombre, que había surgido como por ensalmo. La habitación contaba con las más impensables comodidades, dignas de un gran hotel de lujo. La ducha, que graduó con agua muy caliente, le trajo una sensación de bienestar que bastante necesitaba. Se rasuró con una máquina eléctrica nueva, que descubrió en el gabinete del baño. Se probó, luego, la ropa que le había traído la mujer con pómulos de anamita. Todo le sentaba a la medida. La camisa de popelina fresca, los pantalones de lino y la ropa interior de hilo se parecían mucho a las prendas que estaba dejando. Metió los pies dentro de unas suaves sandalias hechas de esparto, y regresó a la terraza. La mesa estaba servida allí mismo. El rompe espejos lo esperaba con un segundo Margarita *frappé* en la mano. Pasaron a la mesa y comenzaron a servir una serie de platos de cocina japonesa, todos dentro del estilo más tradicional e impecable. El *sushi,* en particular, era de una variedad y una frescura inconcebibles en ese sitio. Abdul así se lo comentó al dueño, quien se limitó a sonreír con una complacencia que luego fue derivando en malicia.

—Me gustaría —dijo Bashur para cambiar de tema— conocer ahora el origen de su inquietante apodo. Se lo recuerdo porque antes ya me lo había prometido y siento que sería un complemento perfecto para saborear esta magnífica cocina. No sé si esté en vena para complacerme.

—Recuerde —repuso Tirado sin inmutarse— que le previne sobre el motivo bastante obvio del apodo. De esto hace muchos años. Entrenaba con mi equipo para competir en el Campeonato de Polo de Palm Beach y el juego empezó a ponerse algo violento. De pronto, se me resbaló el mango del mazo y le di a la bola en tal forma que salió disparada contra los ventanales del comedor del Club de Polo y rebotó en un gran espejo veneciano que no recuerdo qué magnate cafetalero había dejado en herencia. El espejo voló hecho añicos. Mi padre lo pagó sin protestar. Pero esto no es todo. Al año siguiente, jugábamos un partido con el equipo visitante, integrado por polistas chilenos realmente notables. Volvió a fallarme, fatalmente, la orientación de un golpe a la meta y la bola fue a pulverizar uno de los espejos laterales del imponente Packard de la Presidencia, famoso en ese entonces en toda la ciudad, donde no se conocía ningún otro coche de ese estilo y tamaño. El propio Presidente, que presenciaba el juego y había sido padrino de matrimonio de mi padre, fue quien me bautizó como El rompe espejos. Antes de entrar en la política, había sido golfista notable y clubman muy dado a figurar en sociedad. De allí en adelante todo el mundo comenzó a llamarme con el apodo presidencial. Nunca me ha molestado, en verdad. Ahora que mi vida ha tomado rumbos tan radicalmente opuestos a los de esos años, ya tan distantes, viene muy a punto con cierta fama que he ganado de lograr mis propósitos por encima, no sólo de leyes y autoridades, sino de intereses y vidas que no sean los míos.

Bien. Ahora que ya he tenido el gusto de satisfacer su curiosidad, le invito a que vayamos a dormir antes de que nos invada la calima. Es una niebla que se levanta en las primeras horas de la madrugada y que hace desvariar a las personas.

El rompe espejos se despidió de Abdul y fue a perderse entre los naranjales, donde aquél pensó que debía estar su habitación, separada de la casa y a salvo de sorpresas. Su deducción se vino abajo porque oyó luego el motor de la lancha que se alejaba río arriba.

Ya en la cama y en vista de que el sueño no llegaba, lo que dada la situación era fácil de entender, Bashur se dedicó a pensar en cómo escapar de la celada que le había tendido el dueño de la casa y que él voluntariamente aceptó, atraído por la incógnita que esconde el mundo del crimen. Muchas horas debieron pasar mientras maduraba su plan para salir con vida. Sobre la personalidad de Tirado no le quedaba ya duda. Al abandonar la clase en la que había nacido, dejó al libre arbitrio el instinto de mórbido sadismo que sus antepasados supieron mantener a raya, gracias a una valla hecha de buenas maneras y de codicia sabiamente administrada.

El propósito de El rompe espejos era, sin duda, liquidarlo en caso de que no accediera a su propuesta. Bashur preparó minuciosamente un plan para salir con vida y, examinados, punto por punto, todos sus detalles, entró en el sueño resignado como buen musulmán a lo que dictasen más altos poderes. Antes de dormirse profundamente, volvió a escuchar el motor de la lancha que regresaba. Los pasos de Tirado en la grava del sendero fueron lo último que escuchó. Alcanzó a darse cuenta de que no iba hacia la casa sino al lugar donde debía estar su habitación.

Lo despertaron unos tímidos golpes en la puerta.

—Pase —dijo con voz opaca de quien no acaba de salir del sueño. Entró la atractiva indígena vestida de hombre. Puso encima de la cómoda la ropa que él se había quitado el día anterior, mientras decía, sin mirar a Bashur:

—El patrón lo espera en la terraza para desayunar. ¿Desea té o café?

Abdul pidió té con tostadas y mermelada. La mujer salió sin hacer ruido. Mientras se jabonaba bajo la ducha y, luego, se rasuraba, cayó en cuenta de que en aquella mujer había un cierto aire andrógino que acababa por desviar el interés que, a primera vista, despertaba su figura. Recordó el íntimo cuchicheo de El rompe espejos con el negro de la lancha y comenzó a atar cabos que confirmaban sus sospechas de que el propietario del *Thorn* debía tener más de una desviación en su conducta sexual. Antes de salir de su cuarto, repasó el plan concebido la noche anterior. Todo estaba en orden y todo, también, en manos de Allah. Cuando llegó a la terraza, El rompe espejos estaba sirviéndose una gran taza de café negro, humeante y perfumado. Tirado le dio los buenos días indicándole cortésmente el asiento que había ocupado la noche anterior.

—¿Durmió bien? —le preguntó mientras saboreaba el café con fruición de adicto.

—Muy bien —contestó Bashur—. ¿Y usted? Tengo la impresión de que no se fue a la cama de inmediato.

—En efecto. Tuve que dedicarme un poco a trabajar para usted —repuso el dueño, mientras una chispa perversa le cruzó por los ojos.

Abdul no respondió a esta observación y comenzó a preparar su té; un auténtico Lapsang Suchong, fuerte y ahumado como a él le gustaba.

—Bueno —comenzó a decir Tirado poniendo sus manos sobre la mesa—, me parece que ha llegado el momento de concretar nuestros negocios y conocer qué opina de mi oferta.

Abdul hizo con las manos el gesto de detener a su interlocutor, quien se quedó mirándolo un tanto desconcertado.

—Antes de que sigamos adelante yo quisiera decirle algo. Anoche pensé largamente el asunto y llegué a una decisión que debo comunicarle. En primer lugar, he perdido todo interés en el *Thorn*. Tal como estamos actualmente, con el *Princess Boukhara,* mi socio y yo ganamos lo suficiente. Nunca he pensado en adquirir un barco como el suyo, sólo para placer y para mi uso personal exclusivamente. De todos modos tendría que hacerlo trabajar para mantener ciertas entradas indispensables. Así las cosas, en verdad, para nada me interesa conocer las condiciones en que me ofrece el *Thorn.* Prefiero quedarme en la ignorancia. A nadie, es obvio, le comentaré nada en este sentido. Prefiero dejar las cosas con usted en este punto. Establecido esto, le propongo que nos separemos como si nada hubiese sucedido, ni nos hubiésemos visto jamás. Es lo mejor para ambos.

El rompe espejos se le quedó mirando por un instante, que le pareció a Abdul un siglo, y luego habló con voz que deseaba ser ecuánime y no acababa de lograrlo:

—No creo que ésa sea su última palabra. Si lo es, debo confesarle que me equivoqué lamentablemente. Los paisanos suyos que he conocido tenían más agallas para enfrentar el azar. Pero, está bien. Supongamos que ésa es su determinación final. Pero yo quisiera que me respondiese a esta pregunta: ¿ha pensado, así sea por un momento, que yo voy a ser tan ingenuo en creer que usted, que ha transitado todos los mares y conocido, sin duda, las innumerables maneras que existen para burlar la ley, no sabe en qué consisten mis negocios y que, sabiéndolo, va a callarlo para el resto de su vida? Por Dios, amigo Bashur, no estamos, ni usted ni yo, en edad de, como dicen los brasileros, engullir semejante sapo. ¿Desea más té? —preguntó mientras estiraba el brazo para alcanzar la tetera y servirle. Bashur hizo un gesto afirmativo a tiempo que se daba cuenta de que Tirado alargaba el pie para tocar algo en el suelo. Éste acabó de servir el té y encendió un cigarrillo cuyo humo aspiró profundamente.

Instantes después se escucharon pasos en el sendero que llevaba hasta el muelle. Dos negros atléticos salieron del naranjal y se dirigieron a la terraza. Abdul dedujo que venían del lugar donde el dueño dormía. Pertenecían, como el de la lancha, a esa raza sudanesa que pobló las costas del Pacífico Ecuatorial, y cuya ferocidad era legendaria. Cuando la pareja de sicarios estaba a pocos pasos, se escuchó a lo lejos el golpe característico de una embarcación contra el muelle de cemento. A un gesto de Tirado, los negros dieron media vuelta y corrieron hacia allá. Bashur y Tirado se quedaron un instante en silencio, tratando de entender algunas palabras que se escucharon en dirección del desembarcadero. Tirado se puso de pronto en pie y partió corriendo hacia donde se oyeron las voces. Abdul fue tras él, pensando que se trataba de alguna acechanza que le tenían preparada en el sitio donde estaban desayunando. Llegó al muelle tras El rompe espejos quien, con las manos en alto, al igual que los guardaespaldas, miraba a Vincas y a dos colosos polacos contratados en Gdynia, que apuntaban desde la lancha con sus rifles. Vincas apoyaba su pistola en la cabeza del guardián del *Thorn* que miraba con ojos desorbitados y llorosos a su patrón. El lituano hizo a Bashur señal de que saltara a la lancha. Bashur no obedeció de inmediato. Volviendo hacia Tirado, le dijo en voz baja:

—Ustedes dicen que los caminos de Dios son insondables. Nosotros pensamos que los de Allah lo son más aún. Gracias por su hospitalidad y hasta nunca. Aunque no lo crea, nada quiero saber de sus asuntos que para nada me interesan.

Saltó a la lancha. Ésta dio la vuelta a todo motor y se dirigió caño abajo entre la tupida vegetación de las orillas que, al unirse por encima, apenas dejaba espacio para una embarcación. Los polacos seguían apuntando hacia el muelle, con esa impasibilidad eslava de la que todo puede temerse y casi nada se adivina. Al pasar frente a la lujosa lancha de Tirado le dispararon dos ráfagas en la línea de flotación que la hundieron en pocos segundos. Se escuchó poco después el ruido de un cuerpo al caer al agua. Era el vigilante del *Thorn*. Uno de los marinos, tras de soltarle las manos, lo había arrojado al caño de un puntapié. La lancha, conducida por Vincas, llegó al Mira y, conservando su velocidad, se encaminó hacia la desembocadura en un zig-zag vertiginoso destinado a evitar cualquier disparo que viniera de la orilla. Bashur le preguntó al capitán cómo había logrado llegar en forma tan oportuna. Vincas le repuso que ya se lo explicaría en el barco. Era preciso llegar a la mayor brevedad porque aún podían tener una sorpresa.

Siguieron río abajo, a toda la velocidad que permitía el motor fuera de borda instalado en la barca de remos del *Princess Boukhara*. Salieron al estuario y, al pasar junto al *Thorn*, Abdul se le quedó mirando. «Otro barco que se me va —pensó—. Extraña maldición la que me persigue. También puede ser que el destino insista en evitarme algo fatal que se esconde en estos saurios de otros tiempos». Vincas miraba el viejo barco con los ojos desorbitados de pánico. Abdul no entendió esa expresión que se advertía también en la pareja de polacos que observaban al venerable despojo inmóvil, reflejado en las aguas del estuario. Cuando llegaron al *Princess Boukhara,* que tenía los motores encendidos y estaba listo para partir, izaron deprisa la barca con todo y ocupantes. Cuando ésta se niveló con la cubierta y la gente saltó al piso, el barco había comenzado a desplazarse en dirección al mar. Bashur estaba intrigado por la premura con la que estaban actuando. Vincas lo tomó del brazo y lo llevó rápidamente a proa. Allí permanecieron observando el *Thorn*. Abdul, sin entender lo que sucedía, se quedó absorto mirando uno más de los tantos barcos que habían poblado sus insomnios. De repente una explosión atronadora conmovió la bahía y una llamarada infernal, coronada por un humo negro que subía hacia el cielo, se levantó del *Thorn* que comenzó a inclinarse suavemente a babor. Cuando el casco se volteó del todo, mostró sus lomos invadidos de algas y fucos de mar. Había una impudicia lastimosa en ese vertiginoso agonizar de la augusta pieza de museo. Lo vieron desaparecer en un remolino de aguas sucias de óxido y aceite y algunos trozos de madera carbonizada que giraban tristemente en atropellado vértigo. Fue todo lo que quedó del *Thorn*. La mancha se fue extendiendo como un último signo de infortunio y descomposición.

Vincas se llevó a Bashur hacia el puente de mando. Éste no salía de su pasmo y estaba como atontado. El capitán ordenó al timonel que saliera de la cabina y él tomó los mandos, después de cerrar la puerta con seguro. El relato de Vincas no duró mucho tiempo. Las cosas habían ocurrido en una veloz secuencia de pesadilla, pero dentro de una lógica muy simple. Cuando Abdul partió con El rompe espejos, Vincas se quedó intranquilo, acosado por presentimientos nacidos, en buena parte, por la desapacible impresión que le causó el personaje. Ya sabían que el vigilante tenía comunicación por radio con la residencia de Tirado. Avanzada la noche, Vincas resolvió visitar el *Thorn*. Lo acompañaron los dos colosos de Gdynia, armados de fusiles automáticos de gran poder. Él llevaba una Walter 45. Subieron al barco sin mayores explicaciones y el negro no se atrevió a oponer resistencia. El infeliz tenía en el rostro tales signos de consternación, que apenas lograba pronunciar algunas palabras deshilvanadas. Temblaba como una hoja y les pedía que abandonaran el barco de inmediato. Más le aterraba el castigo de El rompe espejos que las armas de los visitantes. Vincas ordenó que lo encerraran con llave en un camarote sin muebles, contiguo al cuarto de la radio, y dejó a uno de los marinos vigilando la puerta. Fue luego a examinar el transmisor y, cuando se colocó los auriculares, coincidió con una conversación de El rompe espejos con un lugar al que aludía como puesto dos. Era notorio que evitaban mencionar nombres propios. La comunicación duró poco más de quince minutos y siguió de inmediato otra con el llamado puesto tres. Una frase repetida por Tirado en ambas conversaciones puso a Vincas al corriente del peligro mortal que corría Abdul: «Al dueño del barco lo tengo aquí. Da igual si entra o no por el aro. De todos modos es necesario liquidarlo, ahora o más tarde, después de que nos haya servido para lo que necesitamos. Ha visto demasiado y, además, no es ninguna mansa paloma». Vincas se dispuso a actuar sin demora. Lo que había escuchado le permitió saber que Tirado tenía varias toneladas de hoja de coca listas para enviar a un puerto de la costa colombiana en el Pacífico, muy cerca de la frontera con Panamá. Allí, el cargamento sería trasladado tierra adentro por cuenta de los que él mencionaba, como «la fábrica». Si Abdul aceptaba el trato, lo liquidarían después de que entregase la hoja de coca. Si no aceptaba, sería ejecutado esa misma mañana y su barco tomado por asalto. El *Thorn* debía ser volado al día siguiente. Existían sospechas de que la policía tenía ya ubicada la señal de la radio. Las cargas estaban colocadas y Tirado daría la señal para activar los explosivos a control remoto desde la orilla. Los tales «puestos» eran plantíos de coca de propiedad, por partes iguales, de El rompe espejos y de los dueños de «la fábrica». Tirado tenía participación en la venta final de la droga. Vincas ordenó bajar al negro con ellos para que le indicase el camino a la casa donde tenían a Bashur. Partirían de inmediato y esperarían a la madrugada para tratar de rescatarlo. El vigilante seguía temblando y le escurrían por las mejillas gruesos lagrimones que le empapaban la camisa. «Me va a matar —repetía entre sollozos—. Ese hombre me va a matar. Ustedes no lo conocen. ¡Dios mío, de ésta no me salvo!». No conseguía escuchar a Vincas cuando le decía que, antes de llegar al sitio, lo dejarían escapar. Se internaron por los manglares. Más tarde entraron al caño guiados por el negro. Allí apagaron el motor y siguieron a remo hasta divisar la casa de Tirado. En espera del alba se escondieron en la vegetación de la orilla. Cuando oyeron voces que venían del fondo del naranjal, se dirigieron hacia el desembarcadero. La barca chocó con el borde de cemento y una pareja de negros corrió hacia ellos. Los fusiles de los polacos que les apuntaban los detuvieron en seco. Después llegaron Tirado y, tras él, Bashur. El resto, Abdul ya lo sabía. El negro no había querido saltar a la orilla en la zona de los manglares. «Escapar adónde, ¡Virgen Santa! —se quejaba—. Pero ustedes no saben quién es El rompe espejos. No duro vivo ni un día». Por eso tuvieron que arrojarlo, después de rescatar a Bashur. Si lamentaba la pérdida del *Thorn*, era bueno que supiera que el barco carecía de motores y estaba totalmente desmantelado. Lo tenían allí únicamente para comunicarse entre las diferentes bases de la instalación montada por Tirado y sus socios. El comando costero había ubicado la señal y su voladura era inevitable. El vigilante debía perecer con el barco, no valía la pena rescatarlo.

Cuando Vincas terminó su historia, Abdul ordenó poner rumbo a Panamá. En pocas palabras expresó al capitán su gratitud y encomió la rapidez con la que supo actuar. Sencillamente, le había salvado la vida. Vincas transmitió a los marinos de Gdynia estas palabras. Ellos sonrieron satisfechos y expresaron su contento en un dialecto que sólo Vincas lograba entender a medias. Desde luego, los dejó a oscuras sobre en qué consistían las actividades de El rompe espejos. En las interminables borracheras con las que celebraban su arribo a los puertos, podía írseles la lengua a pesar de su fidelidad a toda prueba.

Anclaron en Panamá para esperar turno en el Canal y esa tarde llegó una lancha de la policía con dos inspectores y cuatro agentes armados de metralletas. Subieron al barco y pidieron hablar con Bashur. Éste los recibió y contestó sereno a las preguntas que le hicieron. Todas estaban relacionadas con la voladura de un barco en el estuario del río Mira. Las respuestas de Bashur se concretaron a su interés en la adquisición del barco y a la imposibilidad que se le presentó de hablar con el supuesto dueño. El vigilante del barco no quiso ponerlos en contacto con él. Esperaron hasta el día siguiente y, cuando estaban partiendo, el *Thorn* explotó envuelto en llamas. Era todo lo que podía decirles. El interrogatorio de los inspectores no fue más allá. Parecían mostrar muy poco empeño en saber más de lo que Abdul les informaba. Se trataba de una operación rutinaria para salvar las apariencias. En esto se advertía hasta dónde alcanzaban los tentáculos de El rompe espejos.

El *Princess Boukhara* cruzó el Canal y viajó hasta Fort de France en Martinica, en donde recibiría carga para El Havre. Cuando llegaron a este puerto, los esperaba Maqroll, quien subió al barco en compañía de un singular personaje a quien presentó como su gran amigo el pintor Alejandro Obregón, compañero de andanzas por el sureste asiático y la costa canadiense del Pacífico, sobre las cuales, por cierto, algo se ha escrito en su momento. Mientras daban cuenta de tres botellas del espléndido ron de las islas Trois Rivières, compradas por Bashur en Martinica para agasajar a sus huéspedes, escucharon el relato de éste y su providencial rescate gracias a una conversación escuchada por radio y la diligencia de Vincas Blekaitis. Terminado el relato, Maqroll se concretó a comentar:

—Mis premoniciones sobre las virtudes de El rompe espejos se cumplieron generosamente. No pensé que el personaje fuera tan colorido. Tampoco su foto al lado de Lena permitía vaticinar mucho más. Me hubiera gustado encontrarme con él. Esos señoritos descarriados representan una de las más acabadas personificaciones del mal. Del mal absoluto que carcomía las entrañas de Gilles de Rais y de Erzsébet Báthory.

Obregón, moviendo la cabeza, objetó:

—No crea. Esos tipos no dan para tanto. Conozco a unos pocos que se ajustan al modelo de El rompe espejos y no dan el ancho. Les falta la grandeza de los ejemplos históricos que usted acaba de citar. Siempre esconden, allá, en el último rincón del alma, a un pobre diablo. Yo creo que el mal puro es un concepto abstracto, una creación mental que jamás se da en la vida real.

El resto de la última botella de Trois Rivières se consumió mientras ellos, a su vez, daban cuenta a Bashur y a Vincas de sus correrías por Malasia, nada ejemplarizantes por cierto.

Capítulo IV

Ha llegado el momento de relatar el suceso que cambió por
completo el curso de la vida de Abdul Bashur, suceso sobre el
cual muy poco sabemos por él mismo. En su correspondencia
con Fátima, cita el hecho de paso sin agregar comentario alguno. Todos los detalles a este respecto los conocí por Maqroll el
Gaviero, ya en forma verbal directa, ya por carta. Si bien es cierto que por esta última vía también fue bastante escueto, como
si quisiera respetar un tácito deseo de su amigo. Se trata de la
trágica muerte de Ilona Grabowska en Panamá, en circunstancias que jamás lograron aclararse del todo. Después de ocurrido
el desastre, Maqroll acompañó a Bashur hasta Vancouver. Pocos
meses después encontré al Gaviero, quien me contó la tragedia
de la cual había sido no sólo testigo, sino, en cierta forma, protagonista. Todos estos detalles, junto con otros hechos que los
antecedieron, fueron relatados por boca del Gaviero en un libro
que anda por el mundo, dedicado, en su mayor parte, a Ilona,
la amiga triestina de los dos camaradas. Me limitaré entonces,
en esta ocasión, a resumir brevemente lo sucedido en Panamá.
Ilona y Maqroll habían establecido allí un próspero negocio,
consistente en una casa de citas adonde concurrían mujeres que
se decían aeromozas de conocidas líneas aéreas que tocaban en
Panamá. Bashur pasaba en esa época por una mala racha. A pesar de ello, se había ingeniado entonces la manera de enviar algunas libras esterlinas a Maqroll, quien se encontraba al cabo
de la cuerda en Panamá, antes de su encuentro con Ilona y la
genial idea del burdel de falsas aeromozas. Las ganancias del
original y productivo negocio fueron enviadas en buena parte a
Bashur. Con las pingües contribuciones de sus dos amigos, éste
compró un barco cisterna acondicionado para el transporte de
productos químicos. Lo había bautizado *Fairy of Trieste,* en
honor de Ilona. Por cierto que a la homenajeada no le hizo mayor gracia el detalle que encontró demasiado dentro del ampu-

loso gusto oriental. Maqroll y su socia se cansaron de la vida en Villa Rosa, que era el nombre de la casa de citas, y de manejar a las pupilas que la frecuentaban y a su clientela abigarrada y siempre conflictiva. Tomaron la determinación de salir de Panamá. Irían al encuentro de Bashur, quien iba rumbo a Vancouver y había anunciado su próximo paso por el Canal. No le dirían nada, para darle la sorpresa. En los últimos días, antes de partir, una de las asiduas asistentes a Villa Rosa comenzó a mostrar un extraño apego hacia Ilona, interés que nada tenía de erótico, al menos superficialmente. Se llamaba Larissa y era natural del Chaco. La mujer vivía en un barco abandonado en un malecón de la Avenida Balboa. Allí citó a Ilona una tarde, con el propósito de implorarle que no se fuera. Nadie ha podido saber lo que sucedió, pero lo cierto es que el barco saltó en pedazos a causa de una explosión ocasionada por un escape de gas butano que alimentaba la pequeña estufa de Larissa. Las dos mujeres quedaron semicarbonizadas y Maqroll partió para Cristóbal a encontrarse con Bashur, quien llegó en el *Fairy of Trieste* al día siguiente de la explosión. Hasta aquí lo ya narrado en ocasión anterior.

El encuentro de los dos amigos fue, como era de esperarse, desgarrador, en particular para Bashur, para quien la noticia tuvo consecuencias imprevisibles. El Gaviero subió a bordo y, tomando a su amigo del brazo, lo llevó al camarote de éste, diciéndole que tenía que comunicarle algo en privado. El rostro de Bashur, quien, en ese instante, intuyó que algo había sucedido a Ilona, cobró un tono gris y rígido como de quien espera un golpe y no sabe de dónde va a venir. Ya en el camarote, Maqroll le relató en breves palabras la tragedia. Bashur, anonadado, pidió al Gaviero con voz sorda que, por favor, lo dejara un rato solo. Maqroll salió para hablar con el capitán del *Fairy of Trieste*. Se trataba, una vez más, de Vincas Blekaitis, inseparable de Abdul y, como siempre, incapaz de pronunciar correctamente el nombre del patrón.

—Qué le pasó a Jabdul. ¿Una mala noticia? ¿Ilona no vino acaso con usted? —preguntó mientras lo acompañaba para indicarle el camarote que le tenían reservado.

—Ilona murió, Vincas —le dijo Maqroll con voz opaca.

—¡Dios mío! ¿Y usted lo dejó solo? —exclamó el capitán alarmado.

—No se preocupe. Él mismo me lo pidió. Bashur no es de los que busca escaparse por la puerta que usted está pensando. Le hará bien estar solo unas horas para acostumbrarse a vivir con el vacío que le espera. Las consecuencias vendrán después. Pienso que serán fatales, pero en otro sentido —explicó el Gaviero.

—Bueno. Usted lo conoce mejor. Me angustia pensar en el dolor que lo debe estar torturando ahora. Estaba tan ilusionado de ver a su amiga y de mostrarle el barco, bautizado en su honor. ¿Pero cómo sucedió eso? ¿La mató alguien? —la desolación de Vincas era conmovedora.

Maqroll lo puso al corriente de lo sucedido y el pobre lituano entendía aún menos el absurdo pero fatal ordenamiento de los hechos. Ya en su camarote, el Gaviero meditó largamente sobre el destino nefasto que parecía marcar a quienes llegaban a compartir con él algún trecho de su vida. Para Abdul, la muerte de Ilona era un desastre abrumador. Su relación con ella, con ese cariz fraterno y, al mismo tiempo, una fuerte dosis de erotismo, había creado un vínculo mucho más sólido de lo que el itinerante libanés sospechaba. Para Ilona, por su parte, Abdul era ese hermano menor que nunca tuvo y cuya vida le producía secreta satisfacción orientar. Había en ella una mezcla de complicidad sensual y de sutil dominio ejercido con destreza esencialmente femenina. En cambio, la relación con Maqroll significaba para Ilona un perpetuo reto y una continua sorpresa. Nunca había conseguido asir, así fuera por un instante, alguien por quien sentía evidente atracción y cuyo enigma superaba la eficaz y apretada red de su inteligencia premonitoria de hechicera. Con Maqroll todo quedaba pendiente y nada se cumplía a cabalidad. Los cabos sueltos tornaban a intrigarla, despertando su curiosidad por el personaje. De allí que su trato con el Gaviero estaba siempre sazonado de un humor entre irónico y cariñoso que a ella le permitía conservar siempre una salida de escape. Con Abdul, en cambio, todo se formalizaba dentro de un orden cuyo escueto diseño, que no excluía la aventura y el riesgo, la mantenía dentro de cauces que jamás escapaban a su amorosa inteligencia. Que los celos no hubieran asomado jamás su tortuosa silueta para separar al trío, era fácilmente explicable para quienes conocían esos distintos matices de su relación. La desaparición de Ilona dejaba un vacío que, sin separar a los dos amigos, les despojaba de un intermediario que había facilitado y hecho más amable el manejo de situaciones cuya gravedad siempre acababa disolviéndose por obra del saludable sentido común y el indeclinable amor a la vida de su común amiga y amante.

El viaje a Vancouver estuvo, así, teñido por la turbia torpeza que deja la muerte de alguien a quien hemos amado sin reservas y que formaba parte de la más firme substancia de nuestro existir. Maqroll cuidó, desde el comienzo, en dejar muy claro ante Abdul la condición de inevitable que marcó la tragedia. Larissa escondió hasta el último instante las armas que tenía preparadas, e Ilona se lanzó de cabeza en la celada de la chaqueña sin dejar a Maqroll la menor oportunidad de intervenir. Bashur insistía en darle al asunto una explicación erótica y morbosa de parte de Larissa. El Gaviero insistió muchas veces en que Ilona fue a este respecto de una claridad absoluta. En otras ocasiones, cuando ella había tenido una pasajera aventura de ese orden, solía comentarla sin reservas. El hacer el amor con otra mujer era para Ilona una suerte de juego sin consecuencias, una gimnasia de los sentidos en donde sólo éstos participaban, jamás los sentimientos. Lo de la chaqueña había tenido que ver, más bien, con una piedad mal entendida y con una oscura culpa gratuitamente asumida. Larissa se había aprovechado de esto con el cinismo tenebroso propio de cierta clase de insania bien definida por la psiquiatría. Maqroll insistía en que, al dejar escapar el gas y, una vez Ilona presente, encender el cerillo que causó la explosión, Larissa se había vengado, en la persona de la triestina, de la amarga serie de humillaciones que conformaron esa vida de perpetua servidumbre y de sórdida dependencia. No fue posible aclarar los hechos, ni a la policía de Panamá le interesó sobremanera hacerlo. La explicación de los secretos móviles de Larissa debía andar muy cerca de la tesis del Gaviero.

Ya sin Ilona y su amorosa pero sutil vigilancia, Abdul Bashur, con el paso del tiempo, se fue inclinando cada vez más a seguir los pasos del Gaviero, asumiendo su deshilvanada errancia y el gusto por aceptar el destino sin medir el alcance de sus ocultos designios. Por este camino, Abdul, movido por el secular atavismo de su sangre trashumante, descendió, si no más hondo, al menos a las mismas tinieblas abismales visitadas por Maqroll. Era como si hubiese perdido un freno, un asidero que lo detenía en lo pendiente de su querencia al desastre. Esto me ha llevado a veces a pensar en que la cita con El rompe espejos sucedió después de la muerte de Ilona. Cuesta creer que ella no hubiese intervenido en semejante aventura, en la que iba de por medio la vida de su amante. Pero si nos atenemos a las fechas de la correspondencia, esa suposición debe descartarse. Habría que decidir, entonces, que la influencia de Maqroll había comenzado a ejercer su dominio aun antes de la desaparición de Ilona, lo que tampoco es muy creíble.

Capítulo V

Sea como fuere, cuando llegaron a Vancouver, Bashur ya había soltado todo lastre y, sin pensarlo dos veces, aceptó la sugerencias de Maqroll de vender el *Fairy of Trieste* y, con ese dinero, comprar un carguero que acondicionarían para el transporte de peregrinos a La Meca. Así lo hicieron y, como pasajeros en un venerable carguero turco, viajaron hasta el Pireo, donde se encontraba el barco que deseaban adquirir. El motor diesel de la nave necesitaba una reparación a fondo ya que se trataba de un D11, Scania Saab, fabricado en Suecia en 1920. La conversión del *Hellas,* que así se llamaba el carguero, se realizó en el mismo Pireo a tiempo con el ajuste del motor. Y su registro se hizo en Chipre.

El negocio de transportar peregrinos a La Meca era ya conocido de los dos amigos y algo de esto se menciona en el relato dedicado a Ilona y Maqroll y a sus andanzas en Panamá. Las ganancias en esa clase de actividad son bastante alentadoras, pero el manejo de los pasajeros trae inconvenientes y riesgos fáciles de imaginar. En esa nueva etapa de sus actividades en el Medio Oriente, Abdul y Maqroll anduvieron juntos algunos años. Aunque poco digno de contar les sucedió durante dicho período, sí vale la pena consignar un hecho que pone en evidencia los cambios en el carácter de Bashur. En el tercero o cuarto viaje que hicieron con peregrinos a los santos lugares del Islam, toparon con un contingente que estuvo a punto de acabar, no sólo con el negocio, sino también con sus vidas.

Habían recogido a un grupo de familias de una pequeña comunidad musulmana instalada en Jablanac, en la costa croata de Yugoslavia. Se trataba de sobrevivientes de los tiempos de la ocupación otomana, que habían resistido con inquebrantable entereza, durante generaciones, todos los intentos de disolución promovidos por las autoridades de Croacia. El primer incidente del viaje no pasó a mayores y fue oportunamente sofocado por Maqroll. Un contramaestre recién enganchado por el

Gaviero y que respondía al nombre de Yosip, conocido suyo de años atrás, hombre de ánimo un tanto desorbitado y susceptible, nacido en Irak, de ancestros georgianos, fue el detonador de esta primera riña. Yosip sentía por Maqroll un afecto probado ya en ocasiones anteriores. Era el encargado de instalar en la cala del barco, convertida en dormitorio común, a las familias de los peregrinos. Apenas entendía Yosip el arduo dialecto que hablaba esa gente y, de pronto, se suscitó una riña por un lugar que había asignado a una familia y que otra insistía en ocupar. Yosip trató de poner orden en la disputa cuando, de repente, los dos grupos contrincantes se unieron para irse contra él con el propósito de matarlo. En ese momento el Gaviero descendía para supervisar la instalación de los pasajeros. Conociendo el ánimo conflictivo y feroz de los croatas, traía siempre consigo un revólver calibre 38 en el bolsillo de su chaquetón de marino. Cuando vio lo que sucedía hizo dos disparos al aire y, apuntando a los rijosos, los conminó a guardar el orden, mientras hacía a Yosip señas de que abandonara el lugar. El que figuraba como jefe de la comunidad, un anciano imponente de luengas barbas entrecanas y ojos de iluminado, se destacó del fondo de la cala y se acercó para calmar a sus feligreses. Luego se dirigió a Maqroll en turco para explicarle que Yosip representaba para ellos una disidencia religiosa especialmente ofensiva. Era, por lo tanto, más prudente evitar, en lo posible, todo contacto del contramaestre con la comunidad. Maqroll asintió, en principio, a la solicitud del Imán y todo pareció tornar a la normalidad. Por cierto que, muchos años después, me iba a encontrar con Yosip, que regentaba un infecto motelucho en La Brea Boulevard de Los Ángeles, en donde había acogido a Maqroll derrumbado por un agudo ataque de malaria. En esa ocasión, Yosip me relató el hecho con ferviente e intacta gratitud hacia el Gaviero.

El viaje pareció continuar sin otro contratiempo, pero una sorda inquina se iba fermentando entre el pasaje, motivada, ya no solamente por la presencia de Yosip, sino por cierta liberalidad en la estricta observancia de los preceptos de su religión que comenzaron a advertir en Abdul Bashur, al que sabían musulmán y cuya conducta venían juzgando desde el comienzo del viaje. En esas comunidades, que han sobrevivido al aislamiento a que las someten las autoridades de su país, la intransigencia y el dogmatismo se acentúan con mayor fuerza por obvias razones de supervivencia de su fe en un medio hostil a ésta. Maqroll sugirió que tanto Yosip como Abdul y Vincas, permanecieran siempre armados hasta llegar a La Meca. Y aquí vale tal vez la pena hacer algunas aclaraciones respecto a las creencias de Abdul y a su manera de practicarlas. Siendo un musulmán solidario con los avatares del Islam y perteneciendo a una familia donde la religión está integrada a la cotidiana rutina del hogar, Abdul, sin embargo, mostró desde niño una actitud de creyente marginal, de observante que se reservaba, allá en su interior, algo muy parecido a una actitud de examen, de análisis racional de las normas impuestas por el Corán; actitud que en ninguna religión es la más indicada para vivir como creyente auténtico y devoto. Su madre, mujer de gran dulzura, que sentía por él un cariño absorbente, trató de corregir esa tendencia de su hijo, pero, muy pronto, al llegar éste a la adolescencia, tuvo que prescindir de su empeño. Los continuos viajes, sobre todo por el continente europeo, no modificaron esa manera de vivir Bashur sus convicciones religiosas, antes bien acentuaron más sus reservas y perplejidades. Todo fanatismo lo perturbaba en extremo. Más aún, cuando cayó en la cuenta de que éste constituía el núcleo auténtico del islamismo, cuya perpetua actitud intransigente condenaba la más mínima desviación o tibieza en la práctica de los preceptos coránicos. La ductilidad conciliadora que lo distinguió desde niño le habría de servir como escudo en sus andanzas por tierras del Profeta, en donde evitó siempre el menor roce con sus correligionarios. Más bien era frecuente que Bashur entrara en conflicto con sus amigos europeos, que lo trataban como un levantino occidentalizado, chocando siempre con la intimidad lastimada de Abdul, que reaccionaba ante tan burda incomprensión. Seguramente, una de las razones de la sólida amistad que se estableció con el Gaviero era el respeto innato y espontáneo que éste supo mostrar, desde el primer momento, por las convicciones de su amigo. En cuántas ocasiones fue el mismo Maqroll quien tuvo que encargarse de poner en su lugar al interlocutor occidental que, viendo a Bashur brindar con ellos, se creyó autorizado a comentarios desobligantes sobre los preceptos del Islam en esa materia. Bashur guardaba, en esas ocasiones, un silencio entre fastidiado y contrito, mientras Maqroll dictaba al imprudente una lección que, de seguro, no olvidaría fácilmente. Abdul estaba cansado ya de repetir que El Libro en ninguna parte prohibía taxativamente el uso del alcohol. Lo que sí reprendía sin reservas era la ebriedad, gran pecado contra la mente, don inapreciable de Allah.

—No se preocupe, Abdul —consolaba el Gaviero a su amigo—. Esta gente no ha entendido nada del Islam. Lo peor es que esa ignorancia insolente viene ya desde las Cruzadas. Siempre acaban pagándola muy cara, pero no entienden la advertencia y siguen en su tozudez. No tienen remedio. Así será hasta el fin de los tiempos.

—No todos son así —solía aclarar Bashur—, conozco muchos españoles y portugueses con una disposición mucho más abierta y sensata que la de otros europeos.

—No se haga ilusiones —insistía el Gaviero—, recuerde la Inquisición.

—Según tengo entendido, entre los inquisidores hubo más de un converso. Le tengo más miedo al fanatismo de mis hermanos que al de los rumi.

En esas palabras Bashur retrataba fielmente su actitud frente al conflicto secular de dos civilizaciones que han sostenido un diálogo de sordos durante más de un milenio. Si nos hemos detenido en ese aspecto de la personalidad de Bashur es porque precisamente en ese viaje con los croatas a los lugares santos se manifestó en forma patente su actitud ante el problema religioso.

Cuando el *Hellas* dejó el Adriático, comenzó cada mañana a subir a cubierta una mujer vestida un poco a la moda europea, con un traje floreado que le llegaba a los tobillos. Desde el primer día en que apareció, Bashur puso en ella la vista. Alta, casi de su estatura, delgada y esbelta, los pechos breves y firmes, la mujer mantenía un porte erguido y ausente que armonizaba con la perfección de sus facciones. Era una cara alargada y pálida, de rasgos finamente delineados. Los ojos grandes y oscuros conservaban una mirada de esquivo estupor, de gacela alarmada, que le daba un particular encanto. El viento, al ceñirle el traje al cuerpo, ponía de manifiesto unas caderas apenas insinuadas, con las crestas de los ilíacos resaltando bajo la tela. La mujer permaneció allí, sin acompañante alguno, durante dos largas horas, escrutando fijamente el horizonte, cosa que despertó la curiosidad de Bashur y la inquietud de Vincas. Periódicamente se pasaba la mano por la abundante cabellera de un negro profundo, en un gesto de impaciencia apenas manifiesta. Al tercer día de pasar Abdul a su lado, con un pretexto cualquiera, escuchó que se dirigía a él, en el dialecto de El Cairo, para preguntarle qué islas eran esas que habían quedado atrás hacía un rato y se perdían ya en el horizonte.

—Son Othonoï y Erikousa. Vale la pena, un día, visitarlas. Son el primer anuncio del encanto helénico —contestó Bashur, con evidente propósito de continuar el diálogo.

La mujer resultó dueña de una educación bastante más extensa y refinada que la del resto de sus compañeros de peregrinación. Viajaba para reunirse con su marido, explicó, tras algunas frases convencionales. Sus padres la habían casado con un hermano mayor del Imán que los conducía a La Meca. Era un comerciante muy respetado en la región, que, desde hacía muchos años, se tenía que desplazar en silla de ruedas debido a un ataque cerebral que lo dejó semiparalítico. Ella había ido a Jablanac para visitar a sus sobrinas políticas, hijas del Imán, y ahora regresaba al hogar. De soltera vivió en Egipto, trabajando en un almacén de perfumes en El Cairo, protegida por unos lejanos parientes de su madre. Sus padres murieron en un accidente de tren, cuando viajaban a Zagreb para instalarse allí: A su regreso de Egipto, el Imán, que había recibido la custodia de la joven, la casó con su hermano que ya se encontraba inválido.

Durante todo este relato de su vida, no advirtió Bashur el menor tono de queja o autocompasión. Ella contó los hechos en forma escueta y directa, como si le hubiesen ocurrido a otra persona. Abdul, un poco en retribución a tales confidencias y un mucho para proseguir la charla, hizo, a su vez, un breve resumen de su vida. Pasaron, luego, a rememorar El Cairo, que Abdul conocía muy bien, y Alejandría, donde había vivido de adolescente, trabajando con un tío. Precisamente en Port Said había conocido a su socio y viejo amigo, y señaló hacia Maqroll que, recostado en una silla de lona, estaba embebido en el libro de Gustave Schlumberger sobre Nicéforo Phocas. Bashur percibió una ligera reticencia en los ojos de la mujer y le preguntó, a boca de jarro, qué opinaba del Gaviero. Ella, con espontánea naturalidad, le repuso que el hombre le causaba un indefinible temor. Quizás, dijo, era debido a la imposibilidad de ubicarlo en oficio alguno y tampoco en una determinada nacionalidad. Nada comentó Bashur al respecto y pasó a hablar del viaje que hacían y de los puertos donde iban a tocar. La mujer se despidió poco después. Antes de partir, volvió hacia Abdul para decirle:

—Mi nombre es Jalina. Ya sé que el suyo es Abdul y no Jabdul como lo llama el capitán. Por cierto: por qué no lo corrige cuando lo llama así.

—Porque me divierte que lo haga —repuso Abdul, sonriendo ante el desenfado de su interlocutora, inesperado en una musulmana—, también el Gaviero lo hace cuando me quiere tomar el pelo.

—Yo jamás podría hacerlo —comentó ella mientras se dirigía hacia la escalerilla que llevaba a la cala. En esas palabras dejaba algo que Bashur interpretó como una tácita promesa de una futura intimidad.

Siguieron viéndose cada día y la relación se hizo cada vez más fluida y personal. Abdul cayó en la cuenta de que la mujer le atraía en forma muy particular. Más que atractivo, se trataba de una excitación comunicada por ese cuerpo de una esbelta delgadez y esa piel cuya blancura mate y tersa le traían a la mente los tan citados versículos coránicos sobre las huríes del paraíso. Era un lugar común inaceptable, lo sabía, pero también sabía que esos lugares comunes toman cuerpo y adquieren presencia tangible. Por la misma razón de su obviedad, cobran un prestigio obsesivo y arrollador. Tanto Maqroll como Vincas vigilaban la temeraria senda por la que se internaba su amigo. El Gaviero, fiel a su principio de dejar siempre que las cosas sucedieran, sin importar lo que viniese, no intervino para nada. Vincas, más ingenuo y desprevenido, comentó a su patrón:

—Por Dios, Jabdul, los muslimes andan ya harto irritados. Usted bien sabe a lo que se arriesga si se lleva a la cama a esa mujer, casada con el hermano del Imán. Nos van a degollar a todos.

—No se preocupe, capitán. Andaré con cuidado. No pasará nada. Ya conoce usted aquello de la atracción del fruto prohibido. Además, esa mujer es más civilizada que sus broncos compañeros de viaje —repuso Abdul, que, si bien no estaba tan seguro de que el asunto no traería consecuencias, ya había resuelto llevarse a Jalina a su camarote, exasperado por el turbador reclamo que la mujer ejercía sobre sus sentidos.

La iniciativa, sin embargo, no partió de él y esto exacerbó aún más su capricho. Una noche, cuando dormía ya profundamente, tocaron tímidamente a su puerta. Se levantó para abrir y entró Jalina, envuelta en un amplio chal que le envolvía todo el cuerpo como a una sacerdotisa fenicia en trance. Sin pronunciar palabra cayeron abrazados en la litera. Abdul solía dormir desnudo y ella, al quitarse el chal, apareció en plena desnudez ofrecida en un desordenado delirio de posesa. Bashur confirmó, en febriles episodios que se sucedían en un vértigo que parecía no acabar nunca, sus premoniciones sobre el temperamento de la croata, cuyas caricias lo dejaron exhausto.

Los encuentros nocturnos se repitieron cada noche, a tiempo que la mujer no volvió a presentarse en la cubierta, en un vano intento, tal vez, de ocultar su relación con el dueño del *Hellas*. Los temores de Vincas no tardaron en cumplirse. Abdul comenzó a notar en el cuerpo de su amiga moretones que indicaban el castigo por su conducta. Ella le restó importancia al hecho e inventó que se había caído de la litera mientras dormía. Abdul prefirió aceptar la disculpa. Pero una noche, cuando fue a abrir la puerta, en lugar de Jalina entró el Imán en persona. La actitud del anciano no era violenta. Daba la impresión, más bien, de estar turbado ante la desnudez de Bashur y no lograba expresarse claramente. Bashur se envolvió en la sábana y lo invitó a sentarse. El hombre permaneció de pie mirándole fijamente. Bashur le preguntó la razón de esa visita y el Imán le contestó con voz que escondía un hondo reproche:

—Usted conoce muy bien el castigo que en El Libro se impone a las parejas adúlteras. No tengo que decirle más. Cuando lleguemos a La Meca, esa mujer será juzgada según la ley del Profeta. Respecto a usted, nada podemos hacer aquí. Su ofensa será un día castigada como está prescrito. Lo conmino a que suspenda de inmediato todo contacto con la mujer de mi hermano. Si hasta hoy he conseguido detener a mi gente, que está ansiosa de limpiar la vergüenza que cayó sobre nosotros, no garantizo que, en adelante, pueda lograrlo. Esto es todo lo que tengo que decir, además de proclamarlo, con la autoridad de mi investidura de Mullah, réprobo indigno de la infinita clemencia de Allah el misericordioso.

Bashur informó a Maqroll al otro día sobre las palabras del Imán y sus propósitos justicieros. El Gaviero se quedó pensativo por un instante, como sospechando la gravedad del anuncio, y luego comentó:

—¡Ay, Jabdul!, cómo siento tener que darle la razón a Vincas. Pero, por otra parte, es cierto que en esta materia no he predicado precisamente con el ejemplo y nada puedo decir. Ahora bien, mientras estemos en el barco, el Imán no puede aplicar en esa pobre mujer su feroz justicia. Estamos bajo pabellón británico. No olvide que el *Hellas* está registrado en Limassol. El anciano sabe que las leyes inglesas considerarían cualquier atropello a Jalina como un delito grave. Él mismo lo está reconociendo así, al decir que la sentencia se ejecutará al llegar a La Meca. Nos conocemos hace tiempo y bien sé que usted buscará la manera de seguir en contacto con ella y tratará de protegerla. Eso va a enardecer los ánimos de estos bárbaros. Si se nos vienen encima, no cabe duda de que dan cuenta de nosotros en pocos minutos. La única solución posible es que descienda con ella pasado mañana en Port Said. Nosotros seguiremos hasta Jiddah, dejamos allí a los peregrinos y, de regreso, los recogemos a ustedes. Hay que ver qué papeles tiene la dama.

—Trae pasaporte yugoeslavo —explicó Abdul—, pero como ha vivido varios años en Egipto, la policía debe tener registrado su nombre. No creo que haya ningún contratiempo para bajar en Port Said y esperar allí algunos días el *Hellas*. Pero ése no es el verdadero problema —prosiguió Abdul con tono desolado—. Lo que en verdad me inquieta, en caso de que logremos quedarnos en Port Said, es cargar con esta hembra desenfrenada y hacerme cargo de ella, vaya a saber por cuánto tiempo. Usted sabe que ésta es una aventura pasajera. Ya le he contado sobre los arrestos de la señora en el lecho y la delirante experiencia que ha sido estar con ella. Pero de allí a compartir la vida con una bacante desmelenada, hay un abismo.

—Todo eso ya está tenido en cuenta. En Port Said le daremos dinero suficiente para que viaje a donde quiera. No me da la impresión de que sea persona para quedar desamparada así no más. Si trabajó en El Cairo y en Alejandría, se abrirá camino fácilmente en cualquier sitio. Hay una cosa cierta y ella la sabe: si desciende en Jiddah con los demás, muere lapidada antes de ver La Meca. Habría que encontrar a alguien que se interese por ella y dejársela en herencia, como hice con la viuda de los inciensos funerarios en Kuala Lumpur, que acabó en brazos de Alejandro Obregón —a estas últimas palabras del Gaviero, Abdul respondió con un movimiento de cabeza que decía más que cualquier frase, luego comentó:

—Pero cuál va a ser la reacción de esos energúmenos, cuando se den cuenta de que desembarcamos en Port Said —era evidente que no acababa de ver del todo claro en el plan de su socio.

—Muy bien —le respondió el Gaviero—, ustedes bajan de noche, en forma discreta. Yosip los acompañará. Es de confiar y tiene papeles de Irak, que no presentan problema. Se dirá que fue al puerto para entregar unos documentos a nuestro agente. Lo importante, ahora, es que se comunique usted con su Dulcinea. Yo estoy seguro que ella hará lo imposible para verlo.

En efecto, Jalina apareció a la madrugada siguiente en el camarote de Abdul, con el rostro magullado, una ceja desgarrada que sangraba copiosamente y la espalda llena de señales de azotes propinados sin piedad. Bashur intentó, como pudo, curarle las heridas con los medios disponibles en su botiquín y le hizo tomar un analgésico fuerte para calmar los dolores que debían ser insoportables, aunque la mujer no se quejaba. Tampoco quiso contar quién la había castigado así. Escuchó la propuesta de Bashur respecto a desembarcar con él en Port Said y estuvo de acuerdo en todo. Confirmó también que en su pasaporte figuraba aún la constancia de haber vivido y trabajado en Egipto. Se insinuó para hacer el amor, a pesar del maltrato que traía, y Abdul accedió para no contrariarla en ese momento. Antes de regresar a la cala convino en esperar un cuarto de hora antes de la medianoche siguiente al pie de la lancha del *Hellas* que los llevaría a tierra. Bashur le indicó claramente cuál era.

Abdul informó esa mañana a Maqroll y a Vincas sobre la visita de Jalina y su conformidad con el plan de escape. Quedaba el problema de los peregrinos y su reacción cuando se dieran cuenta del hecho. Estuvieron todos de acuerdo en repartir armas entre los miembros de la tripulación de mayor confianza.

Atracaron esa noche en Port Said y comunicaron por radio a la capitanía del puerto que iban a descender dos pasajeros con sus papeles en regla. Esperarían en Port Said hasta el regreso del *Hellas* que se dirigía con peregrinos hasta Jiddah, el puerto de La Meca. Las autoridades estuvieron conformes. A la hora que indicó Bashur, Jalina apareció al pie de la lancha. Había sido golpeada de nuevo y apenas podía caminar. Casi al tiempo llegaron Yosip y un marinero que lo acompañaría hasta el muelle. En la cala no se escuchaba señal de vida. El Gaviero y Vincas se quedaron en espera del regreso de la lancha ansiosos de saber cómo habían sucedido las cosas en el puerto. El tiempo pasó y nadie regresaba. Finalmente, en la mañana del día siguiente la lancha volvió conducida sólo por el marinero, quien hacía señas para que le ayudaran a izarla. Al llegar a cubierta el hombre relató lo sucedido, sin esperar a las preguntas de sus superiores. Abdul y Jalina pasaron la barrera de inmigración sin problema alguno. Un policía preguntó por qué venía esa mujer en tal estado, le explicaron que había sufrido un traspié en la escalera que descendía a la cala y había caído de casi cuatro metros de altura. Iba a someterse a un examen médico en el hospital de Port Said. Cuando Yosip se disponía ya a regresar, le pidieron sus papeles y él repuso que no los traía consigo, ya que no tenía intenciones de desembarcar allí. Le ordenaron esperar, después de pedirle su nombre completo y otros datos personales. Al poco rato ingresó el mismo oficial con dos guardianes armados y le dijo a Yosip:

—Usted estuvo en la Legión Extranjera francesa y tiene asuntos pendientes en Francia con la justicia militar. Queda detenido —los guardias lo esposaron y partieron con él hacia el interior de las oficinas. Al marinero, que trataba de abogar por el contramaestre, le indicaron que no se mezclara en eso y regresara al barco de inmediato, si no quería que lo detuvieran también. El hombre explicó que había escuchado, allá detrás de las mamparas de vidrio que separaban el área de inmigración del resto de las oficinas, que Abdul y Jalina algo hablaban con Yosip, quien debió cruzarse con ellos.

La presencia de Yosip en el barco era indispensable para enfrentar a los croatas en caso de algún desorden en la cala. La tripulación sentía hacia él una mezcla de fidelidad, respeto y admiración por su abigarrado historial en todos los puertos del Mediterráneo. Maqroll y Vincas se fueron a dormir, luego de acordar que se comunicarían a la mañana siguiente con la persona que los representaba como agente aduanal, para pedirle que interviniese en alguna forma para conseguir la liberación de Yosip. Así lo hicieron y hacia las diez de la mañana consiguieron, por fin, comunicarse a Port Said con el hombre cuya voz se oía trasnochada y tartajosa. Pasó Abdul al aparato y los puso al corriente de lo ocurrido. Resulta que Yosip era desertor de la Legión Extranjera francesa y las autoridades de ese país habían cursado un pedido de extradición a Egipto, donde sospechaban que se había refugiado. Yosip explicó que ese cargo estaba ya prescrito y solucionado hacía más de diez años. Si las autoridades egipcias preguntaban ahora a Francia por el caso, todo se aclararía al instante. En el pasaporte, que le fue enviado por Vincas esa mañana, podían ver que varias veces había entrado y salido de Francia, Argelia y Túnez, sin ser molestado. Los archivos de Port Said no debían estar al día. Pero daba la casualidad de que era sábado y el consulado francés sólo abriría hasta el lunes siguiente. Abdul sugería que continuasen el viaje lo más pronto posible, por obvias razones. Aclaró también que la persona enferma que había bajado con ellos estaba ya bajo atención médica en el hospital inglés. En un par de días estaría en condiciones de salir de allí. Era urgente que enviasen todos los demás papeles referentes a Yosip, que guardaba Vincas con los demás documentos del *Hellas*.

Tan pronto regresó la lancha, zarparon rumbo a Jiddah. Esa misma noche apareció de repente el Imán en el puente de mando, con el solemne porte de quien trae en sus manos la ira de Allah. Amenazó con entablar una demanda ante las autoridades sauditas, por secuestro de una pasajera. Todos tendrían que descender en Jiddah para rendir cuentas de su tropelía. Maqroll, en forma muy serena pero igualmente terminante, repuso al Mullah:

—Esa mujer vino a nosotros en busca de protección y ayuda médica, debido a las varias tandas de golpes y azotes de las que fue víctima. No quiso decir de manos de quién. Éste es un delito grave, cometido bajo pabellón británico, que se castiga, usted debe saberlo, con varios años de cárcel. La mujer descendió por su propia voluntad y así lo hizo saber a las autoridades egipcias, quienes ya están comunicando el hecho a las de Jiddah. El señor Bashur descendió en Port Said para atender negocios relacionados con nuestra operación comercial. Así consta ante las autoridades del puerto. Ahora bien: a la menor muestra de rebelión de su gente contra el capitán Blekaitis y su tripulación, se pedirá ayuda a las autoridades británicas más cercanas y los peregrinos serán desembarcados, sin contemplaciones, en el primer sitio donde podamos atracar. Desde luego haremos una denuncia por intento de secuestro de una nave de registro inglés. Cualquier acto de violencia de su gente contra nosotros será rechazado con las armas, con la autoridad que las leyes internacionales sobre navegación marítima conceden al capitán de la nave. Le aconsejo que, teniendo en cuenta lo que acabo de decirle, regrese a la cala y medite sobre las consecuencias de cualquier violencia.

El anciano ministro del Profeta dio media vuelta sin decir palabra y caminó hacia la cala con envarada prosopopeya, tan poco natural que era claro que trataba de salvar la cara frente a su gente que se había asomado para que ver qué sucedía con su Imán. Era de esperar que los convenciera de seguir hasta Jiddah sin crear desorden alguno y olvidarse de Jalina. El anciano debió lograr su propósito, porque los croatas permanecieron tranquilos durante todo el trayecto hasta el puerto de La Meca. En Jiddah, bajaron al remolcador que había ido por ellos, ya que Vincas no quiso atracar en los muelles, por natural precaución. Al descender el grupo, un gigante de mirada torva y labios temblorosos de ira se enfrentó a Vincas y a Maqroll, que vigilaban de cerca el desembarque de los peregrinos, y los increpó en turco:

—¡Perros, hijos de perra! Algún día nos hemos de encontrar, no importa dónde, y beberé su sangre y escupiré sobre sus cadáveres hasta que se me agote la saliva. Recuerden bien mi nombre: Tomic Jankevitch los perseguirá con su furia hasta matarlos.

Maqroll le respondió en el mismo idioma:

—No te preocupes por eso, Tomic. Cuando tengamos el placer de encontrarte nos adelantaremos a tus buenos deseos y obsequiaremos tu cadáver a los cuervos. Si lo aceptan. Cosa que dudo.

El hombre hizo ademán de lanzarse contra el Gaviero y éste se llevó la mano al bolsillo de su chaqueta. Alguien que venía detrás del energúmeno lo empujó ligeramente diciéndole algunas palabras al oído. El hombre siguió su camino maldiciendo entre dientes contra todos los del barco. Vincas comentó divertido:

—Por lo visto, la ardiente Jalina cuenta con admiradores entre los santos peregrinos a La Meca. Habrá que comentárselo a Jabdul.

Partieron los croatas y el *Hellas* estaba a punto de levar anclas, cuando una lancha del resguardo portuario, con la bandera saudita flotando altiva en el tibio aire del desierto, se dirigió al barco. Por altavoz ordenaron al capitán detenerse y esperar la visita de las autoridades. Cuando subieron a bordo, los atendió Vincas con la tradicional flema nórdica. Se trataba de dos funcionarios uniformados y cuatro guardias armados de ametralladoras cortas. El funcionario que ostentaba el mayor rango preguntó al capitán por una mujer que venía en el barco y había desembarcado contra su voluntad en Port Said, según declaración del Imán al llegar a tierra. Vincas explicó en inglés que la mujer había descendido por su propia voluntad y así se había hecho constar en las oficinas de inmigración en Port Said. Era fácil verificarlo comunicándose por radio con las autoridades egipcias. La mujer había sido, además, brutalmente golpeada por sus compatriotas y estaba bajo atención médica en Egipto. El oficial saudita pidió ver los documentos del barco y Vincas se los mostró de inmediato. Los examinaron con el otro empleado en forma minuciosa y desesperante, como si no entendieran bien el inglés. El superior del grupo devolvió los papeles y, sin hacer ningún comentario, ordenó en árabe a su gente volver a la lancha. Dio media vuelta y descendió rápidamente la escalerilla. Ya en la lancha, comunicó al capitán que podía partir cuando quisiera.

El viaje de regreso se cumplió sin contratiempos. Todos en el barco estaban ansiosos por saber noticias de Abdul y de Yosip. Al llegar a Port Said anclaron a la entrada del puerto y muy poco después llegó Abdul en una lancha, acompañado por el agente aduanal. Después de los saludos entusiastas de Maqroll y del capitán, éste le preguntó por Yosip. Abdul les informó con amplia sonrisa que economizaba cualquier comentario adicional:

—Ya está libre de toda acusación como desertor de la Legión, pero debe permanecer durante un mes en territorio egipcio. Así lo exigen las leyes del país, cuando se ha anulado un pedido de extradición por parte de cualquier gobierno extranjero. Esa formalidad, puramente burocrática, la está cumpliendo con enorme placer, porque le permite quedarse cuidando a Jalina, que se repone lentamente de los golpes y azotes que le propinó, con anuencia del Imán, un gigante que la pretendía. Yosip y ella han descubierto que se entienden maravillosamente. No duden que los veremos muy pronto formando una pareja ejemplar. Bien. Les pido me excusen, voy a dormir un rato porque me caigo de sueño. Hace dos días que ni duermo. Pero antes les doy un consejo: no echen en saco roto las direcciones que tiene a su disposición Malik para divertirse en Port Said. Les aseguro que valen la pena —el agente, que respondía al nombre de Malik, era un ventrudo egipcio de rostro plácido y bonachón, que sonreía a través de los grandes bigotes teñidos de henna que le caían sobre las comisuras de la boca dándole un aspecto de turco de opereta.

Tal como lo predijo Abdul, Yosip se convirtió en el inseparable compañero de Jalina. Con ella recorrió el mundo desempeñando los oficios más diversos. Abandonó la navegación, en buena parte porque su mujer no quería acompañarlo a bordo. Vincas perdió al mejor contramaestre que había tenido y Maqroll ganó dos amigos con quienes se encontró en varias ocasiones. La mujer había tomado un cariño ferviente al Gaviero desde cuando supo que había sido suya la idea de que desembarcase en Port Said. En este sentimiento de Jalina hacia el Gaviero había una gran dosis de piedad que ella explicaba siempre en una frase:

—Está más solo que nadie y necesita más que nadie de quienes lo queremos bien.

En el sórdido motel de La Brea Boulevard de Los Ángeles, donde muchos años más tarde fue a recalar el Gaviero derrumbado por las fiebres, ella iba a mostrar hasta dónde iba su afecto por él. Esto ha sido objeto de otro relato que ya anda en manos de algunos lectores interesados en las andanzas de Maqroll.

Capítulo VI

La vida de Abdul iba a mudar muy pronto de rumbo de manera radical. Aunque ni Maqroll, ni el mismo Bashur y, menos aún, sus familiares, mencionaron esta coincidencia, al revisar las cartas y escritos correspondientes a la que pudiéramos llamar la segunda etapa de la vida de nuestro amigo, es evidente que la desaparición de Ilona determinó el cambio. Al abandonar a su propia inercia ciertos mecanismos, que Ilona solía percibir desde el primer instante de su aparición y tenía la sabia y misteriosa facultad de mantener bajo control, Abdul, muerta su amiga, dejó que un ciego fatalismo desbocado lo condujera a los mayores extremos de incuria y desaprensión. No quiere esto decir que cambiase su carácter generoso e inquisitivo. Bashur siguió siendo el mismo pero transitando por veredas y ambientes por entero distintos a los que, hasta ese momento, había frecuentado. Las cosas fueron sucediendo paulatinamente. Al comienzo, no era fácil percibir el cambio, si bien, la buena suerte, que hasta entonces estuvo de su lado, se fue alejando hasta esfumarse en el horizonte de sus andanzas. El primer síntoma grave se presentó con la pérdida del *Hellas*. Sobre ello algo se dijo al comienzo de esta historia. Es hora de completar la trama de lo ocurrido entonces.

Al regresar a Chipre, después de la experiencia con los peregrinos croatas y la turbulenta Jalina, el *Hellas* realizó algunos breves recorridos en el Mediterráneo que, si bien no dejaron mayores ganancias, tampoco ocasionaban gastos considerables. La tripulación se redujo a ocho personas. Yosip fue reemplazado por un contramaestre irlandés, que ya había trabajado años atrás con Bashur, en barcos de la familia. El hombre tenía una capacidad para almacenar whisky en el cuerpo que superaba todo cálculo imaginable. Pero, al mismo tiempo, sabía mantener con su gente relaciones afables a la vez que exigirles un riguroso rendimiento en el trabajo. Nunca se le vio borracho y en lo único que se le notaba que había llegado a la altamar de su dosis de escocés, era por un permanente canturrear en voz baja tonadas en la espesa lengua de la verde Erín. Se llamaba John O'Fanon. De él partió la idea de transportar armas y explosivos a España.

En una taberna de Túnez John encontró a una joven pareja que decía estar pasando la luna de miel. Los dos eran catalanes y hablaban con fluidez varios idiomas. Ella era una morena de estatura más bien baja y facciones expresivas de una incesante movilidad. Él era uno de esos seres altos, descarnados y melancólicos, con cierto aire de seminaristas, de pocas palabras y que siempre dan la impresión de que acaba de caer sobre ellos una gran desgracia. La pareja simpatizó de inmediato con el contramaestre del *Hellas* y pasó buena parte de la noche disfrutando sus historias de mar y sus anécdotas, algunas muy subidas de tono, sobre su vida en los puertos. O'Fanon no estaba ya en condiciones de poner en duda esa manifestación de simpatía, nacida tan de repente, y una tan marcada atención a su torrentosa charla salpicada de incidentes manidos, comunes a toda vida en el mar. Antes de regresar a su hotel, la pareja aceptó entusiasmada la invitación que les hizo John para visitar el *Hellas* y ofrecerles allí una copa en compañía de los patrones, cuyas excelencias no se cansaba de encomiar. Nada de esto informó O'Fanon a los dueños del barco y, al día siguiente, había olvidado por completo su entusiasta invitación. Los catalanes aparecieron, a eso de las cinco de la tarde, al pie de la escalerilla y preguntaron por su amigo O'Fanon. Maqroll supervisaba la operación de descargue de cemento proveniente de Génova, que terminaría en breves minutos. Le intrigó que la curiosa pareja preguntase por el contramaestre con tanta familiaridad. Hizo llamar a O'Fanon y éste, al llegar, reconoció a sus amigos de la noche anterior y recordó la invitación hecha en la euforia del *scotch*. Musitó una excusa cualquiera y bajó para atender a sus amigos. Ya sobrio y refrescado por la hiriente brisa que venía del interior tunecino, en pleno mes de enero, John descubrió en la pareja algunos rasgos nuevos que no dejaron de sorprenderle. El hombre había perdido mucho de su aire clerical y miraba a su alrededor en actitud alerta, sobre todo en dirección de Maqroll. La mujer, en medio de su extrovertida variedad de gestos, que tenían más de tic nervioso que de otra cosa, también acusaba una tensa vigilancia que la noche anterior no había advertido O'Fanon. El irlandés les presentó al Gaviero, que ya estaba sobre aviso respecto a los visitantes por la conducta que desde el puente había notado en ellos. Recorrieron el barco, mirando sin detenerse en ninguno de los detalles que les enseñaba el contramaestre y sobre los cuales les daba minuciosas explicaciones. Al llegar al puente de mando, toparon allí con los propietarios y fueron presentados a Bashur. El olfato de Abdul ya había percibido varios indicios que no lo tranquilizaban. En un silencio que se creó, cuando ya nadie, al parecer, tenía nada que decir, Abdul dejó caer la pregunta que tenía a flor de labios desde hacía rato:

—¿Podemos servirles en alguna otra cosa, diferente de mostrarles un triste carguero común y corriente? Programa que se me ocurre bien poco interesante para pasar la luna de miel.

El melancólico ampurdanés —ya había explicado que era oriundo de La Bisbal— atrapó de inmediato la invitación de Bashur y repuso tranquilamente:

—En efecto nos gustaría hablar con ustedes dos para plantearles un negocio. ¿Podemos ir a algún lugar privado?

Maqroll pescó al vuelo la intención de Bashur y los invitó a la pequeña oficina que compartía con Abdul entre los dos camarotes que ocupaban como dormitorio. O'Fanon miraba todo aquello con sus ojos azul cielo desorbitados, moviendo la cabeza como quien no entiende nada y se ausentó pretextando una tarea urgente.

Los tiernos cónyuges en luna de miel se transformaron, una vez sentados alrededor de la pequeña mesa de trabajo, en algo por entero diferente de lo que pretendían ser. A pesar de la prudencia con la que fueron dejando caer los datos que concernían a sus actividades, los dueños del *Hellas* sacaron en claro lo siguiente: se trataba de miembros de una organización anarquista catalana, autora de varios golpes muy sonados en la prensa europea y que habían costado la vida a varias decenas de militares y guardias civiles. Deseaban contratar un transporte de armas y explosivos que debían ser descargados en el puerto de La Escala en la Costa Brava. Maqroll iría con el barco para entregar la mercancía y Bashur se quedaría con ellos y con otra pareja que los esperaba en el muelle. Los acompañaría a Bizerta, en espera del resultado de la operación.

—Eso quiere decir que yo quedaría en manos de ustedes como rehén —precisó Abdul con voz neutra que no calificaba el hecho.

—Eso quiere decir exactamente —repuso en el mismo tono la mujer—. No nos creerá tan ingenuos como para dejar al arbitrio de otros un asunto de esta índole. Así nos aseguramos de dos cosas: la entrega de cargamento y su discreción. Me parece que, tanto nuestro amigo libanés como usted lo han entendido perfectamente —dijo volviéndose hacia el Gaviero.

—Más claro, imposible —repuso éste con sonrisa desvaída.

—¿No les interesa saber cuánto estamos dispuestos a pagar por este servicio? —preguntó la mujer con suficiencia que irritó a Maqroll.

—Claro que nos interesa. Lo que sucede es que, tal como están planteando la cuestión, llegué a pensar que esperaban que hiciéramos la tarea en forma gratuita —contestó aquél ya un poco fuera de sí.

El hombre hizo con la mano un gesto como para detener el diálogo entre los contrincantes y mencionó la cifra que estaban dispuestos a pagar. La cantidad correspondía a lo que, en los últimos seis meses de ímproba labor, había producido el *Hellas,* sin dejar de navegar un solo día. Esto los llevó a manifestar su conformidad en forma simultánea.

Abdul partió con ellos al día siguiente y las armas y explosivos fueron cargados bajo la vigilancia de Maqroll y de Vincas que supervisaba todo aquello con su neutra mirada gris y sin hacer ningún comentario. La carga venía oculta en grandes cajones y aparecía declarada como repuestos para una planta empacadora de anchoas en La Escala. Sobre la suerte que corrió Maqroll ya se habló al comienzo de este relato, con motivo de mi encuentro con Fátima, la hermana de Bashur, en la estación de Rennes. También narré la buena suerte que acompañó al Gaviero, merced a los ingleses y a sus complejas componendas en el disputado Peñón. Vincas tuvo que regresar con el *Hellas* a Chipre y allí le fue cancelada al barco la licencia de navegar a nombre de sus dueños de entonces. Un armador sirio se aprovechó de las circunstancias y adquirió el *Hellas* por una suma irrisoria. Vincas volvió a navegar con la familia de Bashur y éste comenzó a rodar por los puertos del Oriente Medio y del Adriático, sin oficio ni rumbo. Maqroll partió a Manaos para emprender su viaje Xurandó arriba, en busca de los miríficos aserraderos de lo cual ya se habló en pasada oportunidad.

La enumeración de los muy distintos y transitorios oficios a los que se dedicó Bashur, a partir de ese momento, llenaría varias páginas. Baste mencionar algunos a los que alude en su correspondencia y otros referidos por Maqroll: distribuidor de publicaciones y fotos pornográficas en Alepo, proveedor de alimentos para barcos en Famagusta, contratista de pintura naval en Pola, crupier en Beirut, guía de turistas en Estambul, fingido apostador para atraer ingenuos en una sala de billares de Sfax, proveedor de personal femenino adolescente en un burdel del Tánger, limpiador de calderas en Trípoli, señuelo de cambista en Port Said, administrador de un circo en Tarento, proxeneta en Cherchel, afilador en Bastia, a tiempo que vendedor de hachís. La lista puede continuar, pero con esta muestra es suficiente para medir hasta qué fondo de infortunio y desenfado llegó nuestro amigo, el mismo airoso y emprendedor naviero libanés con quien, años atrás, me había encontrado en Urandá. A pesar de su barba entrecana y mal cuidada y de los trajes de fortuna, maculados por el uso en tan diversos oficios, con los que varias veces se me apareció durante ese descenso al averno del hampa, Bashur conservaba aún sus cortesanos gestos de brazos y manos, rima con sus palabras, y ese encanto suyo hecho de humor breve y escéptico, de continuo desafío a su destino, sin pronunciar una sola queja y de esa fidelidad a sus amigos, tan suya y tan conmovedora. Lo que, por otra parte, llama la atención en esa etapa de la existencia de Abdul, es su concordancia sincrónica con las más oscuras y abismales experiencias de su amigo de siempre, Maqroll el Gaviero. Podría pensarse que se hubiesen puesto de acuerdo para hacer ambos, cada uno por su lado, ese abyecto recorrido y transitarlo hasta sus últimas consecuencias, sin perder, ninguno de los dos, su altanera visión de un destino escogido por ellos y apurado hasta la última gota de su desventura. Quien tal cosa pensara se equivocaría sólo en un aspecto: Maqroll había comenzado mucho antes esa exploración desenfadada y carecía de los lazos y vínculos familiares y de origen que, hasta el último día, insistió en preservar Abdul.

Muestra muy elocuente de hasta dónde pudo llegar entonces Abdul es el episodio que voy a narrar con detalle. Aunque no es de los más turbios y peligrosos, revela muy fielmente los abismos que llegó a frecuentar. Algunos detalles del asunto aparecen en una carta a su hermana Fátima, perteneciente al paquete que me envió de El Cairo. Hay, también, informes sobre el mismo tema en dos largas cartas a Maqroll, que éste me hizo llegar mucho más tarde desde Pollensa. En la época en que Maqroll las recibió, Bashur se estaba curando un extraño mal en una institución de beneficencia de Paramaribo.

Pero antes de entrar en pormenores sobre el episodio, quizás convenga volver por un momento sobre la obsesión que persiguió a Bashur buena parte de su vida y de la cual ya hemos hablado anteriormente: ser el dueño del carguero ideal que cumpliera con las especificaciones de diseño, calado y máquina que se forjó en su mente y que, en pocas pero memorables oportunidades, había tenido al alcance de su mano. Los repetidos desencantos, señal de una soterrada ironía del destino que lo privaba, en último momento, de cumplir con su ilusorio propósito, vinieron a confundirse en su interior con la desaparición de Ilona, creándole la certeza de que Allah le anunciaba así, con brutal evidencia, que otros eran sus designios. Bashur lo entendió, olvidó su obsesión y dejó que los días se sucedieran en la forma como el Magnánimo y Todopoderoso quería disponer. Para Bashur, por lo tanto, su odisea por los bajos fondos estaba dictada, no por la curiosidad ni por el desencanto, sino por un sereno propósito de ajustarse a más altas instancias que a su mera voluntad o al vaivén de sus caprichos. Esto es de la mayor importancia tenerlo en cuenta, para entender cuál era el estado de ánimo del amigo de Maqroll, al cumplir con esas pruebas, al parecer ofrecidas por el azar, que en verdad no es sino un juego sólo a los dioses permitido.

Merodeando de lugar en lugar del Mediterráneo, Bashur fue a recalar al Pireo. Allí cayó en gracia de una mujer, dueña de una cantina de mala muerte en la playa de Turko Limanon. Para redondear su presupuesto, la dama arrendaba, para propósitos pasajeros y *non sanctos,* tres habitaciones que había encima de su establecimiento de bebidas. Respondía al nombre de Vicky Skalidis, y tenía un hermano ciego vendedor de medallas milagrosas. De vez en cuando, cuidaba el lugar cuando su hermana tenía que ir de compras al puerto. Este sujeto, llamado Panos, era un dechado de picardías y resabios y, a pesar de su ceguera, sabía mantener a raya la equívoca y heterogénea clientela del tugurio, que llevaba el más improbable de los nombres: Empurios. Cabe dudar que los dioses de la Hélade, aún en el más oscuro de sus avatares, hubieran aceptado morar en la cantina de Vicky Skalidis y menos aún bajo la vigilancia del viejo Panos, cuyo humor infernal hubiera espantado al mismo Zeus. Abdul llegó allí, tras dejar el cargo de contable en un buque cementero que hacía el recorrido del Pireo a Salónica. Él había, movido por la necesidad, sobrevalorado un tanto sus conocimientos en matemáticas. Las cuentas que entregaba fueron siendo cada vez menos ajustadas a las leyes de Pitágoras y, finalmente, con un mes de salario en el bolsillo, lo bajaron en el Pireo sin mayores contemplaciones. Anduvo varios días rondando en hoteluchos y pensiones de miseria, hasta cuando fue a parar a la playa de Turko Limanon, en donde vendía filtros contra la impotencia y postales eróticas, artículos ambos de los que hacía provisión en un sórdido comercio cuyo propietario había sido marinero en el *Princess Boukhara,* de imborrable recuerdo. Fue así como una tarde llegó a pedir alojamiento en el Empurios. Primero habló con Panos y éste, por algún abscóndito motivo, simpatizó con Abdul. Sostuvieron una larga charla que los familiarizó con sus respectivas y desatinadas existencias y despertó en Panos un cierto respeto hacia la serena aceptación que el otro mostraba ante la adversidad. Cuando Vicky regresó en la noche, los encontró en pleno intercambio de poco edificantes confidencias. Vicky era una típica griega sesentona, ya entrada en carnes, cuya tez olivácea de intacta tersura y sus grandes ojos verdes le daban un aire remozado que le valía aún muchos admiradores, por desgracia ninguno desinteresado. Se casó dos veces, la segunda con un griego de Chicago —de allí la transformación sajona de su nombre— del que heredó algún dinero, al morir su marido de una apoplejía fulminante en un restaurante de Wabash. Con su herencia resolvió abrir el Empurios y allí apareció Panos, su hermano, que ella creía desaparecido hacía muchos años. El hombre vino a servir de protección contra los pretendientes, pero también de irritable juez de su hermana que conservaba una sana coquetería, nada inocente pero juiciosamente dosificada. Panos presentó a Bashur en términos tan calurosos que Vicky pensó que se conocían de hacía tiempo. Por esta razón, accedió a que ocupase uno de los cuartos. No era ésta la regla del negocio, como es obvio, ya que se trataba de arrendar las habitaciones varias veces al día, a parejas que venían del Pireo para esconder sus amores o sus eróticas urgencias. Bashur explicó a la dueña que él no tenía el menor inconveniente en dejar libre la habitación cada vez que se presentase un cliente. El equívoco sobre la amistad de Bashur y Panos fue muy pronto descubierto por Vicky, pero, ya para entonces, ella estaba más interesada en su huésped de lo que imaginara en un comienzo. Bashur se había dejado crecer la barba y el bigote, ambos de un *salt and pepper* muy atractivo. Se los cortaba al estilo Jorge V, muy en boga entonces, que le daba un aire de superficial respetabilidad. Así las cosas, no tardó Abdul en compartir la habitación de Vicky, al fondo de la taberna, y satisfacer las otoñales ansias amorosas que dormían dentro de ella en su papel de viuda respetable. Panos tomó al comienzo la nueva situación con algunas quisquillosas reservas, que Abdul supo aplacar, si no totalmente, sí, al menos, hasta hacer tolerable la convivencia. Bashur cultivaba sus relaciones con el ciego, pensando en que algún día le podrían ser de utilidad. La vasta escuela de Panos en las artes de la bribonería y en la industria del engaño despertaron en Abdul un semillero de no precisados proyectos que prometían un futuro interesante. Había aprendido a esperar y a dejar que las circunstancias maduraran sin prisa ni esfuerzo. En el medio marginal y ambiguo en el que ahora se movía, toda prisa era funesta, toda precipitación desaconsejable.

Abdul Bashur se opuso rotundamente a ejercer oficio alguno en la taberna, desde el momento en que comenzó a compartir el lecho con la dueña. No por vergüenza ni pudor, eso faltaba, sino para quedar libre de poner en práctica proyectos harto más rendidores que servir ouzo y destapar cervezas para los broncos clientes del Empurios. Cuando no estaba obligado a quedarse cuidando el negocio, el ciego partía cada mañana hacia el Pireo, para vender sus medallas milagrosas al pie de la iglesia de la Trinidad Sacrosanta. Al menos tal era su pretexto para permanecer en una calle tan concurrida y ejercer otras actividades, sobre las que Abdul abrigaba fundadas sospechas. Ocurrió que, poco a poco, se fue enterando de que Panos era la cabeza de una pandilla de jóvenes rateros, ninguno de los cuales sobrepasaba los quince años. El ciego, cuyos otros sentidos, afinados hasta lo inverosímil, le permitían seguir los pasos de los viandantes, sin despertar recelo alguno, daba a sus pupilos una señal convenida para indicar que se acercaba una posible víctima. El sonido de los pasos, el olor que percibía desde lejos y otros datos aún más sutiles, le permitían definir al que llegaba hasta por su misma respiración. Panos deducía la clase social, el carácter y el origen de su clientela. Al llegar la noche, los muchachos le entregaban religiosamente el producto de sus rapiñas y él encaminaba los objetos a su destino, consistente en varias tiendas de cosas usadas cuyos propietarios eran conocidos suyos.

Desde luego, Panos nada de esto había comentado con Abdul. Pero éste, un día en que fue al puerto para poner unas cartas al correo, divisó al ciego en la esquina de la iglesia. Ya iba a acercarse a él para saludarlo, cuando vio que emitía un curioso silbido. De inmediato, dos jóvenes harapientos rodearon a una dama para pedirle limosna, la siguieron hasta que dobló la esquina y regresaron donde el ciego, dejando caer algo en el bolso donde traía las medallas consagradas. Abdul comprendió al instante de lo que se trataba y partió sin acercarse a Panos. Pasados algunos días, una tarde en la que quedaron solos porque Vicky salió de compras, Bashur abordó el tema como si se tratase de algo ya sabido y comentado entre ellos. Panos sonrió con brutal sarcasmo y volviendo el rostro al cielo, como buscando una luz incierta, comentó:

—Esos angelitos son una mina sin aprovechar. Ahora me limito a mantenerlos entrenados para más altos destinos. Ya se me ocurrirá algo brillante.

—En principio —comentó Abdul—, creo que estás operando en un sector del puerto que no es el más productivo. Habría que explotar los lugares frecuentados por los turistas. Es más, desde el instante en que descienden de los barcos que los traen de las islas, habría que comenzar a trabajarlos. Luego, en las calles donde están las tabernas con buzuki y, finalmente, a la salida de los hoteles de lujo.

—Yo también había pensado eso. Pero a esa escala no puedo hacerlo solo y no todos los muchachos están igualmente entrenados —arguyó Panos.

Abdul, entonces, consideró que era llegado el momento de exponer el plan que traía en mente y cuyos detalles había madurado en los últimos días:

—Lo primero que debe hacerse es una selección estricta y cuidadosa entre todos ellos y quedarse con los que en verdad están listos para un trabajo fino, delicado e interesante. Los demás, sin descorazonarlos, deben dejarse operando donde ahora lo hacen, pero ya por su cuenta. La acción debe concretarse a objetos de valor: relojes de marcas conocidas y costosas, pulseras, collares, billeteras con dólares, libras o marcos. Nada más. Otro aspecto a cuidar es la venta de lo que se consiga. A ti te están robando tus amigos ropavejeros. Ellos se quedan con la parte del león. Eso debe estudiarse más a fondo. El botín de valor comprobado y considerable debe venderse en Estambul. A tus pupilos se les dará dinero y jamás el producto directo de sus hurtos.

Mientras Bashur exponía su plan, el ciego volvía hacia él la cara a cada instante, con expresión de incredulidad que aumentaba a medida que se perfilaba el proyecto. Sólo pudo colocar una objeción:

—No creas que es fácil engañar ni mantener a raya esas fierecillas. Ya están acostumbrados a recibir una parte considerable del botín y no creo que podamos meterlos en cintura.

—No estoy de acuerdo —refutó Abdul—. A los que escojamos, para trabajar con nosotros, se les explica claramente, desde un comienzo, que se trata de una operación enteramente distinta y nueva. Se les ha escogido como a los mejores y van a ganar mucho más que antes. Las condiciones son ésas. El que no quiera puede regresar con los otros y trabajar por su cuenta. Cuando reciban los primeros pagos, verán que el asunto no va en broma y que vale la pena alinearse con nosotros.

Después de esta conversación, que siguió por varias horas dedicadas a estudiar y afinar todos los detalles, cada uno de los socios empezó a poner en práctica la parte del plan que le correspondía. Bashur entró en contacto con amigos suyos en Estambul, que operaban en combinación con el hampa de esa ciudad. Recorrió, luego, los sitios del Pireo más concurridos por los turistas y tomó nota de las horas de mayor movimiento en cada lugar. Panos, por su lado, inició la selección del personal más calificado entre sus pupilos, elaboró una lista y estudió con Bashur caso por caso en particular. Los dos entrevistaron luego a cada joven para medir sus habilidades. Cuando todo estuvo listo, Abdul descubrió la carta maestra que guardaba oculta hasta ese instante. Consistía en lo siguiente: en cada sitio donde operaran, instalaría un puesto para vender avena helada espolvoreada con canela, una bebida refrescante que conoció en Cartagena de Indias y cuya receta obtuvo a través de una amiga cumbiambera y cariñosa. La bebida se mantendría en un gran caldero. Con un cucharón Bashur serviría los vasos para los clientes. En el caldero se pondrían siempre trozos de hielo. Precisamente en ese caldero, los jóvenes ladrones dejarían caer, en forma rápida y discreta, el producto de sus hurtos, inmediatamente después de cometerlos. Si la policía los capturaba, no hallarían nada al esculcarlos. Esto, en el caso de joyas, relojes, pulseras y collares. Las carteras con dinero las dejarían caer detrás de la olla, donde Bashur las recogería para esconderlas al instante. La manera de verificar la lealtad de los muchachos era muy sencilla: Panos tenía un primo lejano en la policía del puerto y por él sabría de las quejas levantadas por las víctimas y estas quejas debían coincidir, casi con absoluta precisión, con el producto recogido en el día. Los objetos eran rescatados del caldero en casa y todo estaría en orden.

El lugar donde se inició lo que Bashur y Panos bautizaron como la «Operación avena helada», fue el desembarcadero de los navíos que traían o llevaban a los turistas de las islas del Egeo. Bashur y Panos tenían la intención de ir desplazando el centro de su actividad cada cierto tiempo, con el doble objeto de explotar otras zonas de afluencia turística y escapar de la policía, alertada por la frecuencia de las quejas en una determinada área. El rendimiento del negocio en su primera etapa en los muelles sobrepasó todos los cálculos de sus organizadores. Pasaron luego a trabajar la zona de las tabernas con buzuki. Allí el éxito fue aún mayor. Pero, como era previsible, los muchachos comenzaron a darse cuenta de que el caldero de avena helada jamás devolvía los relojes de grandes marcas, ni las joyas de valor que ellos recordaban haber arrojado allí. Ni Abdul ni Panos hacían jamás mención de tan valiosos objetos. A sus reclamaciones, éstos respondieron que nada sabían de tales maravillas, dudosas de ser reconocidas por el hurtador en una acción tan rápida. Lo rescatado en el caldero, les dijeron, era lo que ellos mencionaban y no había nada más que hablar sobre el asunto. Además, estaban percibiendo diez veces más de lo que antes ganaban junto a la iglesia de la Trinidad. Era injusto que se quejasen, ahora que recibían lo que jamás soñaron. Es claro que los jóvenes no se tragaron la píldora que con tanto cinismo como énfasis les querían hacer ingerir. Algunos, los más audaces e inconformes, llegaron a hacer alusiones poco comedidas sobre los progenitores de sus jefes que éstos hicieron como si no las hubieran escuchado.

Meses después, el grupo se trasladó a Atenas. En el Pireo ya habían agotado los lugares idóneos para actuar. Lo último allí fueron las puertas de los grandes hoteles. La policía comenzó a sospechar de algo, porque las quejas de los turistas y de sus respectivos consulados empezaron a llover en forma tan intensa como desacostumbrada. En Atenas se fueron de una vez a Plaka, la larga calle de las tabernas que no cierran nunca. Allí, Bashur y Panos coronaron con tal plenitud sus objetivos, que el ciego optó por retirarse y así se lo manifestó a Bashur. Éste, con la policía en los talones, viajó de súbito a Estambul, donde había venido acumulando sus ganancias durante las visitas a esa ciudad para vender los artículos robados. No quiso despedirse de Vicky Skalidis, quien, por lo demás, ya sospechaba que las actividades de su amante y de su hermano nada tenían de inocentes y había anticipado que todo terminaría, bien en la cárcel, o bien en la precipitada huida de Bashur. Éste, en un último rasgo de gratitud, le dejó una carta encomiando las cualidades físicas y morales de su protectora y prometiéndole volver un día para renovar el idilio interrumpido por razones de fuerza mayor. Le daba las más expresivas gracias por la ayuda que le brindó en momentos de la mayor penuria, cuando había perdido toda esperanza de salir adelante. Ella guardó la carta en un pequeño baúl donde conservaba recuerdos de su vida sentimental, que aún guardaban aromas que despertaban nostalgias deleitables en la propietaria del Empurios.

Capítulo VII

Y así fue como Bashur consiguió salir de nuevo a la superficie, dejando atrás sus experiencias por los tortuosos caminos de la milenaria picaresca mediterránea. La suma que había logrado poner a salvo en Estambul le permitía renovar con toda holgura sus actividades en la marina mercante. Pero ese peregrinaje por el ámbito de la transgresión, que fue largo y salpicado de episodios no todos tan fácilmente confesables como los que hemos registrado aquí, había traído cambios notables en su carácter y en su forma de ver la vida. Volver a comprar un *tramp steamer* para, finalmente, tener que venderlo con pérdida como había sido el caso del *Princess Boukhara,* el *Fairy of Trieste,* el *Hellas* y tantos otros anónimos y olvidados, era algo para él hoy día inconcebible.

A este respecto, fue Maqroll el Gaviero quien dio fe, con mayor certitud, sobre la mudanza de su viejo amigo y cómplice. En innumerables ocasiones se habían encontrado durante los años negros de Bashur, que, como ya dijimos, correspondieron a una época no menos accidentada y catastrófica del Gaviero. Maqroll, de viva voz, en las oportunidades que tuve de verlo, cuando le preguntaba por Abdul, se extendía en una minuciosa disección de sus cambios y de las pruebas por las que estaba pasando. En su correspondencia con la familia, Bashur hizo, apenas, veladas alusiones a todo esto, con excepción de un par de cartas a Fátima, su hermana preferida, en las que se mostraba más explícito.

—En Abdul —explicaba Maqroll— existía una especie de maliciosa tendencia a disfrutar de la vida y a desafiar las acechanzas de la fortuna, que hacían de él un compañero ideal en las horas difíciles y el más indicado para disfrutar las venturosas. Nada para él era imposible ni prohibido, nada le estaba vedado y frente a lo que la vida le planteaba, solía adoptar una actitud de abierto desafío, que cada vez es menos la mía. Cuando salió a flote y apareció en Estambul, dueño de un pequeño capital, pude notar que mantenía una distancia, una reserva, discreta pero firme, ante las propuestas del destino. La agresividad se trocó en escéptica observación de la realidad, la cual asumía con la indiferencia del que sube al cadalso pensando ya en la otra vida. Las mujeres, usted bien lo sabe, que fueron su máxima tentación y su mayor fuente de dicha, son ahora objeto de una curiosidad y de una extrañeza que las deja intrigadas y hasta incómodas las más de las veces. Desde luego ya no se le escucha hablar del barco de sus sueños. Alude sí, a las características que éste debe tener, pero como quien menciona algo que ya no pudo ser, algo que no fue concebido y que, por lo tanto, pertenece al mundo de lo ilusorio e inalcanzable. Mundo que ya para nada le atrae, ni le mueve a búsquedas y empeños que sabe vanos. No quiero decir que se convirtió en un ser amargado, ni que se doliese de frustracción alguna. Sigue siendo caluroso y devoto de sus amigos, pero en su actitud se percibe algo como un velo, como un opaco cancel que lo mantiene al margen del torbellino que azota a los hombres con la gratitud que distingue a toda intervención de los dioses.

Señal muy elocuente de su nuevo modo de ser es que, radicado ya en Estambul, en lugar de volver a su antigua querencia marinera y mercantil, Abdul se conformó con adquirir, en compañía de un primo lejano establecido en Üsküdar, un transbordador para hacer el servicio entre esa ciudad y Estambul. El negocio, sin ser próspero, dejaba a sus dueños lo suficiente para vivir sin estrecheces ni apuros. Con la barba casi blanca, las espaldas ligeramente agachadas, Abdul seguía conservando, sin embargo, ese aire de califa que pasa de incógnito, que lo distinguió siempre y que causaba la curiosidad de todo el que lo conocía.

Permanecía largas horas en los cafés instalados a orillas del Bósforo, frecuentados por comerciantes y gentes de mar. Entre copa y copa de arak con hielo, tomado con la circunspección que prescribe el Corán y una taza de café humeante y perfumado a su vera, hacía reseña de su vida de marino y escuchaba con amable atención los relatos de sus contertulios, mostrando siempre el vivo interés que lo movía hacia las cosas del mar. Se le conocieron dos o tres amigas. Solía cenar de vez en cuando con una de ellas y pasaban la noche juntos en su apartamento cerca de Kariye. Ellas aprendieron muy pronto a no hacerse ilusiones sobre la duración de estos amores, ni, desde luego, sobre la fidelidad de Abdul. Cada una sabía a qué atenerse en ese sentido, pero la atracción de Bashur seguía siendo lo suficientemente fuerte como para disfrutar de su compañía y de su lecho.

Capítulo VIII

Entre los últimos papeles que Maqroll me envió desde Pollensa en Mallorca, todos relacionados con su amigo de tantos años, encontré veinte hojas escritas a mano, al reverso de las instrucciones de ensamble y uso de una complicada sierra de madera fabricada en Finlandia. Las páginas están numeradas. La primera tiene un título torpemente subrayado que dice: *Diálogo en Belem do Pará*. La letra es, sin lugar a duda, la del Gaviero. Un antiguo amigo suyo dijo de su caligrafía que parecía la letra de Drácula. El mismo Maqroll se encargó de difundir esta definición tan acertada como macabra. La redacción es en forma de diálogo entre dos protagonistas, identificados, uno con la letra M y el otro con la A. Al recorrer unos pocos renglones me fue fácil reconocer que se trataba de Abdul y Maqroll. Quedaba por aclarar cuándo sucedió ese encuentro y la consiguiente charla tan fielmente transcrita por el Gaviero. Como no he vuelto a recibir noticias suyas, ni respuesta a las cartas que le he enviado a Pollensa, me ha sido imposible saber por él ese dato. Me he tenido que conformar, pues, con la aplicación de un método deductivo basado en el texto mismo. De ello he podido sacar en claro lo siguiente: la conversación ocurrió después de haberse aposentado Bashur en Estambul, en una época cercana a su fatal viaje a Lisboa y Madeira; es evidente que Maqroll había pasado ya por la tremenda prueba de remontar el Xurandó en busca de los miríficos aserraderos, pero no por la experiencia de Puerto Plata con los contrabandistas de armas. En lo que toca a Bashur, se puede establecer que, desde su aparente retiro en Estambul, hizo, al menos, tres viajes: uno a Cádiz para supervisar la operación de calafateo de un barco de la familia, viaje al que se refiere Fátima en una de sus cartas a Maqroll; otro a San José de Costa Rica para cerrar un negocio de compra de café y entrevistarse con Jon Iturri, el capitán del *Alción*, amante de Warda, hermana de Abdul y dueña de la nave y el último viaje de su vida a Madeira, vía Lisboa. ¿Cuándo pasó, entonces por Belem do Pará para encontrarse con Maqroll? Sólo he logrado intentar una hipótesis valedera, aunque imposible de confirmar. Bashur visitó Belem, después de tocar Costa Rica, para tratar con su amigo algún proyecto de los varios que éste siempre tenía en mente. Abdul no habló de esto, quizás porque nada en claro resultó del encuentro y no había razón de mencionarlo en su correspondencia. No es éste, ni mucho menos, el único vacío que hay en el curso de las existencias paralelas de los dos amigos. Hay que tener en cuenta, además, que las cartas de Bashur a los suyos se suceden con largos intervalos y, como creo que ya lo dije, dejan sin tocar muchos episodios y ocultan no pocos detalles de lo que relata. Existe una última posibilidad, que no debe desecharse del todo y es la de que ese encuentro jamás tuviera lugar y Maqroll intentase resumir en esos apuntes la esencia de ciertos temas que estuvieron presentes en muchos diálogos entre ellos, en diversas ocasiones de su vida. Conociendo al Gaviero y su afición por esta clase de juegos —véase el mismo Diario del Xurandó, en donde aparecen a cada paso— esta tesis puede ser la más válida, aunque deja sin responder varias dudas importantes.

Así las cosas, me ha parecido oportuno transcribir el diálogo recogido o creado por el Gaviero. No deja de ser inquietante, por otra parte, pensar en que Maqroll resolvió dejar pormenor de un probable encuentro, ocurrido en ese momento preciso de sus vidas y no en otra de las innumerables ocasiones en que estuvieron juntos. Hay, en la vida del Gaviero, repetidas coincidencias de ese orden que no son tales y más bien se antojan turbadoras anticipaciones que denuncian un certero poder de jalar el hilo preciso en el ciego ovillo del futuro. Esta condición, que, sin temor a exagerar, podemos calificar de visionaria, cobra mayor evidencia en los temblorosos trazos de su escritura de ultratumba. Veamos, entonces, lo que este diálogo, cualquiera que haya sido su origen y motivo, nos puede revelar sobre la accidentada travesía de estos dos seres singulares sobre los cuales he intentado dejar testimonio.

Diálogo en Belem do Pará

MAQROLL —Me pregunto qué podría sucederle ahora, de regreso de los inciertos y nefastos territorios en donde llegué a pensar que se hundiría para siempre. Qué pasaría, digo, si, de pronto, se le aparece el barco con el que ha soñado toda su vida.

ABDUL —Antes de contestarle, déjeme hacerle una aclaración que me importa sobremanera. Usted, junto con otros amigos y parientes, insisten en hablar de un descenso cuando se refieren a la reciente fase de mi vida. Yo no lo veo como tal, ni lo he vivido nunca de esa manera. Para mí, ese mundo, dentro del cual viví años cargados de una plenitud incomparable, no está más bajo ni más alto que ningún otro vivido por mí. Darle esa calificación moral es desconocerlo y distorsionar su realidad. En ese trayecto de mi existencia, me encontré con los mismos hombres, arrastrando los mismos defectos y miserias y las mismas virtudes e impulsos generosos, que el resto de los seres, habitantes del supuesto imperio del orden y de la ley. Es más, en el hampa, en la irregularidad y la miseria, que todo es uno, la parte generosa y solidaria de la gente se pone de manifiesto en forma más plena, más honda, diría yo, que en el mundo donde los prejuicios y las represiones y frustraciones son un imperativo de conducta. Pero todo esto lo sabe usted tan bien o mejor que yo. No necesito seguir hablando como un predicador al uso. Respecto a lo del barco que me ha ilusionado siempre, pues, bueno, déjeme decírselo: sí, iría a buscarlo y trataría de adquirirlo porque siento que es algo que me debo a mí mismo. Pero si eso no sucede y el barco no aparece nunca, me daría igual. Ya aprendí y me acostumbré a derivar de los sueños jamás cumplidos sólidas razones para seguir viviendo. Por cierto, Maqroll, que en eso usted es maestro. Qué le voy a contar, por Dios. Mi *tramp steamer* arquetípico no es menos ilusorio que sus aserraderos del Xurandó o sus pesquerías en Alaska.

MAQROLL —En verdad, tiene razón. Creo que tanto usted como yo sabemos siempre de antemano que la meta, en cuya búsqueda nos lanzamos sin medir obstáculos ni temer peligros, es por entero inalcanzable. Es lo que alguna vez dije sobre la caravana. A ver si lo recuerdo: «Una caravana no simboliza ni representa cosa alguna. Nuestro error consiste en pensar que va hacia alguna parte o viene de otra. La caravana agota su significado en su mismo desplazamiento. Lo saben las bestias que la componen, lo ignoran los caravaneros. Siempre será así».

ABDUL —Nada puedo agregar. Imposible decirlo mejor. No sé, entonces, por qué estamos hablando de esto.

MAQROLL —Sólo intentaba confirmar algo de lo que, por lo demás, estoy bastante seguro. De sus hazañas en el Pireo con Panos; de la venta de alimentos, más o menos adulterados, para las naves que tocan en Famagusta; de ayudarle a la ruleta en Beirut para inclinarla hacia ciertos números; de sorprender la ingenuidad de los turistas en el Cuerno de Oro; de reclutar vírgenes remendadas para el burdel en Tánger; de cambiar dólares o libras a viajeros más o menos intoxicados con arak falsificado y de explotar dos pobres hembras sardas en las callejuelas de Cherchel; de todo eso y de mucho más que me callo, no queda la más leve sombra de culpa, ni tampoco el cosquilleo de haber probado el fruto prohibido.

ABDUL —En primer lugar, no hay tal fruto prohibido. Usted lo cita como puro recurso retórico. Luego, queda lo hecho, tal cual, sin calificación ni medida. Lo que se vivió como un fruto mondo, absoluto, devorado en la plenitud de su sabor y de su pulpa, listo para transformarse en el equívoco proceso de la memoria hasta ser puro olvido. Algo vivido así no puede dejar rastros de culpa ni ser sometido a la prueba de la moral. Eso es claro, ¿verdad?

MAQROLL —Eso quería saber y escucharlo de la propia voz de mi amigo Jabdul, el cosentido de Ilona, el devorado por Jalina, el iniciado por Arlette en las artes del lecho.

ABDUL —Si no iniciado, sí, digamos, confirmado. Por cierto que no sabe, seguramente, que Arlette murió hace tres años y hasta hace unas semanas he venido a enterarme de que soy su heredero universal. Ya iré algún día para reclamar esa herencia. No sería mala idea, pienso ahora, darle a usted poder para que vaya a hacerlo en mi nombre. Eso tendría mucho de justicia poética.

MAQROLL —Déjese de lirismos justicieros, Abdul. Iré con gusto, pero no creo que haya mucho para reclamar. La última vez que estuve en Marsella, la estaban esquilmando un par de adolescentes bastante ambiguos, que se metían con ella en la cama al mismo tiempo. Se me ocurre que sin resultados muy apreciables para ella, pero sí, en cambio, para los dos efebos de la Canebière. Pero mire que acabar usted y yo en este infierno amazónico, bebiendo cachaza mediocre y cerveza tibia, sólo para pasar revista a empresas descabelladas y amores marchitos, tiene gracia. Eso sólo a nosotros puede ocurrir.

ABDUL —De usted he aprendido, entre muchas otras cosas, a jamás renegar del pasado. «¡Lo que pasó, pasó!», le escuché un día exclamar alborozado, cuando nos encontramos en Martinica, a mi regreso del río Mira y de mi encuentro con El rompe espejos.

MAQROLL —¿Quiere saber una cosa? Lo que lamentaré siempre es no haberle acompañado en esa ocasión. No es fácil toparse, por los caminos del mundo, con un representante del mal en estado puro, del mal al alto vacío diría yo. Sigo insistiendo en que en ese tipo se daba plenamente esa rara condición. Mi amigo Alejandro Obregón no quiso concederle a El rompe espejos esa gracia. Para mí, que estaba equivocado.

ABDUL —Sí, lo estaba, sin duda. Pero le debo decir que el encuentro con alguien así, representante del mal absoluto, tiene resultados sombríos que hacen mucho daño. Trataré de explicárselo: cuando me enfrenté a El rompe espejos, cuando llegué a su guarida y cené con él; durante toda la noche que siguió, sentí, por primera vez en la vida, un miedo de orden puramente animal, un terror de bestia acorralada. Era un miedo que tenía menos que ver con la muerte misma que con la posibilidad de que ésta me llegase por obra de alguien así. Como musulmán, soy fatalista y de ese fatalismo he derivado una regla de vida. En la mansión de El rompe espejos, el fatalismo iba, allá dentro de mí, por un camino y las acechanzas de Tirado amenazaban, por otro, una zona desvalida de mi ser, desde la cual era impensable, hasta ese momento, recibir un ataque. No es fácil explicarlo. Era como si mi propia muerte sufriera una violación bestial. Estoy seguro de que usted me entiende y sabe de lo que estoy hablando.

MAQROLL —Sí, creo saberlo, en efecto. Pero, primero, pensemos un instante en el nombre: El rompe espejos. Un espejo, y esto es algo que existe en todos los mitos de la Tierra, un espejo no se puede romper. Un espejo refleja esa otra imagen nuestra que nunca conoceremos, ya se lo dijo Tirado; pero un espejo, también, es el camino hacia ese otro mundo desconocido, que para siempre nos estará vedado si rompemos el cristal que lo oculta. Tal vez sea el sacrilegio absoluto, el mayor desafío a los dioses, el más insensato atropello que pueda cometer un hombre, romper un espejo. Bien, respecto a su muerte a manos de ese sujeto, es claro que hubiera sido gravísimo recibirla en esa forma. Se trata siempre de saber qué muerte nos espera. No me refiero al aspecto puramente físico o doloroso del asunto. La muerte, venida de tales manos, no es la muerte que le tocaba desde siempre, la muerte que ha venido preparando durante toda una vida; desde el instante mismo de nacer. Cada uno de nosotros va cultivando, escogiendo, regando, podando, modelando su propia muerte. Cuando ésta llega, puede tomar muchas formas; pero es su origen, ciertas condiciones morales y hasta estéticas que deben configurarla, lo que en verdad interesa, lo que la hace, si no tolerable, lo cual es muy raro, sí, por lo menos, acorde con ciertas secretas y hondas circunstancias, ciertos requisitos largamente forjados por nuestro ser durante su existencia, trazada por poderes que nos trascienden, por poderes ineluctables. La muerte que llega de manos de alguien como El rompe espejos es una muerte que afrenta un cierto orden, una velada armonía que hemos intentado imprimir al curso de nuestros días. Una muerte así nos niega alevosamente a nosotros mismos y por eso nos es intolerable. Más que miedo, lo que sintió entonces fue un profundo desconsuelo, una náusea esencial a terminar de esa manera.

ABDUL —Sí, creo que da en el blanco. Mientras hablaba, he vuelto a vivir esas horas y a sentir lo que sentí entonces y puedo decirle que fue exactamente eso: un asco substancial a morir en esa forma y por tales manos. Exteriormente, estaba sereno y como flotando en la indiferencia, es un viejo ejercicio aprendido hace varios millares de años por mi raza de señores del desierto. Por dentro agonizaba de asco. No hay otra palabra.

Pero no me diga que no ha sentido eso alguna vez en la vida. Usted, que ha sufrido pruebas que, a menudo, no consigo explicarme cómo ha logrado soportar.

MAQROLL —Pues sepa, mi querido Abdul, que sólo recuerdo haber vivido en una ocasión algo parecido. Por eso me pesa no haber estado en el Mira. Fue una noche en Mindanao, en un atracadero de mala muerte, cerca de Balayan. Después de dos días con sus noches de recorrer bares con la tripulación de un pesquero irlandés de nefasto recuerdo, terminé solo en un burdel de las afueras del pueblo, en medio de una red de caños infectos. Tenía más deseos de dormir que de otra cosa. Una muchacha, de la que sólo recuerdo sus pocos años y la voz aniñada y aguda, me acompañó hasta un cuartucho de tablas mal unidas, alineado con otros en el fondo de la casa. Caí en un sueño profundo, sin tocarla siquiera. Muchas horas después, me desperté sobresaltado. Mi ropa, con mis papeles, el poco dinero que me quedaba y un reloj, regalo de Flor Estévez, habían desaparecido. Tocaron a la puerta y entró una anciana desdentada, que bien hubiera podido tener cien años y que repetía sin cesar. *«Hundred fifty dollars, sir. Hundred fifty dollars»*, mientras sus ojos lagañosos recorrían el aposento como tratando de descubrir qué quedaba mío que hubieran olvidado. Pedí hablar con el dueño y ella salió repitiendo su letanía de los *«hundred fifty dollars»*. Estaba en calzoncillos, sin ropa, en un sitio que, sólo hasta ese instante, caía en cuenta del antro siniestro y abandonado que era, sin poder comunicarme con nadie conocido y en manos del hampa más violenta y desalmada de toda el Asia y, tal vez, del mundo. A los pocos minutos entró el que debía ser el encargado del lugar, al menos así lo pensé en ese momento. Se sentó al pie de mi cama, mirándome fijamente con ojos de rata lista al ataque. Era un enano obeso, con cara aplastada y asiática de luna llena, picado de viruelas y dientes llenos de oro, que relucían en una sonrisa cargada de los peores augurios. Traía una camiseta pringosa con figuras de colores chillones y unos bermudas igualmente sucios, abotonados debajo de un vientre de hidrópico que le sobresalía como un tumor informe. Sin decir palabra se llevó la mano a la espalda, a la altura del cinturón, y sacó un revólver calibre 32 corto con el que me apuntó a la cabeza. En ese instante me subió a la garganta el mismo pavor con náusea que usted sintió en casa de El rompe espejos. La muerte, mi muerte, no podía llegar por ese conducto innoble. En el rostro del tipo vi que esa forma de suprimir a los intonsos parroquianos que caían en el tugurio, llevados por un chofer de taxi cómplice, era para él una rutina normal. Una ira incontenible, desbordada, ciega, de pensar en morir en esas manos, me hizo lanzarme sobre el enano, envolverle la cabeza con la sábana y apretar desesperadamente. Alcanzó a disparar dos veces, antes de morir estrangulado en estertores que me aumentaron el asco hasta casi hacerme vomitar. Una bala me rozó la mejilla, dejándome una profunda herida que sangraba profusamente y la otra fue a incrustarse en los tablones de la cabaña. Aún conservo la cicatriz, como bien puede ver. Salí corriendo por la parte trasera de la cabaña y, al llegar al canal de aguas negras que despedían un olor nauseabundo, salté a una canoa que estaba amarrada a un árbol, la desaté y, remando con las manos, empecé a alejarme del lugar. Llegué a una carretera. Algunos automóviles transitaban por allí de vez en cuando. Uno atendió a mis señas y me recogió sin hacer comentario alguno. Esto, también, debía ser normal y común en aquella zona. Le pedí al conductor que me llevara al muelle. Llegamos hasta la escalerilla del barco y subí precipitadamente. El contramaestre me esperaba en cubierta con cara de espanto. Le encargué que diera unos dólares al hombre del auto y fui a curarme en el botiquín de nuestro dormitorio. Al recapitular el incidente con mis compañeros, sólo entonces caí en la cuenta de la ausencia de toda persona en la cabaña, cuando salí huyendo. Alguien comentó que esos lugares suelen estar abandonados a propósito, nadie vive en ellos. Por las noches, dos o tres mujerucas sirven de carnada y un par de malhechores esperan a la víctima que ha de traerles el chofer con el que operan en combinación. Allí sacrifican al incauto para desvalijarlo. Pues bien, ésa ha sido la única ocasión en la que estuve a punto de recibir la muerte que no me correspondía. Esa cuya trayectoria y cuyo origen no estaba destinado para mí.

ABDUL —Habría mucho que decir sobre el tema. Por ejemplo: El rompe espejos era alguien mucho más elaborado y refinadamente maligno que el enano filipino. Es cierto que, al final, la náusea es la misma.

MAQROLL —En efecto, la náusea es idéntica. Pero vale la pena tener en cuenta que el pretendido refinamiento que usted indica en Tirado apenas constituye una débil máscara que cubre el mismo instinto de muerte, primario, elemental, desprovisto de todo lo que pueda significar el menor indicio de eso que se ha convenido en llamar «humanidad» y que, en el fondo, pertenece más bien al orden estético, a la *harmonia mundi* de los antiguos.

ABDUL —Ya que nos hemos internado por los vericuetos del arte de morir, se me ocurre algo que jamás antes había pensado: es muy improbable, casi imposible, que el mar nos brinde una muerte distinta de la que, como usted dice, nos toca desde siempre. Pienso que sólo en el mar estamos a salvo de la infamia que nos amenazó a usted en Mindanao y a mí en la pretenciosa villa del río Mira.

MAQROLL —Eso sería tanto como pensar que el mar siempre estará revestido de una esencial dignidad. Tal vez sea mejor creerlo así. La verdad, no estoy tan seguro de ello, pero la tesis es atractiva y sirve de precario consuelo, pero de consuelo al fin.

ABDUL —Ahora, de repente, caigo en la cuenta de que Ilona murió en el mar. Me pregunto si era ésa la muerte que la esperaba, la que le estaba destinada desde siempre. ¿Qué me dice de eso?

MAQROLL —Primero, que no murió en el mar. Murió en un despojo tirado en las rocas de la escollera. Segundo, que creo firmemente que halló la muerte que le pertenecía. Nunca sabremos qué fue, para ella, Larissa. En todo caso, puedo asegurarle que no era el mal. Era otra cosa, pero no la pura maldad de El rompe espejos o del filipino. La prueba es que ella fue a su encuentro con plena conciencia de quién la esperaba en la cita.

ABDUL —Ojalá tenga razón. Al fin y al cabo, yo no estaba presente y nada sé de cómo se ordenaron los hechos allá, dentro de ella. Hubiera dado no sé qué por haber conocido a esa chaqueña.

MAQROLL —No hubiera sacado nada en claro. Sólo puedo decirle que era la desventura misma.

Epílogo

Que el diálogo antes transcrito tiene un palmario sentido premonitorio, es cosa tan evidente que huelga todo comentario. El mismo hecho de que el Gaviero lo hubiera consignado con tal fidelidad nos está probando que, precisamente, su condición de pronóstico fue la que lo llevó a dejar testimonio de ese encuentro. Los hechos que se encadenaron para llevar a Abdul Bashur hacia el fin de sus días sucedieron con tal presteza que bien pudiera decirse como el poeta:

Eso lleva menos tiempo
del que yo llevo en lo narrar.

Maqroll, a su paso por Lisboa camino a La Coruña, en donde lo esperaba un antiguo compañero de incursiones por Alaska, para concretar juntos un recorrido semejante, en un pequeño carguero adaptado para el transporte de ganado, se enteró de la existencia, en la isla de Madeira, de un antiguo *tramp steamer*, armado en Belfast allá en los primeros años del siglo, que estaba a la venta por los albaceas de un rico naviero canario muerto recientemente. El barco se hallaba en muy buen estado. Por las fotografías que le mostraron, Maqroll pudo apreciar que se trataba de una auténtica pieza de museo. Voló a Funchal para hablar con los vendedores y ver de cerca el barco. En efecto, era un ejemplar único en su clase que conservaba, intactos, los muebles originales en camarotes, oficina y puente de mando. Tenía un motor diesel hecho en Kiel, marca Krup-Mac, que podía prestar buen servicio por varias décadas. Sin pensarlo dos veces, el Gaviero firmó una opción de compra, que, por cierto, le costó baratísima. Regresó a La Coruña, donde convino con su socio todos los detalles del trabajo en Alaska que comprendería la costa del Pacífico hasta Vancouver. Viajó luego a Estambul para hablar con Bashur, provisto de fotografías del carguero, que había hecho tomar en Funchal. Al verlas, Abdul resolvió enterarse personalmente y, en caso de que le convenciera, cerrar de inmediato la compra, prevalido de la opción firmada por su amigo. Su primo estaba dispuesto a comprarle la mitad que le correspondía en el transbordador de Üsküdar y, con eso, pagaría su barco. Maqroll y Bashur viajaron juntos hasta Lisboa. De allí, el Gaviero partió a La Coruña para supervisar la reconversión de su barco en transporte de ganado. Abdul tomó el avión a Funchal.

Por una casualidad, muy común en nuestros encuentros, yo me hallaba en Santiago de Compostela, cumpliendo mi periódica visita al Apóstol, de cuya protección tengo fehacientes pruebas. Me enteré de que Maqroll estaba en La Coruña y una mañana lo llamé por teléfono al hotel donde solía parar. Quedamos en encontrarnos allá dos días después. Al día siguiente, en las horas de la tarde, me esperaba un mensaje de La Coruña pidiendo que llamase urgentemente. Lo hice de inmediato y, antes de preguntarle al Gaviero la razón de su urgencia, me dijo con una voz blanca que me sonó aterradoramente cercana:

—Abdul murió ayer en Funchal. El avión se estrelló al aterrizar. Había mal tiempo. Ignoro cuáles sean sus planes, pero me gustaría que me acompañase a recoger los restos para enviarlos a la familia.

Cuando llegamos a Funchal, el mal tiempo persistía. El pequeño Convair aterrizó sin mayor trabajo pero vibraba con el viento como una caja de fósforos. La policía del aeropuerto, advertida de antemano de nuestra llegada, nos esperaba al bajar del avión. El cuerpo de Abdul estaba reducido a cenizas, nos explicaron, y por esta razón lo habían colocado en una pequeña caja de madera. ¿Queríamos verlo? Respondimos al tiempo que no era necesario. El avión regresaba dos horas después a Lisboa. Teníamos tiempo de ir hasta la ciudad, pero el Gaviero propuso visitar más bien el sitio del accidente, en la cabecera de la pista. Nos llevaron en un jeep hasta allí. Un montón de fierros retorcidos y de restos carbonizados de láminas y tela se alzaba, informe, al borde del mar aún picado por la tormenta que acababa de pasar. Allá, al fondo, en una pequeña ensenada, descansaba la silueta del esbelto *tramp steamer,* con el casco pintado de negro y una delgada franja rojo cadmio en el borde superior. El puente y la sección de camarotes resplandecían con un blanco que se antojaba puesto el día anterior. Nos quedamos mirando largo rato esa aparición, que se nos presentaba como un indescifrable mensaje de los dioses. Camino hacia el jeep, volvimos a detenernos frente al entreverado túmulo de hierros calcinados. Escuché a Maqroll murmurar en forma apenas audible:

—Ésta sí era tu propia muerte, Jabdul, alimentada durante todos y cada uno de los días de tu vida.

No me fue dado entonces entender el sentido de sus palabras. Me llamó, sí, la atención que se dirigía a su amigo del alma con un tú que jamás usó en vida de Abdul.

En ese momento me vino a la memoria la fotografía del niño que contempla absorto con sus grandes ojos estrábicos de beduino un montón de escombros humeantes, y las nevadas montañas del Líbano al fondo. Meses después, le llevé al Gaviero esa fotografía para que la guardara consigo. Me contestó, con la misma voz blanca que escuché por teléfono en Compostela:

—Es mejor que se quede usted con ella. Yo no sé guardar nada. Todo se me va de entre las manos.

TRÍPTICO
DE MAR Y TIERRA

Se reúnen aquí tres experiencias en la vida de Maqroll el Gaviero que le revelaron, cada una a su manera y en su momento, regiones del alma para él hasta entonces desconocidas y cuyo descubrimiento lo marcó para el resto de sus días. Poco solía hablar de ellas y, cuando lo hacía, buscaba prudentes vericuetos que le evitasen volver de lleno al arduo tránsito que le significaron al momento de vivirlas. Aludía a ellas con frases sibilinas, la más frecuente de las cuales era: «He cruzado al borde de abismos junto a los que la muerte es un paso de títeres». No era nuestro amigo muy dado a tornar sobre el asunto y mucho nos ha costado hallar la ocasión para saber, por boca suya o de gentes de sus afectos, en qué consistieron tales esquinas que le obligó a doblar el destino.

Cita
en Bergen

Günlünk islerdenmis gïbï ölüm
(Como si la muerte fuera un asunto cotidiano)

ILHAM BERK

Que esto tuviera que sucederme en Brighton es algo que quien conozca la popular estación balnearia de Sussex hubiera dado por natural y previsible. Brighton, ese lugar en donde la gente de Londres insiste en que disfruta del mar en medio de un sombrío hacinamiento de construcciones victorianas y de otras de estilo eduardiano que superan la más febril imaginación; ese lugar en donde hasta el más modesto de los bares se empeña en servirnos el whisky que justamente no nos apetecía y en donde las mujeres nos ofrecen en las calles y en el amplio y desolado malecón contra el que se bate un mar gris y helado una larga lista de caricias que, a la hora de la verdad, se convierten en la homeopática y acelerada versión de lo que un anglicano entiende por placer; en Brighton, para decirlo de una vez, en donde al llegar sabemos que nada se nos ha perdido allí, en Brighton tuve que guardar tres días de cama en una pensión de miseria. Entre la diarrea y el hastío estuve a punto de dejar allí mis huesos.

Había ido para encontrarme con Sverre Jensen, mi viejo amigo y socio de correrías de pesca en Alaska y en la costa de la Columbia Británica. Él, a su vez, se había dado cita allí con un armador retirado a causa de un grave padecimiento cardíaco y quien, de vez en cuando, nos facilitaba la manera de arrendar un barco pesquero para nuestras tareas. Desde el momento de tomar el tren en Londres, me di cuenta de que el plato de erizos que había comido en un restaurante tailandés, no lejos del Strand, tenía algunas piezas que habían perdido ya buena parte de su frescura. En la duda, y como improbable antídoto, pedí una botella de vino blanco portugués que resultó tan incierto como los erizos. Los primeros espasmos se anunciaron poco antes de llegar a Brighton. Sacando fuerzas de flaqueza me dirigí a la casa de nuestro armador y no contestó nadie a mi llamado. El lugar parecía vacío. Me dolían todas las articulaciones y mi cabeza se había convertido en una especie de campana donde retumbaban a un ritmo implacable golpes de martillo que me dejaban casi ciego y sin aliento. Un taxi me llevó a la pensión que me recomendó Jensen. Estaba situada en un sombrío callejón que tenía el poco alentador nombre de Monkeyhead Lane. La dueña, una italiana opulenta y con una incipiente sombra de bigote, me hizo llenar la ficha de registro y me entregó la llave de la habitación que estaba en el cuarto piso del inmueble. Cada escalón fue para mí un viacrucis que no parecía terminar. Al poco rato subió la matrona con una tisana amarga con irisados visos de un aceite que no intenté identificar. La autoridad de la mujer, a quien ya le había contado mi intoxicación con los erizos londinenses, me impidió oponer resistencia alguna y tragué la pócima como pude. El tratamiento duró tres días durante los cuales bebí el infernal remedio como único alimento. Cuando logré ponerme en pie y caminar un poco ya estaba curado, pero me sentía como un nonagenario que trata de aprovechar sus últimos meses de vida.

En Brighton no conocía a nadie. Años atrás, en uno de esos arranques de Ilona, que ella solía llamar *l'appel de mon sang slave*, fuimos a parar a Brighton con la intención de pasar algunas semanas del verano. Ignoro qué idea se había forjado mi malograda amiga de las maravillas del lugar, pero lo cierto es que, a las dos semanas de hacer el amor en un cuartucho donde flotaba un insoportable aroma a cocina inglesa, resolvimos partir a Trieste e instalarnos en casa de una prima de Ilona que nos acogió como si viniésemos del más desamparado lugar de la Tierra. Cuando mencioné a nuestra anfitriona lo del aroma que invadía nuestra alcoba de Brighton, Ilona comentó:

—Lo de cocina inglesa es un decir del Gaviero. Allí olía a lo que ingerían los pictos y sospecho que sus ilustres descendientes no han avanzado mucho más.

Ése era mi único recuerdo y también mi única y nada grata experiencia en el célebre balneario inglés.

Cuando aún padecía en todo el cuerpo la sensación de haber sido apaleado sin piedad me resolví a volver a la casa del armador galés que respondía al sonoro nombre de Glanmor Conway. Esta vez salió a abrirme una joven de estudiado aspecto tímido, una de esas típicas inglesas de piel transparente y aire un tanto desmayado pero que, por dentro, son dueñas de una energía sin límites y de la más completa colección de astucias para defenderse en la vida. Todo eso, repito, protegido por una expresión de inocencia que puede engañar a quien no esté familiarizado con tan temible especie. Le dije mi nombre y pasé a explicarle que tenía una cita con Mister Conway. La muchacha me hizo pasar y me llevó a lo que debía ser el estudio del dueño de casa. Me señaló una silla invitándome a sentarme y ella lo hizo en el sillón que había frente al escritorio y que, evidentemente, era para uso exclusivo del armador. Debí poner cara de sorpresa ante lo que me pareció un curioso atrevimiento, porque Cathy, que así se llamaba la joven según me lo hizo saber cuando le mencioné mi nombre al llegar, me explicó, fijando sus ojos, de un azul apenas perceptible, en esa lejanía adonde miran siempre los simuladores natos:

—Glanmor es tío en segundo grado de mi madre y, al morir ella, me trajo a vivir con él. No tengo más parientes. Mi padre desapareció en el naufragio del *Lady Ann,* que usted seguramente recuerda.

Algo recordaba del hundimiento de ese viejo *tramp steamer* de propiedad de Conway, que se fue a pique al chocar con una mina al entrar al puerto de Aarhus en Dinamarca. De eso hacía casi veinte años, por cierto.

Cathy me informó, luego, que la orden que tenía de Glanmor era que tanto Sverre Jensen como yo nos alojásemos en su casa en espera de su regreso. Se había tenido que ausentar por algunos días para arreglar un negocio en Bristol. Conocía a Conway de muchos años atrás y, a pesar de su proverbial cordialidad, este ofrecimiento de hospedarnos en su casa me pareció algo inusitado. Sin embargo, resolví aceptarlo porque mis fondos ya casi tocaban a su fin y la estatuaria italiana de autoritarios bigotes no tenía trazas de ser persona con paciencia para entender demoras en el pago del alojamiento. Pregunté a Cathy si tenía noticias de mi amigo noruego y me repuso que ninguna, pero Glanmor le había dicho que llegaría casi a tiempo conmigo. Le expliqué que, de todas maneras, aceptaba gustoso la invitación de su tío y en un rato volvería con mis cosas. Sonrió con un gesto entre modoso y taimado que me dejó lleno de vagas inquietudes. Al regresar de la pensión con mi bolsa de marino al hombro, Cathy me llevó a una buhardilla a la que se subía por unas empinadas escaleras que me dejaron sin aliento. Entramos en una espaciosa habitación con dos camas, cada una debajo de una ventana de cremallera, un amplio armario de la época guillermina y un hacinamiento de catalejos, brújulas y objetos náuticos imposibles de identificar que estorbaban a cada paso. El baño estaba al extremo del estrecho corredor que atravesaba de un lado a otro el desván. Cathy me indicó también la habitación donde dormía, y que estaba contigua al baño. Lo hizo sin expresión particular alguna, como quien proporciona un dato de rutina. Que la sobrina viviera en los altos de la casa y al mismo tiempo usara el sillón del despacho de su tío para conversar con desconocidos fue algo que no pude compaginar en el primer momento. Regresé a mi buhardilla, puse en orden los tres o cuatro libros que siempre viajan conmigo y guardé la bolsa con la ropa en el gran armario que se quejaba como un animal cansado. Cathy desapareció sin decir palabra y tampoco la escuché descender por la escalera. Ahora entendía por qué, cuando vine por primera vez, nadie salió a abrirme. La joven debía estar encerrada en su cuarto y desde allí, de seguro, no se escuchaba el timbre de la entrada. Todo seguía pareciéndome inusitado pero sabiendo que, al tratarse de ingleses, nada debe sorprendernos, resolví tenderme en la cama para descansar un rato. El ajetreo de la mudanza me había dejado exhausto y la convalecencia de mi intoxicación se anunciaba un tanto más duradera que lo previsto.

Durante el resto del día permanecí en mi habitación. En dos ocasiones Cathy subió con una taza de té y tostadas. Era lo único que podía ingerir sin que me viniera la náusea que iba desapareciendo paulatinamente. Así me pude enterar de muchos aspectos de la vida de Glanmor Conway, no todos edificantes por cierto, y algunos más bien sombríos. Cuando Cathy llegó a la casa de su lejano pariente, no era aún una adolescente. Conway la ocupó como sirvienta en sencillos oficios que supervisaba una vieja criada del país de Gales que escasamente hablaba inglés. Cuando Cathy se convirtió en una mujer hecha y derecha, el hombre envió a la anciana a su villorrio perdido en los montes de Radnor y metió a la muchacha en su lecho al tiempo que cargó sobre ella todos los quehaceres de la casa. Conway pasaba ya los setenta años y era profundamente desconfiado. Jamás dejaba salir a Cathy como no fuera a la tienda de ultramarinos de la esquina y llevaba estricto control del tiempo que le tomaban estas diligencias. Al parecer el viejo había abandonado poco a poco sus contactos con la muchacha y ahora sólo la usaba como sirvienta.

Dos días después de mi arribo a casa del armador, Cathy apareció una noche apenas cubierta con una sábana y se instaló a mi lado cubriéndome de caricias. Pasamos la noche juntos y la joven resultó ser más inocente de lo que yo había supuesto, si bien en cada abrazo entraba en una especie de trance en el que era muy difícil establecer el límite entre la simulación y la sinceridad. Me di perfecta cuenta de que, por ese camino, sólo lograba complicar aún más mi situación, ya de suyo bastante precaria. Cuando llegó Sverre Jensen sentí un alivio liberador. Le conté todo lo sucedido y me miró con expresión de la mayor extrañeza. Terminé la historia y se limitó a comentar con su proverbial laconismo:

—Hay algo en todo esto que no se ajusta a lo que sé de Conway. Ya veremos cuando regrese cómo se aclara todo. Lo que necesitamos es que nos facilite el barco sin mucha demora porque la temporada del atún se abre dentro de unas semanas. Por ahora, Maqroll, yo te aconsejaría que te olvides de la tal Cathy, que trae más gatos en la barriga de los que a primera vista parece.

Antes de seguir adelante se me ocurre que sería bueno poner al lector al tanto de quién era mi buen amigo Sverre Jensen, viejo lobo de pesquerías en el Pacífico norte y hombre de un corazón cuya nobleza sólo era comparable al recio pudor con que sabía esconderla. Nos habíamos conocido en la cárcel de Kitimat, en la Columbia Británica, adonde había ido yo a parar acusado de adulterio con una joven piel roja que vivía con un polaco energúmeno, quien se convirtió en mi acusador y amenazaba con matarme. Jensen estaba allí por haber intervenido en una riña de taberna en donde resultaron muertos a puñaladas dos portugueses que nadie supo de dónde vinieron. El cuchillo con el que habían quitado la vida a los lusitanos era de propiedad de Sverre, pero éste aseguraba que, al comenzar la trifulca, se lo habían quitado de la vaina que traía asegurada en el cinturón. Dos meses compartimos la misma celda soportando un frío que, en la madrugada, nos dejaba ateridos y al borde de la congelación. Durante el largo encierro tuvimos ocasión de intercambiar nuestras experiencias y en muchas de ellas coincidieron lugares y circunstancias en forma tan curiosa que, a menudo, nos interrogamos sorprendidos de no habernos conocido antes. La inocencia de Sverre logró probarse al fin gracias a la indiscreción de un negro de Carolina del Sur a quien, en plena embriaguez, se le ocurrió comentar en una cantina la forma como había dado muerte a dos portugueses que tenían pacto con el diablo y traficaban con negros sacados de Angola con engañosas promesas de trabajo en América. Después se descubrió que el hombre no estaba en sus cabales y había cometido los homicidios en un momento de insania frenética. Yo salí casi por los mismos días al retirar sus cargos el ofendido varsoviano. Fue entonces cuando comenzamos a andar juntos Jensen y yo. Primero contratados en diferentes pesqueros como simples jaladores de redes y, luego, como dueños de nuestra propia barca pesquera de dos mástiles, que pudimos adquirir gracias a una módica herencia que recibió Sverre al morir un hermano suyo solterón que era juez de paz en Bergen. Completé el dinero que faltaba con lo que había guardado durante el tiempo en que fuimos jaladores de redes, ahorro que me impuso Jensen conociendo mi poca o ninguna tendencia a pensar en el futuro. No es éste el momento de hacer un recuento de lo que pasamos Sverre y yo durante los años en que anduvimos juntos, empeñados en la azarosa empresa de vivir de la pesca. Ya vendrá la ocasión de volver sobre esto.

Sverre no había cambiado un ápice a pesar de los años transcurridos. Pertenecía a esa especie de escandinavos que se estacionan a mitad de su vida en un tipo físico que los acompaña hasta el último día. Su corpulenta y recia humanidad parecía haber sido armada con piezas de otros cuerpos de la misma raza pero de distinta proporción. También el rostro, alargado y huesudo, tenía esa desarmonía salvada sólo por la expresión siempre sonriente de los ojos y un aire de bondad imposible de ubicar en ninguna de sus facciones. De pocas palabras en su trato ordinario, era también capaz de cambios de humor desaforados y temibles que podían convertirlo, en un instante, en una avalancha devastadora e impredecible. No era ninguna causa física la que desencadenaba estas iras, era más bien una cierta clase de injusticia gratuita producida por la estupidez de sus semejantes. En una ocasión le vi romper una mesa de un puñetazo, como si fuese de papel, cuando el patrón de una taberna de Amberes golpeó a una de las meseras del lugar que había dejado caer la bandeja llena de jarros de cerveza. Cinco gigantes de la policía portuaria lograron controlarlo después de una lucha que dejó a tres de ellos listos para ir al hospital.

Cuando le conté a Jensen la acogida que me había dispensado Cathy, mi amigo no quedó muy convencido y, como ya lo dije, me previno contra la sobrina del galés. Como éste, pasados varios días, no daba señales de vida, resolvimos indagar con Cathy sobre el paradero real del armador. Las respuestas de la muchacha fueron de una vaguedad inquietante y Jensen se propuso investigar por su cuenta el asunto. Para acabar de complicar las cosas, la joven intentó una noche meterse en la cama de Sverre, usando la misma desenvoltura que había aplicado conmigo. El noruego la sacó con cajas destempladas. Ya le corrían sospechas sobre las intenciones de la joven. Pasaban los días y nuestro dinero estaba llegando a su término cuando, por una casualidad inaudita, cayó en manos de Sverre un trozo de papel escrito a lápiz que apareció en las páginas de una Biblia que mi amigo, como buen protestante, leía de vez en cuando. Era una dirección en Portsmouth, prácticamente ilegible, y un número de cinco cifras que era fácil colegir que correspondía a un teléfono de esa ciudad. Resolvimos llamar desde un bar que frecuentábamos a diario y nos contestó Glanmor Conway en persona. Nuestra sorpresa no fue muy grande, ya que algo sospechábamos del famoso cuento de Bristol forjado por Cathy. Lo que supimos por boca de Conway nos acabó de ilustrar sobre el delirante infundio en el que habíamos caído, yo el primero y sin excusa posible. La casa en Brighton estaba en venta y Conway había dejado allí a su presunta parienta para que ayudase al personal de la agencia encargada de mostrar el inmueble. Con Cathy, Glanmor nos había dejado razón de comunicarnos con él, toda vez que había resuelto liquidar definitivamente su negocio y vendido las embarcaciones que aún estaban registradas a su nombre. En ningún momento había dado instrucciones para que nos alojásemos en su casa, cuyo uso y administración corrían, como era obvio, por cuenta de la agencia inmobiliaria. Sentía mucho la burla de la que habíamos sido víctimas y nos prevenía muy seriamente contra las artimañas de Cathy, que había pasado al servicio de la agencia desde el momento en que Conway abandonó Brighton. Desde luego, debíamos abandonar el sitio de inmediato, si no queríamos tener problemas con los corredores de finca raíz que entenderían nuestra presencia allí como una flagrante violación de domicilio.

Convinimos, antes de volver a la casa de Conway, en salir de allí de inmediato sin dar explicación alguna a Cathy. La joven nos vio arreglar nuestras cosas y no abrió la boca para interrogarnos sobre nuestra partida. Cuando descendíamos la escalera gritó desde el desván:

—¡Qué par de imbéciles. Aquí hubieran podido vivir todo el tiempo que quisieran sin pagar un centavo! No entendieron nada —esto lo decía entre risas histéricas.

Regresamos a la pensión de la italiana, quien aceptó que Sverre durmiera en un sofá arrumbado en la habitación que yo había ocupado antes y sólo cargó unos pocos chelines de más. El único comentario que hizo fue:

—Dudo que vaya a caber allí. No había visto un hombre tan grande.

Jensen volvió a mirarme como preguntándose si todas las mujeres que se cruzaban ahora en nuestro camino se habían vuelto de repente un poco tocadas. Me alcé de hombros y le propuse que hiciéramos cuentas de nuestros haberes porque temía que, entre ambos, no reuníamos dinero para sostenernos por mucho tiempo. El balance era justo. Comiendo una vez al día y prescindiendo del siniestro escocés de los bares de Brighton, el dinero apenas nos alcanzaba para subsistir un par de semanas a lo sumo. Como ésta ha sido por lo común mi situación desde cuando tengo memoria, el asunto no me preocupaba en demasía. Jensen, nórdico mesurado y austero, entró en un pánico que trataba de disimular sin conseguirlo.

—¿Y ahora qué vamos a hacer, Maqroll? El viejo Conway nos hubiera arrendado el barco y adelantado algún dinero. En eso confiaba yo para seguir adelante. Te confieso que no se me ocurre nada —la voz le salía de la garganta con tono pastoso que transmitía un melancólico desánimo que no podía ser más inoportuno en ese momento.

—Para comenzar —le dije, poniendo en mis palabras un entusiasmo que en verdad no me salía muy convincente—, hay que dejar esta horrible ciudad que es la que nos ha traído todos estos descalabros. Sus edificios victorianos y los no menos ominosos del ilustre heredero, no pueden sino atraer la malaventura. ¿Sabes por qué, entre otras cosas? Porque los han construido frente al mar y ésa es una afrenta que los dioses no perdonan. Todos esos rostros descoloridos y ávidos de la gente, que anda como zombie por las calles de Brighton en su deseo de olvidar el hastío londinense, nos dicen que estamos en tierra de difuntos. ¿No te das cuenta de que aquí todo es de mentira y por eso todo vuelve a ser verdadero? No hay sino la muerte vigilando las grandes bóvedas de cristales coloreados, los retorcidos hierros que tratan de repetir épocas abolidas y el rebaño de borregos que no saben a qué vinieron. Con el dinero que nos queda vámonos de aquí no importa adónde, pero vámonos.

Sverre estaba acostumbrado de tiempo atrás a mis fobias e imprecaciones y consintió en que huyéramos de inmediato. En efecto, al día siguiente nos metimos en un carguero que iba a Saint-Malo y en el que nos permitieron tender nuestras hamacas en una cabina al lado del cuarto de máquinas, en medio de un estruendo de todos los demonios y un olor a diesel que quitaba el apetito. De mí sé decir que me sentí en el paraíso sabiendo que nos alejábamos de esa siniestra pesadilla, refugio de una *middle class* que, en verdad, se muere de hambre conservando una dignidad ficticia. Dos días con sus noches duró la travesía porque tuvimos que hacer escala en Cherburgo para descargar no sé qué mercancía. He navegado en toda clase imaginable de navíos, pero nunca había surcado las aguas en un armatoste semejante al *Pamela Lansing,* nombre que sólo servía para aumentar la grotesca desventura de su aspecto. Según nos lo confesó su capitán, un irlandés que parecía haber sido rescatado a último momento del patíbulo, el barco había servido para transportar tropas a Gallípoli durante la Primera Guerra Mundial. Con esto estaba todo dicho.

Cuando descendimos en Saint-Malo aún persistía en nuestros oídos el infernal traqueteo de las máquinas y de las planchas del casco del *Pamela Lansing.* Pero fue durante esos dos días con sus noches cuando tuve la revelación de que un sombrío presagio pendía sobre el destino de mi buen Sverre. Trataré de relatar cómo llegué a esa certeza sin que mi amigo hubiese proporcionado en forma explícita ningún dato que me permitiese acoger tan funesta certidumbre. Desde cuando nos encontramos en Brighton percibí en él, por debajo de su cordial acogida, un cierto cansancio, algo como un despego de los asuntos y trabajos que antes absorbían la totalidad de su mesurado entusiasmo. Por otra parte, era evidente que la causa de esta condición no era física; estaba tan rebosante de salud y vigor como antes. Provenía de algún rincón del alma desde el cual emanaba una substancia tóxica que lo distanciaba paulatinamente de las cosas del mundo. Como sabía que sus convicciones religiosas se concretaban a cumplir rutinariamente con algunos preceptos de su fe protestante, no atribuí el estado de Sverre a problemas nacidos de sus relaciones con su conciencia. Traté en varias oportunidades de acercarme con la mayor discreción al tema que me preocupaba y Jensen rehuía indefectiblemente cualquier confidencia. Su esposa había muerto hacía muchos años a causa de un prolongado cáncer que la hizo sufrir cruelmente sin que jamás profiriera la menor queja. Sverre estuvo a su lado con un amor y una dedicación conmovedoras. No tuvieron hijos y el noruego volvió a sus largas incursiones pesqueras sin pensar jamás en volver a casarse. Yo le conocía en algunos puertos amigas con las que conservaba una relación, si no amorosa, sí teñida de una cordialidad divertida y siempre dentro de un tono regocijado hasta donde su flema escandinava se lo permitía. Era bien característico de tan particular sentido del humor el que a todas les decía por un nombre diferente al que tenían. Recuerdo, por ejemplo, a una Florence a la que insistía en llamar Rosalie y se empeñaba en que había nacido en Grenoble, cuando en verdad era de Seattle y no hablaba una palabra de francés. Las cosas se complicaban cuando se presentaba una diferencia más radical: a una negra de Martinica que lo mimaba en extremo, se divertía mucho con él y festejaba su arribo con mil muestras de cariño, se empeñó en llamarla Yukio San, lo que suponía dos absurdos intolerables ya que el tratamiento de san en este caso no era admisible.

Otra de las constantes del carácter de mi amigo era lo que pudiera llamarse su convenio con Dios. No era hombre de costumbres religiosas regulares ni arraigadas, pero siempre que se evocaba frente a él al Ser Supremo, ya fuera en el curso de alguna maniobra marinera arriesgada o ya en medio de algún negocio que se entorpecía en su curso por cualquier motivo, Sverre hacía un enfático gesto con la mano como para separar algo muy delicado que estuviese a su vera y repetía, en cada ocasión, la misma frase: «A éste lo dejamos aparte por ahora. Ya tiene bastantes problemas en que ocuparse». Me llamaba la atención que lo decía con la mayor seriedad y sin ánimo de pronunciar una frase divertida y, menos aún, sentenciosa. Hablaba en ese momento con el mismo tono con el que hubiera dicho «Bájale velocidad al motor izquierdo» o «No hay que forzar el cabrestante hasta ese punto. ¿No ven que está recalentado?». Lo que siempre me pareció notable era que nadie, que yo recuerde, se atrevió a replicar a Sverre cuando ponía a Dios al margen de cotidianas tareas, ni tampoco a responderle con un argumento de la más elemental teología, que hubiera podido ocurrírsele a tanto hijo de pastor dedicado a las tareas del mar como suele haber por los lugares que frecuentábamos en nuestras temporadas de pesca.

Podría ahora traer a cuento muchos otros aspectos curiosos de la personalidad de mi compañero de tantos años, pero ya habrá oportunidad, espero, de mencionar algunos de ellos en el curso de esta historia. Por ahora sólo me resta decir que era uno de los hombres más pulcros en el cuidado de su persona y que sabía, en medio de las faenas de su oficio de marino, conservar impecable su indumentaria que era siempre de una sencillez ajena a toda afectación y, sin embargo, con un acento de elegancia muy particular. Cuando llegábamos a puerto y era preciso renovar algunas prendas de nuestro vestuario, era de verlo en los almacenes especializados en ropa marinera, escoger minuciosamente una camisa o un pantalón entre los muchos que le ofrecía el dependiente. El resultado de tan larga selección era siempre una prenda de color y corte inobjetables pero nunca vistosa. Lo primero que me intrigó a su llegada a Brighton fue precisamente que, sin parecer descuidado, se notaba en su atuendo cierta falta de esa notoria vigilancia a la que solía someterse Sverre, a quien, en momentos de expansión, yo llamaba afectuosamente el «Beau de la Régence».

Al comienzo no le hice mayor caso al asunto, pero en el viaje a la costa de Bretaña pude constatar que esa indiferencia iba pareja con ciertas reflexiones que dejaba caer cuando menos se esperaban, cargadas de una vaga lejanía, un irse marginando de las cosas del mundo que acabaron por preocuparme. Recuerdo muy bien uno de esos diálogos, el primero tal vez, que me produjo un toque de alarma. Hablábamos de nuestras incursiones pesqueras por el archipiélago Alexander y del poco provecho que sacamos después de penurias sin cuento y de quemar un motor diesel luchando contra los hielos.

—Ya volveremos —comenté a guisa de consuelo— en una época más propicia. En esa zona hay buena pesca y lo sabemos de tiempo atrás.

—No creo que vuelva ni a las Alexander ni a parte alguna en donde tenga que pasar por lo que pasamos entonces —repuso Sverre con firmeza que despertó mi curiosidad.

—Bueno, a las Alexander o a otra región menos dura. No se trata de matarse trabajando para apenas sacar los gastos —añadí.

—No hay necesidad de matarse por ese camino. No hablo de eso. Morir es un pacto que hacemos con nosotros mismos. Lo importante es saber cuándo y cómo se cumple y estar seguro de que se trata de un viaje sin regreso —Sverre hablaba con serenidad, casi diría con indiferencia. Pero era obvio que ya no estábamos en el tema de nuestras empresas pesqueras y que la conversación tomaba otro rumbo.

—Es curioso lo que dices —comenté—. Porque el pacto ya lo tengo hecho hace mucho tiempo, pero no creo que valga la pena hablar del asunto. Esas cosas dichas así, en voz alta, toman un cierto tufo melodramático.

—Tienes razón, pero sí creo que hay un momento en el cual es de obligada lealtad avisar a quienes nos interesan que ha llegado el momento de salir del juego.

—En eso, Sverre, estoy totalmente de acuerdo. No se trata tanto de despedirse como de advertir lealmente que no hay que contar ya con nosotros. Pero no sé por qué estamos hablando de esto —subrayé, con la intención de descubrir hasta dónde se proponía ir mi amigo.

Sverre se quedó un momento pensativo y luego volvió a mirarme con sus ojos de un azul plomizo que habían perdido en ese instante toda transparencia. Era una mirada con la que deseaba a todas luces decir más que lo que expresaban sus palabras.

—Si con alguien en la vida debo hablar de esto es contigo —se limitó a decirme—. Por ahora olvidemos el asunto, pero que quede muy claro que eres el único que sabrá cómo y cuándo habré resuelto despedirme de este mundo de mierda y de sus no menos inmundos pobladores —sin decir más se dedicó a la ardua labor de cargar su pipa y de mirar hacia la costa bretona que siempre le producía una especie de encantamiento singular.

No era la primera vez que escuchaba a Sverre juzgar a sus congéneres en forma tan tajante. No era hombre proclive a la desconfianza pero tampoco a las amistades improvisadas ni a espontáneos entusiasmos. «No somos los hombres lo mejor que hay en la Tierra», me dijo un día en que tuvimos que sacrificar a un magnífico ejemplar de perro labrador que se había enfermado a bordo. La frase me quedó grabada como un aviso y un síntoma. Pero quien concluyera que el noruego era un alma amargada y rencorosa, se equivocaba del todo. Era indulgente y su paciencia tenía límites más que amplios. Simplemente, nuestra especie, como tal, no le producía interés alguno y su simpatía por ella, de existir, era puramente hija del razonamiento y nunca de un espontáneo sentido humanitario. En verdad no es fácil llegar al fondo de un ser con tales convicciones y sólo con el trato continuo y estrecho logré conciliar extremos tan opuestos.

Cuando desembarcamos en Saint-Malo caímos en la cuenta de que apenas nos quedaba dinero para vivir allí. Nos dedicamos algunos días a buscar trabajo, tarea que se dificultaba en extremo debido a nuestra falta del famoso *permis de séjour,* sin el cual es impensable ganar un salario en Francia. Quien primero logró ingeniarse la manera de burlar a las autoridades y conseguir unos francos para poder ir tirando en espera de una solución providencial fue Sverre. Comenzó descargando en los muelles un barco noruego como si perteneciese a la tripulación y, luego, siguió haciendo turnos de noche como reemplazante de cargadores ausentes por enfermedad u otras causas. Una parte del salario iba, como es obvio, al bolsillo de un capataz que se hacía el de la vista gorda. Habíamos conseguido un cuarto en una pensión de la Rue de la Soif, en medio del bullicio de bares y cantinas y de las riñas que se sucedían la noche entera entre gritos e insultos en todos los idiomas de la Tierra. Jensen dormía durante el día mientras yo recorría discretamente cafés y restaurantes baratos en busca de alguna cara conocida. Lo que nunca pude sospechar era que la solución, al menos transitoria, estaba justamente al lado nuestro. Puerta de por medio había un cabaret que anunciaba los inevitables números de strip-tease y un horario de licores *happy hours* que iba de las cuatro de la tarde hasta las ocho de la noche. No sé qué me llevó una tarde a entrar al más bien sórdido lugar que llevaba el atrevido nombre de

Floating Paradise. Me acerco a la barra para pedir una cerveza y me encuentro de manos a boca con Leb Mason. Hacía mucho tiempo que no nos veíamos. La última vez fue en Tánger, una noche memorable durante la cual planeamos, con la ayuda de un feroz cognac falsificado, una operación de trata de blancas de las costas del Caribe destinada a surtir los prostíbulos de Marruecos y Túnez. Al día siguiente, las autoridades de inmigración invitaron con cierta premura a Leb para que abandonara el puerto, cosa que tuvo que hacer de inmediato sin tener tiempo siquiera de avisarme de su partida. Luego supe que era requerido al menos en tres países por delitos que iban desde el contrabando de armas hasta la falsificación de documentos comerciales para evadir impuestos. Leb era de nacionalidad belga, hijo de una pareja de judíos radicados en Amberes desde comienzos de siglo. Entre los muchos incidentes de su atropellada vida, el único que se negaba a relatar con detalle era su participación en la lucha de los neosionistas de Jabotinski en Palestina. Yo sé esta historia a fondo y les aseguro que supera la más intrincada ficción que pueda imaginarse. Mason hablaba de Jabotinski como de un amigo personal. Sin duda lo conocía pero no, desde luego, con la cercanía de la que se ufanaba en las raras ocasiones en las que le escuché contar sus experiencias de terrorista en Haifa y en otros puertos del Mediterráneo oriental. Seguir luego las huellas de Leb Mason daría para un volumen de muchas páginas, catálogo de las más arriesgadas maniobras destinadas a burlar la ley y a sorprender a los incautos de los cinco continentes y los mares que los bañan.

Nos encontramos varias veces en el curso de esos años, pero jamás emprendimos juntos negocio alguno. Leb tenía la facultad especial de enfrentar sus designios desorbitados con dinamita y armas de alto poder y nunca ha sido ése mi camino. Hay, en esa clase de seres, una especie de voluntad de muerte, de insensato desafío sin salida, que tiene mucho de autoliquidación. Si bien es cierto que en mis andanzas he estado más de una vez en peligro de perecer, jamás he sentido prisa por desembocar en la nada que, de todos modos, en alguna esquina me está esperando. Sucede que prefiero dejarla allá, en esa esquina, que estarla provocando a cada instante para apresurar su aparición. Lo que es frecuente en seres como Leb es un ánimo generoso y una especie de bondad bestial y desmedida. Pero, como también sucede con muchos de ellos, Leb terminó por buscar un rincón apacible y mediocre en donde acabar sus días. Los verdaderos héroes del desespero y la furia se dan una vez cada siglo. Son los que logran alcanzar una suerte de grandeza mítica y ocupan en la historia un lugar excepcional y trágico que les confiere una permanencia de arquetipos del exasperado heroísmo sin salida.

Ya me había topado con Leb en Martinica vendiendo aparatos eléctricos en la tienda de un hindú paralítico que andaba por todo el almacén en silla de ruedas, refunfuñando en parsi instrucciones y regaños que caían sobre las hercúleas espaldas del antiguo militante del neosionismo sin jamás conseguir inmutarlo. Luego me lo vine a encontrar en un rincón desastrado que, bajo el reluciente nombre de La Plata agonizaba a orillas de un gran río que iba a desembocar en el mar de las Antillas. Consistía en un puñado de casuchas infectas y un siniestro cuartel del ejército en donde, allí sí, estuve muy cerca de dejar la piel. Leb venía en un barco de rueda que seguía haciendo el tráfico desde el interior del país hasta el puerto floreciente que acogía toda la riqueza del macizo andino. De su porte marcial y su andar firme a grandes zancadas de mercenario no quedaba sino un montón de huesos comido por la fiebre y el hambre. Sólo conservaba, allá en el fondo de sus ojos de un verde casi fosforescente, ese brillo letal, esa incandescencia de los que regresan de sembrar la muerte a su alrededor y de tener con ella tratos que los marcan para siempre. En el barco trabajaba en la cocina lavando platos y, en la noche, atendía en la cubierta la improvisada barra de un bar sirviendo un ron intomable y un aguardiente de anís que disolvía los sesos. Le conté que andaba allí en tratos para subir en mula a la cordillera una mercancía más que dudosa y él se concretó a prevenirme:

—No se meta en eso. Sospecho de qué se trata y ésos no son sus terrenos. Yo sé lo que le digo.

Si le hubiese hecho caso no habría pasado por las pruebas que me esperaban y que me dejaron el miedo sembrado en las entrañas para siempre.

Y ahora, allí, en Saint-Malo, al lado mismo del cuarthucho que compartía con el buen Sverre, vengo a tropezarme con Leb Mason, detrás de la barra de un bar iluminado con chillones colores de neón, en medio de una incongruente teoría de botellas, vasos y fotografías a todo color de mujeres desnudas en poses que querían ser sensuales y sólo conseguían ser de una tontería desarmante.

—Pero, Maqroll, ¿qué diablos hace aquí? Acaba de desembarcar seguramente. Tengo un buen *scotch* para clientes muy especiales. De pura malta. Le brindo uno ahora mismo para celebrar este encuentro.

Para mi sorpresa el whisky era de primera calidad y valía la pena saborearlo mientras nos contábamos, sin orden ni concierto, nuestras correrías. Cuando supo que hacía varias semanas vivía al lado con un amigo noruego, no pudo creerlo. Le conté nuestra frustrada tentativa en Brighton para reanudar actividades.

—¿En Brighton? —comentó sorprendido—. Es el último sitio en donde hubiera podido imaginar que pisara el asfalto.

Le quedaba de sus días de niñez en la sinagoga ese lenguaje a menudo florido y rebuscado que su pueblo conserva como nostalgia de la tierra donde lo instaló Jehová. Al segundo whisky le conté que andaba en las últimas y no tenía perspectiva alguna de encontrar trabajo. De inmediato me ofreció dinero para que fuera pasando. No se lo quise aceptar. Intenté saber primero cuál era su situación y en qué pasos andaba. Me lo explicó en pocas frases. Vivía con la dueña del lugar, una judía nacida en Niza cuyo marido había muerto luchando en el frente de Aragón en las brigadas internacionales. Leb había sido en su juventud amigo del esposo, del que lo separaban las convicciones políticas pero por quien guardaba una calurosa simpatía. La viuda supo abrirse paso en la vida y reunir algún dinero que le permitió comprar el Floating Paradise con todo y su nombre intransitable. Allí había ido a parar Leb por una de esas casualidades que no son tales sino que pertenecen a la vasta e intrincada red de caminos que nos está impuesta desde siempre. Pasó a informarme cómo era el funcionamiento del lugar en donde el strip-tease —harto improvisado y elemental, por cierto— era un pretexto para atraer marinos de paso por el venerable puerto bretón que fuera cuna de los temibles filibusteros, a veces al servicio de su muy cristiana majestad y otras al de su propia bolsa, siempre huera de escrúpulos, como es obvio. En el Floating Paradise las tripulaciones de los cargueros que, en su gran mayoría, venían de Inglaterra y de Holanda, tenían oportunidad de pasar un buen rato, tomarse unas copas y llevarse una más que complaciente mujer a la cama. La muchacha, desde luego, estaba obligada a dejar una parte del dinero en la caja del cabaret.

En esto entró al salón una mujer opulenta y sonriente que sabía llevar sus sesenta cumplidos con un garbo y una autoridad en verdad imponentes. Los párpados encapotados y la barbilla generosa no lograban disimular su infalible instinto para juzgar situaciones y personas heredado tras varios milenios de diáspora. Leb nos presentó y de inmediato se creó entre nosotros una corriente de simpatía indiscutible. Se llamaba Denise, pero algo me hizo pensar que ése no era su nombre de pila. Se sentó en un banquillo al lado del mío y pidió a Leb que le sirviera lo mismo que yo estaba tomando.

—Bueno —comentó mientras no me quitaba los ojos de encima, con una curiosidad que hubiera parecido infantil si no se tratara de tan imponente matrona—, así que por fin tengo la suerte de conocer al legendario Gaviero del que he escuchado tantas historias.

—Leb exagera —aclaré prudente—. Comparada con la suya mi vida ha sido más bien sosegada y formal.

—Si sólo supiera de usted por Leb, tal vez estaríamos de acuerdo. Pero he recibido noticias suyas por otros conductos y creo que la vida de ustedes dos podría compararse si eliminamos la dinamita y las Uzi que enloquecieron a éste por tantos años.

Era evidente que la mujer sabía lo suyo sobre mí, pero en ese momento no estaba yo de humor para seguir averiguando por sus fuentes de información. Preferí concretarme al presente, ya de suyo bastante incierto, al menos en mi caso. Volví a mencionar a Sverre Jensen y, de paso, hablé de su trabajo en los muelles.

—Debe abandonar eso hoy mismo. Es muy peligroso —dijo Denise en un tono que no dejaba lugar a dudas—. Ya veremos qué se hace con él. Por ahora usted va a estar en la noche con Leb en el bar. La tarea está resultando un poco dura para él solo. Con su amigo noruego ya veremos qué se hace. No se preocupen por el pago del alquiler del cuarto. Esa casa es mía y esos cuartos sirven para lo que ya se habrá dado cuenta.

En efecto, el movimiento de parejas en la noche era bastante notorio, pero no lo había relacionado con la existencia del club nocturno aledaño. Recordé también que el portero, un anciano nonagenario con blancos bigotes de foca, que andaba siempre apoyado en un bastón de pastor alpino que temblaba constantemente, dando la sensación de que el hombre se iba a derrumbar de un momento a otro, me había mencionado en dos ocasiones a la dueña de la casa. Hablaba de ella como de alguien que no toleraba retrasos ni pretextos en el pago semanal. Cuando se lo mencioné a Denise, me contestó con la mayor naturalidad:

—Sí, es mi padre. Ya va a llegar a los cien años. Le falta poco. Pero no quiere quedarse tranquilo en casa y se distrae atendiendo a la clientela y discutiendo todo el tiempo por cualquier motivo. Eso lo mantiene alerta.

Pensé en la sorpresa que le esperaba a Sverre cuando se despertara para ir al trabajo. La misma Denise fue a decir a su padre que cuando descendiera el huésped del número tres, le dijera que lo esperábamos en el bar de al lado y que por ningún motivo se fuera sin pasar a vernos. Una nueva botella de whisky de malta vino a reemplazar la que ya habíamos terminado y seguimos los tres tratando de aportar piezas al complicado rompecabezas de un pasado irremediable.

Jensen apareció hacia las ocho de la noche con su corpulenta humanidad y su cara huesuda de *viking* apaleado en donde aún quedaban restos de un sueño que se resistía a partir. Yo estaba ya al otro lado del bar y comenzaba a servir a los primeros parroquianos. Leb me susurraba instrucciones sobre el lugar de los vasos adecuados en cada caso y las botellas que servían para atender las órdenes de los clientes. Era evidente que algunas estaban destinadas a clientes especiales y así lo aprendí de inmediato. Denise seguía en la barra de espaldas a nosotros controlando la llegada de las primeras mujeres que la saludaban con un leve movimiento de cabeza e iban a sentarse en las mesas que la costumbre les había asignado. Sverre se me quedó mirando sin mostrar la menor sorpresa sino, más bien, como si estuviera asistiendo a algo que había previsto de antemano y que veía cumplirse con toda naturalidad. Le presenté a los dueños del lugar y en pocas palabras lo puse en antecedentes de mi relación con Leb.

    —Antes de ir al muelle mucho me gustaría compartir con ustedes una copa de lo que están tomando —acababa de olfatear mi vaso dando muestras de una aprobación sin reservas.

    —Usted no va a ir a ningún muelle, amigo. Le invito a quedarse aquí para liquidar esta botella de *malt* que los estaba esperando hace muchos meses.

    A estas palabras de la dueña Sverre no supo qué contestar y se quedó mirándola extrañado de tanta autoridad en relación tan reciente.

    —Y quién va a pagar el cuarto si yo no trabajo. A no ser que Maqroll, detrás de esa barra, gane lo que me dan en los muelles. Pero no creo en tales maravillas —Sverre se hallaba perdido en una confusión que torturaba su flema.

    Le hice señas de que ya hablaríamos y que obedeciera a nuestra amiga. Ésta vino en mi auxilio para dar por terminado el asunto:

    —Mire, Jensen. Usted no sabe a lo que se está arriesgando al trabajar en los muelles en esas condiciones. El sindicato aquí no se anda en contemplaciones y una madrugada lo van a encontrar flotando en la bahía con un gancho atravesado en el pecho.

    Sverre tomó las palabras de la dueña con una conformidad que me dejó intrigado. Se tomó su *scotch* de malta saboreándolo lentamente y se sirvió otro sin siquiera volver a mirarnos. Pasamos largo rato en silencio y Denise partió para ordenar no sé qué cosa a un par de muchachas que acababan de instalarse en una mesa cerca de la entrada. Leb miraba de vez en cuando de reojo a Sverre y volvía los ojos hacia mí haciendo un gesto que quería indicar una cierta simpatía frente a la callada actitud de mi amigo. Por fin éste volvió a mirarnos como saliendo de un sueño profundo y habló en voz apagada pero firme:

    —Todo esto lo vi venir desde hace mucho tiempo. Ya lo sé: se acabaron nuestras expediciones pesqueras en el Pacífico norte, se acabó el mar y se acabó también la perpetua lucha contra los elementos que siempre terminan por tener la razón. Y ¿saben una cosa? Hace rato también he caído en la cuenta de que nunca me gustó ese oficio y de que el mar es un enemigo monótono, terco y cruel con el que jamás hubiéramos debido tener ninguna relación. Maqroll ha entendido eso muy bien y, de vez en cuando, se interna en la tierra aunque sea para cambiar de esclavitud y vérselas con otros demonios. En el fondo es lo mismo, ya lo sé, pero por lo menos le queda el recurso de no dejarse moler por una rutina infame que siempre da la espalda y para la que somos apenas una brizna de polvo desdeñable e intrusa. Por ahora, aquí me quedo. Ya veremos después. Pero al mar nunca más, ¿lo oye bien, Maqroll? Nunca más. Gracias, Leb, y gracias también a Denise. No me han abierto los ojos, precisamente. Ya los tenía abiertos. Lo que han hecho es iluminar el escenario. Ya vi claro. Salud.

De un solo trago apuró la copa que acababa de servirse. Su rostro no indicaba la menor tensión, la menor ansiedad. Estaba instalado en esa serenidad a la que debían tornar sus abuelos después de las feroces incursiones en el continente. Daba la impresión de haber conquistado un orden del cual ya no saldría jamás. En sus ojos titilaba de vez en cuando una lucecilla que indicaba el terrible poder de las fuerzas que en su alma iban ocupando su lugar después de años de enconada rebelión sin alivio.

Sverre no volvió, desde luego, a los muelles y pasaba buena parte del día sentado en el borde de las murallas que cercan la ciudad vieja, mirando al mar y vigilando la subida de la marea cada tarde como si se tratase de una operación novedosa de la que dependiera su destino. No me molesté en explicarle que, al final de una pequeña península, en un promontorio que al caer el día quedaba separado de la tierra como si fuese una isla, estaba enterrado uno de los escritores que más me han acompañado: Chateaubriand. A él eso no le diría nada y todas las dudas y perplejidades, tempestuosas convicciones y pasiones del vizconde lo hubieran dejado indiferente.

En la noche se reunía con nosotros en el Floating Paradise y tomaba uno tras otro, lentamente, varios vasos de ron. El whisky de malta se había terminado muy pronto y nos pasamos al ron para no gravitar sobre las escasas ganancias de Leb y Denise. Aquél se interesaba mucho en Sverre y vigilaba sus reacciones con una mezcla de afecto y de inquietud. Se hicieron buenos amigos pero apenas se comunicaban entre sí. Yo seguía ayudando a servir en el bar, lavaba los vasos y mantenía listo el hielo y algunos otros elementos indispensables para preparar de vez en cuando los cocteles que raros clientes ordenaban. Cada vez que insistía con la pareja en tomar alguna determinación respecto a nuestro inmediato futuro, al unísono ordenaban que olvidase el asunto y dejara que corrieran los días sin presionar al destino.

—Por el cuarto no se inquieten, por favor —explicaba Denise—. Si alguna vez se necesita, sencillamente les pido la llave y se ocupa mientras ustedes esperan aquí abajo. Todo vendrá en su momento, no hay prisa.

No sé si ella era consciente de cuánta razón había en sus palabras. Una noche, pocas semanas después de que dejara los muelles, Jensen nos comunicó impertérrito:

—Con el dinero que me queda puedo pagarme un pasaje a Bergen. Voy a tomar el primer carguero que pase por aquí en esa dirección. En Bergen me albergaré en el Refugio del Marino y desde allí les enviaré mis noticias —siguió tomando su ron con minuciosa lentitud, la mirada perdida en los espejos que repetían la abigarrada colección de botellas de todos los colores.

Lo había anunciado con tal convicción que ninguno de nosotros se atrevió a hacer ningún comentario. Denise partió moviendo la cabeza para indicar que el asunto no tenía remedio y fue a sentarse en una mesa donde esperaban dos esbeltas morenas recién venidas del África Ecuatorial. Leb y yo limpiábamos los vasos con gestos automáticos y nos quedamos un buen rato en silencio. Cuando Sverre se despidió para subir a acostarse, Leb me comentó en voz baja:

—A nuestro amigo se le ha terminado el combustible. Quiero decir que ya no le quedan razones para seguir nadando contra la corriente, que es lo que usted y yo seguimos haciendo, sepa el demonio cómo y por qué. He hecho saltar la tierra en las cuatro esquinas del mundo y es mucho el plomo que he sembrado en cuerpos anónimos que, en el fondo, me eran indiferentes. Yo sé cuándo se agota el combustible y se empieza a vivir como flotando sobre el abismo. Usted y yo seguimos jalando como si nada. Para otros es, sencillamente, el final del viaje.

No había nada que comentar a sus palabras, que resumían muy justamente nuestra situación y la de Jensen.

Pocos días después pasó un carguero que venía de la costa del Cantábrico e iba a parar en Bergen antes de cruzar el Atlántico hacia Montreal. Sverre se despidió de Leb y de Denise con un apretón de manos y sin pronunciar palabra. En la puerta del establecimiento volvió a mirarlos y les dijo con una gran sonrisa y un amplio gesto de adiós:

—Gracias, gracias por todo. No los olvidaré.

Lo llevé hasta el barco y, al pie de la escalerilla, se quedó mirándome como si me viera por primera vez y me estrechó en sus brazos calurosamente. Farfulló algunas palabras incomprensibles y subió a pasos lentos, casi majestuosos, sin volver a mirarme. Le vi perderse en uno de los pasillos del puente con su mochila de marino a las espaldas.

Viví dos meses en Saint-Malo, ayudando a Leb y conversando largamente con Denise cuya probada sabiduría solía, de vez en cuando, dejarme perplejo. Una noche en que salí para comprar unas botellas de ginebra en un pequeño supermercado que abría toda la noche, se armó en el cabaret una trifulca entre marinos. Cuando entré ya había llegado la policía y se había llevado a los más rijosos. Recostado en la barra estaba Vincas Blekaitis restañándose con un pañuelo la sangre que le salía de una herida en el pómulo izquierdo. Me acerqué a él para tratar de ayudarlo, y lo único que se le ocurrió comentar fue:

—Te perdiste esta vez de una buena, Gaviero. No logré meter a mi gente en orden y tres de ellos van a parar seguramente a la cárcel por un tiempo. Hubo dos heridos graves. ¿Y tú que infiernos haces aquí?

Vincas, como se sabe, fue capitán de varios cargueros que nos habían pertenecido a Abdul Bashur y a mí. Era un lituano con una experiencia marinera como he conocido pocas. Le expliqué cuál era mi situación y le presenté a Denise y a Leb que miraban la escena intrigados. Denise se llevó a Vincas a una pequeña oficina instalada detrás del bar y allí le curó la herida y le puso un vendaje. El lituano regresó para apurar, uno tras otro, varios vasos de vodka. Venía conduciendo un carguero que hacía cabotaje desde Lisboa hasta Hamburgo. Los dueños eran unos armadores portugueses que habían contratado a Vincas hacía dos años y se mostraban muy complacidos con sus servicios.

Blekaitis me invitó a que subiera con él al barco y allí me propuso un trabajo a su lado sin funciones muy específicas. Acepté complacido y regresé para despedirme de mis amigos.

—Como pasará por aquí cada vez que suban hasta Hamburgo, le veremos siempre. No le insisto en que se quede porque sé que no tiene remedio. Vaya con bien y vuelva pronto —esas palabras de Denise iban acompañadas de sonoros besos en las mejillas, mientras algunas lágrimas le asomaban a los ojos. Leb me echó la mano en el hombro y me acompañó hasta la puerta del cabaret. Allí se despidió con un sordo *shalom ve lehitraot* y regresó sin decir más.

Los años que duró mi trabajo con Blekaitis antecedieron de inmediato a mi instalación en Pollensa como celador de unos astilleros abandonados en las afueras del puerto. Durante mis primeras semanas con Vincas no pude quitarme de la mente el recuerdo de Sverre Jensen. Mi amistad con él tenía una característica particular: estaba directa y exclusivamente relacionada con nuestra vida en el mar. Esta relación era muy estrecha, siempre cordial y basada en un mutuo entendimiento de nuestras a menudo opuestas maneras de entender la vida y las relaciones con nuestros semejantes. En tierra, nuestro diálogo se iba marchitando, sin que por ello se afectara nuestra amistad. Era como si fuera del mar cada uno tomara su camino en dirección inversa, quedando intacto el afecto que volvía a resurgir en el momento en que tornábamos a navegar juntos. En los largos períodos durante los cuales nos quedábamos en tierra, Jensen solía refugiarse en algún puerto de su patria y yo emprendía mis acostumbradas correrías buscando un pretexto para ocupar esa ansiedad trashumante que ha signado mis días desde que tengo recuerdo de ellos.

Las palabras con las que se había despedido Jensen en Saint-Malo me dejaron un sabor desolado y amargo, una aciaga premonición. Mis temores no tardaron en confirmarse. No se habían cumplido seis meses desde nuestra separación, cuando nuestro barco se detuvo en Saint-Malo para hacerle al motor unas reparaciones que prolongasen un poco más su hoja de servicios. Lo primero que hice al desembarcar fue ir a saludar a los propietarios del Floating Paradise. Después de los abrazos maternales de Denise, Leb me alargó un sobre dirigido a mi nombre con estampillas de Noruega y matasellos de Bergen. Su rostro inexpresivo y gris no anunciaba nada bueno. Guardé la carta en un bolsillo de mi chaqueta y Leb me dijo con voz apagada:

—Es mejor que la lea ahora. Entre en la oficina, allí estará tranquilo y a solas.

Fui a encerrarme en el pequeño cubículo que ellos llamaban su oficina. La carta de Sverre estaba escrita en inglés.

Era el idioma que usábamos entre nosotros. Reconocí su caligrafía neta y severa que debió aprender en sus años de escuela y que jamás abandonó. Transcribo el texto tratando de conservar el estilo directo y casi telegráfico tras el cual se ocultaba un adiós sin retorno y su lancinante congoja. Decía así:

«Mi querido Gaviero:
He resuelto quitarme la vida. A nadie le explicaría los motivos de esta decisión que, por lo demás, creo que a nadie pueda interesar, de no existir usted a quien he considerado siempre mi mejor y —¿por qué no aceptarlo?— mi único amigo. El suicidio es algo en lo que he pensado desde hace muchos años. Ya en mi adolescencia fantaseaba mucho con la idea. Es evidente que la vida en el mar, que es la única que concebía como posible, se ha acabado para mí. Ya hemos hablado de esto en innumerables ocasiones. Usted tiene la facultad de adaptarse, por un tiempo al menos, a la vida en tierra. Si bien es cierto que siempre acaba buscando la costa y subiéndose al primer barco que lo recoja. Yo nunca lo he logrado. En tierra me sobra el tiempo y me va ganando un hastío que acaba paralizándome. Pero en verdad no es ésta la razón principal de mi suicidio. Aunque tuviese de nuevo la oportunidad de navegar, me doy cuenta de que he ido acumulando de tiempo atrás algo que no se me ocurre definir mejor que como un fastidio de estar vivo, de tener que escoger entre esto y lo otro, de escuchar a la gente a mi alrededor hablando de cosas que en el fondo, o no les interesan o no las conocen de verdad. La necedad de nuestros semejantes no tiene límite, Gaviero querido. Si no sonara absurdo, yo le diría que me voy porque no soporto más el ruido que hacen los vivos. Usted es el único en entender lo que estoy diciendo. Nunca hemos hablado de nuestra amistad, entre otras cosas porque desde el primer viaje que hicimos juntos —¿recuerda esa pesquería por Tierra del Fuego, nuestro desastroso final en puerto Aysén y el inglés que usted tuvo que matar de tres tiros porque se quería quedar con todo y dejarnos allí tirados con la ropa que llevábamos?— creo que supimos comunicarnos sin tener que acudir a las palabras. Es claro que las cosas que en verdad nos conciernen y determinan nuestro destino no son para ser habladas. Tampoco ahora las palabras van a servir de mucho para despedirme. Despedida algo relativa porque mientras usted viva sé

que, de vez en cuando, se acordará del viejo Sverre y de los peligros, ansiedades, fracasos y éxitos fugaces que compartimos en casi todos los mares del mundo. ¿Quiere saber cuándo me di cuenta de que ese vago coqueteo con el suicidio tomaba una forma concreta e inmodificable? Una noche en Vancouver, en la taberna de Cass Montagüe, cuando, después de romper toda la cristalería del bar y no sé cuántas sillas y de haber hecho desocupar el local, nos sentamos uno frente al otro mientras Cass se jalaba los pocos pelos que le quedaban y no entendía nada de lo sucedido. Usted se me quedó mirando y me dijo, con una seriedad que conozco muy bien y que guarda para pocas ocasiones y personas: "Jensen, si fuéramos consecuentes con lo que sentimos allá en el fondo sobre todo esto; sobre la vida, pues, tendríamos que pegarnos ahora mismo un tiro. No será así. Mañana subiremos de nuevo al barco en busca de un atún que, finalmente, de nada nos ha de servir porque no es por ahí por donde se arreglan estas cosas". Se quedó en silencio hasta cuando vino la policía y nos encerraron cuatro días en la cárcel. Los abogados se llevaron todo lo que habíamos ganado en la última pesca. Yo no estaba tan borracho como usted y esas palabras me quedaron grabadas hasta hoy cuando he resuelto hacerlas mías y partir.

«Sería necio echar sobre sus hombros responsabilidad alguna. Si le cuento esto es porque, desde mucho antes de escuchar su sentencia en Vancouver, había tomado ya, allá en el fondo, la determinación de no aguantar sino hasta cierto límite, incierto, tal vez, respecto al momento propicio, pero, totalmente fundado y definitivo. También quiero decirle que quien acabó por aclararme las pocas razones aún no evidentes y que yacían escondidas en algún rincón del alma, agazapadas y listas a saltar a la superficie, fue su amigo Leb. Nunca hablamos de esto él y yo pero sé que desde el primer instante en que nos vimos, Leb supo que yo iba por este camino. Denise, su mujer, también lo supo. Le repito, y usted lo sabe mejor que nadie, esas cosas no se hablan.

»Bueno, Maqroll de todos los demonios, basta de discursos. Me voy y le agradezco a la vida el haberme puesto en su camino. Eso es todo. Siga dando tumbos por el mundo. Ya sé que otra será la puerta que escoja para salir. Cualquiera que ésta sea, lo espero al otro lado para que me cuente cómo fue su salida. Me queda pendiente esa única curiosidad en este mundo que dejo sin pena pero tampoco esperando encontrar nada en la otra orilla. Adiós, Gaviero, o hasta pronto, quién sabe y tampoco importa.

Sverre».

Leí varias veces la carta y regresé con ella en la mano para encontrarme con Leb y Denise.

—Se mató, ¿verdad? —dijo Leb con certeza que me intrigó.

—¿Cómo lo sabe? —le pregunté alargándole la carta que pasó a Denise sin leerla.

—Desde cuando apareció por esa puerta, supe que lo haría.

—Eso dice en la carta. Léala usted también.

—Ya lo haré en su momento. ¿Sabe una cosa? Envidio a Jensen. Nunca seguiré su ejemplo, jamás he pensado en hacerlo por graves que hayan sido las pruebas por las que he pasado. Pero lo envidio. Hay algo limpio y neto en su gesto que admiro.

Denise alargó la carta a Leb y éste la leyó moviendo a cada momento la cabeza en señal de asentir con las palabras de Sverre. Me la devolvió sin hacer comentario alguno. Apuré el vodka que me había servido Denise y me despedí de la pareja.

Ya en la puerta, Leb me llamó:

—¡Maqroll!

Me volví para escucharlo.

—No, nada —dijo Leb—. Siga dando bandazos como barco sin piloto. Es otra forma de hacer lo que hizo Jensen.

—Sí, es lo mismo —respondí y me interné en el laberinto nocturno de las callejas de Saint-Malo, en dirección al puerto donde me esperaba el barco que partía a la madrugada.

Razón verídica de
los encuentros y
complicidades de
Maqroll el Gaviero
con el pintor
Alejandro Obregón

*A la memoria de Micho, de Michín
y de Orifiel, y para Miruz y Mishka
que nos acompañan y protegen con
su remota y eficaz sabiduría.*

Sólo trajimos el tiempo de estar vivos
entre el relámpago y el viento.

EUGENIO MONTEJO

Non, non, pas aquérir. Voyager pour
t'appauvrir. Voilà ce dont tu as besoin.

HENRI MICHAUX

Estaba en Madrid, saboreando un fino en el bar del Hotel Wellington, un lugar que siempre me ha gustado y donde me hospedaba en tiempos mejores para estar cerca del parque del Retiro, cuyo amable sosiego finisecular ejerce en mí una acción sedante y evocadora. Me hallaba abstraído descubriendo en el borde de las cosas esa luz dorada de la tarde madrileña que deja todo como suspendido en el aire. Una vez más, pude constatar que estaba en la que fue frontera de Al-Andalus.

De repente, un brazo de hierro me apresó por la espalda y, sin conseguir hablar, quedé inmovilizado. El roce en la nuca de unos grandes mostachos a la Franz-Joseph me denunció al agresor: «¿Qué carajos haces aquí?», dijo mientras me soltaba y yo me volvía para confirmar mi sospecha. Era Alejandro Obregón. «No tenía ni puta idea de que estabas en Madrid», me reclamó, mientras se sentaba a mi lado y ordenaba también un fino. Sus ojos azul pizarra me escrutaban con esa curiosidad propia de nuestros amigos pintores para descubrir en los demás el paso del tiempo. Hacía cinco o seis años que no nos veíamos. Allí estaba Alejandro, macizo, intenso, tratando de romper, con el mayor pudor posible, su trabada timidez de los primeros instantes del encuentro; rasgo que fue uno de los signos más constantes y comovedores de nuestra larga relación. Obregón, es bueno saberlo, escondía, detrás de varias capas de camaján que a nadie convencían, a uno de los hombres con mejores maneras que recuerdo haber tratado.

Poco después llegaron algunos amigos de Alejandro, entre los cuales estaba el torero Pepe Dominguín. La conversación se hizo general y caímos en el tema del día: la muerte de un joven torero, en plena gloria, que acababa de ser cogido en un pueblo andaluz. Alejandro y su esposa salían para Colombia a la medianoche. Carmen y yo estábamos llegando y preparábamos nuestro segundo viaje a Galicia para visitar al Apóstol. Al margen de la charla deshilvanada y más bien insulsa, natural entre personas que acaban de conocerse, Alejandro y yo tratábamos de ponernos al día en nuestros asuntos, en la vieja y siempre renovada corriente común de recuerdos, experiencias y afectos que nos une hace ya tantos años. Imposible. El tema de los toros seguía imperando con agobiante insistencia. De repente, por una palabra que dejó caer en un breve silencio del grupo, me di cuenta de que quería comunicarme algo sin ninguna relación con lo que allí se hablaba. Esta certeza se fue haciendo cada vez más aguda. Por fin, nos pusimos de pie, casi simultáneamente y, pidiendo permiso a los presentes, nos pasamos a otra mesa. Sin preámbulos, Obregón me explicó:

—Mira lo que son las cosas, desde hace semanas me urge hablar contigo y nunca imaginé que pudiera ser tan pronto. Tengo que contarte algo que te va a interesar muchísimo. Sólo a nosotros nos pasan estas vainas. Escúchame con cuidado que la historia es larga y no te puedes perder detalle. Te vas a quedar de una pieza: hace ya casi un año me encontré en Cartagena con un conocido tuyo, un tipo inolvidable sobre el que has escrito cosas que antes me parecían extrañas y ahora creo que te quedaste corto. Ya adivinaste de quién se trata, ¿verdad? Estuve con Maqroll el Gaviero.

Debo confesar que entre todas las posibles combinaciones del azar con las que especulo a menudo, nunca se me había ocurrido que tal encuentro pudiera acontecer. Pero, ahora que Obregón me lo contaba, me pareció, de repente, algo absolutamente lógico y previsible. Sólo me extrañó que no hubiera sucedido antes. En un instante se me presentó con evidencia la suma de rasgos comunes que unía a los dos personajes y las abismales diferencias que los separaban. Todo esto se lo dije atropelladamente, mientras me escrutaba entre inquisidor y sonriente, con esa mirada celeste que, cuando se fijaba con atención, se tornaba ligeramente violeta y distante. Nos quedaban aún un par de horas para estar juntos y, olvidando con escasa cortesía a nuestros compañeros de la otra mesa y a nuestras esposas que nos observaban divertidas e intrigadas, nos sumimos por entero en la historia de un encuentro que, en cierta forma, venía a completar el diseño en espiral de nuestras vidas. Relatar el episodio en las palabras mismas de Obregón supondría perderse en complicados médanos de interjecciones descomunales, de balbuceos indescifrables y de comentarios subordinados que terminaban en carcajadas homéricas. Corriendo el riesgo de que el asunto pierda mucho de su colorido y sabor, me resigno a transcribirlo en forma que el lector pueda seguirlo.

Una madrugada, Obregón llevó a una pareja de invitados suyos al hotel donde se hospedaban en Cartagena. Pensar en un taxi era francamente ingenuo y el marido se había excedido en sus brindis de ron Tres Esquinas hasta el punto de no poder valerse por sí mismo. La esposa, una panameña mitad hindú y mitad irlandesa, se había lanzado a confidencias un tanto escabrosas sobre su pasado de corista en Bremen. Alejandro los subió a su Land Rover, con esa paciencia que sólo los bebedores serios saben tener con quienes no lo son, y los depositó, pasablemente refrescados, en el hall del hotel. Al regreso, transitando por una calle mal iluminada y de no muy buena fama por su cercanía a la zona de tolerancia, vio a dos hombres atacando a un tercero que cojeaba notoriamente y se defendía con la torpeza de quien se halla en franca desventaja. Alejandro detuvo el jeep frente al grupo y le dirigió las luces plenas. Descendió dispuesto a librar al hombre de sus agresores pero éstos, al ver quién se les venía encima con una fuerza de toro empacada en los gestos y facciones de un oficial de la Viena imperial, huyeron hasta perderse en la oscuridad de los callejones aledaños. Obregón subió al hombre a su auto y, sin saber por qué, le habló en francés preguntándole por la dirección donde deseaba ir. Éste le contestó en el mismo idioma explicándole que viajaba en un buque tanque, ahora anclado en el muelle y que, al salir de un burdel de mala muerte, lo habían seguido dos rufianes ofreciendo cambiarle dólares con un índice sospechosamente ventajoso.

—Pero no sé —terminó diciéndome— por qué hablamos en francés. Hace tanto que hablo español que he llegado a pensar que es mi propia lengua —en seguida le propuso a Alejandro ir en busca de algún bar abierto para beber un trago juntos. Obregón le explicó que ya no había nada abierto y lo invitó a su casa. Allí podrían esperar la mañana ya que era inútil pensar en dormir a esas horas. El otro aceptó encantado y se presentó esbozando una curiosa sonrisa que para nada venía a cuento:

—Me llamo Maqroll, Maqroll el Gaviero.

Obregón se quedó mirándolo con la sospecha de que le tomaba el pelo, pero el hombre continuaba sonriendo.

—Pues yo lo conozco a usted —repuso Alejandro—. Su nombre me es familiar. Un viejo amigo mío ha contado algunos episodios de su vida en libros que andan por ahí con más bien poca fortuna pero que a mí me divierten.

Obregón se presentó a su vez. Cuando explicó que era pintor el otro se alzó de hombros con resignada aceptación como diciendo: «Es lo que me faltaba». Maqroll subió con cierta dificultad las empinadas escaleras que dan al primer piso de la casona ubicada en la calle de la Factoría. «Sufro aún las consecuencias de una picadura de araña que casi me seca la pierna. Ya la tenía cerrada pero ahora, al defenderme de estos tipos, algo se resintió de nuevo».

Con el primer ron empezó a fluir el diálogo entre estos dos viejos lobos de la aventura, de los esquinazos de la vida y del viejo oficio de la ternura humana.

Alejandro no recordaba muy bien por cuáles vericuetos se fueron desgranando las confidencias, pero lo que sí tenía muy presente era que, de pronto, Maqroll empezó a hablarle de los gatos de Estambul. Solidario con este interés de su huésped y viejo convencido del secreto saber de estos felinos, Obregón escuchaba con esa atención que despierta el alcohol entre quienes saben negociar con él y fijarle sus condiciones.

—Los gatos de Estambul —explicó el Gaviero— son de una sabiduría absoluta. Controlan por completo la vida de la ciudad, pero lo hacen de manera tan prudente y sigilosa que los habitantes no se han percatado aún del fenómeno. Esto debe venir desde Constantinopla y el Imperio de Oriente. Voy a decirle por qué: yo he estudiado meticulosamente los itinerarios que siguen los gatos, partiendo del puerto, y siempre recorren, sin jamás cambiar de rumbo, los que fueron los límites del palacio imperial. Éstos no existen ya en forma evidente, porque los turcos han construido casas y abierto calles en lo que antes era el espacio sagrado de los ungidos por la Theotokos. Los gatos, sin embargo, conocen esos límites por instinto y cada noche los recorren entrando y saliendo de las construcciones levantadas por los infieles. Luego suben hasta el final del Cuerno de Oro y descansan un rato en las ruinas del palacio de las Blaquernas. Al amanecer regresan al puerto para tomar cuenta de los barcos que han llegado y verificar la partida de los que dejan los muelles. Ahora bien, lo inquietante es que si usted lleva un gato de otro país y lo suelta en el puerto de Estambul, esa misma noche el recién venido hace, sin vacilación, el recorrido ritual. Esto quiere decir que los gatos del mundo entero guardan en su prodigiosa memoria los planos de la augusta capital de Comnenos y Paleólogos. Esto no he querido confiárselo a nadie porque la imbecilidad de la gente es inconmensurable y hay secretos que no merecen que les sean dichos. Pero mi familiaridad con los gatos de Estambul va más allá. Siempre que llego allí, me están esperando algunos viejos amigos de la familia felina y desde el instante en que piso tierra, hasta cuando subo la escalerilla para partir, me siguen a todas partes. Dos de ellos responden a nombres que les he dado, son *Orifiel* y *Miruz*. Sería largo contarle los rincones que estos dos amigos me han revelado, pero puedo decirle que cada uno está íntimamente relacionado con la historia de Bizancio. Le puedo enumerar algunos: el sitio donde fue torturado Andrónico Comneno; el lugar donde cayó muerto el último emperador, Constantino IX Paleólogo, la casa donde Zoé, la emperatriz, era poseída por un sajón al que le había mandado sacar los ojos; el lugar donde los monjes de la Santísima Trinidad definieron la doctrina que no se nombra y se cortaron la lengua unos a otros para no revelar el secreto; el lugar en donde pasó una noche de penitencia Constantino el Coprónimo por haber abrigado deseos impuros del cuerpo de su madre; el sitio donde los mercenarios germanos hacían el juramento secreto que los ligaba a sus dioses; el lugar donde amarró el primer trirreme veneciano que trajo la peste álgica; así podría enumerarle muchos otros refugios del alma secreta de la ciudad, que me fueron revelados por mis dos compañeros felinos.

Obregón entendió como nadie este interés del Gaviero por los gatos y, a su vez, le comunicó algunos de los prodigios que había presenciado en Cartagena, protagonizados por gatos que ocasionalmente visitaban su taller. Entre ellos, el gato romano que se puso frenético el día en que el pintor empezó a dibujar en la tela un ángel que le daba la espalda al visitante y, luego, el gato que daba extraños saltos y volteretas cuando se le mencionaba el nombre del arzobispo virrey Caballero y Góngora. Al llegar la mañana, la amistad entre los dos recién conocidos se había hecho tan estrecha como si se hubiesen encontrado hacía muchos años. Maqroll preparó un café como para marino al que le espera un muy duro cuarto de guardia y se lo bebieron lentamente, sin hablar mayor cosa. El descenso de las escaleras fue aún más premioso para el Gaviero que la subida. Se despidieron en la puerta. Maqroll no quiso que Alejandro lo llevara al puerto en su vehículo.

—Ya tendrá noticias mías —le dijo al despedirse—. Antes de que zarpe el barco vendré por aquí para que hablemos un poco más —y se alejó renqueando en busca de un taxi. El pintor quedó absorto en la meditación sobre las cosas que le suceden a los hombres cuando saben ser fieles al arduo tejido de una amistad verdadera.

Aquí interrumpí a mi amigo para comentarle que las últimas noticias que tenía de nuestro común camarada no eran muy tranquilizadoras. No sé qué insensata aventura emprendió río arriba y había acabado metido en problemas con el ejército, conflicto que logró salvar gracias a la providencial intervención de una embajada del Medio Oriente y a la simpatía que despertó en un miembro de la inteligencia militar, quien consintió en pasar una esponja sobre el caso. Pero mis sorpresas de esa tarde en el bar del Wellington no iban a terminar. Obregón, cruzando los brazos sobre el pecho, en un gesto muy suyo cuando iba a manifestar algo que le concernía profundamente, me dijo:

—No, si ahí no terminó el asunto. Acabamos navegando juntos en un viaje delirante entre Curazao y Cartagena.

Ante mi expresión de sorpresa, condescendió en contarme el episodio con lujo de detalles. Aún quedaba tiempo antes de partir a Barajas. Nuestras esposas habían subido a las habitaciones para pasar revista a las compras hechas en Madrid. Pepe Dominguín y su grupo se habían esfumado discretamente. Seguimos fieles al fino que comenzaba a proporcionarnos esa sabia tibieza en donde todo resbala con un ritmo de califato omeya.

Antes de zarpar de Cartagena, el Gaviero pasó por la casa de Obregón para despedirse. Se había creado entre ellos esa complicidad de quienes han sometido la vida a pruebas poco comunes y conocen, mejor que los demás, los ocultos resortes que mueven el incierto mecanismo que los inocentes llaman azar. Consumieron un par de botellas del ron sin color que Obregón solía comparar, a mi juicio un tanto a la ligera, con el vodka, y volvieron a repasar la historia de los gatos de Estambul. Alejandro le espetó su cuento de los alcatraces que perdieron el rumbo. Maqroll dejó pasar el asunto sabiendo que se las estaba viendo con alguien a quien bien podía haberle sucedido tal cosa y agregó dos historias de gaviotas igualmente improbables. Se despidieron con la promesa de darse mutuamente noticia de sus andanzas de tiempo en tiempo. Pasaron varios meses y Alejandro tenía ya catalogado su encuentro con el Gaviero entre las cosas inopinadas que poblaban su pasado, cuando volvió a encontrarlo, otra vez por casualidad, en Curazao. Andaba buscando un restaurante donde almorzar que se saliera del sempitermo menú chino de tan horripilante como fraudulenta monotonía. Le indicaron un sitio de especialidades indonesias y, al entrar, tropezó en el bar de manos a boca con el Gaviero que trataba de corregir, con adiciones improbables, un Old Fashioned que no acababa de convencerlo. Se saludaron como si se hubieran visto el día anterior y resolvieron arriesgarse por los arrecifes de una carta de cocina malaya un tanto improvisada. No comieron ni la mitad de los platos y se pasaron al *bourbon* con *ginger-ale* para no seguir a tientas por la venerable vía de la embriaguez. Fue entonces cuando Maqroll el Gaviero le hizo a mi amigo la tentadora invitación que por poco cambia para siempre su destino de pintor.

—Venga conmigo —le dijo— al *Lisselotte Elsberger*. Es el buque tanque del que soy contramaestre. Regresamos por Aruba y, de allí, a Cartagena. Le aseguro que se va a divertir. El capitán, prusiano de estirpe, es un antiguo comandante de submarino de la Primera Guerra Mundial, nació en Kiel y le falta una pierna. La perdió en la batalla de Skaggerak. Posee un inventario inagotable de historias del mar y algunas de tierra nada edificantes. Si usted tiene que volver a Cartagena, nada le impide acompañarnos. Obregón no dudó un instante en aceptar la propuesta y, tras pasar por el hotel para recoger su ropa y dos cajas de pinturas holandesas que había comprado en Curazao, partió hacia los muelles con el Gaviero. Allí esperaba el *Lisselotte Elsberger,* urgido de una mano de pintura. Subieron a bordo pero no pudieron ver al capitán porque estaba durmiendo una siesta que no parecía llegar a término jamás. En el camarote del Gaviero había una litera disponible donde acomodó Alejandro sus cosas. Salieron a cubierta y comenzaron a pasearse de un extremo a otro tratando de no prestar mucha atención al olor de combustible que infestaba el ambiente.

—Cuando zarpemos la cosa se hará más tolerable con ayuda de la brisa —comentó Maqroll, sin querer insistir mucho al respecto. Obregón le explicó que el olor de las pinturas y de los solventes lo había acompañado gran parte de su vida. La gasolina no ofrecía una diferencia mayor. Al caer la tarde, el capitán apareció en cubierta. Era un gigante de dos metros que manejaba con soltura su pierna ortopédica y hablaba con ligero acento tudesco todos los idiomas de la Tierra. En su cara caballuna y lampiña de oficial del káiser mantenía una sonrisa entre condescendiente y cansada que le daba un aire eclesiástico. Era en sus ojos en donde se concentraba la ardua malicia de mil experiencias, transgresiones, componendas, olvidos y recuerdos meticulosamente almacenados. Tenían un vago color café y se movían en perpetua inquietud entre una mata de cejas en desorden y unas largas pestañas levemente femeninas. Sin detenerse jamás en un punto fijo, parecían pasar de continuo revista a los seres y a las cosas que examinaban con febril interés. Se llamaba Karl von Choltitz y decía ser primo lejano del general nazi que pretendió haber salvado en el último momento a París de volar por los aires. Después de algunas frases de circunstancia, el capitán pidió permiso a Obregón para llevarse a Maqroll. Comenzaban las maniobras para zarpar. El barco iba cargado hasta casi cubrir la línea de flotación y el asunto requería de mucho cuidado. Obregón se quedó en cubierta viendo el atardecer en Curazao y preguntándose a qué horas se le había ocurrido aceptar una invitación tan disparatada. Pero su viejo instinto de no interferir en los indescifrables decretos del destino le permitió contemplar la invasión de la noche que comenzaba a disolver una abigarrada fiesta de colores que iban desde el rojo sangre hasta el más delicado naranja. Recordó los paisajes de las cajas de galletas Huntley Palmers que conociera de niño en el Berlín anterior al nazismo. El viaje se inició sin contratiempo alguno. El barco se deslizaba con lenta somnolencia por las aguas de un mar en calma. El toque de una campana lo despertó a la realidad y vio a Maqroll que le hacía señas desde el puente de mando para que subiera a cenar en la cabina del capitán.

Nada más carente de un detalle personal e íntimo que el camarote del capitán Von Choltitz. Ningún retrato de familia, ninguna vista de su ciudad natal, ningún objeto que le trajera memorias del pasado. Dos viejos mapas del Caribe y una carta de señales era todo lo que colgaba de las paredes. Esto produjo a Obregón una singular inquietud; era como un vacío externo que reflejaba otro interior y sin fondo en un alma que había hecho tabla rasa del pasado. Pero lo que más le atrajo la atención fue ver en la pequeña mesa donde se servían los alimentos un gran *bowl* de plata vienesa rodeado por obedientes bandejas, también de plata, en donde se ordenaban apetitosos bocadillos de pan negro, con las más exquisitas especies de salmón, arenques, caviar, trucha ahumada, atún y lenguas de erizo. El capitán indicó a sus invitados los asientos que les correspondían y procedió a una ceremonia que aumentó aún más el asombro de Alejandro. Destapó una botella de *champagne* francés de una marca de gran prestigio y comenzó a verterla en el *bowl* mientras, con la otra mano, vertía al mismo tiempo una botella de cerveza lager alemana. Terminada ésta siguió con una segunda hasta acabar al mismo tiempo con el *champagne*. Acto seguido repartió vasos de cristal con las asas en forma de alas heráldicas e invitó a beber con gesto cortés de *junker* típico. Maqroll hizo a su amigo una seña para indicarle que ésta era ceremonia habitual que no debía extrañarle. Y así comenzó una larga noche de remembranzas y anécdotas en donde cada uno trajo a cuento lo mejor de su repertorio. El *bowl* era renovado regularmente por el capitán, quien no daba muestras de cansancio y, menos aún, de embriaguez. Se fueron a la cama con las primeras luces del alba. Al día siguiente, a eso de las once de la mañana, se reanudó la ceremonia que se prolongó hasta caer la tarde y volvió a iniciarse, entrada ya la noche, tras cumplir varias tareas propias del servicio. Ninguno de los presentes daba, como es obvio, muestras de ebriedad.

Cuatro días consecutivos de este tratamiento consolidaron notablemente las afinidades y coincidencias que estaban antes latentes entre Obregón y el Gaviero e hicieron revivir en Von Choltitz días mejores de su carrera de marino. El capitán, en la euforia de las largas sesiones de nostalgia y bebida, terminó por invitar a Obregón a que los acompañara durante el lapso de un contrato de dos años en aguas del Mediterráneo, transportando combustible desde Argelia hasta Córcega. Alejandro pasó la noche en vela coqueteando con la propuesta. Llegaron a Aruba y allí el *Lisselotte Elsberger* pasó un día cargando gasolina de aviación destinada a Cartagena. El trío, ya fundido en una misma atmósfera de evocaciones y rudas pruebas de resistencia al deletéreo coctel del *junker,* ni siquiera se molestó en bajar a tierra. Cuando atracaron en el muelle de Mamonal, en Cartagena, Alejandro, en un momento de lucidez y aspirina, consiguió declinar cortésmente la oferta de Von Choltitz. Mientras aquél balbuceaba complejas disculpas, el Gaviero asentía levemente con la cabeza aprobando la decisión de su amigo cuya pintura había aprendido a admirar, sintiéndola curiosamente cercana porque le revelaba zonas abismales de su propia conciencia. Acompañó a Obregón hasta su casa y allí se despidieron luego de liquidar una botella de ron de las islas que habían comprado en Curazao. «Cuando le dije que te conocía desde hace muchos años —me explicó Alejandro al terminar su relato— me recomendó que, si te veía, te comunicara sus saludos y te dijera que está en mora de enviarte algunos papeles en donde cuenta ciertos episodios, hasta ahora poco conocidos por ti, sobre su vida de minero en la cordillera. Me dijo también que nunca ha acabado de entender tu interés en sus andanzas, que él encuentra más bien oscuras, rutinarias y harto comunes. Así me dijo».

En esto llegó la esposa de Alejandro para anunciar que, si no salían de inmediato, corrían el riesgo de perder el avión. Obregón se quedó un momento absorto, mirando a esa distancia indeterminada y desoladora en la que solía refugiarse cuando la vida se le venía encima con exigencias para él inaceptables, pero a las que sabía resignarse con una sabiduría de rabino medieval, herencia de sus ancestros catalanes. Nos despedimos con el estrecho abrazo de siempre.

Como era de esperarse, esta revelación de Alejandro sobre su encuentro con Maqroll el Gaviero iba a tener secuelas que no podían tardar en manifestarse. Dos personajes de perfiles tan acusados y fuera de lo común no se cruzan en la vida sin dejar tras de sí una cauda de planetas en desorden. Meses después de nuestro encuentro en el bar del Wellington, recibí en casa un abultado sobre con timbres de Manila. Contenía una relación minuciosa pero caprichosamente aderezada de algunos episodios de la vida de gambusino del Gaviero y una larga carta en donde me ponía al corriente de su actual paradero y de las habituales desventuras de su vida errante e impredecible. En dos extensos párrafos de la misiva mencionaba a Alejandro. No resisto a la tentación de transcribirlos porque complementan y enriquecen notablemente la historia de esta amistad en la que me toca, como siempre tratándose de Maqroll, el papel, más bien ingrato, de simple intermediario. El primer fragmento decía como sigue:

«(...) Por lo que decidí permanecer por un tiempo en Kuala Lumpur. Me alojé en casa de una fabricante de inciensos funerales y aromas destinados a ceremonias religiosas. La mujer no dejó de despertarme una inmediata curiosidad. Me había puesto en contacto con ella un maquinista de tranvía de Singapore con el que yo mantenía una relación cordial que se desarrollaba en dos planos bien diferentes: tomábamos vino de palma con ajenjo en un bar clandestino de las afueras de la ciudad, adonde iban a menudo turistas inglesas y escandinavas en busca de sensaciones exóticas. No sé si quedaba satisfecha su curiosidad, pero de lo que sí estoy seguro es de que nuestra apetencia de relación con mujeres de raza blanca sí resultaba ampliamente colmada. Mucho tiempo de estar en continuo contacto con asiáticas suele causar una especie de empacho que termina en la frialdad. Por otra parte, Malaca Jack —que tal era su nombre— solía recogerme cuando pasaba conduciendo su tranvía. Me invitaba entonces a subir a su lado para charlar un rato mientras cumplía su trayecto de rutina. Era un conversador inagotable, conocía los más recónditos secretos de la ciudad y de sus gentes y el paseo se convertía en una experiencia divertida y aleccionadora en extremo. Malaca Jack me recomendó que fuera a ver, de su parte, a Khalitan, la vendedora de inciensos, cuando le conté que iba a Kuala Lumpur para un improbable negocio con madera de teca que me había propuesto un portugués, dudoso y escurridizo, que respondía al nombre, más incierto aún, de Fernando Ferreira de Loanda. La mujer resultó, también, una conocedora inagotable de la vida y milagros de sus paisanos, gente secreta si las hay y con peligrosos repliegues de carácter que más vale conocer bien antes de tratar con ellos. Acabamos, como era de esperarse, en la cama, en donde siempre hablaba un dialecto malayo y no conseguía articular palabra alguna en ninguno de los idiomas que mascullaba con relativa fluidez. Un día en que regresaba de un suntuoso funeral destinado al capo multimillonario de una mafia de contrabandistas de joyas arqueológicas, me contó que, en medio del humo del incienso de las interminables ceremonias propiciatorias, vio aparecer la cara de un blanco de ojos azules y poblados bigotes que se prolongaban en unas patillas rojizas de artillero. El hombre aparecía y desaparecía entre la espesa humareda funeral, al tiempo que lanzaba las más descabelladas y brutales imprecaciones en inglés y en algo que se parecía al español pero que también recordaba al francés. "Me pareció que pronunciaba tu nombre —me explicó Khalitan, entre intrigada y burlona— pero cuando me le acerqué salió dando saltos como exorcizado". Le pedí de inmediato que me llevara al lugar del sepelio para buscar por los alrededores al personaje de marras. Algo me decía que se trataba de alguien bien conocido por mí. Esos ojos azules, esos mostachos y patillas a la Franz-Joseph y las interjecciones en inglés y en catalán —idioma que mi amiga no pudo identificar pero describió en forma más o menos comprensible— no podían ser sino de una persona. Khalitan se negó, al principio, a acceder a mis ruegos. La idea le parecía absurda. Habían pasado ya varias horas de terminada la ceremonia y el barrio era una zona de grandes quintas pretenciosas, parques abandonados y ninguna vida comercial. Insistí hasta convencerla y partimos al lugar. Era tal como me lo había descrito: desoladas avenidas cubiertas por grandes árboles que daban una sombra perpetua y húmeda, verjas interminables enmarcando jardines semisalvajes y, al fondo de éstos, mansiones de los estilos más insólitos y delirantes: colonial del sur de los Estados Unidos, tudor con tejados en declive que esperaban una nevada inconcebible en ese horno de los trópicos, californiano español, arábigo hollywoodense y *art déco* maculado por la lluvia y las resinas que chorreaban de la opulenta vegetación. Recorrimos varias calles, todas idénticas, en la destartalada carretela de la perfumista, quien trataba de acelerar el paso del paciente y escéptico burro que tiraba del carro con una falta de convicción desesperante. "Sólo a ti se te ocurre —me increpó—, Gaviero insensato. Aquí no vamos a poder encontrar ni a tu amigo ni a nadie vivo. Yo quisiera saber qué vas a explicarle a la primera patrulla de policía que nos detenga".

»No habían transcurrido cinco minutos de la fatal premonición de Khalitan cuando, en efecto, nos detuvo un viejo

Ford con los colores verde y oro de la policía. Pero, en lugar de hacernos pregunta alguna, los agentes abrieron la portezuela y dejaron salir, como muñeco de una caja de sorpresas, a un energúmeno con el rostro pintado con tierras rojas y azules, colores propios, en Kuala Lumpur, de los asistentes a una ceremonia fúnebre, y que gritaba a voz en cuello: "¡*Cullons, nano,* Maqroll de mierda! ¿Me vas a dejar en manos de estos amarillos que huelen a pescado podrido?". Tal como lo temí, se trataba de Alejandro Obregón, que se había quedado allí, en un cambio de aviones. La razón del accidente lo pintaba de cuerpo entero: trató de enamorar a una enfermera bengalí que esperaba, resignada, en el bar del aeropuerto, la llegada del avión de Air India. Obregón subió a la carretela. Le presenté a mi amiga, explicándole en qué se ganaba la vida. "¡Perfecto! —comentó Alejandro—. Nada más apropiado ni más justo. Yo quiero que queme para mí esas esencias porque producen unos colores maravillosos". Ya había tenido oportunidad de explicarle a Khalitan quién era Obregón, cómo nos habíamos conocido en Cartagena y nuestro viaje posterior en el *Lisselotte Elsberger.* Sin embargo, ella lo observaba con el asombro pintado en el rostro. Mi amigo, con esa galantería de dandy que le salía a veces, no pudo menos de arriesgar una explicación que resultó aún más insólita: "Mira, niña —le dijo—, cuando vi pasar el cortejo frente a las oficinas de Air France, donde estaba tratando de arreglar mi pasaje, no pude menos de seguirlo y dejar todo para más tarde. El color de los trajes de los oficiantes y de los tonos de rojo, verde y naranja de tus inciensos me dejaron deslumbrado. Una cosa que se cumple en medio de esos colores no puede suceder sin obligarnos a acompañar el cortejo hasta las últimas consecuencias. Me pinté la cara con las tierras ofrecidas por una niña que caminaba al pie de la viuda y me mezclé con los deudos repitiendo los gestos que veía hacer a mi lado. De vez en cuando, un hombre con una máscara de sapo, pintada con manchas azafrán y azul celeste, se me acercaba y me hacía beber una especie de guarapo con sabor a canela y a sándalo. Acabé en una borrachera fenomenal, pero creo que todos estábamos en las mismas. Como había recibido una postal de Maqroll enviada desde esta ciudad, me dediqué a invocarlo en todos los idiomas que conozco. Cuando terminó el funeral, me quedé dormido debajo de un enorme mango que oculta casi por completo la entrada a la casa del difunto. Allí me recogió la policía. ¡Que tipos! Son de una crueldad de reptil manso peligrosísima. Bueno, ya ves, la cosa resultó y aquí estoy". Como ya dije, esta explicación, en vez de tranquilizar a mi amiga, la dejó aún más desconcertada. Entre tanto, llegamos a casa y, con hospitalidad absolutamente espontánea, que no admitía ninguna réplica, Khalitan instaló a Obregón en un cuarto que daba al corredor trasero y que pendía peligrosamente sobre un canal de aguas inmóviles transitado, de vez en cuando, por canoas cargadas de flores y frutos de colores inverosímiles. Con igual naturalidad Obregón ocupó el lugar después de que recogimos su equipaje en la oficina de Air France en el aeropuerto.

»La vida de nuestro amigo en Kuala Lumpur estuvo salpicada de los más variados episodios. Pero la mayor parte del tiempo se la pasaba pintando. Había puesto en el corredor un improvisado caballete y se proveyó de telas que él mismo puso en bastidores de maderas semipreciosas adquiridas por Khalitan en el mercado. Algo quisiera decirle ahora sobre la pintura de Alejandro. Bien sabe usted que estoy muy lejos de ser un experto en esa materia, pero siento una tal cercanía hacia el mundo que esos cuadros recrean, que pienso no ser importuno, dado el interés que usted ha mostrado por este Gaviero trashumante de vida tan encontrada.

»La pintura de Obregón está relacionada con otro mundo, por completo distinto de este que habitamos. Transcribe una realidad creada por él desde no imagino cuáles vericuetos de su alma. Es una pintura angélica, pero de ángeles del sexto día de la creación. Llevo siempre conmigo un pequeño apunte suyo al óleo sobre cartón que pintó en la noche estrellada y húmeda de Aruba. Representa una silla vista desde un ángulo inesperado. Pero la silla, a su vez, nada tiene que ver con lo que nosotros estamos acostumbrados a llamar así. Es, para repetirlo, una silla de otro mundo. En ese sentido le digo que es una pintura angélica. Los cuadros que hizo en Kuala Lumpur —que después naufragaron todos en el golfo de Aden, en un carguero que se fue a pique al chocar con una mina escapada de alguna base naval— me dejaron alucinado por mucho tiempo. Es más, aún sueño a menudo con ellos. Tenían todos los elementos de ese ámbito entre tropical y exquisito, entre barroco y decadente, que hace del paisaje de Kuala Lumpur un sitio irrepetible. Pero, al mismo tiempo, ningún trazo en los cuadros copiaba la realidad circundante. Obregón simplemente había registrado en su memoria ciertas esencias, colores y volúmenes y los transpuso a ese mundo suyo, particular y único, donde comenzaron a vivir una nueva existencia. Khalitan se extasiaba mirándolo pintar y me comentaba luego en voz baja: "Creo que reza". Una noche la sorprendí quemando alrededor de los cuadros incienso destinado a las ceremonias de la recolección. Desperté a Alejandro y lo llevé a ver la escena. No mostró una brizna siquiera de asombro. Le pareció lo más natural del mundo. "Va a quemar toda la casa, con nosotros adentro", le comenté al oído. "¡Qué bueno —repuso él—, sería magnífico!". Lo conduje prudentemente a la cama. En sus ojos de gato del Ensanche barcelonés brillaba un destello que me puso los pelos de punta. Estuvimos a punto de terminar en una pira funeraria. Hay otro aspecto de la pintura de Alejandro que me intriga sobremanera y usted, que lo conoció tanto y asistió a su primera exposición, seguramente me podría decir si es algo que ya estaba presente en sus primeros cuadros: cuando Obregón pinta personas, también estos seres tienen una especie de inocencia peligrosa, una sensualidad anterior a la sensualidad —otra vez lo angélico, pero con modificaciones de un refinado heretismo— que nos deja la impresión de haber penetrado sin permiso en un mundo que nos está vedado. Cuando vi algunos de sus autorretratos, la noche en que nos conocimos, tuve el primer aviso de que me encontraba ante alguien fuera de lo común, ante un visionario señalado por vaya a saberse qué dioses corroídos por la plaga. En esos lienzos estaba la persona que me hablaba y que me había librado de unos rufianes, pero, al mismo tiempo, me miraba desde el cuadro un ser por completo extraño al original, que tenía algo que decir, que seguramente estaba a punto de decirlo cuando quedó fijado en la tela, pero había regresado a refugiarse en un silencio que nos salvaba, a nosotros mortales, de una experiencia indecible. Bueno, me estoy enredando en esta descripción de algo que usted conoce mucho mejor que yo y sobre lo cual, seguramente, podrá hablar con muchísima más propiedad.

»Pasaron varios meses. El asunto de la teca quedó en veremos porque el supuesto socio portugués prefirió establecer en Brasil una fábrica de jabones y me dejó con el despecho de haber perdido el negocio de mi vida. Estoy tan familiarizado con esa experiencia, que de inmediato aplico los antídotos correspondientes y sigo mi errancia. Decidí viajar a Chipre, donde me esperaban pruebas y empresas sobre las cuales ya le he hablado anteriormente. Para entonces, Khalitan y Alejandro habían establecido una relación que, lejos de mortificarme, me permitía partir sin culpa alguna, feliz de saber que nuestro hombre iba a conocer un mundo en donde lo esotérico se aunaba sabiamente a un erotismo espontáneo y con mucho de propiciatorio».

El segundo fragmento sobre Obregón de la extensa misiva de Maqroll el Gaviero aparece al final de ésta; es más corto que el anterior. Irrumpe sin previo aviso, en medio de otros incidentes al parecer ajenos al tema. Dice:

«Llegué a Vancouver en un guardacostas de la Armada canadiense que nos salvó milagrosamente, minutos después de hundirse el maldito barco cargado de pieles apestosas, conducido por un capitán y un contramaestre que de seguro tenían pacto con el demonio para hacernos la vida imposible. Sin papeles, sin dinero, lo primero que se me ocurrió fue pedir hospedaje en el Refugio del Marino, institución de caridad que proporciona lo indispensable mientras los navegantes en condiciones como la mía consiguen enderezar su suerte. Como usted conoce muy bien cuál es mi estado en orden a papeles y documentos y lo precarios que han sido éstos, cuando he logrado conseguirlos, merced a expedientes sobre los cuales mejor es guardar silencio, se dará cuenta de mi condición en la Columbia Británica, donde se acercaba un invierno anunciado como el más inclemente en los últimos cincuenta años. En el Refugio me obsequiaron alguna ropa más abrigada que la que yo traía, que sacaron de un armario en donde se guardaban las prendas de los marinos muertos allí. En esas trazas me lancé a la calle sin saber muy bien qué hacer. Como no estoy registrado en ninguno de los archivos de la marina mercante que existen en el mundo, ni hay en consulado alguno noticia mía, comprenderá mi ansiedad por encontrar alguna salida antes de los treinta días de plazo que las autoridades de migración me concedieron al desembarcar.

»Así pasó una semana y cada día se me cerraba más el horizonte. De pronto, resolví un día ir al consulado de Colombia y enviar desde allí un S.O.S. a mi amigo Alejandro Obregón. ¿Por qué se me ocurrió precisamente él y no otro de los escasos pero fieles y firmes amigos que tengo dispersos por el mundo? "Porque así son las vainas, carajo", me explicó Alejandro cuando le hice la pregunta. Desde el consulado enviaron a Cartagena mi llamada de auxilio y de allí contestaron que Obregón se hallaba en San Francisco presentando una exposición de pintura. Se alojaba en el Hotel Francis Drake. Tratándose de nuestro amigo, me pareció apenas lógico que hubiera escogido un sitio con ese nombre. En el mismo consulado me permitieron comunicarme con el pintor, a quien le expuse en forma sucinta mi situación. Se limitó a contestar. "¡Mierda! Voy para allá. No se me pierda. Déjeme hablar con el cónsul." Le pasé la bocina al cónsul quien, mientras escuchaba a Obregón, me miraba con curiosidad y desconfianza. Terminó de hablar y sacando del cajón de su prehistórico escritorio unos billetes, me los alcanzó diciendo: "El maestro me pide que le dé esto para que vaya pasando hasta cuando él llegue; creo que viene el sábado próximo". Le manifesté mi gratitud, en este caso absolutamente sincera y hasta conmovida, a lo cual sólo se le ocurrió comentarme: "No se preocupe, señor, tranquilo. Tratándose de alguien como el maestro Obregón, uno no puede negarle nada, por extraño que parezca". Di media vuelta y salí tratando de digerir, sin que se afectara mi serenidad, la oculta reserva que esas palabras encerraban. La vida me ha enseñado a cumplir con ese rito en forma casi refleja e impersonal. Mi facha, además, no debía ser de las más recomendables. No había visitado aún al barbero y las ropas que llevaba denunciaban a leguas que la talla del difunto era mucho mayor.

»Alejandro llegó como lo había prometido. Irrumpió con esa calurosa disposición que constituía uno de los signos constantes de su carácter, temperado, como siempre, por un pudor de buena raza y un prurito de respeto inflexible por la intimidad ajena. Traía, además, un pasaporte de una pequeña república del Caribe adornado con una fotografía que mostraba algunos de mis rasgos escondidos por una barba de ballenero. "Va a tener que dejarse la barba, Gaviero. Menos mal que va bien adelantado", me comentó muerto de risa mientras nos tomábamos un whisky canadiense, flojo y perfumado, que tratamos de hacer llevadero mezclándolo con *ginger-ale*. Allí me contó cómo habían terminado las cosas en Kuala Lumpur. "Salí de aquello sin mayor pena. La relación con su amiga se me convirtió en una especie de misa violeta envuelta en todos los aromas de la ortodoxia budista. Bueno, no sé si esa vaina sería budismo. Lo que sea. Pero cuando abrí la maleta en Roma, adonde llegué en vuelo sin escalas, olía lo mismo que el difunto aquel del entierro que nos reunió".

»Pasamos a otra cosa. Se me ocurrió preguntarle qué estaba pintando ahora. Lo que me dijo es imposible de olvidar pero estuvo tan lleno de interjecciones que, al transcribirlo sin ellas, me da la impresión de estar traicionando a nuestro amigo. Esto fue lo que me dijo Obregón, en estas o parecidas palabras:

"Mire, Gaviero, la vaina de la pintura es muy sencilla... pero muy complicada también. Se reduce a esto: hay que andar siempre con la verdad. Así como en la vida, en el cuadro sólo cabe la verdad. Ahí el cuadro se juega la carta de la inmortalidad. Mentir es falsificar la vida, es decir: morirse. ¿Está claro? Bueno. Ahora viene el problema de los colores. Hay que estar a toda hora seguro de que uno, el pintor, es quien los maneja, quien los ordena. Quien los crea, pues, para no ir muy lejos. Pero ellos también hacen la fiesta por su cuenta. Cuando se juntan y se convierten en un nuevo color es una gozadera que nadie puede imaginarse. Pero siempre, no se le olvide, siempre, mandando uno. Con el pincel o la espátula en la mano, sin temblar, sin titubear, con la seguridad de ser el dueño y señor de ese reino. Al arco iris hay que mandarlo al carajo. Jamás rendirle cuentas, o el cuadro se pierde, naufraga en un mar de babas. Mire, con el arco iris y todo ese cuento hay que hacer lo que yo hice hace muchos años con una bandada de alcatraces que venían en formación volando muy bajo. Creo que ya se lo conté. Estaba en la playa, cuando los vi venir. Dibujé con un palo una flecha enorme en la arena, que apuntaba en dirección contraria a la que traían los bichos. Cuando vieron la flecha se volvieron como tembos; daban vueltas encima de mí, rompieron la formación y, al rato, volvieron a reunirse y se largaron en la dirección que indicaba la flecha que hice en la arena, o sea, la contraria a la que traían. Así es el cuento con la pintura: uno

marca el destino de los colores y de la composición, del orden
en que deben ir los elementos del cuadro. Ya sé, se dice fácil;
pero así debe ser. Pero mire, Gaviero, si es la misma cosa que
todas las vainas que le pasan a uno en la vida. Lo que uno no
controla se vuelve siempre en contra nuestra. Lo que ocurre es
que la gente no entiende esto. Bueno, la gente, usted sabe, la
gente no sirve para gran cosa. Nada me fastidia más que la gente. Un poeta de mi tierra, que hubiera sido un muy buen amigo
suyo y compañero ideal en el trasiego de los más densos alcoho-
les y de las tabernas más inverosímiles, decía: '¡Ah las intonsas
gentes siempre dando opiniones!'. Bueno, pero eso es otra historia. Volvamos a la pintura. Quedamos, entonces, en que lo
que pinto, todo lo que he pintado en mi vida, hasta el dibujo más simple, todo es verdad y nada más que la verdad. Y a mí
lo único que me interesa, además, es que quienes vean el cuadro
tengan de inmediato esa certeza. Ahora, lo importante es aprender a ver, llegar a saber ver, ver todo: las cosas, las personas, el
cielo, los montes, el mar y sus criaturas. Todo lo que vemos esconde siempre una parte, la deja en la sombra. Allí hay que llegar, iluminar, descubrir, descifrar. Nada puede quedar oculto.
Lo sé: es mucho pedir. Pero no hay otro remedio. El mar, por
ejemplo; usted que lo ha transitado tanto y lo conoce tan bien.
El mar es lo más importante que hay en el mundo. Hay que
saber verlo, seguir sus cambios de humor, escucharlo, olerlo.
¿Sabe por qué? Por algo muy simple que todos creen saber pero
creo que no acaban de entenderlo a fondo: porque allí nació la
vida, de allí salimos y una parte nuestra siempre estará sumergi-
da allá entre las algas y las profundidades en tinieblas. Ahora ya
casi estoy listo para emprender un viejo sueño que me ha perseguido desde hace años: pintar el viento. Sí, no ponga esa cara.
Pintar el viento, pero no el que pasa por los árboles ni el que
empuja las olas y mece las faldas de las muchachas. No, quiero
pintar el viento que entra por una ventana y sale por otra, así,
sin más. El viento que no deja huella, ése tan parecido a nosotros, a nuestra tarea de vivir, a lo que no tiene nombre y se nos
va de entre las manos sin saber cómo. El viento que usted, como Gaviero, ha visto venir tantas veces hacia las velas y a menudo cambia de rumbo y nunca llega. Ése es el que voy a pintar.
Nadie lo ha hecho todavía. Yo lo voy a hacer. Ya verá. Es cosa de
saberlo sorprender en el preciso instante en que su paso no

tiene duda posible. Para eso, lo sé, hay que saber mirar, ya se lo dije; mirar el lado oculto de las cosas. Con el viento es lo mismo y lo que en verdad yo sé hacer es eso: mirar, mirar hasta no ser uno mismo. Bueno, ¡qué carajo! Ya me perdí otra vez, pero creo que usted me entiende, Maqroll, porque si no me entiende estamos jodidos". Le contesté que sí lo entendía y que, si bien me parecía todo muy claro, por otra parte esa manera de ver la vida suponía una exigencia, un ascetismo, una vigilancia muy difíciles de sostener en todo momento. "No hay otro remedio, Gaviero, no hay otro remedio, así es esa vaina".

»Estábamos en un bar cuyo dueño, un griego de cejas espesas y aspecto malhumorado, había insistido en encajarnos un ouzo infecto que rechazamos sin contemplaciones a cambio del whisky canadiense en las rocas. El hombre nos miraba con altanera sospecha, lo que no podía menos de causarnos gracia ya que el sitio se veía bien poco recomendable y los tratos que en las otras mesas se llevaban a cabo, entre gentes de las más variadas nacionalidades, tenían cara de todo menos de honestos. "Es que somos inocentes —comentó Obregón—. Inocentes en el sentido en que los rusos usan la palabra, o sea: desvelados servidores de la verdad. Y ésa es la condición más sospechosa que hay para la gente. Por eso, aquí, somos gente de cuidado". El griego retiró la mirada de nosotros y simuló enfrascarse en los vasos que lavaba con parsimonia ficticia. Dos días más estuvimos recorriendo lugares del puerto no mejores que el mencionado. Obregón regresó a San Francisco sin siquiera permitirme expresarle mi gratitud. Con un gesto terminante de su mano cancelaba todo intento mío en ese sentido. Lo acompañé al aeropuerto y nos despedimos con un estrecho abrazo. En ese momento tenía los ojos de un gris acerado, el tono celeste había desaparecido. Lo interpreté como un signo de ternura reciamente controlada. Al día siguiente me embarqué rumbo al sur en un carguero que iba hasta Valdivia. Una avería en el radar nos obligó a detenernos en el puerto de Los Ángeles...».

Hasta aquí las noticias del Gaviero sobre sus encuentros con Alejandro Obregón, el pintor.

Todo esto pasó hace mucho tiempo. Hoy, la vida de los tres ha cambiado por completo. De Maqroll el Gaviero hace años que nada sé; muchas versiones corren sobre su muerte, ninguna confirmada. Como no es la primera vez que esto sucede, aún solemos sus amigos indagar sobre noticias suyas. Alejandro Obregón murió en su casa de Cartagena, casa de pirata retirado que huele a pintura y a disolventes y desde cuya terraza se puede ver un mar inverosímil que aún nos hace esperar los galeones. Yo, en México, trato de dejar alguna huella en la memoria de mis amigos, mediante el truco de narrar las gestas y tribulaciones del Gaviero. Poca cosa creo conseguir por ese camino pero ya ningún otro se me propone transitable.

Sin embargo, un rumor ha venido circulando hace mucho tiempo, sobre el cual no quise ahondar, por miedo quizás de encontrarme, al final, con una de esas sorpresas a las que nos tiene acostumbrados Maqroll y que desembocan en la nada. Pero, ahora, de repente, al narrar estos encuentros del Gaviero con Obregón, empezó a trabajarme la mente la conseja que había olvidado y busqué el escrito de otro amigo entrañable que completa el cuarteto —me refiero a Gabriel García Márquez—, donde recoge parte de la noticia en cuestión. Ésta consistía en decir que fue Obregón quien encontró en la ciénaga el cadáver del Gaviero cuando éste se perdió allí con Flor Estévez y, al parecer, murieron de sed y hambre buscando la salida de los esteros. Veamos lo que relataba Gabo:

«Hace muchos años, un amigo le pidió a Alejandro Obregón que lo ayudara a buscar el cuerpo del patrón de su bote que se había ahogado al atardecer mientras pescaban sábalos de veinte libras en la Ciénaga Grande. Ambos recorrieron durante toda la noche aquel inmenso paraíso de aguas marchitas, explorando sus recodos menos pensados con luces de cazadores, siguiendo la deriva de objetos flotantes que suelen conducir a los pozos donde se quedan a dormir los ahogados. De pronto, Obregón lo vio: estaba sumergido hasta la coronilla, casi sentado dentro del agua, y lo único que flotaba en la superficie eran las hierbas errantes de su cabellera. "Parecía una medusa", me dijo Obregón. Agarró el mazo de pelos con las dos manos, y con su fuerza descomunal de pintor de toros y tempestades sacó al ahogado entero con los ojos abiertos, enorme, chorreando lodo de anémonas y mantarrayas, y lo tiró como un sábalo muerto en el fondo del bote...».

En la deleitable y eficaz prosa de Gabriel, algo se insinuaba, trataba de salir a flote por entre los datos que para nada coincidían con la pretendida desaparición del Gaviero en los esteros de la Ciénaga Grande: la pesca de sábalo, el hecho de que el muerto no fuese también el dueño de la barca, y la mención de un bote, palabra que bien pudiera aplicarse a la barca de quilla plana en donde se perdió Maqroll pero que no era la indicada y esto en Gabo es inconcebible. Todos estos datos venían a perturbar, a desvirtuar, más bien, la conclusión a la que no era tan descabellado llegar, de que el ahogado era Maqroll.

Pero, a mi vez, en el poema en prosa que aparece en *Caravansary*, menciono una lancha del resguardo que descubre el planchón con los dos cadáveres, lancha que venía mencionada en la versión que me llegó sobre esta muerte del Gaviero. Como además de ser el inmenso escritor que sabemos Gabo también se precia, y con razón, de ser muy buen periodista, hay que pensar en que los datos que refiere fueron, en su momento, verificados por él. Lo primero que hice, como es obvio, fue interrogar a Obregón sobre mis dudas. Se limitó a sonreír entre divertido y ausente y empezó a hablar de otra cosa. Me temo que las historias que sobre él propagábamos sus amigos, lejos de hacerle gracia, las sentía como una distorsión abusiva de su intimidad.

Así las cosas y, como es costumbre cuando se trata del Gaviero, la verdad se nos escapa de entre las manos como un pez que se evade. Pero nadie nos puede quitar la idea de que, si en efecto el cadáver rescatado en los esteros por Obregón era el de Maqroll, su compañero y cómplice de Cartagena, Curazao, Kuala Lumpur y Vancouver, la historia se cierra con una hermosa precisión que no suele ser común en la vida de los hombres. Conociendo a los dos protagonistas como los conozco, este final se ajusta tan bellamente a su carácter y al encontrado diseño de sus días sobre la Tierra, que no puedo menos de mencionarlo aquí, desde luego sin avalarlo como cierto, pero tampoco negándolo enfáticamente. Los artistas y los aventureros suelen hilvanar de antemano su fin de manera tal que jamás pueda ser claramente descifrado por sus semejantes. Es un privilegio que les pertenece desde Orfeo el taumaturgo y el ingenioso Ulises u Odiseo.

Jamil

Para mi nieto Nicolás

Sinon l'enfance, qu'y avait-il alors qu'il n'y a plus?

SAINT-JOHN PERSE

Hay un episodio en la vida de Maqroll el Gaviero que casi nada tiene en común con los que he narrado en el curso de estos últimos años pero que, sin embargo, significó un cambio esencial en el desorden de sus andanzas y vino a traerle, en la etapa final de sus días, una especie de serena conformidad con la encontrada suerte de su destino y lo llevó a ejercer, hasta sus últimas consecuencias, su doctrina de aceptación sin reservas de los altos secretos de lo innombrable. No que su vida, después de esta experiencia que voy a relatar, dejase de tener altibajos e incidentes de la más diversa índole y origen, sólo que el ánimo con el cual éstos fueron enfrentados por Maqroll no tuvo ya ese tinte de reto, de tenaz desafío sin recompensa que había caracterizado antaño su errancia por el mundo.

El hecho en sí puede, tal vez, parecerle al lector algo normal y de diaria ocurrencia en la rutina familiar de cualquiera de nosotros. Pero si sabe del pasado de nuestro personaje, se dará cuenta de inmediato que eso que a nosotros puede presentársenos como un episodio común y corriente, para Maqroll fue una experiencia por entero inusitada y cargada de sorpresas que vinieron a revelarle un rincón hasta entonces virgen de su vida sentimental.

Yo hubiera podido relatar el asunto en forma directa y como narrador omnisciente y omnipresente. Preferí, en cambio, intentar transcribir las palabras mismas con las cuales Maqroll nos contó su experiencia. En ellas, que anoté de inmediato después de escucharlas, se esconde todo el sordo dolor que le costó este trance y también los reveladores momentos de felicidad sin sombra que vivió entonces. Veamos, pues, cómo me fue dado enterarme de esta historia.

Suelo visitar Cartagena de Indias siempre que el azar me lo ofrece, porque guardo de esa ciudad un recuerdo tan cargado de nostalgia y tan lleno de instantes que han marcado en forma indeleble el resto de mi vida, que no puedo dejar de recorrer,

siempre que puedo, el laberinto alucinado de sus callejas y ex-
tasiarme, desde el mirador de sus murallas de una austera altivez militar, en la lenta danza de su mar antillano. Cuando aún
estaba entre nosotros mi querido amigo el pintor Alejandro
Obregón, iba siempre a visitarlo en su casa de la calle de la Factoría y allí emprendíamos, con apoyo de una botella de escocés
que él guardaba para sus amigos, un largo peregrinar hacia nuestro pasado común que se confundía con recuerdos de infancia,
belgas los míos, alemanes los suyos.

En una de esas visitas a la Ciudad Heroica toqué a la puerta de la casa de Alejandro en el instante en que se desgajaba uno
de esos aguaceros interminables y abrumadores que irrumpen
en la ciudad por el mes de octubre. Me abrió Alejandro en persona, sonriente y con una expresión de niño al que le llega un
regalo inesperado.

—¡Carajo! Qué bueno que vino. Es el pretexto que necesitaba para no pintar y celebrar la sorpresa con un buen trago.

Entramos al estudio y nos sentamos en los amplios sillones de cuero, ya familiares para mí, llenos de manchas de pintura de todos los colores imaginables que denunciaban la lucha
del pintor con la materia de sus cuadros. De las paredes colgaban lienzos recién terminados. Una magia onírica se desprendía
de esos ángeles con cuerpo de doncella, adolescentes deslumbra-
das que surgían, entre penumbras malvas, de una gama de verdes
que iban desde el más tierno de hojas recién brotadas hasta el
oscuro de la selva impenetrable; todo en medio de una explosión de azules intensos y rojos que se tornaban en luminoso naranja. Era el nuevo mundo de Obregón, una nueva época de su
pintura que se hermanaba extrañamente con lo que entonces
estaba yo escribiendo. Le manifesté mi entusiasmo por esa pintura y me contestó, con un brillo particular de sus ojos azul
acero que indicaba una extrema complacencia:

—Ya sabía que te iba a gustar. Esas ángelas se me aparecen
ahora en sueños y las pinto para que no se me vayan a escapar. Lo
que no vuelve en los sueños no nos acompañará en la otra vida.

Estaba acostumbrado a esas enfáticas declaraciones de mi
amigo, sobre las cuales era mejor no ahondar porque se perdía
en discursos aún más embrollados.

La lluvia nos sirvió de pretexto para terminar con la botella de Dewar's que Alejandro había dejado frente a mí en la

mesa llena de pinceles y de tubos de pintura usados hasta el final. Hablamos, como dije, de nuestra juventud ya lejana y de amigos cuya memoria nos servía para evocar zonas de nuestro pasado compartido. De repente, Alejandro, en plena vorágine de evocaciones, me preguntó a boca de jarro:

—Y ahora, ¿adónde vas?

Le expliqué que iba a España de vacaciones.

—Qué bueno —me comentó—, porque te tengo un encargo. Se trata de nuestro amigo Maqroll. Te voy a mostrar algo que te va a inquietar como me inquietó a mí.

Fue hacia otra mesa, también llena de pinceles y de tubos de colores, en una esquina de la cual tenía una carpeta con toda suerte de papeles. Regresó con un sobre que me alargó sin decir nada.

Las estampillas eran de España y el sello de correos era de Pollensa en Mallorca. Traía una carta escrita en esa letra inconfundible y transilvánica que retrataba al Gaviero de inmediato. Eran unos breves renglones escritos en papel de carta en cuyo encabezado se leía: «Parroquia de Sant Jaume. Mosén Ferrán Alaró. Rector». Decía lo siguiente:

«Álex:

Abusando de la hospitalidad de mi buen amigo el párroco, le escribo estas líneas que van como la legendaria botella al mar. Esta vez la vida ha logrado golpearme donde era. No son cosas para comentar por escrito. Ando algo desalentado y perdido. Ninguno de los caminos que antes solían ofrecerse a mi inquietud me atrae ahora. Si usted pudiese venir por aquí, cosa que adivino bastante improbable, me sería de gran alivio contarle de qué se trata y disfrutar de su compañía. Lo mismo digo respecto a nuestro común amigo que anda por ahí escribiendo mis andanzas y dejando testimonio de mis infortunios. Bien sé que suele pasar a menudo por España, movido por sus querencias con Al-Andalus, los califatos omeyas y el reino de Mallorca, con los que nos da la tabarra. Si lo ve, muéstrele estas líneas. Eso es todo, mi querido pintor de ángelas púberes y perturbadoras. Nadie como ustedes dos para entender lo que puede haber detrás de estas líneas.

Ahí va un gran abrazo de su amigo,

Maqroll el Gaviero».

Conociendo como conocía al personaje, era evidente que la carta escondía una llamada de ayuda apenas disimulada. No era Maqroll hombre inclinado a quejarse. De vez en cuando se limitaba, más bien, a lanzar dos o tres maldiciones en turco o en francés y así recobraba una relativa calma. Ahora era evidente que se trataba de algo distinto.

Aunque Mallorca no estaba en mis planes de vacaciones en España, me hice el propósito de visitar a mi amigo en Pollensa y así se lo hice saber a Alejandro. Éste me comentó complacido:

—Qué bien. Con eso descanso. Yo sé que con un buen diálogo con él las cosas le irán mejor. Nadie como tú para esa tarea. Que lo diga yo que llevo tantos años contándote mis descalabros.

Un ligero rubor apareció en el curtido rostro de Obregón. Era muy pudoroso en el fondo y, a decir verdad, no recordaba haberle escuchado confesiones de ese orden. Al menos no abiertamente. Hacía tiempo que me había dado cuenta de que muchos de sus herméticos y laberínticos comentarios debían ocultar episodios sentimentales. Mi afectuosa paciencia al escucharlos le comunicaba quizás, por secretos conductos, una cierta conformidad. La verdadera amistad suele estar apoyada en tales ocultos pero eficaces vasos comunicantes.

La lluvia pasó poco rato después y nos despedimos con el mismo estrecho abrazo silencioso con el que siempre nos separábamos como si nunca más nos fuéramos a ver de nuevo. El último, que sucedió no hace mucho tiempo, lo guardo en la memoria con aflicción que no amaina.

Llegamos mi esposa y yo a Mallorca en pleno otoño, pero todavía el rebaño de turistas paseaba sus germanas opulencias por las calles de Palma y las desnudaba, para horror del sabio paisaje de la isla, en cuanta playa podía invadir. Carmen había conseguido hablar desde Barcelona con Mosén Ferrán y éste nos esperaba en el aeropuerto. Allí estaba, corpulento y desgarbado, pasados de seguro sus sesenta años, dándonos la bienvenida con una cortesía un tanto campesina y dirigiéndose a mi esposa en un catalán que se esforzaba para que no tuviese una dosis muy alta de mallorquín. El diálogo, a partir de ese momento, se estableció dentro de ese código. Yo seguía, en español, entendiendo, desde luego, lo que ellos se comunicaban, gracias a mi entrenamiento de más de un cuarto de siglo de estar casado con catalana. Me llamó singularmente la atención el expresivo rostro del párroco, con sus espesas cejas oscuras, su boca de labios delgados, siempre con la sonrisa espontánea y ligeramente irónica de quien ha vivido ya lo suficiente como para sólo darle importancia a lo esencial y dejar el resto de lado con indulgencia para con las miserias de nuestros semejantes. Los ojos oscuros y siempre atentos, abiertos hacia el interlocutor, denunciaban a leguas ese sustrato sarraceno de los naturales de la isla. La calurosa voz de bajo profundo del simpático clérigo daba un énfasis un tanto teatral a todo lo que decía. Tomó con mano firme la valija de mi esposa y mientras nos dirigíamos a un taxi que nos esperaba para llevarnos hasta Pollensa, comentó complacido:

—Nuestro amigo los espera y está muy contento con su visita. Me pidió que lo dispensaran por no venir a recibirlos, pero su animosidad hacia los aeropuertos se agudiza aquí a causa del turismo que nos invade.

El taxi al que nos dirigimos era un vetusto automóvil cuyo estado me causó las mayores reservas sobre si lograría llegar hasta Pollensa. Al ver mi duda retratada en el rostro, Mosén Ferrán se apresuró a tranquilizarme:

—No se preocupe. Este taxi, ahí donde lo ve, da cada semana la vuelta a la isla y jamás se ha quedado en el camino. El encargado de ese milagro es su conductor, sobrino mío, que prefirió los Seat a los latines. En fin, Dios sabe cómo hace sus cosas. Al Roger le ha ido muy bien y también a mí, que soy el dueño de esta antigualla.

El joven conductor, que acomodaba entretanto nuestro equipaje en el baúl del auto, nos sonrió divertido saludándonos con un gesto de la cabeza entre familiar y distraído. Ostentaba las mismas cejas de su tío y tenía idéntica tez olivácea, pero su pelo, renegrido y crespo, acusaba aún más el paso de las huestes de los califas por la isla. Hablaba también con voz de bajo, si bien no tan profunda como la de su pariente y con un tono aún más acentuado.

Mosén Ferrán ocupó el asiento al lado de su sobrino y nosotros subimos a los puestos traseros. Hubo un silencio mientras atravesábamos la ciudad aún ocupada por turistas que invadían las calles y dificultaban el paso de los autos. Ya en pleno campo, volvió a sorprenderme la luminosidad de la noche mallorquina que me suele transmitir una especie de orden interior, siempre anhelado y rara vez conseguido. Hay algo de homérico en esa distante fosforescencia de mundos en apacible viaje en plena noche mediterránea.

Intenté llevar al párroco al tema del Gaviero y conocer su opinión sobre la melancolía que reflejaba su carta, de la cual le di cuenta.

—Es mejor —me contestó en un tono entre cordial y perentorio— que él mismo les cuente todo. Como ya tuve ocasión de decirle a su esposa cuando hablamos por teléfono, no se trata de la salud del Gaviero, ni, menos aún, de algún apuro económico. Bien saben ustedes que el hombre anda siempre sin un céntimo en los bolsillos y lo que le pagan por cuidar esos astilleros abandonados y la maquinaria que allí reposa carcomida por el óxido y el salitre marino le alcanza para vivir dentro de la austeridad que sospecho ha sido una constante en su vida. Algo ha cambiado en él allá en lo profundo de su alma, si bien es cierto que sigue aceptando los mudables decretos del destino y abocado a su perpetua errancia. Ahora está aquí, al parecer resuelto a quedarse por tiempo indefinido, pero en los sabrosos diálogos que sostenemos varias veces durante la semana, no pierde ocasión de mencionar, con evidente ansiedad, puertos lejanos o ilusorias empresas en los más perdidos rincones del mundo. No hay dama de por medio —agregó volviéndose hacia mi esposa con una sonrisa de complicidad—. Pero no debo adelantarles más porque deseo que sea el propio Maqroll quien les cuente cuál fue la prueba por la que pasó y cómo ésta ha trabajado en su ánimo dejándole una impresión de inutilidad y derrota que, según me parece, ha sido para él algo hasta hoy inusitado.

Pasamos a hablar de otra cosa. Le pregunté al ilustrado clérigo por su biblioteca sobre historia del reino de Mallorca. Con satisfacción que no intentó ocultar, me informó que era la más completa que existía en manos de un particular y comenzó a explicarme su curiosa teoría según la cual toda la historia del Occidente cristiano, o bien se origina en Mallorca, o ha pasado por allí en sus momentos más críticos. «En Mallorca —afirmó— han ocurrido ciertos hechos claves que modelaron la Europa moderna». El asunto, así planteado, ofrecía no pocos puntos débiles o arduos de probar y me vino la tentación de discutir con

Mosén Ferrán algunos de ellos. Pero el párroco de Sant Jaume pasó a mencionar mis relatos que tienen como personaje principal al Gaviero y mis poemas en donde Maqroll habla de su vida trashumante. Me indicó que, a su juicio, me falta aún mucho por descubrir del carácter de nuestro común amigo y me reprochó, no sin prudencia, el haber pasado muy deprisa por las ideas de Maqroll sobre episodios de la historia que el Gaviero, según el párroco, conoce mejor de lo que yo dejo entender en mis libros. Intenté argumentarle que siempre he tratado, en ese caso, de rehuir el desarrollo de tesis históricas que deformarían el espíritu de mis narraciones y, más aún, el de mis poemas. Se limitó a contestarme que, de haberlo hecho, ésa hubiera sido la oportunidad de poner en claro un aspecto de la personalidad de Maqroll que éste suele ocultar a la curiosidad de la gente.

—El Gaviero —dijo— es un anarquista nato que pretende ignorarse o que se le ignora como tal. Su visión del tránsito del hombre sobre la Tierra es aún más ascética y amarga de lo que deja entender en su trato cotidiano. El otro día le escuché algo que me dejó atónito: «La desaparición de esta especie —me dijo— sería un notable alivio para el universo. Al poco tiempo de su extinción, un total olvido caería sobre su nefasta historia. Existen insectos que están en condiciones de dejar testimonios de su paso menos perecederos y fatales que los dejados por el hombre». Traté, como era natural, de rebatirle con argumentos tomados de la teología y de la historia y se limitó a contestarme, con ese énfasis muy suyo de hombre en el puente de mando con el que sabe cortar por lo sano cualquier discusión: «Usted, mi querido Mosén Ferrán, está acorazado con una fe y una tradición religiosa que lo protegen eficazmente de toda duda. También yo lo estuve en mi juventud, pero mi coraza cayó en pedazos como una corteza que se marchita. Allá arriba, en el mástil más alto, lugar de observación del gaviero, interrogando el horizonte, todo misterio se esfuma entre el paso de los alcaravanes y las gaviotas y el restallar del velamen contra el viento. Nada queda en pie dentro de nosotros. Créame». Comprenderán ahora —prosiguió el clérigo— que no me concedió mucha oportunidad para continuar el diálogo por ese camino. Lo admirable es que, entre tantos escombros sentimentales y de todo orden, haya logrado conservar su bondad recia y sin ñoñería. Ése es otro de los enigmas de nuestro amigo.

Me llamó la atención lo bien que Mosén Ferrán conocía a Maqroll y pensé, no sin cierta envidia, en las animadas e interminables charlas durante las cuales se fue forjando esa amistad sostenida por comunes intereses en cuestiones históricas y en las simples pero siempre inquietantes y reveladoras anécdotas del diario vivir de los hombres.

Vino luego, tras las palabras del clérigo, un largo silencio. Mosén Ferrán comenzaba a cabecear a causa del sueño y el vaivén del auto. Media hora después llegábamos a Pollensa.

Las luces de la ciudad se reflejaban en el agua serena de la bahía. Los yates atracados en los muelles del Club Náutico se balanceaban perezosamente y sus amarras gemían con sonido desmayado y soñoliento.

Descendimos en un modesto hotel donde Mosén Ferrán había reservado una habitación con vista a la playa. La dueña era una lejana prima suya, doña Mercé, mujer amable y de pocas palabras, siempre vestida de negro a causa de su viudez, conservada como una distinción especial que resaltaba su prestancia. Nos tenía preparada una cena que acogimos entusiastas dado el apetito despertado por el viaje. Mientras se ultimaban los detalles para servirla, resolví ir a saludar a Maqroll. El sobrino del párroco me llevó hasta los astilleros abandonados en donde el Gaviero cumplía las funciones de vigilante.

En las construcciones semiderruidas reinaba una oscuridad absoluta. El dique seco mostraba al aire los muñones de su antigua estructura de concreto y la armazón de madera se había derrumbado por la acción de la intemperie. Un cobertizo hecho con hojas de zinc ennegrecidas por el óxido debía ser el antiguo lugar donde estaban las oficinas. El conductor tocó levemente el claxon. En una ventana del segundo piso, cubierta en parte con cartones que reemplazaban los vidrios rotos hacía quién sabe cuánto tiempo, se encendió la luz de una linterna de mano que nos alumbró por un momento.

—Ya bajo —se escuchó la inconfundible voz del Gaviero con su acento mediterráneo y cadencioso pero de impecable articulación. A pesar o tal vez a causa de éste, solía confundírsele a menudo con las gentes del mediodía francés. Por entre los claros que dejaban las láminas de zinc, vimos descender la luz por unas escaleras que crujían en forma alarmante. Maqroll encendió la bombilla protegida por una gruesa malla de alambre que había sobre la puerta de entrada. La luz iluminó de lleno y con brutal crudeza el rostro del Gaviero.

No pude ocultar la impresión que me causaron sus facciones. No era que se le hubieran venido de repente los años encima. Pensé más bien en otra de las fiebres que solían devastarlo sin misericordia. Notó mi reacción pero, con una pálida sonrisa nada convincente, trató de quitarle importancia al asunto. Despidió al chofer dándole las gracias por haberme llevado y me invitó a entrar al destartalado edificio. El chofer me dijo que prefería esperar porque tales eran las instrucciones de Mosén Ferrán y la cena estaría lista en cosa de media hora. El Gaviero alzó los hombros en señal de asentimiento y comenzamos a subir las escaleras que, a cada paso, amenazaban con venirse abajo. Al llegar al primer rellano entramos a lo que antes debió servir de oficina y ahora servía de morada al vigilante.

En un amplio sofá forrado de piel había instalado Maqroll su cama, es decir, dos cobijas bastante raídas por el uso y una almohada con manchas de origen incierto. El Gaviero puso la linterna en una mesa tambaleante llena de libros y fue a encender una lámpara de gasolina que colgaba de un gancho en mitad del cuarto. En lo que antes debió ser un escritorio había algunas tazas, dos vasos y varias cajas de latón que debían guardar café en polvo, azúcar y otros alimentos. Todo alrededor de una cocinilla de alcohol. En las paredes colgaban planos de embarcaciones de los más diversos tipos y tamaños, desde grandes cargueros de dos chimeneas hasta veleros de tres mástiles. También se veían planos de motores diesel y perfiles de cascos y arboladuras, todo en un estado tal de deterioro que daba la impresión de que caerían al suelo de un momento a otro. El ambiente, sin embargo, convenía perfectamente con la vida y costumbres de Maqroll y sospeché que hasta debía resultarle acogedor, sabiendo de los antros en donde transcurrieron largos años de su vida. Lo había visitado en cuevas de miseria en lo más profundo de la Amazonia o del Chaco, en buhardillas de horror en Amsterdam y Vancouver o en tugurios infectos de los barrios miserables y lacustres de Guayaquil o Buenaventura. Los astilleros de Pollensa se me antojaron, en comparación, un refugio confortable en donde lo acompañaban sus libros preferidos que hablaban de vidas ilustres y de guerras olvidadas.

Quitó de una poltrona, que cojeaba por ausencia de una de las ruedas de las patas, un montón de revistas de ingeniería náutica que debían reposar allí hacía muchos años y me invitó a tomar asiento. Conociéndolo como lo conozco, sabía que era aconsejable no entrar de lleno en materia sobre el motivo de nuestra visita. Hablamos de Alejandro Obregón y algo mencioné de la carta recibida por éste. No se dio por enterado y me preguntó qué estaba pintando Álex ahora. Pasamos revista a las distintas épocas de la pintura de nuestro común amigo y comentamos su abandono de los peces, las mojarras y los cóndores para entrar en un mundo paradisíaco de ángeles con formas femeninas. Maqroll repuso:

—Un día dejará también a esos seres perturbadores. ¿Sabe cuál es el problema de Álex? Es muy simple, pero no tiene solución: él sueña con pintar un día la vida, no la diaria y necia rutina de los hombres, sino la vida, la de verdad, la que sólo encuentra respuesta en la mudez rotunda de la muerte. Ese propósito no se le cumplirá nunca, pero jamás alguien como él aceptaría una derrota semejante. Allí dejará Obregón la piel, pero no va a cejar. Usted bien sabe que es así. La vida se nos viene encima como una bestia ciega. Se traga el tiempo, los años de nuestra existencia, pasa como un tifón y nada deja. Ni la memoria siquiera, porque la memoria está hecha de la misma substancia inasible y veloz con la que surgen los espejismos y luego desaparecen. Y cómo va alguien a lograr pintar algo así.

La voz le vibraba ligeramente en los tonos bajos de cada frase. Algo me anunciaba que había llegado el momento de entrar en materia.

—Bueno —le dije—, como hace tanto que no nos vemos, me pareció una buena oportunidad aprovechar estas vacaciones para venir a conversar algunas cosas con usted que me han quedado pendientes desde nuestro último encuentro. Además, le confieso que lo que le comentó a Obregón sobre su estado de ánimo me dejó un tanto inquieto y, pues bien, aquí estamos. Tenemos todo el tiempo que sea necesario. Ya conoce mi debilidad por Mallorca y las viejas raíces que me unen a esta tierra. Si quiere que le confiese, nada nos ha adelantado Mosén Ferrán, que me parece persona de gran calidad y que lo quiere bien. Me da la impresión que prefiere que sea usted mismo quien nos cuente lo que le ha pasado. No consigo imaginar qué pueda ser. Ya me creía al otro lado de tener sorpresas con usted.

—Eso creía yo también —repuso el Gaviero con la mirada puesta en una imprecisa lejanía—, y me equivoqué lamentablemente. Al filo de la muerte nos han de esperar otras jamás sospechadas. Pero dónde está su esposa. ¿No vino a Pollensa?

La pregunta, lanzada así, de repente, como si despertase de un mal sueño, me indicó que no iba a contarme esa noche nada de lo que le había sucedido. Por alguna razón, que en ese momento se me escapaba, requería para hacerlo de una presencia femenina. El Gaviero se encargó de confirmar mi intuición.

—Para contar esta historia preferiría que estuviera presente su esposa. Las mujeres son las únicas que saben descifrar el fondo del alma infantil. De eso se trata ahora y nosotros los hombres, en esto como en tantas otras cosas que tienen que ver con los sentimientos, somos de una torpeza de carreteros. Mañana haremos que doña Mercé, que es también amiga mía, nos prepare en el hotel una buena sopa mallorquina y algún pescado de los que ella sabe sacar partido con verdadero genio. Sentados en la terraza, frente al mar, conversaremos lo que haga falta. Allá llegaré. No me envíen el taxi de Mosén Ferrán. Estoy acostumbrado a hacer ese trayecto caminando por la orilla de la bahía. El mar ha sido siempre en mi vida un infalible consejero. Usted bien lo sabe.

Me dejó algo intrigado esa alusión al alma infantil y a la facultad femenina para sondearla. Por más vueltas que le daba no conseguí adivinar en qué laberinto se había extraviado nuestro amigo. Lo único evidente era que pasaba por una prueba para él hasta entonces desconocida. Lo mostraban el desconcierto inerme de su mirada y cierto desasosiego sordo que trataba de ocultar a toda costa. Los ojos de derviche en reposo se le habían hundido en las órbitas como si quisieran apagarse. Por la frente le corrían sombras que no terminaban de fijarse en un gesto determinado y los labios intentaban cerrarse con fuerza como para rechazar una pena inmerecida y confusa.

Hablamos un poco más de generalidades intrascendentes y luego me acompañó hasta el auto. Allí se despidió con palabras que me devolvieron al Maqroll de siempre:

—Yo sabía que vendría. No se iba a quedar sin otra historia mía, así, sin más. Pero ésta le va a llegar por donde no se imagina. Muchas gracias por haber respondido a mi llamado. Salude muy afectuosamente a su esposa de mi parte —cerró la portezuela con un gesto desmayado y se internó en el arruinado edificio. Esperé hasta cuando se apagó la luz en la ventana de su refugio y partí menos inquieto e intrigado que antes.

Esa noche, cuando comenté con mi esposa la conversación con el Gaviero, ella se limitó a pronosticar en forma sibilina algo que luego iba a confirmarse con exactitud a la que hace ya muchos años estoy acostumbrado:

—Lo peor ya pasó para él. Ahora está buscando cómo encontrar de nuevo su camino acostumbrado. Se me hace que ha sufrido una de esas pruebas para las que no están hechos los hombres, que suelen carecer de ciertos recursos que nosotras tenemos.

Al día siguiente apareció Maqroll en el hotel hacia la una de la tarde. Doña Mercé lo recibió con afecto y escuchó las instrucciones que le daba el Gaviero para preparar una comida excepcional, como sólo ella sabía hacerlo. Desde nuestra habitación escuchamos el diálogo y pudimos comprobar con cuánta fluidez manejaba ya Maqroll el mallorquín. Cuando bajamos a la terraza, lo hallamos instalado en una mesa situada en un extremo y algo separada de las demás. Tomaba a sorbos espaciados un vino blanco que se servía de una garrafa de cerámica de la isla con adornos de un amarillo intenso. Con la luz del día eran más evidentes las huellas de desamparo en su rostro castigado por todos los climas y azotado por las tormentas en todos los mares que lo habían visto navegar desde su más temprana juventud. Su voz continuaba quebrándose en ese ríspido paso por los tonos bajos, anuncio, desde cuando lo conocí, de que el hombre pasaba por una mala racha.

Saludó a mi esposa con un leve gesto de besamanos y nos invitó a sentarnos frente a la playa, por fortuna no invadida aún por la horda de turistas. Al fondo, los muelles del club de yates seguían albergando embarcaciones de todos los tamaños y de la más variada procedencia.

—Este vino —explicó el Gaviero— proviene de un pequeño viñedo del que es dueña la familia de Mosén Ferrán. Es un tanto picante y áspero pero se le toma pronto ese gusto a tierra asoleada que le confiere una nobleza inesperada. Pruébelo sin reservas, creo que está a la altura de algunos blancos catalanes que usted debe conocer desde niña —Maqroll gustaba siempre de hacer alusión a la tierra de mi esposa. En esta ocasión sentí que lo hacía para establecer una cierta complicidad que le era indispensable.

Las virtudes del vino elogiado por Maqroll no me parecieron tan evidentes como las anunciara nuestro amigo, pero seguimos tomándolo mientras llegaba la comida, acompañado de unos sabrosos boquerones fritos que nos envió la dueña como avance de futuras maravillas de su cocina.

Hablamos de nuestro viaje y de los planes que teníamos para visitar de nuevo Cádiz. El Gaviero volvió a perderse en una larga disertación sobre la pintura de Alejandro. Pasó luego a elogiar las raras condiciones de Obregón como socio en andanzas no todas confesables. Era evidente que trataba de ganar tiempo hasta que el diálogo adquiriese el tono de familiaridad que requería lo que deseaba contarnos. Al comienzo, su ansiedad era evidente, como también lo era su deseo de ganar la atención de mi esposa y su simpatía con la historia que nos esperaba. Doña Mercé en persona nos sirvió las humeantes cazuelas de barro con la sopa mallorquina. En su ir y venir la dueña no retiraba los ojos de Maqroll. Era evidente su interés en saber cómo iba a desenvolverse en esta ocasión, frente a quienes nada sabíamos de su prueba reciente.

A tiempo con los postres llegó Mosén Ferrán. El clérigo hizo el elogio de la crema cremada que nos estaba sirviendo doña Mercé y se sentó al lado del Gaviero. Ésta pareció ser la señal que todos esperábamos para que Maqroll iniciara su relato. Una ligera brisa corrió por la bahía. El Gaviero se pasó las manos por el pelo entrecano y recio, como quien se prepara para afrontar una dificultad ardua pero inevitable. Después de pedir a doña Mercé otra jarra de vino y de ordenar café para todos, inició su relato.

«Hace algo más de un año recibí una carta enviada desde Port Vendres. Antes de abrirla, el lugar de procedencia bastó para despertarme un malestar que era bien fácil de explicar. Muchos años atrás fui a parar allí para mi mala suerte. Venía como marino supernumerario en un barco de carga con bandera turca. Me había embarcado en Salónica con papeles falsos que me señalaban como ciudadano belga. El capitán, en un comienzo, no prestó mayor atención a mis documentos, pero el contramaestre, al examinarlos con mayor detenimiento, cayó en la cuenta de la superchería y me conminó a dejar el barco en el primer puerto que tocáramos. Logré convencerlo de que no me dejaran en Trípoli, que era la próxima escala. Allí hubiera durado vivo apenas unas pocas horas. Es una historia muy larga que otro día contaré, si consideran que vale la pena. Pasamos luego a Génova pero las autoridades portuarias no quisieron recibirme. Parece que subsistían allí ciertos antecedentes policiales que yo daba por prescritos. Bueno, mi vida no ha sido fácil y ustedes conocen de sobra mi fatal tendencia a interpretar las leyes a mi manera. Pues bien, la escala siguiente era Port Vendres. Allí el barco recogería a un grupo de emigrantes franceses que iban a probar suerte en Túnez. Por esos años, era el punto obligado de partida de la ola de emigrantes que, desde comienzos de siglo, decidieron buscar fortuna en tierras menos castigadas por guerras y crisis económicas y que, al mismo tiempo, no estuvieran tan distantes del país natal. En Port Vendres conseguí que las autoridades me recibieran mediante la promesa de partir hacia Argel en el imperativo término de diez días. Firmé un papel en el cual me comprometía a hacerlo bajo la gravedad del juramento y así me dejaron bajar.

»Port Vendres no tenía entonces ese aire de modesto rincón de veraneo que hoy sigue sin ser muy convincente. Era un lugarejo destartalado, cuya vida giraba por entero alrededor del paso de los emigrantes hacia el norte de África. Uno podía tener la impresión de que el pueblo, en su conjunto, pertenecía a la conocida Compagnie de Navigation Paquet que prácticamente monopolizaba el tránsito de la opaca multitud de paso, cuya miseria y ansiedad por partir daban al puerto un carácter de permanente y dramático desastre. Lo que en verdad rayaba, de mi parte, en la demencia, era pensar en conseguir algún trabajo estable que me librase de la promesa suscrita a la policía, en un pueblo en donde todo el mundo estaba en disposición de partir sin importarle lo que dejaba atrás. Todos los negocios estaban a punto de cerrar o se ofrecían en venta en condiciones desesperadas. Ustedes bien saben que he pasado por atroces pruebas de enfermedad y de hambre y que buena parte de ellas las he sufrido en climas tan atrayentes como los de Alaska, Tierra de Fuego, la Amazonia, los páramos de la cordillera o los manglares de Luisiana, para sólo mencionar algunos de los infiernos adonde me ha llevado la suerte, por decirlo en alguna forma. Imagino que les será difícil creerme que ha sido en Port Vendres donde he sentido más de cerca que llegaba al cabo de la cuerda. Cuando se acabaron los pocos francos con los que me habían despachado los turcos, traté de salir hacia Túnez o Argelia, como me había comprometido a hacerlo. Pero, por una de esas endemoniadas incongruencias de la burocracia francesa, que me hacen recordar siempre al temible Colbert, a quien Madame de Sevigné llamaba "le Nord", y a su imperio oficinesco que prevalece aún en ese país con tenacidad superior a todo lo imaginable, me enteré de que no podía viajar al norte de África porque no era ciudadano francés y carecía de no sé qué autorizaciones firmadas por el gobierno colonial, cuya histeria burocrática, dicho sea de paso, tenía características demenciales. Nunca podré olvidar al pequeño funcionario con la piel picada de viruelas y facciones de rata anémica, que me sentenció, dejando en el aire un mal aliento sepulcral: "Usted no viajará jamás allá. Hay un sello que, cumplidas todas las formalidades, soy yo quien tiene que estampar. Nunca lo haría porque allá no queremos gente como usted. Somos nosotros los franceses, que hemos hecho la guerra, los que tenemos derecho a esas tierras. Quienes, como es su caso, no son de ninguna parte, pueden irse allá, a ninguna parte, que es donde merecen estar". Cerró la ventanilla con tal furia que me recordó la guillotina y las *tricoteuses* del terror jacobino.

»Durante pocos días trabajé como mesero en un café. Cuando éste cerró, me recibieron en un taller mecánico que reparaba las grúas de la Compagnie Paquet. Era reemplazante en el turno de la noche. A la semana, el sindicato consiguió que me despidieran. Intenté otros medios para ganarme la vida, ya no recuerdo muy bien cuáles, hasta que un día desperté tirado en un rincón de las escaleras que conducen hacia la plaza del Obelisco. El día anterior no había conseguido probar bocado, a pesar de que me atreví a solicitar limosna de mesa en mesa en los pocos cafés del puerto que aún estaban en funciones. Sin propósito concreto alguno, me dirigí a los muelles y empecé a rondar por las instalaciones destinadas a recibir a los emigrantes antes de abordar sus navíos. Me recosté, a punto de perder el sentido, en una gran ventana con los vidrios pintados de blanco.

En la esquina inferior de ésta habían raspado el barniz para colocar un letrero en donde se pedía un ayudante para la limpieza de la sala de primeros auxilios, situada al final de los galpones que funcionaban como sala de espera. Me dirigí a la manguera que colgaba de una de las grúas y accioné la bomba para tomar agua. Con el estómago lleno de líquido y temporalmente aliviado del mareo, entré al lugar que indicaba el anuncio.

»Toqué discretamente el timbre y salió a abrirme una mujer que volvió a recordarme a las madrinas de la guillotina. Le faltaban todos los dientes y era muy difícil entender lo que decía. Por señas terminé indicándole el letrero de la vidriera. Me hizo pasar mientras musitaba vagas maldiciones y protestas. La bruja me dejó en un pequeño consultorio. Detrás de un biombo que alguna vez fue blanco, me esperaba el para mí inolvidable *maître* Pascot, como se hacía llamar por todo el mundo. No he conocido a nadie que lograse engañar con su porte y facciones en forma más absoluta. Corpulento y sonrosado, con una perpetua sonrisa benevolente que se extendía por el rostro imberbe hasta llegar a los ojos de un azul pálido de vivacidad tan gratuita que era la primera señal de alarma para alguien que lo observara con cuidado. El doctor Pascot había usurpado todos los gestos y rasgos físicos de lo que en el mundo médico francés se llama un *grand patron*. En realidad se trataba de un taimado bribón capaz de extenuar al más paciente y tenaz de sus subordinados.

»El trabajo en cuestión, que de inmediato acepté como una tabla salvadora, consistía en limpiar escrupulosamente la sala de primeros auxilios, sostenida por no sé qué asociación benéfica para ayudar a los emigrantes que requirieran alguna atención médica. La marea de familias de paso hacia los barcos no se suspendía durante las veinticuatro horas de cada día. Venían de todos los rincones de Francia, pero, naturalmente, la mayoría provenía del sur. La clientela del dispensario del *maître* Pascot estaba compuesta de mujeres a punto de dar a luz; de hombres heridos en las constantes riñas para hacer respetar el sitio en las múltiples colas que se formaban sin pausa en cada ventanilla; de niños con tos ferina, viruelas o avanzada deshidratación; de alcohólicos en aguda crisis etílica y de algunas víctimas de males incurables que deseaban partir para morir en el paraíso mirífico de la otra ribera del Mediterráneo. La sala tenía que mantenerse constantemente, así me lo repitió el doctor Pascot con énfasis inobjetable, en estado de limpieza y de higiene absolutas. Los pacientes se turnaban día y noche sin parar. Yo no tendría días de descanso ya que era el único responsable de esa tarea de caballo de noria. Las comidas debía hacerlas en la misma sala, entre paciente y paciente. El salario, naturalmente, era de miseria pero me alcanzaba para hacer tres frugales y rápidas comidas al día y adquirir, de vez en cuando, alguna prenda usada en las tiendas de ropavejeros que pululaban alrededor de los muelles. El día en que comencé a trabajar le comenté a Pascot que no había comido nada hacía cuarenta y ocho horas. El hombre se metió la mano en el bolsillo de la blusa y me entregó dos francos diciéndome: "Vaya al café que hay pasando esta puerta y regrese dentro de media hora. Es la primera y última vez que hago esto con usted. Me los paga el próximo fin de semana cuando reciba su salario. Represento una institución de beneficencia pero no soy esa institución. Son dos cosas muy distintas. ¿Comprende?".

»Lo había comprendido muy bien y los días que siguieron me lo hicieron ver aún más claro. Les ahorro los detalles de lo que fue mi vida en Port Vendres trabajando en esa sala de emergencia y las trapacerías que le vi hacer al tal Pascot para esquilmar a sus víctimas. Su primera advertencia al recibir a los enfermos era: "Mis servicios aquí son enteramente gratuitos pero los medicamentos que receto debe pagarlos usted. Yo mismo se los daré aquí para que le resulten más baratos que en la farmacia".

»Más de una vez vi a un emigrante enfurecido que hacía el intento de írsele encima al siniestro tartufo, pero siempre los detenía la mirada serena y sonriente y la corpulencia de forzado que se adivinaba debajo de su impoluta blusa de médico. Otros se retiraban llorando. Era evidente que carecían del dinero para comprar las medicinas que recetaba Pascot.

»Cuando le pregunté a éste dónde y cuándo iba a dormir, me explicó con angélica expresión: "Cada día hay uno o dos partos. Éstos suelen tomar varias horas. Entonces no lo necesito y puede dedicar ese tiempo al sueño. Pregunte por el señor Grancier en la oficina de equipajes extraviados. Dígale que va de parte mía y él le va a indicar un rincón tranquilo donde podrá dormir a gusto".

»Grancier, perfecta réplica del patrón, no prestaba este servicio gratis. Lo que hacía era arrendar por algunas horas el astroso camastro donde él mismo dormía tras el montón de maletas y bultos. Yo trataba de conciliar el sueño en medio de la algarabía de los pasajeros a punto de embarcar, víctimas de una histeria harto comprensible. Allí caía rendido hasta cuando, con un leve puntapié en las costillas, Grancier me despertaba para anunciarme que me esperaban en el consultorio. De muy pocas palabras y con su rostro patibulario, el hombre atendía las reclamaciones de quienes iban a preguntar por algún bulto extraviado. Se limitaba siempre a alzarse de hombros y a mover la cabeza en forma negativa mientras recorría sin convicción la montaña de bultos que lo rodeaba. Era fácil de colegir que el muy granuja era asiduo proveedor de los ropavejeros del muelle.

»Pues bien, ésa fue mi vida durante cuatro infernales meses durante los cuales conocí en carne propia, como si aún me hiciera falta, los límites de sórdida crueldad y de insondable miseria que alcanza a soportar un hombre sin recurrir al suicidio o al crimen. De allí logré escapar por un milagro de los dioses. Una noche acudió a la sala de emergencia un capitán danés que se había desarticulado un hombro al hacer no sé qué maniobra en el cuarto de máquinas. Pascot me ordenó sostener al paciente mientras trataba de volver la articulación a su sitio. El capitán, en medio de espasmos de dolor, me miraba fijamente. Una vez vendado y cuando los sedantes que le encajó el médico empezaron a hacer efecto, el danés me habló con voz apenas audible. "Maqroll. Maqroll el Gaviero. Pero qué diablos hace usted aquí. ¿No me reconoce? Soy Olrik, Nils Olrik, el capitán del *Skive*." La expresión de dolor que traía cuando entró me impidió reconocerlo al primer momento. Éramos viejos amigos. Había trabajado para él en varias ocasiones, como ya lo he contado alguna vez».

Claro que yo recordaba perfectamente los episodios en los que Olrik había participado en la vida andariega del Gaviero. Éste prosiguió su relato:

«Le conté mi situación y la falta de papeles que me mantenía esclavo de Pascot y sus patrañas de pícaro redomado. Me preguntó si había firmado allí algún contrato o papel que me comprometiera. Le expliqué que no y, sin más preámbulos, me dijo que partiera con él. En unas horas zarparía su barco. Por papeles no debía preocuparme. Él me tomaba como parte de la tripulación. Ya sabía cómo hacerlo. Esto me lo dijo, desde luego, en alemán, para no alertar al médico e impedir cualquier trastada que a éste pudiera ocurrírsele. Salimos tomados del brazo ante la mirada atónita del hombre que se rascaba la amplia calva y sólo acertaba a repetir como atontado: *"Pas possible, pas possible"*.

»Olrik me inscribió en la nómina de la tripulación como enganchado en Hamburgo hacía dos meses. Por enfermedad había tenido que alcanzar por tierra el barco en Port Vendres. Cuando hice la primera comida a bordo, tuve que retener las lágrimas que me salían en una mezcla de rabia y de alivio. Partimos en la madrugada con rumbo a Córcega cargados de trigo y cebada.

»He querido relatarles con algún detalle esta mi primera experiencia en Port Vendres para que pudieran entender, en primer término, el malestar que me produjo el nombre del lugar en el matasellos del sobre, y, luego, porque hay cierta ironía en el hecho de que en ese sitio, que me fue tan adverso, se iba a originar una de las más plenas y aleccionadoras experiencias de mi vida. Cuando abrí el sobre, una voz me anunciaba sordamente que nada bueno podía venir de allí. Esa voz se equivocaba rotundamente si bien el texto de la misiva era para inquietarse. La voy a leer porque la traje conmigo».

El Gaviero sacó del bolsillo de su camisa de marino un sobre arrugado. Desplegó la hoja de papel escrita a mano por las dos caras y nos leyó la siguiente carta, cuyo texto tuve ocasión de copiar más tarde:

«Señor Gaviero:
Aunque no lo conozco mucho, he oído acerca de usted. Hace algunos años viví con su amigo Abdul Bashur. Esto ocurrió durante dos temporadas, entre viaje y viaje de Abdul por los puertos del Mediterráneo. Soy de Alcazarseguer y de niña fui a vivir a Argel con mi familia. Allí aprendí danza árabe y he andado medio mundo con esa profesión. Conocí a Abdul en Túnez. Viajaba en un barco del cual una parte pertenecía a usted. No

recuerdo el nombre. Vivimos juntos en Bizerta cerca de un año. Allí quedé encinta y tuve que abandonar la danza. Abdul siempre me decía que si algún día él faltaba, yo podría acudir a usted en procura de ayuda. Mi hijo nació y seguimos viviendo en Túnez. Abdul nos visitaba de vez en cuando. Después de su muerte en Funchal tuve que volver a la danza pero ya no fue lo mismo. Jamil, mi hijo, necesitaba de mis cuidados y no quise someterlo a los continuos viajes a los que mi profesión me obligaba. Conseguí trabajo en un almacén de artículos típicos de los que compran los turistas y allí duré dos años. El almacén cerró y he ido trabajando aquí y allá en muchos oficios. Ahora se me presenta la oportunidad de trabajar en Alemania en una fábrica, gracias a una amiga que ha estado allí dos años. Ella es de Port Vendres y he venido con Jamil para preparar el viaje a Bremen donde está la fábrica. Mi idea es reunir el dinero suficiente para viajar al Líbano. Warda, la hermana de Abdul, me permitiría vivir a su lado junto con Jamil. Ella ha sido muy leal y amable conmigo. No nos conocemos pero nos escribimos con frecuencia. Necesito urgentemente consultar con alguien de confianza toda esta situación muy difícil de explicar por carta. Warda me dio su dirección y yo le pediría el inmenso favor de venir aquí para indicarme qué debo hacer porque no puedo llevar conmigo a Jamil. Los papeles para trabajar en Alemania exigen que vaya sola. Todo esto es muy confuso y sólo se me ocurre apelar a usted. Abdul lo quiso mucho e insistió siempre en que la única persona en la que confiaba sin reservas era usted. No tengo a nadie a quien acudir. Mis padres murieron y no tengo hermanos ni familia. Tampoco quiero cargar sobre Warda y sus hermanos y hermanas la responsabilidad de sostener a Jamil mientras estoy en Alemania. Aquí le explicaré mis razones. Disculpe las molestias y sacrificios que le pueda ocasionar esto que le pido. Lo hago apoyada únicamente en la amistad que los unió a Bashur y a usted. En espera de verlo pronto le envío un saludo muy afectuoso.

Lina Vicente».

«P.D. Si se decide a venir puede comunicármelo a la siguiente dirección: Ancien Café Mogador, 44 Quai Pierre Forgas. Port Vendres, Pyrénées Orientales. Lina.»

«La carta —prosiguió Maqroll— mostraba a una mujer de carácter firme y madurada a costa de grandes pruebas. Había en el tono de sus palabras una mezcla de dignidad, de sensatez y de respeto que me impresionó mucho, por no ser estas virtudes las más comunes en vidas y regiones como las de Lina. Tomé, pues, la determinación de ir a verla. Para eso me informé del itinerario de los cargueros que podían tocar Port Vendres o un sitio cercano y logré conseguir que me permitieran viajar en uno que pasaba por Palma dos semanas después. Envié a Lina un telegrama anunciándole mi arribo y partí para la capital mallorquina. Inútil decirles que la imagen de Bashur y el recuerdo de todas nuestras andanzas en común no se apartaban de mi mente. Gracias al llamado de Lina, ese pasado se me convirtió en una obsesión durante el viaje a Port Vendres. Logré precisar en mi memoria algunas alusiones de Abdul a su relación con esta mujer y al hijo que había tenido con ella. Era algo muy vago y no pude recordar las palabras con las cuales mencionó el asunto. La vida sentimental de mi amigo consistió en una sucesión de episodios, a menudo tempestuosos, que siempre terminaban en dramáticos rompimientos. Desde luego había una excepción: Ilona. Sobre este particular he vuelto en varias ocasiones. Después de la trágica desaparición de nuestra común amiga, cómplice, hada madrina y amante, Bashur rompió con su pasado y tomó caminos inesperados y sinuosos sobre los cuales ya he hablado en su oportunidad. Fue en ese período cuando conoció a Lina Vicente y tuvo con ella a Jamil.

»En la estrecha cabina que compartía con un monje que había colgado los hábitos y un platero armenio que huía de no sé qué delito cometido en Sicilia, trataba de reconstruir mis encuentros con Bashur durante esa época de su vida y no conseguí traer a la memoria imagen alguna de esa mujer que ahora me llamaba en busca de ayuda. Imaginaba sus rasgos, intentaba ponerle un cuerpo y unos ademanes que se ajustaran con los elementos que me proporcionaba la carta y sólo conseguí armar un confuso rompecabezas que nada me decía. Cuando llegué a Port Vendres, temprano en la mañana, me dirigí de inmediato al Ancien Café Mogador. El Port Vendres que recordaba había desaparecido por completo. Sólo quedaban las instalaciones de la Compagnie de Navigation Paquet, cuyo letrero deslavado permanecía para rememorar épocas de una esfumada prosperidad. La ciudad mostraba una tranquilidad por entero nueva para mí. Los hoteles y cafés lucían su fachada de acogedora y apacible urbanidad, propia para atraer a los turistas. Era el mes de octubre y la ola de visitantes del norte ya se había dispersado. El café indicado por Lina tenía una pequeña terraza sobre la avenida que bordeaba la bahía. Al frente se podían ver los muelles casi vacíos. Entré y vino a recibirme un mozo con evidente aspecto de catalán, lo que su acento vino a confirmar después en forma categórica. Le pregunté por Lina y una ancha sonrisa le alegró el ceño. Entró al fondo del establecimiento y minutos después apareció Lina. Como sucede en tantas ocasiones, su figura no concordaba para nada con las imágenes que me había hecho. Alta, de un andar firme y elástico, los hombros ligeramente anchos, algo en todo su porte me hizo recordar de pronto a Ilona. Pero allí terminaba cualquier parecido. El rostro de Lina, anguloso con la nariz formando leve arco que le daba un aire de halcón, la barbilla saliente repitiendo un poco la línea de la nariz pero en sentido inverso, me recordó algunas caras que suelen encontrarse en el País Vasco o en ciertas regiones de los Balkanes. Los ojos ligeramente salientes y de un color verde oscuro que cambiaba al pálido por efecto de la luz, tenían, esos sí, esa fijeza inteligente y escrutadora que suele distinguir a la gente levantina. Había algo de santón o de sacerdotista de un rito olvidado en esa mirada que me confirmó los atributos de carácter que su carta me había revelado. Sonreía con dificultad y se notaba en ella una tensión, una inquietud seguramente nacidas de su presente incertidumbre respecto al futuro. Traté de calcular su edad pero me fue imposible. Denotaba una movilidad, una fuerza interior en perpetua acción y vigilancia que podían indicar un resto de juventud o bien madurez ganada a golpes de un sino adverso. Podía tener treinta años como cincuenta. Más tarde, cuando me enteré de su edad, me sorprendí sobremanera: acababa de cumplir veinticinco años. Cuando vino hacia mí, sorteando con ligereza felina las mesas y sillas de la terraza, comprendí qué clase de atracción pudo ejercer sobre Abdul una mujer como ella. Tenía todas las condiciones que a mi amigo le hacían perder los sentidos y lanzarse a complicaciones de todo orden cuyo final yo conocía de memoria. Me saludó afectuosamente y se sentó a mi lado sin quitarme los ojos de encima, mientras sonreía con una expresión entre azorada y satisfecha. "Yo sabía que vendría. Nunca lo dudé —comentó—. Tanto me habló Abdul de usted que tengo la impresión de conocerlo de tiempo atrás. Antes de que le cuente en detalle la razón de mi llamado voy a ocuparme de su instalación. Venga conmigo".

»Su español era correcto y fluido pero con marcado acento árabe. La seguí por entre las mesas de la terraza y atravesamos un pequeño bar interior detrás del cual estaba la cocina. En el fondo de ésta, una escalera de caracol nos llevó a una especie de azotea en donde había varias habitaciones y un lavadero de ropa junto al baño común. Lina se empeñó en llevar la bolsa de marino en donde suelo cargar mis pertenencias y algunos libros. Entramos a uno de los cuartos en donde había un catre de campaña y una pequeña cómoda de madera. Allí dejamos mis cosas y Lina me entregó la llave indicándome que podía entrar y salir sin importar la hora. El café abría a las siete de la mañana y cerraba a la una de la madrugada. Si llegaba más tarde, con la misma llave del cuarto podía abrir la puerta de la entrada principal que estaba al fondo de la terraza. En todos los movimientos y palabras de la mujer era patente un juicio sin titubeos que me llamó la atención. Pensé que, en la vida diaria, para el carácter de Bashur, esa firmeza no debió ser fácil de aceptar. Después, al familiarizarme con su sonrisa de una dulzura muy particular y atrayente, me di cuenta de todo el encanto que había en esta mezcla inusitada. Bajamos a la terraza y Lina me explicó que debía dedicarse a cumplir ciertas obligaciones en la cocina y en el servicio de los clientes que comenzaban a llegar. Nos veríamos a la hora del almuerzo, pasado el mediodía.

»Fui a recorrer la ciudad y los lugares donde recordaba haber pasado horas de una penuria atroz. Como ya les dije, nada de aquello quedaba en pie. Todo estaba remozado y respiraba un aire de amable comodidad, de bonanza modesta pero estable. Muchos de los visitantes que circulaban por los cafés y por los muelles hablaban catalán. Era evidente que se trataba de gente que venía de Figueras, de Gerona y, en general, de la Costa Brava, para disfrutar de la comida y de los vinos franceses en un ambiente familiar y cercano. Llegué hasta los muelles. De los largos galpones que albergaban a los emigrantes a punto de embarcar a Marruecos y Argel no quedaba nada. Solamente el despintado edificio con el letrero de la Compagnie Paquet se mantenía en pie. Pero el aire de inocencia apacible de esta construcción casi abandonada no me trajo a la memoria recuerdo alguno. En aquel entonces debía estar oculta por otros edificios y estructuras de hierro y cristal ahora desaparecidos. Sentí como una desilusión, un amargo reclamo por ese disolverse en el tiempo de un pasado que aún me dolía recordar y del que no quedaba ni una esquina, ni un ladrillo, como testigos de mis días de miseria que iban a sumarse ahora a otros tantos sumergidos en los laberintos de la memoria. Un sol espléndido reverberaba en las blancas fachadas de las casas y edificios ordenados en anfiteatro alrededor de la pequeña bahía de aguas tranquilas y transparentes. Tanto bienestar llegaba a dolerme haciéndome sentir ajeno y casi rechazado por un edén que no me estaba destinado.

»Regresé al café a la hora indicada por Lina y me senté en una mesa de la terraza. Poco después apareció Lina llevando de la mano a un niño que me miraba con ojos atónitos y sonrientes, con una expresión muy semejante a la de su madre. Vino a saludarme y me dio la bienvenida en un árabe titubeante. Lo que me asombró de inmediato fue el evidente parecido de sus gestos con los de su padre. La misma desarmonía entre el movimiento de las manos y las palabras que pronunciaba, el mismo girar de la cabeza hacia un espacio indeterminado y lejano, antes de volver a mirar al interlocutor para responder a sus preguntas. Los ojos y la parte inferior del rostro eran los mismos de Abdul, sin el estrabismo que daba a éste un aire de misterio indefinible. No pude menos de recordar la fotografía del niño al pie de los hierros carbonizados de un avión, que usted me mostró cuando fuimos a Funchal para recoger los restos de Abdul. Una punzada de color y de nostalgia irremediable me dejó casi sin respiración. Traté de disimular mi emoción y algo le pregunté a Jamil que no recuerdo. Él, sin contestarme, puso su mano en mi brazo y me sonrió como indicándome que todo lo sabía y todo lo entendía. Hablamos las socorridas trivialidades de uso en tales ocasiones. Era evidente que Lina deseaba que Jamil y yo nos conociéramos, antes de que ella me relatara su historia. Pasado un breve tiempo, le dijo a Jamil que subiera a la azotea para jugar allí mientras nosotros conversábamos. El niño obedeció de inmediato y se despidió de mí sonriente pero con la mirada escrutadora de quien desea conocer aspectos no evidentes de la personalidad del interlocutor.

»La historia de Lina era la común secuencia de la mujer que ha vivido con un hombre, ha tenido un hijo suyo y, luego, se ha abierto paso en la vida por su propia cuenta. Se habían conocido en Bizerta, cuando Abdul y yo éramos propietarios del carguero que nos incautaron en Barcelona por llevar contrabando de armas para los anarquistas. Cuando Bashur supo que Lina esperaba un hijo, le envió con regularidad dinero para seguir viviendo y para pagar los gastos de la clínica cuando fuera a dar a luz. De padre argelino y madre española, desde niña había mostrado notables aptitudes para la danza y su madre la llevó a recibir clases con una bailarina del vientre, lejana parienta suya, que vivía retirada en un rincón de la Kashbah. Los padres murieron en un accidente al chocar el autobús en el que viajaban a Constantine, donde el padre había conseguido un trabajo en las instalaciones petroleras. La niña quedó huérfana a los trece años y la maestra de baile la acogió en su casa. Las pocas pertenencias que dejaron sus padres fueron a parar a manos de la mujer que cuidó de la muchacha hasta cuando ésta comenzó a bailar en fiestas y reuniones del barrio. Muy pronto fue reconocida como una profesional con dotes evidentes y se integró a una compañía de danza que viajaba por el norte de África y por el Medio Oriente. Había tomado el apellido de su madre al descubrir que sus padres no estaban casados. Su vida fue la de todas las bailarinas que recorren los puertos del Mediterráneo. Poseía la milenaria sabiduría de esa danza que tiene mucho de ritual y se desarrolla dentro de pautas rigurosas que se pierden en el ignoto pasado de los hijos del desierto. En una de sus escalas en Bizerta, Lina conoció a Bashur. Era proverbial la afición de éste por el espectáculo de la danza del vientre, al cual, dicho sea de paso, también soy un adicto convicto y confeso.

»Por aquel entonces yo andaba en otras ocupaciones, por llamar de algún modo mis visitas a Kuala Lumpur y a la península e islas cercanas que hoy forman la Federación Malaya, donde por cierto encontré, en circunstancias que ya relaté, a nuestro querido Alejandro Obregón, gracias al cual estamos aquí reunidos. Por tal razón poco supe de las relaciones de Abdul y Lina. Dos o tres vagas alusiones al tema por parte de Abdul en sus cartas fue lo único que me llegó de esa historia. Bashur siguió viendo a Lina cuando pasaba por Bizerta pero, luego, cuando entró en esa etapa de su vida en donde todo se confunde, sólo volvió a verla en fugaces encuentros. Usted relató ya esa especie de tránsito de nuestro amigo por las tinieblas de un mundo marginal. Lina se enteró de la muerte de Bashur en el accidente aéreo de Funchal poco después de ocurrido éste. Ya para entonces había dejado la danza y se dedicaba a trabajos ocasionales, primero en Argel, luego en Orán y, finalmente, en Marsella. Allí había conocido a la amiga que ahora la invitaba a trabajar en Alemania. Tal como me lo decía en su carta, Lina estaba en relación con la familia de Abdul, sobre todo con Warda, que trabajaba para la Media Luna Roja del Líbano.

»Ahora bien, los motivos por los cuales no deseaba enviar a Jamil con su tía se originaban en su deseo de que éste creciera a la sombra del recuerdo de su padre, pero no del Abdul que evocaban los familiares sino del que ella había conocido y de quien era yo el más cercano y viejo amigo. Por esto, antes de partir para Alemania, en donde se proponía reunir una pequeña suma de dinero que le diera relativa independencia en relación con los Bashur, quería que me encargara del muchacho y lo tuviese a mi lado durante el tiempo que ella iba a estar ausente. Por otra parte, Lina temía que la familia pudiera crear, sin proponérselo, una distancia entre ella y su hijo, convirtiendo a éste en uno más de los numerosos nietos del viejo armador Ahmed Bashur, cuyo prestigio aún se conservaba en el gremio de la marina mercante de la región, muchos años después de su fallecimiento. Este recelo me pareció muy característico de su personalidad pero, al mismo tiempo, me recordó esa mezcla de reserva y afecto caluroso que se empeñó en mantener Abdul con su gente.

»—Es evidente —agregó Lina— que el único camino que me queda es acudir a usted, sabiendo que con eso he de ocasionarle muchas molestias, pero estaba segura de que respondería a mi solicitud conociéndolo como lo conozco a través de Abdul, que me contó tantas cosas de su vida en común que, le repito, usted es para mí como alguien que he tratado desde hace años. Ahora sólo me queda el saber qué piensa de todo esto.

»Le contesté que mi resolución estaba ya tomada desde el momento en que recibí su carta. Podía contar conmigo sin reservas ni escrúpulos. Lo que sí le advertí era que la experiencia de convivir con una criatura como Jamil era la última que hubiera podido imaginar. Después de una existencia como la mía, vivida sin ataduras familiares ni compromisos de ninguna clase, siempre al filo del desastre y rodando por los rincones más apartados del mundo, sin cuidar un instante de lo que pudiera suceder mañana ni ocuparme de lo que dejaba atrás, de fracaso en fracaso y sin más bienes que lo que llevaba puesto, después de todo esto, era difícil imaginarme al cuidado de una criatura que dependería de mí en forma absoluta. Sin embargo, le dije, algo me decía que bien podía ser para Jamil un transitorio reemplazo de su padre a quien quise tanto y de cuya ausencia no creo que me curaré jamás. Lina asintió con la cabeza sin comentar mis palabras, como si, de antemano, supiera que las cosas habían de suceder en la forma como estaban ocurriendo. Pasó luego, sin volver sobre lo anterior, a plantear un problema inmediato.

»Los papeles de Jamil lo presentaban como tunecino. Su viaje a Mallorca ofrecía ciertos problemas. El permiso de residencia que le otorgaron en Francia estaba vencido hacía varios meses. Lina tenía uno diferente con plazo mucho más amplio, por haber nacido durante el mandato francés. Había que pensar cómo podía yo pasar a España con Jamil. Esto tomaría algunos días y durante ese tiempo el muchacho se familiarizaría conmigo, con lo cual la separación de la madre sería menos dolorosa. Seguimos dándole vueltas a las varias soluciones que nos venían a la mente y en eso estábamos cuando llegó la hora de comer. La terraza comenzó a llenarse de clientes y Lina tuvo que ir a la cocina para encargarse del servicio. Me explicó que yo comería allí mismo junto con Jamil. Partió a su trabajo y poco después llegó su hijo, quien se sentó frente a mí en silencio y mirándome con sus grandes ojos cuya anterior expresión atónita se había mudado por una, inquisidora e inquieta, pero siempre con la sonrisa heredada de su madre. A la hora de los postres le pregunté qué quería tomar y me contestó escuetamente, esta vez en español: "Un helado. Pero no aquí porque no son muy buenos. Yo te llevo donde sirven los mejores". Me atrajo su desenvoltura al responderme. Descendimos la avenida del puerto y nos instalamos en un café cuyas mesas comenzaban ya a desocuparse. Vino el mesero y saludó a Jamil como a un viejo conocido. Se nos quedó mirando en espera de que ordenáramos y Jamil, después de pensarlo un momento, dijo: "Yo quiero una bola de limón, y otra de coco". Habló en francés con un fuerte acento árabe. El mesero volvió a mirarme y le pedí un café. "¿No quieres helado? Están muy ricos", me propuso

Jamil con cierto desencanto en la voz. "A estas horas prefiero café", le respondí fascinado con el desparpajo de Jamil, muy en el estilo de Bashur en sus días de mejor humor.

»Ahora —prosiguió el Gaviero— debo hacer un aparte que me parece necesario para que se entienda mejor cómo fue mi relación con Jamil. No es fácil explicar lo que sentí cuando nos encontramos en el Ancien Café Mogador y me miró con esa expresión sorprendida y cargada de una intensidad, a un tiempo muy infantil pero teñida de una madurez sin desencanto ni amargura. No era un niño el que tenía enfrente. Al menos, no la presencia convencional que solemos imaginar los mayores con poca experiencia en esa relación. Lo que sí puedo asegurarles es que, desde ese instante, sentí hacia él una calurosa solidaridad, una simpatía total, sin reservas ni vacilaciones. Cosa que a mí mismo me sorprendió entonces. Era algo para mí desconocido. Yo creía haber recorrido todos los matices de relación en la accidentada trayectoria de mis innumerables desplazamientos y descalabros. Era como si, de repente, se hubiese abierto de par en par, allá en lo más escondido de mi ser, una puerta que daba a un vasto territorio hasta entonces inexplorado, lleno de las más desconcertantes maravillas. No puedo explicarlo mejor y temo estar cayendo en el sentimentalismo».

—No lo creo —comentó mi esposa—. Para mí está clarísimo —lo dijo con tal convicción que fue patente en Maqroll el alivio que le trajeron sus palabras.

—Qué bueno —comentó éste con sonrisa desvaída y siguió el hilo de su relato, esta vez ya más natural y reposado. Era evidente que, hasta ese momento, le había costado trabajo manejar ciertos aspectos de su experiencia con Jamil.

«Cuando estábamos sentados en el café y Jamil saboreaba en forma alternada y circunspecta una cucharada de helado de limón y otra de coco, sentí como si lo hubiera tenido a mi lado desde el momento de nacer. Formaba parte de mi vida. Y, si bien es cierto que el ser hijo de Abdul y el saber que iba a tomar por un tiempo el lugar del padre eran factores que indudablemente contaban para despertar en mí esos sentimientos, también lo era que el muchacho, como persona y por sí mismo, poseía una gracia y comunicaba un encanto avasalladores. Por un momento llegué a pensar en que me estaba engañando a mí mismo y que, por no haber tenido jamás relación con niños, tomaba como inusitado algo que, para los demás, debía ser normal y cotidiano.

»Pero algunas frases que cruzamos mientras Jamil terminaba su helado me confirmaron en mi primera impresión.

»—Tú vives en Mallorca, ¿verdad? —me preguntó mientras raspaba en la copa los últimos restos de helado.

»—Sí —le contesté—, vivo en Pollensa. Un puerto muy bonito. Pero el lugar donde vivo está abandonado y en ruinas.

»Pensé que era mejor prevenirlo sobre el deterioro de mi guarida. Jamil se alzó de hombros como diciendo: «Qué importa. Así está bien». Cuando terminó con el helado se quedó mirando la copa en actitud de severo reproche y luego comentó con tono sibilino: "Siempre se acaba antes de lo que uno espera. Así son las cosas. Como dice mi mamá".

»Una vez más tuve la impresión de escuchar a Bashur y de tenerlo a mi lado. El comentario era tan propio de su padre y Jamil lo dijo en forma tan espontánea que, por un instante, sentí como si asistiera a un fenómeno invocatorio de orden sobrenatural.

»Cuando regresamos al Ancien Café Mogador, Lina nos estaba esperando recostada en la jamba de la puerta interior que daba a la cocina. En la expresión de su cara me di cuenta de que había percibido ya, con toda claridad, mi simpatía y fascinación hacia Jamil.

»—Lo último que se me hubiera ocurrido era pensar que Jamil lo iba a obligar a comer helados. ¿Porque a eso fueron, verdad? —comentó regocijada y perdida ya esa tensa incertidumbre que había advertido antes.

»—No quiso comer helado. Tomó café —explicó Jamil sin inmutarse.

»Lina me miró para conocer mi reacción.

»—No se preocupe —le dije—. Ya veo que comeré helado en la próxima ocasión y, además, lo haré con gusto.

»Esa tarde resolví ir a los muelles para averiguar si se esperaba algún barco que fuera a Mallorca. En efecto, había uno y su capitán, mencionado en el anuncio de arribo, resultó ser alguien que conocía de tiempo atrás. Pensé que con él podría combinar algo para que Jamil viajara sin problemas. Dos días después atracó el carguero. En las oficinas de la naviera que lo fletaba me informaron que el capitán había sido reemplazado a último momento por motivos de salud. Jamil me había acompañado para hacer la averiguación. No se separaba de mí durante el día y la noche anterior durmió en mi cama. Estaba empeñado en que le contara con todo detalle una pesca de atún en Alaska que casi me cuesta la vida y en la cual perdimos Sverre Jensen y yo el barco pesquero que habíamos adquirido en Vancouver después de muchos sacrificios.

»Pasábamos buena parte del día en los muelles y allí me torpedeaba con preguntas tales como: "¿Por qué flotan los barcos?". "¿Cómo pueden esas hélices tan pequeñas hacer navegar barcos tan grandes y todos hechos de hierro?" "¿Quién manda más en el barco: el jefe de máquinas o el contramaestre?" "¿Cómo pueden los barcos cambiar de bandera tan fácilmente y las personas, en cambio, no pueden cambiar de país?", y muchas otras cuestiones por el estilo, en apariencia fáciles de contestar pero que, al tratar de hacerlo, tropezaba con obstáculos insalvables y daban lugar a otras más cuya respuesta era imposible. Regresábamos por la avenida del puerto y Jamil insistía en probar los helados del café en donde tenían para él atenciones de viejo cliente. Esa tarde, mientras Jamil liquidaba dos bolas de helado de vainilla observábamos el movimiento del puerto. Un tráfico pausado y modesto en nada comparable, desde luego, con el de Amsterdam o Hamburgo, que habían sido ya objeto de largas charlas con Jamil. En esto vimos una lancha del resguardo costero que remolcaba un pequeño velero con las velas arriadas y, al parecer, sin otra tripulación que un timonel que observaba la maniobra con aire desconsolado. De vez en cuando daba un golpe de timón para seguir a la lancha de la policía portuaria. Jamil me preguntó qué pasaba con la embarcación y, antes de que pudiera responderle, el mesero, que seguía la maniobra junto a nuestra mesa, explicó:

»—Son contrabandistas. Vienen de la Costa Brava. No tienen remedio, los pobres. No han aprendido que ya no están los tiempos para ejercer el oficio sin mayores riesgos. A cada rato los capturan.

»—Gaviero —Jamil no se acostumbraba todavía a pronunciar mi nombre. Le costaba dificultad la combinación de la q y la r—, ¿qué es un contrabandista?

»—Son gente —le expliqué— que pasa de un país a otro con mercancía, sin pagar los derechos de aduana que se cobran para que puedan entrar productos extranjeros. La guardia costera los detiene y los lleva presos.

»Pero —continuó Jamil—, ¿los guardias son malos y los matan si no se dejan prender?

»El mesero se adelantó para explicar: "No, Jamil. No son malos ni los matan. Eso era antes, cuando la gente era más brava y el contrabando era mayor. Como estamos tan cerca de la frontera, esto que estás viendo sucede a cada rato. Se van a quedar aquí presos durante veinticuatro horas, les confiscan la mercancía y los devuelven a España".

»—Pobres —comentó el niño—, yo no les haría nada.

»La reacción del mesero ante estas palabras fue de una patente simpatía. En ese instante me vino a la cabeza una idea que, de inmediato, desencadenó todo un plan que podría solucionar nuestras dificultades migratorias. Resolví confiarle al mesero nuestro problema, y luego le comenté que, a mi modo de ver, lo más fácil era pasar a España por tierra con Jamil. Pero necesitábamos la ayuda de alguien en Port Vendres que no despertara sospechas en el puesto fronterizo. El mesero, sin titubear, me informó en voz baja:

»—La persona indicada la conoce usted muy bien. Es Pierre Vidal, un catalán del Rousillon que trabaja en el Ancien Café Mogador. Hable con él. Yo sé cómo se lo digo.

»Terminó Jamil el helado y partimos hacia nuestro albergue. Durante el trayecto me miraba fijamente como tratando de descifrar mi plan. Sabía ya que allí se jugaba su destino. Traté de explicarle el asunto en la forma más sencilla:

»—Para que vengas conmigo a Pollensa, tenemos primero que pasar a España para embarcarnos en Barcelona. Pero como la policía aquí no acepta tu pasaporte tal como está y nos haría muchas preguntas, vamos a hacerlo de manera más fácil.

»—Sí —apuntó Jamil con cierta suficiencia—, como los contrabandistas. ¿Pero, si nos detienen?

»—No nos van a detener. No pasará nada. Confías en Maqroll, ¿verdad? —le pregunté a boca de jarro para ver su reacción.

»La contestación de Jamil forma parte de la famosa serie de réplicas del muchacho que Mosén Ferrán y yo hemos coleccionado puntualmente:

»—Yo sí confío en el Gaviero —me respondió—. En los que no confío es en esos señores del resguardo con sus lanchas, sus reflectores y sus cañones que me dan miedo.

»Tuve que contestarle un tanto al azar:

»—Se trata de no tropezar con ellos en el camino. Pasaremos por tierra. Es menos arriesgado.

»Jamil volvió a mirarme con expresión de picardía y contento. El camino por tierra le abría nuevas posibilidades de aventura que le tentaban mucho. Pero conociéndome como hombre de mar, creo que tenía poca confianza en mis andanzas terrestres. Una vez más me vino a la memoria una confusa madeja de recuerdos. Sentí que quien estaba a mi lado era el propio Abdul Bashur con sus regocijados circunloquios frente a mis planes para desafiar lo monótono y cotidiano del destino.

»En el Ancien Café Mogador nos esperaba Lina. Nos sentamos a comer y, a los postres, Jamil comenzó a pestañear dominado por el sueño. La noche anterior habíamos conversado hasta muy tarde. Lina lo llevó al cuarto y regresó de inmediato. Había intuido que algo se preparaba en relación con nuestro viaje a Pollensa. Le conté de mi charla con el mesero del otro café y de mi plan de cruzar la frontera por tierra. Tan pronto como terminé manifestó su plena aprobación al proyecto y fue a traer a Vidal.

»—Éste es Pierre Vidal —me dijo cuando regresó con él, que me miraba con atención— y éste es Maqroll el Gaviero, como creo que ya sabes muy bien. Bueno, él te va a contar de qué se trata.

»Pasé a explicarle en líneas generales cuál era mi propósito. De inmediato mostró el mayor interés en ayudarnos. Desplegó el ceño y sonrió satisfecho de poder contribuir con su experiencia a que saliéramos del paso.

»—No sueñe con tratar de hacerlo por mar —dijo—. La vigilancia es muy estricta y más en los puertos españoles. Tiene razón: la única forma de hacerlo es por tierra, cruzando la frontera por Le Perthus. Debe hacerse en un auto con placas de Perpignan o de cualquier ciudad cercana de España. Casi nunca piden los papeles en ese caso. Tampoco en el lado español. Llegan a Figueras y allí toman el tren para Barcelona. El viaje de Barcelona a Palma ya sabe usted cómo se hace. En el ferry no exigen formalidad ninguna.

»Todo eso me sonaba tan sospechosamente simple que debió notarlo porque en seguida insistió:

»—Sí señor. Así es ahora. Usted, seguramente, estuvo aquí hace muchos años y por eso pensó pasar en barco. Ahora es muy sencillo. Simplemente me dice cuándo piensan partir y yo arreglo con un primo mío que viaja varias veces durante la semana a La Junquera en donde tiene un restaurante que le administra un sobrino. Todo queda aquí en familia. Déjeme saber con cierta anticipación, dos días o cosa así. Todo irá bien. No se preocupe.

»Me quitaba un peso de encima y todo volvía a su cauce natural. Seguimos hablando y le conté mi experiencia de muchos años antes en Port Vendres. Me compadeció con una sonrisa aún más abierta y me explicó que, en ese entonces, él era un adolescente. Recordaba la marea de emigrantes como una pesadilla dolorosa y sombría que entristeció su juventud. Se despidió de nosotros y partió a servir en una mesa ocupada por una familia de turistas holandeses que lo llamaban por señas y comenzaban a protestar.

»Aclarado el panorama de nuestro paso a España, sólo quedaba convenir con Lina cómo y cuándo sería la partida. Aprovechando que Jamil seguía durmiendo, Lina planteó en forma muy directa y sin tapujos su sentir sobre todo el asunto.

»—Quiero que sepa —me dijo— que me voy a Alemania muy tranquila dejando a Jamil en sus manos. Veo que se entienden de maravilla. Él no hace sino citar su nombre con cualquier pretexto y le tiene un afecto que me parece correspondido. Mire lo que son las cosas: la decisión más improbable fue la mejor. A cualquier persona que lo conozca le cuento que voy a dejar a Jamil a su cuidado, y me diría que es una locura. Alguien como usted, sin techo fijo en parte alguna, con una vida atropellada, llena de cambios inesperados y brutales, llevada siempre al borde de la transgresión y la cárcel, no parece ser la persona ideal para encargarse de un niño de casi cinco años. Yo, fiándome sólo de mi intuición y recordando las mil anécdotas que Bashur solía relatar sobre usted, pienso, en cambio, que nadie más indicado puede haber para cuidar a mi hijo. Ahora sé que estaba en lo cierto. Creo que lo mejor es que partan ustedes primero. Tengo que arreglar algunas cosas pendientes y ponerme de acuerdo con mi amiga sobre detalles del viaje. Lo haremos en tren, desde luego, pero hay que buscar la manera más rápida y menos costosa para llegar a Bremen por esa vía. Me duele, como usted no se puede imaginar, el separarme de mi hijo; pero sé que es por el bien de nosotros dos y trataré de ocultar mis sentimientos. Pero los niños saben con toda claridad lo que los mayores sentimos y de nada valdrá disimular mi pena. Bueno. Ya veremos.

»Le contesté que estaba listo para viajar en cualquier instante. Me tranquilizaba que supiera que Jamil quedaba en buenas manos y que sería cuidado con enorme cariño.

»Lina subió a ver a Jamil y yo me quedé en la terraza dándole vueltas a esa nueva situación que me planteaba el destino y que jamás había estado en mis cálculos más delirantes. Vidal se acercó a la mesa y, viendo mi estado de ánimo, trató de alentarme:

»—Jamil es un encanto —me dijo—. Mucho bien le hará a usted estar a su lado y descubrir esa vida que despierta. Tengo dos nietos. Para mi esposa y para mí son como un baño que renueva sentimientos que pensábamos ya muertos. Es algo muy intenso y a la vez muy tonificante. Todo saldrá bien. Ya lo verá. Casi le diría que lo envidio.

»Volvió a sus obligaciones. Cada vez que pasaba a mi lado me guiñaba un ojo en señal de complicidad. Las palabras de Lina y, luego, las de Vidal, me rondaban en la mente. Iba tomando conciencia de aspectos de mi decisión por los cuales, hasta ese momento, había pasado un tanto por encima. Caí en la cuenta de que Jamil estaba ya vinculado a mi existencia. Una existencia que había creído solucionada y estable en este refugio de Pollensa. Era curioso sentir cómo este cambio, en lugar de pesarme como una responsabilidad inesperada, me inyectaba una especie de entusiasmo que hacía muchos años había dejado de sentir por cosa alguna. Era evidente que Jamil se entregaba sin reservas a lo que yo dispusiera. La regocijada complicidad en su relación conmigo, sobre todo cuando le adelantaba detalles sobre nuestra futura vida en Pollensa, se me antojaba un magnífico regalo de los dioses. Toda una vida, pensaba, dando tumbos aquí y allá, de puerto en puerto y de rincón en rincón de la Tierra cada vez más agreste y escondido, atravesando los inenarrables infiernos por los que he tenido que cruzar, curtido de experiencias que, a menudo, se me ocurren como vividas por distintos protagonistas y no por uno solo cuya sobrevivencia no me explico. Todo eso, en fin, para terminar de tío postizo de un hijo de Abdul Bashur, cuya vida y cuyo destino van a depender por completo de cada gesto y de cada palabra míos. Había algo insensato en todo aquello. Pensé que mejor era no escrutarlo demasiado. No hay que provocar a las potencias que mueven los hilos sin descender a consultarnos. Es posible, me dije, que todo pertenezca a ese orden soñado y esperado tantas veces y que otras tantas se me ha ido de entre las manos. ¿No será que ahora se me ofrece en la persona de esta criatura que me está diciendo: "Ésta es la gran prueba que te mandan. Estaré a tu lado para asegurarte que, una vez al menos, todo sucede como en efecto debía suceder y no como te suele llegar, es decir, por obra del aciago sino que te persigue"?

»En esto apareció Jamil en persona. Vino a sentarse a mi lado y comenzó a observar el tráfico del puerto. Como si hubiese adivinado mis pensamientos, me preguntó de repente con expresión inquisitiva:

»—¿Así también es Pollensa?

»Habíamos hablado de Pollensa y del viaje pero nunca en detalle. Como no sabía entonces cómo íbamos a salir de Port Vendres, no quise que tomara como definitivas cosas que aún estaban por verse. Ahora todo se presentaba en forma clara y contundente. Era tiempo, pues, de hablar de nuestro futuro. Sabía que Jamil tomaba al pie de la letra y como verdad incontrovertible todo lo que yo le decía. Ahora sé que ésa es condición común a todos los niños. Con un poco de esfuerzo de introspección hubiera podido saberlo por mí mismo volviendo a mi infancia. Pero también ahora caía en la cuenta de que, desde muy joven, ya en la gavia de los pesqueros en donde trabajaba, tuve que estar tan atento a lo que cada día se me echaba encima como un torrente de riesgos y de súbitas alarmas que no me daba tiempo de volver sobre mi infancia, perdido como estaba en el vértigo cotidiano de un presente implacable.

»Le expliqué que el puerto mallorquín se hallaba en una bahía más grande que la de Port Vendres y que el paisaje era muy diferente. La luz, más intensa, estaba por todas partes, el agua era más transparente y serena y la ciudad, más pequeña que Port Vendres, se extendía por un llano con leves colinas a lo lejos. No existían esas fortalezas templarias que en Port Vendres sobrecogían el ánimo en los días grises y de lluvia. En Pollensa se hablaba el dialecto de Mallorca, muy parecido al catalán, que seguramente había escuchado en el sur de Francia. Pollensa era más tranquila y había menos barcos que en Port Vendres. Abundaban los yates de recreo, algunos grandes y lujosos. Nosotros íbamos a vivir en unos astilleros abandonados, donde antes se sometían los barcos a limpieza y ajustes requeridos por el uso y trabajo del mar en los cascos y en toda la obra metálica. Desde una ventana de nuestra habitación podríamos ver la entrada y salida de embarcaciones, la mayoría de placer, que alegraban la vista de la bahía.

»Pasé luego a contarle cómo íbamos a cruzar la frontera con España por Le Perthus. "¿Y si nos agarran los guardias, qué nos van a hacer?", exclamó.

»—En primer lugar —le dije— no nos van a agarrar. La gente pasa sin trámites y no tiene que mostrar a fuerza sus papeles. Pero si eso sucede, nos devuelven sencillamente a Francia sin otro problema —tuve que mentir un poco. Lo que podía esperarme a mí, en caso de que nos prendieran, era un tanto más complicado.

»—Entonces son guardias buenos —comentó Jamil como tratando de tranquilizarme, restándole importancia a la inquietud que me hubiera podido despertar su primera cuestión.

»—Los guardias, Jamil, no están para ser buenos ni malos sino para ser guardias —me quedé esperando una réplica del muchacho pero éste se limitó a lanzarme una mirada de conmiseración en la que me decía: "No tienes remedio. A veces no entiendes nada".

»Acto seguido me bombardeó a preguntas sobre el viaje, con una ansiedad que logró comunicarme. Pensé que era el colmo, después de todo lo que me ha sucedido en la vida, acabar sintiendo esa febril excitación por algo que debía significar para mí una simple rutina sin importancia. La razón estaba en Jamil, en mi descubrimiento de Jamil y en su inagotable ansiedad por abarcarlo todo, por saberlo todo y por verlo todo. Me temo que los estoy aburriendo soberanamente con este insistir en la novedad de mi experiencia que para ustedes ha de ser algo familiar. Deben, de seguro, hallar un tanto necio el toparse con alguien para quien la relación con una criatura que no ha cumplido los cinco años se convierte en una experiencia reveladora».

—No. No lo crea —comentó mi esposa—. No nos está aburriendo. Todo encuentro con un niño nos descubre, cada vez que sucede, un mundo sorprendente. Digan lo que digan los psicólogos, no existen reglas ni principios para predecir las sorpresas que nos depara esa experiencia. Pero no era en eso en lo que estaba pensando. Le confieso, Maqroll, que hay algo que he estado por preguntarle desde hace rato y no me he atrevido a hacerlo.

—Ya lo sé, señora. No se preocupe, Jamil está bien y vive donde debe vivir, al lado de su madre y de la familia de Abdul. El que no está bien soy yo. Pero ya sabe que, viejo adicto a la conformidad con el destino, sé cómo arreglármelas.

Mosén Ferrán apoyó una de sus grandes manos de labrador en la que el Gaviero tenía sobre la mesa. Con ese gesto fue más elocuente que las palabras que no quiso o no supo pronunciar. Maqroll, desviando un instante de nosotros su mirada, regresó a su relato.

«Al día siguiente vino a visitar a Lina la amiga que iba a trabajar con ella en Alemania. Lina insistió en que yo estuviera presente en la conversación y conociera a la que llamaba, con cierto dejo de sorna, "mi protectora". La mujer era el extremo opuesto de Lina en muchos sentidos. Rubia y regordeta, con una mirada siempre distraída y como fija en algo nunca presente pero que buscaba de continuo. Asunta Espósito era una curiosa mezcla de padre saboyano y madre del Rousillon, que respiraba un aire de honestidad a toda prueba, de tesonera persistencia en sus propósitos, facultades ambas que sabía esconder tras una perpetua sonrisa de muñeca en vitrina y ese aire de quien no acaba de estar en donde está. Era evidente que sentía por Lina una admiración y un apego que la hacían parecer menor que la madre de Jamil, cuando en verdad le llevaba varios años, como pude enterarme después. Tuve de inmediato la impresión de que la buena de Asunta jamás hubiera regresado a Bremen de no ser por la compañía de Lina, que le garantizaba una estabilidad emocional que le hacía tolerable el exilio. Hablaba tropezando un tanto las eses que pronunciaba pegando más de la cuenta la lengua al paladar.

»—Lo hacía a usted más joven —me soltó de sopetón, antes de sentarse a mi lado—. Bueno, no es eso, es que Lina me hablaba de sus viajes y de sus andanzas como si fueran las de un amante de la aventura y veo que para nada tiene el aspecto de una persona así. Pienso más bien en un monje que anduviera buscando por el mundo el convento que se le ha perdido.

»—Asunta —trató de disculpar Lina la salida de su amiga— anda dando palos de ciego y viendo siempre cosas que no son y personas que ella inventa.

»Repuse que, por el contrario, era posible que Asunta no anduviera tan descaminada y que no era la primera vez que escuchaba esa comparación, si bien lo de la búsqueda del convento me parecía una novedad reveladora. Todos reímos a un tiempo y luego Asunta me preguntó cómo me había parecido Jamil. No quise entrar en mucho pormenor y más bien traté de tranquilizarlas respecto a los cuidados que tendría con el muchacho. Estaba seguro de que allí residía el mayor motivo de preocupación de ambas mujeres, más en Asunta que en Lina, que ya me conocía mejor. Le expliqué que Jamil era para mí como un sobrino y que lo encontraba más despierto y más inteligente de lo que su edad permitía suponer. Vi que la rubia se ruborizaba sin motivo aparente y miraba a Lina como aprobando su decisión de haberme llamado, sobre la cual era claro que venía abrigando algunas dudas. Pasamos a hablar de Alemania y de los alemanes y del siniestro clima de Bremen. En ésas apareció Jamil que quería ir conmigo al puerto para asistir a la llegada de un barco de guerra italiano anunciada en los pizarrones de la capitanía del puerto. Me despedí de las mujeres y, al momento de partir, Lina me informó con la naturalidad de quien habla de algo ya convenido hacía mucho tiempo:

»—Esta tarde hay que avisar a Vidal de la partida de ustedes. En dos días estará todo listo.

»La miré con cierta sorpresa y ella, sin hacer caso de mi reacción, comenzó a hablar con Asunta de ciertos documentos que debía recoger no sé en qué oficina. Jamil no hizo comentario alguno, pero, mientras nos dirigíamos al puerto, guardó un silencio que mostraba con claridad la impresión que le habían causado las palabras de su madre.

»Esa noche hablamos con Vidal y se convino la salida para dos días después. El primo pasaría por nosotros antes del mediodía. Lina se dedicó en el plazo que quedaba a comprar alguna ropa que, según ella, le iba a hacer falta a Jamil en Pollensa y a preparar las prendas del niño que ya tenía en uso. Mosén Ferrán me había metido discretamente en el bolsillo algunos billetes de dinero francés en el momento de embarcar. Lo que llevaba conmigo iba a ser a todas luces insuficiente. Ofrecí a Lina acompañarla en las compras que quise pagar y ella rechazó la idea sin dejarme insistir en el asunto.

»El día de la partida pasó por nosotros el primo de Vidal hacia las diez de la mañana. Muy semejante de rostro a Pierre, era más corpulento y respiraba un aire de atlética juventud en lo que para nada se parecía al primo que tenía algo de enfermizo y afiebrado que llegaba a inquietar. Lina descendió con Jamil, que llevaba un pequeño maletín que había conocido tiempos mejores pero le confería al muchacho una dignidad de viajero experimentado. Lina lo retuvo en sus brazos largo rato tratando de ocultar su dolor como podía. Jamil, intrigado por la aventura que se avecinaba, no mostró en ese momento mucha emoción. Vidal nos miraba divertido y, cuando la pequeña furgoneta Renault de su primo arrancó, pasó un brazo sobre los hombros de Lina y con el otro se despidió en un gesto afectuoso e insistente. El auto tenía a ambos lados un dibujo colorido con el mismo plato de langostinos pintado en forma un tanto ingenua y un letrero que decía "A Can Miquel. Lo mejor en pescados y mariscos. La Junquera".

»Íbamos sentados al lado del conductor. Yo en medio y Jamil en la ventana porque insistió en no perderse detalle de nuestro paso por la frontera. Llevaba en los brazos su maletín como un objeto valioso. Accedió a la sugerencia del primo de Vidal de ponerlo en la parte trasera del auto, pero de vez en cuando volvía a mirarlo como temiendo que no estuviese allí. Ramón, que era el nombre de nuestro chofer, mostraba una tranquilidad, casi una indiferencia que traía intrigado a Jamil. Al tomar la carretera de España y cuando leí en voz alta el letrero que la indicaba, Jamil volvió a mirar a Ramón y se resolvió a lanzarle la pregunta que se guardaba desde hacía rato:

»—¿Y si nos detienen los guardias, le quitan el auto?

»Ramón esperó un momento antes de responder, mientras hacía con sus pobladas cejas unos visajes que nos hicieron reír. Por fin se lanzó en catalán con un énfasis tal como si alguien le hubiera preguntado un absurdo inconcebible:

»—¡Pero, niño, por Dios! Nadie nos va a detener. Qué cosas se te ocurren. Los guardias a estas horas están leyendo el diario y tomando el segundo café del día, que es el que mejor saborean. Ni siquiera nos van a mirar. Verás como hacen un gesto con la mano como quien espanta una mosca y eso es todo.

»Jamil no pareció estar muy convencido y pasó a preguntar para qué servían los fortines que a cada momento aparecían en lo alto de los cerros como vigilando la carretera. Le explicamos que eran edificaciones de otros tiempos cuando los dos países estaban en guerra. Era evidente que quería que estuviesen activos y representasen un peligro actual e inminente. Al poco rato, se quedó profundamente dormido, recostado sobre mi brazo. Lo acomodé mejor sobre mi pecho. Respiraba con inocente serenidad que me pareció conmovedora. Sus grandes pestañas se movían de vez en cuando. De seguro soñaba con guardias y contrabandistas. De nuevo sentí que invadía mi pecho un calor, una densa ternura que resultaba casi dolorosa. Jamil, hijo del mejor amigo que me otorgó la vida, dormía seguro de los sentimientos que bien sabía haber despertado en mí desde el momento en que nos conocimos. El muchacho desplegaba en sus gestos y en toda su relación conmigo una suerte de energía, de sorpresivo poder que me desataba un torrente de sensaciones inusitadas. Seguramente los debí conocer en la niñez y me encargué de ocultarlos luego en lo más hondo de mí mismo. La vida se me vino encima muy temprano y tuve que tragar sorbos muy amargos, administrados por adultos con la indiferente brutalidad propia de lo que llaman "la lucha por la vida". Una vez más no encuentro cómo explicarlo, pero, mientras sostenía la rizada cabeza de Jamil en mis brazos, sentía que emanaba de él una corriente estimulante que lo convertía en un mensajero que me iba conduciendo, en medio del desamparado desorden de mi existencia, a un mundo recién inaugurado, a un dichoso recomenzar desde cero que borraba errores y desventuras del pasado y me regresaba a una disponibilidad cercana a la embriaguez. En fin, es más complicado que eso y más sencillo. Usted, señora, de seguro me comprende mejor».

Mi esposa asintió sonriente sin hacer ningún comentario. Mosén Ferrán movía la cabeza enternecido y mostrando que estaba largamente familiarizado con esos discursos del Gaviero. Yo, a mi vez, recordé algo que me comentó Abdul Bashur en la época en que lo conocí y que me sirvió mucho para establecer una relación duradera con Maqroll.

—El Gaviero —me dijo— es como esos crustáceos que tienen un caparazón duro como la piedra que protege una pulpa delicada. Suele guardar esa zona sensible de su intimidad con tal cuidado que es fácil pensar que no la tiene. Luego vienen las sorpresas que, con él, pueden ser reveladoras.

«Cuando nos acercamos al puesto fronterizo francés —prosiguió el Gaviero— Jamil despertó, como si hubiese adivinado que se aproximaba el momento que esperaba con tanta ansiedad. Un guardia francés, con el quepis echado hacia atrás, leía el periódico con aire adormilado y bonachón. Volvió a mirarnos, se fijó en el vehículo e hizo con la mano señal de que siguiéramos mientras regresaba a su lectura con indiferencia casi impertinente. Jamil, en una reacción inmediata e incontrolable, hizo con la mano el gesto de disparar al guardia mientras le gritaba en árabe:

»—Te ganamos, pum, pum, pum.

»Traté de taparle la boca pero ya era tarde. El guardia ni siquiera había quitado la mirada de su periódico. Ramón le increpó:

»—¡*Collons* con el crío! Mira que hablar en árabe justo aquí. Está *boig* o qué.

»Jamil nos miró con picardía y se alzó de hombros con fingida indiferencia. Pasamos de inmediato a la zona española. En la caseta, dos guardias conversaban apaciblemente fumando el que debía ser su décimo cigarrillo del día. Hicieron un gesto amistoso de saludo a Ramón y éste aceleró la marcha y contestó con la mano que sacó por la ventanilla. Jamil volvió a mirarme y comentó:

»—A éstos no los matamos porque son amigos de Ramón. ¿Viste cómo nos saludaron?

»Llegamos a La Junquera y Ramón nos dejó en la estación de los autobuses que iban a Figueras. Se despidió de nosotros con una cordialidad de viejo amigo y, pasando las manos por los cabellos de Jamil, le dijo cariñosamente:

»—Aquí guárdate el árabe para cuando estés solo con el Gaviero. En esta tierra te puede traer problemas.

»Jamil lo observó divertido y asintió con la cabeza como dando a entender que acataba el consejo, sin descifrarlo muy bien.

»Nos sentamos en un café en espera de la salida del autobús. Jamil se encerró en un silencio que me hizo pensar que hasta ese momento se daba cuenta de la separación de su madre. Estaba a punto de llorar pero se contenía con dificultad. Por fin se resolvió a hablar y me comentó:

»—Mi madre me ha dicho que nunca olvide el árabe que es el idioma que hablaba mi padre y que hablan los Bashur. Ahora qué voy a hacer, si aquí no me dejan hablarlo. ¿Y mi mamá, en Alemania, con quién lo va a hablar? —gruesos lagrimones le corrían por las mejillas.

»—Tú y yo hablaremos en árabe todas las veces que quieras. Esta gente de las fronteras vive muy prevenida y no quieren que se les tome por extranjeros. Tu mamá también hablará allá con sus compañeras de trabajo, muchas de las cuales son palestinas o sirias. Cuando pase por ti a Pollensa, que será muy pronto, verás que hablarán árabe, como siempre.

»Jamil se quedó un tanto más tranquilo pero en su mirada se advertía una ansiedad imprecisa con la que me examinaba como si fuese la primera vez que me veía. Terminamos el café con leche y subimos al autobús que partió en seguida. Llegamos a Figueras pasado ya el mediodía y llevé a Jamil a probar arroz con mariscos en un figón que nos había recomendado Ramón. Me sorprendió la habilidad del chico para quitar la cáscara a los langostinos y le pregunté dónde había aprendido tan bien esa ciencia, propia únicamente de la gente de la costa. Me explicó que su madre había trabajado en Perpignan en un restaurante especializado en frutos del mar y que le había enseñado a pelar las cigalas y los langostinos que a escondidas traía para él de su trabajo. Cuando llegó la hora de tomar el tren fuimos a la estación directamente. El expreso a Barcelona traía dos horas de demora. Pensé que, por prudencia, era mejor no andar por las calles de Figueras sin propósito determinado. En la sala de espera de la estación no había casi nadie. Nos sentamos en una larga banca de una incomodidad espartana y Jamil comenzó a preguntarme de nuevo sobre Mallorca y sobre Pollensa. Con paciencia que no me conocía le respondí cada cuestión, tratando de no ilusionarlo mucho sobre los aspectos atrayentes del lugar, ni insistir sobre la precariedad de nuestro albergue. Cuando el tren entró en la estación, Jamil me tomó de la mano y me dijo:

»—Vamos, Gaviero, ése es nuestro tren. Quiero llegar pronto a Pollensa.

»Pronunciaba "Pollentsa" y en adelante no hubo manera de corregirlo. Subimos al tren y le expliqué que aún nos faltaba hacer el trayecto desde Barcelona hasta Mallorca por ferry. Le volvió el sueño y se durmió en mis brazos. Debía sostenerlo con evidente torpeza porque una mujer sentada frente a nosotros me sonrió comprensiva. Llegamos a Barcelona al anochecer. Jamil había despertado poco antes de entrar el tren a la estación de Francia. Tomamos un autobús que nos llevó al puerto. El ferry partía a las ocho de la noche. Compramos los pasajes y nos instalamos en el estrecho camarote que nos correspondía. Jamil no quiso seguir durmiendo y me llevó a cubierta para asistir a la partida del ferry. Mientras llegaba la hora, se extasió observando el ir y venir de embarcaciones en el puerto y siguió con atención las maniobras de partida de varios grandes navíos de pasajeros y algunos cargueros que zarpaban hacia diversos lugares del mundo. Su fascinación por el mar era evidente y me enternecía sobremanera. Con mirada escrutadora iba almacenando todos los detalles del movimiento portuario y los informes que me pedía con insaciable curiosidad. No pude menos de imaginar cómo hubiera reaccionado Bashur ante ese interés de su hijo por las cosas del mar. Conseguí, al fin, que aceptara acompañarme a cenar y luego fuimos al camarote para dormir un rato. La curiosidad de Jamil por asistir a la entrada del ferry a Palma lo despertaba una y otra vez. Cuando tocamos el muelle abrió los ojos con la frustración de no haber presenciado la maniobra de atraque.

»En Palma nos esperaba Mosén Ferrán. Recuerdo sus primeras palabras:

»—*Qué nen mes maco.* Parece un príncipe heredero viajando de incógnito».

—Ésa fue la impresión que tuve —se dirigió Mosén Ferrán a mi esposa—. La recuerdo como si hubiera sido ayer. Jamil es un niño aparte. Son reacciones de abuelo que le nacen a uno sin darse cuenta —mi esposa sonrió divertida ante el entusiasmo del párroco historiador.

Empezaba a caer la tarde y la puesta del sol, casi excesiva en su despliegue de naranjas y lilas de una variedad de tonos delirante, nos impuso un silencio ceremonial. Cuando toda esa orgía de colores se desvaneció en un rojo cárdeno invadido lentamente por grises que recordaban los paisajes de El Greco, Maqroll fue el primero en hablar:

—Me temo que esta historia se ha extendido demasiado. Debo haberles fatigado.

—No precisamente —le comentó mi esposa—. Ya muero de curiosidad por saber qué sucedió con Jamil y cómo fue su vida en Pollensa. Si doña Mercé no tiene inconveniente me atrevería a proponer que esperemos aquí la noche hasta que termine su historia.

Mosén Ferrán y yo nos sumamos a la propuesta. El clérigo se levantó de la mesa y fue a parlamentar con la dueña. Regresó poco después para informarnos que doña Mercé mandaba decir que no nos preocupásemos. Ya vendría en su momento para ofrecernos algún refrigerio. Mientras tanto nos enviaba con el párroco una magnífica jarra de sangría en la que flotaban trozos de melocotones y unas fresas de su jardín que Mosén Ferrán elogió con entusiasmo.

Maqroll había permanecido entretanto con la mirada perdida en el horizonte donde comenzaba a instalarse la gran noche del Mediterráneo. En ese momento percibí la melancolía que trabajaba sus entrañas y el pozo de incertidumbre y pena en el que estaba sumergido, de seguro desde su niñez, sepultada por él en un olvido que el contacto con Jamil había despertado trayéndole recuerdos de un paraíso que había dado por perdido. Al relatarnos su historia, era evidente que en algo aliviaba su congoja.

—Ahora —prosiguió— he venido a preguntarme si tantos años de vida en el mar y tan atropelladas como absurdas incursiones tierra adentro, no habrán contribuido en buena parte a esa marginación, a esa amputación diría mejor, de una experiencia que me fue revelada al lado de Jamil. Usted recuerda —se dirigió a mí— que en el diario que escribí durante mi subida por el río Xurandó, en busca de los malditos aserraderos que se desvanecieron en una pesadilla, hablo de esos momentos en la vida cuando pensamos que la esquina que jamás doblamos, la mujer que nunca tornamos a buscar, el camino que dejamos por otro, el libro que jamás terminamos, todo esto se va acumulando hasta formar una vida paralela a la nuestra y que, en cierta forma, también nos pertenece. Pues bien, buena parte de esa existencia dejada de lado regresó de golpe tan pronto tuve a Jamil a mi vera. En ese momento la corriente paralela vino a confundirse por un instante con la de mi vida real. Al regresar, luego, a su cauce, me ha dejado maltrecho y sin rumbo. Usted me entiende mejor que nadie.

Era bien característico del Gaviero el lanzarse a tales disquisiciones antes de proseguir sus relatos. Lo movía una necesidad de poner en orden, allá en su interior, la turbulenta materia de sus días, el ingobernable caos que sus andanzas y padeceres mantenían en perpetua ebullición. Recuerdo muy bien, en una ocasión en la que fui a rescatarlo de una empresa inconfesable en la desembocadura del Mississippi, en Grande Ile, lo que le escuché, tras una noche borrascosa de *bourbon* y mulatas en un destartalado puertucho cuyo nombre he olvidado:

—El único orden —me dijo en esa ocasión— en el que podemos confiar, el único cierto y definitivo, es el de la muerte. Eso lo sabemos todos, ya lo sé. Pero la astucia consiste en seguir viviendo y en tratar de no tener relaciones muy cercanas con ella. Cuando la muerte invita hay que volverle la espalda. No por miedo, desde luego, sino con la certeza de que no está interesada en nosotros sino en nuestros pobres huesos, en nuestra carne con la que alimenta sus legiones. Sin embargo, allí está esperándonos el orden, el único valedero. No lo olvide, no lo olvide jamás —me decía mientras su mano se aferraba a mi brazo y lo sacudía con ciega desesperación. Ese episodio me vino a la memoria en la noche de Pollensa, bajo el cielo de los helenos, el de los príncipes omeyas, el que asiste al lento cabalgar del condotiero Giudoriccio da Fogliano en el Palazzo Publico de Siena.

Maqroll regresó a su relato:

«Lo que más había temido fue lo que más placer produjo a Jamil: el desorden y la pobreza de mi refugio en los astilleros. Imaginé que iban a desconcertarlo y fueron para el muchacho una fuente de inagotable diversión. Arribamos allí, tras un largo viaje en el taxi de nuestro párroco. Éste no acababa de ponderar el despierto espíritu y los vivaces gestos de nuestro nuevo huésped y nos acompañó hasta los astilleros. Cuando se despidió de nosotros, me miró por un instante como temiendo la reacción de Jamil ante la ruina del lugar. Éste subió como una exhalación las bamboleantes escaleras que llevan a mi guarida, tiró sobre mi lecho la valija con sus pertenencias y corrió a abrir la ventana para mirar el mar. La extensión de las aguas que reflejaban la fosforescencia del cielo nocturno le produjo una especie de encanto hipnótico. Entretanto, me dediqué a organizarle un lecho provisional con algunas tablas y dos baúles llenos de papeles, como ya lo había hecho antes con ocasión de la visita de un antiguo compañero de andanzas en el Asia Central que había venido a visitarme. Cuando la cama estuvo lista, traté de convencer a Jamil de que abandonase su mirador y viniera a dormir después de un viaje tan ajetreado. Por fin accedió a hacerlo pero no sin preguntarme, metido ya entre las cobijas:

»—Mañana ¿qué vamos a hacer?

»No supe al primer momento qué responder a pregunta tan conminatoria y concreta. Mi trabajo en los astilleros consiste en cuidar el sitio e impedir que los vecinos acaben de desmantelar lo que queda de las instalaciones. Las interminables horas de ocio suelo ocuparlas en lecturas, buena parte de las cuales me las proporciona Mosén Ferrán, y en reconstruir en la memoria un pasado que desfila como si lo hubiese vivido otro ser que en ocasiones siento ajeno a lo que soy en el presente. Jamil seguía con la mirada puesta en mí en espera de una contestación que se me escapaba. Por fin, se me ocurrió, no sé cómo, decirle:

»—Mañana vamos a pescar.

»—¿Dónde?

»—Aquí, en el muelle que está frente a los astilleros —aventuré con cierta cautela.

»—¿Allí hay peces? ¿Muchos?

»—Bueno —le respondí un tanto más seguro del camino que había inventado—, mañana vamos a ver. Nunca he pescado allí pero los peces se ven desde la punta del muelle.

»—Mañana vamos a ver. Si hubiera peces tú ya habrías pescado.

»—Sí hay. Yo los he visto. Siempre hay. Ahora vamos a dormir —le respondí con precaria autoridad.

»Dormimos hasta muy entrada la mañana. Jamil me ayudó a preparar el café con leche con el pan tostado generosamente untado de mermelada que, según me había dicho Lina, era su desayuno favorito. Yo tomé mi té acostumbrado con tajadas de pan negro, ante la mirada de franco reproche de Jamil, que sentía por el té una repugnancia para nada acorde con los gustos de sus antepasados del desierto. Partimos al pueblo en busca de cañas de pescar. Mosén Ferrán nos proveyó de todo lo necesario y regresamos al muelle. Las tablas mal aseguradas en donde éste terminaba nos sirvieron de asiento y allí nos dedicamos a esperar una sorpresa harto incierta. Mi manejo de la caña no debió ser muy convincente porque, al rato, Jamil me increpó mientras se reía de mi torpeza:

»—Pero, Gaviero, tú no sabes pescar. ¿Qué hacías entonces en los barcos cuando eras niño?

»—Yo —le expliqué— nunca tuve tiempo de pescar de niño en los barcos. Tenía que subir al extremo del palo más alto y desde allí anunciar a la tripulación lo que se veía en el horizonte. En los barcos cada uno tiene un oficio que hacer y es muy poco el tiempo que queda para pescar. Allá se pesca con redes y es un trabajo muy duro.

»Me lancé, luego, a una larga explicación de cómo se hacía esa pesca y le conté que había sido dueño de un pesquero junto con un marino noruego que había sido mi amigo años atrás. Jamil me miraba entre asombrado y escéptico y en eso un pez comenzó a jalar de su anzuelo. Le ayudé a recoger el hilo girando el carrete mientras él sostenía la caña con las dos manos. Le brillaban los ojos de satisfacción y pronunciaba en árabe exclamaciones de alegría. La presa resultó ser un pescado de casi tres kilos. No supe decirle de qué especie se trataba, lo cual no ayudó mucho a consolidar mi prestigio como pescador. Jamil, para consolarme, me dijo muy serio:

»—Esta tarde te irá mejor, Maqroll. Ahora vamos a llevarle este pescado a Mosén Ferrán para que nos lo preparen para la cena.

»Le expliqué que, primero, no estaba seguro de que se pudiera comer y, luego, que Mosén Ferrán era persona muy ocupada y no podíamos caerle así de repente. Jamil insistió y fuimos donde nuestro amigo».

—Mi cocinera —comentó el clérigo— no pudo preparar el animal porque no era de una especie comestible. Jamil sintió una desilusión tal que tuvimos que secarle algunas lágrimas que le escurrían por las mejillas mientras veía cómo la cocinera tiraba a la basura el premio de la primera pesca de su vida.

Maqroll había vuelto a perderse en una de sus ausencias y quedamos callados un momento. Luego continuó con su relato:

«La pesca en el muelle se convirtió en nuestra principal actividad. Otros pescados vinieron, éstos sí comestibles, y había que ver con qué aire ufano nos miraba Jamil en la mesa cuando uno de aquéllos, sacado por él, era el plato principal en casa de Mosén Ferrán.

»Luego nos aventuramos en una barca que conseguí reparar, de las dos que aún quedaban en los astilleros. Le instalé un mástil y una vela y nos lanzamos a explorar la bahía en busca de sitios donde lograr buena pesca. Le enseñé al muchacho a tener de vez en cuando el cabo que sostenía la vela y esto lo hacía por completo feliz. Mis bonos subieron de nuevo lo suficiente como para olvidar mis fracasos como pescador. Nuestros días transcurrían en un ritmo apacible, poblados por los continuos incidentes de nuestras hazañas de navegantes y pescadores en la bahía de Pollensa. Inútil decirles cuántas veces pensé en las tormentas afrontadas durante mis años de pescador en Alaska y las veces en que estuve a punto de naufragar en un mar helado cuyas iras son el terror de los marinos.

»De vez en cuando nos llegaba de Alemania una carta de Lina cuya lectura escuchaba Jamil con atención y seriedad de persona mayor. A menudo me pedía que repitiera algunos párrafos en los que contaba episodios de su trabajo y de su vida en Bremen, ocultando, claro está, las penas y dificultades por las que debía pasar en una de las ciudades más sombrías e inclementes que he conocido. Jamil quería siempre, en tales ocasiones, que contestásemos de inmediato a su madre. "Para que no tenga que esperar mucho noticias nuestras", me explicaba como disculpándose por su exigencia. Me hablaba con frecuencia de su madre y me relataba anécdotas vividas por ambos en los países donde habían habitado.

»De su padre conservaba una imagen construida con las alusiones que de continuo hacía Lina y las fantasías que él mismo tejía alrededor de la vida de marino que aquél había llevado. Un día me propuse hacerle un retrato lo más fiel posible de Abdul y me escuchó con vivo interés, salpicado a veces de leve escepticismo. Traté de ser lo más escueto posible y de pasar por encima de episodios cuya comprensión hubiera sido muy ardua para el muchacho. Le conté de la obsesión de su padre por ser dueño del carguero ideal, cuyas proporciones, diseño y detalles técnicos se sabía de memoria y cómo nunca le fue dado cumplir ese sueño. Le insistí, en especial, en las cualidades de amigo fiel, siempre listo a compartir con quienes quería los peligros y penalidades que la suerte les deparaba. Pasaron los días y pude darme cuenta de que Jamil había sumado los detalles de mi descripción a las fantasías urdidas por él, que se le antojaban tan reales como mi testimonio. El asunto no tenía remedio y preferí dejar así las cosas. Bashur, pensé, hubiera celebrado mucho las invenciones de Jamil. Que Lina tampoco hubiera intervenido en este aspecto me pareció encomiable. Ya la vida se encargaría, quizá, de mostrar a Jamil la verdadera imagen de su padre, conservada con devoción por amigos y parientes en los más apartados rincones de la Tierra.

»En esta forma comenzó para mí una nueva vida, habitada cada hora del día y de la noche por esa criatura que iba descubriendo el mundo llevado de mi mano, a tiempo que me daba una lección que creía aprendida por mí desde siempre. Era, en cierta forma, como volver al arcano diálogo con los oráculos. Cada día que pasaba crecía mi asombro ante la innata certeza con la que Jamil establecía su dominio sobre lo que iba descubriendo. Mi refugio se fue llenando de los objetos más inesperados que, una vez escogidos y guardados por Jamil, adquirían un cariz evocador y mágico. Caracoles de todas las formas y tamaños, botellas y trozos de madera abandonados por el mar en la playa, esqueletos de aves y peces descubiertos en las cavidades de los acantilados, trozos de cuerda y retazos de velamen, objetos metálicos imposibles de reconocer y hasta letras clavadas en tablas descoloridas. Cada uno de esos objetos servía a Jamil para construir una historia que les daba presencia y validez indiscutibles. De noche, a la luz de la Coleman que alumbraba nuestro albergue, el muchacho pasaba revista a sus tesoros y me repetía la historia de algunos de ellos, cada vez enriquecida con variaciones sorprendentes. Una de esas noches, mostrándome un trozo de cable teñido de púrpura, me explicó:

»—Con esta cuerda ahorcaron a un pirata que mató a todas las personas de una isla que luego hizo suya. No perdonó ni a los niños. Cuando lo apresaron los barcos de guerra que fueron a buscarlo, fue colgado del palo más alto de la nave almirante. ¿Sabes cómo se llamaba? El Leopardo Furioso.

»Me aventuré a preguntarle de dónde había sacado tanto detalle y qué sabía él de piratas y naves almirantes. Me contestó que en varias ocasiones me había escuchado hablar de piratas con Mosén Ferrán y de una isla que se llamaba Cecilia. "Sicilia", le corregí. Fue así como caí en la cuenta de que Jamil había asimilado a su manera mis charlas con Mosén Ferrán sobre las incursiones de los almogávares y había hojeado también varios de los libros sobre el tema que solía prestarme nuestro amigo y en cuyas láminas, de seguro, se inspiraba para crear sus historias.

»Ninguno de los objetos rescatados del mar por Jamil podía cambiarse de lugar. Cuando intenté hacerlo en un momento de distracción, recibí una severa reprimenda. La razón expuesta por Jamil me dejó un tanto en la luna:

»—Si los cambias de sitio no van a saber en dónde estaban. Los separas de sus amigos y los mandas a vivir entre extraños.

»Pasado el tiempo ya no me intrigaban esas secretas leyes que rigen el mundo de la infancia. Es más, en ocasiones me sorprendí acatándolas entusiasta. Mi complicidad llegó a ser absoluta —al igual que lo fue con su padre— y llegamos pronto a no necesitar explicar la razón de nuestros actos emprendidos siempre de consuno dentro de un ámbito sólo por nosotros conocido. A menudo tenía que hacer un esfuerzo mental para darme cuenta de que se trataba de un niño que iba a cumplir cinco años y no de un adulto de casi cuarenta, que era la edad de Abdul cuando nos conocimos en El Cairo. El paralelismo se acentuaba por obra de algunos gestos de Jamil que, como les dije, recordaban a los de su padre. Una forma de levantar el brazo y mantenerlo en alto mientras iniciaba una frase que deseaba subrayar, los movimientos de las manos en desacuerdo con las palabras que pronunciaba, hasta dar la impresión de que alguien, allá escondido dentro de ellos, ordenaba esos gestos con un propósito oculto y, finalmente, el hábito de dejar ciertas frases sin concluir y quedarse un momento callado. Los días transcurrían en una tranquilidad sin sobresaltos y Jamil fue adquiriendo un aspecto mucho más saludable y robusto que cuando lo conocí en Port Vendres.

»Un día llegó una carta de Lina donde el optimismo y la resignación de las anteriores se había trocado en un acento más taciturno y agobiado. Trabajaba en una fábrica de productos químicos en las afueras de Bremen y compartía con la rubia Asunta y dos portuguesas una estrecha habitación en un sórdido barrio obrero en el otro extremo de la ciudad. El alquiler le costaba más de lo calculado, el salario sufría frecuentes recortes por cuotas sindicales y primas de seguro. Además, le pagaban a destajo y, a menudo, el cansancio y los frecuentes resfriados a causa del clima de Bremen no le permitían ganar lo calculado en un principio. Estaba resuelta a reunir la suma que le permitiera viajar al Líbano sin pesar sobre los Bashur y, en especial, sobre Warda, que vivía en una austeridad dictada por su deseo de contribuir con todo su esfuerzo a las obras de beneficiencia a las que estaba dedicada. Para lograrlo, Lina tendría que permanecer allá por lo menos durante un año más. Respecto a Jamil, me confesaba estar tranquila sabiéndolo en manos mías y de Mosén Ferrán, por quien, aun sin conocerlo, guardaba una gratitud muy grande por la forma como había acogido a su hijo. La ausencia de Jamil le pesaba desde luego y a veces la torturaba el deseo de dejarlo todo para ir a su lado. Me pedía que le enviara en mis cartas más detalles sobre el niño, sus progresos y sus juegos, y me insistía en que cada día le mencionara a su madre para tenerla presente lo más posible. Esta carta llegó a la dirección de Mosén Ferrán, como todas las anteriores, pero en el sobre no estaba mi nombre sino el de nuestro párroco. Nada mencioné a Jamil respecto a estas noticias que estaba seguro que lo hubieran entristecido. No precisaba Lina insistirme sobre la necesidad de mantener viva en el muchacho la imagen y el recuerdo de su madre. Yo la mencionaba a cada instante y él, por su parte, también la traía a cuento siempre que podía.

»Poco antes de la Navidad enviamos a Lina una fotografía de su hijo en los muelles donde pescábamos. Tomarla fue toda una odisea. Yo jamás he usado una cámara y Mosén Ferrán tampoco. Por fortuna, encontramos un fotógrafo que se dedicaba a retratar turistas en la playa y él se encargó del asunto. Cuando vi la foto no pude menos que recordar aquella de Abdul niño al pie de los restos de un avión derribado en el Líbano por la artillería francesa. Los mismos ojos entre asombrados y contritos, los mismos cabellos encrespados y en desorden. He guardado conmigo una copia de ese retrato de Jamil. Mucho han de haber cambiado las cosas para mí, porque recuerde —y volvió hacia mí la mirada— que no quise guardar la de Abdul que usted una vez me trajo porque, como entonces le dije, a mí las cosas se me van de las manos. Ahora pienso que tener la de Jamil es una forma de conservar también la de su padre».

El Gaviero sacó de un bolsillo de su chaqueta de marino la fotografía y nos la dio para que la viéramos. Nada supimos decir. Toda palabra sobraba en ese momento. Le devolvimos la foto y, mientras la volvía a guardar, pasó por su rostro una sombra imprecisa que tenía mucho de resignación pero también algo de afectuosa nostalgia. Mosén Ferrán, con su vozarrón de bajo operístico, rompió el silencio:

—Cuando supimos que la madre tenía que prolongar su permanencia en Alemania, le propuse al Gaviero que matriculásemos al niño en una escuela de párvulos que sostiene la parroquia con la ayuda de algunas personas pudientes de Pollensa. Aquí nuestro amigo no estaba muy convencido de la utilidad de ese paso. Le noté cierto temor de que Jamil pudiera sufrir agresiones de parte de los otros niños que verían en él a un extranjero, con visos de árabe para mayor riesgo. Yo insistí y Maqroll accedió a regañadientes pidiéndome que no se le planteara al niño esta decisión como algo definitivo sino como una prueba. Así lo hicimos y, en un principio, Jamil aceptó la propuesta aunque volvía a mirar a Maqroll a cada instante mientras le explicábamos nuestro plan. Al final le preguntó con cierta inquietud qué iba a hacer mientras él iba a la escuela. El Gaviero balbuceó no sé qué explicación confusa y Jamil no quedó muy convencido. En un comienzo las cosas fueron sin mayores complicaciones.

«Pero un día —interrumpió el Gaviero— Jamil se negó a ir a la escuela. "Me voy a pescar contigo", me dijo en forma terminante. No quise o no pude contrariarlo y navegamos hasta el centro de la bahía. La barca tenía un sollado donde Jamil guardaba sus aparejos de pesca y varios de los objetos mágicos que le servían, según él, para alejar a los piratas y para atraer a los grandes peces que un día íbamos a capturar. Mientras pescábamos en las aguas transparentes por las que cruzaban los peces que poco caso hacían de nuestros anzuelos, Jamil me comentó su experiencia en la escuela. No quería volver allí porque sus compañeros se burlaban de su acento y se encarnizaban con él haciéndole preguntas desagradables tales como si yo era su padre o su abuelo, dónde vivía su madre, si yo también era árabe y otras impertinencias por el estilo que lo confundían terriblemente. Descubrí, entonces, que la gente de Pollensa había tejido toda suerte de leyendas sobre el vigilante de los astilleros y sobre la aparición inopinada de Jamil. Lo menos grave que habían urdido era que se trataba de un antiguo forzado huido de un penal del continente donde purgaba una pena por trata de blancas y turbios negocios con los anarquistas. Pero la que más me hizo reír fue esta otra que me transmitió Jamil mostrando, desde luego, graves dudas sobre la veracidad de la especie. Se decía que yo era el legítimo heredero del rey de Omán y me escondía en Mallorca por haber asesinado a un hermano que era el favorito de mi padre. Claro está que tranquilicé de inmediato a Jamil respecto a todos esos infundios, en especial este último sobre el cual noté que le hubiera gustado que tuviera algo de cierto, porque se ajustaba a sus fantasías sobre piratas y tesoros escondidos. No hubo manera de convencerlo de que regresara a la escuela, pero, al mismo tiempo, puso mayor empeño en aprender a leer con mi ayuda, tarea para la cual yo no contaba con otra condición que una recién aprendida paciencia. De su paso por la escuela le quedó al niño la conciencia de ser un extranjero y de estar marcado por no sabía qué irregularidad de su condición social. Ambas cosas le dejaron una huella dolorosa sobre la que no le gustaba hablar directamente pero a la que aludía a menudo y le llevaba con frecuencia a preguntarme aún más sobre su padre y la familia de éste. Se volvió más ávido de precisión en las historias que solía contarle sobre nuestras andanzas y tuve que ir con mucha prudencia para ocultarle las innumerables ocasiones en las que vivimos Abdul y yo al margen de la ley. Cuando esto resultaba imposible, resolvía suavizar el tema en forma de que no apareciésemos como francos malhechores. Ya los años se encargarían de mostrarle la irreparable relatividad de los códigos y la abusiva aplicación que de ellos saben hacer los hombres. A través de mis relatos, la imagen de Abdul Bashur iba tomando más presencia en la mente de Jamil y su personalidad adquiría, a ojos vistas, perfiles más propios y acusados».

—De ello soy testigo —comentó Mosén Ferrán—. Lo que logró el Gaviero fue formar un pequeño Maqroll que se paseaba por las calles de Pollensa y por las playas de la bahía con un aire de perdonavidas y de sabelotodo que llamaba la atención hasta de los estólidos turistas nórdicos que, a su paso, despertaban de la anestesia en la que logran conservarse bajo el sol.

—Mi impresión más bien —prosiguió Maqroll sonriendo con las palabras del clérigo— es que mis esfuerzos lograron que Jamil pudiera integrarse a su familia en el Líbano dueño ya de una personalidad propia. Pero estos cálculos que solemos hacer los mayores por cuenta de la niñez suelen terminar en fracasos. No creo que haya sido el caso con Jamil. Convivir con él y con su descubrimiento del mundo, percibir de cerca esa secreta y arrolladora energía que cada niño trae consigo y le permite conquistar su sitio entre los mayores, me hicieron mudar paulatinamente mi idea del hombre. Siempre he estado convencido de que bien poco debe esperarse de nuestros semejantes que constituyen, sin duda, la especie más dañina y superflua del planeta. Sigo pensándolo así, cada día con mayor certeza, pero lejos de producirme el enojo y la amargura que antes me torturaban, ahora siento algo que definiría como una indulgente ternura. Pienso que, cuando fueron niños, el camino que les estaba destinado era otro muy distinto del que escogieron cuando fueron adultos. Este cambio ha bastado para aceptar mi destino y quedarme en Pollensa, marginado y tranquilo, sin intentar nuevos lances que en el pasado hicieron de mi vida una delirante secuencia de infortunios. No más aserraderos río Xurandó arriba ni viaje con un capitán alcohólico y un indio matrero. Nada me hará repetir la experiencia de un burdel de ficticias aeromozas, ni en Panamá ni en parte alguna. Por ninguna razón volveré a enterrarme vivo en las minas abandonadas de la cordillera en busca de un oro que también se me escapaba de las manos. No es fácil establecer un nexo entre la revelación que fue para mí convivir con Jamil y el esfumarse de mis delirios itinerantes. De todos modos, lo cierto es que he llegado a una impávida aceptación de todo por el solo ejemplo de este niño entrando al oscu-

ro dédalo que tejen los hombres hasta terminar en un breve túmulo de pardas cenizas y que hemos convenido en llamar la vida, simplificando, como siempre, las cosas en forma lamentable. No sé qué será de Jamil. Lo que sí sé es que su compañía
durante un año largo tuvo para mí una virtud salvadora y si no
me ha convertido en otro hombre, sí, al menos, me ha llevado a
ser un resignado espectador de nuestra batalla con las sombras,
cuya única dignidad estriba en saber preservar al niño que fuimos un día.

—Creo que usted siempre lo ha sido —comentó Mosén
Ferrán—. Lo que sucede es que no lo sabía y ahora sí lo sabe.
Ese niño que permanecía en usted fue el que supo entender y
amar a Jamil y eso lo ha salvado.

Maqroll volvió a una de sus ausencias y nada comentó
a las palabras del párroco. La noche había llegado sin darnos
cuenta. Mosén Ferrán nos invitó a que lo acompañásemos hasta
su casa. Allí, dijo, nos esperaba una ligera merienda y el Gaviero
tendría ocasión de continuar su relato. Aceptamos gustosos la
idea y nos despedimos de doña Mercé, quien insistió en no
cobrarnos la comida. En palabras de una gentileza de otros tiempos, nos hizo saber que era una invitación suya para honrar al
Gaviero y a sus amigos.

Mientras caminábamos por las calles de Pollensa, escasamente iluminadas por el alumbrado público, pero bañadas en
un lácteo resplandor de luna llena, tuve la impresión de que,
además de invitarnos a conocer el final de la historia de Jamil
y del Gaviero, el párroco también abrigaba la ilusión de mostrarnos su biblioteca. Sabía de mi afición por esos temas y, en
particular, por la historia de la isla, y de seguro contaba con
darme más de una sorpresa. Llegamos a la pequeña iglesia que
había ya perdido en sucesivas restauraciones la menor huella
de su estilo original que supuse de un románico tardío. La rec-
toría, como allí se la llama, estaba pegada a la iglesia y en nada
se distinguía de cualquiera de las casas de una edad indeterminada que formaban el conjunto residencial del puerto. Nos
instalamos en el estudio de Mosén Ferrán, una amplia habitación cuyas paredes tapizadas de libros sólo mostraban un breve espacio en blanco en donde había un nicho de piedra con
un hermoso crucifijo de marfil, seguramente tallado en las Fi-
lipinas en el siglo XVII. Un ama silenciosa, de edad avanzada

y marcado tipo morisco, nos trajo en una bandeja de plata una botella de vino generoso y cuatro copas de cristal con adornos pintados de varios colores. Mosén Ferrán me invitó a recorrer los estantes de su biblioteca. En efecto, allí albergaba auténticos tesoros, casi todos dedicados a la historia del reino de Mallorca. Entre los muchos que me sorprendieron estaban la edición en catalán de 1562 de la *Crónica* de Ramón Muntaner; otra, más antigua aún, del *Llibre dels feits* sobre el rey don Jaime I y, desde luego, no podía faltar allí la obra completa del gran bizantinista francés del siglo pasado, Gustave Schlumberger que, valga la verdad, fue lo que mayor envidia me despertó de los muchos tesoros acumulados por el clérigo amigo de Maqroll durante una apacible vida de investigador y cura de almas, dos actividades no por antitéticas menos ricas en oportunidades de explorar los abismos del corazón y los laberintos de la memoria. Le expresé a nuestro anfitrión mi asombro por la riqueza de su biblioteca y el hombre no pudo contener una amplia sonrisa de satisfacción. En mi recorrido por los estantes me había acompañado el Gaviero. Por sus comentarios pude darme cuenta de que buena parte de aquellos libros le era ya familiar y de que su lectura había ocupado las largas horas de ocio que le dejaba su oficio de velador de los astilleros abandonados. Regresamos a nuestros sillones y Mosén Ferrán hizo gala de su conocimiento de uno de los períodos más decisivos y oscuros de la historia del Mediterráneo. Sus ideas originales, nacidas de una sólida erudición, me descubrieron la oculta faceta del que se presentaba como modesto párroco de un puerto mallorquín. Al terminar Mosén Ferrán sus eruditas disquisiciones, hizo al Gaviero una seña como indicándole que ahora le tocaba hablar a él.

—Aquí —comenzó a decir Maqroll con voz de una monótona opacidad— he logrado olvidar mucho de lo olvidable de mi vida y he sabido y recordado cosas que me han ayudado a poblar mi soledad, de la cual no me quejo, por cierto. No sé ya cuántas veces nos hemos enzarzado mi amigo y yo, al cobijo de su admirable colección, en remembranzas de las tropelías de los angevinos en Mallorca, en inopinados detalles de la vida de Roger de Lauria y en las muchas dudas que cabe tener sobre los hechos de don Jaume el Conqueridor. Luego, ya Jamil con nosotros, muchas ocasiones hubo en que se nos quedaba dormido en uno de estos sillones porque se negaba a permanecer solo en mi covacha y tenía que regresar con él en brazos, muy pasada ya la medianoche.

Mosén Ferrán tornó a sonreír mientras saboreaba el vino con evidente complacencia. Éste, que nunca ha sido de mi predilección, debo reconocer que esta vez mostró cualidades más que notables. Miré a Maqroll, al que sabía acostumbrado a bebidas harto más aguerridas y fogosas, y él me contestó con gesto aprobatorio mientras alzaba la copa dirigiéndose a mi esposa. Con aquélla en las manos irrumpió de lleno en su historia:

«Habían pasado ya seis meses desde nuestro arribo y Jamil se había incorporado de lleno a nuestra vida. Ésta se desarrollaba, sin que nos lo propusiéramos, según una rutina más o menos inmutable. Después del desayuno y de una zambullida en el mar para espantar el sueño, lección de lectura y de escritura según un sistema inventado a mi leal pero inexperto saber y entender. Salida a pescar en el velero o al pueblo para hacer algunas compras indispensables y pasar por la oficina de correos. Regreso a nuestros cuarteles para intentar algunas mudanzas de los objetos tabú reunidos por Jamil con secretos fines invocatorios. Preparación de la comida, en la que Jamil insistía en tomar parte poniendo la mesa y probando mis frugales y monótonas fórmulas culinarias. Lectura en voz alta de las aventuras de *Tirant lo Blanc* o de algún capítulo del *Quijote,* libro que a Jamil le producía un regocijo indescriptible. De nuevo en el velero para enseñarle algunas reglas elementales de navegación. Ya había aprendido a manejar el timón con gran esfuerzo de sus pequeños brazos y esto le divertía en extremo. En los momentos difíciles, yo iba en su auxilio sin que por eso Jamil dejara de sentirse parte importante de la maniobra. Al llegar la noche, o bien pasábamos un rato a visitar a Mosén Ferrán o nos refugiábamos en mi habitación para preparar la cena y tornar a la lectura. Jamil no era muy adicto a la conversación. Sabía permanecer en silencio durante largos períodos en los que se dedicaba, sin duda, a tejer sus imaginaciones y fantasías, todas relacionadas con el mar y alimentadas por los libros que le leía y por mis historias contadas siempre, como ya lo dije, con la censura de las partes que, por ahora, era mejor que ignorara. A medida que iban pasando los meses, el muchacho, si bien preguntaba por su madre y esperaba con ansiedad sus cartas, se alejaba más y más del ámbito en el que había vivido anteriormente y se ajustaba con absoluta familiaridad a nuestra vida en Pollensa. Con todo y sus largos silencios, conservaba siempre un buen humor y un tono burlón y regocijado para escuchar y atender mis observaciones y mis historias y en esto, una vez más, me evocaba a su padre. También, como Abdul, mantenía intacta una abierta disposición para conocerlo todo, para probarlo todo con jubilosa plenitud. A menudo sus respuestas o sus comentarios me hacían reír como no recordaba haberlo hecho en mucho tiempo.

»Pero un día Jamil amaneció con una expresión desalentada en el rostro. Se quejaba de cansancio y de dolor en las piernas. Al tocarle la frente caí en la cuenta de que ardía de fiebre. Me vestí a toda prisa y acudí a Mosén Ferrán para buscar un médico. En mi caso, los males solían sorprenderme en los sitios más inhóspitos y, para curarme, he recurrido entonces a pócimas recetadas por quienes ni siquiera sospechaban de la existencia de la medicina. En Pollensa jamás he tenido que acudir a un médico y no supe a quién llamar en este caso. Mosén Ferrán me llevó donde un conocido suyo, médico retirado que hacía muchos años no ejercía su profesión. Con él fuimos a los astilleros y, tras un prolijo examen, diagnosticó una fiebre maligna. El término nos pareció a Mosén Ferrán y a mí un tanto impreciso y nos dejó más intranquilos que antes. Jamil había comenzado a delirar y llamaba a su madre en árabe en medio de murmullos entrecortados. El médico nos hizo seña de que saliésemos con él y ya en la entrada del galpón nos dijo que era aconsejable llevar al niño a la clínica de Pollensa para que le hicieran algunos exámenes de laboratorio que establecieran el origen de la fiebre. Había el peligro de una meningitis con las consecuencias ya sabidas. Mosén era conocido en la clínica porque acudía allí en ocasiones para administrar los últimos auxilios a enfermos en el trance final. Nos despedimos del doctor y partimos en busca del sobrino conductor del taxi que nos trajo a Pollensa. Llevamos a Jamil a la clínica y nos quedamos a la espera del resultado de las pruebas. Una angustia incontrolable comenzó a invadirme. Mosén Ferrán trataba de tranquilizarme sin lograrlo y a medida que pasaban las horas mi pánico fue en aumento. Jamás había sufrido algo semejante. Es verdad que la pérdida de amigos entrañables y de mujeres que amé han sido para mí pruebas arrasadoras. Pero siempre, en tales casos, quedaba allá escondida en un rincón de mi ser una zona indemne de donde manaban las fuerzas para seguir adelante. Ahora esto sucedía como si un mecanismo interno se me hubiese desbocado y me impidiese reflexionar y vencer el pánico que me dominaba. Cuando el director de la clínica y su ayudante, una doctora de cabello entrecano y sonrisa amable, vinieron hacia nosotros después de estar un buen rato en la alcoba de Jamil, sentí el impulso de acudir a no sé qué fuerzas sobrenaturales, a no sé qué dioses propicios, para rogarles que preservaran la vida del muchacho. Debieron escucharme tal vez porque las noticias eran alentadoras. La crisis había pasado y no había nada en las meninges. Se trataba de una infección renal, controlable, por fortuna, en esta su primera etapa. Los rayos X habían mostrado un divertículo en los conductos renales y allí se acumulaba la orina originando la infección y la fiebre. Un tratamiento con antibióticos durante un mes terminaría con estos síntomas. No era cuestión de operar todavía, pero más tarde, cuando el niño cumpliera diez o doce años, sí era indicado hacerlo. Debía tener una cara de angustia patética porque la doctora me puso la mano en el hombro y me consoló en un mallorquín cantarino. También ella era abuela y comprendía mi pánico, pero no tenía por qué preocuparme; era comprensible que los abuelos fuéramos más vulnerables pero en este caso no había lugar a ningún temor. No pude explicarle a la buena doctora cuál era mi relación con Jamil, tampoco Mosén Ferrán quiso sacarla de su error. Creo que tanto él como yo nos sentíamos más cerca de la condición de abuelos que la de transitorios responsables del niño.

»Entramos al cuarto y el muchacho se nos quedó mirando con sus grandes ojos y una sonrisa llena de picardía que me llenó de júbilo.

»—Ya estoy bien —nos dijo—. Me lo dijeron los doctores. Hablaban en mallorquín pero ya lo entiendo. Me van a poner inyecciones y volveremos a pescar muy pronto.

»Había dicho esto en árabe y volvió hacia Mosén Ferrán y lo repitió en español agregando que deseaba aprender bien el mallorquín. Éste le dijo que ya habría tiempo para todo. Ahora debía cuidarse para estar bien. Con esto partió a cumplir con sus obligaciones parroquiales y yo me quedé al pie de la cama sentado en una silla que crujía peligrosamente a cada movimiento, despertando en Jamil una risa incontenible. Al caer la noche apareció la doctora que, al verme en animada conversación con el enfermo, me hizo seña de que la esperase afuera mientras le ponía la segunda inyección de antibiótico. Al salir me dijo que era mejor que el niño estuviera tranquilo y durmiera lo más posible. Podía irme sin preocupación de ninguna clase. A la mañana siguiente me encontraría sin duda con un Jamil ya sin fiebre y en plena recuperación. Cuando me asomé para despedirme el muchacho dormía tranquilamente.

»Al día siguiente, muy de mañana, me presenté en la clínica. Había pasado una noche de perros y nuestro cubículo se me antojó de una desolación insoportable. Tal como me lo había predicho la doctora, la fiebre había cedido y Jamil seguía durmiendo en una serenidad envidiable. Me senté en una salita de espera que había en el piso bajo, junto a la entrada, y allí permanecí durante varias horas visitado por las imágenes que me despertaba el lugar y que estaban todas relacionadas con la sala de urgencias del siniestro doctor Pascot. Hacia el mediodía vino una enfermera a decirme que podía subir a ver a mi nieto. Dejé que siguieran en el equívoco porque me pareció inútil sacarlos de su error. Encontré a Jamil mirando una revista de tiempos de la segunda guerra. Me acerqué a besarlo en la frente y lo encontré fresco y sin huella de fiebre. "Ya los aviones no son así", me comentó intrigado mostrándome una escuadrilla de Stukas con la cruz gamada en el fuselaje. Le expliqué que ahora las turbinas habían reemplazado a las hélices. En seguida me sometió a un nutrido interrogatorio sobre la diferencia entre turbinas y hélices. Mis explicaciones lo dejaron poco convencido y menos cuando traté de dibujarle un esquema de turbina; allí fue ya el escepticismo completo sobre mis conocimientos de aeronáutica. Cuando le trajeron la comida bajé a un cafetucho cercano para comer algo. A mi regreso me esperaba la doctora en el vestíbulo. Me dijo que podía llevarme a casa a Jamil esa misma tarde después de que le administraran la inyección. A la salida me darían la fórmula para ordenar algunas medicinas que debía tomar el niño durante dos semanas más y durante una debería guardar cama o, por lo menos, no salir ni hacer ejercicio que pudiera cansarlo. Cuando llegó la hora indicada, Jamil se vistió y lo cargué en mis brazos para llevarlo hasta los astilleros. Eso no le gustó y trató de caminar pero la doctora le explicó que por ahora no debería hacerlo. Cuando pedí la cuenta me dijeron que ya la había saldado Mosén Ferrán».

—Con lo que nuestro amigo gana en los astilleros —repuso el clérigo restándole importancia al asunto— no puede pagar ni siquiera la primera inyección que le pusieron a Jamil. Sospecho que el viaje a Port Vendres se llevó todas sus magras economías.

Maqroll sonrió mientras asentía con indulgencia y prosiguió con su relato:

«La convalecencia de Jamil fue larga y en un par de ocasiones me produjo aún cierta inquietud. A los pocos días no había argumento ni autoridad que lo convenciera de que no podía salir a pescar y permanecía un buen rato cabizbajo y sombrío. Alguna vez llegó a quejarse de dolor en la cintura y en la cabeza. Consulté con la doctora y me dijo que no hiciera caso; se trataba de secuelas naturales después de la crisis pasada. A menudo Mosén Ferrán me relevaba de mis funciones de enfermero y le contaba a Jamil historias de la Biblia y de los Evangelios. Nuestro joven se mostraba más bien indiferente a estas furtivas lecciones de historia sagrada».

—Debo aclarar que no fue del todo así, mi querido Maqroll —explicó el párroco—. Yo me había dado ya cuenta de que Jamil había recibido, seguramente por intermedio de su madre, ciertos principios fundamentales de moral coránica que hallaron en el niño un terreno de cultivo más propicio que ninguna otra doctrina. Pensé entonces que, por ahora, era mejor que Jamil fuera un buen mahometano y no un cristiano tibio. Por eso no insistí mucho. En cambio, lo que sí absorbía su atención en forma casi hipnótica eran las historias relacionadas con las Cruzadas. La muerte de san Luis Rey de Francia en Túnez le llenaba los ojos de lágrimas. También le entusiasmaba por cierto la gesta de Saladino.

—Cuando trataba de continuar con los episodios de las Cruzadas —comentó Maqroll—, Jamil me decía: «Tú no las cuentas tan bien como Mosén Ferrán. Él parece que hubiera estado allí». Asentía con una leve herida en mi orgullo de narrador, pero regocijado a la vez de ver el interés del muchacho en una época que tanto me atrae.

Nos quedamos callados durante un momento. La evocación de Jamil, hecha por sus dos protectores y amigos, había ido adquiriendo una tal intensidad que teníamos la impresión de que, de un momento a otro, el hijo de Abdul iba a presentarse ante nosotros nimbado con la fugaz fosforescencia de las aguas de la bahía. Maqroll rompió el silencio con su voz de tonos bajos recorrida, en ocasiones, por cierto escalofrío de nostalgia y pena.

«Cierta madrugada, mientras velaba el sueño de Jamil en cuya serenidad se manifestaba la franca recuperación de sus fuerzas, se me presentó de repente una especie de certeza imposible de expresar en palabras. La idea de que alguna vez tuviera que separarme de él se me antojaba como una probabilidad inconcebible. Jamás alguien había formado parte tan honda y definitiva de mi existencia como esa criatura que se abría paso en el mundo con la mirada de sus grandes ojos alertas, visitada de una gracia y de una intuición de la vida y sus meandros que rayaba en lo asombroso. Al mismo tiempo, otra voz comenzaba a dejarse oír allá dentro de mí para decirme que el destino de Jamil estaba al lado de Lina y de la familia de su padre, que muy pronto su madre vendría por él en cumplimiento de una ley más vieja que los efímeros pasos del hombre sobre la Tierra. Pensé con envidia en el privilegio de que iba a disfrutar la bella Warda Bashur al asistir al crecimiento y desarrollo de su sobrino en tantos aspectos semejante a su hermano Abdul. Por un breve instante estas dos voces estuvieron en pugna. Jamil partiría con Lina y así estaba escrito desde siempre. Acudí a mi vieja costumbre de aceptar los designios de poderes que hablan desde una tiniebla inescrutable. El dolor que había subido hasta mi pecho dejándome inmóvil al pie del niño se fue aplacando hasta esfumarse dejándome en ese estado de resignada postración que ha acabado por serme tan familiar que a menudo pienso que es ya mi condición natural. Sabía que, luego, la nostalgia regresaría a hacer su trabajo acostumbrado para recordarme una felicidad que no era para mí. De eso sé un largo trecho.

»El médico amigo de Mosén Ferrán vino un día a ver a Jamil y recomendó que regresara a su vida normal y siguiera una dieta de poca sal, muchos líquidos y todo el sol que pudiera tomar sin hacerse daño. Volvimos, pues, a nuestra vida de antes con sus largas jornadas de pesca, exploración de los acantilados en busca de tesoros arrojados por el mar y tardes de lectura, ya fuera en nuestra habitación o ya aquí en la biblioteca de nuestro amigo Ferrán. Jamil sabía ya escribir su nombre y descifrar algunos titulares del periódico de Palma que llegaba a la parroquia. Al mismo tiempo, intenté enseñarle rudimentos de escritura árabe, pero nos faltaban textos en los cuales practicar. Pasaron así varios meses y paulatinamente, sin que mencionáramos el hecho, flotaba en el ambiente la certeza de que Lina vendría por Jamil. En sus cartas había un acento menos pesimista y, en una ocasión, me pidió escribir a Warda Bashur para decirle que muy pronto tendría reunida la suma que le iba a permitir viajar al Líbano y vivir allí con relativa independencia. Jamil recibía estas noticias con una mezcla de ansiedad por ver a su madre y de temor por dejar su vida presente y enfrentarse con la nueva en la tierra de su padre. A menudo lo sorprendí mirándome fijamente mientras dejaba caer la caña de pescar entre sus rodillas. Era evidente que el muchacho esperaba que yo le dijese algo sobre el inmediato porvenir que le inquietaba. Por fin, un día se resolvió a hablar del asunto:

»—Tú vendrás a vernos al Líbano, ¿verdad? No está muy lejos y has ido antes muchas veces.

»—Sí —le contesté, un tanto confuso por lo repentino de la pregunta—, es un camino que conozco muy bien porque lo hice a menudo en compañía de tu padre. Claro que iré a verte y a ver a tus tíos y tías por quienes siento mucho cariño, sobre todo por tu tía Warda, que es una persona que quiero mucho.

»—¿Y allá también podremos pescar juntos?

»—Claro que sí —le respondí tratando de no mostrar hasta dónde me turbaban sus palabras—. La bahía es mucho más grande y hay muchos barcos y mucho tráfico marítimo, pero muy cerca hay lugares como éste donde podremos pescar sin problemas. Para entonces serás sin duda un marino hecho y derecho, no lo dudo.

»—La única persona que me puede enseñar esas cosas eres tú, Maqroll. ¿Quién ha conocido el mar mejor que tú? No creo que mi padre supiera tanto —esto me lo decía con la seriedad de quien desea convencerse a sí mismo de estar en lo cierto.

»—No, Jamil —le repuse ya más sereno—, estás equivocado. Nadie supo del mar y de los barcos como tu padre. Abdul podía, a mucha distancia, calcular el tonelaje de un navío y casi nunca se equivocaba adivinando dónde había sido construido. Llegó a indicar también la marca de los motores por la forma como sonaban. Y ¿sabes una cosa? Estoy seguro que tú también llegarás a tener facultades semejantes.

»El muchacho se quedó pensativo y por su rostro pasaban sombras de duda y desconcierto. No imaginaba cómo, lejos de mí, podía adquirir tales aptitudes marineras. Tenía del Líbano una idea aproximada. Lo veía como un país de montañas y pensaba que su familia habitaba tierra adentro en medio de picos nevados. Cuando le mencionaba la costa libanesa y le hablaba de Trípoli, que desde luego pronunciaba en árabe: Tarabulus esh Sham, de Sidón y de Acre, puertos cargados de historias y de milenios de prestigio marítimo, Jamil mostraba una sorpresa inusitada, como si por primera vez escuchara hablar de esos lugares.

»Durante los últimos meses de su estadía en Pollensa, Jamil parecía extremar sus cuidados conmigo. No sabía cómo expresar su afecto y no lograba conciliar el deseo de ver a su madre y su curiosidad por lo que le esperaba, con el apego que sentía por mí y por la vida vivida a mi lado. Se sentía en cierta manera culpable por abandonarme y no sabía cómo manifestármelo. De allí su atención y diligencia hacia todo lo que tenía que ver conmigo».

Desde una gran ventana del estudio del párroco, el cielo nocturno de Mallorca desplegaba esa tenue incandescencia que da a las noches mallorquinas algo que no consigo definir. Si el término no pecara de pedante podría hablarse de un prestigio helénico. Hay en ellas una serenidad por la que corren de repente temblores de presagio, anuncios de una deslumbrada revelación que nunca llega. Es como si el tiempo, sin detenerse, hubiera mudado el ritmo de su curso y nos obsequiara un instante separado de la eternidad. Algo de eso mencioné entonces y todos nos quedamos mirando la noche que nos enviaba desde la ventana, abierta de par en par, una brisa ligera perfumada de yodo y abismos marinos en reposo. Pensé que todos necesitábamos ese intermedio benéfico antes de proseguir con la historia de Jamil, cuyo relato era evidente que comenzaba a costarle al Gaviero un penoso esfuerzo. Como si lo hubiera adivinado, el ama de Mosén Ferrán apareció con una espléndida bandeja de *pá amb tomáquet* acompañado de un jamón que se anunciaba memorable.

—Esta maravilla —comentó Maqroll— merece, mi querido Mosén Ferrán, un caldo más serio que el que estamos tomando.

El párroco hizo una seña al ama y ésta regresó poco después con una botella sin etiqueta y unos vasos de cerámica con aspecto medieval. Mosén sonrió complacido y, sin hacer comentario alguno, nos sirvió él mismo de la botella un vino de oscuro color violeta y aroma a tierra recién arada. No pude menos de elogiar su rusticidad magnífica y Mosén se limitó a comentar:

—Es un vino de la modesta viña que tengo al pie de los montes de Axartel. Lo guardo para mi uso y para disfrute de quienes saben enfrentarse a esa bebida de cruzados sin protesta del paladar.

Tenía razón nuestro anfitrión. Gracias al pan con tomate, el aceite y el delicioso jamón con el que lo acompañamos, pudo bajar con decoro el robusto vino que, en verdad, nos remitió a tiempos del reino de Mallorca. Con parsimonia liquidamos la merienda servida en forma tan oportuna y amable. Reconfortado por el prestigioso producto de la viña de Axartel, el Gaviero reinició su historia.

«La carta de Lina anunciando su arribo llegó tres meses después del restablecimiento de Jamil. Nos informaba que había girado a un banco de Beirut buena parte del producto de sus ahorros y que llegaba a Palma en un carguero que partía del mismo Bremen. El viaje tomaría un par de semanas porque estaba previsto tocar en varios puertos intermedios. El entusiasmo de Jamil, en el primer momento, fue notable. Pero cuando comencé a llevar algunas de mis cosas a un desván destartalado, al otro extremo del edificio, y colgué allí la hamaca que siempre llevo conmigo, para dejar a Jamil con Lina en el espacio que ocupábamos él y yo, el muchacho demostró un sombrío desconcierto que traté de aliviar como pude. Tampoco yo las tenía todas conmigo y la inminente separación de mi compañero de un año largo me iba sumiendo en un desconcierto cada vez más agudo. Nuestras conversaciones sobre el mar, los barcos y las hazañas de navegación de la historia se hicieron más frecuentes e intensas. Era como si Jamil quisiera conservar la mayor cantidad de recuerdos en los que estuviese yo presente.

»Era asombroso lo que el muchacho había aprendido. Tuve que volver a contarle cómo se atraca de noche en Port Swettenham y cómo se va de allí por tierra a Kuala Lumpur; cuál es el régimen de mareas en Saint-Malo; qué datos debe proporcionar un ballenero a las autoridades del puerto en Bergen; a qué velocidad deben mantenerse los motores para entrar a la bahía de Wigtown y atracar frente a Withorn para saludar a Alastair Reid; cuáles son las tres palabras que hay que pronunciar para que se abra la esclusa de Harelbeke; cuáles son las aves que permanecen más tiempo en los mástiles de un velero o en las antenas de un barco de carga; cómo se llamaba el marinero que llevó hasta la barca el cuerpo exánime del capitán Cook; en qué días y ocasiones no es aconsejable decir misa a bordo; cuál es la marca de motores diesel que da mayor rendimiento; cuántos toques de campana hay que dar cuando se lanza un cadáver al mar; qué armas le está permitido llevar a un capitán de altura y en qué condiciones puede éste viajar con su familia; qué medidas deben tomarse antes de abrir las compuertas de una bodega en llamas; qué tan segura es la navegación en el río Mississippi; cuáles son los tres santos que fueron marinos; cuál el barco que se fue primero a pique en la batalla de Tsushima; qué reyes fueron también hombres de mar; cuáles eran las señales hechas con un cuchillo en el mástil de la *Marie Galante* y qué interpretaciones se han aventurado sobre ellas; quién ordena los castigos a bordo: ¿el capitán o el contramaestre?; ¿es verdad que un maquinista zurdo trae mala suerte?; cuántos nudos debe saber hacer un grumete de la marina mercante belga; qué música puede tocarse a bordo y cuál no; qué idioma se habla de preferencia en Tierra del Fuego; cómo se llamaba Pollensa en la Edad Media; ¿Abdul Bashur fue alguna vez marino o sólo fue armador y dueño de *tramp steamers*?; ¿tuve yo alguna vez el mando en un navío?; cuál es la bandera más antigua de las que hoy navegan; cuánto tiempo dura la travesía en verano desde Kamenskoie hasta Seward en Alaska; ¿es verdad que las ballenas se comunican en un lenguaje más complejo que el árabe?; quién es más rico, ¿el dueño de un carguero o el de un ferry regular? Pero, desde luego, la descripción que exigía los mayores detalles era la del paso por el Cabo de Hornos a través del intrincado laberinto de islas que a Jamil le fascinaba. Las descripciones de Valparaíso, Amsterdam, Amberes, Cartagena de Indias y Portsmouth tuve que repetirlas una y mil veces y jamás se cansaba de escucharlas, y ay de que olvidara un detalle antes mencionado porque el reproche era inmediato. La obsesión de recordar con todo detalle mis viajes le llevaba en los últimos días a despertar en medio de la noche para preguntarme de qué calado son los buques que pueden atracar en Nueva Orleans o qué documentos se necesitan para atravesar el Canal de Panamá. Cuando comenzaba a responderle, ya había vuelto a caer en un sueño profundo. Era como si soñara fragmentos de mi vida y la de su padre. A la mañana siguiente, durante el desayuno, el interrogatorio continuaba implacable.

»Cuando recibimos el telegrama de Lina que, desde Barcelona, nos anunciaba su llegada, Jamil se encerró en un mutismo absoluto. El día antes de partir hacia Palma para recibirla, tuve que ir a la ciudad para comprar los pasajes del autobús y separar los lugares. Al regresar me esperaba una sorpresa tremenda; todos los objetos que había acumulado Jamil con tanto cariño habían desaparecido. Le pregunté dónde estaban, me contestó enfurruñado y alzándose de hombros:

»—Están en el fondo del mar, al final del muelle. Allí debieran haber permanecido siempre.

»En esa respuesta estaba su padre de cuerpo entero, con el pudor milenario de los hijos del desierto, celosos de esconder sus sentimientos más profundos y dispuestos a exteriorizar ruidosamente los que apenas los rozan. No supe qué comentar y mi desconcierto lo sumió aún más en su hermetismo. Dos días después partimos hacia Palma. Al llegar, fuimos de inmediato al puerto. En la sala de espera estaba Lina que nos miraba con los ojos llenos de lágrimas. Jamil corrió a abrazarla y ella lo alzó en sus brazos apretándolo contra su pecho sin poder pronunciar palabra. La escena me conmovió hasta sentir un nudo en la garganta. Me acerqué a saludar a Lina cuando dejó a Jamil en el suelo. Ella me abrazó calurosa y por fin pudo decir algo:

»—Cómo ha cambiado. Es todo un hombre —frase que repitió varias veces sin salir de su extrañeza.

»Tomé las dos maletas que traía Lina y llegamos a la estación de autobuses a tiempo justo para tomar el que nos llevaría a Pollensa. El taxi de Mosén Ferrán no estaba disponible. Lina se veía cansada y en su rostro habían quedado las huellas de su vida en Bremen. Estaba más delgada. Era fácil reconstruir la fascinante bailarina que debió ser años atrás. Algo le comenté al respecto y sonrió complacida. Durante el viaje, Jamil no cesaba de aturdirla con la atropellada descripción de lo que había vivido y aprendido y de las cosas que sabía de mi vida y andanzas. Cuando llegamos a Pollensa se había quedado dormido en brazos de su madre. Allí nos esperaba Mosén Ferrán que nos acompañó hasta los astilleros. Lina subió con Jamil en los brazos y lo acomodó en su camastro. Nos despedimos sin saber muy bien qué decir porque Lina, al recorrer con la vista nuestra habitación, volvió a conmoverse hasta las lágrimas. Me besó en las mejillas y sólo consiguió repetir entre sollozos: "Muchas gracias, muchas gracias, es usted un ángel". No creo que nadie me lo haya dicho antes. Me fui a mi buhardilla pensando que el ángel era esa criatura que dormía con el sosiego de los elegidos.

»A la mañana siguiente Jamil subió a mi desván y se tendió a mi lado en la hamaca. Me dijo que su madre dormía aún y no daba trazas de despertarse por ahora. Le pregunté si estaba feliz y me respondió que sí, pero en sus palabras había un dejo de vacilación. Me miró un momento con fijeza y luego me dijo:

»—Me desperté muy temprano y he estado pensando en que te vas a quedar muy solo cuando nos vayamos y me vas a hacer mucha falta. Pero se me ocurrió una cosa: ¿por qué no te casas con mi mamá y vivimos todos juntos aquí o en el Líbano?

»La idea no era desde luego de Jamil. Estoy seguro de que le vino al escuchar alguna conversación aquí en casa de Mosén Ferrán o en el Ancien Café Mogador. Descarté de inmediato que nuestro amigo el párroco hubiera hecho ningún comentario en ese sentido, porque me conoce muy bien y sé de su prudencia y discreción. Lo cierto es que me encontré en un grave predicamento para responderle. Pensé que era mejor dejarle de una vez claras las razones de la imposibilidad de su propuesta. Le expliqué que, en primer lugar, su madre tenía otros proyectos, siempre en vistas a vivir a la sombra de los Bashur pero sin depender de ellos en lo posible. Luego pasé a recordarle cuántas veces habíamos recapitulado mis viajes y andanzas por los cinco continentes y los dieciséis mares y mencionado mi imposibilidad de permanecer por mucho tiempo en un lugar fijo. Si ahora estaba tranquilo en Pollensa, nada aseguraba que esto fuera permanente. Ya volvería a mis correrías y no era eso lo que Lina buscaba para él y para ella, que ya había recorrido más mundo del necesario. Lo único que podía asegurarle era que bien pronto iría al Líbano para visitarlos. Mis lazos con la familia de Abdul continuaban siendo muy estrechos y afectuosos. Entre los planes que comenzaban a madurar en mi cabeza, Beirut figuraba en lugar de preferencia. Al terminar mi explicación vi que dos lagrimones corrían por las mejillas de Jamil. Lo estreché contra mí y permanecimos en silencio. Cuando sentimos ruido en la alcoba donde dormía Lina, el niño descendió de la hamaca y dándome un fugaz beso en la frente me dijo con serenidad de adulto que se conforma con su destino:

»—Yo sé que nadie me contará las cosas que tú me cuentas. Eres mi mejor amigo y no creo que nos volvamos a ver.

»Bien saben ustedes que no existen palabras para describir lo que en una ocasión como ésa sucede dentro de nosotros. Era la despedida de Jamil. La que debía suceder entre los dos, sin testigos ni adioses de última hora. Me quedé tendido en la hamaca repasando mi vida y llegué a la conclusión que en ese momento terminaba mi peregrinar por estos mundos de Dios. Lo que pudiera venir carecía de importancia. Sería un mero durar, es decir, lo más ajeno a mi estrella.

»Lina subió con Jamil y se quedó mirándome sin decir palabra. Había entendido todo como sólo una mujer puede entenderlo, por instinto y con la alta sabiduría del corazón femenino. Durante los días que pasó en Pollensa pude confirmar y enriquecer mi primera impresión sobre ella. Pertenecía a esa raza en extinción de los seres que toman sobre sí, con entera independencia y estoica sencillez, los deberes y penas que les trae la vida, sin quejarse y sin tratar de que pesen sobre los demás. Sería necio negar ahora que, con frecuencia, pasaba durante esos días por mi mente la idea de que hubiera sido Lina una de esas mujeres que, como Flor Estévez o como Ilona Grabowska, poseía todas las condiciones y cualidades para compartir a mi lado lo que me restara de vida. Pero en alguna parte debe estar escrito con letras indelebles que ese «reino que estaba para mí» no me sería dado.

»Aún me esperaba otra sorpresa. Lina me informó que el pequeño carguero tunecino que la llevaría de Palma hasta Beirut, pasando por Alejandría y Chipre, traía como capitán a Vincas Blekaitis, el inolvidable y viejo amigo de Abdul y mío, del que hacía varios años había perdido el rastro. Lo encontró por pura casualidad al tocar La Rochelle el barco que la trajo de Bremen. Vincas, que la conocía de los tiempos de Bizerta, se emocionó tanto al encontrarla que le insistió en que viniera con él ya que Palma estaba en su itinerario. Ella le explicó que tenía prisa por ver a su hijo, pero quedaron en que subirían en Palma al barco de Vincas para viajar con él al Líbano. En efecto, pocos días después nos llegó el anuncio del arribo de Vincas a Palma. El taxi de Mosén Ferrán nos llevó allí el día indicado. Al llegar, fuimos derecho al puerto. Desde la barandilla de estribor, donde vigilaba la operación de carga, Vincas nos hacía señas con los brazos en alto. Descendió a toda prisa por la escalerilla y vino hacia nosotros dando exclamaciones en todos los idiomas que conocía. Alzó a Jamil y lo sostuvo en los brazos mirándolo con asombro:

»—Miren en lo que se ha convertido el hijo de Jabdul —el bueno de Vincas nunca consiguió pronunciar bien el nombre de nuestro lamentado Abdul—. Todo un grumete. ¿Qué aprendiste con Maqroll? A ver, dime.

»—Muchas cosas —le respondió Jamil intrigado con la barba rojiza del lituano.

»—No lo dudo —comentó éste—. También yo he aprendido con él muchas cosas. Vamos al puerto para arreglar tus papeles.

»Así lo hicimos y en esas diligencias nos detuvieron hasta caer la tarde. Cuando todo estuvo listo, Vincas nos llevó al barco que saldría a la medianoche. Jamil miraba incrédulo todos los detalles del puente de mando adonde fuimos para que viera los instrumentos y palancas que tocaba maravillado. Bajamos, luego, al pequeño camarote que Vincas les había asignado. Jamil subió de inmediato a la litera superior y decretó en forma terminante:

»—Aquí dormiré yo. Mi madre abajo. Así debe ser ¿verdad? —y me miró como buscando mi aprobación.

»Le respondí que en efecto así debía ser. Vincas me hizo seña de que saliera con él, mientras Lina y el niño ponían en orden sus cosas. Subimos a cubierta y Blekaitis me hizo un caluroso elogio tanto del hijo como de Lina. Le comenté en pocas palabras lo que había sido mi experiencia de vivir con Jamil en Pollensa y en los ojos casi incoloros del lituano se asomó esa honda simpatía, afectuosa condición de la que tanto Abdul como yo habíamos recibido pruebas abundantes e inolvidables. Le expliqué que no quería demorar al taxista, sobrino de mi amigo, hasta la medianoche y que ya debía partir. Bajamos al camarote para despedirme de los viajeros. Lina me abrazó largamente sin decir palabra y Jamil se echó a llorar encogido en su litera. No quise alargar ese momento y salí sin pronunciar palabra. Vincas me acompañó hasta el auto. Allí me tomó del brazo en un apretón afectuoso y farfulló algunos sonidos ininteligibles mirándome fijamente a los ojos. Regresó al barco con paso apresurado y escuché que decía en su lengua natal: "Tantas cosas, tantas cosas". Se despidió agitando la mano en alto, pero sin volver a mirarme. Subí al taxi y partimos de inmediato a Pollensa».

De nuevo reinó el silencio en la biblioteca del párroco. Era evidente que no había nada que decir. Todo comentario era inútil y, en cambio, hubiera de seguro lastimado al Gaviero.

Éste, pasado un momento, nos sirvió vino de la botella que se terminó en esa ronda y dijo con voz ya firme:

—Esto ha sido todo lo que tenía para contarles. Bien saben, estoy seguro, el alivio que me dio el que me hayan escuchado. Alejandro Obregón, como siempre, cuando les insinuó la oportunidad de visita, dio muestras de eso que, en otros tiempos, los franceses llamaron *gentillesse de coeur*.

Luego, dirigiéndose a mí en especial, prosiguió:

—Usted, que ha contado tantos episodios de mi vida, estoy seguro de que nunca pensó en escuchar de mis labios una historia como la que me ha hecho el favor de oír. No sé si valga la pena contarla. A veces pienso que forma parte, simplemente, de lo que un poeta que admira mucho llamó «los comunes casos de toda suerte humana». No lo sé. Es a usted a quien le toca juzgarlo. Lo que me apena es que les he tomado un día de su visita a Pollensa y mañana regresan a Palma. Nos hemos de ver en otra ocasión. Siempre decimos lo mismo y siempre los dioses nos son propicios.

Apuró su vaso y se puso de pie para despedirse. Insinuó un besamanos a mi esposa mientras le decía con una pálida sonrisa:

—Buenas noches, señora, y a usted, muy en especial, mi gratitud por haber mostrado interés por este Gaviero descarriado.

Nos estrechó la mano a Mosén Ferrán y a mí y se dirigió a la puerta. Lo acompañamos hasta la calle y lo vimos perderse en la noche sin luna mientras doblaba un pequeño promontorio tras el cual se ocultaban los astilleros. Mosén Ferrán nos acompañó hasta nuestro hotel y al despedirse nos dijo:

—Mañana en la mañana vendré a decirles adiós. Váyanse tranquilos. Lo peor ya pasó para nuestro amigo. Jamil forma parte ahora de los recuerdos que, según él, lo sostienen en la tarea de vivir cada día. Queden con Dios y pasen buena noche.

Ya en nuestra habitación hice a mi esposa algún comentario sobre el desamparo en que vivía el Gaviero. La respuesta fue contundente:

—Pero si él mismo se encargó de explicarlo en una ocasión con toda claridad. Cuando no quiso quedarse con la fotografía de Abdul niño frente a los despojos de un avión incendiado, dijo que no podía guardarla porque a él todo se le iba de las manos. También las personas se le van en la misma forma: o la muerte se las lleva o quedan rezagadas en el camino mientras él sigue en su vagar sin descanso. Él ha creado ese fantasma. Lo que nunca pensó era que en una esquina le esperaba una prueba como la de Jamil. Ya veremos qué inventa ahora para escapar de Pollensa.

En verdad, no había mucho que argumentar a estas palabras. No había duda, Jamil era la trampa que esperaba a nuestro amigo, escondida en el intrincado laberinto de su irremediable odisea. Como él mismo solía decir: «La piedad de los dioses, si existe, es para nosotros indescifrable o nos llega con el último aliento de vida. Nada se puede hacer para librarnos de su arbitraria tutela».

Este libro
se terminó de imprimir
en los Talleres Gráficos
de Unigraf, S. L,
Móstoles, Madrid (España)
en el mes de mayo de 2002